MICHAEL KÖHLMEIER

BRUDER UND SCHWESTER LENOBEL

Roman | Carl Hanser Verlag

1. Auflage 2018

ISBN 978-3-446-25992-8
© 2018 Carl Hanser Verlag GmbH & Co KG, München
Umschlag: Peter-Andreas Hassiepen, München,
© bmvdwest/Thinkstock
Satz: Satz für Satz, Wangen im Allgäu
Druck und Bindung: CPI books GmbH, Leck
Printed in Germany

für die Familie

ERSTER TEIL

ERSTES KAPITEL

Es war einmal ein König, der fing einen Floh und sperrte ihn in eine Flasche und fütterte ihn mit Krumen und Tropfen. Der Floh wuchs und wurde groß wie ein Frosch, und der König steckte ihn in ein Fass. Nun nährte er ihn mit rohem Fleisch, das er von der Tafel abzweigte, und mit Bier. So vergingen die Jahre. Der Floh wuchs weiter, und der König ließ einen Käfig bauen so groß wie ein Haus, dort hielt er ihn, um ihn zu betrachten, und niemand im Reich wusste davon, nicht die Königin und nicht die Königstochter und keiner der Minister, und es war dem König eine Freude, den Floh ganz allein zu besitzen. Schließlich aber schlachtete er den Floh und zog ihm das Fell ab und stopfte es mit Reisig aus und hängte es neben das Tor zur Stadt.

Dann verkündete er: »Wer mir sagen kann, was dieses Fell für eines ist, der kriegt die Prinzessin zur Frau und das halbe Reich dazu, denn ich bin müde.«

Kam einer und drehte das Fell und prüfte es: »Wenn es ein wenig anders röche, würde ich sagen, es ist das Fell eines Büffels, aber ein Büffelfell riecht nicht so, also kann es nicht das Fell eines Büffels sein.«

»Ich will von meinen Untertanen nicht wissen, was für ein Fell es nicht sein kann. Ich will wissen, was für ein Fell es ist!«, *sagte der König, und er ließ ihm den Kopf abschlagen. Nun wussten alle anderen, was ihnen blühte.*

Und doch kam ein zweiter, und auch er drehte das Fell und wendete es, und auch er roch daran und schnüffelte und wog es in seinen Händen, und er sagte: »Wenn es nur ein bisschen größer und ein bisschen schwerer wäre, dann würde ich wohl sagen, ja, es ist ein Kalbsfell. Und wenn es nur ein bisschen kleiner und ein bisschen leichter wäre, würde ich wohl sagen, ja, es ist ein Hundsfell.«

»Ich will von meinen Untertanen nicht wissen, was einer sagen würde, sondern was er sagt«, sagte der König und ließ auch diesem den Kopf abschlagen.

Dann kam gar ein dritter, der drehte das Fell und schaute es genau an und roch daran und rieb es zwischen seinen Fingern und wog es in seinen Händen und wendete es und kratzte daran und wischte darüber, und schließlich sagte er: »Ich sag nichts, ich schau nur, ich sag nichts, ich riech nur, ich sag nichts, ich greif nur, ich will nur wissen, wie es sich anfühlt, aber sagen tu ich nichts.«

Ihm erst recht ließ der König den Kopf abschlagen, denn er wollte, dass seine Untertanen sagten, was es für ein Fell ist, und nicht, dass sie sagten, dass sie nichts sagen.

Zuletzt stieg ein Teufelsding aus dem Meer heraus, so dass Schaum und Wogen weit umherwirbelten, das verkleidete sich als ein Mensch, und er drehte das Fell nicht und roch nicht daran und prüfte es nicht zwischen Zeigefinger und Daumen, er kratzte nicht daran und wischte nicht drüber. Er stellte sich hin und holte aus und zeigte auf das Fell und sagte:

»Es ist das Fell eines Flohs.«

Nun war es aber so, dass die Menschenhaut, die sich das Teufelsding übergezogen hatte, an manchen Stellen spannte und an anderen Stellen nicht gut deckte, so dass darunter Stücke vom Teufel und seinem Fleisch zu sehen waren, und das sah aus, als hätte es der Hässlichkeit den Namen gegeben. Und als das Teufelsding ausgeholt hatte, um auf das Fell des Flohs zu zeigen, war die Menschenhaut auf der Seite aufgerissen, und darunter war nun alles Elend zu sehen, das ein Mensch unter der Haut mit sich herumträgt.

Den König packte die Angst, und er befahl seiner Tochter: »Schnell, wasch dir die Hände, dann kann er dir nichts anhaben!«, und sie tat es, und dem Teufel sagte er:

»Die Prinzessin bekommst du nicht, nein, die bekommst du nicht, die bekommst du nicht!«

Da schwoll die Teufelsfratze unter der Menschenhaut, und das Menschengesicht platzte auf, und der Teufel, wie er war, rot und lodernd, rief:

»Ich fluche euch! Ihr werdet hinfort eurer eigenen Haut nicht mehr trauen!«

Er schüttelte den Menschen ganz von sich ab und zertrat das Stöhnen und das Jammern mit seinem Huf. Er zog sich die Haut des Flohs über, denn der Teufel hat keine eigene Haut, und wenn er aus der Hölle ist, muss er sich eine andere nehmen, und lief schreiend davon und tauchte unter ins Meer, woher er gekommen war.

1

Im Mai noch schrieb Hanna an ihre Schwägerin eine Mail. Ungefähr so: Komm, dein Bruder wird verrückt! Zwei Tage später landete Jetti in Wien Schwechat. Inzwischen schien alles schlimmer. Robert war verschwunden. Gegen Jettis Rat gab Hanna eine Vermisstenanzeige auf. Um Druck zu machen, log sie: Seit einer Woche abgängig, Dr. Robert Lenobel, 55. Dass der Vermisste von Beruf Psychiater und Psychoanalytiker war, ließ den Beamten die Dringlichkeit einsehen.

Zu Hause bei ihrer Schwägerin in der Garnisongasse im 9. Wiener Gemeindebezirk, während sie ihre Kleider aus dem Koffer nahm und an den Fensterrahmen hängte, fragte Jetti: »Warum bin ausgerechnet *ich* hier, Hanna? Was hätte *ich* deiner Meinung nach tun sollen ... wenn Robert nicht bereits abgehauen wäre?«

»Nicht bereits abgeHAUEN?«, wiederholte Hanna, die auf der Schwelle stand, die Arme verschränkt, und ihr zusah, und rief das letzte halbe Wort in das Zimmer hinein wie von der Bühne herunter. »Du tust so, als hätte er das von Anfang an vorgehabt. Das ist aber nicht wahr, Jetti!« Hoch, eckig, empörte Augen, scharfkantiges, porzellanhelles Gesicht, bereit zu streiten.

»Ich verstehe nicht«, sagte Jetti. »Von welchem Anfang an?«

Und Hanna dagegen: »Sag du mir von welchem AnFANG an, Jetti! Ich weiß nichts von einem Anfang ... nicht in diesem Zusammenhang jedenfalls.«

»Ist ja gut«, sagte Jetti; dachte, *sie* hat doch von einem Anfang gesprochen, nicht ich; streckte aber die Hand nach ihrer Schwägerin aus. Wenn Hanna verzweifelt war oder unglücklich, das hatte sie nicht vergessen, oder zornig oder aus irgendeinem Grund giftig gelaunt, betrieb sie Wortklauberei, als wüchse das Gift wie Unkraut zwischen Subjekt und Prädikat, Konjunktion und Adverb, und man müsste es nur herauszupfen, und Verzweiflung, Unglück, Zorn und Laune lösten sich auf. Das hatte Hanna von ihrem Mann. Robert meinte, wenn er die Wörter haut, haut er die Welt. Nach dieser Pfeife konnte Jetti aber nicht tanzen, selbst wenn sie es um des Friedens willen gewollt hätte; über Worte musste sie nachdenken, länger als andere, zu lang auf jeden Fall, um sich auf Schlagfertigkeiten einzulassen. »Ist gut, Hanna«, versuchte sie zu besänftigen. »Aber sag mir doch, warum hast du mich gerufen? Was kann ich tun? Was hätte ich tun können?«

»Ihn daran hindern«, schluchzte Hanna.

»Ich bin seine Schwester, du seine Frau«, sagte Jetti. Ein Ton geriet ihr, der nun doch streitsüchtig klang, obwohl sie das Gegenteil fühlte – das Gegenteil von streitsüchtig war doch die Bereitschaft zu schlichten, und nur das wollte sie; deswegen war sie gekommen. Sie war darauf gefasst gewesen, einen Streit zwischen Bruder und Schwägerin schlichten zu sollen – diesmal einen, so interpretierte sie die Mail, der, wer weiß, so tief wurzelte, dass die Eheleute sich nicht mehr an die Ursachen der Ursachen erinnerten und jemanden brauchten, der sie hinunterführte – oder so ähnlich, wie sich Robert ausdrücken würde, wenn die Seelen anderer Menschen zur Disposition stünden und nicht seine eigene und die seiner Frau …

»Was, Hanna, kann ich, was du nicht kannst?« Die Frage war sachlich gemeint, pragmatisch.

»Ach, Jetti, hör auf!«, wurde sie angefahren.

Da zog Jetti ihre Hand zurück.

2

Dabei hätte sie es wenigstens ahnen müssen … Hannas erste Worte, als Jetti durch die automatische Schiebetür in die Ankunftshalle getreten war – die beiden hatten einander seit fünf Jahren nicht gesehen: »Man weiß nicht, warst du schöner gewesen mit zwanzig oder mit dreißig oder mit vierzig, oder bist du jetzt mit fast fünfzig am schönsten?« Dann hatte sie Jetti den Koffer aus der Hand genommen und war losmarschiert, einen Meter voran, bohrte den Blick in den genoppten Kunststoff, mit dem der Weg zur Tiefgarage ausgelegt war. Und damit auch ja kein Zweifel aufkomme, dass es sich *nicht* um ein Kompliment handelte, hängte sie an: »Wenn du mich fragst, am schönsten warst du mit dreißig. Da hätte dich einer erschießen sollen. Oder heiraten.« – Jetti hätte *wissen* müssen, dass jede Schuld, die sich ihr Bruder nach Meinung seiner Frau auflud, dass jeder Schmerz, den er seiner Frau zufügte, mindestens zu gleichen Teilen ihr, der Schwester, angekreidet würde; Hanna hatte für diese Quelle allen Übels sogar ein Wort erfunden: *Lenobeltum.*

Was den Schmerz betraf, besser: seine Darbietung, fand Jetti, Hanna übertreibe mächtig, und ungeschickt obendrein. Das beruhigte sie ein wenig; obwohl sie nicht erkennen konnte, worin genau diese Übertreibung bestand – ob sich Hanna sozusagen »ehrlich« hineinsteigerte oder ob sie ihre Sorge willentlich und berechnend aufbauschte, um sich zu rechtfertigen, wofür auch immer, oder ob sie – und das hielt sie für wahrscheinlich – sich selbst feiern wollte, als eine Art Witwe. Sie waren vom Flughafen direkt zur Polizei gefahren. Im Auto sprachen sie wenig miteinander. Den Beamten gegenüber gab sich Hanna hysterisch. *Sie gab sich so, sie war es nicht.* Ihre Stimme hüpfte ins Falsett, aber die Augen, eine kleine Spanne über dem Mund, der auch in seinen Pausen offen stand, blickten unbeteiligt, als warteten sie gelangweilt auf das Ende dieses Spiels. Auch einer der Beamten, dies meinte Jetti beobachtet zu haben, hatte ihr nicht geglaubt. Wieder im Auto war Hanna sogar ein bisschen fröhlich gewesen. Erleichtert fröhlich. Vielleicht hatte ja sie, Jetti, übertrieben, als sie ohne weitere Fragen stante pede ein sehr teures One-Way-Ticket gekauft hatte. Vielleicht hatte sich ja inzwischen alles aufgeklärt, und Hanna war es einfach peinlich, und sie wusste nicht, wie sie ihr beibringen sollte, dass sie wegen nichts und wieder nichts von Irland hergeflogen war. Aber warum hätte sie dann zur Polizei gehen sollen? Oder Hanna und Robert hatten sich abgesprochen; dass sie beide nicht wussten, wie sie aus der Verlegenheit herauskommen sollten; und wollten sich das Geld für den teuren Flug sparen, denn wenn Jetti tatsächlich wegen nichts und wieder nichts angetanzt wäre, würde es der Anstand gebieten, dass sie wenigstens die Spesen übernehmen … – So zu denken wäre allerdings paranoid; dann schon lieber als naives Schaf dastehen.

Als sie die Wohnung betreten hatten, war alle fröhliche Erleichterung auch schon dahin. Gleich begann Hanna auf- und abzutaksen wie ein eingesperrter Storch. Dann schien sie sich zu besinnen, stand starr, noch ein Fuß vor dem anderen, über der Nasenwurzel eine tiefe Falte, ließ sich von Jetti bestaunen, warf ihr einen vorwurfsvoll grimmigen Blick zu und wechselte in diese arrogant-vulgäre kreuzbeinige Art, wie es Models tun. In dem Blick aus Eis und Hochmut war alles und nichts zu finden, und Jetti konnte sich wieder keinen Begriff von der Frau ihres Bruders machen, betrachtete ihre spitzen Schultern, die sich zu den Ohren hin etwas hoben.

»Was sollen wir unternehmen, was meinst du?«, fragte sie, fasste ihre Schwägerin am Arm und schob sie in die Küche. Sie wollte nicht im Flur stehen, als wäre sie ein unerwünschter Besuch, und sich eine billig einstudierte Szene anschauen. »Trinken wir einen Tee, Hanna, und gehen alles der Reihe nach durch, Schritt für Schritt. Vielleicht setzen wir eine Liste auf, was meinst du?«

Aber Hanna zog in der Küche weiter ihre Achterschleifen, warf immer wieder die Arme von sich und stieß verzweifelte Laute aus, und nun war Jetti sich doch nicht mehr sicher, dass sie bloß spielte; könnte sein, dass bei Hanna sogar die tiefste Sorge gespielt aussieht. Was war die tiefste Sorge? Sie sagte: Dass ihr Bruder sich jemals etwas antue, wüsste sie auszuschließen – als wäre dies Punkt eins auf der Liste. Ihre Stimme aber hatte sich am Satzende wie von selbst zu einem Fragezeichen gebogen, denn in Wahrheit wusste sie nichts mehr auszuschließen, seit Beginn des Gedankens jedenfalls nicht mehr. Dass Zynismus einen Menschen tatsächlich gegen Suizid immunisiere, wie ein Freund ihr irgendwann vorgeschlagen hatte zu glauben, glaubte sie nicht und hatte es nie geglaubt.

Wie ihr denn um Himmels willen so etwas einfalle, stellte Hanna sie prompt zur Rede. »Für einen SelbstMORD ist Robert nicht der Typ, so etwas kommt für ihn nicht in Frage!« Als beschriebe sie eine Sportart. »Aggressive, paranoide Charaktere wie dein Bruder rechnen diese Art zu enden ausschließlich den anderen zu.«

»Wie soll ich das verstehen, Hanna?«

»So. Genau so.«

»So siehst du Robert?«

»So sieht er sich selbst. Ich habe ihn lediglich zitiert.«

Da dachte Jetti zum ersten Mal an ihren Bruder, als wäre er *nicht* eine Fortsetzung von ihr – oder sie von ihm. Und das machte ihr Angst.

Hanna setzte sich ihrer Schwägerin gegenüber an den Küchentisch und fixierte sie, und als gäbe es für Jetti endgültig etwas zu begreifen, sagte sie: »Ich mache mir um Roberts *körperliches* Wohl keine Sorgen, schon gar nicht um sein *seelisches* – um sein *geistiges* jedoch schon!«

»Liegt das Problem darin«, forschte Jetti weiter, und noch während sie sprach, wusste sie, dass sie wieder etwas Falsches wieder mit einer falschen Betonung sagte, konnte den Satz aber nicht mehr bremsen, »dass du befürchtest, er will dich verlassen?«, und presste die Lippen aufeinander, bevor herauskam: wegen einer anderen. Mittlerweile meinte sie, sich ihren Bruder als einen Menschen denken zu müssen, über den sie, die Erinnerungen an ihre gemeinsame Kindheit und Jugend abgezogen, nicht nur wenig, sondern gar nichts wusste. Schnell ging das. In Hannas Gegenwart schlitterte Jetti – hierhin, dorthin, wollte dieses sagen, sagte aber jenes; wurde hierhin befördert und dorthin, war einmal das narzisstische Vorzeigeobjekt schlechthin und gleich darauf ein unbedarftes, naives Schäfchen, das sich alles zweimal erklären lassen musste. So war es immer gewesen. Gut ausgestiegen war sie bei ihrer Schwägerin – selten.

»Was«, fragte sie und wollte nach Hannas Händen greifen, »was war zwischen dir und Robert? War etwas zwischen dir und Robert? Dass er *abgehauen* ist ...«

3

Hanna stand ohne ein Wort vom Tisch auf und schritt auf ihren langen Beinen (Hausschuhe mit hohen Keilabsätzen aus Kork) durch Küche und Flur in ihr Zimmer und blieb dort bis zum Abend und verließ es erst, um sich ihren Tee zu brühen und Jetti »Gute Nacht« zu sagen, murmelnd, mit gesenktem grauem Lockenkopf. Da strich ihr Jetti über die Wange, und die beiden Frauen umarmten sich. Und lachten wie Schulmädchen und umarmten sich ein zweites Mal, nun verlegen und ein bisschen angeekelt, weil nicht mehr spontan, sondern gehorsam der Rolle aus einer amerikanischen Vorabendserie. Vor über zwanzig Jahren, als Jetti bei ihrem Bruder und ihrer Schwägerin gewohnt hatte, weil sie glaubte, für den kurzen Aufenthalt in Wien rentiere sich eine eigene Wohnung nicht, hatten sie manchmal abends zusammen vor dem Fernseher gesessen, und Hanna war auf einem Teppich, gewirkt aus Zitaten aus tausendundeinem klugen Buch, zwischen den dürftigen Dialogen durch die dürftige Handlung geflogen und hatte ihrer Schwägerin erklärt, was für ein Schwachsinn das Ganze sei, als wäre Jetti es gewesen, die sich diesen Schwachsinn ansehen wollte, derweil es ja genau Hanna war, die sie dazu überredet hatte, indem sie nicht müde wurde, darauf hinzuweisen, Frau und Schwester müssten außer dem Robert noch etwas Gemeinsames haben, ansonsten wäre kein Friede im Haus, und dieses Gemeinsame sollte am besten ein Laster sein, denn nichts verbinde zwei Frauen auf erfrischendere Weise miteinander als ein Laster, und die »gemeinsame Vorliebe« für miserable amerikanische Vorabendserien sei genau das richtige Laster – wobei sie Jetti nicht zu Wort kommen ließ, die gern eingewendet hätte, sie habe überhaupt keine Vorliebe für miserable amerikanische Vorabendserien. Aber sie hätte ja doch nicht die Kraft aufgebracht dagegenzuhalten. Sie hatte nicht einmal mitbekommen, was auf dem Bildschirm lief. Es war ihr damals nicht gutgegangen. Hanna hatte sie aufheitern wollen, das war alles. *Sie hatte es gut gemeint.* Sie hatte immer wieder den Arm um sie gelegt oder ihre Hand gehalten oder ihr mit dem Finger über die Wange gestreichelt. Sie dürfe sich von

Herzen ausweinen, hatte sie gesagt. Öfter als einmal. Mit Vorliebe in Roberts Gegenwart. Der war in ein bestürztes Hohngelächter ausgebrochen und hatte noch am ersten Abend – wenn sich Jetti recht erinnerte – die Wohnung verlassen. War abgefahren ins Waldviertel. Urlaub brauche er. Was Urlaub! Urlaub wovon? Urlaub vom Unglück? Geflohen war er vor dem Unglück seiner Schwester. Unglück in den eigenen Reihen hielt er nicht aus. Krankheit nicht, Unglück nicht und Tod nicht. Jetti und Hanna waren in der Wohnung zurückgeblieben, allein, ohne Mann und Bruder.

Vielleicht hatte sie Hanna ja aus Dublin nach Wien gerufen, gar nicht, um Robert zu suchen, sondern weil sie Revanche wollte; weil sie sich diesmal *bei ihr* ausweinen wollte. Das wäre Jetti nicht angenehm gewesen …

»Was hast du gemacht die ganze Zeit über?«, fragte Hanna und setzte sich zu Jetti an den Tisch; fragte im harmlosesten Ton, als wäre Jetti einfach nur so zu Besuch – auf Urlaub.

»Ich habe hier in der Küche gesessen«, antwortete Jetti – in einem ähnlichen Ton.

»Die ganze Zeit bist du hier gesessen? Du lieber Himmel, was bin ich egoistisch!« Und bevor Jetti etwas entgegnen konnte: »Ich habe mit Cora telefoniert …« – Als würde so ein Telefonat zwei Stunden dauern! »Entschuldige, Jetti! Ich kann sie nicht einfach allein lassen, das verstehst du doch, oder? Sie sagt zwar, sie schafft es ohne mich, das hat sie gesagt, du kennst sie ja, wenigstens morgen und vielleicht noch übermorgen schafft sie es allein, da bin ich unbesorgt. Sie wünscht uns alles Gute für unser Unternehmen und lässt dich schön grüßen.«

»Danke«, sagte Jetti. Ihre Luft war raus und damit auch fast aller Unmut.

Cora Bonheim und Hanna führten eine Buchhandlung in der Innenstadt – die einzige jüdische Buchhandlung in Wien, zweimal bereits waren sie mit einem Preis ausgezeichnet worden, Jetti erinnerte sich nicht mehr an die Namen der Preise und auch nicht daran, wer sie gestiftet hatte, es war aber prominent gewesen. Die *FAZ* hatte sogar einen Artikel über den Buchladen geschrieben, »eine Institution, die an die große Zeit Wiens erinnert« – Robert hatte ihr den Link zugeschickt, »auf Wunsch von Hanna«. Jetti hatte Cora irgendwann getroffen, ja, aber sie erinnerte sich nicht mehr, sie hätte nicht sagen können, wie sie aussah oder wie ihre Stimme klang, oder ob, und wenn, was sie miteinander gesprochen hatten – keine Spur von »du kennst sie ja«.

Hanna legte ihre Unterarme auf Jettis Schultern und schloss die Finger in ihrem Nacken und kam mit ihrer Stirn nahe herunter zu ihrer Stirn. »Wir haben also zwei Tage Zeit, um ihn zu suchen, Jetti. Und dann ist Schabbat, da ist der Laden geschlossen, das sind zusammen sogar drei Tage. Genügt uns das? Drei volle Tage und Nächte. Sag, genügt uns das?«

Beinahe wäre Jetti herausgerutscht, ob es denn erlaubt sei, am Schabbat verlorengegangene Brüder und Gatten zu suchen. Sie nahm sich aber zusammen und sagte: »Aber wo sollen wir ihn suchen, Hanna? Wo? Und wie soll das gehen?«

»Geh du erst einmal in dein Zimmer, ich geh in mein Zimmer.« Hanna tat, als wäre dies die Antwort. »Wir müssen ausgeschlafen sein.«

»Aber es ist doch erst acht Uhr!«

»Wir müssen ausgeschlafen sein«, wiederholte Hanna.

Als »mein Zimmer« bezeichnete Hanna das ehemalige Mädchenzimmer ihrer Tochter Klara. Für Jetti habe sie daneben, im Zimmer von Klaras Bruder Hanno, das Bett gemacht – was nicht stimmte, Leintuch und Überzüge waren nicht frisch, nicht einmal aufgeschlagen, sondern zerknüllt, als wäre gerade erst jemand herausgestiegen; Jetti vermutete, Hanna wälzte sich abwechselnd einmal hier und einmal dort.

Frau und Schwester des Vermissten schliefen also Wand an Wand, wie die Kinder all die Jahre hatten schlafen wollen, als sie noch zu Hause lebten. Die beiden Zimmer waren irgendwann ein großes gewesen mit zwei Türen zum Flur; die Wand, die eingezogen wurde, bestand aus Rigipsplatten, mehr war da nicht. In der Nacht hörte Jetti ihre Schwägerin weinen. Wieder glaubte sie ihr nicht. Hanna *spielte* Weinen, so nahe an der Wand wie möglich.

4

Dabei redeten sie in den ersten Tagen nur wenig über Robert. Als wäre Jetti tatsächlich nur so auf Besuch hier. Als wäre Robert bei einem Kongress, und kein Mensch brauchte sich Sorgen um ihn zu machen. Kein Gedanke, ihn zu suchen! Wo auch, bitte? In der weiten Welt? Wo fing die an? Hatte Hanna zum Beispiel bei Freunden und Bekannten angerufen? Oder hatte sie mit Roberts Sekretärin gesprochen?

Nach dem ersten Frühstück hatte sich Jetti noch zu einem kleinen Frage-Antwort-Spiel aufgerafft. Sie wollte es durchaus als Verhör führen, um von vornherein klarzustellen, dass sie nicht das Schäfchen war; dass sie auch anders konnte.

»Hanna … sag mir …« Hanna hob den Blick und schaute ihr direkt in die Augen, und schon knickte Jettis Ton ein: »Sag mir … Hanna … du hast geschrieben, Robert wird verrückt … Was hast du damit genau gemeint?«

»*Ist* verrückt, habe ich geschrieben. Das habe ich geschrieben, Jetti. *Ist*, nicht *wird*.«

»Mir ist in Erinnerung, dass du geschrieben hast, er *wird* …«

»*Ist*, Jetti, *ist*!«

»Es spielt ja auch keine Rolle …«

»Ach nein?«

»Verrückt ist ein weiter Begriff, Hanna.«

»Such's dir aus, Jetti! Merkwürdig. Irr. Wirr. Meschugge. Jeck. Gestört. Gedächtnisausfälle. Unkonzentriertheit. Unwirsches Verhalten ohne Grund. Barsch. Garstig.«

»Robert war immer vergesslich, jedenfalls bei Angelegenheiten, die ihn nicht betreffen.«

»AllerDINGS!«, trumpfte Hanna auf. Das eben sei – und da war das Wort: »Lenobeltum, pures, unverdünntes Lenobeltum.« Auch bei Klara und Hanno könne man dieses »Sippschaftsattribut« leider beobachten. Habe man schon beobachten können, als sie noch Kinder waren ...

»Wenig konzentriert ist jeder bisweilen und unwirsch auch«, versuchte es Jetti noch einmal, zwang sich zu einem geradezu vorbildlich besonnenen Tonfall und merkte, dass sie säuselte. »Ich zum Beispiel ... meistens bin ich unwirsch ... ich meine, wenn ich es bin, ich glaube, oft bin ich es nicht ... aber wenn, dann ohne großen Grund ... ich jedenfalls kann mir nicht vorstellen ...«

Sie bekam nur einen Blick.

»War er unkonzentrierter als sonst?«

»Nein.«

»Unwirscher als sonst?«

»Nein.«

»Barscher?«

»Was? Was verwendest du für Wörter ... Jesus! Nein, er war nicht BARSCHER.«

»Was meinst du dann, Hanna?«

Und Hanna – wieder: »Ach, Jetti, hör auf!«

Als ob Jettis Fragen in Wahrheit der puren Streitlust entsprängen.

Jetti öffnete das Fenster, setzte sich aufs Fensterbrett und zündete sich eine Zigarette an. Sie wusste, Hanna mochte das nicht. »Darf ich dir eine letzte Frage stellen, Hanna? Ist Robert wirklich weg? Ist das wirklich dein Problem? Oder ist es etwas anderes? Ich wäre dir nicht böse, versteh mich richtig, mir wäre nur recht, wenn du es mir sagst. Ich habe sehr viel zu tun in Dublin, weißt du, und es wäre nicht fair, wenn du ...«

Weiter kam sie nicht. Hanna nahm die letzten beiden Worte auf und richtete sie gegen Jetti: »WENN DU ... mir nicht beistehen willst, dann packe deine Sachen wieder ein, und ich fahr dich zurück zum Flughafen, und ich will dir gern deine Auslagen erstatten!«

Nach diesem Frühstück waren sie einander aus dem Weg gegangen. Und hatten nicht mehr miteinander gesprochen bis zum Abend.

5

Es war still in der Wohnung. Jetti zog sich aus bis auf Slip und T-Shirt. Müde war sie zum Umfallen, und es war noch nicht einmal Mittag. Sie legte sich aufs Bett und schloss die Augen, das Mobiltelefon hing am Ladegerät und lag neben ihrer Hand, den Ton hatte sie abgeschaltet. Sie hätte schrumpfen wollen, bis sie in ihren Koffer passte. Erstaunlich war dieses fremde Innehalten für sie, wie der Zauber aus dem Märchen, als die Pferde im Stall eingeschlafen waren und die Hunde im Hof und die Tauben auf dem Dach und die Fliegen an der Wand und das Feuer im Herd. Ein Ticken schlich sich in ihren Kopf hinein, das aus den Kanten zwischen Wänden und Fußboden zu dringen schien. Im Halbtraum sah sie eine Kolonne winziger Wesen an den Zimmerkanten entlangmarschieren – waren es Zwerge, die niedliche Vorschlaghämmer geschultert hatten, oder waren es Tierchen, die ihre Beute trugen? Sie hätte sich jetzt gern einen von Jamies brachialen Witzen angehört, der hätte sie wach gemacht. Vielleicht lag er in diesem Augenblick in Dublin auf seiner Frau und stellte sich vor, er läge auf ihr. Es war ja erst Mittag oder früher Nachmittag, Sex fand für Jamie nur tagsüber statt, der Abend gehörte König Alkohol. Das verband Jetti mit der Angetrauten ihres Liebhabers: dass sie beide über Witze lachten, über die sie niemals lachen würden, erzählte sie ein anderer. Wenn Jamie zu einem Witz oder zu einer Anekdote ausholte, donnerte sein Lachen los, schon bevor er ein Wort gesagt hatte, als wäre ihm die Pointe gerade erst verraten worden, und dieses Lachen war so ansteckend, dass es auf den Witz gar nicht mehr ankam. Draußen wehte der Frühling, Laptop und Handy funktionierten, die Ladegeräte hingen am Adapter und der an der Steckdose. Gleich werde ich Jamie anrufen und ihn bitten, mir einen Witz zu erzählen, dachte Jetti. Wenn seine Frau in der Nähe war, begrüßte er sie am Telefon mit »Jesse« – »Hey, Jesse!« – , wie Jesse James, der Outlaw, und redete rabaukenhaft und mit versteckten Anspielungen und Geheimcodes, die seine Frau nicht verstehen konnte, über die sie aber herzlich lache, wie er Jetti erzählte, sie habe sogar angeregt, diesen fidelen Jesse doch ein-

22

mal zum Dinner einzuladen. Ob sie keine Lust habe, sich als Kerl zu verkleiden, hatte er Jetti gefragt, ganz im Ernst, sie solle sich ein Bärtchen aufkleben und eine Perücke aufsetzen, er werde ihr ein nobles monkey suit besorgen, eines mit einem weiten Jackett, damit sie darunter ihre Titten verstecken könne, er habe seiner Frau vorgeschwärmt, was für ein hübscher Kerl dieser Jesse sei, hübsch durchtrainiert, bei einigermaßen gedimmtem Licht werde sie nichts merken, und sie, Jetti, dürfe getrost alle ordinären Sprüche ablassen, die er ihr beigebracht habe, nur die Stimme müsse sie etwas tiefer halten. Er habe vor seiner Frau schon das halbe Leben von diesem Jesse nachgestellt, langsam müsse er sich etwas einfallen lassen, sie wolle ihn unbedingt kennenlernen, wahrscheinlich habe sie sich in ihn verliebt, am besten, er lasse ihn sterben, Lastauto drüber, fertig.

Jetti starrte unter schweren Augenlidern auf die Decke, auf die ihr Neffe gestarrt hatte durch Kindheit und Pubertät hindurch, bis er endlich aufgestanden und vors Haus getreten war, um seine Heldenreise zu beginnen. Es tat ihr leid, dass sie niemanden hatte, mit dem sie über Jamie und seine Witze und den *mysterious superman* Jesse reden konnte. Die einen würden es nicht lustig finden, die anderen würden sich darüber mokieren, die dritten beides. Der liebe mollige Hanno keines von beiden. Er würde seiner Tante jeden Spaß gönnen. Hatte er inzwischen herausgekriegt, wo die Welt beginnt? Jetti hätte ihn gern wieder einmal gesehen. Vielleicht hatte sich ja sein Vater ein Vorbild an ihm genommen. Wer könnte es ihm verdenken!

Aus der Küche hörte sie den Wasserhahn rauschen. Sie dachte, Hanna wird sich einen Tee machen wollen, schätzte ab, wie lange das dauern würde und ob sie derweil schnell über den Flur in die Toilette huschen könnte, denn die Blase drückte, und wieder zurückhuschen, ohne bemerkt zu werden. Sie rollte sich aus dem Bett, öffnete die Tür einen Spalt weit und sah gerade noch Hannas Ferse vorbeiflitzen, hörte die Tür zum Bad, und wie Hanna hinter sich abschloss ... während das Wasser in der Küche weiterlief. Welchen Topf füllte sie auf, um Himmels willen! Wollte sie Nudeln kochen für zehn Personen? Sie räusperte sich, tat, als ob ihr die Klinke aus der Hand spränge, tapste hinaus in den Flur und hinüber zur Küche, so wohlgelaunt geräuschvoll, wie sich Tapsen in Schlapfen eben spielen lässt, gähnte, streckte sich, knurrte. Lauschte. Sie hörte die Klospülung im Bad, legte sich flink eine »normale« Körperhaltung an und einen »normalen« Gesichtsausdruck, bereit zu lächeln, wie man lächelt, wenn man am helllichten Nachmittag schlaftrunken in der Küche aufeinandertrifft. Lauschte. Zählte. Zehn Sekunden. Dann fiel die Tür zu Hannas Zimmer ins Schloss. Hat sie vergessen, dass sie den Wasserhahn in der Küche aufgedreht hat? Oder überlässt sie das Wasser mir? Das Wasser rann nicht in einen Topf, es verschwand im Abfluss. Einfach nur den Hahn aufgedreht? – Wie sollte das wieder gedeutet werden?

6

Sie hatte sich nicht einmal getraut, nach den Kindern zu fragen. Hätte das nicht das Erste sein sollen? Hätte man die beiden nicht verständigen müssen? Immerhin war ihr Vater von ihrer Mutter als vermisst gemeldet worden. Für Klara wäre es schwierig gewesen, nach Wien zu kommen. Sie war in Paris und bereitete sich auf ihren Abschluss am Institut d'Études Politiques vor und arbeitete bei einer Behörde der UNESCO. Über Hanno wusste Jetti eben leider nichts Näheres, nur dass er erst ein Physikstudium, dann ein Betriebswirtschaftsstudium, zuletzt eine Lehre als Automechaniker abgebrochen, beziehungsweise unterbrochen hatte. Wo er sich zur Zeit aufhielt, hatte ihr Robert in einem Telefonat irgendwann um Weihnachten herum erzählt, sie hatte es aber vergessen, und wahrscheinlich war er inzwischen schon irgendwo anders; er reise gern, hatte Robert in den Hörer geseufzt, und mache seinen Eltern nur wenig Mitteilung.

Sie schlich zurück in das Zimmer ihres Neffen, legte sich auf sein Bett und schief ein, und als sie erwachte, war es dunkel.

Das Bett roch nach altem Mann, nach Lagerfeuer und ungewaschenem Haar, das fiel ihr erst jetzt auf. Über dem Kopfende war eine Leselampe in den Bettrahmen geklemmt. Sie funktionierte nicht, womöglich war die Glühbirne kaputt. Sie tastete sich durch das Zimmer zur Tür und schaltete das Licht an. In der Deckenlampe steckte eine Sparbirne, die wenig und ein deprimierend düsteres Licht gab und erst allmählich den Raum erhellte, ihm aber nicht die Atmosphäre einer freudlosen Zelle nehmen konnte. Sie schob Hannos Schreibtischstuhl in die Mitte des Raumes, die gepolsterte Lehne roch wie das Bett, stieg darauf und drehte die Birne aus der Fassung. In der Dunkelheit suchte sie die Leselampe und tauschte die Glühbirnen aus. Sie holte aus ihrem Koffer den Flacon *Serge Lutens* – sie erinnerte sich, dass sie das Fläschchen in die untere Ecke der rechten Kofferhälfte gepackt hatte, eingewickelt in eine Strumpfhose; sie fand es an einer anderen Stelle –, sie verteilte ein paar Tropfen auf Kopfpolster, Laken und Tuchent. Wie hatte es Hanno in diesem Zimmer aushalten können? Bei diesem Licht! Bei diesem Geruch. War es sein Geruch? Wenn man einen Geruch schätzen könnte wie das Alter eines Menschen, dann diesen zwischen siebzig und achtzig oder noch älter. In den Holzrahmen an der Längsseite des Bettes waren mit Kugelschreiber Hieroglyphen eingeritzt. Dass hier der hübsche Hanno zusammen mit seinen hübschen Ideen gehaust haben soll? Ab wann hatte sie sich mehr seiner Schwester zugeneigt? Was war der Grund dafür gewesen? Klara war spröder als ihr Bruder, sie wollte nicht gern angefasst werden, gegen Lob sträubte sie sich, Komplimenten misstraute sie oder bemerkte sie gar nicht. Sie war nicht hübsch, aber anziehend; anziehend war ihre Direktheit, ihr direkter Blick, der gar nichts Provozierendes hatte. Wenn man sie fragte: Hat es dir geschmeckt?, musste man gefasst sein, dass sie sagte: Nein. Und wenn man sie fragte: Worauf freust du dich, Klara?, konnte es sein, dass sie antwortete: Auf nichts. Dabei sah sie einen an, ohne Bitterkeit, ohne Ironie oder Sarkasmus, als hätte sie auf eine Frage geantwortet wie: Regnet es? Manchmal hatte sie Ahnungen. Darüber war Jetti schon erschrocken. Einmal hatte Klara sie in der Nacht zu sich gerufen, da war sie vielleicht vierzehn gewesen, sie war im Nachthemd auf ihrem Bett gesessen und hatte gesagt: »Mama wird krank, sie wird sehr krank«, und eine Woche später hatte sich Hanna eine gefährliche Lungenentzündung eingefangen, und

Klara hatte Jetti angefleht, niemandem zu verraten, dass sie die Mama im Bett habe liegen sehen und wie sie nur schlecht Luft bekommen habe, sie traue sich nicht, die Augen zuzumachen, sie habe Angst, sie sehe wieder so etwas. An zwei, drei ähnliche Szenen erinnerte sich Jetti, die allerdings Harmloses betrafen. Es war auch nicht leicht, Klara zu trösten, sie war eine gute Schülerin gewesen, aber es war vorgekommen, dass sie eine Schularbeit verhaute; dann war sie wie zerschmettert und ließ niemanden an sich heran. Hanno dagegen war verschmust, noch als Zwanzigjähriger hatte er sich, wenn seine ›schöne Tante‹ auf Besuch war, vor sie hingekniet und seinen Kopf in ihren Schoß gelegt, und sie hatte mit den Fingernägeln geknipst, als würde sie Läuse im Urwald seiner Locken zerdrücken. Nach Motoröl hatte er gerochen.

Das Telefonat um Weihnachten war nicht das letzte gewesen, das Jetti mit ihrem Bruder geführt hatte. Vor drei Monaten, im Februar, hatte *sie ihn* angerufen. Am Abend vor ihrem Geburtstag. Sie wusste, er würde ihren Geburtstag vergessen. Darum rief sie ihn immer am Tag davor an. Und immer war ihm während des Telefonats eingefallen, warum sie anrief, und er hatte ihr im Voraus gratuliert. Diesmal nicht. Diesmal hatte er es versäumt. Sie meinte, sich zu erinnern, dass er einen glücklichen Eindruck auf sie gemacht hatte. Sie meinte, sich sogar zu erinnern, dass er es ausgesprochen, dass er gesagt hatte, er sei glücklich. »Jetti, ich bin glücklich.« Warum hatte sie sich damals nicht gewundert? Jetzt wunderte sie sich. Das Wörtchen »glücklich« war so gar nicht für Roberts Stimmbänder erfunden worden. Es war schon ziemlich spät gewesen, als sie ihn angerufen hatte. Er war in seiner Praxis. Sie hatte ihn gefragt: »Was tust du denn so spät noch in deiner Praxis, Robert?« Er hatte geantwortet: »Ich bin einfach mit mir allein.« Dreimal hintereinander hatte er das gesagt. »Einfach nur mit mir allein. Mit mir allein.« Erst so betont, dann anders, dann wieder anders. Daran erinnerte sie sich. Und nun fiel ihr noch etwas ein. Er hatte gesagt: »Jetti, ich glaube, ich muss Urlaub machen.« Und sie hatte gefragt, ironisch natürlich: »Urlaub, Robert? Du? Um Himmels willen! Bist du erschöpft? Du sitzt ja nur da und hörst irgendwelchen

Leuten zu. Kriegst jeden Tag bewiesen, dass es anderen schlechter geht als dir. Wie kann das einen vernünftigen Menschen erschöpfen? Fahr ins Waldviertel! Nach Hawaii traust du dich ja nicht.« Und er hatte gesagt: »Nein, nein, so meine ich das nicht. Ich höre meinen Patienten ja nicht wirklich zu, ich höre mir nur alles an. Sie suchen vor meinen Ohren, was sie verloren haben. Was denkst du denn, wie anstrengend das ist! Ich muss von mir selbst Urlaub machen!« und hatte schallend gelacht. »Einfach nur da sein und nachdenken, das will ich. Was soll ich im Waldviertel! Das kann ich überall. Weißt du, wie wohl das tut? Da sein und nachdenken.« Eigentlich habe er schon um sechs Uhr nach Hause gehen wollen, da habe er sich noch an seinen Schreibtisch gesetzt und sei sitzen geblieben und habe nichts anderes getan als denken. »Und worüber denkst du nach?«, hatte sie ihn gefragt. Und ihr fiel ein – und ihr Herz schlug nun heftig –, was er geantwortet hatte. »Ich denke nicht über *etwas* nach, ich denke nicht einmal *nach*, ich denke einfach, und nicht einmal *ich* denke, *es* denkt.« Das hatte er ihr geantwortet. Damals hatte sie sich darüber keine Sorgen gemacht. Jetzt war sie sich gewiss, über so eine Antwort musste man sich Sorgen machen. Wenn einer wie ihr Bruder so etwas sagte, dann musste man sich Sorgen machen. Oder nicht? Seine Patienten, sagte er, suchen, was sie verloren haben. Jetzt ist er selbst verlorengegangen.

Schon war der erste Tag dahin. Jetti legte das Ohr an die Wand und lauschte.

»Hanna?«, sagte sie. Aber so leise, dass sie sich selbst kaum hörte. »Ich bin wieder gut, Hanna, sei auch du wieder gut mit mir.«

7

Sie ernährten sich von Brot mit Marmelade, Brot mit Schinken, Brot mit Käse, von Kakao, Tee und Kaffee. Am Morgen lag Hanna bis um zehn im Bett oder gleich bis über Mittag, sie unterschieden bald nicht mehr zwischen Tag und Nacht, sie ging im Pyjama von einem Zimmer zum anderen, bückte sich mit durchgestreckten Knien zum Eisschrank nieder, nahm irgendetwas Kleines heraus und aß es noch vor der offenen Eisschranktür. Es roch säuerlich in der Wohnung. Jetti schob die Vorhänge beiseite und riss die Fenster auf – besonders heftig, um anzuzeigen, dass sie es nicht hinnehmen werde, wenn Hanna sie gleich wieder schlösse – und sog die Luft ein, und weil sie gerade dabei war, sprühte sie Putzmittel auf die Scheiben und rieb sie ab. Und kehrte durch. Schob den Besen unter die Kästen, pflückte den Lurch aus den Borsten. Sie räumte den Spüler ein und räumte den Spüler aus. Wischte den Tisch ab. Wenn sie in der Vergangenheit zu Besuch gewesen war, hatte es verlässlich Vorwürfe gehagelt: dass sie so lange schlafe, dass sie nicht im Haushalt mithelfe, dass sie vor ihrem pubertierenden Neffen in T-Shirt und Slip herumlaufe und sich die Beine rasiere, dass sie ihre Sachen liegen lasse, wo sie gerade hinfallen, dass sie sich erst gegen Abend ins Bad begebe und dann ja doch nur, um sich für die Nacht aufzudonnern. Höchstens die Hälfte davon hatte zugetroffen.

Als sie schon einmal zusammen in dieser Wohnung gehaust hatten, sie und Hanna, weil Robert vor dem Unglück seiner Schwester davongelaufen war, da war Hanna eines Morgens vor der Tür zum Wohnzimmer gestanden, wo sich Jetti auf dem Sofa vergraben hatte, und hatte angeklopft und gesagt: »Jetti, sind wir wieder gut.« Hanna hatte sich zu ihr gesetzt, hatte ihren Kopf in die Arme genommen und ihr übers Haar gestreichelt. Ein Joghurtbecher war umgekippt in der Nacht und vom Glastisch auf das Parkett gefallen. Jetti hatte sich nicht durchringen können, den Boden zu wischen, sie hatte einfach ihre Bluse drübergelegt. Und Hanna hatte alles so sein lassen. Sie hatte nicht geputzt, sie hatte Jetti nicht gebeten zu putzen, sie hatte die Bluse liegen lassen, wo sie war, und auch Jetti hatte es nicht über sich gebracht, sie aufzuheben. Ein Widerwille war in ihr gewesen, sich zu waschen und frische Sachen anzuziehen. Sie hatte geglaubt, es liege daran, dass sie im Begriff war, von München nach Triest zu übersiedeln und sie hier nicht mehr und dort noch nicht sei. Eines Morgens in München war sie aufgewacht, ihr Herz raste, sie ließ sich in einer Apotheke den Blutdruck messen, der war zu hoch, sie ging zum Arzt, den ganzen Weg steckte ein Weinen in ihrem Hals, so dass ihr der Kehlkopf schmerzte, der Arzt beruhigte sie, alles sei in Ordnung. Sie ging ins Kino und wusste beim Hinausgehen nicht mehr, welchen Film sie gesehen hatte. Sie schaute auf das Plakat, las den Titel, nichts darauf kam ihr auch nur bekannt vor, und als sie weitereilte, als hätte sie ein Ziel, erinnerte sie sich nicht mehr, was auf dem Plakat gestanden hatte. Da war sie nach Wien zu ihrem Bruder gefahren. Weil sie dachte, sie habe ja sonst niemanden auf der Welt. Robert aber wollte ihr nicht zuhören, er sagte, das komme vor, besonders bei zur Egomanie und Grandiosität neigenden Menschen, das sei normal. Hanna aber sagte, man müsse sich um Jetti kümmern. Und das hatte sie getan. Über eine Woche waren die beiden Frauen allein in der Wohnung gewesen. Hanna war mit ihr durch die Stadt spaziert, und als Jetti nach hundert Metern sagte, sie wolle nicht mehr, sie wolle nach Hause, drehte sie mit ihr um, und als sie zu Hause sagte, sie halte es zwischen den Wänden nicht aus, begleitete sie Jetti die nächsten hundert Meter, und als sie es draußen wieder nicht aushielt, legte Hanna ihren Arm um sie, und Schläfe an Schläfe kehrten sie nach Hause zurück. In den Nächten hatten sie nebeneinander im Ehebett geschlafen, und als es Jetti zu eng wurde, sie aber doch nicht allein schlafen wollte, drehte sich Hanna, so dass ihr Kopf bei Jettis Füßen war. Am Ende sagte Hanna: »Jetti, sind wir wieder gut.« Jetti wusste, Hanna sprach nicht für sich, denn zwischen ihnen hatte es nichts gegeben in diesen Tagen, weswegen die eine die andere hätte bitten müssen, wieder gut zu sein. Hanna hatte für die Welt gesprochen, der sie angehörte, aber Jetti nicht mehr. – Solche Nähe war in dem folgenden Vierteljahrhundert zwischen ihnen nicht mehr gewesen. Dazu hätte Jetti erst wieder krank werden müssen.

Vor dem Schlafengehen trafen sie einander dann doch wieder in der Küche. Hanna kochte Milch auf und rührte Kakaopulver hinein und stellte zwei große, dicke Tassen auf den Tisch.

»In Hannos Zimmer tickt es«, sagte Jetti. »Aus den Ecken und den Kanten heraus tickt es.«

»Das sind Mäuse«, sagte Hanna. »Sie tun dir nichts.«

»Ihr müsstet eine Katze haben.« Jetti versuchte zu lachen.

»Das fehlte grad noch«, sagte Hanna.

8

So ging es weiter. Jetti war, als lebte sie allein in der Wohnung – aber es war ihr wert, sich nicht gehen zu lassen.

Und dann, am Abend des dritten Tages, rief Hanna ihren Namen: »Jetti!«, rief sie. »Jetti! Jetti! Wollen wir *nachtmahlen*?«

»Was für ein schönes Wort«, rief Jetti zurück und trat in die Küche, in dem weißen Kleid ohne Träger (das sie *für alle Fälle* eingepackt hatte); sie hatte ein ausgiebiges Bad genommen und vor dem Spiegel die nötigen Register gezogen. »Habe ich schon lange nicht mehr gehört, dieses Wort.«

»Ich habe es absichtlich gesagt.«

»Für mich?«

»Ja. Du siehst umwerfend aus, Jetti.«

»Danke, Hanna.«

»Berauschend. Anbetungswürdig!«

»Sag das bitte nicht, Hanna.«

»Nein, Jetti, ich frag nicht, ob du etwas vorhast. Denk bitte nicht, gleich haut sie mir wieder eins drauf. Das tu ich nicht, das verspreche ich dir.«

»Das hab ich doch gar nicht gedacht, Hanna. Du siehst auch gut aus. Du musst nichts dafür tun, ich schon. Zwei Stunden war ich vor dem Spiegel.«

»Das brauchst du doch nicht zu sagen, Jetti. Ich weiß, dass es nicht stimmt, und du weißt es auch.«

»Wer dich einmal gesehen hat, Hanna, der vergisst dich nicht. Das kann ich über mich nicht unbedingt sagen.«

»Man könnte das aber so oder so verstehen.«

»Ich meine es SO, Hanna.«

»Danke, Jetti.«

Wenn eine Zynikerin wie Hanna Lob *ausspricht*, dann musste man Obacht geben, und vielleicht sollte man sich Sorgen machen und in Deckung gehen – oder auch nicht, denn vielleicht war Hanna ja gar keine Zynikerin, vielleicht war sie nur immer wieder in Versuchung geführt worden, dieser Gedanke war Jetti schon öfter gekommen. Wenn hingegen ein wahrhaftiger Zyniker wie Robert sagt, er sei *glücklich*, dann *musste* man sich Sorgen machen, und man *durfte* nicht in Deckung gehen. Und wenn ein Psychiater und Psychoanalytiker wie Dr. Lenobel, 55, nachts in seinem Büro sitzt und nichts anderes tut als zuzusehen, wie es in ihm denkt, und wenn er ein halbes Jahr später verschwindet, dann können Frau und Schwester nicht sorglos nachtmahlen und sich dabei schöne Worte zustecken – in der Küche, wo er jeden Morgen und jeden Abend gesessen und sein Brot gegessen und seinen Kaffee und seinen Wein getrunken hat. Nein, das geht nicht!

Also nahm Jetti am Abend des Schabbat ihr Verhör wieder auf.

»Was hat er mitgenommen?«

»Was meinst du, Jetti?«

»Was er mitgenommen hat.«

»Du sprichst von Robert?«

»Natürlich spreche ich von Robert!«

»Nichts. Nichts hat er mitgenommen.«

»Er muss doch irgendetwas mitgenommen haben.«

»Wenn ich sage nichts, dann meine ich: nichts.«

»Keinen Koffer mit Wäsche?

»Das wäre ja etwas.«

»Bücher?«

»Ich habe gesagt: nichts.«

»Sein Handy?«

»Das ja. Aber er hebt nicht ab. Er hat es abgedreht.«

»Und Kontobewegungen? Gibt es Kontobewegungen?«

»Was meinst du nun wieder *damit*, Jetti?«

»Ob er von eurem Konto Geld abgehoben hat.«

»Wir haben kein Konto.«

»Das verstehe ich nicht … Jeder Mensch hat ein Konto … Was meinst du damit, Hanna?«

»Erstens hat nicht jeder Mensch ein Konto. Die Mehrheit der Weltbevölkerung besitzt kein Konto. Wo lebst du eigentlich, Jetti! Im Marzipan? *Wir* haben kein Konto. *Wir*. Wir haben kein *gemeinsames* Konto. Gibt es da etwas zu staunen, Jetti?«

»Gar nicht.«

»Gar nicht?«

»Nein.«

»Ich habe gedacht, du denkst: Sie haben gemeinsame Kinder, aber sie haben kein gemeinsames Konto.«

»Denke ich aber nicht, Hanna.«

»Dann ist es ja gut, Jetti.«

»Gut ist es nicht. Und du könntest auch bitte anders mit mir sprechen. Nichts ist gut, wenn mein Bruder verschwunden ist … Hanna, ich dachte doch nur, wenn er gar nichts mitgenommen hat, wie du sagst … er muss ja von irgendetwas leben. Hast du sein Konto kontrolliert? Ich bin mir sicher, dass die bei der Bank dir seine Auszüge zeigen. Du hast ihn immerhin als vermisst gemeldet, Hanna. Wenn er Geld abhebt, wüsste man, wo er Geld abhebt, und dann wüsste man, wo er ist …«

»Du redest nur von Geld, Jetti. Fällt dir das auf?«

»Ich rede doch nicht von Geld, nein …«

»Egal, was passiert ist, Jetti, du redest von Geld!«

»Aber ich habe doch nur nach Roberts Konto gefragt … das ist doch vernünftig …«

»Geld. Geld. Ich höre nur Geld. Woran liegt das, Jetti? Das muss doch einen Grund haben, dass du nur von Geld redest.«

Aber du kennst doch den Grund, Hanna. Juden reden immer nur von Geld. – Das hatte sie natürlich nicht gesagt. Wäre aber gut gewesen. Damit hätte sie das Maul ihrer Schwägerin für die nächsten paar Stunden gestopft. Und augenblicklich hatte Jetti ein schlechtes Gewissen: weil sie vermutete, dass sie sich Hanna gegenüber genauso mistig verhalten hatte, damals, als es ihr nicht gutgegangen war, wie sich Hanna jetzt ihr gegenüber verhielt; und weiter: weil sie auch mit aller Mühe nicht die ehrliche Sorge in sich aufbrachte, die erwartet werden *musste*, wenn der Bruder verschollen war; und weiter: weil sie sich nicht ein einziges Mal im Büro in Dublin gemeldet hatte, obwohl ihr Handy fünfzig Anrufe in Abwesenheit anzeigte und sie wusste, dass sie Entscheidungen zu fällen hatte, die ihr niemand abnehmen konnte; und weiter: weil sie noch kein einziges Mal das Grab der Mutter besucht hatte und es auch nicht zu besuchen beabsichtigte; und dann grad auch noch: weil ausgerechnet sie, die so viel Wert darauf legte, dass ihr Bruder ihren Geburtstag nicht vergaß, regelmäßig den Geburtstag ihrer Nichte und den Geburtstag ihres Neffen vergaß und ihnen auch nicht nachträglich Geschenke schickte, wie sie es jedes Mal am Telefon versprach – immerhin war sie als Kvaterin ausgewählt worden und hatte den winzigen Hanno vor seiner Beschneidung aus den Händen des Mohel entgegengenommen, eine Verpflichtung, bitte! »Das ist eine Verpflichtung«, hatte Robert sie ermahnt. »Ich würde sogar sagen, das ist eine große Verpflichtung«, hatte Hanna nachgelegt, als wären die beiden tatsächlich Schulze und Schultze. Bis heute machte sie diese Erinnerung fuchsteufelswild, zumal weder ihrem Bruder noch ihrer Schwägerin die Brit Mila je mehr bedeutet hatte als kuriose Folklore, ein vorübergehender Chic, ein Ritual, das die beiden weniger ernst nahmen als sie, Jetti, die immerhin rundum und immer ein schlechtes Gewissen hatte – mehrere sogar.

»Ach, Jetti, hör auf!«, sagte Hanna und stolzierte ab und davon.

In der Nacht erwachte Jetti, sie schaute nicht nach der Uhrzeit, es war dunkel, das genügte ihr. Sie ging ins Wohnzimmer, legte sich auf das Sofa, wickelte sich in eine der Wolldecken, aber sie schlief nicht wieder ein. Sie wollte kein Licht machen, sie holte ihr Handy, das sie seit einiger Zeit über die Nacht in ihrem Koffer versteckte, und aktivierte die Taschenlampenfunktion. Der Lichtkegel war kalt bläulich und zeigte die Dinge in kaum wahrnehmbaren Farbunterschieden. Sie richtete das Licht auf das Bild, das im Wohnzimmer über dem Sofa hing und die ganze Wand einnahm, gute zwei Meter lang und über einen Meter fünfzig hoch. Robert und Hanna hatten dieses Riesending von ihrer Hochzeitsreise mitgebracht, der einzigen gemeinsamen Reise über Europa hinaus. Rings um die USA waren sie gefahren, hatten in New York einen Chrysler Winnebago gemietet, waren über die Neuenglandstaaten nach Norden gefahren, dann nach Westen zu den großen Seen, weiter nach North Dakota und Montana und nach Süden, nach Kalifornien und über New Mexico, Texas, Alabama, Georgia hinauf nach Virginia und zurück nach New York. In Chicago hatten sie das Bild auf der Straße vor einem Antiquitätengeschäft gesehen, und Hanna hatte sich in das kuriose Stück verliebt und den Händler so weit heruntergehandelt, bis schließlich auch Robert einverstanden war, es zu kaufen. Es sollte ein gegenseitiges Hochzeitsgeschenk sein. Der Transport per Schiff nach Europa und dann weiter von Rotterdam in einem LKW nach Wien hatte das Dreifache gekostet. Das Ding war das Sinnbild ihrer Verbindung. Es war eine Reklametafel. Geworben wurde für die *Joseph Schlitz Brewing Company* in Wisconsin. Der Name stand in schlichter, selbstbewusster Schrift über der Szene, darunter: »The beer that made Milwaukee famous.« Datiert war es auf das Jahr 1933, in diesem Jahr war die Prohibition in den USA aufgehoben worden. In geradezu fotografischem Realismus zeigte es auf milchig grünem Untergrund die Gebäude der Brauerei und die umliegende Landschaft mit Straßen und Wegen und Parkanlagen. Kupferne Braukessel waren durch die Fenster der Betriebshalle zu sehen, davor tummelten sich detailversessen naturalistisch gemalte Männer mit Schiebermützen und verschiedenfarbigen Wämsern unter ihren Jacken, sie rollten Fässer oder schoben Sackkarren und Karetten, auf denen Säcke mit Malz gestapelt waren, manche trugen Handschuhe, andere nicht, in ihren Brusttaschen steckten Zigarettenschachteln, sogar die verschiedenen Marken waren zu erkennen. Pferde standen bereit, vor Wägen gespannt, auf den Böcken saßen die Kutscher und unterhielten sich, einer reichte einem anderen ein brennendes Zündholz hinüber. Aus einer schwarzen Limousine, die eben angekommen war, winkte Mr Schlitz, der Besitzer, den Zylinder hielt er in der Hand, ein Goldzahn blinkte. Arbeiter grüßten lachend zurück, schwenkten ihre Mützen, zeigten den aufgestellten Daumen. Mit dem Brauereigebäude verbunden durch einen überdachten, verglasten Gang war der Verwaltungstrakt. Auf einem der Balkone konnte man Angestellte sehen, Ärmelschoner über den Ellbogen, sie legten eine Pause ein, rauchten Zigarillos und lachten über einen Witz, der Erzähler war von den Zuhörern deutlich zu unterscheiden. Etwas abseits in einem Park, der mit seinen symmetrisch verschlungenen Wegen einem barocken Garten nachempfunden war, spielten weißgekleidete Damen mit weißen Hütchen Crocket, vornehme Herren, Großkunden der Brauerei, schauten ihnen zu. Weit im Hintergrund warteten Bagger und Kräne darauf, das Betriebsareal zu erweitern. Das Bild, so erklärten Robert und Hanna den Bewunderern, sollte nach den Jahren des Alkoholverbots zeigen, was für eine gute Sache ein gutes Bier sei, etwas für fortschrittliche wie konservative Menschen, kultiviert, zivilisiert, positiv. Die Stadt Mainz, woher Joseph Schlitz ursprünglich stammte, hatte irgendwann ein großzügiges Angebot gemacht, der Stadtrat hätte das Bild gern im Stadtmuseum aufgehängt. Robert und Hanna hatten darüber nicht einmal nachgedacht.

Jetti sah sich das Bild zum ersten Mal genau an. Sie war auf das Sofa gestiegen und hielt den Lichtschein nahe an jedes Detail. Sie war immer eifersüchtig auf das Bild gewesen; es war eine so offensichtliche Sensation, und weil es ein gegenseitiges Ehegeschenk war, ein unübersehbares Symbol. Eine Reklametafel wurde zu einer Ikone stilisiert, das durfte man doch ein *wenig* lächerlich finden, und die dezenteste Art, dies zu tun, war, *wenig* Aufhebens davon zu machen. Deshalb hatte sie das Bild bisher ignoriert, soweit das möglich war. – Noch etwas fiel ihr auf: Entlang des rechten Randes war das Blech nicht wie an den anderen Rändern nach innen gebogen zu einer Art Rahmen; hier war es abgeschnitten worden, mit einer Blechschere, oder abgeflext. Der Rand war scharfkantig; wenn man darüberstrich, konnte man sich empfindlich verletzen. Der Schnitt war über die ganze Länge verrostet, Farbe war abgeblättert. Über das Bild war viel gesprochen worden, darüber aber nie.

Nun, da sie es sich angesehen hatte, wollte sie nicht mehr unter dem Bild schlafen, sie wollte nicht, dass Mr Schlitz und seine Angestellten, der Prokurist und die Schreiber, die Bierfahrer und die Pferde, sie wollte nicht, dass die Kunden von Mr Schlitz und die Damen der Kunden, die Tauben auf dem Dach und der Hund, der aus einer Bierlache leckte – dass all die Wesen aus Farbe und Rost ihr beim Schlafen zuschauten, das wollte sie nicht. Aber ihr Körper war so schwer, sie musste damit rechnen, dass ihre Beine sie nicht trügen, dass sie einknickten und sie niederfiel und sich verletzte, dann hätte sie gewiss nicht mehr die Kraft, Hanna um Hilfe zu rufen, und Hanna würde vor morgen Mittag nicht aus dem Bett kommen, und so eine lange Nacht im Elend könnte das Leben kosten. Darum kroch sie auf Knien und Händen aus dem Wohnzimmer, kroch über den Flur, und als leuchtete aus ihren Augen der bläuliche Schein ihres Handys, sah sie den Parkettboden nahe unter sich, konnte jede Ritze unterscheiden, jeden Kratzer, jede Schramme, Zeugen, dass hier gelebt worden war. Welche dieser Merkmale stammen von Robert? Welche von mir? Die kleinen runden Dellen habe ich gemacht, mit meinen Stöckelschuhen. Dass der Weg um so viel weiter war, wenn man ihn auf den Knien zurücklegte! Da war sie auch schon am Rand und blickte hinunter ... wo das Meer schäumte, auf dem mancherlei schwamm.

10

Als sie Kinder waren, hatten Jetti und ihr Bruder »Zum-Lachen-Bringen« gespielt. Wer zuerst lachte, der hatte verloren. Sie hatten sich einander gegenübergesetzt und sich angesehen. Wer den Blick abwendete, wurde disqualifiziert, wer etwas sagte oder aufstand, wurde ebenfalls disqualifiziert. Immer war Robert Sieger gewesen. Jetti hatte sich bemüht, ein Gesicht aufzusetzen, das aussah, als würde sie gleich mit vollem Lachen herausplatzen. Sie presste die Lippen zusammen, verdrehte die Augen, schielte. Sie dachte, das sei ansteckend. War es auch. Es steckte sie selber an. Und bald platzte sie tatsächlich mit vollem Lachen heraus. Roberts Gesicht aber blieb unverändert starr, leer und ausdruckslos. Sie fragte ihn, wie er das anstelle. Er denke, er sei tot, antwortete er. Sie sagte, das wolle sie ihm nachmachen, und sie schaute ihn an und dachte, sie sei tot, und es funktionierte, sie musste nicht lachen. Erst dachte sie, wie würde es sich anfühlen, wenn ich tot wäre; dann dachte sie, wenn ich tatsächlich tot wäre, würde sich eben nichts mehr anfühlen. Bei den Füßen würde es beginnen, dachte sie. Und es begann bei den Füßen. Sie spürte die Füße nicht mehr. Dann die Unterschenkel. Dann die Knie. Dann die Oberschenkel. Sie dachte, ich darf nicht denken. So dachte sie *nicht* an die Hände, *nicht* an die Unterarme, *nicht* an die Oberarme, *nicht* an die Schultern und spürte die Hände, die Unterarme, die Oberarme, die Schultern nicht mehr. Wenn ich den Kopf *nicht* denke, dachte sie, dann bin ich tot. Solange ich aber denke, ich bin tot, dachte sie, bin ich noch nicht tot. So saß sie ihrem Bruder gegenüber und dachte, er denkt das Gleiche wie ich. Sie dachten, sie seien tot, und lachten nicht, eine halbe Stunde oder länger saßen sie so, und wenn Jetti nicht irgendwann gesagt hätte, jetzt wolle sie nicht mehr, ihr sei langweilig, sie erkläre sich freiwillig zur Verliererin für alle Zeiten, dann säßen sie immer noch in der Küche und starrten einander ins Gesicht, denn nie, nie, nie hätte Robert aufgegeben.

Eine Krähe war mit mir
Aus der Stadt gezogen,
Ist bis heute für und für
Um mein Haupt geflogen.

Mit Zynismus konnte Jetti nicht umgehen. Nach Zynismus musste sie
Musik hören, um wieder dorthin zurückzukehren, wo der Mensch
anfängt. Am besten Schubert. Und immer am besten die *Winterreise*.
Diese Vorliebe teilte sie mit ihrem Bruder. Ohne dass er von dieser
Gemeinsamkeit wusste. Sicher war Robert dabei ihr Vorbild gewesen,
wie bei so vielem anderen auch: Adorno las sie, als er Adorno las, Robert Burtons Buch über die Anatomie der Melancholie las sie, als er
es las, und sie besorgte sich ein Reclam-Heftchen mit Gedichten von
Georg Trakl. Er hatte den Schubert viel nötiger als sie, das war ausgemacht. Aber hätte sie ihn davon in Kenntnis gesetzt, dass auch sie den
Franz Schubert von Herzen lieb hatte, dann wären ihm aus dem Gelenk heraus eine Handvoll hässlichster, aber unwiderlegbarer Gründe
eingefallen, warum es dumm, abgedroschen, einfältig, überholt und
peinlich konventionell sei, Schubert »lieb zu haben«. Und sie hätte
sich wahrscheinlich nicht getraut zu antworten: He, ich hab dich doch
gesehen, als ich aus der Schule kam, da bist du dagesessen auf dem
Sessel in der Küche, die Augen zu, und hast *Die Krähe* auf deinem
Plattenspieler gehört und hast geglaubt, du seist allein in der Wohnung, und vor lauter Liebhaben hast du nicht gemerkt, dass ich in der
Tür gestanden bin und zugeschaut habe, wie sich deine Brust gehoben
und gesenkt hat.

Krähe, wunderliches Tier,
Willst mich nicht verlassen?
Meinst wohl, bald als Beute hier
Meinen Leib zu fassen?

Ihr Charakter sei geprägt von einer Portion »zünftig Oktoberfest-haftem« – diese hinterhältigste aller hinterhältigen Punzen hatte ausgerechnet er ihr aufs Fell gehämmert. In ihren Zwanzigern hatte sie in München als Lektorin in einem Verlag gearbeitet und war mit einem Elektriker liiert gewesen, von Angesicht kein schöner, von der Statur aber ein wahrhaft prächtiger Mann, der ihr das Bier schmackhaft gemacht und »einen Satz roter Ohren« (Hanna) gekriegt hatte, als sie ihn ihrem Bruder und ihrer Schwägerin vorstellte und Ersterer ihn fragte, ob er der »lustige Knopf« sei, von dem seine Schwester so schwärme, und Letztere ihre Blicke bis in die hintersten Ecken des Mannes schickte und kommentierte, Schönheit brauche *offenbar* Kontrast, um zu wirken, und sogar wagte, seinen Bizeps zu drücken und zu fragen, ob er trainiere, worauf Robert erklärte, in »Bodybuilder-Kreisen« spreche man nicht von »trainieren«, sondern von »definieren«, und Hanna, als hätten sich Mann und Frau zu einer Doppel-Conference abgesprochen: »Definieren aber anders definiert, als man in den Lektorenkreisen von Magistra Lenobel gewohnt ist zu definieren, was definieren heißt, wenn ich recht verstehe.« Dieses »Gespräch« hatte während des Oktoberfestes stattgefunden, auf teuren, reservierten Plätzen im großen Festzelt, die Maß Bier 8 Mark, Eisbein mit Kraut und Knödel 24 Mark. Jettis Freund hatte sich so sehr auf diesen Abend gefreut, er hatte sie alle eingeladen – »der Elektriker«, wie ihn das feindliche Ehepaar mit bestialischer Sturheit nannte (ebenso, wie Hanna an diesem Abend von Jetti nur als der »Frau Magistra« sprach, obwohl sie ja wusste, dass ihre Schwägerin – nicht anders als sie selbst! – ihr Studium nicht abgeschlossen hatte). Jetti war sprachlos gewesen vor Scham und Zorn. »He, Schwester,« hatte ihr Robert, als Kadenz sozusagen, ins Ohr gebrüllt, in Kauf nehmend, dass die Blasmusik auf der Bühne plötzlich abbräche und alle rundherum ihn hören könnten, »he, ihr beide habt doch gerade so viel gemeinsam wie Salutschüsse und Salatschüssel!« – ein Witz in doppelter, widersprüchlicher Mission: einmal, um sie noch mehr zu kränken, und zugleich, um sie zu trösten, denn wer über Roberts Witze nicht lachte, der war naturgemäß untröstbar und für ein würdiges Menschtum in gesundem Humor sowieso verloren. Hätte sie weinen können, wozu schöne Menschen *offenbar* nicht imstande sind, hätte sie geweint, buchstäblich bitterlich.

Danach hatte sie sich nicht mehr bei ihrem Bruder gemeldet. Und sie hatte vor, es auch nicht mehr zu tun. Nie mehr. Erst als er sie fünf Monate später zu ihrem Geburtstag anrief und herumstammelte, dass er sie vermisse und dass sie ihn ja kenne, dass manchmal ein Hund in ihm belle und ein Skorpion in ihm steche und so weiter, da war sie in ihrem Herzen wieder mit ihm gut. Die Affäre mit dem »Elektriker« war ja auch schon beendet. Dass es »nur« eine Affäre gewesen war, erfuhr sie, als er – schon im Weggehen und über die Schulter hinweg – sagte, seine Frau habe die ganze Zeit geduldig auf ihn gewartet. Jetti hatte nicht gewusst, dass er verheiratet war.

> *Nun, es wird nicht weit mehr geh'n*
> *An dem Wanderstabe.*
> *Krähe, lass mich endlich seh'n*
> *Treue bis zum Grabe!*

Was hätte Robert geantwortet, wenn er sich damals, als sie aus der Schule nach Hause kam, umgedreht und sie gesehen hätte, wie sie im Türstock stand und ihn beobachtete, den Bruder, den weinenden, der den Franz Schubert lieb hatte? – Ha, hätte er ausgerufen und sich schnell die Tränen abgewischt, natürlich habe ich gemerkt, dass du da stehst, ich wollte dir nur vorführen, wie blöd einer aussieht, wenn er … und so weiter … und noch viel Giftigeres. Auch sich selbst schonte er nicht, sein Zynismus war ihm ein höheres Gut als die Unversehrtheit der eigenen Seele.

11

Irgendwann hatte der Schriftsteller Sebastian Lukasser, Jettis Freund und Roberts Freund und auch Hannas Freund, ihr erklärt: Um rhetorisch einem Zyniker Paroli zu bieten, müsse man nur ein bisschen gebildet erscheinen, mehr sei nicht nötig, und erscheinen genüge völlig. Jetti erinnerte sich noch heute mit rotem Kopf an ihre Gedanken, gerade weil sie so typisch waren für sie, für ihr intellektuelles Wegschrumpfen angesichts dieser Bedrohung. Wie meistens hatte Sebastian leise und undeutlich gesprochen, weswegen sie nicht sicher gewesen war, ob er »gebildet«, »eingebildet«, auf irgendeinem Gebiet »ausgebildet« oder ob er »verwildert« gesagt hatte, hatte aber gedacht, es könnte nur Nummer eins, zwei oder drei gewesen sein, weil Nummer vier keinen ihr schlüssigen Sinn ergab. Sie hatte sich immer für ungenügend gebildet gehalten. Wenn nicht gar für dumm – so in Hannas Gegenwart – oder für naiv – so in Gegenwart ihres Bruders.

Das Gespräch zwischen ihr und Sebastian hatte nachts auf der Straße stattgefunden, erst wenige Minuten zuvor hatten sie sich von Robert und Hanna, bei denen sie zum Essen eingeladen waren, verabschiedet. Jetti hätte schon längst in Triest sein sollen, seit über einem Monat hatte sie dort ihre Wohnung gemietet. Sie war unschlüssig – nicht, ob sie Italien vielleicht ganz absagen und nach München zurückkehren sollte; sie war unschlüssig in allem. Hanna hatte ihr versichert, sie dürfe, so lange sie wolle, bei ihnen wohnen. Als aber Robert aus dem Waldviertel zurückkam, war wieder alles anders; das heißt, Jetti bildete sich ein, Hanna rücke von ihr ab, sie hatte sich so daran gewöhnt, dass ihre Schwägerin mitten am Tag, ohne Anlass, die Schläfe an ihre Schläfe drückte, das hatte ihr so wohl getan, sie hatten es beide geliebt, in der Küche zu sitzen und einander anzusehen, sie hatte sich beschützt gefühlt von Hanna. Als Robert wieder in der Wohnung war, neigte sie ihren Kopf nicht mehr ihr zu. Sie tut es nicht mehr, dachte Jetti, weil sie seinen Spott fürchtet; und sie selbst fürchtete ja auch den Spott ihres Bruders. Sie fürchtete seinen Spott und seine Sorge, die unverzüglich in Panik umschlagen konnte – wenn mit ihr, Jetti, etwas geschähe, das wusste sie, dann würde ihr Bruder zusammenbrechen. Und wer würde ihn dann stützen? Würde Hanna das können? Sie mochte nicht mehr länger in der Wohnung bleiben, sie fühlte sich von Robert beobachtet und von Hanna gemieden. Sie hörte sich um, und ein Freund eines Freundes hatte einen Freund, der wusste eine kleine Mansarde in der Nähe vom Naschmarkt, und dorthin zog sie – vorübergehend, wie sie sagte, bis sie sich wieder aufgerichtet habe. Und von da an war tatsächlich alles anders. Hanna und Robert spielten in ihrer Gegenwart ihre Doppel-Conference, gegen die Jetti auch mit stärkerem Mut nicht hätte bestehen können. Es war, als hätte der eine Teufel in den Tagen, als sie getrennt waren, den anderen Teufel bis aufs Blut vermisst; und den Höhepunkt in diesem Spiel veranstalteten sie an einem Abend, als sie Jetti und Sebastian zum Essen einluden. Die Kinder waren sicherheitshalber bei Bekannten untergebracht worden. Jetti war Hören und Sehen vergangen. Sebastian aber hatte sich in das Spiel hineinziehen lassen, und er war noch durchnässt vom Zynismus, als sie in der Nacht auf der Straße standen. Wenn ich ihn jetzt frage, ob er mit mir ins Bett geht, hatte Jetti gedacht, würde ich augenblicklich Macht über ihn gewinnen. Aber daran lag ihr nichts. An Macht lag ihr gar nichts. Sie wohnten nicht weit voneinander, Sebastian bereits in seiner Dachwohnung in der Heumühlgasse, sie zweihundert Meter Luftlinie von ihm entfernt. Zwischen den Ständen des Naschmarkts trennten sie sich, und wäre nicht dieses schäbige Fest vorangegangen, wer weiß, vielleicht hätte sie sich ja doch bei Sebastian eingehakt und ihn mit sich genommen hinauf in seine Wohnung, als wäre sie die ihre – seine Anwesenheit an diesem Abend hatte ihr die so lange vermisste Heiterkeit zurückgebracht, sie hatten geflirtet miteinander, ihr war gewesen, als wäre endlich Morgen, und ihr war gewesen, als hätte sie sich verliebt. Aber dann hatten seine Formulierlust und sein Übertrumpfenwollen gesiegt, und er hatte sogar noch galligere Worte gefunden als die beiden. Und da war keine Spur von Freude an Sex mehr in ihr gewesen, und so hatten sie sich verabschiedet, und das nur mit einer leichten Berührung ihrer Fingerspitzen. Als sie ihre Kammer aufschloss, hörte Jetti das Telefon klingeln. Es war

Sebastian. Er entschuldigte sich bei ihr, sagte, er schäme sich, sagte nicht wofür, das war nicht nötig, und erzählte ihr eine Gutenachtgeschichte, und das tat er von nun an jede Nacht, bis sie nach Triest abreiste, und es war ihr nun wirklich der Gedanke gekommen, Italien abzusagen, nur weil ihr dieser allnächtliche Trost so gut gefiel. Sebastian erzählte ihr, er habe vor, eine Sammlung mit Märchen zu schreiben; er sammle; sie, Jetti, sei sein erstes Publikum, wenn sie nichts dagegen habe, ein besseres Publikum könne er sich nicht vorstellen; durchaus nach dem Vorbild der Grimms sammle er, im Unterschied zu diesen aber wolle er sich vor jeder möglichen Deutung hüten, falle ihm zu einer Geschichte eine Deutung ein, scheide er sie aus. Er hatte damals die Naivität als die höchste zu erreichende Qualität bezeichnet und sie als eine »Schauweise« definiert, die sich der fundamentalen Traurigkeit des Denkens bewusst sei, nämlich der Traurigkeit des analytischen Denkens, des Denkens in Begriffen, das sich gegen seine offensichtliche Begrenztheit nicht anders zu helfen wisse als mit Hoffart und Arroganz – und eben Zynismus. Ein gutes Märchen, ein wahres Märchen, flüsterte er in die Telefonmuschel, da war es schon über zwei Uhr, gebe sich der Erzählung hin, als wäre sie ein Strom, der von keinem Willen gelenkt werde und keine Absicht als Ziel habe. Er sei zur Überzeugung gelangt, dass dem Bösen in der Welt besser auf dem Umweg über das Märchen auf die Schliche zu kommen sei, als über die Theologie oder die Soziologie oder die Seelenerforschung, denn der Teufel trete manchmal als Witzbold auf, manchmal als Politiker, manchmal als kleiner Angestellter bei der Post, manchmal als Mann des Friedens, immer als der Verdreher, der den besten Willen in die schlechteste Wirkung verkehrt und vice versa, im Märchen aber könne er sich, wenn überhaupt, nur für eine kleine Zeit verstellen. Er habe vor, jedes Märchen mit Robert durchzusprechen, als Gegencheck sozusagen; wenn dem alten Psychofuchs nichts dazu einfalle, dann habe das jeweilige Exemplar die Prüfung bestanden. – Jetti hatte gedacht: Es wird ihm immer etwas einfallen. Was brauchst du jemand anderen als mich? Ich bin die Naive!

12

Aber sie kannte ihren Bruder besser als alle; besser, als ihn Sebastian kannte, und die beiden waren ja die vertrautesten Freunde; und viel, viel, viel besser, als ihn seine Frau kannte. Und besser, als ihn seine Kinder kannten. Vor nicht langer Zeit hatte sie ein Interview gelesen, ein Gespräch mit einem französischen Philosophen litauischer Herkunft, wenn sie sich recht erinnerte, zufällig im Zug von London nach Liverpool hatte sie das Interview gelesen, jemand hatte die Zeitschrift im Abteil liegen lassen. Es ging um »den Anderen«. Der Philosoph wurde gefragt, wann man einen anderen Menschen als den erkenne, der er ist. Und der Philosoph antwortete: Wenn wir ihn in seinem größten Schmerz antreffen. Das Interview hatte sie so tief beeindruckt, dass sie sich vornahm, den Philosophen aufzusuchen, um sich mit ihm zu unterhalten. In ihren Zwanzigern hätte sie das getan, sie hätte alle ihre Termine abgesagt und sich in einen Flieger gesetzt, und ab nach Paris. Dann las sie am Ende des Artikels, dass der Philosoph bereits tot war. Da vergaß sie auch den Namen ... – In seinem tiefsten Schmerz hatte Hanna ihren Mann nicht angetroffen. Jetti aber hatte Robert im Winter in der Nacht auf der Straße an ihrer Seite gehabt, ohne Mantel, ohne Rüstung. Als er Angst um das Leben seines Sohnes gehabt hatte. Daran musste sie sich nicht erinnern, das musste ihr nicht einfallen, das mussten ihr die Wände nicht zuflüstern und sonst auch niemand; diese Geschichte war eingeschrieben in sein Gesicht, in seinen Namen, in das Wort *Bruder* ...

Hanno war mit einem Loch in der Herzscheidewand zur Welt gekommen, einem Ventrikelseptumdefekt. Er hatte viel geweint und hatte wenig getrunken. Und schnell geatmet, zu schnell. Jetti hatte damals noch in Wien gewohnt, in ihrer ersten eigenen Wohnung in Hernals, sie war gerade zwanzig geworden. Außerdem hatte der Kleine oft bläuliche Lippen. Auf ihr Drängen hin wurde Hanno von einem Arzt untersucht. Der überwies ihn ins Allgemeine Krankenhaus. Dort riet man zur Operation. Das Körperchen wurde an die Herz-Lungen-

Maschine angeschlossen, das Brustbein wurde aufgesägt und das Loch im Herz geschlossen. Hanna war während der Operation im Krankenhaus, sie wartete im Gang vor dem OP. Robert wollte nicht. Er konnte nicht. Er müsse sich bewegen. Jetti blieb bei ihm. Sie gingen kreuz und quer und schnell. Robert mit den langen Beinen ihr voraus, in seinen schwarzen Halbschuhen. Es sei ein Fehler gewesen, ein Kind zu zeugen, rief er seiner Schwester über die Schulter zu. Einer wie er dürfe keine Kinder haben. Er werde nach Hannos Tod Europa verlassen und nie wieder in die Zivilisation zurückkehren. Er werde irgendetwas mit den Händen tun, Straßenbau, Waldarbeit, wo der Mensch nicht dauernd auf den Gedanken komme zu denken, Denken sei das Entsetzlichste, was die Evolution hervorgebracht habe. Jetti überholte ihn, versperrte ihm den Weg und riss ihn an den Jackenaufschlägen. »Menschenskind!«, hatte sie ihn angeschrien. Es war Jänner gewesen und kalt, und Schneeflocken fielen und landeten auf seinem Brillengestell und schmolzen auf seinen Lippen. Er hatte sich zu Hause geweigert, einen Mantel anzuziehen. »Ich will das nicht, lasst mich!«, hatte er geklagt und den Gefütterten zurück an die Garderobe gehängt und die gefütterten Schuhe beiseitegeschoben. Und Jetti wusste warum. Er brauchte es ihr nicht zu sagen. Ihr Bruder flüchtete sich in den Aberglauben, wenn er wenigstens ein bisschen leide, und Frieren war ja auch ein Leid, dann dürfe er hoffen, dieses Leid werde vom Leiden seines Sohnes abgezogen. »Robert!«, schrie sie ihn mitten auf der Straße an. »Was redest du vom Tod! Hier, was siehst du? Das ist meine Hand. Die hacke ich mir ab, wenn Hanno etwas geschieht.« Er ergriff ihre Hand, formte sie zur Faust, drehte sie in der Beuge seines Arms und küsste sie, als wäre sie der Kopf eines Babys, wiegte seinen Oberkörper, hob ihre Faust an seine Wange, küsste sie wieder und wieder. »Mein Kleiner«, rief er, »mein lieber Kleiner, mein Kleiner, mein Hanno, mein lieber Hanno!« Sie zog ihren Mantel aus und legte ihn über seine Schultern und band den Kragen über sein Gesicht, damit seine Stimme gedämpft würde. Zum Fürchten war, dass ihr Bruder vor ihren Augen zusammenbrach. Dass nichts mehr von der Lässigkeit und dem Spott und der Coolness übrig war, nichts von seinem Zynismus, den sie nun wie eine vitale Regung begrüßt hätte! Sie drückte seinen Kopf gegen ihre Brust und klemmte seine Hände unter ihre Achseln, und so waren sie auf einem Mauervorsprung gesessen, bis die Zeit um war, die der Arzt ihnen prognostiziert hatte. Und er hatte seinen Oberkörper geschaukelt, vor und zurück, vor und zurück, wie ein orthodoxer Jude und hatte vor sich hingemurmelt:

»Baruch HaShem, liebe Schwester! Baruch HaShem, liebe Schwester! Baruch HaShem, Jetti.«

Sie wusste nicht, was die Worte bedeuteten. Wusste nicht einmal, dass es hebräische Worte waren. Viel später war sie drauf gestoßen, sie erinnerte sich nicht in welchem Zusammenhang. Dies also, hatte sie gedacht und hatte geseufzt wie ein Kind, dem zum ersten Mal klar wird, dass es keine Geister gibt, dies also war übrig geblieben von der himmelhohen Halde an Ritualen und Gebeten, die dreitausend Jahre lang durch die Welt geschoben worden war. Zwei Worte für meinen Bruder zur Beschwichtigung seiner Verzweiflung. Und für sie, Jetti, die gerade einmal sechs Jahre jünger war als er, war gar nichts mehr geblieben. Ihre Jüdischkeit reduzierte sich auf ein unbequemes Bedenken der Nazizeit; unbequem deshalb, weil sie, wenn sie erst einmal als Jüdin erkannt war, wie eine zerbrechliche Heiligkeit behandelt wurde, als wäre es eine Gotteslästerung, mit ihr ins Bett zu gehen, obendrein die Lästerung eines fremden Gottes – die Liebhaber waren ja meistens christliche Agnostiker oder christliche Atheisten, so oder so der Aufklärung verpflichtet, unter deren Schild ein fremder Gott besser beschützt war als ein eigener, weil am Fremden Toleranz deutlicher demonstriert werden konnte.

Irgendwann waren sie zurück zum AKH gegangen, nun langsam, und sie hatte dabei gebrummt wie ein Motor, denn so hatte sie ihren Bruder in den Schlaf gebracht, als sie klein war und er schon fast groß.

Alles war gut geworden. Und Jetti war die Heldin gewesen. Wenn sie ein zweites Kind bekomme, hatte Hanna versprochen, und wenn es ein Mädchen werde, solle es Jetti heißen, nicht Henriette, sondern gleich Jetti. Ein Jahr später bekam Hanna ein Kind, und es war ein Mädchen, und die Eltern nannten es Klara. Aber darüber war Jetti nicht traurig gewesen. Sie lebte bereits in München, und »die Jetti von damals« war eine andere; die, ja die, die andere, die wäre wohl traurig gewesen. Aber wo war die?

13

Am frühen Morgen war sie noch immer im Wohnzimmer und lag noch immer unter dem Blechbild.

Im Fenster zeigte sich ein erster Schein des Tages. Sie wollte in der Küche ein Glas Wasser trinken. Im Flur sah sie, dass die Tür zu Hannas Zimmer offen stand und Licht brannte. Hannas Beine ragten unter der Tuchent hervor, sie lag auf dem Rücken, im Nacken hatte sie das Kissen zusammengerollt. Der Kopf hing nach hinten. Der Mund stand weit offen. Die Hände hatte sie über der Brust gefaltet. Dann hörte sie Hanna schnarchen. Jetti wollte ihrer Schwägerin nicht beim Schlafen zusehen. Sie trat zurück in den Flur. Blieb aber dort stehen. Sie war sich nicht sicher, ob Hanna wirklich schlief oder ob sie wieder nur so tat. Wenn sie beabsichtigt, mich zu täuschen, dachte sie, dann würde sie nicht schnarchen. Im selben Augenblick war es still. Nun hörte sie Hanna weinen. Und sie weinte wirklich. Jetti schlich in ihr Zimmer, klinkte die Tür behutsam ein, rutschte auf Strümpfen zu ihrem Bett und lauschte und hörte das Schluchzen durch die Wand. Sie glaubt, ich schlafe, und ist nun endlich davon erlöst, spielen zu müssen, und spielt nicht mehr. So dachte Jetti und war ohne Mitleid. Da spielt sie die ganze Zeit, *als empfinde sie*, spielt aber das Gleiche, *was sie tatsächlich empfindet.* Warum spielt sie dann überhaupt?

Jetti wachte spät auf. Da war es schon über Mittag. Auf dem Küchentisch lag ein Blatt Papier. Unbeschrieben. Daneben ein Kugelschreiber. Sie rief nach Hanna. Alle Türen in der Wohnung standen offen, sogar die Schlafzimmertür. Nur die Tür zu Hannas Zimmer war zu. Abgesperrt. Jetti klopfte. Sie rief. Sie trommelte mit den Fäusten dagegen und schrie Hannas Namen. Sie schrie, dass sie die Tür aufbrechen

werde. »Hanna, ich zähle auf zehn, wenn du dann die Tür nicht aufmachst, breche ich sie auf. Ich kann das!« Sie schrie, dass sie bei der
Polizei anrufen werde. Sie schrie, dass ihr alles leidtue. Sie bekam
keine Antwort. Da setzte sie sich im Flur in eine Ecke.

Er werde nach Hannos Tod Europa verlassen und nie wieder in die
Zivilisation zurückkehren, hatte Robert gesagt, in der Winternacht,
als sie beide um das Krankenhaus herumgewandert waren, wo seinem
Söhnchen der Brustkorb aufgesägt wurde, um das Loch im Herzen zu
schließen. Robert hatte sich an sie geklammert, in Jacke und Hose
und Halbschuhen bei Minusgraden – der Bruder in seinem tiefsten
Schmerz. Denken sei das Entsetzlichste, was die Evolution hervorgebracht habe, hatte er gesagt. Und sie, die Schwester, sie musste nun
denken: Hanna hat sich die Pulsadern aufgeschnitten, sie hat sich eingesperrt und hat sich die Pulsadern aufgeschnitten. Und ich bin schuld.
Weil ich ihren Schmerz nicht erkannt habe. Weil ich nicht erkannt
habe, warum sie mich gerufen hat. Sie hat mich gerufen, *damit ich sie
daran hindere.* Es geht nicht um Robert, es geht um Hanna. Robert ist
abgehauen vor dem Unglück, wie er es immer tut. Aber Robert wird
kommen und fragen: Wo ist meine Frau? Warum hast du nicht auf sie
aufgepasst in ihrem tiefsten Schmerz!

Nach einer Stunde trat Hanna aus dem Zimmer ihrer Tochter.

»Jetti!«, rief sie. »Um Himmels willen, was ist los, Kleines? Warum
sitzt du auf dem Fußboden? Ist etwas passiert? Lass uns einen Kaffee
trinken!«

Jetti sagte nichts. Sie ging an Hanna vorbei. Sie suchte im Internet
nach dem Verlag von Sebastian Lukasser und schrieb an die Presse-
abteilung eine Mail. Darin bat sie, man möge – bitte, sehr bald, es sei
dringend! – an den Autor ihren Namen und ihre Mail-Adresse wei-
terleiten mit dem Vermerk, sie warte auf eine Antwort. Keine halbe
Stunde später schrieb Sebastian zurück. Er freue sich so sehr, von ihr
zu hören. Wie es ihr gehe? Wo sie sei? Ob etwas passiert sei? Wiederholte, wie sehr er sich freue. Warum sie denn nicht anrufe? Ob er sie
anrufen solle? Ob sie eine neue Nummer habe? Er habe immer noch

dieselbe. Was der Grund sei, dass sie sich bei ihm melde? Zwei Telefonnummern schickte er ihr, Handy und Festnetz.

Sie antwortete:

Lieber Sebastian,
ich kann Dir nicht sagen, wo ich bin. Jetzt nicht. Morgen sage ich Dir alles. Ich habe Dich ausfindig gemacht, weil ich denke, dass ich Dich brauche. Du kannst mir helfen, das weiß ich. Ich weiß, wenn ich Dich brauche, bist Du für mich da. Ich weiß, dass ich mich auf Dich verlassen kann …

Sie schrieb nicht weiter. Las durch und löschte. Fing noch einmal an:

Lieber Sebastian,
ich werde Dir morgen schreiben. Heute bin ich zu müde.

Drückte auf *Senden*. Legte sich über das Bett und schlief sofort ein.

14

Jetti war sieben Jahre alt gewesen und eingesperrt in die große Wohnung im 2. Bezirk, sie hatte den Tag allein mit ihrer Mutter verbracht, Robert, gerade einmal dreizehn, war irgendwo, sie wusste nicht wo, aber in Sicherheit, wahrscheinlich in der Schule oder bei Freunden, aber das sagt man nur so, Freunde hatte er ja keine. Beim Frühstück war die Mama noch gesprächig gewesen, als wären sie und ihre Tochter Freundinnen im gleichen Alter. Von einem Mann hatte sie erzählt, in den sie verliebt sei und wie sie es anstellen wolle, ihn zu erobern; und von einer Silbe auf die andere war sie verstummt.

Jetti hatte gesagt: Mama, du wolltest mir doch weitererzählen – als die Mama aufgestanden war und die Küche verlassen hatte.

Die Mama war aufgestanden und hinausgegangen und hatte sich in ihrem Schlafzimmer eingesperrt und hatte fünf Stunden keinen Laut von sich gegeben, nicht auf Rufen reagiert und nicht auf Klopfen, nicht auf Weinen, nicht auf Türschnallenrütteln und nicht darauf, wenn die kleine Jetti mit dem Fuß gegen die Tür trat.

Da hatte sie sich in der Küche auf einen Stuhl gesetzt. Aufrecht hatte sie sich hingesetzt. So sieht es brav aus, hatte sie gedacht. Das einzige Mittel, über das sie verfügte, um gegen das Schreckliche anzugehen, war Bravheit. Alles um sie herum sollte von ihrer Bravheit berichten können. Fünf Stunden war sie in der Küche auf dem Stuhl gesessen, darauf bedacht, keinen Gegenstand in ihrem Blickfeld anzusehen, um ihn nur ja nicht herauszufordern und gegen sie aufzubringen. Es war kein gutes Licht in der Küche gewesen. Das Küchenfenster war klein und darüber war ein Vordach. Innen vor dem Fenster hing ein Vogelkäfig von der Decke, aber kein Vogel war drinnen. Die Mama hatte erzählt, dass sie irgendwann einen Papagei besessen hatten, an den erinnerte sich Jetti aber nicht. Der Käfig war ihr unheimlich, und er war ihr immer unheimlich gewesen, er war schmutzig, als wäre sein Bewohner nur kurz irgendwohin unterwegs und käme bald wieder zurück, um sein Haus zu putzen. Sie wusste nicht, wie ein Papagei aussah, es war ein großer Käfig, rund, er hatte die Form einer Schwedenbombe aus Schokolade und war fast so hoch wie sie selbst. Sie meinte, sie höre ein Geräusch aus dem Käfig, aber sie traute sich nicht, den Kopf zu wenden. Die Mama hatte erzählt, der Vogel sei gestorben, aber sie glaubte das nicht, sie glaubte, er war zurückgekommen, und wieder hörte sie etwas. Die Mama hatte erzählt, dass ein Papagei sprechen kann. Er wird mich fragen: Wer hat behauptet, dass ich tot bin? Das dachte sie. Was soll ich dann antworten? Ich sage, ich habe es nicht behauptet. Und wenn er weiterfragt? Dann sage ich, Robert hat es gesagt. Er hat gesagt, du bist tot. Robert, dachte sie, wird mit ihm fertig. Sie hatte große Angst, aber die Augen zuzumachen, das traute sie sich nicht, obwohl sie größte Angst vor dem hatte, was sie sehen könnte, wenn sie den Kopf ein bisschen zur Seite drehte. Sie fürchtete, wenn sie sich bewegte, würde das, was hinter ihr ist, auf sie draufspringen. So saß sie und bewegte sich nicht, saß so lange, wie sie gar nicht glaubte, dass die Zeit reicht. Fünf Stunden war sie in der Küche gesessen. Ja, fünf Stunden! Dann hatte sie gehört, wie Robert die Wohnungstür aufschloss.

Wo ist sie? – das war sein erstes Wort. Und sie, Jetti, hatte zunächst ihre Stimme nicht gefunden, als müsste sie erst aus Bravheit und Ewigkeit aufwachen. Sie zeigte mit dem Finger auf die Schlafzimmertür. Robert versuchte erst gar nicht, mit der Mutter zu verhandeln. Er sagte, und seine Stimme klang wie die eines fertigen Mannes, wie die Stimme von Herrn Nemeth, der einen Stock tiefer wohnte: Mama, ich zähle jetzt langsam auf zehn, wenn du dann die Tür nicht aufmachst, breche ich sie auf. Ich kann das, Mama, es ist leichter, als du denkst, ich breche sie mit dem Schraubenzieher auf.

Da trat die Mutter vor die Tür und sagte: Ach, Kinder, ihr seid schon da? Wie schön! Kommt doch rein, Kinder, kommt doch rein!

Jetti fürchtete, Robert könnte denken, sie habe sich das alles nur ausgedacht, dass die Mama fünf Stunden lang im Schlafzimmer gewesen war und nichts gesagt hatte und dass sie, Jetti, Angst gehabt habe, die Mama sei gar nicht mehr da, sie sei gegangen und habe sie in der Wohnung eingesperrt. Oder die Mama sei tot. Aber Robert hatte ihr keine Vorwürfe gemacht, er hatte ihr geglaubt, er war nicht von ihrer Seite gewichen, hatte sie an der Hand gefasst, immer wieder, und hatte ihre Hand gedrückt. Später in der Nacht hatte sie gehört, wie er mit der Mutter geschimpft und wie die Mutter geantwortet hatte: Ja du, ja du, ja du, du weißt alles besser, du weißt immer alles besser …

Hanna kannte die Geschichte. Robert hatte sie ihr irgendwann erzählt, Hanna war außer sich geraten über den »Sadismus dieser bösen, bösen Frau«, wie sie sich ausdrückte. Sie hatte aufgestampft und aufgeheult und Jetti umarmt und gestreichelt, als hätte sie gerade dieses »arme Ding«, am Küchentisch sitzend, vorgefunden, mit nichts anderem gewappnet gegen die Angst als mit ihrer Bravheit. Die Erzählung selbst war zu einer Tragödie ausgeartet; Hanna hatte sich dermaßen hineingesteigert, dass Jetti und Robert sich schließlich gezwungen sahen zu lügen, es sei gar nicht so schlimm gewesen, außerdem sei die Geschichte viele Jahre her; Robert versuchte sogar, die Hysterie seiner

Frau abzubiegen, indem er zu einer Selbstgeißelung ausholte. Er habe immer schon einen Drang gehabt, seine Kindheit schlechter darzustellen, als sie gewesen sei, um Aufmerksamkeit zu erregen, er, der einsame, ungeliebte Mann, ein Clint Eastwood aus Wien, ein Humphrey Bogart aus der Leopoldstadt; was ihm seine Frau nicht glaubte, ein bisschen kannte sie ihn ja doch. Und Jetti hatte ihm assistiert: »Du weißt doch, wie ich bin, Hanna, ich spiele mich immer gern auf!« – »Wir beide!«, flehte Robert. »Wir beide spielen uns gern auf! Ich auch! Das ist Lenobeltum! Lenobeltum!«

Es hatte alles nichts genützt, im Gegenteil: »Was seid ihr für arme Kinder gewesen!«, rief Hanna aus. »Diese verfluchte Frau, die euch verflucht hat! Das ist ihr Fluch! Dass ihr immer und immer die Schuld bei euch selbst suchen werdet!«

Und dann umarmte sie noch einmal und sehr nass erst Robert, dann Jetti, Jetti länger und nasser als Robert.

In der Nacht hatte Jetti geträumt, sie sei wieder ein Kind und die Mama habe sie verlassen und hinter der verschlossenen Tür lauere das Unheil, und träumend war ihr zum ersten Mal bewusst geworden, was damals tatsächlich ihre Angst gewesen war, nämlich nicht, dass der Papagei hinter ihr auf seinem Käfig saß, sondern dass die Mama das Unheil war und dass sie sich hinter der Tür selbst weh tue bis in den Tod hinüber, und dass der Papagei der Bote des Todes war, der nicht danach fragen wollte, wer behauptet habe, er sei tot, sondern vom Tod geschickt wurde, um mitzuteilen, dass die Mama hinter der Tür … – Als sie aufgewacht war, waren Robert und Hanna an ihrem Bett gestanden. Sie hatte im Schlaf geschrien, und die beiden waren zu ihr geeilt. Robert hatte wieder versucht zu kalmieren: Jeder träume manchmal schlecht, das habe nichts zu bedeuten. Hanna aber hatte erkannt, dass es sehr wohl etwas zu bedeuten hatte, und wieder hatte sie Jetti in den Arm genommen:

»Das arme Ding, das arme Ding, schau doch, hör doch, sie hat ein Trauma!« Und sie warf ihrem Mann vor, es sei ein Fehler gewesen, von dieser Zeit zu erzählen, es sei eine Sünde, dieses Trauma aufzuwärmen. Es sei BLANKESTER Unsinn zu behaupten, Verdrängtes müsse an den Tag. »Verdrängtes muss verdrängt bleiben, sonst wäre es nicht verdrängt worden!«

Und sie hatte ausdrücklich verboten, dass je wieder über diese »traurigsten aller traurigen drei Stunden« gesprochen werde.

»Fünf Stunden«, hatte Jetti korrigiert. »Fünf nicht drei.«

»Ich dachte, es waren drei«, hatte Hanna gesagt, als handle es sich darum, wie lange man einen Braten im Rohr lassen soll.

»Es waren fünf«, hatte Jetti wiederholt.

»Dann bitte ich darum, dass über diese FÜNF traurigsten aller traurigen Stunden nie mehr geredet wird«, hatte Hanna zusammengefasst, und ihr Ton war um eine Nuance ein anderer gewesen.

Darüber gesprochen sollte nicht werden – darauf angespielt aber schon?

ZWEITES KAPITEL

Ein Arzt lebte einmal, der hatte die besten Erfolge und war angesehen und wurde gerecht bezahlt, aber geliebt hat ihn keiner. So lebte er allein, und der Grund war: der Neid. Er hat an den anderen Ärzten kein gutes Haar gelassen, und wenn einer an einem Tag hundert Patienten geheilt hätte, er würde kein gutes Haar an ihm gelassen haben; aber wenn es einen gäbe, der hundert Patienten an einem Tag hätte heilen können, dann wäre es ohnehin er selbst gewesen. Und trotzdem bangte er, ein Zweiter könnte ihm eines Tages ebenbürtig sein.

Der Arzt hatte viel zu tun, und er brauchte einen Assistenten, sonst hätte er seine Arbeit nicht leisten können. Aber weil er neidisch war, schien ihm die Gefahr zu groß, einen anzustellen, der tatsächlich so gut war, wie er einen gebraucht hätte, denn der hätte so gut sein müssen wie er selbst. Da begegnete er eines Tages einem jungen Mann, der im Ruf stand, der Klügste zu sein weit und breit, und der war stumm. Er habe, hieß es, eines Tages die Sprache und die Stimme verloren, warum und weswegen, das wisse keiner, und er könne es keinem sagen.

Der schien dem Neidischen recht. Was kann einer mit seiner Klugheit anstellen, wenn er nicht reden kann, dachte er. Er nahm ihn als seinen Assistenten und brachte ihm alles bei, was er konnte und wusste, und der Arzt wurde noch berühmter und noch reicher, und niemand sprach von seinem Assistenten, denn von einem, der selber nicht sprechen kann, von dem spricht man nicht.

Der junge Mann aber war gar nicht stumm. Er tat nur so. Er diente seinem Herrn am Tag und lernte, und in der Nacht las er in den Büchern seines Herrn und lernte, und bald wusste er mehr als der Arzt, ohne dass der Arzt es wusste.

Und eines Tages kam ein Bote des Königs. Die Prinzessin leide unter Kopfschmerzen, und nur er, der berühmte Arzt, so habe der König befohlen, könne helfen. Da bekam es der Arzt mit der Angst, denn er glaubte nicht, dass er den Königspalast lebend verlassen würde, wenn er die Prinzessin nicht heilte. Aber es war kein Entkommen.

Wenn ich schon, dachte der Arzt, diesmal nicht nur das Leben der Patientin aufs Spiel setze, sondern auch mein Leben, dann will ich den größten Ruhm erreichen, und das ist nur möglich, wenn ich die Prinzessin ganz allein heile und ohne meinen Assistenten; denn wenn wir sie zu zweien heilen, wird ein Strahl auch auf ihn fallen. Er schloss den Assistenten in seinem Haus ein und folgte dem Boten in den Palast. Der König stand schon bereit am Tor, er wollte dabei sein, wenn sein Liebstes geheilt wurde. Also betraten sie das Gemach der Prinzessin, der Arzt und der König, sie lag in ihrem Bett und stöhnte, so sehr quälte sie der Schmerz im Kopf.

Der junge Mann aber brach aus dem Haus des Arztes aus und lief zum Palast, überlistete die Wachen und stieg aufs Dach und schlüpfte durch den Kamin und landete in dem Speicher, der über dem Gemach der Prinzessin war. Dort bohrte er ein Loch in den Boden, und durch das Loch beobachtete er, was sein Herr tat.

Nämlich der Arzt sägte den Kopf der Prinzessin auf, und da sah er einen Käfer, der sich mit seinen Füßchen an das Gehirn klammerte und mit seinen Kiefern hineinzwickte. Der Arzt holte eine Zange aus seiner Tasche, mit der wollte er den Käfer fassen und losreißen. Der durch das Loch alles beobachtete, der junge Mann, rief:

»Nein! Tut das nicht! Die Prinzessin wird sterben! Tut das nicht!«

Der König glaubte, die Stimme eines guten Geistes zu hören, und er fragte: »Was soll stattdessen geschehen?«

»Eine Nadel soll er nehmen und sie glühend machen und damit den Käfer piksen!«

Und so geschah es, und der Käfer ließ los und die Prinzessin war frei von ihrem Schmerz, aber alles kam auf: dass nicht ein guter Geist gesprochen hatte, sondern der Assistent, und dass der nicht stumm war, sondern redend.

Der König aber tadelte den Assistenten und lobte den Arzt und gab dem Arzt Gold in Hülle und Fülle. Ganz ohne Lohn wollte er den Assistenten dann doch nicht ziehen lassen, und so fragte er ihn: »Was soll ich *dir für deinen Dienst geben, es darf aber nur so klein sein, dass es in deiner Faust Platz hat, ohne dass es einer sieht.«*

Da sagte der junge Mann: »Gib mir den Käfer. Er hat lange im Kopf deiner Tochter gewohnt, er kennt alle ihre Geheimnisse.«

Der König lachte den jungen Mann aus, und den Lohn sollte er haben.

Der Arzt aber war neidisch, und hätte sein Assistent als Lohn ein Knäuel von dem Staub bekommen, der hinter der Tür war, er wäre neidisch gewesen, und er überlegte, wie er in den Besitz des Käfers käme. In der Nacht brach er in die Kammer des Assistenten ein und drückte dem Schlafenden das Messer an die Kehle und weckte ihn und sagte: »Gib mir den Käfer, ich will die Geheimnisse der Prinzessin wissen, denn ich denke, wer ihre Geheimnisse kennt, kennt auch die des Königs, und die möchte ich auch kennen. Wo hast du den Käfer versteckt?«

Der junge Mann sagte: »Ich habe ihn mir in die Nase geschoben, damit er hinauf zu meinem Gehirn kriecht und mir dort die Geheimnisse der Prinzessin verrät. Schon bald ist er oben. Ungefähr hier ist er schon«, und er deutete sich auf die Stirn.

»Schnäuz ihn heraus!«, rief der Arzt und hielt ihm ein Taschentuch unter die Nase. »Mach Druck, mach Druck!«

Der junge Mann schnäuzte sich und drehte sich dabei zur Seite, wie es Menschen tun, die sich schnäuzen und einen Anstand haben, dabei aber griff er unter sein Bett und holte den Käfer heraus. »Hier ist er«, sagte er.

Der Arzt schob ihn sich in die Nase, und der Käfer machte sich auf den Weg hinauf zu seinem Gehirn.

1

Und freilich wusste sie, dass sie gut aussah, sehr gut sogar – nicht *immer noch* sehr gut, sondern »an neunundneunzig Prozent aller gutaussehenden Dreißigjährigen gemessen«. Diese »Zusammenfassung ihrer Erscheinung« durch einen ihrer Dubliner Liebhaber fand Jetti spaßig fantasielos; die Rederei über ihre Schönheit ging ihr auf die Nerven.

Sie leitete in Dublin ein Büro mit sechs Mitarbeitern – *How, Where and Why. European Agency for Cultural Promotion* –, sie war die prima inter pares, sie hatte die Agentur gegründet, Ronny, Tom, Ray, Gareth, Mike, Trevor und sie arbeiteten selbständig, einer borgte dem anderen sein Know-how, keiner war der Angestellte eines anderen, jeder sein eigener Chef. Sie formulierte Anträge an die Europäische Union, an die entsprechenden nationalen Institutionen oder an Städte und Gemeinden, entwarf für Orchester ebenso wie für Museen, für Fotogalerien, aber auch für Ministerien Förderungskonzepte, sie durfte ihre Firma zu dem Dutzend der kompetentesten in Europa zählen, sie verdiente wahrscheinlich doppelt so viel wie ihr Bruder, der eine gutgehende Praxis hatte, Artikel schrieb und ab und zu Vorlesungen an der Uni hielt – und trotzdem wurde über ihre Schönheit geredet, als wollte man sie trösten. Seit ihrem siebzehnten Lebensjahr war Jetti gewohnt, für »berauschend«, »umwerfend«, »anbetungswürdig« gehalten zu werden. Ihr Äußeres wurde besprochen, schamlos in ihrer Anwesenheit, als ob sie taub wäre oder die Sprache nicht verstünde oder ein Ding wäre, das allen gehörte, weswegen auch alle Anrecht darauf hätten. Die Frau ihres Mathematiklehrers am Gymnasium hatte Robert vor der Universität abgepasst, hatte ihn vor sich her geweint, über die Stiege hinauf bis unter die Säulen beim Eingang und dort an die Wand gedrückt, hatte ihn beschworen, er möge seiner Schwester ins Gewissen reden, sonst werde sich über kurz oder lang zwischen Jetti und

ihrem Mann etwas anbahnen, was zum Ruin von mindestens zwei
Leben führen würde. Robert hatte gefragt, wie sie darauf komme,
ob bereits etwas vorgefallen sei, und wenn, was. »Schauen Sie Ihre
Schwester an!«, hatte die Frau gerufen und gefuchtelt. »Sie sind doch
auch ein Mann!« Da hatte Robert seine Schwester angesehen. Er
wohnte damals schon nicht mehr zu Hause. Er lebte zusammen mit
Hanna in einem Zimmer in einer Wohngemeinschaft, er studierte
Medizin, sie arbeitete in einer linken Buchhandlung gleich neben dem
Stephansdom. An diesem Abend besuchte er seine Mutter, unter irgendeinem Vorwand. Jetti war zu Hause. Wie immer. Sie war ein arti-
ges Mädchen, burschikos zwar, kratzte sich am Hintern, aber brav war
sie. Sie waren ohne Vater aufgewachsen, die Mutter litt unter Depressionen, pflegte einen wirklichkeitswidrigen Eigensinn und war an der
Welt nicht so viel mehr interessiert. »Ich möchte dich ansehen«, hatte
Robert an diesem Abend zu seiner Schwester gesagt. »Dreh dich!« Sie
drehte sich vor ihm, hob die Arme und fragte nicht. Er sagte: »Ich verstehe. Jetzt verstehe ich.« Er tippte der Frau des Mathematiklehrers
einen Brief, legte ein zweites Blatt und ein Pauspapier in die Schreib-
maschine, weil er mit einigem rechnete und gewappnet sein wollte,
falls irgendwann Beweise oder so verlangt würden. – Übrigens: Nicht
nur der Mathematiklehrer hatte sich in Jetti verliebt. Alle. Einschließlich des Schulwarts. Und so war es weitergegangen.

2

In Dublin hatte Jetti zwei Männer. Mit dem einen traf sie sich gelegentlich zum Sex, er hatte ihre neunundvierzigjährige Schönheit mit
der von schönen Dreißigjährigen verglichen, er war der, über dessen
Witze sie lachte, auch wenn es Witze waren, über die sie nie lachen
würde, wenn sie ein anderer erzählte – Mr James Callum Rice, für sie:
Jamie.

Mit dem anderen lebte sie zusammen – auf ihre Art; was bedeutete: Ein- bis zweimal in der Woche, nicht öfter, übernachtete er in

ihrem Haus, und manchmal verbrachten sie einen Tag gemeinsam, indem sie nichts taten oder in die Stadt fuhren und einkauften. Das dauerte nun seit drei Jahren. Sie wollte es dennoch »zusammenleben« nennen: zusammenleben mit einem Mann, der achtzehn Jahre jünger war als sie und nicht die geringste Bildung besaß, der auf den reizenden Namen Lucien O'Shaughnessy hörte und einen reizenden Mund hatte, der aussah wie der Mund eines staunenden Mädchens, aus dem er für gewöhnlich mit leiser, sanfter Stimme sprach (vier Ausnahmen, an die sie sich nicht gern erinnerte: Einmal hatte er in ihrer Gegenwart seine Mutter niedergebrüllt und noch weitergebrüllt, als sie schon auf den Knien war, tatsächlich, nicht etwa nur bildlich; ein andermal hatte er einen Autofahrer zusammengeputzt, der ihm den Parkplatz weggenommen hatte – »Ich reiß dir die Augen aus und stopf sie dir in den Hals!«; und schon war er auch über sie drübergefahren, nicht so heftig wie bei den anderen, aber beim zweiten Mal heftiger als beim ersten Mal, und sie hatte nicht gewusst, was der Grund war – beim zweiten Mal übrigens im Bett, als sie große Zärtlichkeit für ihn empfunden hatte und ihn, wie sie meinte, auf besonders liebe Weise befriedigen wollte). Zur Zeit war er arbeitslos, schon sehr lange war er arbeitslos. Er redete nicht gern. Es hatte auch wenig Sinn, ihn anzurufen, er würde mit ja und nein antworten, öfter mit ja als mit nein, die meiste Zeit würde er schweigen, und eine Minute würde ihr vorkommen wie fünf Minuten. Aber er war einer, der sich bisweilen Gedanken machte und der lieben Meinung war, mit niemandem könne er freier über diese Gedanken sprechen als mit Jetti. Er bewunderte sie, und sie mochte ihn dafür. Er bewunderte sie wegen ihres Geistes – dieses Wort auszusprechen, getraute sie sich, nämlich weil er es sich getraute; er zeigte sich gern neben ihr und gab sein ganzes Geld für Kleidung aus, damit sie sich auch gern neben ihm zeigte. Außerdem liebte er ihre Katze, und Kitty liebte ihn. Weswegen sie ein bisschen eifersüchtig war. Kitty war eine Streunerin, sie war ihr zugelaufen, ramponiert war sie gewesen wie ein Hobo und ausgehungert, geplagt von Zecken und Würmern, ein Auge hatte getränt. Sie hatte mit ihr einen Tierarzt aufgesucht, mehrere Male, er hatte vorgeschlagen, sie einzuschläfern, aus der werde nichts mehr, das Beste, was es über sie zu sagen gebe, sei, dass sie ein Kollege sterilisiert habe, irgendwann müsse sie also jemandem gehört haben. Jetti ließ es sich angelegen sein, die Katze aufzupäppeln. Sie gab ihr den Namen Kitty. (In einem Telefonat erzählte sie ihrem Bruder von der Katze, er fragte, ob sie durch die Kitty aus *Anna Karenina* zu dem Namen angeregt worden sei; und Hanna fragte: »Ist es nach der fiktiven Freundin von Anne Frank?« Ihre Antwort: »Ich habe Anna Karenina nicht gelesen und auch nicht das Tagebuch der Anne Frank.«) Kitty war dreifärbig – rostrot, weiß und ein sehr dunkles Braun. Sie war ein untreues Luder, strich um die Beine jedes Menschen, vertrauensvoll, und miaute gern und ließ sich von jedem streicheln. Lucien mochte sie besonders. Wenn er sich setzte, hüpfte sie ihm auf den Schoß und hielt ihm den Hals hin, damit er ihn kraule. Und das tat er mit Hingabe, und Jetti schaute zu, wie seine eleganten langen blassen Finger mit zielsicheren Bewegungen in ihr Fell eintauchten.

Jamie traf sie nicht öfter als einmal im Monat, er war reich und gutmütig, besaß eine regionale Heimwerkerbedarfskette und war verheiratet mit der Schönheitskönigin von Irland 1990. Er hatte drei Töchter im Alter von über zwanzig und den größten Schwanz, den sie je gesehen hatte, vor dem ihr zwar ein bisschen graute und auch grauste, dessentwegen sie die Beziehung aber immer wieder und »mit Leichtigkeit« fortsetzte. Jamie machte ihr keine Gedanken, weil er keine Erwartungen an sie stellte, er war rundum mit ihr zufrieden, und er war rundum mit sich selbst zufrieden. Einmal hatte er (auch er) zu ihr gesagt: »Wenn du mich brauchst, bin ich für dich da.« Sie wusste, das meinte er (im Unterschied zu Sebastian Lukasser) in einem unpathetischen, einem praktischen Sinn – also: wenn jemand deine Dachrinne reparieren soll oder wenn ich deinen Wagen abschleppen soll oder wenn jemandem die Schnauze poliert werden soll.

Bei dem einen wie bei dem anderen hatte sie sich zu Anfang die Frage gestellt: Könnte er der Richtige sein? Und hatte sich sofort geantwortet: Nein! Hatte fairerweise aber ein- und ausgeatmet und sich selbst ermahnt: Nicht so schnell, nicht so schnell! Stell dir die Frage

nach einem Monat noch einmal! Oder nach einem Jahr. Wenn sie
dann überhaupt noch gestellt zu werden brauchte. Ihr Nein hatte mit
äußeren Umständen nichts zu tun – dass Jamie verheiratet war oder
dass Lucien so viel jünger war als sie; Jamie hätte sich ja scheiden
lassen können, wahrscheinlich würde er es tun, wenn sie darauf bestünde, und was ihr Alter betraf, meine Güte, sie war neunundvierzig,
sah aber aus, so war ihr beschieden worden, wie eine gutaussehende
Dreißigjährige, womit der Altersunterschied zu Lucien ein Jahr be-
trug, zu ihren Gunsten … – Nein, das Nein hieß Nein, allein weil sie
die beiden nicht liebte und auch nie lieben würde. Eine Frau, die so gut
aussah wie sie, durfte sich auch in ihrem Alter romantische Ansprüche
leisten.

3

Lucien O'Shaughnessy, der Ungebildete, der ein Herz und eine Hand
für ihre Katze hatte, der Zarte, der gleich groß war wie sie – sie war
1,66 m –, der von der *Unemployment Assistance* lebte und ihr dennoch
jedes Mal ein Geschenk mitbrachte, und immer war es etwas Erlese-
nes gewesen, bereitete sich auf die Gespräche mit ihr vor; das tat er,
seit sie ihn einmal gelobt hatte. Sie hatte zu ihm gesagt, er sei vielleicht ungebildet und kenne keinen einzigen Philosophen beim Namen und auch nur den Namen eines einzigen Dichters und nur ein
Werk, nämlich James Joyce und *Ulysses*, und tue sich sogar beim
Lesen und Schreiben schwer, aber er habe einen *konzentrierten Verstand* »concentrated mind«; damit meine sie, er wisse, was wesentlich
sei und was nicht. Ihre Offenheit kränkte ihn nicht. Im Gegenteil. Er
lauschte ihr, als gelte es, Großes zu lernen aus jedem ihrer Worte. Sie
erzählte ihm von ihrem Bruder und ihrer Schwägerin, die vor lauter
Bildung kaum gerade gehen, hinter jedem Stein am Wegrand ein Wenn
und in jedem Sonnenstrahl ein Aber sähen, oft genug jedoch nicht
zwischen wesentlich und unwesentlich unterscheiden könnten. Die
keinen normalen Satz sagen könnten, weil sie sich immer vorstellen,

wie er gedruckt aussehen würde, und sich im Vorhinein schämten, weil er wahrscheinlich beschissen aussähe, und sie deshalb nur in Zitaten redeten und sich versicherten, so seien sie unangreifbar, denn wenn einer aufzeigt und sagt, das ist aber ein sauberer Scheißdreck, den du da verzapfst, dann dürften sie lässig grinsen und sagen, ja meine Güte, hast du denn nicht mitgekriegt, das war ironisch gemeint und so weiter, und deshalb sagen sie auch alles, was sie sagen, mit einem ironischen Unterton und zucken dabei mit den Lippen, damit sie jederzeit so tun können, *als ob* sie sich ja eh lustig machten – solche sind die, »du bist mir hundertmal, was sag ich, tausendmal lieber«.

In der Nacht, bevor Hanna ihre Mail geschickt hatte, hatten Lucien und sie »über die Zeit« gesprochen – Jetti gab ihrem Gespräch im Nachhinein diese Überschrift. Es war ein recht kühler Abend gewesen, sie hatten Holz im Kamin angezündet und sich vor dem alten Ledersofa auf den Boden gesetzt, die Füße zum Feuer hin ausgestreckt, und hatten Grog getrunken und Gras geraucht, und ein großer Friede war gewesen, wie es ihn nur gibt, wenn sich die Langeweile als Nachbarin niederlässt, aber nicht anklopft. Abgesehen von den genannten beunruhigenden Ausnahmen war sie von Lucien, wieder abgesehen von seiner ganzen Erscheinung, bisher noch nie wirklich überrascht worden – und das war ein Zug an ihm, den sie schätzte: dass er immer gleich war. An diesem Abend hatte Lucien, wie Jetti fand, kluge Sachen gesagt. Ein Mensch, der viel reist, denkt schneller, hatte er gesagt. Deshalb vergehe für ihn die Zeit auch schneller. Denn, so habe er herausgefunden, die Zeit gebe es zwar außerhalb des Kopfes eines Menschen, jede billige Armbanduhr belege das, aber das sei nur die abgezählte Zeit, nicht die erlebte, eine Armbanduhr erlebe ja nichts. Und so weiter. Genau erinnerte Jetti sich nicht. Es war ein interessantes Durcheinander. Aber ein Durcheinander. Ohne das Gras wäre es womöglich kein Durcheinander gewesen. Originell war es nicht. Nicht bis zu diesem Punkt. Lucien hatte eine schöne, weil melancholische Stimme, an die Stimme würde sie sich immer erinnern. Dann aber sagte er: »Wenn einer viel reist, vergisst er schneller *und vergibt auch leichter.*« Na! Da hatte sie gestaunt! War das nicht ein kluger Gedanke? Jetti fand, das war sogar ein sehr kluger Gedanke. Und ein origineller Gedanke. Obwohl ihr nicht der kleinste Beweis für seine Richtigkeit einfiel. Auf jeden Fall war es ein schöner Gedanke. Fast hätte sie ein bisschen geweint. Aber weinen konnte sie nicht. Auch nicht unter dem Einfluss von Cannabis.

Wie klug dieser Gedanke war, glaubte Jetti an Hannas Charakter vorgeführt zu bekommen. Hanna reiste vielleicht viel im »Geiste«, wie sie selbst die Tätigkeit des Lesens nannte – »Amos Oz, *Eine Geschichte von Liebe und Finsternis,* was für eine Reise im Geiste!« –, wenn's aber um irdische Kilometer, sei's mit der Eisenbahn oder mit dem Auto oder, am schrecklichsten mit dem Flugzeug, ging, dann hatte sie Muffensausen, nicht anders als ihr Gatte übrigens, dann waren sie ängstlich wie zwei Bauernbälger, die in die Kreisstadt zum Markt geschickt werden. Und Hanna konnte nicht vergeben, echte Schuld nicht und eingebildete Schuld noch weniger. Der kluge, hübsche, ungebildete Lucien hatte für diesen Charakter die Theorie geliefert, und das, obwohl er, hätte ihn Hanna abgeprüft, das Wort Theorie nicht definieren hätte können. (Dass sie im Zusammenhang mit Büchern den Geist im Dativ zum »Geiste« werden ließ, das schüchterte Jetti nicht im Geringsten ein, gleichwohl es das zweifellos sollte, sie fand es hilflos lächerlich.)

4

Waren sie sich in den ersten Tagen aus dem Weg gegangen, änderte Hanna nun ihre Strategie. Sie ließ Jetti keine Minute allein. Sie war es, die an die Tür klopfte, wenn Jetti in ihrem Zimmer verschwand. Jetti hatte sie an jenem Abend noch zur Rede gestellt, hatte ihr auf den Kopf zu gesagt, was sie dachte: nämlich, dass Hanna mit sehr, sehr böser Absicht auf die alte Geschichte anspielen und ihr habe Angst machen wollen. Welche alte Geschichte sie denn meine, fragte Hanna und zog eine Unschuldsmiene, die man hätte abmalen und ausstellen können. Dass sie eine Stunde im Flur gesessen habe, stammelte Jetti, dass sie an ihre Tür gepumpert habe, dass sie gerufen habe, geschrien, dass sie drauf und dran gewesen sei, die Tür zu Hannas Zimmer aufzubrechen, wie damals, als sie klein gewesen sei, wie bei ihrer Mutter. Und dass Hanna das genau deshalb getan habe, damit sie sich genau daran erinnere. Fast hätte sie gesagt, was die kalte Wahrheit war: Sie hatte wieder gespürt, wie der Tod umging. Ja, der ging immer um und zu jeder Zeit und an jedem Ort, aber sie hatte gemeint zu spüren, wie sie eingeschlossen war mit ihm in dieser Wohnung, und wenn sie sich umdrehte, war ihr gewesen, als streifte sie sein langer, zerfledderter Mantel, wie wenn sie sich durch eine der Geisterbahnen im Prater bewegte. Das sagte sie aber nicht. Sie sagte: »Ich dachte, es ist dir etwas passiert, und das habe ich damals bei der Mama auch gedacht ...« Aber, aber, Jetti!, flötete Hanna, wenn sie das gewusst hätte! Um Gottes willen, was sie sich nur denke! Dass sie auf diese traurigste aller traurigen Geschichten anspielen hätte wollen! Was sie ihr da zutraue! Nein, sie habe eine Schlaftablette genommen, sie habe einfach den Tag wegschlafen wollen, die Sorge, wenn sie wisse, was sie meine, die Sorge, und dann habe sie eine zweite Tablette genommen und dann sogar eine dritte, aber um Gottes willen nicht, um sich etwas anzutun, nein, das dürfe sie nicht denken, es seien zwar besonders starke Schlaftabletten, Robert habe sie ihr verschrieben während einer Krise, darüber wolle sie jetzt nicht sprechen, aber um sich wegzumachen, seien mindestens zwanzig Stück nötig, bei ihr wahrscheinlich noch einige mehr, Unkraut verderbe nicht so schnell, es tue ihr unendlich leid, warum sie denn nicht ins Zimmer gekommen sei und sie gerüttelt habe. Jetti sagte, das Zimmer sei abgesperrt gewesen. Was, abgesperrt, seufzte Hanna, was sie doch für ein Dummerle sei, da habe sie doch tatsächlich hinter sich abgesperrt, sie erinnere sich nicht ... – Jetti glaubte ihr kein Wort.

Von nun an war Hanna ständig um sie herum, und das in keinem weiteren Abstand als drei Meter. Jetti nahm ihr Handy aus dem Koffer, um einen Mitarbeiter oder einen Kunden in Irland anzurufen, was dringend gewesen wäre; schon war Hanna zur Stelle, aus dem Boden gewachsen wie der T-1000 in *Terminator 2*, und fragte: »Wen rufst du an, Jetti?« Wobei die Nennung ihres Namens wie eine Drohung klang. Dass jemand so betonen konnte! Dass der eigene Name, der einem doch lieb war, wie der Vorbote einer Bestrafung klingen konnte! Gut siebzig Anrufe in Abwesenheit zeigte das Display auf ihrem Handy inzwischen an, sie löschte die Anzeige und schaltete das Gerät ab.

Sie saßen in der Küche, die Schatten der Türme der Votivkirche glitten nacheinander über den Tisch, Hanna war blendend gelaunt, sie bediente sich kräftig an dem Brotaufstrich aus Honig und Zimt, den Jetti von Irland mitgebracht hatte, unterlegte ihn mit dick Butter. Die Nachrichten im Radio berichteten über die Streichung von Kuba aus der Liste der *State Sponsors of Terrorism* durch die Regierung der Vereinigten Staaten von Amerika – bei dieser Meldung schob Hanna die Unterlippe vor und hob die Augenbrauen.

Plötzlich sprang sie auf. Sie müsse kurz in die Buchhandlung, es wäre unfair Cora gegenüber, sie alle Arbeit allein machen zu lassen, wenigstens die Unterlagen für die monatliche Umsatzsteuererklärung müsse sie holen. Die Buchhandlung laufe nicht schlecht, zwar längst nicht mehr so gut wie noch vor zehn Jahren, als es – wie Robert sich ausdrückte, »unter mittelständischen nichtjüdischen Intellektuellen angesagt war, koscher zu essen, über jüdische Feiertage Bescheid zu wissen, jüdische Autoren zu lesen und statt Holocaust Shoah zu sagen«. Hanna blieb in der Küche, während sie telefonierte. Das war Jetti unangenehm, also stand sie auf, aber Hanna hielt sie am T-Shirt fest. Und sie ließ nicht los, sprach zum offenen Fenster hinaus in die warme Maienluft und in das Rauschen der nahen Alserstraße und ließ nicht los. Jetti musste einen Finger nach dem anderen an Hannas Hand aufbiegen, um sich zu befreien. Die militärische Art, wie ihre Schwägerin die Endsilben auf Zack hielt – wie konnte es Cora am anderen Ende der Leitung ertragen, dass so mit ihr geredet wurde? Als verlange jeder Satz nach einem Rufzeichen. So war Hannas Umgang mit ihren Kindern gewesen, bis sie aus der Pubertät waren; und so war ihr Umgang mit Menschen, die sie unter sich sah. Mit ihrem Mann sprach sie so nicht. Im Flugzeug von Dublin hatte sich Jetti auf diesen Ton vorbereitet. Hatte sich im Stillen einige Sätze vorgesagt – erst, wie man solche Sätze eben sagt: »Wir könnten einen Spaziergang durch den Prater machen. Was hältst du davon?« Dann auf Hanna-Art: »Wir könnTEN. Einen SpazierGANG. Durch den PraTER ...« Gleich, wie elend das Gemüt ihrer Schwägerin sein würde, das wollte sie nicht zulassen. Hatte sie sich vorgenommen. Und hatte es doch zugelassen. Und plötzlich war das Telefonat zu Ende. Kein ›Bitte‹, kein ›Danke‹, kein ›Wie geht's?‹, nichts angenehm Überflüssiges. Kein ›Servus‹, kein ›Ciao‹, kein ›Auf Wiedersehen‹, einfach das Handy vom Ohr, Daumen auf den roten Balken, fertig.

»Ich bin in einer Stunde wieder zurück«, sagte Hanna. »Mach dir also keine Sorgen, Kleines.«

»Ich geh mit«, sagte Jetti. Alles ist besser, als allein in dieser Wohnung zu sein. Wo der Tod umgeht. Und sie erschrak. Aber der Gedanke war gedacht.

Hanna murmelte etwas vor sich hinunter zum Boden, sie war schon im Korridor und mühte sich mit ihren Schuhen ab, so ein weiter Weg bei dieser Frau von den Achseln bis zu den Fersen, dachte Jetti. Bewunderte zugleich, wie es Hanna fertigbrachte, bei durchgestreckten Knien ihre Schuhe zu binden. Das konnte sie nicht. Ich muss Gymnastik machen, dachte sie, gleich wenn ich wieder zu Hause bin, fange ich damit an.

»Was hast du gesagt?«, fragte sie.

»Ach, nichts«, stöhnte Hanna. Und dann, ohne dass Jetti einen Ton von sich gegeben hätte: »Aber wenn du es unbedingt wissen willst ...« Und wieder hatte Jetti nichts gesagt. Und Hanna weiter: »Ich bitte dich nur um eines, Jetti ...« Und immer noch nichts von Jetti. Hanna: »Also gut, ich wollte nicht damit anfangen, aber wenn du unbedingt wissen willst, was ich meine, bitte.« In den Schuhen überragte sie Jetti um einen Kopf. »Du weißt, was mit Cora ist. Und ich wünsche mir, dass du RückSICHT auf sie nimmst.«

»Natürlich«, sagte Jetti. Aber sie wusste nicht, wovon Hanna sprach.

5

Jetti hatte vergessen, was sie irgendwann über Cora Bonheim gewusst
hatte. Nein, vergessen hatte sie es nicht – Cora war ihr nicht wichtig
genug gewesen, um die Erinnerung an sie von den Erinnerungen
an andere Personen abzusondern. Das war eine von Jettis garstigen
Schwächen: dass ihr Gedächtnis die Mehrheit der Menschen, die ihr
begegneten, in einem Nebel auflöste – ihr Bruder würde einschrän-
ken: nicht Menschen im allgemeinen, nur Frauen –, so dass bereits
in naher Vergangenheit nur noch *die einen* von *den anderen* unterschieden wurden, und das eben nicht nach Namen oder Charakter-
merkmalen, sondern vage und trivial, nach Kleidungsstücken – »die
im Wollrock«, »die mit den Stretch-Jeans«, »die mit dem Altweiber-
schal« – oder nach dem Ort ihres Auftretens – »die Chiswickerin«,
»die aus Temple Bar«, »die Ottakringerin«, »die aus Lehel«. So war ihr
zum Beispiel nicht mehr gewärtig, dass Cora lesbisch war; und dass
sie sich vor Jahren in Jetti verknallt hatte. – Alle hatten sich in Jetti
verknallt, Cora also auch. Nun?

Hanna hatte es mitgekriegt. Und sie hatte sich Sorgen um ihre Partnerin und Freundin gemacht. Cora war zwanzig Jahre älter als Jetti,
hatte immer schon etwas beige und zerzaust ausgesehen, nicht anders
als heute mit ihren siebzig und dem tausendfüßlerischen Liniengе-
wirr um die Augen. Sie hatte zwar immer wieder Freundinnen gehabt,
aber keine war dabei gewesen, die es ernst mit ihr gemeint hätte, wor-
unter Cora Treue bis in den Tod verstand und keinen Tag weniger.
»Für deine Schwester«, hatte Hanna zu Robert gesagt, als sie eines
Nachts im finsteren Ehebett nebeneinanderlagen, »würde Cora sterben wollen.« Robert hatte geantwortet, sie solle sich nicht solchen
melodramatischen Quatsch einreden lassen. »Das sagt nicht Cora, das
sage ich«, gab Hanna zurück. Dann solle sie ihrer Partnerin nicht solchen melodramatischen Quatsch einreden, änderte Robert ab. Cora
sei es ja buchstäblich ihrer sexuellen Orientierung schuldig, dass sie
sich an Jetti heranmache, wie es die Helden Griechenlands ihrem Hel-
dentum schuldig gewesen seien, dass sie sich an Helena herangemacht

haben. »Cora hat sich nicht an Jetti herangemacht«, hatte ihm Hanna geantwortet, leise, ohne fuchtig zu werden. »Deine Schwester hat sie verführt und ihr das Herz gebrochen.« – »Wie verführt?« – »Durch bloßes Dastehen und Schauen.« – »Ach, das hatten wir alles schon!«, flüsterte Robert zurück. Sie, Hanna, habe einen Jetti-Komplex, aber das sei ja allgemein bekannt. Und nun war Hanna laut geworden und Robert auch, und Jetti, die im Wohnzimmer auf der Couch schlief, hatte alles gehört.

Aber auch Robert hatte sich um Cora Sorgen gemacht. Er mochte diese Frau sehr gern, ihren Ernst, ihre Aufrichtigkeit, niemanden sonst kannte er, dem er das Signum »redlich« anvertraut hätte; ihre Anwesenheit ließ ihn andächtig werden, als wäre sie die Reinkarnation der biblischen Ruth. Hanna nähme die Rolle der Noomi ein, über die Ruth wacht und sagt: *Wohin du gehst, dahin gehe auch ich, und wo du bleibst, da bleibe auch ich. Dein Volk ist mein Volk, und dein Gott ist mein Gott.* Ohne Cora, und das sagte er auch zu Jetti, ohne Cora wäre Hanna verloren, *er* könne sie nicht halten, und ohne Hanna wäre Cora verloren.

Damals hatte Hanna ihre Schwägerin gebeten – mit geduldig geschlossenen Augen, wie sich Jetti nun sehr deutlich erinnerte –, in aller Zukunft einen Bogen zu machen um die Buchhandlung *Lenobel & Bonheim* in der Dorotheergasse im 1. Wiener Gemeindebezirk.

6

Am Nachmittag, als sie von der Buchhandlung nach Hause zurückkehrten – sie gingen in einigem Abstand zueinander, Hanna voraus, Jetti hintennach –, fiel Jetti die Szene wieder ein, und dass sie sich über die geschlossenen Augen von Hanna gewundert hatte; als würde ihre Schwägerin eine Beschwörung über sie sprechen, deren Wirkung sich verlöre, wenn sie auch nur durch die Wimpern blinzelte. Robert hatte es ihr erklärt: Hanna sei die Jeanne d'Arc *gegen* die Schönen, Reichen, Glücklichen und *für* die Schüchternen, Gedrückten, Ausgesetzten. Jetti gehörte ohne Zweifel zu den Ersteren, Cora jedenfalls nicht. Cora habe

Protektion nötig. Jetti – die sich zu einem langsamen Gang zwingen musste, um Hanna nicht zu überholen, die vor ihr dahinschlenderte, als wäre sie allein und aller Sorge ledig –, Jetti erinnerte sich, dass sie ihrem Bruder geantwortet hatte: Ihr an Coras Stelle wäre solche Fürsorge unangenehm. Robert hatte unwillig mit der Achsel gezuckt und mit dem Kopf gerückt, was hieß, es koste ihn zu viel Anstrengung, auch noch über die Teilhaberin seiner Frau nachzugrübeln. Je ungehobelter er sich gab – Jetti kannte ihren Bruder! –, desto »ang'rührter« war er; Robert konnte in Mitleid schwelgen und gleichzeitig predigen, Mitleid sei Übergriff, sei Okkupation, sei psychischer Kolonialismus, jedes Mitleid wandle sich früher oder später zu Kontrolle und Kontrolle zu Terror. Wenn die obersten *Gebote* des Psychoanalytikers Geduld und Ambiguität waren, verwehrten die obersten *Verbote* Mitleid und Nähe. Als radikaler Freudianer grüßte er seine Patienten nicht einmal, wenn er ihnen auf der Straße begegnete, und nach jeder Sitzung forderte er, wie sein Vorbild, das Honorar mit ausgestreckter Hand und in bar ein. Aber wenn er – selbstverständlich, ohne einen Namen zu nennen – vom Leid einer Vierzigjährigen erzählte, die als Kind von ihrem prominenten Vater tagtäglich geprügelt und in die Ecke gestellt worden war und sich heute noch schuldig fühlte, weil ihr Vater, wäre *er* der Schuldige, gewiss nicht solche Hochachtung in der Gesellschaft genösse; wenn er diese Legende erzählte, wurden seine Augen glasig, und er musste gegen seine schütter werdende Stimme anhusten. Hanna spielte die Jeanne d'Arc, coram publico, behördlich sozusagen – Robert war ein Robin Hood, aber nur tief drinnen, und er kämpfte nicht mit Pfeil und Bogen, sondern mit Tränen.

Jetti erinnerte sich nicht, ob sie und Cora bei ihrer Begegnung vor vielen Jahren länger miteinander gesprochen hatten, und wenn, worüber. Sie war ihr heute gegenübergetreten, als wäre es das erste Mal. Auch an ihr Äußeres hatte sie sich nicht erinnert, hatte keine Ahnung gehabt, wie Cora aussah, dass sie groß war und sehr schlank und dass sich ein Netz von Falten über ihr Gesicht zog, ungeschickt geschminkte Augen hatte sie. Sie war mit ausgebreiteten Armen auf Jetti zugegangen, hatte sie geduzt und beim Namen genannt und umarmt und ein bisschen länger festgehalten, als zu erwarten war, nach Bücherstaub und Kernseife hatte sie gerochen. Cora war weder schüchtern noch gedrückt noch ausgesetzt. Sie fragte Jetti aus, die Fragesätze sprudelten nur so aus ihr heraus, nach ihrer augenblicklichen Laune, nach ihren Hoffnungen, wie viel Geld sie verdiene. Kein Wort über Robert, den Verschollenen. Jetti war es gewesen, die immer wieder versucht hatte, Hanna in das Gespräch einzubeziehen. Absichtlich hatte sie ihre Antworten einsilbig gehalten, absichtlich war sie Cora ausgewichen, hatte zu Hanna geschaut, wenn Cora sprach, um ihren Blick auf sie zu lenken. Immer wieder hatte es sich ergeben, dass Cora zwischen sie und Hanna zu stehen kam; dann war Jetti beiseitegetreten, damit ein Dreieck zwischen ihnen entstand. Ich kann tun, was ich will, hatte sie sich gedacht, ich mache alles falsch. Eben dass sie einfühlsam, behutsam, sorgsam war, warf ihr Hanna vor. Als sie den Laden verließen, zischte sie: »Sei nicht so herablassend! Ich brauche deine Fürsorge nicht!« Und sie hatte wieder die Augen geschlossen, über alle Worte hinweg. Und dann öffnete sie die Augen und starrte sie gerade an. »Und noch etwas, Jetti. Die fünf Stunden … das kannst du deiner Großmutter erzählen. Die glaube ich dir nicht. Keiner glaubt dir das. Damit hast du dir deine ganze Geschichte vermasselt. Hättest du gesagt, eine Stunde oder zwei Stunden, dann wär's eine gute Geschichte gewesen. Aber fünf Stunden! Kein Kind bleibt fünf Stunden in der Küche auf einem Sessel sitzen. Gib's endlich zu! Gib's zu!«

Von der Dorotheergasse bis in die Garnisongasse ging Jetti hinter Hanna her. Was Trotz bedeutete. Wäre sie vor ihr hergegangen, hätte es Arroganz bedeutet. Wäre sie neben ihr gegangen, hätte es Hanna als eine provozierende Fortsetzung ihrer herablassenden Fürsorglichkeit interpretiert. Sie gingen über den Michaelerplatz, wo es nach Pferdepisse roch, ein Fiakerfahrer lüpfte seinen Bowler und grüßte zu Jetti herüber, sie hatte vergessen, wie man diese Kopfbedeckung in Wien nannte, gleich taten es ihm die anderen nach. Nun wendeten auch die Pferde ihre Köpfe nach ihr, aber sie konnten ja nichts sehen wegen der Augenklappen, sie blähten die Nüstern, mehr war nicht zu erwarten. Jetti winkte den Kutschern zu, die winkten zurück. Sie trug ein taubenblaues Kleid, das so leicht um ihre Hüften war, es war preiswert gewesen, herabgesetzt im Schlussverkauf, der in London bereits Anfang Mai begonnen hatte, sage und schreibe 14 Euro bei H & M, sah aus wie Seide, war auch Seide, sozusagen kraft innerer Zustimmung, weil ihr niemand etwas anderes zutraute. Sie hatte, was sie bei fast allen ihren Kleidungsstücken tat, »nachgebessert«, hatte an die Ärmel Spitzenbündchen genäht, die ins Violette spielten und dunkler waren als der Stoff und ihre Gelenke und Hände schön zu den Armen hin abgrenzten. Schon vor langer Zeit waren ihr auf einem Flohmarkt in München winzige Knöpfe zugelaufen, die mit Samt überzogen waren, ungefähr in der gleichen Farbe wie die Bündchen. Die Knöpfe waren nicht billig gewesen, über hundert Stück, wahrscheinlich aus dem Nachlass einer Schneiderin. Diese Knöpfe hatten auf dieses Kleid gewartet. Sie nähte sie in einer langen Reihe eng aneinander in den Rücken, was jeden an einen geduldigen Liebhaber denken lassen musste. »Woran denkst du dabei?«, hatte sie ihre Männer gefragt. Beide hatten geantwortet: »Ans Aufknöpfen.« Und keinem von beiden war aufgefallen, dass es nichts zum Aufknöpfen gab.

Dazu trug sie französische Handschuhe und Stiefletten aus tintenblauem Sämischleder.

Gern hätte sie dick und fett ihre Lippen geschminkt. Aber dazu war keine Zeit gewesen. Grad weil so etwas nicht in einen sonnigen Maimittag passte, hätte sie es gern getan. Sie hatte einen großen Mund, ein Winziges größer nur, und er wäre absonderlich gewesen. So war er schön – blutrot geschminkt war er bestürzend. Das hätte ihrer gegenwärtigen Laune entsprochen. Jemand sollte »bestürzt« werden.

Wie Jetti gehofft hatte, bog Hanna nicht in die Herrengasse ein, sondern ging durch das Michaelertor in den Innenhof der Hofburg, wo über dem Brunnen das Denkmal des Herrschers stand, dessen rechter Oberschenkel zu wuchtig geraten war, beinahe monströs; ging weiter hinter Hanna her durch den nächsten Torbogen, dahinter öffnete sich vor ihr der Heldenplatz, zur Linken das pseudobarocke Halbrund der Nationalbibliothek, zur Rechten die weite Wiese, auf der

Herren, Damen und Hunde spielten und die ersten Frisbees flogen; im Blick vor ihr die Reiterstandbilder des Prinzen Eugen und des Erzherzogs Karl und über der Ringstraße das Kunsthistorische und das Naturhistorische Museum, spiegelbildlich einander zugewandt, und weiter nach Südwesten hin einer der FLAK-Türme aus dem Zweiten Weltkrieg. Die Sonne wärmte ihr Gesicht und ihre Brust, Touristen standen beieinander, die meisten im T-Shirt, auch hier roch es nach Pferd, die Spatzen zwitscherten um die Pferdeäpfel herum und pickten sich ihre Delikatessen heraus. Ein Kind lief dazu, blieb knapp vor den Vögeln stehen und bückte sich zu ihnen nieder. Die aber flogen nicht davon. Das Mädchen schaute Jetti an und lächelte, als hätte es ein Zauberkunststück vorgeführt. Jetti lächelte zurück und winkte mit dem Zeigefinger. Ein Geruch nach frischem Brot wehte sie plötzlich an. Die Kutscher grüßten auch hier und lachten ihr entgegen. Für die hohe athletische Gestalt der Hanna hatten sie keinen Blick. Ihr Hintern sitzt zu hoch, dachte Jetti. An dieser Tatsache lässt sich nichts korrigieren.

Als sie über die Wiese vor der Hofburg und der Kanzlei des Bundespräsidenten ging, nun sehr langsam ging, ihre Schwägerin schon fast außer Sichtweite, dachte sie, es könne gar nicht anders sein, sie werde nach Wien zurückkehren, und ihr schien, als habe sie sich nirgends heimisch gefühlt in den weit mehr als zwanzig Jahren, seit sie diese Stadt verlassen hatte. Ihre letzte Wohnung in Wien war im 2. Bezirk gewesen, jenseits des Donaukanals, in der Nähe vom Augarten, dort hatte sie morgens im Jogginganzug ihre Runden gedreht oder war hinüber zum Wurstelprater gelaufen und weiter auf der Praterallee bis zum Schweizerhaus. Wenn sie in Dublin war, hatte sie kein Heimweh. Als sie in München lebte, hatte sie keines gehabt, und überall sonst auch nicht. Jetzt, mitten in Wien, hatte sie Heimweh nach Wien.

7

Da wurde Jetti neidisch.

Hannas Leben war von den Türmen der Votivkirche aus bequem zu überschauen. Auch Roberts Leben. Nur *eine* große Reise hatten sie unternommen, ihre Hochzeitsreise. Robert verachtete Menschen, die »viel erlebt haben«, jedenfalls tat er so; deren »Erfahrungen« ließen sich, spottete er, für gewöhnlich auf einige fade Anekdoten reduzieren. Wenn sie im Urlaub Wien verließen, fuhren sie ins Waldviertel, das waren mit dem Auto eineinhalb Stunden. Dort besaß Hanna ein Häuschen, das sie von ihrer Tante geerbt hatte, nahe an der Grenze zu Tschechien. Jetti war einmal Gast gewesen; an einen verdorrten Garten erinnerte sie sich und an eine verglaste Terrasse, die nach sonnendurchglühtem Holz roch, und dass Hanna einen Krug Quellwasser aus der Gegend auf den wackeligen Tisch gestellt hatte und dass unten im Krug Steine waren, die angeblich Gutes bewirkten – und dass ein ausnehmend hübscher Freund der beiden zum Abendessen eingeladen war. Sie sah sich neben dem Mann auf der Bank sitzen, ihre beiden Rücken an der Holzwand, bis spät in die Nacht hinein waren sie gesessen, Hanna und Robert waren längst zu Bett gegangen, es muss also Sommer gewesen sein, sie war noch nicht dreißig gewesen, sie sah sich neben ihm sitzen, der einen vernünftig hohen Kopf hatte, und sie dachte die Gedanken, die sie damals gedacht hatte, nämlich, ob er der Richtige sein könnte, schön, klug, erfolgreich, Staatssekretär sogar oder etwas Ähnliches, etwas Politisches, wie sie sich erinnerte, ein Mann mit ausnehmend eleganten Gesten und einer Zukunft, und sie erinnerte sich, dass sie gedacht hatte: Nein, es kommt ein Besserer.

Dennoch hatte sie ihn in Wien wieder getroffen. Er war drauf und dran zu heiraten, und obwohl nichts Verbindliches zwischen ihnen in Worte gefasst worden war, jedenfalls nicht von Jettis Seite, beendete er kurzerhand die Beziehung zu seiner Verlobten – er war der erste Mensch, den Jetti kennengelernt hatte, dem Verlobung mehr bedeutete als ein abgestandenes Wort; er machte sich ein schweres Gewissen, und sie fühlte sich schlecht. Aber in keiner Weise verpflichtet. Gram und Schuld verdünnten sich rasch, sie waren verrückt, sie nach ihm, er nach ihr, er sagte, er könne sich an ihr nicht sattsehen, und sie mochte, wie er das anging. Einmal verließen sie über sechsunddreißig Stunden das Bett nicht und dachten dabei nicht eine Sekunde über den Weltfrieden nach wie Yoko Ono und John Lennon. Die Affäre – auch dieses Wort tauchte durch ihn zum ersten Mal in ihr Liebesleben ein – dauerte ein halbes Jahr und war bis zum Ende hin heftig. Er konnte Fröhlichkeit und Sex miteinander verbinden. Bis dahin hatte sie geglaubt, das könne nur sie, und hatte sich schon beinahe einreden lassen, so etwas sei geradezu anthropologisch unmöglich, Sex sei todernst, weswegen die auf diesem Gebiet hervorragend bewanderten Franzosen den Orgasmus ja auch *la petite mort* nannten. Sie lernte einen anderen kennen, eine Zeitlang liebte sie parallel, bewegte sich auf dem Grat zwischen Ziellosigkeit und Feigheit, endlich erloschen ihre Skrupel. – Aber auch bei dem Neuen dachte sie: Es kommt ein Besserer. Sogar in der ersten Verliebtheit hatte sie so gedacht.

Neidisch, meinte sie, sei wohl doch nicht der richtige Ausdruck. Wie ihr Bruder sein wollte sie ja nicht und um Himmels willen nicht wie seine Frau. Aber, dachte sie, ich würde gern so leben, wie er leben würde, wenn er ich wäre. Das wusste sie schon, dass solche Umschreibungen zum Lachen reizten, weil sie drollig klangen. Ähnliche Denkfiguren, auch darüber war sie sich inzwischen im Klaren, schon lange im Klaren, waren typisch für sie, manche würden sagen, machten ein Gutteil ihres Charmes aus, der – so hatte es Robert einmal in seiner unnachahmlich uncharmanten Art ausgedrückt – ungefähr in der Mitte zwischen Lieblichkeit und Blödheit angesiedelt war. Sie konnte Koketterie nicht leiden, Koketterie ist Selbstzitat: Ich tu, als wäre ich das Ich, das so tut, als wäre es ich. Je mehr man über sich selbst Bescheid wusste, desto breiter wurde das Repertoire des Spiels, bis schließlich jedes Stück, jeder Aufzug und jede Szene durchprobiert waren und Leben und Fernsehserie sich nicht mehr voneinander unterschieden. Bei Hanna hatte sie oft den Eindruck, sie spiele sich selbst; spiele besonders gern eine Hanna, die irgendwann bei irgendjemandem gut angekommen war. – What? Ehrliche Antwort, bitte: Wann und bei wem war diese Frau je gut angekommen? Und aufgrund von was? Irgendwann hatte Hanna sie angerufen, auch das war schon einige Jahre her, sie hatte einen sehr verwirrten Eindruck gemacht, hatte etwas von einem Geständnis gestammelt, Jettis erster Gedanke war gewesen, sie hat mit einem anderen Mann geschlafen, und sie hatte sich nicht zurückhalten können und hatte sie geradeheraus gefragt, ob es so sei, und Hanna hatte ja gesagt, und sie, Jetti, hatte gesagt: »Das ist gut, das kann nur gut sein! Steh dazu, Hanna! Das gönn ich dir von Herzen!« und hatte gefragt, ob sie einen Rat von ihr wolle, und hatte ihr den Rat gegeben, auf keinen Fall mit Robert darüber zu sprechen, es ihm auf keinen Fall zu gestehen.

Den hätte sie gern kennengelernt, mit dem Hanna fremdgegangen war ...

Lass sie! Sie gehört nicht zur Familie! Mama hätte gesagt, sie hat einen gojischen Kopf. Sie führt eine jüdische Buchhandlung, weil sie die Frau eines Juden ist. Und ihre Partnerin ist ebenfalls keine Jüdin. Nichts gegen Cora, aber sie führt eine jüdischen Buchhandlung, weil ihre Partnerin die Frau eines Juden ist.

Nachdem Hanna, um gegen ihr Nicht-Judentum wenigstens guten Willen zu zeigen, endlich einmal ihre Reise- und Flugangst überwunden hatte und nach Los Angeles geflogen war und in der University of Southern California Steven Spielbergs *Shoah Foundation* besucht und sich zwanzig Stunden lang Interviews mit Überlebenden angesehen und anschließend zu Hause in der Buchhandlung vor ausgewähltem Publikum darüber berichtet hatte, war unter den Geladenen heftig diskutiert worden – Stammkunden, Mitglieder der jüdischen Gemeinde, ein Mann und eine Frau von den Österreichischen Freunden von Yad Vashem, ihrem Verhalten nach ein Paar, die Historiker und Autoren Doron Rabinovici und Oliver Rathkolb, eine Schriftstellerin, die zum Judentum übergetreten war –, auch Jetti war dabei gewesen, denn Hanna, die so stolz war, dass sie es einmal, einmal wenigstens geschafft hatte, allein so eine lange Reise zu tun, hatte sie angefleht, sie zu begleiten – »Damit wenigstens *eine* echte Jüdin anwesend ist«, wie Robert, der sich natürlich davor drückte, geätzt hatte –, und nun saß sie in der Buchhandlung, den ahnungslosen irischen Staub noch an den Schuhen, und wurde von einem feschen Diskutanten (der sehr offensichtlich Kontakt zu der fremden Schönheit aufnehmen wollte) gefragt, was sie dazu sage, und sie hatte (lächelnd) zurückgefragt, wozu, und er: eben zu der Zeugenschaft der Überlebenden, wovon Hanna so beeindruckend Zeugnis abgelegt habe, und sie – sie hatte lange überlegt, wirklich lange hatte sie überlegt und schließlich geantwortet: Wenn man so viele Geschichten hintereinander hört, klingt eine wie die andere, und plötzlich wird ein Leben zum Klischee, als hätte es sich einer ausgedacht, der von allem ein bisschen weiß, aber eben nicht mehr als ein bisschen, besser wäre es, man würde das alles vergessen, bevor einer den Holocaust allen Ernstes zu einem alten Schwarzweißfilm erklärt. – Da fiel Feuer vom Himmel! Jetti saß. Hanna stand. Die Rächerin beugte sie zu ihr nieder – mit durchgestreckten Knien! – und flüsterte mit so viel Luft, dass ihr die Haare um die Ohrmuschel wehten: Sie solle bitte überlegen, was sie da von sich gebe; ob ihr schon klar sei, dass hier, ja, an diesem Punkt, Antisemitismus beginne; nur ihrer Naivität und dem Durchblick der Anwesenden verdanke sie es, dass sie niemand in diesem Raum für eine Antisemitin halte, es gebe auch jüdischen Antisemitismus, und der sei nicht weniger schlimm. Und blickte auf und wandte sich, die schmerzensreich Lächelnde spielend, an die Runde: Nein, sagte sie, sie sei einer Meinung mit ihrer Schwägerin, man dürfe nicht mit trostreichen Lügen ein Leben zu einem sinn- und bedeutungsvollen Drama hinbiegen; eigentlich sei es unmoralisch, überhaupt zu erzählen, jede Erzählung sei doch im Kern eine Lüge, weil das Leben, das wirkliche Leben niemals unter einen dramatischen Bogen passe ... – Einer Meinung mit ihr? Hide all issues? – Wäre Robert dabei gewesen und hätte seine Ohrmuschel dazwischen geschoben, hätte er seiner Frau widersprochen? Hätte er seine Schwester verteidigt? – Nach der Veranstaltung hatte sie zu Hanna gesagt, sie wolle allein sein, sie habe eh einen Schlüssel zur Wohnung, sie komme irgendwann, war aber nicht allein gewesen, sondern hatte sich von dem feschen Diskutanten in eine Bar einladen lassen und um Mitternacht ins Hotel Orient im Tiefen Graben, wo sie sich für gute zwei Stunden in einem Zimmer einschlossen und einander Wohlgefälliges taten.

Zu Hause hatte Hanna in der Küche gewartet und nur eines von sich gegeben: »Du bist ein Pfirsich mit einem Kern aus Eisen.«

»Das kommt nicht von dir«, hatte Jetti gelacht, »nein, das kommt nun hundertprozentig nicht von dir« – sich der unschuldigen Munterkeit ihres Aussehens absolut bewusst. Und mit dem Kopf ihres Bruders hatte sie gedacht: Auch der Selbsthass folgt einer Logik.

8

Als sie über die große Wiese am Heldenplatz auf Hanna zuging, die beim Tor zum Volksgarten wartete, ihr aber den Rücken zukehrte, kam Jetti der Gedanke, dass ihre Schwägerin – der Lucien-O'Shaughnessy-Theorie folgend – einen anderen Begriff von Zeit habe. Was eben daran lag, dass Hanna nicht so viel erlebt hatte wie sie. Weil sie ihr Leben im Großen und Ganzen überblicken konnte, nicht in einem übertragenden geistigen Sinn überblicken, sondern unmittelbar – *aus ihren Augen heraus.*

Für Hanna war nichts vergeben und nichts vergessen, was irgendwann in ihrem Leben geschehen war. Denn es war *dort drüben* geschehen. Oder *dort vorne.* Hinter *jenem* Fenster oder in *diesem* Toreingang. Die Silhouette der Stadt hatte vor vierzig, dreißig, zwanzig Jahren nicht anders ausgesehen als jetzt. Dieses Leben, so dachte Jetti, während sie auf die Schultern ihrer Schwägerin schaute, die in einen leichten Mantel gehüllt waren, *old fashion*, dieses Leben stand vor den Sinnesorganen seiner Protagonistin, als wären die bemerkenswerten Ereignisse darin Gemälde in einer Galerie, an die man jederzeit näher herantreten, die man jederzeit betasten, beriechen, schmecken konnte, die sich weder verzerrten noch verdunkelten, aber auch nicht schöner wurden – *die immer gleich und immer präsent waren und immer der Wahrheit entsprachen.* Diese Vorstellung kam ihr grauenhaft vor.

Gnadenlos. Beim Eintritt in diese Galerie muss der Mensch alle Hoffnung fahren lassen.

Jetti war in ihrem Leben an die zwanzig Mal umgezogen, das Umziehen von einer WG in eine nächste während ihres Studiums nicht mitgerechnet. Sie hatte in München gelebt, in Bologna, in Triest, dazwischen immer wieder in Wien, dann in London und in Amsterdam und wieder in London, dann auf dem Land in Cornwall in einem Haus, das aussah, als würde es einer Cousine von Mrs Marple gehören, und lebte nun seit fast zehn Jahren in Dublin. Wenn sie einen Ort aufgegeben und sich an einem anderen niedergelassen hatte, erschien ihr die Jetti von damals bald als die »Jetti von damals«, als wäre sie nicht dieselbe, nicht einmal die gleiche, sondern so etwas wie eine Verwandte – für die man sich nicht zu schämen brauchte, von der man aber auch nicht allzu viel Aufhebens machte, deren Taten und Gedanken sich nicht auf Anhieb vergegenwärtigen ließen. – *Don't look back!*

Einmal hatte sie mit ihrem Bruder über diese Überlegungen gesprochen. Er hatte gesagt, ein solcher Umgang mit sich selbst sei besorgniserregend, ein gesundes Ich erkenne sich in der Vergangenheit immer als dasselbe Ich wieder, das es in der Gegenwart sei; auch die Seele habe eine Biografie; ein ständiger Wandel schließt Ehrlichkeit aus. Eigentlich müsse sie sich sofort einen Termin bei ihm geben lassen. Diese Ich-Sicht sei eine Form von Irrsinn. Sie hatte darüber gelacht. Er nicht.

»Womöglich ist das so bei schönen Menschen«, hatte er gesagt und immer noch nicht gelacht.

»Was meinst du damit?«, hatte sie gefragt und nun auch nicht mehr gelacht.

Er antwortete (und Jetti hatte sich jedes Wort gemerkt): »Bei euch besteht immer Gefahr. Ihr gebt nur wenig Freude. Ihr führt ein mittelpunktflüchtiges Leben. Es haut euch hinaus aus euch selbst. Ein Segen, dass du keine Kinder hast und nie geheiratet hast. Bleib dabei.«

»Was meinst du damit?«, hatte sie gefragt.

»Du hast *zu wenig* Identität«, hatte er geantwortet.

Jetti hätte gern noch weiter mit ihm darüber gesprochen. Aber nicht über ihr *Zuwenig*, sondern über sein *Zuviel*. Als sich Hanna zu ihr umdrehte, kam ihr der Eröffnungssatz zu diesem Gespräch: Robert, du bist wie deine Frau, und wie deine Frau ist, so möchte ich nicht sein.

»Wollen wir zu Abend essen«, sagte Hanna, als sie zu Hause waren, *fragte* nicht, sondern *sagte*, aufrecht stehend wie ein Obelisk.

»Aber es ist erst halb vier«, gab Jetti klein bei.

»Gut, dann eben nicht«, sagte Hanna und ging in ihr Zimmer, die Tür ließ sie einen Spalt offen.

»Ich geb's übrigens nicht zu!«, rief ihr Jetti nach.

9

Jetti wusste nicht, wie das Ehepaar die Nächte verbrachte; ob sie getrennt schliefen, Robert in dem breiten Ehebett, Hanna in Klaras Zimmer wie jetzt oder umgekehrt oder ob sie doch noch in einem Bett zusammenlagen. Robert hatte in der Wohnung keinen eigenen Bereich. Wenn er allein sein wollte, blieb er in seiner Praxis in der Nähe vom Naschmarkt, dort war er gut, auch für Privates, eingerichtet. Selbstverständlich hatte Hanna im Büro nachgesehen. Keine Nachricht war hinterlegt worden, wie sie gehofft habe, und Frau Elmenreich, die Sekretärin, wusste nichts, außer, dass er sie in einem Telefonat gebeten hatte, alle Termine abzusagen.

Als sich Hanna zu Hause hingelegt hatte, betrat Jetti das eheliche Schlafzimmer. Die beiden Betten standen aneinander, beide waren zerknüllt, als hätte in ihnen eine Kissenschlacht zwischen Kindern stattgefunden. Es sah aus, als wären die Kinder gerade vor einer Minute auseinandergestoben. Robert, das wusste Jetti, schlief im rechten Bett – oder hatte dort geschlafen. Sie öffnete die Schubladen seines Nachtkästchens. In der obersten Lade war eine Schachtel mit Fotografien. Die meisten in schwarzweiß. Manche sogar noch mit gezackten Rändern. Ihre Mutter war zu sehen, manchmal allein, manchmal zusammen mit ihren Kindern, Jetti sehr dunkel, die Haare im Gesicht,

Robert mit geschorenem Kopf, hochgewachsen, ernst. Auf zwei Fotos war die Mutter neben einem Mann, einmal lachend, einmal nicht lachend, der Mann, schätzte Jetti, war wohl ihr Vater. Das Kinn dunkel und bartlos. Farbfotos zeigten Hanna und die Kinder. Jetti konnte im Hintergrund das Haus im Waldviertel erkennen. Hanno, ein drolliger Bursche mit leuchtend weißen Zähnen, Klara hielt die Hand vor die Augen. Und dann, mit einem Gummiband zusammengehalten, ein Stapel Bilder von Hannas und Roberts Hochzeitsreise durch die USA. Die Eheleute vor den üblichen Sensationen – Freiheitsstatue, Fifth Avenue mit dem Empire State Building im Hintergrund; ein Highway, bolzgerade bis zum Horizont; Monument Valley; Las Vegas bei Nacht; Golden Gate Bridge im Nebel; die Paramount Studios in Hollywood …

Zuunterst war ein Foto, das doppelt so groß war wie die anderen und in der Mitte gefaltet. Es zeigte Hanna und Robert, wie sie rechts und links von dem Reklameschild der Joseph Schlitz Brewing Company standen. Aber das Bild war nicht identisch mit dem, das im Wohnzimmer hing. Es war breiter, sicher um einen Meter breiter. Und auf dem Teil, den sie nicht kannte, sah Jetti nicht eine Fortsetzung der Brauereiidylle. Da befanden sich zwei Männer und zwei Frauen, alle vier nahe beim Betrachter, eine der Frauen sogar so nahe, dass sie nur oberhalb der Brust auf das Bild passte, überlebensgroß. Die vier blickten Jetti direkt in die Augen. Vorwurfsvoll. Einer der Männer hatte sich das Hemd aufgerissen, die Knöpfe hingen herab, er ballte davor die Faust. Seine Frau stand hinter ihm, schaute an seiner Schulter vorbei, ihr Gesicht verhärmt. Der zweite Mann zeigte auf Jetti. Es war, als holte er gerade Luft, um etwas zu sagen, die Lippen waren schon geöffnet. Empört war er. Dieser Teil des Bildes war stark angerostet. Manche Stellen schienen wie aufgeplatzt, so am Hals der Frau im Vordergrund, aber auch an der Stirn des empörten Mannes. Diesen Teil des Bildes hatten Hanna und Robert abschneiden lassen.

Schnell stopfte Jetti die Fotografien in die Schachtel und legte die Schachtel zurück und schob die Schublade zu.

10

In einer Ecke im Wohnzimmer stand ein Sekretär, Pseudobieder-
meier, in dem Robert einige seiner Sachen parat hielt. Die Fächer waren mit allem Möglichem angefüllt, hauptsächlich mit Papieren, welche die Familie betrafen, da waren aber auch Bleistifte und anderes
Schreibwerkzeug, etliche abgelaufene Kreditkarten, Legosteine, eine
zerkratzte Lupe, mehrere Brillenetuis, eine Handvoll Tonbandkasset-
ten, zwei billige Armbanduhren, ein Kartenspiel, ein Tischschild mit
»Dr. Robert Lenobel«, wahrscheinlich von einem Kongress, mehrere
Tablettenschachteln, keine Psychopharmaka, nur Paracetamol, Volta-
ren und Buscopan, ein Blutdruckmessgerät ...

Unter dem hölzernen Rollladen auf der Schreibunterlage des Se-
kretärs lag in einer Mappe ein Manuskript, zwei Seiten, großzügig
handgeschrieben, sauber übertitelt mit:

*»Dr. Robert Lenobels Vorschläge zur Diskussion in Wikipedia, betref-
fend das Stichwort: Der Jude im Dorn, ein Märchen von den Brüdern
Grimm.«*

Jetti schob die Schubfächer zurück an ihren Platz, zog die Lade über
die Schreibfläche und ging mit der Mappe unter dem Arm in ihr Zimmer. Sie las:

*Der erste Satz ist ein glatter Unsinn. Warum bitte soll das ein antisemi-
tisches Märchen sein? Weil ein Jude darin vorkommt? Ich bitte schon
Folgendes zu bedenken: Ein Jude wird zu Unrecht bestraft, gut. Das ist
ein Skandal, gut. Es wäre aber auch ein Skandal, wenn ein Deutscher
zu Unrecht bestraft würde. Würde man dann von Antideutschtum
sprechen? Natürlich nicht! Nur weil das Opfer zufällig ein Jude ist, dem
Märchen und den Grimms Antisemitismus vorzuwerfen, das ist Unsinn! Im Gegenteil, ich bezeichne als Antisemiten den, der so etwas behauptet! Er unterstellt den Juden, hinter allem und jedem einen neuen
Holocaust zu wittern. Womöglich, um daraus Vorteil zu schinden. Der*

Jude im Märchen ist rachsüchtig, jähzornig und verlogen. Und? Hätten die Grimms dazuschreiben sollen, Achtung, nicht alle Juden sind so, sondern nur dieser eine? Hätten sie bei Aschenputtels Stiefmutter dazuschreiben sollen, Achtung, nicht alle Frauen sind so, sondern nur diese eine? Abgesehen davon, dass dem Juden tatsächlich Unrecht geschieht. Er wird ins Dornengebüsch gelockt und muss nach der Pfeife seines Peinigers tanzen. Hat er nicht allen Grund, sich zu rächen? Wäre es glaubwürdig, ihn als einen zu schildern, der nicht einmal an Rache denkt? Hätten die Grimms aus ihm einen Heiligen gemacht, der hingenommen und vergeben hätte, ja dann läge Berechtigung vor, ihr Märchen antisemitisch zu nennen. Das Märchen ist NICHT antisemitisch. Im Gegenteil: Die Grimms zeigen in unnachahmlich klarer Art auf, wie ein Mensch zum Sündenbock gemacht wird. Wer das Märchen als antisemitisch bezeichnet, führt das Werk derer fort, die es gewohnt sind, Probleme zu lösen, indem sie mit dem Finger auf einen Schwächeren weisen. Man sollte den ganzen Artikel neu schreiben!

Sie öffnete ihren Laptop und gab »Wiki Jude Dorn« in den Google ein. Der Wikipedia-Artikel begann mit:

DER JUDE IM DORN *ist ein antisemitisches Märchen (ATU 592). Es steht in den Kinder- und Hausmärchen der Brüder Grimm an Stelle 110 (KHM 110)* ...

Sie klickte auf *Diskussion*. Der letzte Beitrag war der ihres Bruders; er war identisch mit der handschriftlichen Vorlage, unterschrieben mit seinem Namen – Dr. Robert Lenobel. Ins Netz gestellt am Tag seines Verschwindens, um 11:32. Hanna hatte erzählt, er habe, wie immer, gegen Mittag die Wohnung verlassen – »seither ist nichts mehr von ihm zu mir gedrungen«. Das hieß: Er hatte den Text von der Handschrift in den Computer übertragen und ins Wikipedia gestellt, war aufgestanden und davongegangen ...

Sie tippte einige Titel von Grimms Märchen, die ihr gerade einfielen, in den Google – *Rumpelstilzchen, Rapunzel, Der Froschkönig,*

Hänsel und Gretel, Aschenputtel –, öffnete nach einander die Diskussionsfenster im Wikipedia. Kein Kommentar von Robert. Sie las noch einmal die beiden Seiten des Manuskripts durch. Jede Menge Rufzeichen. Wie sie ihren Bruder zu kennen glaubte, schätzte sie, er müsse dies im Zorn geschrieben haben, in einem großen Zorn. Aber warum? Zorn auf wen? Auf den Verfasser des Wikipedia-Artikels? Psychoanalytikern waren Märchen nicht weniger heilig als Träume. Sie glaubte allerdings nicht, dass ihr Bruder viel von Märchen hielt, und sie glaubte auch nicht, dass sich Sebastian lange mit ihm über dieses Thema unterhalten hatte wollen. Antisemitismus hingegen war ein Lieblingsthema seiner Frau. Vielleicht hatte er sich über Hanna geärgert, als er den Artikel geschrieben hatte. Weil sie in ihrem Proselytenkomplex, der ja doch nur ein Pseudo-Proselytenkomplex war, hinter jeder krummen Nase Antisemitismus vermutete. In seinen Meinungen war Robert unberechenbar. Meinungen seien billige Draufgaben. Jetti erinnerte sich, als er vor allem und jedem seinen trotzkistischen Gefechtsstand in Stellung gebracht hatte – und mit welcher Verachtung er bereits ein Jahr später jene abfliegen ließ, die immer noch brav und tapfer dem Lew Dawidowitsch Bronstein anhingen.

Jetti wusste nicht, was sie denken sollte. Sie sehnte sich nach einem redlichen, wenn es sein sollte, derben, aber gutmütigen Aussprechen zwischen ihrem Bruder und ihr, sie würde ihm mit Liebe zuhören, an einem sonnigen Frühlingsnachmittag wie heute, zum Beispiel auf der Terrasse vor dem Palmenhaus im Burggarten, glückselig, dass ihr Tagwerk bereits getan und sie beide ein oder zwei Bier intus hatten. Sie wollte ihren Bruder wiederhaben! Robert hatte ihr Märchen vorgelesen. Oh, das war aber sehr lange her. Robert hatte seiner kleinen Schwester Unterricht erteilt, das heißt, er spielte zu Hause mit ihr nach, was bei ihm in der Schule im Unterricht geschehen war. Er brachte ihr Lesen und Schreiben bei, da war sie erst vier Jahre alt. Er las ihr vor, alles, was gerade zur Hand war, auch den Text auf der Ovomaltine-Dose am Frühstückstisch; las ihr mehrmals und langsam vor, nahm ihr Fingerchen in die Hand und fuhr damit die Wörter nach, ging Buchstabe für Buchstabe mit ihr durch, und am Ende sollte sie ihm vorlesen. War der Text nicht allzu lang, konnte sie ihn auswendig. Lob war, dass er nicht den Kopf schüttelte, mehr davon gab es nicht. Jetti hatte ein eigenes Zimmer, aber sie schlief in Roberts Zimmer. Dort stand ein Kanapee, darauf machte er ihr jeden Abend ein Bett, trug Tuchent, Polster und Leintuch aus ihrem Zimmer in seines und am Morgen wieder in ihres zurück. Oder sie schlief bei ihm unter einer Decke und brummte ihn in den Schlaf hinüber. Damals hatte ihr Robert aus den Märchen der Brüder Grimm vorgelesen. Sogar an das Buch erinnerte sie sich. Es war ein unschönes Taschenbuch gewesen, durch Blättern und Biegen weich geworden und aufgequollen, auf dem Deckblatt ein glänzend buntes Bild von einem Mädchen und einem Reh, das Reh trank aus einem silbrigen Bach. Ein Draußen gab es in dieser Erinnerung nicht, nicht einmal ein offenes Fenster. Als hätte sich ihr Leben nur in Roberts Zimmer abgespielt. Und als wäre immer nur Nacht gewesen, und nur die Lampe über dem Bett hätte Licht gegeben. Einer Ahnung folgend, sah sie sich die Bücheregale um Hannos Bett an, und tatsächlich: Zwischen Science-Fiction steckte der Band, die *Kinder- und Hausmärchen* der Brüder Grimm, wie sie das Buch in Erinnerung hatte: weich, aufgedunsen, abgeschabt, der Glanzumschlag in ein Netz aus feinen Rissen gebrochen. Sie schlug die erste Seite auf. Links oben im Inneren des Umschlags stand, in ungelenken Großbuchstaben, mit blauem Kuli geschrieben:

DAS BUCH GEHÖRT DER JETTI

Sie holte sich noch einmal den Wikipedia-Artikel zu *Der Jude im Dorn* auf den Bildschirm, klickte auf *Diskussion*, loggte sich ein und schrieb unter den Eintrag ihres Bruders:

Lieber Robert, wenn Du das liest, bitte melde Dich bei mir. Jetti.

Und dann schrieb sie eine Mail an Sebastian Lukasser. Dass sie bei Hanna sei. Dass sie seine Hilfe brauche. Bekam sofort Antwort:

Liebe Jetti, ich habe morgen Vormittag und Mittag Termine. Kann um vier bei Euch sein. Ist das recht? Ich freue mich auf Dich. Sebastian

11

Sie legte sich aufs Bett, eine traurige, träge Müdigkeit breitete sich in ihr aus, als wäre sie herübergeweht aus der fernen Zeit. Sie klappte den Laptop zu, schob ihn unter das Bett (damit sie nicht auf ihn trat, wenn sie aus dem Bett stieg, das war ihr nämlich schon einmal passiert) und schloss die Augen.

Wo war er? Jetzt. In diesem Moment. Wieder dachte sie an den Nachmittag vor achtundzwanzig Jahren, als der winzige Hanno auf dem Operationstisch lag und sie mit seinem Vater durch die Straßen um das Krankenhaus geirrt war. Er wolle mit den Händen arbeiten, hatte er gesagt, als Waldarbeiter zum Beispiel. Etwas tun, irgendetwas, nur nicht denken. Weil Denken entsetzlich sei. Wenn Hanno sterbe, werde er in die Tropen ziehen oder in den Urwald oder nach Neuseeland oder Australien. Niemand traute ihm zu, dass er bei klarem Verstand jemals Europa verlassen würde. Und jeder traute Dr. Robert Lenobel zu, dass er *jederzeit* bei klarem Verstand war. Nur seine Schwester hatte erlebt, wie *es* aus ihm herausgeweint hatte. Da war er nicht bei klarem Verstand gewesen. Also war ihm alles zuzutrauen. Er würde an einer Kaimauer entlanggehen, der Wind vom Meer würde seinen Kragen aufstellen, er würde die Hände in die Jackentaschen stecken, die weiße Haut über den Gelenken war zu sehen, die schwarzen Härchen darauf, das unrasierte Kinn schaute aus dem Kragen heraus, schon grau, an manchen Stellen weiß, einen bitteren Geschmack hat er im Mund, und er versteht kein Wort. Er kann sich nicht einmal nach einer Bleibe erkundigen. Sein Geld zählt hier nicht. Seine Kreditkarten garantieren hier für nichts. Die Menschen hier haben andere Gesten. Wenn sie die Hände vor sich halten und die Finger abspreizen, kann das Gutes, aber auch Schlechtes bedeuten, oder dass eine Gefahr besteht. Er sieht eine Allee vor sich und denkt, auf der bin ich aber nicht gekommen. Er sieht Reklameschilder über sich und denkt, die habe ich vorhin aber nicht gesehen. Er biegt ab. Der Weg führt über eine Brücke, hinter der Brücke erhebt sich auf einem Hügel die Altstadt mit ihren ockerfarbenen Häusern und den Balkonen und den roten Sonnensegeln. Wo hat er sein Gepäck untergestellt? Er war mit dem Bus gekommen und war ausgestiegen. Er wollte nach seinem Koffer greifen, der war weg. Oder hatte er den Koffer irgendwo anders stehen lassen? Eine Frau spricht ihn an. Lächelt sie ihn auch an? Kennt sie wenigstens so viele Worte seiner Sprache, dass sie einander in eine Bar einladen können? Je mehr er sich anstrengt, desto schwerer fällt ihm das Gehen. Er will laufen, aber daran ist nicht zu denken ... – Da war Jetti schon längst eingeschlafen.

12

In der Nacht klopfte Hanna an Jettis Tür.

Ob sie zu ihr unter die Tuchent kriechen dürfe. Sie brauchte nicht dazuzusagen: Wie wir es gemacht haben, als es dir so schlechtging. Und Jetti verstand auch, was Hanna meinte: Diesmal geht es mir schlecht. Hanna setzte sich nach unten, Jetti saß oben, sie streckten sich die Füße entgegen, ihre Waden berührten einander, die Decke lag über ihnen und hüllte sie ein bis zur Brust, zwischen ihnen erhob sich die Hügellandschaft ihrer Knie, im Regal im Rücken der einen zwölf Jahrgänge *Mickey Mouse*, gebunden, im Rücken der anderen *Harry Potter* und eine Kollektion von Science-Fiction-Romanen, die des Besitzers Mutter allesamt als letztklassigen Schund bezeichnete, mitten unter ihnen die *Kinder- und Hausmärchen* der Brüder Grimm.

»Ich will dir etwas erzählen«, sagte Hanna. »Frag aber lieber nicht. Oder frag erst morgen. Genaugenommen gibt es nichts zu fragen.«

Jetti sagte, sie wolle gern zuhören.

Das war Hannas Geschichte: Als sie sich kennenlernten, sie und Robert, sie hatte gerade ihr Politologiestudium abgebrochen, er war im sechsten Semester Medizin, erklärte er ihr – »ein für alle Mal« –, was er vom Menschen halte: nicht viel. Und doch viel. Nicht viel, weil der Mensch bei klarem Verstand nichts, nichts, nichts herbringe; doch viel, weil er eine Menge herbringe, wenn er seinen Verstand verneble und sich alles Mögliche einbilde: Wenn er so tue *als ob.*

»Er las damals hauptsächlich Philosophen. Keine linken Philosophen, bei denen ich ein bisschen hätte mitreden können, sogar mehr als ein bisschen, den Georg Lukács oder den Karl Kautsky oder den Roman Rosdolsky, meinetwegen auch den Ernst Bloch, sogar über den Sartre hätte er mit mir reden können oder über den Adorno und den Horkheimer, über Rosa Luxemburg und Raya Dunayevskaya sowieso, das heißt, bei diesem Thema hätte einmal *er* nicht mitreden können, so sieht es nämlich aus, wir Buchhändler haben mehr gelesen als alle anderen zusammen, damals, in der guten alten Zeit, als die Männer die Frauen mit Bücherwissen ins Bett locken konnten. Die Wahrheit lautet: Ich hätte fast überall bei ihm mitreden können. Aber du weißt ja, dass Robert nie wollte, dass ich bei ihm mitrede ...«

»Das weiß ich nicht«, sagte Jetti in die Schwärze der Nacht hinein. Nicht einmal Umrisse von Hannas Oberkörper und Kopf konnte sie ausmachen. »Ich kann mir aber nicht vorstellen, dass er dich unterbrechen hätte können.« Sie dachte an den Abend, als Hanna und Robert sie in eine Pizzeria einluden, weil sie ihr mitteilen wollten, dass sie heirateten, und sie sich wünschten, dass sie, Jetti, eine der Trauzeugen spielte – »spielte«, das hatte Hanna gesagt, die den ganzen Abend über so tat, als planten sie, alle drei, eine nun wirklich sehr lustige, große Ironie, etwas Subversives. Jetti sah ihren Bruder vor sich, ernst, immer wieder seufzend, die schwarzen Augen wie undurchdringliche Schilde, auch wenn er sie direkt anblickte. Die Ärmel seiner Jacke reichten ihm nur bis knapp über die Mitte der Unterarme, das hatte ihm Hanna immer vorgeworfen, die zu kurzen Ärmel, erstens unschön, zweitens warum überhaupt; die wird sie ihm wegtrainieren, hatte Jetti gedacht. Er wollte aussehen wie ein aufgeschossener Junge, auch die Hosen waren zu kurz. Dazu passte sein dünner Hals und der etwas zu groß und zu eckig geratene Adamsapfel. Er glaubte, Genies sähen so aus. Er wollte ein Genie sein. Unbedingt. Und nicht, wie Hanna, sein unwissendes gojisches zukünftiges Eheweib vermutete, weil Genies eben Genies waren, sondern wie sie, Jetti, seine wissende liebende Schwester, wusste: Weil einem Genie alles verziehen wurde.

»Die Linken«, fuhr Hanna fort, »bedeuteten ihm nichts. Als die allen alles bedeuteten, bedeuteten sie ihm bereits nichts mehr. Als keiner mehr Trotzkist war, wurde er einer. Hätt' bald einen Witz gemacht und gesagt, aus Trotz. Und schließlich beeindruckte ihn ein völlig unbekannter Einbuchschriftsteller, von dem nicht zu erwarten war, dass sich jemals irgendjemand für ihn interessierte. Von Adorno hat er gerade einmal die *Minima Moralia* gelesen, von Marx die Hälfte des Manifests und die Thesen über Feuerbach und vielleicht noch die Pariser Manuskripte. Weißt du, was ein Einbuchschriftsteller ist, Jetti?«

»Bitte, Hanna. Es ist selbsterklärend.«

»Entschuldige, du hast recht. Das ist eben Roberts Art. Ich merke, ich kann nicht von meinem Mann erzählen, ohne dass ich seine Art annehme. Das musst du mir verzeihen, Jetti. Robert würde genau so fragen, genau so. Und weißt du was? Auf deine Antwort hätte er gekontert: Gut, erklär mir das Wort, wenn du es für selbsterklärend hältst. Und was hättest du gesagt, Jetti, was hättest du gesagt?«

»Bitte, Hanna, das ist nicht schön, was du gerade tust.«

»Na gut. Na gut. Hans Vaihinger heißt dieser Philosoph. Und sein einziges Werk heißt *Die Philosophie des Als Ob*. Ist längst vergriffen. Kriegst du nur noch antiquarisch. Aber weißt du was, Jetti? In unserer Buchhandlung kriegst du es. Dort steht es und wartet. Jedes Jahr, wo es dort steht, hau ich zwei Euro auf den Preis drauf. Seit über zwanzig Jahren steht es dort als letztes Buch auf unserem Philosophieregal, alphabetisch zurückgereiht hinter den Wittgenstein und den Slavoj Žižek. Aber nur aus einem Grund, nämlich, weil es so dick ist und wir uns so eine Buchstütze sparen.«

Es habe in ihrer dreißigjährigen Buchhändlerinnenkarriere kein einziger Kunde je nach diesem Buch gefragt, auch habe sie keine einzige Kollegin und keinen einzigen Kollegen getroffen, der von Hans Vaihinger je etwas gehört habe, und zur Kundschaft von *Lenobel &*

Bonheim zählen unter anderen die Philosophen Konrad Paul Liessmann und Peter Sloterdijk, aber weder aus dem Mund des einen noch des anderen habe sie den Namen dieses Kollegen je vernommen.

»Aber wir beide, Jetti, du und ich … habe ich recht? … Wir wundern uns nicht, dass ausgerechnet ein dermaßen randständiger Denker der Lieblingsphilosoph unseres Gatten und Bruders ist. Hab ich recht? Sag mir, Jetti, ob ich recht habe?«

»Du hast recht, Hanna, ja, du hast recht.«

Und weiter sprach Hanna über den Kahn hinweg, der bis vor zwei Jahren noch das Bett ihres Sohnes Hanno gewesen war: Punktgenau, als sich Robert im Alter von fünfundzwanzig Jahren entschloss, an sein Medizinstudium eine Ausbildung als Psychiater anzuhängen, sei er durch die Lektüre dieses Buches zur Auffassung gelangt, dass es so etwas wie eine Seele nicht gebe.

»Das ist«, jauchzte Hanna beinahe, »das ist, wie wenn ein Tischler just, wenn er gerade seine Gesellenprüfung bestanden hat, zur Auffassung kommt, dass es in Wahrheit kein Holz gibt. Verstehst du, Jetti? Ein Psychiater, der nicht an die Existenz der Psyche glaubt!«

»Ja, Hanna, ich verstehe.«

»Ach, Jetti, das ist so eine Redewendung, so eine blöde Angewohnheit von mir, dass ich hinter jeden zweiten Satz ein blödes ›Verstehst du?‹ anhänge. Jetti, das meine ich nicht böse. Das verstehst du, das weiß ich«

»Ich verstehe, Hanna.«

Robert glaubte, dass die Seele nichts anderes sei als auch nur ein Als Ob. Ein Als Ob freilich, mit dessen Hilfe der Mensch letztendlich doch etwas herbringe. Eine nützliche Fiktion.

»Lass mich nicht deine Feindin sein«, unterbrach sich Hanna selbst, und wieder konnte Jetti nicht anders, als dem Zittern in der Stimme ihrer Schwägerin zu glauben und es ernst zu nehmen.

»Das will ich nicht, Hanna, das will ich wirklich nicht«, sagte sie und suchte nach einer Hand oder einem Unterarm oder nach sonst irgendetwas. »Aber bei dir gerate ich immer in den Stress, etwas nicht zu wissen oder etwas nicht zu kapieren, und das strengt mich an und macht mich noch müder, als ich ohnehin schon bin. Darüber hätte ich, wenn ich nun einmal schon hier bin, gern mit dir geredet ...«

»Seine Rede war«, unterbrach Hanna, Jettis Wort aufgreifend und zugleich ihre Worte wegblasend, als wären sie nichts weiter als harmlose Geräusche in der Nacht, »seine Rede war: ›Wir haben den Verstand und den Körper, und sonst haben wir nichts.‹ Und mir ist sehr gut in Erinnerung, was er noch sagte.«

»Was denn?« Ein bisschen Bockigkeit legte Jetti in die zwei Silben.

»Es ist mir eigentlich nicht gut in Erinnerung, wenn ich ehrlich bin, es ist mir erst jetzt wieder eingefallen. Erst heute. Das ist die Wahrheit.«

»Was denn?«

»Erst vorhin im Bett ist es mir eingefallen. Darum habe ich bei dir angeklopft, Jetti.«

»Bitte, Hanna, sag schon, was ist dir eingefallen! Ich bin wirklich sehr müde.«

»Wenn er irgendwann von seiner Seele, von *seiner eigenen Seele* also, wenn er irgendwann davon anfange, sei Feuer am Dach. Genau so drückte er sich aus. Weißt du, was ich damit meine?«

»Nein, Hanna, ich weiß es nicht. Bitte, sag es mir!«

»Von anderen Seelen hat er andauernd gesprochen, musste er ja als Psychiater. Er hat nicht geglaubt, dass es eine Seele gibt, aber er hat anerkannt, dass die anderen, also jene, die dümmer sind als er, also alle, dass die glauben müssen, dass es eine Seele gibt, dass sie *so tun* müssen, *als ob* es eine Seele gibt, weil sie sonst nicht zurechtkommen mit sich und dem Leben und nichts herbringen. Verstehst du, Jetti?«

»Natürlich verstehe ich, Hanna, auch wenn ich saumüde bin.«

»Wann reicht es?« Diese Frage kam unvermittelt.

»Ich weiß nicht, was du meinst«, sagte Jetti.

»Wann reicht es?«

»Ich verstehe dich immer noch nicht, Hanna.«

»Dem einen reicht das, dem anderen das. Stalin reichte es, dass er befehlen konnte, jeden beliebigen Menschen zu töten.«

»Was hat das mit Robert zu tun, Hanna?«

»Er meinte, wenn auch er eines Tages damit anfängt, von seiner Seele zu sprechen, dann ... so habe ich ihn verstanden ... dann reicht es ... dann wird er verrückt ... oder ist es bereits.«

»Aber«, sagte Jetti, »du meinst, nicht seelisch verrückt, sondern geisteskrank.«

»Ja, das meine ich. Wie sollte einer auch seelisch verrückt werden, wenn es die Seele gar nicht gibt.«

»Jetzt verstehe ich dich«, sagte Jetti, und sie sagte es nicht, um Hanna einen Gefallen zu tun. »Und damit hat er auf einmal angefangen? Er hat auf einmal angefangen, von *seiner Seele* zu sprechen?«

»Exakt. Fast. Eigentlich ja. Irgendwann sagte er: ›Die Seele des Menschen ist viel komplizierter, als ich dachte.‹ Das sagte er nicht zu mir, sondern so vor sich hin sagte er es, plötzlich, ohne jeden Zusammenhang. Ich saß ihm gegenüber am Tisch, drüben in der Küche. Und ich sagte: ›Aber Robert‹ oder so ungefähr, ›aber Robert, du warst immer der Meinung, es gibt keine Seele.‹ Er schaute mich an, als ob er erst jetzt bemerkte, dass ich überhaupt anwesend bin, und sagte: ›Du hast keine Ahnung, Frau.‹ Verstehst du, Jetti, er sagte ›Frau‹ zu mir. Nicht ›Hanna‹ oder ›Schatz‹ oder ›Dule‹, was er zwar auch schon lange nicht mehr gesagt hat, was mir aber recht war, weil ich das immer für ziemlich blöd gehalten habe – eine Verkleinerung von Du! Oft denke ich mir, ich kann und will ihm nicht mehr zuhören, ich kann nicht, und ich will nicht, ich will ihm nicht mehr zuhören. Er ist geboren, um Vorträge zu halten, kein Mensch kann sich mit ihm unterhalten, er wird enden mitten in einem Vortrag, und das aus dem einfachen Grund, weil er immer mitten in einem Vortrag steckt. Er hat viel zu sagen, aber nichts zu reden. Und wenn er stumm seinen Patienten gegenübersitzt, dann hält er innerlich einen Vortrag, ich kann mir jedenfalls nicht vorstellen, dass er ihnen zuhört ... Nimm das nicht ernst, Jetti, oder nimm es ernst. Ich höre ihm gern zu. Er redet immer, und ich habe mich noch nie gelangweilt, und wenn er innerlich vorträgt, höre ich ihm auch zu. Auch das ist die Wahrheit. So ... Wo bin ich stehengeblieben? Er sagte: ›Frau.‹ Er sagte: ›Frau, du hast keine Ahnung, du verstehst nichts, du verstehst gar nichts, Frau.‹ Als wäre er fünfundzwanzig Jahre älter, als er ist, und wäre nicht Robert Lenobel, sondern Leo Tolstoi, bevor er von zu Hause abgehauen ist und sich in dem Bahnwärterhäuschen von Astapowo verkrochen hat. Was hältst du davon, Jetti?«

»Und deshalb hast du mir die Mail geschrieben«, brachte Jetti die Erzählung ihrer Schwägerin zu einem Ende. Aber erst nach einer langen, sehr langen Pause sagte sie das. Einmal wollte *sie* so eine lange, sehr lange Pause lassen.

Sie bekam keine Antwort. Hanna war eingeschlafen. Ein bisschen schnarchte sie.

Da stand Jetti auf, holte ihren Laptop unter dem Bett hervor und ging hinüber in Hannas Zimmer. Sie legte sich auf der anderen Seite der Wand in Hannas Bett. Aber dort blieb sie nicht. Die Tücher rochen ihr zu sehr nach einem fremden Menschen. Das war ihr nicht erträglich. Sie nahm aus dem Wohnzimmer die zwei Wolldecken und legte sich in der Küche auf den Fußboden.

DRITTES KAPITEL

Es waren einmal zwei Schwestern, eine kluge und eine dumme. Die Kluge war so klug, dass sie ein ganzes Leben überschauen konnte und deshalb wusste, dass manches, was im Augenblick einen gut dünkt, im Weiteren sich als schlecht erweist. Die Dumme aber war nur dumm, und ihr Blick reichte nicht weiter als bis zum ausgestreckten Arm. Die beiden waren Näherinnen, und da stellte sich heraus, dass die Kluge nicht so gut nähen konnte wie die Dumme, aber das wusste die Dumme nicht, eben weil sie dumm war, und die Kluge sagte es ihr nicht, eben weil sie ein ganzes Leben überschauen konnte, das Leben ihrer Schwester und ihr eigenes.

Nur eines hatten die Schwestern von ihrer Mutter geerbt, nämlich einen alten Putzlumpen. Auf dem Totenbett noch hatte die Mutter die Kluge zu sich gewinkt und in ihr Ohr geflüstert: »Halte den Lumpen wie eine Monstranz, schaffe mit ihm, schone ihn nicht, aber gib ihn niemals her. Versprichst du mir das?« – »Das will ich gern versprechen«, sagte die Kluge, aber fragte dann doch warum. Das werde sie sehen eines Tages, sagte die Mutter.

Und tatsächlich eines Tages blieb beim Essen ein Stück Käse übrig, den wickelte die Kluge in den alten Putzlumpen, und als sie ihn am nächsten Tag herausnehmen wollte, war er in pures Gold verwandelt. Ich will das Geld verwahren für die schlechte Zeit, die kommen wird, dachte die Kluge, und will meiner Schwester nicht verraten, was es mit dem alten Putzlumpen auf sich hat, denn wenn sie es weiß, wickelt sie alles in ihn ein, was sie in die Hand kriegt, und das Geld wird sie verderben, wie es die Juden verdorben hat.

Und wieder eines Tages ging ein Jude durch das Dorf, der zog einen Karren und schlug die Glocke und rief: »Schönes Neues zu verkaufen oder zu tauschen gegen hässliches Altes!«

Gerade an diesem Tag war die Kluge nicht zu Hause, und die Dumme war ganz allein. Weil sie aber nichts lieber tat, als einzukaufen und Han-

del zu treiben, nahm sie den alten hässlichen Putzlumpen mit hinaus auf die Gasse und winkte damit den Juden heran und fragte ihn: »Ist der dir alt genug? Ist der dir hässlich genug? Damit ich ihn tauschen kann gegen einen schönen neuen?«

Der Jude sagte: »Ja, der ist gut. Gib ihn mir, dafür kriegst du einen neuen.« Und dann sagte er: »Mädchen, willst du mir nicht noch etwas abkaufen, damit ich es loswerde. Mir tun die Füße so weh und der Rücken so weh, und die Augen sind alt, und die Zunge hat sich abgewetzt vom vielen Reden. Ich habe Perücken zu Beispiel, unter der siehst du aus wie eine Prinzessin.« Und er zeigte der Dummen drei Perücken, und alle drei waren so schön, dass die Dumme vor Entzücken jauchzte.

»Aber wir haben kein Geld«, fiel ihr ein, und da jauchzte sie nicht mehr, sondern jammerte.

»Geld ist immer irgendwo«, sagte er Jude. »Man muss nur genau nachsehen. Und wir können uns über den Preis einigen. Ich bin alt und müde, und die Knie tun mir weh, und die Ellbogen knacken, und die Leber im Leib brennt, als ob sie wirklich brennen würde. Ich handle nicht hinauf.«

Da lief die Dumme ins Haus und suchte und fand das Gold, das ehedem ein Käse gewesen war, und der Jude nahm das Gold und gab der Dummen dafür zwei Perücken.

Als die kluge Schwester nach Haue kam, fragte sie als Erstes: »Wo ist unser alter Putzlumpen?«

»Den hab ich getauscht gegen einen neuen«, sagte stolz die Dumme.

»Und wo ist das Gold, das ehedem ein Käse war?«

»Dafür habe ich zwei Perücken gekauft beim Juden, eine für dich und eine für mich. Unter denen sehen wir aus wie Prinzessinnen.«

Die Kluge zog ihre Perücke über und machte sich auf den Weg durch den Wald, wo am Ende des Waldes über dem Steinbach das Haus des Zauberers stand.

»Mach aus meiner Schwester ein Huhn«, bat sie den Zauberer.

»Was gibst du mir dafür?«, fragte der Zauberer.

»Nichts«, sagte die Kluge, »denn ich habe nichts, alles, was ich hatte, hat meine Schwester dem Juden gegeben.«

»Dann gib mir deine Schwester, wenn sie ein Huhn ist«, sagte der Zauberer, »ich will es braten und essen.« Die Kluge dachte: Wenn meine Schwester erst ein Huhn ist, wozu ist sie dann noch nütze? Doch nur dazu, gebraten und gegessen zu werden. Und sie sagte: »Wenn meine Schwester ein Huhn ist, dann kannst du sie haben.«

Sie kehrte nach Hause zurück und sagte zu ihrer dummen Schwester: »Zieh dir deine Perücke über, ich habe etwas gefunden für dich.«

Die Dumme freute sich und zog sich die Perücke über und folgte der Klugen durch den Wald, wo am Ende des Waldes über dem Steinbach das Haus des Zauberers stand. Die kluge Schwester aber zog die Perücke nicht an.

Der Zauberer verwandelte die dumme Schwester in ein Huhn, und die kluge Schwester sagte: »Nimm es und brat es dir.« Sie riss sich Haare aus und biss sich den kleinen Finger ab. »Nimm das als Würze«, sagte sie, »und vergiss, wer es dir gegeben hat, ich aber bin jetzt ganz allein, niemand bewacht mein Haus, wenn ich unterwegs bin. Mach aus dem nächsten Menschen, den ich dir bringe, einen Hund, damit er auf mein Haus aufpassen kann.«

Der Zauberer fragte wieder: »Was gibst du mir dafür?«

»Ich gebe dir dafür einen toten Juden«, sagte die Kluge. Und damit war der Zauberer zufrieden.

Auf der Landstraße traf die Kluge den Juden, der den Karren zog und die Glocke schlug, dem die Füße weh taten und der Rücken, dem die Augen alt waren und die Zunge sich abgewetzt hatte vom vielen Reden, dem die Knie weh taten und die Ellbogen knackten und die Leber im Leib brannte, als würde sie wirklich brennen, und der rief: »Schönes Neues zu verkaufen und zu tauschen gegen Altes!« Zu dem sagte die Kluge: »Komm mit, Jude, ich weiß einen, der hat viel Altes, das er loswerden möchte, in das man Sachen einwickeln kann, komm mit!« Und sie führte den Juden vor den Zauberer, und der verwandelte ihn in einen Hund.

Den Hund aber prügelte die Kluge hinter der nächsten Wegbiegung zu Tode, und den Kadaver warf sie dem Zauberer vor die Tür.

1

Nachdem Hanna aus Los Angeles zurückgekehrt war, hatte sie sich zunächst tatsächlich mit dem Gedanken getragen, zum Judentum überzutreten. Das war ihr als einem von Grund auf areligiösem Menschen aber dann doch zuwider. Statt dessen wandte sie sich einem anderen Thema zu – der jüdischen Rache an den NS-Tätern unmittelbar nach dem Krieg. Was sie in der *Shoah Foundation* erfahren, gesehen und gehört hatte, hatte sie so tief erschüttert, dass sie glaubte, ihr bisheriges Leben nicht mehr fortsetzen zu können. Genau so hatte sie sich vor ihrem Mann und ihrer Schwägerin ausgedrückt. Händeringend. Jetti hatte sich gedacht: Was? Das wusstest du alles nicht? Mit wem bist du denn verheiratet? Willst du uns Nachhilfeunterricht in Betroffenheit geben? Trauern Robert und ich für deinen Geschmack zu wenig? Empören wir uns zu wenig? Glaubst du, wir haben eine Vorturnerin nötig? Und sie meinte, aus Roberts kopfsenkendem Schweigen Ähnliches herauszuhören.

Hanna hatte in Kalifornien an der USC einige Studenten kennengelernt, die an einer Arbeit über *Dam Yehudi Nakam* schrieben. Das war eine jüdische Organisation, die 1945 gegründet worden war, um den Deutschen die Taten der Nazis heimzuzahlen. Der Name bedeutete *Das jüdische Blut wird gerächt werden*. Sie hatte von dem legendären Abba Kovner erfahren, einem Dichter, der die Organisation gegründet und geleitet hatte und deren Ziele er mit erzengelhafter Konsequenz durchsetzen wollte. Kovner und seine Genossen postulierten, die Deutschen in ihrer Gesamtheit seien schuld – abgesehen von Ausnahmen, wenigen gerechten Männern und Frauen, die Widerstand geleistet hatten. *Nakam*, wie der Kurzname lautete, war aus der *Jüdischen Brigade* hervorgegangen, die während des Krieges in Palästina Freiwillige rekrutiert hatte und sich dem Kommando der Alliierten unterstellte, war aber radikaler und unerbittlicher als diese.

Sie operierte selbständig und streng im Geheimen. Kovner beabsichtigte – Plan A –, das Trinkwasser der Städte Hamburg, Frankfurt, München und Nürnberg zu vergiften. Außerdem sollten SS-Angehörige ausgeforscht und ermordet werden. Plan A wurde fallengelassen. Ein vorbereiteter Anschlag in Nürnberg, bei dem Brotlaibe in einer Brotfabrik vergiftet werden sollten, misslang. Einige Nazi-Täter aber waren gefasst und liquidiert worden. Von einem Gemetzel in Schwaben wurde berichtet, bei dem hundertfünfzig sogenannte »Werwölfe«, keiner älter als fünfzehn Jahre, erschossen worden seien. Ein besonders spektakulärer Fall, so hatte Hanna von den Studenten erfahren, sei in den österreichischen Bergen »abgewickelt« worden. Wenige Tage nach der Kapitulation Deutschlands nahm eine Gruppe von Kämpfern in der Nähe von München zwei Totenkopf-Offiziere fest, die nach einem »Verhör« gestanden, an Ermordungen von Juden beteiligt gewesen zu sein. Sie wurden gefesselt und in den Kofferraum ihres eigenen Wagens gesteckt, dann fuhren die Partisanen mit ihnen in die Berge, trieben sie über den Gletscher und stießen sie in eine Spalte.

Hanna interessierte sich vor allem für Abba Kovner. Er gefiel ihr. Sie kannte eine Fotografie, mehr nicht. Die zeigte einen jungen, sehr schlanken Mann, der vor einem Mikrofon steht und offensichtlich eine Rede hält. Er hat eine hohe Stirn und dunkles, nach hinten strebendes dichtes Haar und trägt eine dunkle Jacke und ein weißes Hemd, dessen Kragen über den Kragen des Jacketts gelegt ist. Eine Hand hat er in die Hüfte gestemmt, die andere zu einer Geste erhoben. Im Hintergrund hängt eine Landkarte an der Wand. Er sieht aus, als rechtfertige er vor einer höheren Instanz sein Tun. Hanna recherchierte, dass dieses Foto während seiner Zeugenaussage beim Eichmann-Prozess in Jerusalem gemacht worden war. Die Mischung aus Zartheit und Härte, poetischer Gabe und politischer Berufung zog sie an. Abba Kovner war erst vor wenigen Jahren gestorben, seine Frau und ehemalige Mitkämpferin Vitka Kempner lebte noch.

Hanna brachte aus Amerika einen Koffer voll Fotokopien von Reportagen und historischen Aufsätzen über *Nakam* mit, auch Interviews mit noch lebenden Aktivisten waren dabei. Damals gab es nur wenige Bücher über die Organisation, die Kovner gegründet hatte, in deutscher Sprache hatte Hanna keines gefunden. Sie wollte eines schreiben. Aber es sollte keine historische Darstellung der *Dam Yehudi Nakam* werden, sondern eine Biografie von Abba Kovner, eine politische Biografie über den Partisanen, den radikalen Rächer, den Schriftsteller und Dichter. Sie erkundigte sich bei ihrem früheren Professor an der Uni, ob er eine Biografie als Diplomarbeit akzeptiere, und bekam positiven Bescheid.

Abraham Kovner wurde 1918 auf der Krim geboren. Vor antijüdischen Übergriffen flohen seine Eltern nach Litauen. In Vilnius wuchs Abba, wie er genannt wurde, auf. Er schloss sich einer zionistischen Jugendbewegung an, mit zwanzig kämpfte er im Untergrund gegen die sowjetische Besatzung. Nach dem Einmarsch der deutschen Wehrmacht verfasste er jenes berühmte Flugblatt, in dem es hieß, die Juden sollten sich »nicht wie Schafe zur Schlachtbank« führen lassen. Trotz antijüdischer Ressentiments auf Seiten der Russen, kämpfte er in den Wäldern um Vilnius gemeinsam mit den sowjetischen Partisanen gegen die Nazis. Nach dem Krieg gründete er *Nakam*; auch, weil er nicht daran glaubte, dass die Nazi-Täter von einem Gericht ihrer gerechten Strafe zugeführt würden.

Über diesen zarten Mann mit den hohen Augenlidern und den ausdrucksstarken Händen, der aussah wie die Vorprägung eines elysischen Dichters, der keiner Fliege etwas zuleide tun konnte, wollte Hanna ein Buch schreiben. Sie verliebte sich in Abba Kovner. Sein Bild ließ sie vergrößern und rahmen, es stand von nun an auf dem Esstisch in der Küche. Eines seiner Gedichte schrieb sie mit Tusche auf Büttenpapier und befestigte den Bogen mit Stecknadeln an der Wand.

> *They came as far as a wall. The iron ring*
> *of the chime caught in a mass*
> *of ice. They seized it, rubbed it*
> *like holding the face of a frozen man.*

»Der Kerl war ein Verrückter!«, hatte Robert ausgerufen und die Arme zum Himmel gereckt, als bäte er um ein Zeichen der Bestätigung. »Wie kann einer auf die Idee kommen, das Trinkwasser von Millionen Menschen zu vergiften!«

Und Hanna hatte geweint, ja, geweint hatte sie. »Ich will nicht, dass du so von ihm sprichst! Ich verbiete es dir! Du verletzt mich, wenn du so über ihn sprichst. Willst du mich verletzen, Robert? Abba ist ein Vorbild für mich. Kann man das nicht gelten lassen?«

Alles schien sich um Hanna zu drehen. Jetti hatte zugehört und kein Wort gesagt. Aber es drehte sich nicht um Hanna. Es drehte sich nur um sie beide – um Robert und um Jetti. Sie waren allein auf der Welt. Mama tot. Papa nie gekannt. Oma in Auschwitz-Birkenau ermordet. Opa verschollen, wahrscheinlich in Birkenau oder Treblinka oder Majdanek. Anderer Opa 1967 in Israel gestorben, andere Oma 1967 in Israel gestorben. Eine Tante väterlicherseits – nie etwas von ihr gehört. Eine Tante mütterlicherseits, lebt wahrscheinlich in Israel, nie etwas von ihr gehört. – Jüdisches Nachgeborenenklischee.

Irgendwann hatte Hanna ihr Interesse an der großen Gerechtigkeit verloren, oder sie war einfach zu groß für sie. Niemand warf ihr das vor. Es wurde nicht mehr darüber gesprochen, und es sollte nicht darüber gesprochen werden.

Aber auch das war schon lange her …

2

Punkt vier Uhr nachmittags, klingelte Sebastian Lukasser an der Wohnungstür.

Jetti übertreibe. »Du kennst doch Robert!«, sagte Hanna. Schon wahr, seufzte sie und lächelte Sebastian über die Schulter an, als posierte sie für ein Passfoto aus den sechziger Jahren des letzten Jahrhunderts, schon wahr, sie habe in ihrer ersten Verwirrtheit an Jetti eine Mail geschrieben und habe in der zweiten Verwirrtheit glatt vergessen, *was* sie geschrieben habe und dass es wahrscheinlich tatsächlich panisch geklungen habe. – »Komm, dein Bruder wird verrückt!« Jetti hätte anrufen sollen, anstatt gleich ins Flugzeug zu steigen. Das tue ihr leid, so eine Geldverschwendung und eine Zeitverschwendung. »Aber du kennst Jetti ja, Sebastian«, flötete sie und zwinkerte ihm zu, als erwarte sie, dass er mit den Augen rolle, was bedeutet hätte: Wem erzählst du das?

Jetti war sprachlos.

Und wenn sie etwas sagen wollte, schnitt ihr Hanna das Wort ab; aber nicht, als wäre es ihre Absicht, ihr das Wort abzuschneiden, sondern wie um ihren Gedanken zu Ende zu führen; als wäre sie, Jetti, nicht in der Lage auszudrücken, was in ihr vorgehe, und bräuchte Hilfe; als gewährte ihr Hanna diese Hilfe; als wäre sie Jettis Anwältin vor Sebastian.

»Es war so lieb von dir, Jetti! Das vergesse ich dir nie! Und ich mache mir ehrliche Vorwürfe.« Und zu Sebastian gewandt: »Als mir klar wurde, dass sich Robert einfach nur eine Auszeit genommen hat, du kennst ja seine Art, war Jetti schon in der Luft und hatte den Kanal bereits überquert.« Und wieder zu Jetti: »Arme Jetti!« Was, aus dem Hanna'schen übersetzt, hieß: Dumme Jetti.

Hätte nur gefehlt, dass Hanna sie in die Arme nahm. Sie hätte geschrien, gebrüllt hätte sie. Nein, hätte sie nicht. Sie konnte nicht weinen, und sie konnte nicht schreien, an Brüllen war nicht einmal zu denken. Schöne, dumme Menschen können das nicht.

Sebastian saß umgekehrt auf dem Sessel, die Arme auf der Lehne verschränkt – wie immer –, der Mund steinern lächelnd, und hörte zu. Und gab keinerlei Kommentar ab.

»So und jetzt mach ich uns eine Kleinigkeit zu essen!«, rief Hanna und riss die Eisschranktür auf, beugte sich nieder, mit durchgestreckten Knien – was Jetti halbwahnsinnig machte, wenn sie nur hinschaute –, verzog ihr Gesicht zu einer Grimasse – »Was haben wir denn da Schönes?« –, eine spontane Hanna spielend, die zu sehr witziger Selbstironie fähig war und gleich etwas Zauberhaftes auf den Tisch zaubern und mit der Zuverlässigkeit eines Hollywood-Drehbuchs hinterher, wenn die Komplimente nur so hagelten, sagen würde: Aber nein, nein, ich bin überhaupt keine gute Köchin, alles frei improvisiert, kein Rezept, nur Fantasie und ein bisschen Kreativität, aber bitte, lobt mich weiter, ich höre es so gern, und wenn es sein muss, zahle ich auch dafür ... – Jetti war bestürzt, aber über sich selbst, über den Hass, der in ihrer Brust nach oben quoll. So bin ich nicht, dachte sie.

»Weißt du, wo Robert ist?«, fragte Jetti. »Und was mit ihm ist?«

»Nein«, antwortete Sebastian.

Mehr sagte er nicht. Und er sah sie dabei nicht an. Sie erinnerte sich an einen Spaziergang durch den Englischen Garten in München, er hatte ohne Unterbrechung geredet, an der Isar entlang und retour, hatte ihr von dem Roman erzählt, an dem er gerade schrieb – sie hatte sich später das Buch vom Verlag schicken lassen, aber nie darin gelesen, nicht einmal der Titel fiel ihr ein. Seine Wangen waren etwas schlaff geworden. Er wird, dachte sie, wenn er achtzig ist, aussehen wie eine Frau. Ich würde ihm von den Herbstfarben seiner Hemden, Hosen und Jacken abraten, dachte sie, sie machen ihn älter, wie eine Vorschau auf die Farbe seiner Haut in zehn Jahren. Seine Augen waren beißend, wie sie immer gewesen waren. Vor den Augen und dem Grinsen hatte sie sich ein wenig gefürchtet – nein, gefürchtet hatte sie sich nicht, auf der Hut war sie gewesen. Die Augen sagten – zu jedem: Du, leg dich nicht mit mir an! Und sie sagten: Du, ich habe meine Geheimnisse, erwarte von mir keine Wahrheit. Nun erinnerte sie sich auch, wovor sie bei diesem Mann auf der Hut gewesen war und in welchen Situationen: Wenn er sich weich gab, verträumt, romantisch, wenn er sich wie ein Dichter gab, der alles verstand und alle verstand, weil ihm alles und alle in seinen melancholischen Blick passten. Nun sandte er Antipathie aus. Gegen wen? Gegen Hanna? Gegen sie? Gegen sie beide? Ich an seiner Stelle, dachte Jetti, würde uns beide nicht mögen. Stutenbissige. Aber er hat geschrieben, er freut sich. Auf mich.

»Ihr beide, Robert und du, ihr wart nicht mehr so eng in letzter

Zeit«, fing Hanna Jettis Frage auf – um das Thema zu beenden freilich. Und sie setzte einen unausweichlichen Punkt hinter ihren Satz.

»Ich dachte, ihr trefft euch jeden Mittwoch in diesem italienischen Lokal?«, beharrte Jetti. »Das hat mir jedenfalls Robert am Telefon erzählt. Ich habe mich nämlich nach dir erkundigt. Er sagte, ja, Sebastian und ich treffen uns immer noch jeden Mittwoch in der Singerstraße ... in der Singerstraße, hab ich recht?«

Sebastian nickte nur.

»Wirklich?«, fragte Hanna und stellte Sachen aus dem Eisschrank neben den Herd. »Wirklich?« Jetti konnte nicht entscheiden, ob das ihr oder Sebastian galt.

»Wirklich«, sagte Sebastian.

Hanna drehte ihnen kurz den Rücken zu, weil sie Butterschmalz in die Pfanne gab, da streckte Sebastian eine Hand nach Jetti aus, und Jetti ergriff sie sofort, ergriff sie mit beiden Händen und drückte sie fest gegen ihr Brustbein. Es tat ihr so gut! Sie machte ihm Zeichen, mit dem Finger flott zwischen ihm und ihr hin und her und einen Ruck mit dem Kopf zur Tür hin. Hieß: Lass uns abhauen. Sebastian schüttelte den Kopf, drückte noch einmal ihre Hände und ließ sie los.

»Ich hätte eine Frage«, sagte er.

Hanna: »Und die wäre?«

»Hat er ...« Er unterbrach sich. Hanna kehrte ihm immer noch den Rücken zu.

Hanna: »Hat er was?«

»Rechnest du damit, dass er wiederkommt? Ich meine: jemals wiederkommt.«

Jetti spürte, dass ihr Gesicht kalt wurde und ihr Herz holperte und dass ihr wieder ein wenig übel wurde. Hanna drehte sich langsam um, ihre Hände umklammerten das polierte Messingrohr, das den Herd umrundete. Links und rechts von ihr, wie drapiert, hingen zwei karierte Küchentücher, eines rotweiß, das andere blauweiß.

»Die Frage ist nicht freundlich«, sagte sie, und Jetti sah ihr an, dass auch ihr Gesicht kalt geworden war.

»Nein, die Frage ist nicht freundlich«, bestätigte Sebastian.

»Aber du meinst, sie sei ehrlich.«

»Was sollte an einer Frage ehrlich sein? Antworten können ehrlich sein. Oder auch nicht.«

Hanna sah ihn lange an, dann sagte sie: »Nein, ich glaube, Robert kommt nicht wieder.«

Sebastian nickte, und seine Augen, die klein und schmal waren, weil sie eben so waren, und nicht, weil er sie klein und schmal machte, schienen Jetti nun böse und unbarmherzig und kalt und zu. »Ja«, sagte er, »das glaube ich auch.«

Hanna: »Du weißt, wo er ist?«

»Nein, ich weiß es nicht.«

»Kümmert es dich nicht? Du bist sein Freund.«

»Du bist seine Frau. Kümmert es dich nicht?«

Hanna: »Das ist kein freundliches Gespräch.«

Sebastian sagte nichts. Jetti sagte nichts.

»Ihr könnt mich nicht leiden«, sagte Hanna. »Beide nicht. Ihr beide nicht. Das ist so furchtbar! Ihr wisst nicht, wie furchtbar das ist. Es ist furchtbar.«

»Aber das stimmt nicht, Hanna«, sagte Jetti. Sie wollte aufstehen und zu ihrer Schwägerin gehen, tat es nicht, weil Sebastian sagte:

»Ja, Hanna, das stimmt.«

Das war, als hätte er sie auf ihren Sessel niedergedrückt. Und indem sie sich nicht gegen ihn wehrte, gab ihm Jetti recht.

»Wenn es stimmt, sprich nicht meinen Namen aus«, sagte Hanna, drehte sich wieder zum Herd um, und ihre Schultern zitterten.

»Was tust du da?«, sagte Sebastian.

»Siehst du das nicht?«, schluchzte Hanna. »Ich weine, ich weine, ich weine.«

»Wir alle wissen, dass du nicht weinst«, sagte Sebastian. »Du weißt es, ich weiß es, und Jetti weiß es auch.«

»Das ist nicht wahr«, sagte Jetti leise. »Hanna! Hanna, ich weiß nicht. Ich glaube, dass du weinst.«

Hanna lief zu ihr, die auf dem Sessel saß, die Hände noch vor ihrer Brust, bückte sich mit durchgestreckten Knien zu ihr nieder und schlang ihre Arme um sie.

»Lass uns allein!«, rief sie. »Verschwinde aus unserem Leben hinaus!«

Sebastian stand auf und ging.

Die Wohnungstür klickte ins Schloss.

Es war still.

Hanna, immer noch in Umarmung über Jetti gebeugt, atmete schwer. Als wäre sie betrunken. Sie atmete in Jettis Hals. Nach einer Weile richtete sie sich auf, fuhr sich bei geschlossenem Mund mit der Zunge über die Zähne und verließ die Küche. Als sie wiederkam, hatte sie eine Zigarette zwischen den Lippen.

»Wer, glaubst du, ist schuld daran, wenn ich wieder mit dem Rauchen anfange«, sagte sie.

»Natürlich ich«, sagte Jetti, stand auf und ging in ihr Zimmer, das nie ihr Zimmer gewesen war. Die Tür ließ sie hinter sich offen. Während ihre Schwägerin im Türrahmen stand und auf sie einhackte, packte sie ihren Koffer, und ohne ein Wort zwängte sie sich an ihr vorbei und war auch gleich aus der Wohnung.

3

Aufgefordert, sich zwischen Ehefrau und Schwester zu entscheiden, würde Robert jederzeit und unter allen Umständen auf die Ehefrau zeigen und sagen: Diese da, eindeutig diese da. Auch wenn er von ihr davongelaufen war. Auch wenn er sich vor ihr versteckte. Sogar wenn er sie hasste. Und damit wusste Jetti, dass sie niemanden mehr auf der Welt hatte. Dass Brüderchen nicht mehr war. In seinem schwarzen Anzug und seinem weißen Hemd, hinter seiner runden Brille. Die aussah wie die Brille von Walter Benjamin (hatte er selber gesagt). Gleich, wo er sich aufhielt. Gleich, wie sie ihm die vergangenen vier Tage erklären würde. Er würde zu ihr sagen: Du verstehst nicht die Prinzipien, nach denen ich mein Leben eingerichtet und ausgerichtet habe. Und würde vergessen, wie er immer wieder und flott vergessen hatte, dass sie ihm immer wieder und flott die täglichen Brocken, einmal einen großen, einmal einen weniger großen, große waren es immer, mundgerecht finanziert hatte. Zwar hatte er schon während seines Studiums gearbeitet, als Kellner in den Vorlesungszeiten, in den Ferien am Westbahnhof bei der Postabteilung, aber der Lohn war nie genug gewesen, um halbwegs würdig Student zu sein (wozu er stets mehr Schillinge nötig gehabt hatte als seine Kommilitonen), und war da wie dort nach der Probezeit nicht weiter genommen worden, wegen Erschöpfung als Folge von Unfähigkeit im Praktischen. Sie dagegen stellte auf: Geld und ein Netzwerk für noch mehr Geld. Sie betrieb Handel. Dabei war sie noch auf dem Gymnasium und nicht geschäftsfähig, weil zu jung, weshalb ihr Bruder für sie die Bestätigungen unterschrieb, wenn ein Käufer es ablehnte, das Geschäft pur und per Handwechsel abzuwickeln. Das genügte ihm, um Arbeit und Verdienst sich selbst zuzurechnen und seinem Spiegelbild zu versichern: Siehst du, ohne dich geht es nicht, also bist du es, der dein Leben ein- und ausrichtet, du allein und sonst niemand. – *Ein*richten und *aus*richten – das tat er gern: zwei einander sehr ähnliche Worte zusammenzuführen und so zu gebrauchen, als wären sie semantisch nicht nur *nicht* ähnlich, sondern beschrieben weit auseinander Liegendes, wenn nicht gar einander Widersprechendes. In seiner frühen Universitätszeit war er von solchen Sprachspielereien besessen gewesen; weswegen ihn einige seiner Freunde »den Schulze-Schultze« nannten, nach den beiden schnauzbärtigen, Melone tragenden Detektiven aus der Comic-Serie *Tim und Struppi*, deren Sprechblasen bis auf ein oder zwei Worte identisch sind, die dabei aber so tun, als korrigierte einer den anderen fundamental. Wenn Robert nach Hause zum Mittagstisch kam, was selten geschah, seinen Platz einnahm, der Schwester und der Mutter gegenüber, das Jackett nicht ablegte, dafür die Ärmel aufkrempelte, so dass das Futter zu sehen war, weiß mit feinen schwarzen Streifen, dann dozierte er, analysierte er, zerhackte die Sprache zu Brösel, sah dabei nur die Mutter an, meinte aber die Schwester, denn die Mutter hörte nicht zu, wie sie schon lange nicht mehr zuhörte, und niemand konnte sagen, ob es ihr guttat, wenn ihr Sohn das Wort an sie richtete, oder ob es ihr lästig war oder ob sie es nicht einmal registrierte. Jetti erinnerte sich, wie ausschweifend Robert über die Präfixe in der deutschen Sprache berichtet hatte, diese Wundersilben, mit welcher Begeisterung, als hätte er persönlich sie auf halsbrecherischen Expeditionen entdeckt, und sie erinnerte sich, wie er sie, seine »kleine Schwester«, zwischendurch mit entsprechend kleinen Schmähungen bespickte, wenn sie seine Prüfungsfragen nicht schnell genug beantworten konnte oder gar nicht beantworten konnte oder nicht wollte; was sie aber nicht verletzt hatte; im Gegenteil, sie hatte darin ein Spiel gesehen, das mit der Absicht gespielt wurde, Familie herzustellen – in der guten Familie prüft der Vater beim Mittagstisch das Kind, indem er scheinbar mit der Mutter ein Gespräch führt, ein Erwachsenengespräch, in das er das Kind von Zeit zu Zeit einbindet, indem er mit Fragen überprüft, was es mitgekriegt hat, in Wahrheit also das Gespräch mit dem Kind führt – das hier, im Esszimmer der Familie Lenobel in der Taborstraße 17, Mezzanin, im 2. Wiener Gemeindebezirk, allerdings seine Schwester war, während die Rolle der Ehefrau seiner Mutter zufiel. Jetti war siebzehn Jahre alt gewesen und sehr reif, in erotischer Hinsicht reifer als ihr sechs Jahre älterer Bruder, wahrscheinlich reifer, als er heute war, in der Bewältigung aller Alltäglichkeiten sicher reifer, raffinierter und prädestinierter als er, der weder eine Tischlampe reparieren, noch eine Zeitung abonnieren konnte, geschweige denn in der Lage war, das Abonnement zu stornieren – Erschöpfung als Folge von Unfähigkeit im Praktischen. Und doch: In seiner Gegenwart war sie Kind, war es immer noch, damals war sie es gewiss gewesen und hatte es auch sein wollen, weil sie sonst nirgends je Kind gewesen war. Sie liebte es, mittels demütigender Befehle wie ein Kind behandelt zu werden: »Sprich das Wort *richten* aus!« – »Richten.« – »Nun setze das Präfix *an* davor!« – »Anrichten.« – »Nun bilde einen Satz mit *anrichten*!« –»Kommt zu Tisch, es ist angerichtet.« – »Kennst du eine weitere Bedeutung dieses Begriffs?« – »Was hast du jetzt wieder angerichtet!« – »Sehr gut! Nun setze das Präfix *be* davor!« – »Berichten.« – Sie war siebzehn, nicht sieben, und sie besuchte das Akademische Gymnasium, das ja wohl das anspruchsvollste in der ganzen Stadt war, und sie dürfe, wie ihre Deutschlehrerin erst vor wenigen Wochen vor der ganzen Klasse verkündet hatte, gute Hoffnung haben, eines Tages in eine Reihe mit berühmten Absolventen gestellt zu werden, nur einige Namen: Hugo von Hofmannstahl, Hans Kelsen, Lise Meitner und Erwin Schrödinger – zugegeben, die Deutschlehrerin war verliebt in Jetti. »Nun nimm das Präfix *aus*!« – »Ausrichten.« – »Und nun das Präfix *ein*!« – »Einrichten.« Und so weiter. Nachdem sie vom Tisch aufgestanden und das Geschirr in die Küche geräumt, der Mutter ihren Kaffee gebracht hatte und ein Gläschen Likör dazu und eine Praline, hielt sie Robert, während er sich zu seinen Schuhen niederbeugte, um sie zu binden (nicht einmal das konnte er tadellos), die Papiere hin, die er unterscheiben sollte, und er nahm das Kuvert entgegen, in dem einige Scheine waren und wie immer eine Aufstellung aller Beträge, die sie ihm zugesteckt hatte, sie führte genauestens Buch. Er schob das Kuvert in seine Brusttasche, ohne den Inhalt zu prüfen und ohne etwas zu sagen. Jedes Wort, das hatte sie schon damals gewusst und gefühlt, hätte ihn kleiner gemacht, Dank hätte ihn vernichtet.

4

Was sie tat, war Notwehr, Notwehr am Finanzamt vorbei, an der Mutter vorbei, an den guten Sitten vorbei, am Gesetz vorbei, nicht vorbei an einer höheren Gerechtigkeit: Der KZ-Opa – viel später erst war ihr wie im Flash nach einer Giftspritze zu Bewusstsein gekommen, wie ungeheuerlich diese Bezeichnung für den Vater ihrer Mutter war, aber ihre gesamte Kindheit hindurch wurde nie anders von ihm gesprochen, und seine Frau war immer die KZ-Oma genannt worden – der KZ-Opa also, der war unter anderem Immobilienhändler, Antiquitätenhändler und eben auch Kunsthändler, außerdem hatte er in der Zwischenkriegszeit die Wiener Philharmoniker mit Stradivaris und anderen Cremoneser Instrumenten beliefert, Bratschen, Geigen, auch mit einem Montagnana-Cello und wertvollen französischen Bögen aus dem 18. Jahrhundert. Näheres hatte die Familie nach dem Krieg von Dipl. Ing. Herwig Gasteiner erfahren. Der war der Partner von Leopold Hirsch gewesen. Er war sein Freund gewesen. Ein anständiger Freund. Ein arischer Freund. Die Gemäldesammlung des Großvaters, die hatten sich die Nazis unter den Nagel gerissen, als sie endlich dran waren. Aus Gasteiners Listen ging hervor, was die Sammlung enthielt – um die wertvollsten Stücke zu nennen: einen Heinrich Vogeler, einen frühen Paul Klee, von Ferdinand Hodler mindestens drei Landschaftsbilder und das Portrait eines Mädchens im Profil, ein Dutzend Aquarelle des Expeditionsmalers Thomas Ender und zwei mittelformatige Narrenbilder von James Ensor, Letzteren habe der KZ-Opa besonders geliebt, der Wert allein der Ensors würde heute gut eine halbe Million Euro betragen. Wie die Immobilien gingen auch die Gemälde nach dem Abtransport ihres Eigentümers in den Besitz des Deutschen Reiches über. Die Grafiksammlung aber konnte gerettet werden. Sie war samt und sonders ohne Wissen des Fiskus aufgebaut worden, die Blätter waren nirgends registriert. Leopold Hirsch schenkte sie zusammen mit der Wohnung in der Taborstraße seinem Freund. Für die Wohnung fingierten sie einen offiziellen Kaufvertrag, einen absichtlich schäbigen Kaufvertrag, damit sich die Nazis darüber freuen sollten, wie der Jud übers Ohr gehauen worden war, und bei etwas Glück nicht weiter nachfragten. Die Grafikblätter, aufbewahrt in mehreren prall gefüllten Mappen, waren in der Wohnung gut verborgen. Dipl. Ing. Gasteiner hätte nach dem Krieg Wohnung und Sammlung behalten dürfen, der Großvater hatte ihm beides ausdrücklich geschenkt, der anständige Freund aber gab alles an die Erbin zurück. Wie sich ihre Mutter über Krieg und Verfolgung gerettet hatte, wusste Jetti lange nicht; Robert wusste es, jedenfalls deutete er das immer wieder an, sie wollte nicht fragen. *Don't look back!* Der Wert der Sammlung schien nicht schätzbar – abgesehen davon, dass niemand, der davon wusste, Interesse daran gehabt hätte, die Blätter schätzen lassen. Bis zu ihrer restlosen Aufzehrung lagen sie in der

Wohnung, in jedem Kasten waren welche und unter den Kästen auch und auf den Kästen auch und auch unter den Betten, überall. Jetti hatte sich nicht einmal aufraffen können, sie zu zählen. Das hätte einen ganzen Nachmittag gedauert, und einen ganzen Nachmittag gab es nicht, an dem sie in der Wohnung allein gewesen wäre.

Als sie sechzehn war, verkaufte sie das erste Stück. Sie griff in irgendeine der Mappen, zog ein Blatt heraus, eine Radierung von Alfred Kubin, rollte sie in Zeitungspapier, ging damit durch die Stadt, betrat das bekannte Bilderrahmen- und Kunsthandwerkgeschäft *Bernhard Sailer & Sohn* am Beginn der Herrengasse, verlangte den Besitzer, zeigte ihm das Bild und fragte, was er dafür bezahle. Der betrachtete die Signatur, fragte nichts, las sich seine Version der Angelegenheit von Jettis Gesicht ab und sagte: »300 Schilling.« Sie sagte: »Gut.« Er drückte ihr die Scheine in die Hand. »Gibt es noch mehr davon?« – »Viel mehr.«

Vor ihrem nächsten Besuch, machte sie sich kundig, indem sie Versteigerungen im Dorotheum besuchte und sich mit den Auktionatoren unterhielt. Herr Sailer jun. erwarb einen weiteren Kubin, diesmal für 1000 Schilling, wieder ohne Frage und Einwand. Das Geld schenkte sie ihrem Bruder, um ihn zum Schweigen zu bringen. Sie hatte ihm nämlich von ihrem Geschäftsvorhaben erzählt, und er wollte mit der Mutter über »diese Sache« sprechen, tönte sogar herum, es gehöre sich nicht, Kunst privat zu besitzen (Trotzkistenzeit), anständig wäre es, das gesamte Konvolut der Albertina zu schenken. Das Geld brachte ihn zum Schweigen. Sofort. Jung ohne Jugend. Von nun an tat er so, als ob es »diese Sache« schlicht nicht gäbe. Und Jetti war für ihn weiter die naive hübsche »Amsel«.

Warum Amsel? Was hatte sie mit einer Amsel gemein? Wenn sie für die Familie eine Sommerfrische im Hotel Marienhof in Reichenau organisierte, inklusive dem Besuch einer Theateraufführung (*Lumpacivagabundus* – etwas Heiteres, ein Taschenlämpchen ins Gemüt der Mama), dann tat man so, als habe sich diese unerhörte Annehmlichkeit irgendwie aus reinem Zufall gefügt, als wäre allerhöchstens ein Wimpernklimpern nötig gewesen – und zu allem dazu noch dieser weitere nette Zufall, dass man seinen Hintern ausgerechnet in der vornehmsten Loge platzieren konnte! – Amsel?

Als Robert einmal den Inskriptionstermin an der Uni um fast einen Monat versäumt hatte, haute ihn Jetti mit einem Marsch durch die Institution aus der Malaise und fälschte auch noch seine Unterschrift, weil er sich aus Scham oder Ärger irgendwo vergraben hatte und nicht erreichbar war. – Amsel?

Jetti tat alles. Jetti war alles. An Jetti blieb alles hängen. Aber Robert und bis zu ihrer Erstarrung auch die Mutter behandelten sie weiter so, als wäre sie eine »Amsel« – zugegeben, ein hübsches Glückskind, dem fast zu vieles in den Schoß fiel, eben wegen Amselhaftigkeit, Hübschheit und Glück. Derweil sie den Installateur organisierte und die Versicherung nicht aus der Pflicht entließ, als im Bad ein Rohr gebrochen war, und selbstverständlich auch den Dreck wegwischte; derweil sie nicht nur das Radio reparieren konnte, sondern auch die Waschmaschine; derweil sie haarscharf wusste, wo billige, aber erstklassige gebrauchte Fernseher, billige, aber erstklassige gebrauchte Spülmaschinen, billige, aber erstklassige gebrauchte Staubsauger zu bekommen waren; derweil sie wegen jedem Furz mit der Hausverwaltung verhandelte und sich endlich an die Spitze der Eigentümer- und Mieterversammlung stellte, als es darum ging, eine neue Hausverwaltung zu finden und einzusetzen, nachdem die bisherige wegen Betrugs in den »Häfen« gewandert war.

Anfänglich berichtete sie der Familie noch, später nicht mehr. Später tat sie einfach. Außerdem kochte sie – weder Mutter noch Bruder konnten das, Robert hatte sein Leben lang keinen Tau, wie man sich ein Spiegelei brät. Und vor allem: Sie stellte das Geld auf.

Und sie gewann einen Mentor. Nämlich ihren Mathematiklehrer. Sicher auch, dass dieser über eine Kunstkennerschaft verfügte, an der er sie freigebig teilhaben ließ, mehr jedoch nützten ihr seine Kontakte; er stammte mütterlicherseits aus einem kleinadeligen Haus, ein Onkel war Schuhfabrikant, ein anderer besaß ein Weingut in Niederösterreich, zum Bekanntenkreis der beiden gehörten einige Kunstsammler, die nichts dagegen hatten, ihrer Leidenschaft im Schatten des Finanzamtes nachzuschleichen. Sie bezahlten zufriedenstellend und bar und interessierten sich nicht, woher die Bilder stammten, und wussten immer wieder noch jemanden, der auch wollte.

Im Laufe von drei Jahren hatte Jetti einen verschwiegenen Kundenstamm von fast einem Dutzend Sammler aufgebaut. Bald war sie nicht gerade zu einer Expertin, aber zu einer passablen Kennerin von Druckgrafik und Zeichnung zwischen der Mitte des 19. und der Mitte des 20. Jahrhunderts geworden. Bis zum Tod der Mutter und dem Abschluss des Studiums des Bruders verscherbelte sie Stück für Stück des geerbten Schatzes; oder poetisch ausgedrückt: verwandelte sie Gold in Brot für die Familie und in die Ausbildung ihres Bruders.

Irgendwann hatte Herr Sailer jun. doch gefragt. Jetti hatte ihm geantwortet, hatte ihn dabei aus klaren Augen angesehen und gesagt: »Wissen Sie, Herr Sailer, wir sind Juden, und uns ist alles genommen worden bis auf das. Davon leben wir.«

Er fragte nie mehr wieder.

5

Sie schob ihren Koffer neben sich her, inzwischen hatte es zu nieseln begonnen. Die Autorücken glänzten, und die Luft wurde schwer. Vor dem Café Landtmann standen Taxis. Sie versuchte, sich von dem traurigen Gedanken abzulenken, wo sie die Nacht verbringen sollte. Sie hatte gehofft, Hanna würde sie anrufen, und alles könnte, wenn nicht gut, so doch wieder erträglich werden; wobei ihr nicht einfallen wollte, was sie als »erträglich« gerade noch akzeptieren würde. Das Mobiltelefon hielt sie in der freien Hand, damit sie es im Straßenlärm nicht überhörte, und auch um Hanna nicht die Chance zu lassen, bereits nach zweimal Klingeln aufzulegen. Sie meinte zu wissen, dass sich ein schlechtes Gewissen bei ihrer Schwägerin entweder binnen weniger Minuten entwickelte oder gar nicht. Es hatte Szenen gegeben: Hanna, kniend vor ihrem Mann, die Hände gefaltet und erhoben wie eine der

Illuminierten von Fatima. Das war Ironie gewesen, aber eine Caterpillar-Ironie ersten Ranges, Lustigkeit, die einebnete und den Eindruck vermitteln sollte, dies sei gleichbedeutend mit Alles-ist-gut-weil-alles-ist-planiert. War Robert vor Peinlichkeit ebenfalls in die Knie gegangen? Und was war der Anlass für diesen Kataklysmus gewesen? Das wusste längst niemand mehr.

Seit zwanzig Minuten war sie nun auf der Straße. Hanna würde nicht mehr anrufen und sich entschuldigen und sie bitten, zurückzukommen und wieder in das Bubenzimmer ihres Sohnes zu ziehen, inzwischen habe sie auch das Bett frisch überzogen und das Kopfpolster gewechselt, damit sie der Geruch nicht mehr störe. Jetti steckte das Telefon in ihre Handtasche zurück. Ich werde, dachte sie, diese Frau in meinem Leben nicht mehr wiedersehen. Und da wurde ihr eng ums Herz, als wäre ihr dieser Gedanke vom Allwissenden persönlich eingegeben worden, und es läge an ihr, ihn zu interpretieren, was bei dem Gefälle zwischen Schenker und Beschenkter zu einer für die Beschenkte ungünstigen Interpretation führen musste. Also wird dieser Gedanke besagen, dass ich – *ich* – nicht mehr lange zu leben habe (ein Paranoiker rast über den Gehsteig; vom Dach der Universität fällt Stuckatur; ein Gotteskrieger schießt um sich; die Sense mäht aus Versehen). Aber grad jetzt wäre zu sterben sehr ungünstig – zu viel Angefangenes, zu viel Nicht-Durchdachtes. Zum Beispiel der Antrag an das *European Roma and Traveller Forum* in Straßburg, in Auftrag gegeben vom *Irish Travellers' Movement*, betreffend den Aufbau einer Dauerausstellung über die Tradition und die Kultur der Pavee und anderer irischer Binnenmigranten in einem eigenen Trakt im National Museum of Ireland, war erst in der Konzeptphase, sie hatte es versäumt, mit Ray und Trevor, den Juristen, über ihre Ideen zu sprechen, aber ohne ihre Ideen würde das Projekt nicht einmal die Hürde der ersten Beurteilung schaffen … Außerdem hatte sie in letzter Zeit zu wenig Sex gehabt. Das letzte Mal war über einen Monat her. Jamie hatte Erektionsschwierigkeiten. Bei ihm ging es nur tagsüber, wenn er noch keinen Alkohol getrunken hatte, und dann waren die Vorbereitungen aufwändig, das sei der übernormalen Größe seines Penis zuzuschreiben, der mehr Blut benötige, als dies bei anderen Männern der Fall sei, tröstete er sich und sie, mehr sich als sie. Tagsüber war er aber meistens zu beschäftigt, und wenn er Zeit hatte, hatte er zu wenig Zeit, und abends trank er. Mit Lucien hatte sie wenig Lust gehabt. Das tat ihr nun leid. Seine ernste, jedem Spiel abholde Zärtlichkeit wäre ihr lieb gewesen.

Der Taxifahrer nahm ihr den Koffer aus der Hand, wuchtete ihn in den Kofferraum und hielt die Tür auf. Wie er sie ansah, wurde alles Schwere harmlos, alles Harmlose leicht, alles Leichte begehrenswert.

»Zum Hotel Imperial, bitte«, sagte sie und hatte beim »zum« noch nicht gewusst, wie der Satz enden wird.

Dass sie in wenigen Minuten im nobelsten Hotel der Stadt eine Suite buchen würde, dass sie baden und danach in den hoteleigenen Bademantel schlüpfen, sich ein Betttischchen bestellen, darauf einen Caesar-Salat, geröstetes Weißbrot und Champagner, und sich, kauend und schlürfend, im Bett sitzend, am Computer einen alten Schwarz-weißfilm mit Bette Davis ansehen würde, katapultierte sie in die Fröhlichkeit und den Übermut eines Backfischs, und in absichtlich und ausgesucht schlechtem Deutsch mit breitem irischem Akzent begann sie ein Gespräch mit dem Taxifahrer, der ihr in nicht weniger schlechtem Deutsch, aber mit türkischem Akzent antwortete. Am Ende der Fahrt reichte er ihr seine Brieftasche nach hinten, in der ein Foto seiner Kinder war, kraushaarig und pausbackig, ein Bub und ein Mädchen, und dabei beteuerte er, dass sie die schönste Frau sei, die er heute gefahren habe.

Als sie vor dem Hotel ausstieg, war es bereits dämmrig, ein Streifen über dem Künstlerhaus schimmerte in feinem Gelb und Hellblau, und wieder war alles anders. Auch die Wolke über der Innenstadt hatte sich verzogen. Ihr Kleid roch nicht mehr nach Jugend, im Taxi noch war ein Duft aus ihrem Ausschnitt nach oben gestiegen, so hatte sie, bildete sie sich ein, gerochen, als sie zum ersten Mal mit einem Mann geschlafen hatte, mit einem richtigen Mann und richtig mit ihm geschlafen, nicht herumgemacht oben und unten und in der Mitte, halb angezogen und mit halbem Herzen wie mit den zwei, drei, vier, fünf Gleichaltrigen davor, wo nicht klar gewesen war, was zählte schon dazu und was nicht. Und die Luft hatte nichts mehr vom Frühling. Wien war ohne Sehnsucht nach Wien. Ihre gute Laune war in acht, neun, zehn Minuten aufgezehrt, ihre Lust mit dem letzten Lachen beim Öffnen der Wagentür aus ihr hinausgeschwemmt worden, in den Rinnstein wie im Kitsch, aber ohne das behagliche Gefühl oberhalb des Nabels.

6

Der Page vor dem Hotel streckte die Hand nach ihrem Koffer aus, sie ging an ihm vorüber, als wäre er nicht da, ging auf einem der Gehwege der Ringstraße in die Richtung, wo die Oper war, und wusste wieder nichts. Sie schaute auf ihr Handy. Keine SMS, kein Anruf in Abwesenheit. Nur dass sie niemanden auf der Welt hatte, wusste sie. Weil Hanna Robert belügen würde. Und Robert sich von seiner Schwester abwenden würde. Wenn du wieder zu mir zurückkehren willst, wird Hanna zu ihrem Mann sagen, streich zuerst einmal diese da aus deinem Leben, richte dein Leben ohne sie *ein* und ohne sie *aus*. Die hat uns noch nie gutgetan. Irgendwann hatte ihnen ein prominenter Mediziner, der auch im Fernsehen auftrat, dargelegt, dass Hanno ohne diese Operation in seinen weiteren Jahren sehr gut hätte leben können, weil sich das Loch in seinem Herzen mit einer »der Gewissheit ebenbürtigen Wahrscheinlichkeit« von selbst geschlossen hätte und dass deshalb die Operation mit Wohlwollen als Leichtsinn bezeichnet werden müsse, ohne Wohlwollen als ein unverantwortlicher Wahnsinn. Und wer, glaubst du, wäre schuld daran gewesen, wenn der Eingriff missglückt wäre? Ich natürlich.

Es war so ein milder Abend! Warum hatte sie sich vier Tage und vier Nächte einsperren lassen? Das Gefängnis verdirbt die Freiheit. Erst in der Freiheit wird einem die Demütigung der Gefangenschaft bewusst. Was wahrscheinlich der Grund gewesen war, warum sich der Israel-Opa und die Israel-Oma gemeinsam das Leben genommen hatten, mit Gift, in Haifa 1967, Robert erinnerte sich noch gut daran, als die Mutter die Nachricht erhalten hatte, er war sieben gewesen, sie, Jetti, noch nicht ein Jahr.

Der Lindenblütengeruch fiel aus den Baumkronen auf sie nieder, schwül und süß. Das Blätterdach über Fahrradweg und Fußweg war bereits so dicht, dass die letzte Stahlbläue des Himmels nicht mehr hindurchschien. Krähen sammelten sich zu Schwärmen, krächzten und flogen hoch und davon und hinaus aus der Stadt, wo sie auf der Baumgartnerhöhe zwischen den Pavillons der Irrenanstalt ihre Schlafplätze hatten. Das war Wien! So etwas brauchte für Wien nicht erfunden zu werden. Jamie würde sagen: Sparky, was erfindest du da, gib zu, das erfindest du doch! Lucien würde mehr wissen wollen. In Cork gab es Papageien in den Bäumen, und die Bäume waren Palmen, das würde ihr in Wien niemand glauben. Es sei ganz leicht, sie zu fangen, sagte Lucien. Es sei völlig unmöglich, sie zu fangen, sagte Jamie. Junge Paare, eingehängt, kamen ihr entgegen, und sie schob ihren Koffer neben sich her. Einer der Männer drehte sich nach ihr um. Woher sie das wusste? Als sie seinen Blick aufgefangen hatte, war sie stehen geblieben und hatte gewartet. Auf genau das. Und er hat es getan. Wenn ich nur wollte, dachte sie.

Dass ihre Gefühlsschwankungen besorgniserregend waren, wusste sie. Und dass sie seit dem Frühstück nichts mehr gegessen hatte. Und dass sie seit einem halben Jahr keine Periode mehr gehabt hatte. Und dass sie mit einer »der Sicherheit ebenbürtigen Wahrscheinlichkeit« kein Kind mehr bekommen konnte. Und dass ihre Laune sich bessern würde, wenn sie etwas äße, von Bissen zu Bissen, das wusste sie ebenfalls.

Als sie bei der Oper angelangt war, bog sie zum Naschmarkt ab. In dieser Gegend war sie immer gern gewesen. Hier herrschte eine Lebendigkeit wie in London, Paris, New York. Sebastian wohnte hier. Und noch ein paar Leute, die sie von früher her kannte. Und Roberts Arbeitsplatz war nicht weit. Sie blieb stehen, zog das iPhone aus ihrer Tasche und wählte zum wiederholten Mal die Festnetznummer der Ordination. Die Aufforderung, eine Nachricht zu hinterlassen, wurde von einer Frauenstimme gesprochen. Wer war das? Roberts Sekretärin?

Diesmal sprach Jetti.

»Robert«, sagte sie, »Jetti hier, ich glaube ja nicht, dass du in deiner Ordination bist, aber wenn du die Box abhörst, ich glaube, dass du das tust, dann ruf mich bitte an oder schick mir ein SMS. Du kannst ja einfach nur einen Punkt machen, wenn du nichts schreiben möchtest. Das würde mich schon beruhigen. Bitte!«

Sie erinnerte sich an ein Lokal, das ihr sehr gut gefallen hatte. Man musste ein paar Stufen hinuntergehen zum Eingang, es hatte eine gewölbte Decke und eine breite Bar, war schummrig, und sie spielten eine Musik, die sie mochte, alten Jazz, über den Sebastian so gut Bescheid wusste, einmal hatte er ihr viel über diese Musik erzählt, und von seinem Vater hatte er erzählt, der Jazzmusiker gewesen war, ein berühmter sogar. Was für ein Unsinn! Wenn ihr Robert ein SMS mit einem Punkt schicken würde, wüsste sie natürlich *nicht*, ob tatsächlich er den Punkt eingegeben hatte. Jeder könnte das tun. Angenommen, Robert war entführt worden, dann wüsste ich als Entführer jetzt, was ich zu tun hätte, vorausgesetzt, ich könnte den Anrufbeantworter der Praxis abhören: Ich würde einen Punkt senden. Das Lokal war nach einem italienischen Film benannt. Nach einem Film von Fellini. Jetzt fiel es ihr ein: *Amacord*. Und was würde ich tun, wäre ich Robert? Würde ich einen Punkt senden? Das würde ich eben genau nicht tun. Und warum nicht? Weil er einer ist, der so etwas für kindisch hält. Also, dachte sie, wenn mir nun tatsächlich ein Punkt geschickt wird, weiß ich – was weiß ich? Dass Robert entführt wurde? Sie schob den Koffer an der Secession vorbei und über eine Ampel, gleich war sie beim Markt. Die Stände hatten längst geschlossen, die Gassen dazwischen wurden abgespritzt und gekehrt. Sie achtete nicht darauf, ob ihre Schuhe sauber blieben. Wenn das Restaurant offen hat, wenn es dieses Restaurant überhaupt noch gibt und wenn es einen Tafelspitz gibt mit Semmelkren und Apfelkren und Rösti und Spinat und wenn es einen herben Weißwein gibt – wenn das alles so ist, bin ich glücklich, und für eine Stunde darf mir scheißegal sein, was mit meinem Bruder ist.

Das Restaurant gab es noch, und es hatte offen, Tafelspitz stand nicht auf der Speisekarte, sie bestellte Kärntner Kasnudeln mit einem grünen Salat, dazu ein Glas Vino verde. Und ihre Laune besserte sich, von Bissen zu Bissen, von Schluck zu Schluck. Sie trat mit einem jungen Mann, groß und Kraushaar wie Art Garfunkel zur Zeit von *The Sound of Silence*, vor die Tür und fragte ihn, ob er ihr eine Zigarette spendiere, und rauchte mit ihm und erzählte ihm, dass sie in Irland lebe, schon seit über zehn Jahren, zusammen mit einer Katze, die Kitty heiße und dreifärbig sei, und dass sie nach Wien gekommen sei, um ihren Bruder zu besuchen, der aber sei verschwunden, und jetzt wisse sie sich keinen Rat. Art Garfunkel wusste auch keinen Rat; er sagte nicht einmal, dass er keinen wisse.

7

Die Frau des Mathematiklehrers hatte natürlich recht gehabt. Jetti war eine Gefahr für ihre Familie. Ihr Mann hatte sich in Jetti verliebt, und Jetti hatte sich in ihn verliebt, und die Gefahr war größer, als die Frau ahnte. So verliebt waren die beiden gewesen, dass sie nicht achtgaben, und Jetti war schwanger geworden. Der Mann hatte bereits ein Töchterchen von zwei Jahren, das er anhimmelte, er wollte sich trotzdem scheiden lassen, wollte auf alles verzichten, hätte in Kauf genommen, von der Schule verwiesen zu werden, damit rechnete er sogar, alles hätte er seiner Frau gelassen, die Wohnung, das Auto, das Ersparte und auch den Himmel seiner kleinen Tochter. Er wollte mit Jetti leben, wollte mit ihr in ein anderes Land ziehen, er wollte nicht, dass sie das Kind wegmachte, er wollte Jetti heiraten, er hasste das Wort »wegmachen«, er hasste auch das Wort »abtreiben«, das Wort, das er einzig als die Wahrheit gelten lasse, sagte er, könne er nicht aussprechen, es sei zu schrecklich.

Jetti war siebzehn gewesen. Michael – so hieß ihr Lehrer (der Nachname soll verschwiegen werden, zu bekannt ist die Familie in Österreich) – war nicht der erste Mann, mit dem sie geschlafen hatte. Aber

er war der Erste, in den sie sich verliebt hatte – so jedenfalls deutete
sie ihre Gefühle; sie war entzückt von seinem Körper, der bronzefar-
ben war im gedämpften Licht und glatt und ohne Haare und ohne Geruch und kühl, bis dahin hatte sie über Männerkörper nicht nachgedacht. Sein Gesicht konnte nicht mithalten, es war gewöhnlich, der
Blick manchmal einfältig. Allerdings: eine Oberlippe hatte er, die sah
aus wie der Reflexbogen des Dschingis Khan, so endgültig elegant ge-
schwungen; sie war aber das einzig Auffallende, und sie reichte nicht
aus, damit sich Jetti sein Gesicht merken konnte. Seine Oberarme und
seine dunklen Brustflecken, seine Handrücken und die Muskelstränge
am Bauch, die konnte sie sich merken. Am liebsten hätte sie den ganzen Tag mit ihm im Bett verbracht. Die liberalen Gesetze waren erst
jung, in den Hotels verlangte man einen Ausweis von ihr. Wenn sie
sich weigerte, ihn zu zeigen, oder wenn sie so tat, als habe sie ihn
vergessen, war damit zu rechnen, dass die Polizei gerufen wurde, und
die hätte herausgefunden, dass hier ein Fall von Sex mit Abhängigen
vorlag. Bei Jetti zu Hause konnte sich das Paar nicht treffen. Michael
hatte eine Schwester, die hatte eine Freundin, die war geschieden und
brauchte Geld, bei ihr mieteten sie an zwei, drei Nachmittagen in der
Woche ein Zimmer, nicht größer als ein Schrank, mit einem winzigen
Fenster auf den Balkon hinaus und eigekeilt zwischen Küche, Bad und
Flur. Von allen vier Seiten konnte man sie hören. Die Frau sagte, es
störe sie nicht, aber Jetti störte es. Sie wollte laut sein dürfen beim Sex,
das hatte sie erst entdeckt, und es war schöner, als wenn der Mann laut
war, das hätte sie erschreckt. Michael war nicht laut. Aber sein Körper
bäumte sich auf, und sie hatte entdeckt, wie schön das war, auch das.
Ihr war, als ob sie an etwas Großem teilhätte, das ihr noch einige Prü-
fungen abverlangen würde, die jedoch sämtlich zu bestehen waren,
wenn sie sich nur ein bisschen anstrengte. Sie hörte gedämpft das Joh-
len von Kindern, die weit weg auf der Straße spielten, spürte, wie das
Haus bebte, als ein Lastwagen vorüberfuhr, und brannte darauf, zu
wiederholen, was sie miteinander im Bett anstellten und was sie allein
angestellt hatte, damit sich Michael vor ihr aufbäumte und leise und
wie vor Entsetzen aufschrie, ehe er besiegt war. Als sie satt waren, la-

gen sie nebeneinander, glühende junge Gesichter, und genossen den Zauber des nun still dahinschwindenden Abends. Aber zwischen ihnen war eine Welt von Unterschied, so empfand Jetti und hatte es immer empfunden, und es störte sie nicht. In der Schule im Mathematikunterricht erlaubte sie sich keinen Blick des Erinnerns, und wenn sie einen solchen von ihm empfing, schaute sie weg oder durch ihn hindurch. Keine ihrer Mitschülerinnen hegte einen Verdacht; dass sich der Lehrer in Jetti verliebt haben könnte, hielten sie für wahrscheinlich, aber doch nur deshalb, weil sich alle in Jetti verliebten.

Michael war gern im Freien, sie fuhren in seinem Wagen zum Lainzer Tiergarten und gingen die große Runde, was drei Stunden dauerte – Jetti hatte das vorgeschlagen –, und dabei küssten sie sich nicht, berührten einander nicht einmal, er redete, sie hörte zu. Das waren ihre Mentorstunden. Er hatte ein Buch im Rucksack oder einen Katalog, eine Künstlermonografie oder Walter Koschatzkys Einführung in die Techniken der Druckgrafik. Sie setzten sich auf gefällte Bäume, und Jetti lernte; lernte, als ob Schulstunde wäre, hatte ein Heft dabei und einen Stift und notierte wörtlich Redewendungen, die ihrer Meinung nach Kompetenz anzeigten und die sie auswendig zu lernen beabsichtigte, um sich damit in Gesprächen, zum Beispiel mit Herrn Sailer jun., Autorität zu verschaffen.

Manchmal hatten sie sich auf eine Decke gelegt, auf eine Lichtung, hatten sich nur mit einer Hand an der Hand berührt und auf die Geräusche des Waldes gelauscht, und Jetti hatte in den Himmel geschaut, über den weiße Wolken zogen. Da hatte sie sich vorgenommen, kein Jahr in ihrem Leben verstreichen zu lassen, ohne dass sie wenigstens einmal, auf dem Rücken liegend, in den Himmel schauen würde, denn ihr schien, das Glück setze sich aus solchen Momenten zusammen, zugleich aber meinte sie, dieses Glück könne nur allein erlebt und allein genossen werden; und da hatte sie ihre Hand zurückgezogen, und der Liebste an ihrer Seite hatte wieder zu sprechen begonnen. »Ich spüre, dass wir beide uns in einem großen Abenteuer befinden«, sagte er, sie kannte seinen entrückten Blick, wenn er so redete, und sie dachte: Du kannst mich mal! Aber doch nicht sie hatte so gedacht, *es hatte in ihr gedacht,* und sie war darüber ehrlich entrüstet gewesen. Und sie hatte wieder nach seiner Hand gegriffen.

Einmal sprach er es aus: Er habe Angst, sagte er, dass sie ihn mehr brauche als liebe. Das war wenige Tage, nachdem sie von der Frauenärztin erfahren hatte, dass sie schwanger war. Noch bevor sie Michael davon berichtete, war sie in sich gegangen. Sie überlegte, wie ernst sie ihn würde nehmen wollen. Nein, hatte sie sich gesagt, er ist nicht der Richtige. Von nun an liebte sie ihn tatsächlich weniger, als sie ihn brauchte.

Er wusste alles über ihre Geschäfte, sie hatte ihm Teile der Sammlung gezeigt, er wusste, dass die Bilder windig erworben worden waren und windig verkauft werden sollten. Er hätte Jetti auffliegen lassen können. Sie sagte sich aber, das würde er nicht tun. Auch nicht, wenn sie mit ihm Schluss machte. Sicher konnte sie sich allerdings nicht sein. Die Ärztin hatte gefragt, ob sie das Kind wünsche. Und ohne eine Antwort abzuwarten: Falls nicht, könne sie gern das Nötige organisieren. Sie solle es sich überlegen. Jetti sagte, sie brauche es sich nicht zu überlegen, sie wolle das Kind nicht. Die Ärztin sagte, sie solle es sich trotzdem überlegen. Sie habe es sich überlegt, sagte Jetti. Da hatte sich die Ärztin einen Termin in der Abtreibungsklinik geben lassen.

Jetti verkaufte mit Michaels Hilfe eine Zeichnung des Expressionisten Carlo Mense – den Entwurf für einen Titel der Zeitschrift *Sturm* aus dem Jahr 1929, koloriert mit Tee und Tabaksaft – und die Lithografie eines Künstlers aus dem Umkreis der *Brücke*, Signatur unleserlich. Erst als sie das Geld hatte, setzte sie Michael in Kenntnis – von der Schwangerschaft und von ihren Entschlüssen: a. abzutreiben, b. die Beziehung zu beenden.

Er verging vor ihr. Fragte, warum sie ihn so lange hingehalten habe. Ob sie ehrlich sein dürfe, fragte sie zurück. Sie habe erst noch seine Hilfe gebraucht beim Verkauf der Bilder. Das kam ihm so ungeheuerlich vor, dass er sich das Leben nehmen wollte. Sie sagte, sie glaube ihm nicht. Sie hatte recht. Er kehrte zu seiner Frau zurück. Wenn die Magie nicht mehr funktioniert, bleibt von einem Mann nicht viel. Jetti war nie zur Kenntnis gebracht worden, dass er je mit jemandem über ihre unglückliche Beziehung gesprochen hatte, auch nicht über den Handel mit den Bildern. Er war loyal.

8

Sie hatte darüber nachgedacht, ob sie ein schlechter Mensch sei. Im Fach Philosophie waren sie ein halbes Jahr bei Kant geblieben, viel länger, als der Lehrplan vorsah. Der Lehrer, ein Jesuit der gefinkeltsten Sorte, hatte von Kants Forderung erzählt, die Wahrheit müsse über allem stehen. Er hatte die Überlegungen Kants *Über ein vermeintliches Recht aus Menschenliebe zu lügen* vorgelesen, wo es heißt, auch wenn der Mörder an deine Tür klopft und fragt, ob dein Freund zu Hause sei, und auch wenn du mit einer Lüge das Leben deines Freundes retten könntest, du darfst nicht lügen. Alle in der Klasse hatten solchen Rigorismus absurd gefunden und lauthals gefragt, ob denn dieser Kant alle Tassen im Schrank gehabt habe. Jetti aber hatte sich die Argumente anhören wollen, und der Jesuit hatte im Text weitergelesen. Wenn du die Wahrheit sagst, hieß es, kann dir die öffentliche Gerichtsbarkeit nichts anhaben, und welche Folgen auch immer deine Aussage haben wird, du kannst dafür nicht zur Rechenschaft gezogen werden, denn die Wahrheit ist objektiv und liegt nicht im Einflussbereich dessen, der sie ausspricht. Wenn du aber lügst, bist du für alles verantwortlich, was aus dieser Lüge entsteht, für das Gute, aber natürlich auch für das Schlechte. Angenommen, der Mörder fragt dich, ob dein Freund zu Hause sei und du verneinst aus dem begreiflichen Grund, ihn retten zu wollen, und weiter angenommen, der Freund hat zwischenzeitlich, ohne dass du es bemerkt hast, dein Haus verlassen, und drittens angenommen, der Mörder wendet sich von deinem Haus ab und sucht den Freund draußen, und viertens angenommen, er findet ihn tatsächlich und tötet ihn – in diesem gesetzten Fall, das muss dir klar sein, hast du am Tod deines Freundes mit Schuld. Alles lachte über diese Spitzfindigkeit, Jetti lachte nicht. Kant war ja nicht irgendeiner. Wenn er darauf bestand, dass du immer fein raus bist, wenn du die Wahrheit sagst, war es ratsam, sich nicht nach der Meinung einer Horde feixender Schülerinnen und Schüler zu orientieren; wer sich strikt an Kant hielt, konnte verhindern, ein schlechter Mensch zu werden.

Als sie bereits mit der Schwangerschaft rechnete, hatte sie, noch bevor sie die Ärztin besuchte, überlegt, ob sich ein Abbruch mit Kants Kategorischem Imperativ argumentieren ließe. Und sie war zum Ergebnis gekommen: ja. Wenn es hieß, man solle nur nach derjenigen Maxime handeln, durch die man zugleich wollen kann, dass sie ein allgemeines Gesetz werde, so musste zuallererst danach gefragt werden, welches Ziel und welchen Zweck so ein Gesetz haben soll. Ihre Antwort: Glück. Also formulierte sie Kants Ratschlag um: *Handle so, dass sich durch dein Handeln das Glück vermehrt.* Wobei die Vermehrung des Glücks nicht unmittelbare Folge deines Handelns sein muss, es könnte sich durchaus auch indirekt, sogar über mehrere Ecken einstellen. Letztendlich sollte sich durch dein Handeln die Summe des Glücks auf dieser Welt vermehren. Die Frage, die sich in Zusammenhang mit der Abtreibung stellte, lautete: Kann als *Glücksvermehrung* bereits gelten, wenn eine *Glücksverminderung* verhindert wird? Ohne ihm von ihrer Schwangerschaft zu berichten, gab Jetti die Frage an ihren Bruder weiter. Robert sah sie sehr lange und mit einem sehr seltsamen Blick an, einem Blick, in dem sie Erstaunen, Bewunderung, aber auch Zorn zu erkennen glaubte und zwar in ebendieser Abfolge. Er staunt über mich, weil ich etwas Bewunderungswürdiges gesagt habe, und ärgert sich, dass es ihm nicht selbst eingefallen ist. Erst nach einer Weile antwortete er ihr: »Ja, dieser Meinung bin ich in der Tat. Nämlich, weil die Welt sich zum Unglück hin bewegt. Alles, was wir tun können, ist, dieser Bewegung etwas entgegenzuhalten. Ist das nicht alles grauenvoll?«

Wenn ich das Kind zur Welt bringe, dachte Jetti, wird a. Michaels Frau unglücklich, wird b. er unglücklich, wird c. sein Töchterchen unglücklich, werden d., e., f., g. Michaels Vater und Mutter, sein Schwiegervater und seine Schwiegermutter unglücklich und werde schließlich h. ich unglücklich, weil ich so viele Menschen unglücklich mache und weil ich meine Pläne, die ich noch nicht einmal kenne, nicht verwirklichen kann. Wenn ich hingegen abtreibe, wird nur Michael unglücklich, und der ist es sowieso.

Einiges später, bald nach Jettis Matura, wurde die Mutter in eine Anstalt gebracht. Seit über einem Jahr hatte sie kein Wort mehr gesprochen. Robert hatte darauf bestanden, dass es die beste Anstalt in einem erträglichen Radius um Wien sein müsse, und schlug das Sanatorium Liebhartstal am Rand des 16. Bezirks vor. Das war ein vornehmes Haus. Außerdem müsse er den Führerschein machen, und ein Auto brauche er auch, denn wie solle er die Mama in ihrem Heim besuchen, und wer besuche sie sonst, wenn nicht er. Also: Er brauche Geld und zwar sofort. Im selben Gespräch teilte er Jetti mit, dass er beabsichtige, Psychiater zu werden, was bedeute, dass er mindestens fünf Jahre länger studieren werde, als für ein normales Medizinstudium erforderlich war.

Jetti wollte auch studieren. Gern in Amerika. Gern in Kalifornien. In Berkeley. Oder überhaupt der Traum: in Harvard oder Stanford. Oder in England, Oxford oder Cambridge. Oder an der Sorbonne in Paris. Sie wusste nicht, was sie studieren sollte. Darum hätte sie gern das eine oder andere ausprobiert. Sie verkaufte die Wohnung in der Taborstraße, legte das Geld, ohne mit ihrem Bruder Rücksprache zu halten, für die Pflege der Mutter an und zog in eine Mansarde in Hernals – wohin sie auch die Mappen mit den Zeichnungen und Druckgrafiken brachte. Sie rechnete nach, sichtete den Bestand der Sammlung und kam zum Ergebnis, dass sich ihre Träume nicht ausgingen. Darüber seufzte sie. Sie inskribierte sich ohne Ambitionen in Kunstgeschichte und Philosophie und begann, sich nach einem Job umzusehen.

Dass niemand vom Finanzamt kam, um das Mirakel zu durchleuchten, wovon die Familie in all den Jahren eigentlich gelebt hatte, führte sie darauf zurück, dass sie Juden waren und die Behörde nicht in der Zeitung landen wollte.

Und übrigens: Robert besuchte seine Mutter im Sanatorium nicht ein einziges Mal, und den Toyota Cressida richtete er nach zwei Jahren Besitz in Folge ungeschickten Einparkens, verabsäumten Ölnachfüllens und allerlei Unerklärlichkeiten zugrunde. Als Jetti die Mutter das letzte Mal sah, war sie klar bei Sinnen, so schien sie jedenfalls. Sie fragte dies und das, fragte Politisches vom Tag, nannte sogar einige Politiker beim Namen, Bruno Kreisky, Jassir Arafat, Ronald Reagan; plötzlich winkte sie Jetti zu sich und sagte laut und deutlich in ihr nahes Gesicht hinein: »Eine große Furcht wird über die Welt kommen, wenn wieder die Geringsten unter euch die Zügel der Vergeltung in ihre Hände bekommen!« Sie wedelte mit der Hand und verzog den Mund, als hätte sie etwas Schlechtes geschluckt. Keinen Monat später war sie tot.

Nach der Beerdigung auf dem jüdischen Teil des Zentralfriedhofs zog Robert seine Schwester beiseite und belehrte sie, als setze er übergangslos das Gespräch von vor einigen Jahren fort: »Im Verhör mit Hauptmann Avner Less in Jerusalem bezeichnete sich Eichmann als – ich zitiere wörtlich, Jetti, hör zu: Anhänger der Kant'schen Lehre vom reinen Imperativ, so dass und weshalb er immer und überall und sowieso nur die Wahrheit sprechen werde.« Sie wisse nicht, was er damit zum Ausdruck bringen wolle, antwortete ihm Jetti. Sie solle darüber nachdenken, antwortete wiederum ihr Bruder.

9

Jetti rief Sebastian an. Er war sofort dran. Sie erklärte ihm nichts, sagte nur:

»Kann ich für eine Nacht bei dir schlafen?«

Er holte sie vom Amacord ab.

Sebastian wohnte eine Straße weiter in der obersten Wohnung eines Gründerzeithauses. Die Wohnung gehörte ihm und das Dach darüber auch. In den neunziger Jahren hatte er in die Bibliothek eine Wendeltreppe einbauen und oben auf dem Dach ein Arbeitshaus errichten lassen, dort war es ruhig, der Blick ging in den Innenhof hinunter. Das Dach war von einem Geländer umrundet, erst hatten ihm nur etwa vierzig Quadratmeter gehört, später hatte er noch ein Stück dazugekauft. Als Sichtschutz pflanzte er im Sommer in breiten Alukübeln Tomaten an, die wuchsen in einer nach innen offenen Abdeckung aus Plexiglas, so dass er, wenn es so weit war, auf die grünen Blätter und später auf die roten Früchte sehen konnte. Das Arbeitshaus war rundum über Hüfthöhe verglast, darin standen zwei Schreibtische, Bücherregale und ein breites Sofa. Wenn er einen Gast habe, sagte er, was früher häufiger vorgekommen sei, richte er ihm in seinem Arbeitszimmer ein Bett. Er selbst schlafe auch manchmal dort.

»Wenn ich Angst kriege?«, fragte Jetti. »So ausgesetzt, rundherum. Ich kann aber bei geschlossenem Fenster nicht schlafen.«

Sie waren in der Küche gesessen und hatten bis weit in die Nacht hinein geredet und Bier getrunken. Jetti hatte Sebastian die Wikipedia-Seite über den *Juden im Dorn* gezeigt und Roberts Diskussionsbeitrag, und Sebastian hatte ihr erzählt, dass er tatsächlich mit seinem Freund über dieses Märchen gesprochen habe; Robert bereite einen Vortrag über den französischen Philosophen René Girard vor, der über das Phänomen des Sündenbocks geschrieben habe, und er, Sebastian, habe ihn auf das Märchen aufmerksam gemacht; sie seien beide der Meinung, dass dem Märchen und den Brüdern Antisemitismus nicht vorgeworfen werden dürfe, dass im Gegenteil die Grimms in diesem Stück Literatur den Mechanismus von Schuldumkehr, Verleumdung und Vernichtung brandmarkten. Robert wolle, so jedenfalls seine letzte Information, das Märchen ins Zentrum seines Vortrags stellen.

Zu Jettis Botschaft an ihren Bruder auf der Diskussionsseite sagte Sebastian nichts (der Eintrag war inzwischen von einem User mit »Was soll das in einer Enzyklopädie?« kommentiert worden). Er strich ihr aber über das Haar, und sie lehnte ihren Kopf zu ihm hin.

»Wenn du willst, schlafe ich oben, und du kannst in meinem Bett schlafen«, sagte er. »Ich nehme einfach mein Bettzeug nach oben, und du nimmst deines nach unten.«

Das wollte sie nicht.

Aber sie konnte oben nicht einschlafen. Erst stellte sie sich draußen ans Geländer und schaute in die Sterne hinauf. Nun wird alles gut, dachte sie. Sie hatte Sebastian gefragt, ob er sich wegen Robert Sorgen mache. Er hatte nein gesagt. Sie hörte die Rettung auf der Wienzeile vorbeifahren und erinnerte sich, als sie und Sebastian nachts miteinander telefoniert hatten, am Telefon geflirtet hatten sie, einander liebe Dinge ins Ohr geflüstert hatten sie, Worte, die am Tag, wenn sie sich trafen, was immer nur zufällig geschah, wie nicht gewesen waren, schön gespielt und gelogen hatten sie in der Dunkelheit der Nacht, Immanuel Kant wäre empört gewesen; einmal hatte sie behauptet, sie sei in Prag, und Sebastian hatte behauptet, er sei in München, und beide hatten sie einander versichert, wenn sie jetzt in Wien wären, würden sie sich zueinanderlegen, diesmal würden sie es tun, und dann war unten auf der Wienzeile die Rettung vorbeigefahren, wie jetzt, und Jetti hatte das Martinshorn von der Straße herauf und im Telefon gehört und Sebastian wohl auch, und es hätte nur drei Minuten gedauert, und sie wären beieinander gewesen, und sie hatten es gewusst, aber sie hatten es nicht ausgesprochen, und keiner von ihnen hatte sich auf den Weg gemacht. Sie kannten sich nun seit siebenundzwanzig Jahren, hatten einander beigestanden in guten wie in schlechten Zeiten – Sebastian hatte Jetti zu dem Lektorenjob in München verholfen (Sachbuch!); Jetti hatte ihn aufgesucht, als seine Mutter gestorben war und er geglaubt hatte, mit niemand anderem über sein schlechtes Gewissen und die daraus emporwuchernde Depression sprechen zu können. Sebastian hatte irgendwann in einer Schweizer Wochenzeitschrift eine Erzählung veröffentlicht, in der er aus ihren Telefonaten und ihrer SMS-Korrespondenz zitierte. Zufällig hatte sie die Zeitschrift in die Hände bekommen, er hatte ihr nichts davon erzählt. Das hatte sie irritiert, weil sie dahinter eine Haltung befürchtete, die ihr kalt und berechnend erschien – ein schwarzer Fleck auf ihrer Freundschaft, der mit der Zeit aber kleiner und blasser geworden war.

Ein Märchen hatten sie sogar gemeinsam erfunden. Jetzt erinnerte sie sich. Nicht am Telefon hatten sie es erfunden. Sondern bei einem Abendessen, zu dem sie ihn in ihre Mansarde eingeladen hatte, bevor sie nach Triest aufgebrochen war. Sie hatte zweimal Pizza bestellt, den Salat hatte sie selbst zubereitet. Gott kehrte sich nach dem Sündenfall der ersten Menschen von seiner Schöpfung ab, er verbarrikadierte sich hinter hundert Vorzimmern und übergab die Verantwortung dem Tod, der sollte für einen immer wiederkehrenden Neubeginn sorgen und damit das Böse in Zucht halten, das im Laufe eines allzu langen Lebens das Menschenherz überwuchern würde. Und da war ein junges Hochzeitspaar, und während ihres Festes holt der Tod den Bräutigam. Die Frau fleht den Tod an, ihr den Mann doch zu lassen, es sei nämlich eine außerordentliche Liebe zwischen ihnen, und der Tod hat Mitleid. Er rät der Frau, sie solle es mit Beten versuchen und mit Flehen; wenn ihre Inbrunst stark genug sei, könne sie vielleicht durch die hundert Vorzimmer bis zu Gott dringen, und vielleicht werde Gott ihr den Mann zurückgeben; ihm, dem Tod, sei dies leider nicht erlaubt. Die junge Frau betete und flehte, aber ihr Flehen und ihre Gebete gelangten gerade einmal bis zum zehnten Vorzimmer und nicht weiter. Da hielt sie den Tod fest an seinem Mantel, und wieder hatte der Tod Mitleid. Ob sie denn bereit sei, alles zu geben, um ihren Mann zurückzubekommen, wirklich alles? Ja, jammert sie, sie wolle alles geben, sogar die ewige Seligkeit. Dann solle sie den Teufel rufen, sagt der Tod. Der Teufel sitzt nicht hinter hundert Vorzimmern, er kommt sofort, wenn man ihn ruft, schon ist er da. Gut, sagt der Teufel, im Tausch gegen die ewige Seligkeit bringe er ihr den Mann zurück, und er garantiere obendrein siebzig gemeinsame Jahre und Glück, schöne, gesunde Kinder und schöne, gesunde Enkel und als Zugabe einen gemeinsamen Abgang, so dass keiner den Schmerz der Trauer fühlen müsse. Da jauchzt die junge Frau. Dafür, ja, sagt sie, dafür sei sie bereit, ihre ewige Seligkeit hinzugeben. Oh, sagt der Teufel, er sei in der Tat an der ewigen Seligkeit interessiert, aber nicht an ihrer, sondern an der ihres Mannes. Ihn wolle er. Da fällt die Frau in die Verzweiflung zurück, und ihr Gram scheint nun endlos, aber nach einer kleinen Zeit überlegt sie und wägt ab, und am Ende siegt die Sehnsucht nach ihrem

Mann, oder was sie dafür hält, und sie ist einverstanden. Aber, sagt sie, wie kann ich neben ihm leben und glücklich sein siebzig Jahre lang, wenn ich weiß, dass ich seine Seligkeit verkauft habe? Der Teufel beruhigt sie: Ich werde unser Geschäft ganz weit hinten in deinem Gedächtnis verstauen, erst in der Stunde deines Todes wird dir wieder einfallen, was du getan hast ... – Jetti erinnerte sich nicht mehr, wie das Märchen ausging; oder ob sie überhaupt einen Schluss gefunden hatten. Vielleicht fällt es Sebastian ein, dachte sie. Morgen werde ich ihn fragen. Und werde ihn fragen, was aus seiner Märchensammlung geworden ist. Und ob er unser Märchen aufgenommen hat.

Sie stieg nach unten in die Bibliothek. Sie sah Licht in Sebastians Schlafzimmer. Da ging sie zu ihm und legte sich zu ihm unter die Decke.

10

Am nächsten Tag frühstückten sie oben auf dem Dach vor Sebastians Schreibhaus, und sie ließen sich viel Zeit. Als Sebastian im Bad war, blieb Jetti noch eine Weile in der Sonne sitzen. Sie holte ihren Laptop aus dem Koffer, um ihre Mails zu checken. Da war eine Nachricht ihres Bruders, gesendet von seinem iPhone:

Jetti, liebe Jetti, liebe Schwester, meine Liebe, meine über alles geliebte Schwester, mach Dir keine Sorgen! Ich bin in Jerusalem, denk Dir! Versprich mir aber, dass Du es niemandem sagst. Es geht mir gut. Wie es einem geht, der viel nachdenken muss. Und das wird Dich freuen: Ich schreibe an meinem Buch, ich komme gut voran. Schreiben kann man immer und überall. Ich setze mich in das berühmte Café Ta'amon in der King George Street und bitte den Kellner um einen Bleistift und einen Bogen Papier, mehr ist nicht nötig. In gewisser Weise bin ich glücklich. Wenn ich wieder in Wien bin, ruf ich Dich an. Ich bitte Dich noch einmal, dass Du mit niemandem darüber sprichst, BITTE, MIT GAR NIEMANDEM!!! Ich will es so. Ich bin in Israel, dem Land der Väter. Aber an die Väter denke ich nicht. Und an Gott denke ich auch nicht. An unseren Vater denke ich und an unsere Mutter. Und an Dich denke ich, meine liebe Schwester, meine Jetti. Dein Bruder Robert.

Eine wohlige Verantwortungslosigkeit breitete sich in ihr aus …

ZWEITER TEIL

VIERTES KAPITEL

Eine junge Königstochter hieß Schneeblume, weil sie weiß wie der Schnee war und im Winter geboren. Eines Tags war ihre Mutter krank geworden, und sie ging in den Wald und wollte heilsame Kräuter brechen; wie sie nun an einem großen Baum vorüberging, flog ein Schwarm Bienen heraus, und bedeckte ihren ganzen Leib von Kopf bis zu den Füßen. Aber sie stachen sie nicht und taten ihr nicht weh, sondern trugen Honig auf ihre Lippen, und ihr ganzer Leib strahlte ordentlich von Schönheit.

Wer sollte da nicht denken, sie sei ganz und gar aus purem Gold? Als sie in die Stadt kam, wollten die Torwächter sie zum König führen, denn der König war zuständig für das Gold. Aber wie sie so durch die Korridore und Hallen des Palastes gingen, ein Torwächter links, einer rechts, zwischen ihnen Schneeblume, da sagte der linke zum rechten: »Hör, Freund, wer hat sie gefunden? Wir doch.«

»Da hast du recht«, sagte der rechte Torwächter.

»Da steht uns doch etwas zu.«

»Wenigstens ein Fußzeh steht uns wohl zu.«

»Der steht uns zu. Niemals wird uns der König freiwillig einen goldenen Fußzeh geben.«

So schnitten der linke und der rechte Torwächter Schneeblume einen linken und einen rechten goldenen Zeh ab und ließen sie stehen, wo sie gerade stand.

Schneeblume aber wagte nicht, sich zu rühren, sie hielt die heilsamen Kräuter in der Hand, die sie im Wald gebrockt hatte und wartete, was geschehen würde.

Da kam der Kammerdiener des Königs vorbei, und er war geblendet von der goldenen Schönheit, und er dachte nicht anders und wollte nichts anderes als die Türwächter, nämlich Schneeblume zum König führen, denn für das Gold war der König zuständig und niemand sonst. Aber als er neben Schneeblume durch die Hallen und Korridore ging, fiel ihm ein, dass er längst schon ein besseres Leben führen wollte und nur deshalb nicht konnte, weil für dieses bessere Leben selbst der Kammerdiener des Königs zu arm war. Er dachte: Niemals wird mir der König freiwillig von diesem Gold geben. Ich will ihr die linke Seite wegschneiden von der Hüfte bis zum Hals, da bleibt dem König immer noch genug. Und so tat er und ließ Schneeblume stehen, wo sie war.

Schneeblume wagte nicht, sich zu rühren, sie hielt die heilsamen Kräuter in der Hand, die ihr geblieben war, und wartete, was weiter geschehen würde.

Da kam der Königssohn, der war ein stolzer, der immer der Erste sein wollte, und wenn er es einmal nicht war, mit dem Fuß aufstampfte und zeterte und drohte, mit dem Kopf gegen die Wand zu rennen. Der sah Schneeblume stehen, und er dachte: Von der ist bereits genommen worden, fast wäre ich zu spät gekommen, zum Glück ist das Beste noch an ihr, der Kopf. Den will ich abschneiden und als Kugel nehmen beim Kegeln, dann werden mich alle beneiden. Denn niemals wird mir mein Vater freiwillig den Kopf geben.

Und so tat er und ließ Schneeblume stehen.

Zuletzt flog eine Biene daher, die setzte sich auf Schneeblumes Brust. »Hier ist es nicht gut für dich«, sagte sie. »Sie werden dich schlachten Stück für Stück. Komm mit mir zurück in den Wald! Die Raben werden dir jeder eine Feder geben, die werden dich bedecken und dich von golden in schwarz verwandeln, und wo ein Federchen fehlt, um dein Gold zu verbergen, wird es sein wie ein Stern in der Nacht. Dann wird dich keiner mehr haben.«

So war Schneeblume erst weiß gewesen, dann golden und nun schwarz. Das Jahr ging dahin, und die Torwächter verspielten beim Würfeln das Gold, das sie gestohlen hatten, und die es gewonnen hatten, wurden von Räubern überfallen, und die Räuber wurden von den Wölfen getötet, und die Wölfe brachten das Gold den Bienen zurück, und die Bienen klebten die Zehen wieder an Schneeblumes Füße. Und nicht anders erging es dem Kammerdiener mit seinem Gold, der verlor es an der Börse, und dem Königssohn mit seinem Gold, der verspielte es beim Kegeln, und die es gewannen, denen wurde es genommen, und am Ende

war Schneeblume heil, und als die Nacht zu Ende war, fielen die Raben-
federn ab, und als der Frühling kam, schmolz der Honig und tropfte auf
die Erde. Und Schneeblume wurde weiß, wie sie von Anfang gewesen
war.

1

Robert Lenobel hatte immer schon gewusst, er besaß einen aggressiven, paranoiden Charakter, der nach Macht verlangte. Aber weil er es wusste, gab es einen, der ihn beobachtete, einen Zeugen, nämlich ihn selbst, und dessen aggressivem, paranoidem Spott wollte er sich nicht aussetzen. Ergebnis war eine fromme Ruhe, der die Maskenhaftigkeit anzumerken war; weswegen Dr. Robert Lenobel von allen Menschen, einschließlich seiner Familie, immer ein wenig gefürchtet wurde; sie trauten ihm alles zu, wenngleich in seinen fünfundfünfzig Lebensjahren nichts davon eingetreten war. In Wahrheit traute man ihm nichts zu. Man traute ihm zu, über all das Bescheid zu wissen, was einem Menschen zuzutrauen war, einem Massenmörder wie Eichmann, einem Frauenjäger wie Don Juan, einem Teufelsanbeter wie Aleister Crowley. Wer alles weiß, braucht selber nichts zu sein. Weil er in alle Abgründe geblickt hatte, gab es nichts mehr, was ihn hätte verführen können. Ein zu einem harmlosen Leben verdammter Sünder, das meinte er zu sein. Im Vergleich zum Großteil seiner Patienten empfand er sich selbst als außerordentlich verhunzt. Er hatte keinen Begriff von sich selbst. Ein Borderliner, der den Weg entlang seiner Grenze geht, auch wenn er sie bisweilen überschreitet, solange er in seinem brutalen Glauben steckt, richtig zu handeln, ist vor dem Weltenschöpfer unschuldig. Er aber – dies gestand er seinem Freund Sebastian Lukasser –, er erwache an manchen Tagen mit dem Bewusstsein, ein Teufel in Latenz zu sein. Er könne sich nicht einmal wie ein Borderliner verhalten; denn dann verhalte er sich *wie* ein Borderliner, was ja schon beweise, dass er keiner sei. »Machiavelli sagt, ein Machthaber, der Großes erreichen will, muss lernen, andere zu hintergehen. Ich sage: Ein Mensch, der überhaupt irgendetwas erreichen will, muss lernen, sich selbst zu hintergehen. Die Menschen täuschen sich, wenn sie glauben, durch Bescheidenheit den Hochmut bezwingen zu können. Bescheidenheit ist Ehrlichkeit vor sich selbst. Das führt aber zu nichts. Nicht einmal Briefbote oder Bademeister kann man damit werden. Nur Psychiater und Psychoanalytiker.« Zwischendurch habe er gern ein böser Mensch sein wollen; aber jedes konkrete Böse sei ihm zu banal erschienen. Das Böse aus der Nähe betrachtet sei immer entweder literarisch oder banal. Mephisto schrumpft neben Eichmann zu einer Vaudeville-Figur, der Joker aus *Batman* ist unheimlicher. Und den Eichmann im Close-up kann niemand von einem harmlosen Hausmeister unterscheiden. Nur eine Sehnsucht kenne er noch: Irgendetwas, und sei es eine zertretene Coca Cola-Dose, als das zu sehen, was es ist – auszubrechen aus dem engen Dasein eines Menschen, der, wenn er schon nicht alles weiß, so doch zu wissen meint, dass es alles zu wissen gibt, und sei es auch nur irgendwann. Die Welt zu sehen wie ein Neugeborener mit dem ersten Blick; oder wie ein Sterbender mit dem letzten …

2

Ein paar Jahre zuvor … – An einem Freitag im Februar war es gewesen, in den Mittagsnachrichten wurde gemeldet, Libyens Staatschef Muammar al-Gaddafi rufe zum Dschihad gegen die Schweiz auf; weiters: die Redaktion einer dänischen Zeitung habe die Muslime der Welt wegen der Mohammed-Karikaturen um Entschuldigung gebeten; und: bei den Olympischen Winterspielen in Vancouver würden morgen die Wettbewerbe beginnen, Biathlon, Eisschnelllauf und Schispringen, der Österreicher Gregor Schlierenzauer dürfe mit Medaillenchancen rechnen. In Wien herrschte dichtes Schneetreiben, am Nachmittag kam ein starker Wind auf, und die Temperatur fiel auf minus 5 Grad. Dr. Lenobel beschloss, an diesem Abend nicht nach Hause zu gehen, sondern in seiner Praxis zu übernachten. Er musste noch die Protokolle des Tages im Detail ausführen und wollte endlich wieder lesen, was er zu Hause nicht gern tat, weil seine Frau kaum stillsitzen mochte und er sich von ihrem Hin und Her gestört fühlte. Er hatte

einen anstrengenden Tag hinter sich, vier Patienten: zuerst eine ältere
Dame, die schon seit Jahren zu ihm kam, nicht regelmäßig, nur wenn
sie »die Kohorten einer Depression aufmarschieren« fühlte, er unterhielt sich gern mit ihr, sie liebte die Oper und besaß Humor, sie beide
lachten viel zusammen; gleich anschließend hatte er einen Studenten
zur Analyse gehabt, der im Kontrast dazu ausgiebig und gern weinte.
Sein Mittagessen nahm er in der Praxis ein. Danach saß er schweigend
einer schweigenden Frau gegenüber, was ihm sehr schwerfiel, sie
wollte aber nicht auf der Couch liegen, es hätte ihm erspart, in ihr
Gesicht sehen zu müssen, sie erinnerte ihn an die Protagonistin aus
Ferdinand von Saars Novelle *Sappho*, die gar nichts Liebenswertes an
sich hatte. Am Nachmittag war er mit dem Taxi in die Justizanstalt
Josefstadt gefahren, um Egon Mahler zu besuchen – der Fall hatte vor
zwei Jahren Aufsehen erregt; Mahler hatte seinen Freund und dessen Liebhaber in flagranti überrascht und erschossen und sich der Polizei gestellt; Dr. Lenobel war auf Anregung des Gerichtspsychiaters
Dr. Reinhard Haller als zweiter Gutachter hinzugezogen worden, beide hatten eine schwere narzisstische Persönlichkeitsstörung diagnos-
tiziert. Nach seiner Verurteilung (lebenslänglich) ließ Mahler bei
Dr. Lenobel anfragen, ob er bereit wäre, ihn als Patienten zu nehmen.
Das hatte ihn zunächst sehr interessiert (und ihm auch geschmei-
chelt), inzwischen bereute er es, weil ihm wieder einmal vorgeführt
wurde, dass es bei malignem Narzissmus Ärger und Grauen, aber
keine Hoffnung auf Heilung gab. Um den Kopf frei zu kriegen, war er
zu Fuß durch den Schneesturm vom 8. Bezirk zurück in die Praxis gegangen. Er rief bei Hanna an, die nahm nicht ab, er sprach auf die Box,
dass er heute nicht nach Hause kommen und dass er sein Handy
abschalten werde. Er freute sich auf einen Abend in seinem privaten
Büro, das kein Patient betreten durfte, nicht einmal seine Sekretärin,
an dessen Wänden nur Bücher waren und in dessen Mitte ein riesiges cognacfarbenes Ledersofa und eine zierliche Bar auf Rädern standen und ein massiver Schreibtisch; er würde endlich allein sein mit
Schuberts Streichquintett, einem Glas Barolo und Stendhals *Rot und
Schwarz* in einer neuen Übersetzung (Julien Sorel hätte er gern zum

Patienten gehabt), dies alles nach einem ausgiebigen Bad in sehr
heißem Wasser (er freute sich darauf, endlich das »Badewannenpult«
auszuprobieren, ein kurioses Ding, das er schon vor längerem erworben hatte und das, so hatte der Antiquitätenhändler mit erhobenen zwei Fingern behauptet, aus dem frühen 19. Jahrhundert stammte,
es sei ein ähnliches, wie es Jean-Paul Marat, der wegen der Krätze die
meiste Zeit in der Badewanne verbrachte und dort auch ermordet
wurde, als Schreibtisch gedient hatte). Anschließend würde er sich
in den moosgrünen, flauschig weichen Bademantel hüllen, den ihm
Hanna zu Weihnachten geschenkt hatte – »für wenn du es dir einmal
allein in der Girardigasse gemütlich machen willst«: Genau das wollte
er. Nach einem Tag voll mit gequälten Gesichtern.

Kurz bevor Frau Elmenreich, seine Sekretärin, sich in den Feier-
abend verabschiedete, gab sie ihm ein Telefongespräch herein. Es war
eine Frauenstimme. Und nun folgte »das verhängnisvollste Telefonat
meines Lebens«.

3

Sebastian erzählte Jetti, was er wusste – nicht alles erzählte er, aber
fast alles …

Nämlich nur mit Sebastian hatte Robert über seine »Affäre« gesprochen – und das auch erst viel später, viereinhalb Jahre später, bei
einem Spaziergang an der Donau entlang, als er nicht mehr hoffen zu
dürfen glaubte, »ohne Schaden davonzukommen« – und sich in »vor-
letzter Verzweiflung« dazu durchgerungen habe, zwei ominöse Bücher
beim ZVAB zu bestellen, das Selbstmörderbuch von Emil Szittya und
Der Doppelselbstmord von Paul Ghysbrecht, die er beide immer schon
besitzen wollte, er habe sich aber nicht getraut, sie zu erwerben, weil
er sie »für die bedrohlichsten Bücher des 20. Jahrhunderts« halte (nicht
Lenins Aprilthesen, nicht Hitlers *Mein Kampf*, nicht Mao Tse-tungs
rotes Büchlein).

Und weiter im selben Pathos: »Sebastian, ich will dir beichten, ich will dir eine Gegenwart anvertrauen und eine Vergangenheit, die mich reut.«

Erst jetzt, da er sich »am Ende wähne« und staunend das Ende betrachte, sei er bereit, seinem Freund »die Wahrheit zu berichten, ohne Verstellung und rhetorischen Anstrich, sondern in schierer Fassungslosigkeit«, als sähe er – ein »Fachmann der Seele!« – zum ersten Mal vor sich, was mit ihm und in ihm geschehen und aus ihm geworden war.

»Das heißt, du willst dich umbringen?«, fragte Sebastian.

»Woraus schließt du das?«

»Aus deiner Wortwahl.«

»Ich ziehe es zumindest in Erwägung.«

»Du ziehst es zumindest in Erwägung?«

»Ja, das tu ich.«

»Aber nicht aus freien Stücken.«

»Wie meinst du das?«

»Du konsultierst auch bei dieser Frage zunächst ein Buch oder gleich zwei.«

»Drei sogar. Karl Menningers *Selbstzerstörung* habe ich vergessen. *Psychoanalyse des Selbstmords.* Ein Klassiker. Was gibt es daran auszusetzen?«

»Braucht der Mensch ein Buch, um sich umzubringen?«

»Was braucht der Mensch, um sich umzubringen?«

»Verzweiflung genügt, denke ich, und eine Waffe oder einen Strick oder Tabletten.«

Dabei hatte Robert bereits damals, gleich am Morgen nach »dem verhängnisvollsten Telefonat« seines Lebens, Sebastian um ein Gespräch gebeten: Ob er sich vorstellen könne, dass sich ein Mann in eine Frau verliebe, die er nie gesehen, nur deren Stimme am Telefon er gehört habe; oder umgekehrt, dass sich eine Frau in einen Mann unter ähnlichen Bedingungen verliebe; oder anders gefragt: Ob er, Sebastian, sich zutrauen würde, eine Geschichte zu schreiben, in der solches geschehe – zwei wildfremde Menschen telefonieren miteinander und verlieben sich ineinander, begehen aber dann den Fehler, sich zu treffen, et cetera; oder noch einmal anders gefragt, ob er ein Beispiel aus der Literatur kenne.

Sebastian habe, so erzählte er Jetti, gedacht – naheliegend: Robert ist es, *er* hat sich in eine Telefonstimme verliebt. Und er habe sich gedacht: Es wird nichts daraus werden. Erstens, weil Vorfälle dieser Art wahrscheinlich zu den normalen Anfechtungen seines Berufes gehören und gerade dieser Beruf wie kein anderer Methoden parat hat, jede erdenkliche Verführung zu neutralisieren; zweitens, weil bei seinem Freund noch niemals irgendetwas aus irgendeiner Begegnung geworden war, jedenfalls nicht, dass er es wüsste, und er wüsste es. – Warum Robert geheiratet hatte, nicht einmal das reimte sich für ihn. Er konnte sich ihn und Hanna im Bett nicht vorstellen, mit dem besten Willen nicht. Er konnte sich Hanna mit einem anderen Mann im Bett vorstellen, das schon. Aber Robert, bei einer Frau liegend, in Umarmung – nein. Allerdings, dass sich Robert verliebte – ja: Dieser Film wäre komisch und traurig; nur ein Mal angesehen, wahrscheinlich zum Totlachen, öfter angesehen, sehr, sehr traurig.

Aber als sie dann an ihrem Fensterplatz in der Trattoria in der Singerstraße gesessen waren, hatte Robert nichts erzählt. Stattdessen hatte er eine Theorie des Hörens entwickelt.

»In der menschlichen Stimme, mein lieber Sebastian«, so dozierte er über die Nudeln hinweg, »ist alles enthalten. Wie im Duft einer Blume alles enthalten ist, was die Blume ausmacht, so ist in der menschlichen Stimme alles enthalten, was den Menschen ausmacht. Man muss es nur heraushören können. Was wir an einer Blume sonst noch schön und imponierend finden, die Form ihres Kelches, die Farbe, den Glanz der Oberfläche, die beispiellose chemische Zusammensetzung dieser Oberfläche, die es der Pflanze ermöglicht, sämtliche Feuchtigkeit augenblicklich dorthin weiterzuleiten, wo sie benötigt wird – das ist nichts weiter als Gottes Übermut, verstehst du, Sebastian, Zierrat. Die eigentliche Sensation ist der Duft. Der Duft allein spricht zum universalen Sinnesorgan der Biene. In Platons Ideenwelt existiert die Blume als die Idee ihres Duftes. Das universale Sinnesorgan des Menschen hingegen ist nicht sein Geruchssinn, ist auch nicht das Auge, ist nicht der Tastsinn, sondern der Gehörsinn. Der Mensch ist ein hörendes Wesen, *homo audiens*. Nur aus diesem Grund hat der Mensch die Sprache entwickelt. Er brauchte etwas zum Hören. Aber nicht einfach nur zum Hören, sonst hätten Miauen oder Bellen oder Zwitschern genügt. Er brauchte etwas zum *Zuhören*. Wir sind Gottes Ebenbild, wollen wir das nie vergessen! Gottes wichtigstes Organ ist auch unser wichtigstes Organ. Wenn wir im Tanach lesen, was erfahren wir? Wie ist Gott dem Mose begegnet? Hat er sich vor ihn hingestellt und sich von ihm anschauen lassen? Nein. Hat er sich von ihm angreifen lassen? Behüte! Hat Mose berichtet, wie Gott riecht? Nein. Als Stimme ist er ihm begegnet. Er sprach zu ihm aus dem brennenden Dornbusch heraus und aus der Wolke auf dem Berg Sinai. Ein Wesen, bloß als Stimme existierend. Deshalb hat Gott den Menschen geschaffen: Er brauchte jemanden zum Zuhören. Und deshalb brauchen auch wir jemanden: zum Zuhören. Nicht zum Anschauen – das Antlitz ist exponiert, als würde es zum Zuschlagen einladen. Nicht zum Angreifen. Die Sexualität, meine Güte, sie ist wichtig, willst du etwas anderes von einem Freudianer hören? Aber auch Freud wusste, sie wird überschätzt. Sie wird ebenso überschätzt, wie sie unterschätzt wird. So geht es allem Sekundären. Letztlich zieht nicht der nackte Körper an, sondern die fleischgewordene Seele. Je länger der Sexualakt dauert, desto stärker riechen die Beteiligten, das ist zweifellos wahr. Aber nicht, wenn die Frau über den Mann sagt, sie könne ihn nicht mehr riechen, droht die Ehe zu zerbrechen, sondern wenn sie sagt: Ich kann und will ihm nicht mehr zuhören! Dann ist Matthäi am Letzten. Welche Ironie übrigens, dass Adonai nicht die Zunge zum männlichen Zeugungsorgan und das Ohr zum weiblichen bestimmt hat! Das wäre konsequent! Das wäre direkt! Das wäre transparent! Zu konsequent, zu direkt, zu transparent womöglich, wir sollen ja auch ein bisschen nachdenken über uns und die Welt und ein bisschen uns und die Welt deuten. Lass dir eines sagen, mein Freund: Verlieben tut sich der Mensch zuerst in die Stimme, das steht fest, dann vielleicht in die Augen, den Busen, den Hintern, die Hände, den Bizeps und später irgendwann in den Geruch unter den Achseln und zwischen den Beinen. Wir sind nicht pheromon-, sondern auditiv gesteuerte Wesen. Wer etwas anderes behauptet, der sitzt einem Irrtum auf oder ist ein Lügner oder er hat nie erfahren, was Liebe ist … Die Rätselhaftigkeit Gottes gleitet in den Menschen hinüber.«

»Was du nicht sagst«, hatte Sebastian geantwortet.

Und Robert hatte ausgerufen: »Zum ersten Mal in meinem Leben bin ich verliebt, Menschenskind!« und hatte dabei seinen Freund angesehen, glücklich und verzagt zugleich, so dass ihm Sebastian über den Kopf strich, als wäre er ein Bub.

Erst viel später, bei ihrem Spaziergang durch ein trübes Wetter auf dem Damm der Donau, erzählte Robert seinem Freund ausführlich: »Ja, ich war zum ersten Mal in meinem Leben verliebt«, sagte er. »Tatsächlich zum ersten Mal. Mit fünfzig! Stell dir das vor, Sebastian! Ich weiß, es ist ein Fehler, wenn ich die Affäre nun beende.« Seine Hände waren grau, sein Gesicht war grau. »Aber wenn ich sie nicht beende … überleben werde ich es nicht …« Bereits in die Stimme habe er sich verliebt. Bereits nach den ersten Worten habe er sich verliebt. Es würde für ihn leichter zu ertragen sein, Bess nicht mehr zu sehen, als ihre Stimme nicht mehr zu hören, sagte er.

4

»Ich bin Künstlerin.« – Mit diesen Worten hatte sich die Stimme am Telefon vorgestellt, und bei ihren ersten Sätzen klang sie schüchtern. »Ich wäre sehr erleichtert, wenn ich Sie bald sprechen dürfte … also nicht nur am Telefon … wenn Sie mich nehmen würden …«

Normalerweise wich Dr. Lenobel kein Jota ab vom Ritual des Einstiegsgespräches, wie er es sich im Laufe seiner Tätigkeit als Psychoanalytiker erarbeitet hatte und wie es in seiner Ausbildung und auch in der klassischen Literatur empfohlen wurde: Imperativisch war, beim zukünftigen Analysanden nicht einmal den Gedanken entstehen zu lassen, zwischen Therapeuten und Patienten könnte sich, auch nicht »mit der Zeit«, ein freundschaftliches Verhältnis entwickeln. Frau Elmenreich nahm sämtliche Telefonate entgegen, ohne Ausnahme; der Apparat im Behandlungszimmer hatte keine Verbindung zur Welt draußen, nur zu Frau Elmenreich im Vorzimmer, und sein iPhone war auf Flugmodus gestellt. Frau Elmenreich notierte Datum und Zeit des Anrufs, den Namen des Anrufers oder der Anruferin und die Adresse, sie fragte – so auch diesmal –, wie *man* auf Dr. Lenobel gekommen sei, wer vermittelt habe; fragte, ob die Bedingungen bekannt seien, eine Therapiestunde dauere fünfzig Minuten und zwar exakt fünfzig Minuten, die Termine müssten pünktlich eingehalten werden und zwar auf die Minute genau, nach fünf Minuten nicht angekündigter Verspätung werde der Termin gestrichen, die Stunde aber angerechnet. Sie besprach auch das Honorar, und dass es nach jeder Sitzung in bar beglichen werden müsse, gegen Quittung selbstverständlich – und erst dann, wenn die Voraussetzungen geklärt und der zukünftige Analysand oder die zukünftige Analysandin einverstanden war, stellte sie den Anruf zu Dr. Lenobel durch. Den Termin für ein eventuelles erstes Treffen würde wieder Frau Elmenreich vereinbaren, niemals er selbst. Das war weder ein Spleen noch eine Schikane, sondern, zumal unter Freudianern, gängige Praxis; von vornherein sollte ein Feld ausgezirkelt werden, das nicht betreten werden durfte – nicht vom Patienten, aber auch nicht vom Therapeuten oder Analytiker; Distanz diente beiden zum Schutz.

Die Stimme am Telefon gab dem Problem einen Namen, ehe er sich danach erkundigt hatte: »Sogenannte Panikattacken.«

Er fragte, was sie mit »sogenannt« meine.

»Alle sagen, es seien Panikattacken«, antwortete sie – sehr prompt und nun nicht mehr schüchtern, so dass er glauben musste, sie habe mit seiner Frage gerechnet; und wohl auch glauben sollte, es sei ihre Absicht, dass er das glaubte.

»Und was sagen Sie?«

»Was ich sage? Ich sage, ich habe keine Panik.« Auch diese Antwort kam schnell und mit Triumph in dem betonenden Luftholen am Ende. Der Triumph, so deutete er, galt der Tatsache, dass er auch diesmal genau die Frage gestellt hatte, die erwartet worden war.

»Sondern?«

»Ich habe das Gefühl, ich löse mich auf.« War ein Gran Stolz dabei?

Ihre Stimme bot sich regelrecht zur Interpretation an, und er fragte sich, ob sie sich dessen bewusst war und absichtlich und mit Berechnung modellierte. Eine Studie des französischen Analytikers Marcel Lemarchal fiel ihm ein, der in den fünfziger Jahren des letzten Jahrhunderts einen Dänen analysiert hatte, ohne dessen Sprache verstehen zu können. Aufschrei der Kollegen! Aber warum eigentlich? Es waren die gleichen Kollegen, die wenig später mit ihrer Lacan-Lektüre prahlten, wo doch keiner von ihnen mehr von dem französischen Guru verstand als Lemarchal von seinem Dänen. Der Aufsatz, so erinnerte er sich, hatte sich wie die Beschreibung eines im Werden befindenden Musikstücks gelesen; inwieweit Lemarchals Ausführungen ernst zu nehmen waren, wollte er nicht entscheiden, sie waren immerhin originell; wenn er je selbst ein Buch schriebe, was er sehr gern tun würde, dann eines in dieser Art, ein bisschen seriöser vielleicht …

Die Stimme sagte – sehr leise: »Hallo? Dr. Lenobel?« Und tonlos, als wäre sie allein: »Sind Sie noch da?«

»Ja, natürlich!«

Er war weggetragen worden – vom Timbre dieser Stimme. Ähnlich war es ihm ergangen, als er jung gewesen war und Chansons von Boris Vian, Juliette Gréco, Jacques Brel und Georges Brassens gehört hatte, deren Sprache er nicht verstand, deren Stimmen in ihm jedoch Assoziationen und Bilder aufriefen, bei jedem Hören neue, tiefere, dunklere, und eine Sehnsucht nach etwas Unbegreiflichem, so dass er sogar vergaß, auf die Lieder zu hören und es ihm lange nicht möglich war, sich die Melodien zu merken … – »Sie haben also das Gefühl, sie lösen sich auf. Können Sie dieses Gefühl näher beschreiben?«

»Hören Sie mir eigentlich zu?«

»Bitte?«

»Ich habe das Gefühl, Sie hören mir gar nicht zu.«

»Aber ja … natürlich, ich höre Ihnen zu … ich mache mir nur … Notizen …«

»Irgendetwas in meinem Körper geschieht …. Soll ich langsamer sprechen?«

»Langsamer … warum?«

»… damit sie leichter mitschreiben können …«

»Nein, natürlich nicht … Sie sagten, irgendetwas in ihrem Körper geschieht …«

»Als ob etwas in mir wäre, das einen eigenen Willen hat.« Und nun überhaspelte sie sich. »Mit Seele hat das nichts zu tun. Es ist der Körper. Sie können mir glauben, *es ist der Körper!* Ich *weiß*, was Panik ist, ich war einmal in einem Unfallauto eingeklemmt, ich konnte mich nicht rühren, es hat nach Verbranntem gestunken, und ich habe gedacht, gleich fängt mein Wagen an zu brennen, und ich habe niemanden gesehen, weit und breit war niemand, ich war auf der Autobahn eingeschlafen und in den Graben gefahren, es war früh um vier, niemand war auf der Straße – *das war Panik*, ich weiß, was Panik ist. Wer ist nur auf die Idee gekommen, dieses völlig andere Gefühl, oder was immer es auch ist, Panikattacke zu nennen? Ich kenne Leute mit diesen sogenannten Panikattacken, einige Leute kenne ich, und *alle* sagen, das hat nichts mit Panik zu tun. Warum korrigiert das keiner? Das müssten Sie und Ihre Kollegen dringend korrigieren. Es sind keine Panikattacken, *es ist etwas anderes.* Verstehen Sie, was ich meine? Verstehen Sie es?«

»Nicht ich muss es verstehen, Sie müssen es verstehen.«

»Ich will ja zu Ihnen, damit ich es verstehe!«

Er kam sich zurechtgewiesen und überrumpelt vor – wie ein Schachspieler, der bereits bei den ersten Zügen nicht tat, was er sich vorgenommen hatte, sondern nur auf die Vorgaben seines Gegners reagierte – es aber erst merkte, als das Matt schon abzusehen war.

»Und jetzt? In diesem Moment«, fragte er, »haben Sie in diesem Moment ein vergleichbares Gefühl?«, und ermahnte sich sogleich: Solche Fragen sind in einem Telefongespräch zwischen Analytiker und Analysanden nicht zulässig, in einem ersten schon überhaupt nicht, sie sind nicht nur kontraproduktiv, sie sind dilettantisch, lächerlich, anbiedernd. Als wäre er mit dem Turm quer über das Brett gefahren, um sein Versagen wettzumachen.

Tatsächlich aber schien sie mit dieser Frage nicht gerechnet zu haben. Sie ließ eine lange Pause, als wäre sie aus ihrem Plan geworfen. Dann sagte sie, sprach anfangs wieder sehr leise, räusperte sich frei und wiederholte: »Ja. Jetzt. Ja.«

»So fühlen Sie, während wir miteinander sprechen?«

»Ja.«

»Und vor einer halben Stunde?«

»Nicht.«

»Und vor einer halben Stunde hatten Sie auch nicht vor, mich zu kontaktieren?«

»Hatte ich doch. Aber nicht heute. Nicht um diese Zeit. Morgen vielleicht.«

»Morgen?«

»Oder nächste Woche.«

»Nächste Woche?«

»Oder ... ich weiß nicht ...«

»Oder nächsten Monat?«

»Kann sein ...«

»Oder gar nicht?«

Er meinte, sich wieder gefasst zu haben und nun endlich derjenige zu sein, der das Gespräch lenkte – die Methode funktionierte fast immer: Hake nach, frage zwei-, drei-, auch viermal hintereinander das Gleiche oder ein Ähnliches nur mit anderen Worten, es darf ruhig belanglos sein, was du sagst; solange dein Gegenüber sich nicht traut zu monieren, was das jetzt soll – und nur außergewöhnlich aggressive Patienten trauen sich das in einem ersten Gespräch –, so lange hältst du das Heft in der Hand.

Sie, hart: »Vielleicht gar nicht, ja.«

»Falls Sie sich zu einem ersten Gespräch in meiner Praxis entschließen«, er deutete absichtlich ein Gähnen an, was ihr seine Gleichgültigkeit – im Sinne von: alles gilt mir gleich viel oder gleich wenig – vorführen sollte, »dann, denke ich, wäre es sinnvoll, wenn Sie ...«

»Ich will«, unterbrach sie ihn. Und das kam ohne Berechnung, verzweifelt.

Das Herz habe ihm bis in den Adamsapfel hinauf geschlagen. Aber nicht aus Mitleid. Sondern aus Erregung. Ein – wie er vor Sebastian kicherte – bekanntes Phänomen bei aggressiven, paranoiden Charakteren: »Mitleid wird umgeformt in Begehren.«

5

Schon nach diesen wenigen Minuten am Telefon, erzählte Robert Lenobel weiter seinem Freund, habe er gewusst, dass er für sie, wer auch immer hinter dieser Stimme steckte, »etwas« empfand. Er habe absichtlich das banalste aller banalen Worte – »etwas« – als Platzhalter für seine Gefühle eingesetzt, um diese Gefühle vor sich selbst klein zu halten, um vor sich selbst nicht zugeben zu müssen, wie übermächtig sie bereits waren. Was war geschehen? Der Klang einer Stimme – ohne Zweifel, dies zu seiner Verteidigung, eine sonderbare Stimme, eine unerhörte, die sich in seine feinsten Nerven verästelte; aber dass eine Stimme, pur, ohne dass er den Menschen sah, einen solchen Gefühlsaufmarsch in ihm mobilisieren konnte? Wenn ich sie nehme, dann nicht aus beruflichem Interesse, darüber sei er sich im Klaren gewesen. Und genau deshalb hätte er sie an einen Kollegen weitervermitteln müssen – und zwar jetzt, jetzt, mit seinen nächsten Worten.

Stattdessen fragte er: »Wie sind Sie auf mich gekommen? Wer hat mich Ihnen empfohlen?«

Ihre Antwort – wieder prompt und triumphierend, als hätte sie auch mit dieser Frage gerechnet: »Sie selbst.«

»Das verstehe ich nicht.«

Und sie, mit einem koketten Unterton: »Ich habe im Sommersemester letzten Jahres Ihre Vorlesung an der Universität für Angewandte Kunst besucht. Sie haben über Schopenhauer gesprochen.«

Er wollte neutral wirken, übertrieb und klang mürrisch. »Hauptsächlich habe ich über die Kunst gesprochen. Das war jedenfalls meine Absicht …«

»Ich habe vieles nicht verstanden. Sie haben Schopenhauer zitiert …

ich habe mir das aufgeschrieben … einen Satz habe ich mir aufgeschrieben … aber ich weiß nicht, ob ich richtig mitgeschrieben habe …
Der Erlöser repräsentiert die Verneinung des Willens zum Leben … Sage ich das richtig?«

»Und weiter?«

»Das habe ich nicht verstanden. Wie kann der Erlöser das Leben verneinen?«

»Es kann einer jemanden vom Leben erlösen. Das wäre eine Verneinung des Lebens.«

»Er wäre kein Erlöser, er wäre ein Killer.«

Es sei schwierig, Schopenhauers Gedanken bei einem Telefongespräch zusammenzufassen, so dass ihnen Gerechtigkeit widerfährt. »Außerdem denke ich, das ist nicht der Grund, warum Sie mich angerufen haben.«

Sie schwieg.

»Hören Sie«, sagte er, nachdem er, wie er auf seiner Armbanduhr ablas, exakt eine halbe Minute gewartet hatte, »hören Sie …« und geriet schon ins Stocken. Richtig wäre gewesen, das Gespräch abzubrechen. Und zwar, wie nur er es konnte. Keiner seiner Kollegen konnte das so souverän wie er. Der eine oder andere würde es zwar nicht souverän, sondern schlicht brutal nennen – Danke, kein Interesse, und auflegen. Nicht: Wir haben leider keine Termine mehr frei, oder: Darf ich Sie an einen Kollegen vermitteln. Einfach: nein. Es war schon Klage geführt worden, Patienten, die er abgelehnt hatte, hatten ihn angeschwärzt, und weil die Verschwiegenheit innerhalb der Kollegenschaft eine relative war, hatte er davon Kenntnis erhalten. Er hatte einen guten »schlechten Ruf«.

Er fragte: »Wo wohnen Sie?«

»Das habe ich Ihrer Sekretärin schon gesagt.«

Als ob sie ihn durchschaute – ein komisches Wortspiel übrigens, unfreiwillig komisch und entlarvend. Hören und schauen – *an*hören und *durch*schauen. Als junger angehender Analytiker nach sechshundert Stunden Lehranalyse hatte er sich selbst *durchschaut* – auch das ein unfreiwillig komisches Wortspiel: Er hatte durch sich hindurchgeschaut – und hatte nichts gesehen. Absolut nichts. Weil nichts war. Wenn sie ihn durchschaute? Was würde sie sehen? Könnte sie dem »Platzhalter« einen Namen geben? – Stopp! *Ihre* Seele sollte erschlossen werden, *seine* war tabu. Und ob ihr Problem ein seelisches oder ein körperliches war, das würde er entscheiden und nicht sie.

Aber er drängte weiter. »Wollen Sie auch mir sagen, wo Sie wohnen?« Um wenigstens vor sich selbst den Anschein von Souveränität zu wahren, tat er noch einmal, als gähnte er.

»Sind Sie müde?«, fragte sie.

»Ein wenig.«

»Das tut mir leid«, beeilte sie sich, und die Stimme klang nun wie die eines verstörten Mädchens, »ich lege besser auf und rufe morgen wieder an ... oder nächste Woche ... oder ...«

»Nein! Nein!«, schrie er beinahe. »Psychoanalytiker sind immer müde.« – Das sei, zugegeben, letztklassig gewesen!

Sie wohne in einem Außenbezirk, sagte sie. In Pötzleinsdorf. Sehr schön sei es dort. Nicht schön sei es dort. Aber doch sei es schön dort. Und auch wieder nicht. Und irgendwie schon. Nicht allein wohne sie dort. Nicht gern wohne sie dort.

Und dann sagte sie: »Im Moment bin ich in der Stadt. Nicht weit von Ihnen.«

Ich werde sie nicht als Patientin nehmen, habe er sich geschworen, das habe er sich ein letztes Mal und flehentlich geschworen!

»Wo sind Sie?«

»In einem Kaffeehaus.«

»In welchem Kaffeehaus?«

»In der Innenstadt.«

»Wo?« – Es wären ein paar Worte mehr nötig gewesen, um seine Stimme wieder einigermaßen zu festigen; darum sagte er, um irgendetwas zu sagen, entgegen seinem erst sekundenalten, flehentlichen Vorsatz: »Sie haben Glück, ein Patient ist ausgefallen, wenn Sie wollen, können Sie gleich zu mir kommen. Ich habe Zeit. Jetzt gleich.«

»Aber ich habe nicht genügend Bargeld für Ihr Honorar bei mir« – wieder kokett –, »jedenfalls nicht, wenn ich meinen Kaffee bezahle.

Außerdem komme ich direkt aus dem Atelier, ich seh aus wie ein Räuber …«

In diesem Fall tut es mir leid, hätte er antworten sollen, ohne Geld keine Musik. Aber er sagte: »Es gibt keinen Dresscode für eine Therapie, und über mein Honorar wollen wir uns später unterhalten.« – *Wir! Uns!*

6

Von ihrem ersten Treffen war ihm die Erinnerung an einen Händedruck geblieben. Viel mehr nicht. Die Atmosphäre, die Bess um sich verbreitete, sei die Ahnung einer anderen Welt gewesen, einer Welt, in der er gern geliebt worden wäre und selbst gern geliebt hätte. Er habe sich in einem egozentrischen Zustand befunden, der als pathologisch bezeichnet werden müsse. Schon eine Viertelstunde nachdem Bess gegangen war, habe er sich nicht mehr an die Frau erinnert, die ihn in einen solchen Zustand versetzt hatte.

»Ich meine, ich habe mich schon erinnert, ich bin ja kein Kretin, an ihren Pullover zum Beispiel habe ich mich erinnert, der ihr zu groß war und voll Farbflecken, und an ihre dunklen Haare und an die auffallend kräftigen Augenbrauen. Aber alles das, als hätte ich es auf einem Bild gesehen, einem Gemälde. Auf einer Fotografie lacht dich eine Frau an, aber du weißt, sie lacht nicht dich an … sie hat nichts mit dir zu tun … du kennst sie nicht, sie kennt dich nicht … so ungefähr, verstehst du, Sebastian?«

Was ist mit mir geschehen, was ist mit mir, was bin ich für einer – das habe er sich gefragt. Was bin ich für ein Mensch, dass die Begegnung mit dieser Frau mich derart aus der Bahn wirft? Nicht, was ist *sie* für ein Mensch, dem so etwas gelingt. Das habe er sich nicht gefragt, nein. Schon eine Stunde später habe er sich nicht an ein einziges Wort erinnert, das sie gesprochen hatte, als sie in seiner Praxis war. Auch nicht, was er selbst gesagt hatte. An ihr Gespräch am Telefon erinnerte er sich hingegen sehr genau.

»Und wir haben uns in der Praxis die vollen fünfzig Minuten lang unterhalten, Sebastian.«

Patienten, die ihm nicht das Geringste bedeuteten, für die er sich nicht interessierte, denen höre er aufmerksam zu, und noch nach einer Woche könne er sich an Details erinnern, ohne dass er im Protokoll nachlese. Ja, es sei so: Je weniger er sich für jemanden interessiere, desto genauer und an desto mehr Einzelheiten erinnere er sich.

»Ein neues Gefühl war in mir, und damit musste ich erst fertigwerden. Auch der Gedanke erschütterte mich, dass ich – ganz offensichtlich! – Hanna geheiratet hatte, ohne dass ich in sie verliebt war, nämlich ohne sie zu lieben. Ich habe Kinder mit einer Frau gezeugt, die ich nicht liebe. Aber ich hatte doch geglaubt, ich liebe sie. Wie konnte ich mir das einreden? Was war es, das ich für Liebe gehalten habe? Komm ich denn vom Mars? Habe ich etwas nicht mitgekriegt? Vielleicht ist Verliebtheit ja tatsächlich eine Art von Irrsinn. Ich glaube aber, es ist eher so, dass die Nicht-Verliebten unter meinen Kollegen so darüber denken. Aus Neid. Sie sind neidisch. Der Psycholog kann alles und weiß alles, nur verlieben kann er sich nicht. Weil er denkt, dann wird der Schreiner zum Holz. Also erklärt er die Liebe zu einer Geisteskrankheit. Hier sitzt der dicke Wurm von Grundirrtum. Ich habe Heroinsüchtige kennengelernt, die glaubten, die Ärzte in der Entziehungsklinik seien neidisch, weil sie selbst sich nicht trauen, sich hinüber ins Paradies zu schießen. Und sie haben es nicht zynisch gemeint. Ich habe mich in dieser Nacht selbst gesehen, Sebastian. Nicht, wie ich bin. Sondern, wie ich sein könnte. Nicht einmal, *wie ich sein will*. Nur, *wie ich sein könnte*. Es gibt nichts Aufregenderes. Die Atmosphäre, von der ich gesprochen habe, ging nicht von Bess aus, so denke ich heute. Sondern von mir selbst. *Eine Welt, die sein könnte.* Das ist ein gewaltiges Gefühl, das Ich in seiner reinen Form, so dass alle anderen Personen aus dem Herzen gedrängt werden, *aus der Welt, die ist*, als Erstes jene Person, die für diesen Ausbruch verantwortlich gemacht wird. Natürlich braucht es immer einen Zweiten, damit sich einer verlieben kann – einen, in den man sich verliebt. Aber der ist nur der Auslöser. Verlieben tut man sich nur in sich selbst oder gar nicht.

Ich habe alles vergessen, was an diesem Abend geschehen ist – alles, bis auf den Händedruck, als wir uns verabschiedeten. Ich war mir nicht einmal sicher, ob Bess und ich verbindlich einen Termin für die erste Therapiesitzung ausgemacht hatten oder nicht. Ich fand am nächsten Tag Datum und Uhrzeit in meinem Notizbuch, ohne einen Namen.«

Ihren Vornamen hatte er sich gemerkt. Ihren Nachnamen nicht. Den erfragte er sich bei Frau Elmenreich. »Da hat doch gestern Abend eine Frau angerufen, erinnern Sie sich, Sie haben sie mir hereingestellt. Ist ein Termin mit ihr vereinbart worden? Wie heißt sie? Ich habe mir den Namen nicht notiert und nicht gemerkt … oder sie hat ihn mir gar nicht gesagt …«

Er schätzte seine Sekretärin als eine Frau, der man nichts vormachen konnte. Auch er nicht. Je »unauffälliger« er sich bei seiner Frage benähme, desto eher würde sie Verdacht schöpfen. Deshalb fügte er hinzu: »Ich fand sie nämlich sehr interessant. Sie hatte eine sehr interessante Stimme. Ich hätte gern einmal eine Patientin mit einer interessanten Stimme.« Und Frau Elmenreich sagte, ja, das könne sie sich denken.

7

»Vielleicht ist der Händedruck an allem schuld«, wiederholte Robert und versuchte vor seinem Freund ein resigniertes Lächeln. »Wer weiß – wäre dieser Händedruck nicht gewesen … ich hätte mich in die Stimme verliebt … hätte darüber geschlafen … und nichts wäre geschehen …«

Bess hatte die Handschuhe schon übergezogen, sie standen beide im Flur, also vor der Tür zur Praxis. Noch nie hatte er einen Patienten oder eine Patientin hinausbegleitet; aber er hatte ja auch noch nie eine Sitzung abgehalten, nachdem Frau Elmenreich schon gegangen war. Die Sekretärin, so hatte einmal ein Kollege geglaubt, einen Witz machen zu dürfen, sei der Kettenhund des Analytikers, in zweiter Linie halte sie die Patienten in Schach. Noch nie hatte er einem Patienten die Hand gegeben. Sie war es. Sie zog die Handschuhe aus und hielt ihm die Rechte entgegen. Wie es ein Kind tut. Mit durchgestrecktem Ellbogen. Er sah den Puls an ihrem Gelenk schlagen. Manchmal hatte es ihm Freude bereitet, ausdruckslos in das Gesicht eines Mannes oder einer Frau zu sehen, dessen oder deren Hand vor ihm in der leeren Luft stand. Nun zögerte er. So lange zögerte er, bis er meinte, gleich werde Bess ihre Hand zurückziehen. Da griff er zu. Nein, er griff nicht zu, er berührte ihre Hand, nur ihre Fingerspitzen. Und sie holte sich seine Hand herüber, ruckte in seine Hand hinein, und nun griff auch er zu. Er wollte ihre Hand nicht länger festhalten, als es sich gehörte. Eine Bewegung andeutend – Händeschütteln. Nicht länger. Aber sie ließ ihn nicht los. Sie verstärkte den Druck sogar. Und dann zog sie seine Hand zu sich, langsam, als wollte sie ihm die Chance lassen, sich zu befreien, und drückte sie, nachdem er die Chance nicht genutzt hatte, gegen ihre Brust. An ihr Herz. Und ließ immer noch nicht los.

»Ich erinnerte mich nicht an ihr Gesicht«, erzählte er, »aber – und, bitte, halte das nicht für eine Spitzfindigkeit, Sebastian – aber an den *Gesichtsausdruck* erinnere ich mich. Du musst dir das so vorstellen wie bei Alice im Wunderland: Die Katze verschwindet, aber ihr Lachen bleibt zurück. An das Gesicht erinnerte ich mich nicht, aber an den Ausdruck.«

Er kenne keinen Menschen, dessen Gesichtsausdrücke so unvorhersehbar seien wie die von Bess. Aus dem heitersten Gespräch heraus und ohne ersichtlichen Grund verwandle sich ihr Ausdruck – einmal nur Zucken mit den Mundwinkeln, einmal nur Heben einer Braue – von einer Sekunde zur nächsten in Trauer oder Verzweiflung oder umgekehrt, dass aus dem tiefsten, dunkelsten Moll plötzlich Beschwingtheit werde, als habe Johann Strauß persönlich in ihre Mimik hineinkomponiert. Während des Händedrucks sei Kampfeslust in ihren Augen zu lesen gewesen. Und die Entschlossenheit, etwas Böses zu tun, sollte sich ihr das Gute in den Weg stellen.

»Händedruck und Gesichtsausdruck sagten: Du weißt es, und ich weiß es. Wir beide werden nie und nimmer die Rolle von Analytiker und Analysandin spielen. Wir haben beide etwas anderes vor, du und ich, einer mit dem anderen. Du weißt es, und ich weiß es auch.«

»Das heißt, Händedruck und Gesichtsausdruck waren bereits per du mit dir?«, fragte Sebastian.

»Ja, das heißt es, auch wenn du dich über mich lustig machst, das heißt es. Von Anfang an waren Bess und ich nicht Patientin und Arzt, sondern Geliebte und Geliebter. Von Anfang an und in beiderseitigem Einverständnis.«

Schließlich habe sie losgelassen und sich umgedreht und sei davon. Und er habe dem Hämmern ihrer Absätze auf den Stufen nachgelauscht.

Nachdem er ein paar Minuten in der Stille des Hausflurs gestanden habe, sei er zurück in die Praxis, habe die Tür hinter sich abgeschlossen, sei in sein Privatbüro gegangen und habe ein Buch aus dem Regal gezogen. Wahllos. Ohne hinzusehen. *Aurora* von Jakob Böhme. Er habe es aufgeschlagen und gelesen, wohin sein Blick gerade fiel:

Denn die Sanftmut ist nun auch begehrend worden von der Eigenschaft des Feuers.

Vor kurzem erst hatte er in einem Zeitungsinterview anlässlich der Gründung der *Internationalen Psychoanalytischen Vereinigung* durch Sigmund Freud vor 100 Jahren das Schicksal als den »lieben Gott der bügelnden Hausfrau« bezeichnet. Nun hätte er sich am liebsten niedergekniet und diesem Gott gedankt.

Bis Mitternacht sei er, in den moosgrünen Bademantel gehüllt, den ihm Hanna geschenkt hatte, in seinem Büro gesessen. Gelesen habe er nicht. Den Schubert habe er nicht aufgelegt. Wein getrunken habe er, die ganze Flasche. Er sei dagesessen und habe vor sich hingestarrt; habe versucht, Wort für Wort zu rekapitulieren, was er und was sie, erst am Telefon und später von Angesicht zu Angesicht, gesagt, wie er und sie geschwiegen hatten, welche Gesten sie vollführt, wie sich ihre Lippen bewegt hatten, wie ihre Brauen.

Der ganze Tag schien ihm weit zurückzuliegen. Er dachte an sein kleines Mittagessen in der Küchennische, wie er sich Reisfleisch in der Mikrowelle aufgewärmt, als Nachtisch ein rotes Fruchtjoghurt gelöffelt und einen Espresso getrunken hatte. Lang, lang war es her. Dass Gaddafi der Schweiz seinen Gott an den Kragen wünschte und dass sich wegen nicht einmal einem halben Dutzend Filzstiftzeichnungen ein neuer Religionskrieg ankündigte … Lang, lang her war es.

An Jetti habe er gedacht und habe den Kopf geschüttelt über sich selbst, weil sie nicht hatte verstehen wollen oder verstehen können. Naiv, wie sie ist – so hatte doch immer sein Urteil über sie gelautet –, wird sie alles, was sie vorfindet, als das Natürlichste auf der Welt bejahen. Und wird sich anpassen. Und wird von Jahr zu Jahr, von Monat zu Monat, von Tag zu Tag immer wieder eine andere sein. Immer eine, *die sie sein könnte*. Und wird immer die vergessen, die sie einmal war. Kritisiert hatte er sie deswegen.

»Nein, Sebastian, das ist ein selbstbetrügerischer Euphemismus … verletzen wollte ich sie!« –, als er Jetti auf den Kopf zu sagte, ihr Umgang mit sich selbst sei besorgniserregend, ein gesundes Ich erkenne sich in seiner Vergangenheit immer als dasselbe Ich wieder, das es in der Gegenwart sei; die Sicht auf ihr Ich, als ein »nahezu artistisch wandlungsfähiges, bisweilen bis zur Unkenntlichkeit sich verwandelndes Phänomen« – so seine neunmalklugen Worte –, sei eine Form von Irrsinn.

»Irrsinn, Sebastian!«, rief er aus und stellte sich seinem Freund in den Weg. »Und wenn es Irrsinn ist? Was bedeutet dieser Begriff? Er ist ein Kampfbegriff gegen das Leben, verstehst du! Ausgedacht von Leuten, die sich vor dem Leben fürchten. Leuten, wie ich einer war. Du hast zu wenig Identität, habe ich zu Jetti gesagt. Dabei war ich derjenige, der *keine* Identität hatte!« – Nach der ersten Begegnung mit Bess hatte er es gewusst: »Ich *war* nie, ich war immer nur *gewesen*.«

Er war in seinem Büro gesessen, und um Mitternacht hatte er Sebastian angerufen. Und sie hatten sich für den nächsten Tag verabredet, in der Trattoria in der Singerstraße.

»Ist dir damals nichts an mir aufgefallen?«

»Du warst brillant, wie du um den Brei herumgeredet hast«, antwortete Sebastian.

»Ich hatte gehofft, du sagst mir, was ich tun soll.«

»Du hast mich nicht gefragt.«

»Und was hättest du mir geantwortet?«

»Was hättest du mich gefragt?«

»Ob ich eine Affäre beginnen soll, hätte ich gefragt, eine Affäre mit einer Patientin. Was hättest du mir geraten?«

»Ich hätte gesagt, nein, tu es nicht«, antwortete Sebastian und stieß seinen Freund an, damit er weitergehe, ein kalter Wind blies nämlich auf dem Damm der Donau. »Du hättest mir doch gar nicht zugehört. Robert, du hättest mich doch gar nicht zu Wort kommen lassen.«

Und das hatte er ja auch nicht.

8

Danach besuchte ihn Bess noch dreimal in der Praxis; jedes Mal am Abend, nachdem Frau Elmenreich gegangen war. Er gab sich darüber keine Rechenschaft. Berichtete Frau Elmenreich von dieser Patientin nicht. Und Bess fragte nicht, wo seine Sekretärin sei.

Zur ersten Therapiesitzung erschien sie in einem schwarzen Mantel und einem roten, langen Schal, entschuldigte sich an der Tür, sie sehe aus wie ein Krampus, das schwarze Haar hatte sie nach innen gedreht, die Augen unter den dichten schwarzen Brauen glänzten, er dachte, es stauten sich Tränen. Sie zog die Schuhe aus, als beträte sie eine Privatwohnung, glänzend rote Pumps. – Wie war sie mit denen durch den Schneematsch gegangen? – Sie kümmerte sich nicht um sein Gemurmel, dass dies nicht nötig sei. Sie war ohne Zurückhaltung, plauderte wie jemand, der einen Freund besucht, hängte den Mantel in die Garderobe und ging ihm voraus in den Behandlungsraum, ihr Kleid, ebenfalls schwarz, lang und enganliegend. Sie fragte, ob sie sich auf die Couch legen dürfe, darauf habe sie sich schon die ganze Zeit gefreut, wenn schon, denn schon. Das war ihm recht. Er wollte sich nicht von ihrem Gesicht ablenken lassen. Er rechnete damit, dass sie weinen würde, gerade weil sie sich so aufgeräumt gab. Neben ihr stand ein Beistelltischchen mit Kleenex. Für einen Moment setzte sie sich auf den Rand der Couch und blickte ihn an und lächelte breit und wurde ernst, als sie sah, dass er ernst war. Sie legte sich auf den Rücken, faltete die Hände auf der Brust und schloss die Lider, nestelte mit den Fingern und legte schließlich die Hände neben sich. Er wollte nicht, dass sie in seinem Gesicht lese. Es würde leicht sein, in seinem Gesicht zu lesen.

Sie begann sofort zu sprechen. Erzählte, dass sie in der Innenstadt gewesen sei, um etwas zu besorgen, was aber nicht zu finden war, sie habe es bestellen müssen, sagte aber nicht was, und dass sie jemanden getroffen habe, der sie nicht hatte gehen lassen wollen, unhöflich hatte sie sein müssen, sonst wäre sie zu spät gekommen, und sie wisse doch, nach fünf Minuten würde man vom Kalender gestrichen. Sie kenne den Mann von früher her, von der Universität, seit Jahren habe sie ihn nicht mehr gesehen, er wollte sie auf ein Glas Wein einladen. Ihr habe sich, sie traue es sich kaum zu sagen, der Gedanke aufgedrängt, die Dämonen hätten ihn geschickt, um sie von der Therapie abzuhalten, schließlich sollten sie ja ausgetrieben werden. – Das war ironisch und ein bisschen hysterisch und mit tiefen Seufzern begleitet, die besagten: Ab jetzt gilt's, ab jetzt im Ernst … Achtung, fertig, los!

Erst bemühte er sich, ihr zuzuhören. Bald nicht mehr. Er ließ seine Gedanken fahren, gab sie frei, schloss das Protokollbuch und legte den Finger nicht hinein. Er verließ sich auf seine Erfahrung, dass die Aufmerksamkeit automatisch einsetzte, wenn der Patient auf Wesentliches zu sprechen kam. Ihre Stimme hatte bald nichts Aufgeregtes mehr. Es war still. Nur sie sprach. Die Pausen zwischen den Sätzen wurden länger. Das Licht war gedimmt. Irgendwann fragte sie, ob sie rauchen dürfe. Er erlaubte es. Von ihren Panikattacken erzählte sie nicht. Er fragte nicht danach. Auch er schloss die Augen.

Sie sprach von Wohnungen, die sie in ihren Träumen besitze, in ihren Tagträumen; in ihren Wachträumen, um korrekt zu sein, tagsüber denke sie nämlich nicht daran, erst in der Nacht, bevor sie einschlafe, dann aber immer.

»Wollen Sie mir von Ihren Wachtraumwohnungen erzählen?«, fragte er.

Jede Nacht, bevor sie einschlafe, fantasiere sie sich in eine dieser Wohnungen. Insgesamt besitze sie drei. Dort lebe sie allein, jedes Stück in diesen Wohnungen gehöre ihr, dort sei sie sehr zufrieden. Selten nur besuche sie jemand. Eigentlich nie. Die Tage, an denen sie jemand besuche, solche würde es sicher geben in diesen Wohnungen, aber daran erinnerte sie sich vor dem Einschlafen nicht, vor dem Einschlafen war sie dort immer allein. Eine dieser Wohnungen war in New York, in Lower Manhattan, in der Nähe, wo die Türme des World Trade Centre gestanden hatten. Eine eigenwillige Wohnung in einem fünfzehnstöckigen Haus war das. Man musste am Doorman vorbei, der niemanden durchließ, den er nicht kannte, man fuhr mit einem der Lifte in den fünften Stock, dort ging man durch etliche Korridore bis zu einem anderen, hinter einer Tür versteckten Lift, einem Privatlift, zu dem nur die oberen Bewohner einen Schlüssel hatten, mit dem fuhr man weiter in den zehnten Stock. Dort musste man wieder durch Korridore gehen und gelangte schließlich zu einer Stahltür, die führte in einen lichtlosen Zwischenraum, und durch eine zweite, mehrfach gesicherte Tür gelangte man endlich in ihre Wohnung. Die Wohnung bestand aus fünf übereinanderliegenden, nach oben immer kleiner werdenden Räumen. Unten waren ein Flur, Abstellkammern, eine Toilette, eine Dusche und ein langes, sehr helles Zimmer, in dem ein Doppelbett für Gäste, aber nie benutzt, und verschiedene Trainingsgeräte standen, ein Hometrainer, eine Hantelbank. Über eine schmale Treppe stieg man vom Flur aus nach oben zur Wohnküche. Die war gemütlich eingerichtet und geräumig, ein Esstisch für acht Personen, ein offener Kamin, eine Tür führte auf eine Terrasse, die zur Hälfte mit einem Sonnensegel abgedeckt werden konnte. In der Wohnküche war immer Sommer, New Yorker Sommerhitze, zum Glück Klimaanlage – »die Stunde des kürzesten Schattens« (Dr. Lenobels Herz hüpfte bei dieser Formulierung, und er notierte sie, um sie irgendwann zu zitieren; meinte dann aber, seine Patientin habe ihrerseits zitiert, um ihn zu beeindrucken, und malte neben die Worte ein Fragezeichen). Im dritten Stock war das Schlafzimmer, Rattanmöbel im Kolonialstil, auch vom Schlafzimmer ging ein Balkon ab, ein kleiner, dort standen ein Tischchen und zwei Sessel. Im Schlafzimmer war Herbst. Darüber lag das Bad. Weiß gekachelt. Eine Badewanne, ausgestattet mit Jacuzzi-düsen, und wieder ein Balkon, der aber nur, um die Wäsche aufzuhängen. Im obersten Stock befand sich ihr Arbeitszimmer. Es war ihr das liebste. Dort waren ein kleines Sofa, ein kleiner Zeichentisch und Regale mit Farben und Stiften, weniger als drei mal drei Meter maß das Zimmer. Auch hier war ein Balkon, der kleinste, nur ein winziges Tischchen und ein Stuhl hatten Platz. Weil hier oben tiefster Winter herrschte, betrat sie nur selten den Balkon. Wenn, dann hatte sie ihren gesteppten Mantel übergezogen und die Kapuze auf dem Kopf und rauchte und blickte dabei auf das erleuchtete Manhattan, hier oben war immer Nacht. Niemand hatte diesen Raum je betreten. Besucher wussten nicht, dass es ihn gab.

Sie hob ihren Kopf zu ihm hin und lächelte und sagte, sie könne nur einschlafen, wenn sie sich einen Tag in dieser Wohnung vorstelle. Der Tag beginne mit dem Wecker, und gleich aus den Federn und eine Stunde auf dem Hometrainer, Frühstück, Spaziergang über die Canal Street, am Abend sitze sie an ihrem Zeichentisch in ihrem Zimmerchen, höre Musik, trinke etwas Heißes, denke nach, kritzele vor sich hin, und schließlich schlafe sie ein. »Ist jedenfalls gesünder als Schlaftabletten, habe ich recht?«

»Welche Musik hören Sie gern?«, fragte er.

Sie setzte sich auf, fragte zurück: »Welche Musik würden Sie gern hören?«

Wenn wenigstens irgendetwas Hässliches an ihr gewesen wäre, das seine Vernunft auf den Plan gerufen hätte! Ein einziger hellsichtiger Moment: Diese Frau wird mich, meine Familie, Hanna, mein Leben, meine Ruhe zugrunde richten. Dieses Grauen vor einem Schicksal ist ein letztes gutes Zeichen, habe er bei sich gedacht.

Den Rest der exakt fünfzig Minuten waren sie einander gegenübergesessen und hatten sich angesehen und geschwiegen. Ihr Blick war hart.

9

Bei ihrem zweiten Termin, eine Woche später, wollte sie nicht mehr liegen.

Das Wetter hatte umgeschlagen, es war warm, ein falscher Frühlingstag im Februar. Robert liebte diesen Frühling mehr als den echten. Er, der nichts mehr fürchtete und verabscheute als zu reisen, fühlte an solchen Tagen ein süßes Fernweh ziehen, das mit dem ersten Schritt erloschen wäre, hätte er sich tatsächlich auf den Weg gemacht – auf irgendeinen Weg hinaus aus der Stadt. Ein Patient hatte abgesagt, und er hatte die Stunde genützt, um beim Naschmarkt vor einem Café zu sitzen, im Stendhal zu lesen, einen Espresso zu trinken, eine Zigarette zu paffen, den Stendhal wieder aus der Hand zu legen und sich auf die knappe Stunde zu freuen – die gleich beginnen würde.

Diesmal trug sie ein kurzes Kleid mit Blumenmuster, woraus er schloss, dass auch sie diese meteorologische Vorspiegelung begrüßte. Die Haare schienen ihm lockiger, er konnte sich nicht mehr deutlich erinnern; ihre Augen, vermutete er, hätten bei der letzten Sitzung seine Teilnahme ganz auf sich gezogen. Wieder schlüpfte sie aus den Schuhen, grüßte aber nur knapp, vermied, ihn anzusehen. Ob sie sich der Wirkung ihrer Augen bewusst war? Ob ihr der eigene Blick unheimlich war – könnte das sein? Irgendwann hatte er eine Patientin gehabt, die sich vor ihrem eigenen Spiegelbild fürchtete, weil sie, wie sie sagte, eine Tyrannin anstarre.

Wieder ging sie vor ihm her ins Behandlungszimmer. Sie setzte sich, bevor er sich setzte. Den Blick hielt sie gesenkt.

»Wollen Sie mir von ihren anderen Wohnungen erzählen?«, fragte er.

Sie sah ihn an, als wüsste sie nicht, wovon er sprach. Sie war nicht bei der Sache. »Das ist nicht wichtig«, sagte sie. »Die sind eine wie die andere. Was für einen Unsinn habe ich ihnen das letzte Mal erzählt! Das tut mir leid. Mir tut auch leid, dass ich mich für heute wieder nicht vorbereitet habe.«

»Wie hätte Ihrer Meinung nach eine Vorbereitung ausgesehen?«, fragte er. Und hätte lieber nichts gesagt, das Klischeehafte der Rollenverteilung drängte sich ihm auf; außerdem war er enttäuscht, dass sie ihm nichts entgegenbrachte, was über dieses Klischee hinauswies.

»Verzeihen Sie«, sagte sie, als hätte sie seine Gedanken erraten, »ich komme gerade von einem Streit … einem heftigen Streit … Ich hätte sie anrufen und fragen sollen, ob es möglich wäre, den Termin um eine Stunde wenigstens zu verschieben. Hätten Sie Zeit gehabt?«

Sie blickte ihn an, zum ersten Mal. Er konnte ihr Auge nicht deuten. – Ich werde mir diesen Ausdruck merken, dachte er – »das Auge deuten«. – Er antwortete ihr nicht. – Es wird sich eines Tages herausstellen, dachte er, dass, was wir Deutung nennen, nichts weiter ist als Wortgepräge, das mit dem zu Deutenden wenig zu tun hat.

Auch sie versuchte sein Auge zu deuten. »Sie fragen sich, was ich denke, stimmt's?«

»Als Arzt und Therapeut … frage ich mich das … *nicht*«, sagte er.

Nun war ihm alles egal. Er wollte nur wieder dieses Gefühl haben, als sie seine Hand länger gehalten als üblich und sie zu ihrem Herzen geführt hatte. Seine Einbildungskraft verlor sich in melodramatischen Bildern und Filmfetzen, die sie beide in einem abenteuerlichen Bus irgendwo in einem fremden heißen unterentwickelten, von einem brutalen Diktator beherrschten Land zeigten … süchtig einer nach dem anderen … – Er wartete darauf, dass sie ihn fragte, ob er, wenn schon nicht als Therapeut, so doch als Mensch, als Robert Lenobel, sich frage, was sie denke – und merkte, dass er einen roten Kopf bekam, weil er einen Rollentausch vorgenommen und sie auf seinen und sich auf ihren Platz gesetzt hatte –, eine Gegenübertragung wie im Lehrbuch. Er fühlte sich bis auf die Haut blamiert. Das Melodram fiel in sich zusammen, übrig blieb eine Art Trailer zu Malcolm Lowrys *Unter dem Vulkan*. Sie weiß, dass ich mit dieser kindischen und unwürdigen Frage ihrerseits rechne, dachte er und schämte sich und war empört, dass er sich schämte, und glaubte schon, er habe sich alles verdorben, alles sei aus – und wusste zugleich, dass dies inzwischen die einzige Möglichkeit war, seinen Ruf und seine Ehre und seine Ruhe und seine Ehe und sein Alles zu retten. Er hätte weinen wollen; und auch das sah sie, und ihre Tränen rannen und nahmen die Schminke restlos mit.

Sie sprach von ihrem Mann, der Arzt sei, Internist, und dass sie sich mit ihm gestritten habe. Sie sprach in einem Tonfall, als wolle sie das erst noch vorbringen, ehe die eigentliche Sitzung heute beginne. Um ihm ihre Laune zu erklären. Um sie zu entschuldigen. Es sei in dem Streit nämlich um die Therapie gegangen, um ihren Besuch bei ihm, Dr. Lenobel, ihr Mann wisse natürlich, wer er sei. Ihr Mann sei fassungslos und ärgere sich sehr, dass ihr so etwas einfalle. Immer wieder habe er nur ein Wort gesagt: Warum? Warum? Warum? Er glaube ihr nicht.

»Was glaubt er nicht?«

Darauf schwieg sie.

Dann erzählte sie, dass sie zwei Söhne habe, die ihren Vater sehr bewunderten und ihre Mutter sehr liebten. Sie nannte die Namen ihrer Söhne, gab ihr Alter an, zehn und zwölf, und dass beide aufs Gymnasium gingen und zu den guten Schülern zählten und freundlich, wohlerzogen und tolerant seien und Humor hätten, jedenfalls der jüngere, es gäbe keinen Tag, an dem er sie nicht zum Lachen bringe …

Sie weinte wieder, und er – gegen alle freudschen Vorschriften – legte seine Hand an ihre Wange. Er wollte sie gleich zurückziehen, sie aber hielt sie fest und drückte sie und berührte damit ihre nassen Augen.

163

10

An seinem freien Samstag hätten sie eigentlich nach Salzburg zu Hannas Schwester fahren wollen, aber Robert gab vor, in der Praxis warte Arbeit, er müsse für das Gericht eine ausführliche Stellungnahme zum Fall Egon Mahler schreiben, Dr. Haller reise extra aus Vorarlberg an, um ihn zu beraten. Nichts davon stimmte. Hanna sagte, das sei zwar schade, Eleonore habe sich auf ihn gefreut, andererseits könnten sie nun hemmungslos altes Familienstroh dreschen, sie bleibe über Nacht und komme erst am Sonntag gegen Abend zurück. Er war sehr erleichtert. Er konnte es kaum erwarten, bis er die Wohnungstür ins Schloss fallen hörte.

Er frühstückte breit, die Beine von sich gestreckt, die Fersen auf dem Tisch, im Schoß die Kaffeetasse, hörte klassische Musik im Radio, nebenher brütete er über dem »extrem schwierigen« Samstags-Sudoku im *Standard* – brach aber kurz vor dem Ziel ab und verließ das Haus. Er spazierte quer durch den siebten Bezirk, nahm Seitengassen, die er noch nie gegangen war, schaute in Schaufenstern Dinge an, die er nie angeschaut hätte – Glasbläsereien, Schuhe, Küchengeräte aus Stahl, Brillengestelle –, sogar ein paar Strahlen Sonne bekam er ab; er meinte, sich frei zu fühlen und jung, freier als nach dem Tod der Mutter, jünger denn je. An nichts anderes dachte er als an Bess. Er wollte sie von der Praxis aus anrufen – wie es ihr gehe, ob sie Hilfe brauche; er habe die Erfahrung gemacht, eine intensive, längere Sitzung am Beginn der Analyse bringe Analysanden und Analytiker einen Riesenschritt weiter; zwei, besser drei intensive, faltenlose (!) Stunden; wenn sie Zeit habe, er habe Zeit, jetzt gleich … Sie würde ihn durchschauen, ihrem direkten Sinn wäre es zuzutrauen, dass sie kalt und straight und ohne Modulation in der Stimme entgegnete: Warum sagst du nicht einfach, dass du mit mir ins Bett gehen willst? Was dann? Dann würde er sein Gestammel nicht hören wollen! Oder würde ihm eine charmante Kurve einfallen? Er traute es sich zu. Ein paar lässig nachlässig wohlplatzierte ungewöhnliche Worte … natürlich würde er sie nicht anrufen.

Die Tage zwischen ihren Terminen waren Qual und Verheißung in einem, ausdifferenziert in prall erlebte, eben »faltenlose« Stunden, in denen nichts geschah, was er als wesentlich erachtete, außer seinen Gedanken, und die waren wolkige Illusionen. »Ich liebe Bess«, sagte er in den Straßenlärm hinein. Er träumte sie sich wieder – sie beide in der von Bess fantasierten Wohnung in New York (die, wie er sich im Netz kundig gemacht hatte, locker sechstausend Dollar im Monat kosten würde) –, diese parallel zu seiner schalen Wirklichkeit verlaufende glückselige zweite Spur, dies Gaukelbild, es färbte die unscheinbaren Täglichkeiten ein, die tristen Gewöhnlichkeiten, gab den Routinen Glanz und Bedeutung – Zähneputzen, Rasieren mit geschlossenen Augen, das Zuknöpfen des Hemdes, die Bedienung der Kaffeemaschine, das Binden der Schuhe –, so dass bald alle Schalheit verwehte wie ein flüchtiges Odeur und er tatsächlich glaubte, sich als einen glücklichen Menschen denken zu dürfen. Seine Sehnsucht heftete sich vor allem an ihre Augen und ihre Brauen, die Brauen erzählten von einer Außerordentlichkeit, die ihn ehrfürchtig und klein und zugleich anspruchsvoll werden ließ und fordernd, als gäbe sie Protektion in alle Himmelsrichtungen. Ein Ziehen und Zerren spürte er in seinen Muskeln, und wie er meinte, sich frei und jung zu fühlen, bildete er sich ein, ihren Körper an seinem zu spüren, wenn er stehen blieb, die Fäuste ballte, die Augen schloss und tief einatmete, bis zum letzten Kick in der Lunge.

Er öffnete die Tür zur Praxis, kehrte aber gleich wieder um, als ihm der vertraute Geruch entgegenwehte. Er wollte nicht der sein, der hier hauste; für die nächste Stunde wenigstens wollte er der nicht sein. Draußen schien die Sonne. Wieder im Stiegenhaus hielt er nach den ersten Stufen inne. Und kehrte um.

In der Praxis war es warm, Frau Elmenreich war gestern vor ihm gegangen, und er hatte vergessen, die Heizung zurückzudrehen. Er zog den Mantel aus, setzte sich im Empfangszimmer auf Frau Elmenreichs Platz, schaltete den Computer ein und öffnete die Kundenkartei. Bess hatte eine 0664-Nummer angegeben. Er tippte in seinem Handy auf »eigene Nummer unterdrücken« und gab die Ziffern ein. Er ließ es klingeln, bis er ihre Stimme vom Anrufbeantworter hörte, die sagte, sie sei im Augenblick nicht zu erreichen, man möge es doch bitte später noch einmal versuchen oder nach dem Pieps eine Nachricht hinterlassen. Sein Herz klopfte so heftig, dass er es bis in die Augen hinauf spürte, jeder Blutausstoß erschütterte sein Gesichtsfeld.

Er drückte auf Wiederholung. Und schon nach dem ersten Klingelton war sie da.

»Bess?«, sagte sie. Fragend.

Er brach ab. Biss sich auf die Knöchel. Dass sie sich mit ihrem Vornamen meldete, so schloss er, könnte doch nur bedeuten, sie wartete auf einen bestimmten Anruf. Oder dass sie so gut wie immer von Freunden angerufen wurde, jedenfalls an den Wochenenden, dass also niemand anderer zu erwarten war. Dass sie einen Liebhaber hatte? Gar nicht so selten suchten ihn Frauen auf, verheiratete Frauen, deren Liebhaber Probleme machten, Frauen, die keine großartigen Kindheitsneurosen mit sich herumschleppten, keine Psychosen, keine wie auch immer geartete Lebensnot, die einfach nur zornig waren, weil ihr Geliebter, der meistens ebenfalls verheiratet war, nicht tat, was sie wollten, sich nicht so verhielt, wie sie es von ihm verlangten, dem sie bei ihren geheimen Treffen mit bebendem Kinn gegenübersaßen und nicht begreifen wollten, dass er einen eigenen Willen besaß; von einer Therapie erwarteten sie nicht Gesundung ihrer Seele, an deren Existenz sie eh nicht glaubten, sondern ein paar Tricks, wie sie ihren Lover gefügig biegen konnten. Dass Bess so eine war? Er rief ein drittes Mal an. Diesmal nahm sie wieder nicht ab. Erst schämte er sich. Aber er schämte sich nur, weil er dachte, dies ist eine Situation, in der sich »ein Mensch wie ich« zu schämen hat. In Wahrheit schämte er sich nicht – und was »ein Mensch wie ich« sein sollte, war ihm sowieso schleierhaft, er jedenfalls war so einer nicht. In Wahrheit fühlte er sich im Recht, im Recht des Verliebten. Und wenn sie es sich richtig zusammenreimte? Dann weiß sie, wie es um mich steht. Entweder ist das gut für mich, oder es ist schlecht für mich. Wenn es gut ist, war es immer schon gut; wenn es schlecht ist, war es immer schon schlecht und wird es auch bleiben. Er trank aus dem Wasserhahn und verließ die Praxis.

Er schlenderte über die Girardigasse hinunter zum Naschmarkt, öffnete den Mantel, einen schwarzen Trenchcoat, der Gegenwind bauschte die Schöße auf. Nur blauer Himmel war über ihm. Zwischen den Marktständen hindurch konnte man sich kaum bewegen, so viele Menschen drängten sich hier, er wechselte zurück zur Linken Wienzeile, tänzelte sogar ein paar Schritte rückwärts, um sich die Sonne ins Gesicht scheinen zu lassen. Vor dem Café Savoy waren Tische und Sessel aufgestellt, auf den Sesseln lagen Wolldecken; wenn man sich die über die Beine schlug, war es im Freien gut auszuhalten. Er setzte sich und bestellte ein Zitronenwasser und hätte jauchzen mögen. Es konnte nicht anders sein, sie musste in diesem Augenblick an ihn denken! Auf der Wienzeile stauten sich die Autos; wenn er die Gesichter hinter den Windschutzscheiben beobachtete, war in keinem Unmut zu erkennen, nicht einmal Ungeduld, nur Heiterkeit und Freude, als wären Fahrer und Mitfahrer froh innezuhalten, als wäre der Stau ein Ausflug, ein gemeinsamer Ausflug ins blaue grüne Goldene. Eine Komposition menschlicher Wesen. Ein erbitterter Versuch, sich selbst zu vollenden, immer.

11

Über der Straße, wo sich die Markthäuser aneinanderreihten, sah er einen Arbeiter, der die Hinterwand des letzten Gebäudes mit grüner Farbe anstrich. Er tat das mit einer Rolle, die an einem langen Stiel befestigt war. Und er tat es mit langsamen, sparsamen, stetigen Bewegungen, hielt dabei eine Zigarette zwischen den Lippen und schien sich durch nichts von seiner Arbeit ablenken zu wollen, nicht vom Autoverkehr hinter seinem Rücken, nicht von dem Gedränge und Geschiebe auf der Marktgasse – wer weiß, vielleicht nicht einmal von seinen eigenen Gedanken. Er hatte eine Schildkappe auf dem Kopf und trug einen Overall, der vorne von Farbflecken gesprenkelt war wie eine Malerpalette. Manchmal trat er zurück, hielt den Stab mit der Farbrolle quer vor seinem Körper und begutachtete sein Werk, dann fuhr er fort. Die Wand, die er zu streichen hatte, war mindestens zehn Meter lang, schätzte Robert, und vier Meter hoch, und der Mann war erst am Anfang.

Robert konnte seinen Blick nicht von dem Mann abwenden. Er beneidete ihn. Und gratulierte ihm. Wann habe ich, dachte er, zuletzt etwas getan, das alle meine Gedanken beiseitegedrängt hat? Habe ich *jemals*? Die berühmte Geschichte von Tom Sawyer fiel ihm ein, der als Strafe für eine Lausbüberei den Lattenzaun vor dem Haus seiner Tante Polly streichen sollte – wenn er sich richtig erinnerte, war das auch an einem Samstag gewesen, einem freien Samstag, an dem alle seine Freunde zum Schwimmen gingen oder Dampfschiff spielten. Der schlaue Tom stellte es mit raffinierter Psychologie so an, dass die Buben alle ihre Schätze hergaben, um ihm die Strafe abnehmen zu dürfen, die nun keine Strafe mehr war, sondern eine begehrenswerte Tätigkeit, ein Abenteuer, unvergleichlich spannender als Schwimmen oder Dampfschiffspielen. Und da tat Dr. Lenobel, was er noch vor wenigen Minuten für undenkbar gehalten hätte: Er bezahlte sein Zitronenwasser, zwängte sich zwischen den Autos hindurch über die Straße und fragte den Mann ohne Vorrede und Erklärung, ob er ihm für eine Stunde seine Arbeit überlasse, er sei bereit, Geld dafür zu geben, und wenn er obendrein in den Overall schlüpfen dürfe und in die Arbeitsschuhe und wenn er sich auch noch die Mütze ausleihen dürfe, dann wolle er extra drauflegen.

Der Mann sah ihn lange an. Dann grinste er und nickte, Robert brauchte ihm nichts zu erklären, er verstand, es sah wenigstens so aus.

»Hundert Euro«, sagte er.

»Fünfzig«, hielt Robert dagegen.

Sie einigten sich auf siebzig.

»Eine Stunde«, sagte Robert.

»Eine halbe.«

Sie einigten sich auf fünfundvierzig Minuten. Hätte der Mann auf hundert Euro und einer halben Stunde bestanden, Robert hätte nicht lange mit ihm gehandelt. An diesem Samstagmittag würde er für das Anstreichen einer Wand auch zweihundert Euro bezahlt haben.

Der Mann stieg aus dem Overall und zog sich Roberts Trenchcoat über, und dann tauschten sie die Schuhe. Auch das wäre für Robert noch vor wenigen Minuten undenkbar gewesen – die gebrauchten Schuhe eines fremden Menschen anzuziehen; noch verrückter: die Mütze eines fremden Mannes aufzusetzen, der so dichte Haare hatte, dass sich Kohorten kleinster Wesen darin verstecken konnten! Hanna mokierte sich oft über seine »niedere Ekelschranke«. »Du bist wie Monk«, hatte sie einmal gesagt und ihm dann auch erklärt, wer Monk war. Eine Folge der Serie über den zwangsneurotischen Detektiv hatten sie sich gemeinsam angesehen. »Recht hat er«, war Roberts Kommentar gewesen, und er hatte seiner Frau einen Stegreifvortrag gehalten über Sigmund Freuds frühe Vermutung – geäußert in einem Brief an Wilhelm Fließ –, dass der Ekel die Quelle der Moral sei. »Wenn es nicht so komisch klingen würde«, hatte er ausgerufen, »müsste man Freuds erste Schritte auf seinem wissenschaftlichem Weg eine ›Psychoanalyse des Stinkens‹ nennen!« Der wesentliche und erste Auslöser hinter der Verdrängung und somit hinter dem Kulturprozess, dozierte er weiter, sei der aufrechte Gang, diesbezüglich seien Freud und Darwin brüderliche Pioniere, »Castor und Pollux, die mit ihren zwei Aufklärungen der Menschheit zwei narzisstische Kränkungen zugefügt haben« (wer von den beiden der Zeussohn sei, wolle er nicht entscheiden, er vermute aber Darwin). Von nun an jedenfalls stehe die Nase oben, weit weg von den Organen der Exkretion und der Sexualität. Was früher Lust erzeugt habe, erzeuge nun Ekel. Aber weil Lust und Ekel nahezu gleich starke Gefühle seien, lasse sich die Lust nicht ganz austreiben, im Gegenteil, sie nähre sich sogar vom Ekel, wie sich umgekehrt der Ekel von der Lust nähre. Um diesen Konflikt zu bewältigen, als Ausweg quasi, entstehe die Sexualverdrängung und aus ihr, verkürzt dargestellt, einerseits die ästhetischen und ethischen Ideale der Kultur, andererseits eine spezifische Form des Begehrens, das den Menschen vom Tier unterscheidet, manchmal adelt, manchmal erniedrigt. »Was immer wir sonst noch sein mögen«, hatte er zufrieden lächelnd Hanna mitgegeben, »zuerst sind wir olfaktorische Wesen.« Die Loslösung der Nase von ihrer libidinösen Koppelung an Geschlecht und Anus habe so etwas wie Moral entstehen lassen. – »Was schlecht riecht, ist schlecht. Erst im realen, bald auch im übertragenen Sinn, erst nur im olfaktorischen Sinn, bald in einem ethischen Sinn.« – Nicht ein ominöser Geruch, so dachte Robert jetzt – unter der Mütze eines Wildfremden, in den Schuhen eines Wildfremden, im Gewand eines Wildfremden –, hat aus mir jenen paranoiden, machtversessenen Windbeutel gemacht, der fünfzig Jahre ins Land hat ziehen lassen, bevor er zum ersten Mal wagte, sich zu verlieben, sondern die Moral und ihre verkrüppelten Kinder, der Hochmut und die Feigheit …

Der Arbeiter setzte sich vor dem Café Savoy auf Roberts Platz und sah ihm zu, und in dem Mantel sah er aus wie ein Doppelgänger – ob er das Gleiche denkt, wenn er mich sieht? Sie winkten einander zu. Robert hatte ihm versprochen, dass er obendrein seine Konsumtion übernehmen werde. Und so nützte der Mann die Pause für ein Mittagessen. Der aufrechte Gang befreite die Hand und befähigte den Menschen dazu, sie feinmotorisch zu optimieren, um immer komplexere Werkzeuge zu gebrauchen – Farbrolle und Messer und Gabel –, und setzte so die Zivilisation in Gang, und nun stand hier ein blassfingriger Geistesmann, der sich an einem sonnigen Samstag im Herbst anschickte, eine Wand grün anzustreichen. Niemand hatte von dem Rollentausch Notiz genommen.

Wo ist Bess in diesem Augenblick, dachte er. Wo ist sie? Ist sie in ihrem Atelier? Trägt sie wie ich einen Overall mit Farbflecken? Ein Gefühl von Mysterium und seligem Gelenktwerden überkam ihn, eine Sehnsucht nach Reue, ohne dass ihm sein Verstand den geringsten Hinweis hätte liefern können, was es zu bereuen gab. Und wenn der Mensch für gewöhnlich erst im Rückblick zu bestimmen weiß, wann er glücklich gewesen ist, war es bei ihm nun gerade umgekehrt: Diese Dreiviertelstunde, dachte er, wird vielleicht die glücklichste Zeit in meinem Leben sein. Und wenn es so ist, dachte er fröhlichen Herzens weiter, dann verdanke ich dieses Glück ihr und sonst gar niemandem auf der Welt.

12

Die grüne Farbe war in einem großen Plastikkübel. In einem zweiten Kübel, gleich daneben, einem leeren, lehnte innen ein Metallgitter. Robert tat, wie ihm der Mann gezeigt hatte: Er tunkte die Rolle, die mit einem dicken Flausch überzogen war, erst in die Farbe, dann strich er über das Gitter, bis sich die Farbe gleichmäßig auf der Rolle verteilt hatte. Nun rollte er die Wand ab, dabei hielt er den langen Stiel mit beiden Händen fest. Tropfen spritzten auf seine Arme, auf die Mütze, auf sein Gesicht. Er hatte zu viel Farbe aufgeladen. Er solle nicht zu fest drücken, hatte ihm der Mann geraten, sonst drehte sich die Rolle eventuell nicht, und er nehme mehr Farbe von der Wand weg, als er hinzufüge. Wenn er allerdings zu wenig aufdrücke, könne es sein, dass die meiste Farbe abtropfe und der Anstrich unregelmäßig ausfalle, außerdem müsste die Farbe vom Asphalt entfernt werden, was nicht so einfach sei, wie er sich vielleicht denke. Der Asphalt sei uneben und porös, die Farbe dringe tief ein und sei mit Azeton nicht restlos her-auszulösen, man müsse mit Betonfarbe drüber malen, sonst sähe die ganze Arbeit dilettantisch aus, das könne er sich nicht leisten. Und immer wieder solle er über die bereits bearbeitete Fläche drüberrollen, von oben nach unten, und zwar, ohne neue Farbe aufzunehmen. Es handle sich bei der Farbe um einen Außenlack auf Nitrobasis, ähnlich wie man ihn bei Booten verwende, der brauche lange, um zu trocknen, an Stellen, wo zu dick aufgetragen worden sei, und solche gebe es immer, beginne der Lack nach einiger Zeit zu rinnen, dann könnten sich Nasen bilden, das sei hässlich und werde vom Auftraggeber beanstandet. Wenn die Arbeit nicht tadellos sei, müsse er ihm einen Aufschlag berechnen. Auch damit war Robert einverstanden gewesen. Und noch etwas: Gerate ein Tropfen ins Aug, könnte das mehr als unangenehm sein … – Und schon war ein grüner Fleck auf dem rechten Brillenglas.

Bereits nach den ersten Bahnen, die er abgerollt hatte, war ihm klar, dass er an seiner Körperhaltung etwas ändern musste, ansonsten würde er nie und nimmer eine Dreiviertelstunde durchhalten. Er legte eine Pause ein, wagte nicht, sich nach dem Arbeiter umzudrehen. Er hatte den Stab seitwärts gehalten, an seiner rechten Seite, die rechte Hand unten, die linke oben. Wenn er in dieser Haltung auf- und abrollte, verkrümmte sich sein Rücken und die Muskulatur unterhalb der Schulterblätter verkrampfte sich. Er lehnte den Stab mit der Rolle nach oben an die Wand und buckelte sich und streckte sich, um den Rücken zu entspannen. Er war sich sicher, der Arbeiter beobachtete ihn; wäre er an seiner Stelle, er würde jetzt lachen. Und da lachte er auch schon, lachte sich selbst aus und begann noch einmal, probierte es diesmal, indem er den Stab zwischen die Beine nahm und die Rolle in der Linie seines Körpers über die Wand zog. Das war besser. Er hatte den Arbeiter vom Café aus beobachtet, hatte aber nicht darauf geachtet, wie er vorging. Es hatte so leicht ausgesehen, dass sich die Frage nach dem Wie gar nicht gestellt hatte. Nach einer Weile verkrampfte sich sein Rücken wieder, dazu schmerzten nun auch noch die Oberarme. So plötzlich fuhr der Schmerz in die Schultern, dass er aufschreien hätte wollen. Er legte abermals eine Pause ein.

Die Wand bestand aus Holzbrettern, die längs aufgenagelt waren. Sie waren in grüner Farbe grundiert, allerdings in einem hellen Grün, so dass jede Stelle, die nicht exakt gedeckt war, herausstach. Außerdem war die Wand keine glatte Fläche. Es waren Vorsprünge eingelassen, deren Sinn er nicht erkennen konnte, sogar eine Reihe von vier winzigen Fenstern war da, die Scheiben mit Papier abgeklebt. Nach unten endete die Wand in einer Blechverkleidung, die in einem spitzen Winkel vorragte und sich über die ganze Länge hinzog; wahrscheinlich, um das Regenwasser abzuleiten. Dort sammelte sich der Lack und drohte auf den Asphalt zu tropfen. Schnell wischte er mit der Kante der Farbrolle darüber. Auch ein Regalbrett von mindestens drei Metern Länge war in die Wand eingelassen. Wozu? Es befand sich ein wenig über Gürtelhöhe. Damit darauf Lieferbestätigungen unterschrieben werden konnten? Oder die Händler ihre Kaffeetassen abstellen konnten, wenn sie sich eine Pause gönnten? Darüber mochte er nun nicht mehr nachdenken. Eher darüber, warum ihm diese Besonderheiten an der Wand vorher nicht aufgefallen waren. Er rollte die Farbe von der Walze ab und strich über die bereits behandelte Fläche. Das war einigermaßen befriedigend. Die Farbe glänzte, war regelmäßig und glatt. Er blickte auf seine Uhr, acht Minuten waren vergangen.

Nach fünfzehn Minuten meinte er, er müsse aufgeben. Sein Rücken und seine Arme schmerzten, am Rückgrat über dem Steiß war der Schmerz so heftig, dass er fürchtete, eine Bandscheibe sei ihm herausgesprungen. Er buckelte sich wieder und streckte sich. Ein Lackspritzer hatte seine Unterlippe getroffen, das brannte. Die Brille würde er zu Hause mit irgendetwas putzen. Ob Seife nützte? Inzwischen waren die Gläser verschmiert; um genau zu sehen, musste er die Brille abnehmen und das Gesicht nahe an die Wand halten. Die Bügel waren durchgehend grün. Wenn die Farbe anstatt die Gläser seine Augen getroffen hätte, wäre er blind. Er sah keinen Sinn mehr in der Schinderei, er wollte abbrechen, aber dann sagte er sich: Es ist immer so, das erste Drittel ist am schlimmsten; so ist es bei Dauerläufen, so ist es bei Therapien, hatte er nicht erst vor kurzem im Radio einen Teilnehmer des Wien-Marathon gehört, der genau das gesagt hatte … Wenn man das erste Drittel schafft, wird es leichter, das letzte Drittel läuft dann wie von selbst. Ein Manko war: Der Stab war zu kurz. Wenn er bis unter den Dachvorsprung walzen wollte, was eindeutig seine Aufgabe war, dann musste er sich auf die Fußzehen stellen und die Arme ganz ausstrecken, und irgendetwas war dort oben, die Farbe deckte dort oben nicht gut, er musste immer wieder darüberstreichen, Arbeit über Kopf, das nahm ihm den Atem, ihm wurde schwarz vor Augen. Welche Moral, kam es ihm in den umnebelten Sinn, welche Moral eigentlich, sag, welche, hat es mir unmöglich gemacht, mich zu verlieben? Habe ich auch nur die geringste moralische Hemmung, Hanna zu betrügen? Sicher nicht! Ein verliebter Robert, der hatte bisher nicht in das Bild von seinem Leben gepasst. War darum sein Leben verhunzt? Wenn doch nur Religion wieder eine Rolle spielte! Darin wäre er gut! Was ihn aber wirklich bekümmerte: der Asphalt entlang der Wand war von Farbflecken übersät, das sah hässlich aus! Er würde einen ordentlichen Aufschlag zahlen müssen, aber das spielte keine Rolle, ärgerlich war, dass es ihm nicht gelungen war, diese Sauerei zu verhindern, obwohl er sich bemüht hatte. Zufrieden hingegen war er mit der Fläche, die in der Vergangenheit lag und die er immer wieder nachbearbeitete, er meinte, sie sei perfekt.

Ab Minute 32 ging's besser. Auf einmal. Er hatte einen Rhythmus gefunden. Der war sicher nicht so elegant wie der des Arbeiters, aber darüber, wie er aussah oder ob ihm überhaupt jemand bei seiner Arbeit zusah – außer sein Unternehmer –, darüber zerbrach er sich nicht den Kopf. Er drehte sich einfach nicht um. Nur eines wollte er noch – mit Anstand durchhalten. Er war beim Regalbrett angekommen. Er meinte, es wäre besser, es mit einem Pinsel anzumalen, aber er sah keinen Pinsel, nirgends. Er tunkte die Rolle nur an einer Ecke ein und wischte über das Brett. Der Stiel war ihm dabei im Weg. Seine Hände waren bis zum Gelenk hinauf grün, an keiner Stelle war mehr die Haut zu sehen. Bei der Gebäudekante stand ein kleiner Kanister mit Nitroverdünnung, darüber lagen Lappen. Was wird es für ein Vergnügen sein, dachte er, wenn ich mir die Hände reinige. Er mochte den Nitrogeruch, er hatte etwas Sauberes. Die Brille mit Nitro zu reinigen, wäre wohl keine gute Idee, es könnte sein, dass sich die Bügel auflösten, er wusste nicht, aus welchem Material sie bestanden, und wusste nicht, welches Material Nitro angreift und welches nicht. Auch wie er sich bei dem Regalbrett anstellen sollte, wusste er nicht, aber die Arbeit auf halber Brusthöhe war wesentlich angenehmer als das Strecken und Hocken vor der Wand. In den vergangenen zehn Minuten hatte ihn das Niederbeugen mehr Atem und Kraft gekostet als das Strecken. Erst hatte er den Stab umgedreht, so dass die Walze nach unten zeigte. Das aber hatte zur Folge, dass die Farbe unkontrollierbar auf den Asphalt tropfte. Ein kleiner See bildete sich an dieser Stelle, eigentlich eine Katastrophe. Er rechnete mit hundert Euro Aufschlag, mindestens. Ich stell mich auf zweihundert ein. Aber das Abenteuer tat ihm nicht leid. Es hatte ihm nicht leidzutun! Wäre ich ins Puff gegangen, dachte er, würde es glatt auch so viel kosten. Er war noch niemals in seinem Leben in einem Bordell gewesen. Mit dem Gedanken wollte er sich anfeuern, es war eine richtige Drecksarbeit, auf die er sich da eingelassen hatte, der musste mit Drecksgedanken Paroli geboten werden, dann war alles gut, es war körperliche Arbeit, und der Körper, na, das war ja bekannt, der war ein dreckiger Hund, ein stinkender Sauhund, der seit über drei Millionen Jahren darum trauerte, dass sich die Nase so weit vom Arschloch entfernt hat und in die dünne Luft des Sublimats aufgestiegen war.

Als er noch acht Minuten vor sich hatte, tat es ihm leid, dass es zu Ende war. Farbspritzer auch auf seiner Armbanduhr. Der Fleck auf dem Lederband würde sich nicht restlos entfernen lassen. Und die Fingernägel! Die Dachrinne an der Seite stadteinwärts war nicht vorgestrichen. Blankes Blech. Die würde er auslassen. Der Hausverstand sagte, dass die Dachrinne mit einem Pinsel gestrichen werden musste. Anders nicht konnte. Mit der Rolle wäre nicht in den Zwischenraum von Rinne und Wand zu kommen. Warum war die Rinne nicht grundiert worden? Weil sie erst nach der Grundierung der Wand montiert worden war? Er konnte sich vorstellen, am Montag weiterzumachen und dann ein Leben lang. Nein, das konnte er sich nicht vorstellen, aber es tat ihm gut, es sich immerhin vorstellen zu *wollen*. Wenn ich je jemandem von dieser Dreiviertelstunde erzähle, dann werde ich sagen: Ja, ich konnte mir vorstellen, ein Leben lang weiterzumachen …

Er drehte sich um, da stand der Arbeiter hinter ihm. In den Händen hielt er den Kanister mit der Nitroverdünnung und einen Lappen.

»Eine schöne Sauerei«, sagte er.

Robert reinigte sich die Hände, der Mann putzte an seinem Gesicht herum, dann wechselten sie Kleider und Schuhe.

»Was bin ich für die Sauerei schuldig?«, fragte Robert.

»Nichts«, sagte der Mann und knuffte ihn an die Schulter. »Ein schönes Wochenende wünsche ich.«

Robert ging in Richtung Oper, alles tat ihm weh. An der Ecke zur Giradigasse zog er zweihundert Euro aus dem Bankomat. Da sei ihm, erzählte er Sebastian, der Gedanke gekommen, so viel Geld wie möglich abzuheben, mit dem City Airport Train nach Schwechat zum Flughafen zu fahren, ein Ticket nach der nächstmöglichen außereuropäischen Destination zu kaufen und abzuzischen für immer. – Zum ersten Mal war ihm damals der Gedanke gekommen …

Er kehrte zurück in die Praxis, ließ sich ein Bad einlaufen, legte die

Brille in eine Schale mit warmem Seifenwasser, bürstete die Fingernägel, weichte seinen Körper ein und schlief danach bis zum Abend.
Dann fuhr er mit dem Taxi nach Hause. Bis weit in die Nacht hinein
saß er in der Küche, spürte den Muskelkater an allen Stellen seines
Körpers, löste das Sudoku zu Ende, schlug ein Heft auf, wählte einen
Bleistift aus – heute könnte der Tag sein, an dem ich mein Buch begonnen habe …

13

Drei Tage später, am Dienstag, bei ihrem dritten Termin zog Bess den
Mantel erst gar nicht aus; sie stand lange mitten im Raum, kehrte Robert den Rücken zu und schwieg. Halb noch in der Drehung ihres Körpers zu ihm hin sagte sie, sie würde gern mit ihm schlafen, wenigstens
einmal. Wehrte ihn gleich mit der Hand ab, ihn oder nur seine Antwort, er war von seinem Sessel aufgesprungen. Sie wolle ehrlich sein:
Das habe nicht so viel mit ihm zu tun, wie es anständig wäre, natürlich
habe es auch mit ihm zu tun, natürlich; aber nicht so viel, wie es anständig wäre, ihm gegenüber. Aber sie denke, er wünsche sich das auch, sie
vermute es zumindest. Wenn das der Fall sei, würde es ihr Gewissen
erleichtern. Er sagte, bemühte sich um einen zweifelsfreien, emotions-
freien Ton: Es *sei* der Fall. Aber das dürfe er nicht tun und unter diesen
Bedingungen wolle er es auch nicht.
    Er brach die Behandlung ab.
    Und brach zusammen.

FÜNFTES KAPITEL

Ein König ritt in den Wald hinein, weil draußen Sommer war und die Sonne so warm schien und ihm zu heiß war in seinem samtenen Jagdanzug und ihm der Kopf und der Rücken glühten. Je weiter er aber ritt, um so kälter wurde es, so dass er, als es Abend wurde, im Winter angekommen war, und nun fror er am Kopf und auch am Rücken. Schnee lag um ihn herum, mitten auf einer Lichtung hielt er an und stieg vom Pferd. Der Mond leuchtete am Himmel, und der Schnee ließ die Lichtung und den Wald darumherum erstrahlen, fast als wäre Tag.

Da sah der König einen großen Stein mitten auf der Lichtung, der war wie ein Altar, und auf dem Stein lag ein toter Rabe. Die Brust war ihm von einem Messer durchbohrt, Blut floss auf den Schnee. »Das sind die drei Farben, die ich mir wünsche«, rief der König aus. »So soll meine Königin sein – rot, schwarz und weiß! Wie Blut, wie die Feder eines Raben und wie Schnee!«

Seine Stimme widerhallte an den Stämmen der Bäume und wurde vom Wind weitergetragen in den Wald hinein. Dort kreiste sie und nahm auf, was um sie her war, und kehrte zurück und fragte: »Was darf der Mangel sein?«

»Jeder Mangel!«, rief der König aus. »Wenn sie nur schwarz, rot und weiß ist. Wie Blut, wie die Feder eines Raben und wie Schnee!«

Die Stimme widerhallte an den Baumstämmen und verschwand im Wald und kam nicht mehr. Der König aber setzte sich auf seinen Rappen und ritt den gleichen Weg zurück, den er gekommen war, und als er aus dem Wald trat, war wieder heller Tag und warmer Sommer.

Aber es waren draußen viele Jahre vergangen, und der Bruder des Königs hatte sich auf den Thron gesetzt. Er war ein strenger König gewesen, aber ein guter König, und nun war er alt. Die Königin dagegen war jung, sie hatte schwarzes Haar, schwarz wie der Flügel eines Raben, und einen roten Mund, rot wie das Blut eines Raben, und eine weiße Haut, weiß wie

177

der Schnee, der die Blutstropfen auffing. Sie sah, wie ein Mann in die Burg geritten kam, aber sie wusste nicht, wer es war. Er sah aus, wie ihr Mann vor vielen Jahren ausgesehen hatte, als er noch jung gewesen war, aber sie wusste nicht, wer es war, und sie kam herunter und begrüßte ihn.

Als er ihr alles erzählt hatte, sagte sie: »Dein Bruder, mein geliebter Mann, ist gestorben. Bis in seine letzte Stunde hat er auf dich gewartet, um dir das Zepter zurückzugeben. Er habe es nur geliehen, sagte er. Jetzt bist du da. Warte hier, ich will dir einen Willkommenstrunk bringen!«

Sie schlich in das Zimmer des alten Mannes, der immer noch ihr Mann war und in Wahrheit immer noch lebte, und hieb ihm das Messer in den Rücken bis ins Herz hinein und schob den Toten unter das Bett. Dann brachte sie dem neuen König einen Becher mit Wein.

In der Nacht aber, in der sie sich vermählten, blutete der Alte unter dem Bett heraus, und das Blut zog eine Spur über den Boden, die war wie die Schrift auf einer Tafel. Die Schrift hieß: »Frag sie!«

Der neue junge König war glücklich, dass er gefunden hatte, was er sich wünschte, nämlich eine Königin aus den drei Farben Schwarz, Rot und Weiß, und er hatte nur Augen für sie, doch nachdem er sie genug betrachtet hatte, sah er die Schrift am Boden.

Er wusste aber nicht, was er sie fragen sollte.

In der zweiten Nacht quoll der Tote unter dem Bett auf, so dass sein Körper gegen die Matratze drückte, und als sich der neue junge König im Schlaf umdrehte, presste er dem Toten die letzte Luft aus den Lungen, und der stöhnte, und das klang wie: »Frag sie!«

Da wachte er auf und wusste wieder nicht, was er sie fragen sollte.

In der dritten Nacht kamen die Käfer, um den Toten zu fressen, und es waren tausende und abertausende Käfer, sie krochen unter das Bett und bissen mit ihren Kiefern die Haut des Toten auf und fraßen sich in das Fleisch hinein und schmatzten, das war, als ob eine Schulklasse schwätzte, und das klang wie: »Frag sie!«

Der neue junge König erwachte und hörte es, und als er am Morgen seiner Königin gegenübersaß, sagte er: »Ich soll dich etwas fragen, aber ich weiß nicht was? Was soll ich dich fragen? Sag es mir!«

»Vielleicht, warum mein Haar so schwarz ist«, sagte die Königin. »Und warum meine Haut so weiß ist. Und warum mein Mund so rot ist.«

»Das weiß ich selbst«, sagte der König. »Das brauche ich dich nicht zu fragen. Es ist, weil ich es mir gewünscht habe. Ich frage dich: Wo ist das Grab meines Bruders?«

»Ich habe ihn im Wald begraben, weit von hier«, sagte die Königin. »Ich war bei ihm, als seine Seele ihn verließ und an den Baumstämmen widerhallte und in den Wald davonflog und dort kreiste und aufnahm, was um sie herum war.«

»Dann führe mich in den Wald«, sagte der König, »und zeig mir das Grab. Damit ich Blumen niederlegen kann.«

So machten sie sich auf und ritten in den Wald, in dem der König den toten Raben gefunden hatte, dessen Flügel so schwarz, dessen Blut so rot, der im Schnee lag, der so weiß war. Aber im Wald war tiefer Winter und tiefe Nacht, und der Mond schien diesmal nicht, und als sie zu der Stelle kamen, wo mitten auf der Lichtung der Stein war, der wie ein Altar aussah, lag Schnee über dem toten Raben, so dass seine Flügel und sein Blut nicht mehr zu sehen waren.

1

Eine lange Zeit verging, ohne dass Robert etwas von Bess hörte. Vier Jahre! Vergessen hatte er sie nicht. Und weniger weh getan habe es auch nicht.

»Denk dir, Sebastian! Vier Jahre!«, rief er aus und stellte sich abermals dem Freund in den Weg. »Ich habe jeden Tag an sie gedacht. Jeden Tag habe ich gedacht, mir ist eine Chance gegeben worden, und ich habe sie nicht genutzt. Ich durfte mich entscheiden zwischen der Abmachung einer neunmalklugen, sich selbst überschätzenden Vereinigung von neunmalklugen, sich selbst überschätzenden Seelenmechanikern auf der einen Seite und der Liebe auf der anderen Seite, und ich habe mich gegen die Liebe entschieden. So habe ich gedacht, jeden Tag. Die Praxis wurde für mich zu einem traurigen Ort. Hier ist sie mir begegnet, von hier habe ich sie gehen lassen. Aber man kann sich nicht gegen die Liebe entscheiden. Sie ist eine Bedingung, eine wunderliche, sich unerbittlich unserem Dasein einprägende Bedingung.«

»Und dann trafst du sie wieder«, sagte Sebastian und nahm die hohe Stimmung seines Freundes auf, ohne sie zu ironisieren, wo er doch meinte, sie ironisiere sich von selbst. Er legte den Arm über seinen Rücken und drängte ihn, auf dem durchweichten Damm an der Donau entlang weiterzugehen.

Und dann traf er sie wieder.

Es war im späten Herbst, eine Tageszeitung lud zu einer Gala ein, die Redaktionen der verschiedenen Sparten hatten die »Persönlichkeit des Jahres« in Kultur, Wirtschaft und Wissenschaft gewählt; bei einem Dinner in den nach dem Großbrand von 2001 prachtvoll renovierten Sophiensälen würden die Gewinner vorgestellt werden. Weil altruistische und kulturtragende Motive bei der Wahl den Ausschlag geben sollten (die Bereiche Sport und Politik waren deshalb ausgeklammert), hatte der Bundespräsident die Schirmherrschaft bei der Veranstaltung übernommen. An die zweihundert *Very Important Persons* waren eingeladen – unter ihnen Dr. Robert Lenobel mit Gattin.

Robert wusste nicht, wie er zu dieser Ehre kam und auch nicht, ob es überhaupt eine war. Hanna hielt es für keine, aber sie war es, die schließlich drängte hinzugehen, »diese Erfahrung« wolle sie sich geben. Schränkte allerdings ein: »Nachdem wir die einzige jüdische Buchhandlung in Wien sind, hätte man auch mich und Cora einladen können.«

»Tun wir am besten einfach, als wärst du eingeladen, und ich begleite dich«, sagte Robert.

Ernst war es beiden nicht allzu sehr, hingehen wollte aber auch Robert, und ein bisschen ernst war es ihnen vor dem Spiegel in der Garderobe dann doch.

Robert, wie immer, in schwarzem Anzug, weißem Hemd und schwarzer Krawatte, Hanna in einem knöchellangen bei Faltenwurf goldschimmernden grünen Kleid, beide arrogant, eine Bastion aus Intellektualität, Unbestechlichkeit und gesellschaftlicher Unberechenbarkeit, ließen sich von einer Billeteurin an ihren Tisch führen, der zu ihrem Erstaunen der nächste beim Preisträgertisch war – was Hanna zu einem misstrauischen Blick auf ihren Mann und Robert zu einem ebensolchen auf seine Frau veranlasste. Sie waren unter den Ersten, die eingetroffen waren, und versuchten, diesen Fauxpas auszubügeln, indem sie es möglichst vermieden, neugierige Blicke auszusenden, und stattdessen so taten, als unterhielten sie sich über weitaus interessantere Themen als, wer nun der oder die oder die dort drüben seien. – In der Mitte eines jeden Tisches stand ein Sektkübel; der war dazu da, dass man Geld hineinwarf, für einen guten Zweck, den sie bei der Lektüre der Einladung vergessen hatten mitzulesen.

Der Preisträger in der Sparte Wissenschaft war ein Mann etwa in Roberts Alter, der, dies wurde in der Laudatio gesagt, eine ganze Generation von Ärzten in der Technik des Ultraschalls unterwiesen und damit eine effektive und zugleich billige Untersuchung gefördert habe, die inzwischen jedermann zur Verfügung stehe, was, wie der Laudator mit vielwissendem Lächeln anmerkte, einer Kritik an unserer medizinischen Praxis gleichkomme, die nach außen hin zwar immer so tue, als würde sie nicht zwischen Arm und Reich unterscheiden, in der täglichen Wahrheit aber Dringlichkeit des Falles und Wohlhabenheit der Person leider nicht selten in eins setze. Als der Name des Mannes aufgerufen wurde und dieser sich von seinem Platz erhob und nach vorne ging, sah Robert Bess. Sie war die Frau des Preisträgers. Ihre Blicke begegneten einander. In Schwarz war sie, ärmellang und hochgeschlossen. Sie lächelte nicht. Nun wusste er, dass die Einladung kein Zufall und dass sie auch nicht bloß eine Freundlichkeit war, sondern eine Erwartung – und eine Aufforderung. Er sah, dass sie das Mobiltelefon aus ihrer Handtasche nahm und mit dem Zeigefinger auf den Bildschirm tippte. Schnell schaltete er sein Handy auf lautlos, gerade rechtzeitig, ehe Hanna das Signal hätte hören können, das den Eingang einer SMS bestätigte:

Wann? Wo?

Er entschuldigte sich bei Hanna, er müsse zur Toilette.

Morgen, bei mir, 18:30

Und bekam sofort Antwort: *Nein. Hotel Orient.*

So schnell war ihre Replik gewesen, dass er annehmen musste, sie habe sie, seine Antwort ahnend, vorausgeschrieben und in dem Augenblick abgeschickt, als sie diese empfing – das alles, während ihr Mann auf der Bühne stand und seine Dankesrede von einem Blatt Papier ablas, deren letzten Worte Robert gerade noch mitbekam, als er den Saal wieder betrat und an den Tischen vorbei zu seinem Platz ging.

2

In ihrer ersten Zeit waren Sehnsucht und Lust so groß, dass sie keinen Tag ausließen. Die Concierge in dem Stundenhotel am Tiefen Graben riet ihnen, sich nicht um Punkt zu verabreden, am besten auch nicht um halb; Uhr:15 oder Uhr:45 wäre besser, um diese Zeit würden sie in der Lobby niemanden treffen. Bess sagte, ihr sei es egal, ob jemand sie hier sähe, und sie lächelte dabei nicht. Die Concierge zog die aufgemalten Brauen hoch, das klinge, als lege sie es darauf an, und theaterte zu Robert hin ein Gesicht, in dem er Bewunderung (für Bess wegen ihres Mutes oder für ihn, weil er so sehr begehrt wurde?), aber auch hämisches Mitleid über so viel Arglosigkeit las und ein Verschwisterungsangebot dazu – Sie und ich, wir Älteren, Erfahrenen, Abgebrühten … Sie sprach mit einem französischen Akzent, und es war nicht schwer zu erraten, dass sie eine entsprechende Filmwelt vorspielen wollte, die auch den Preis des Zimmers rechtfertigte. Robert antwortete nicht; ihm war jede Welt recht, je ferner der Realität, umso besser. In einem Gedankenblitz meinte er den ästhetischen, sozialen und auch metaphysischen Wert von Kitsch zu begreifen, bis in die Fingerspitzen durchrieselte ihn eine Erregung, die er nicht eindeutig zuordnen konnte, ob sexuell oder einen literarischen Ruhm antizipierend, wenn er sich denn entschlösse, diese Eingebung zu einem Essay auszubauen. Allmächtig und allkräftig fühlte er sich, unverbraucht im Neuen, das ihm um und um angeboten wurde, als wäre er ein Erwählter. Er zog die muffige Luft durch die Nase, das Parfum seines neuen Lebens: halbgefüllte Aschenbecher, Desinfektionsmittel, Aftershave, nach einem verschwitzten Tag im Büro rasch an die Wangen gepatscht: die Geruchsspuren anderer Erwählter, Betrüger wie er, mit denen er sich verbunden fühlte, wer immer sie auch sein mochten. Er hakte sich bei Bess unter, und sie presste seinen Arm an ihre Seite. Es würde noch genügend Zeit sein, zu diskutieren und Fragen zu stellen, auch solche, die nur sie beide stellten und sonst niemand. Ihre Zeit der Stammeleien und Lügen würde schon kommen – jetzt aber herrschte der Augenblick, der faustische Augenblick! Und wenn aus der Krone irgendwann ein Hut wird, werden wir uns bemühen, auch diesen mit Grandezza zu tragen …

Sie stiegen über die enge Treppe nach oben, er hinter Bess, den Zimmerschlüssel im Anschlag. Ohne dass sie darum gebeten hatten, hielt die Concierge ab ihrem dritten Besuch das Zimmer Nummer 8 ab 18:45 für sie reserviert, auch gewährte sie einen Preisnachlass für Stammkunden. Das Zimmer war in Weinrot gehalten, etwas schief geschnitten, die Tapeten zeigten reliefartige Rauten, barock verziert, der Blick durchs Fenster ging in einen verstaubten, verrußten Hinterhof (im Sommer dürfe man das Fenster getrost offen lassen, erklärte die Concierge, man habe frische Luft und könne nicht auf der Straße gehört und eventuell erkannt werden). An den Wänden hingen Fotografien aus alten Filmen – Orson Welles in *Der dritte Mann*, Barbara Stanwyck in *Frau ohne Gewissen*, Humphrey Bogart in *Casablanca*. Ein Radioapparat mit Player stand auf dem Nachttischchen, eingelegt eine CD mit Songs von Frank Sinatra, Dean Martin, Perry Como, Doris Day, den Andrews Sisters und anderen Stars aus den vierziger und fünfziger Jahren des letzten Jahrhunderts, die von der Direktion zusammengestellt und gebrannt worden war – für Stammkunden. In einer Schale war eine Handvoll Kaffeezuckerln.

Bevor sie sich nach drei Stunden anschickten, in ihr wirkliches Leben zurückzukehren, das Robert bald nicht mehr als sein wirkliches anerkennen wollte und auch nicht mehr zu können glaubte, lagen sie nackt auf dem Rücken und reichten einander die Zigarette von Mund zu Mund und lauschten in der Repeat-Schleife Perry Comos Song *Catch A Falling Star*, den sie zu ihrem Liebling erkoren hatten.

Irgendwann sagte Robert: »Das ist *meine* Wachtraumwohnung.«

Bess lächelte.

Und Robert lächelte auch. Aber er wünschte sich doch, sie hätte ihm geantwortet; irgendetwas, und wenn es nur gewesen wäre: meine auch. Und um ihr die Erfüllung seines Wunsches zu erleichtern, baute er um: »Das ist *unsere* Wachtraumwohnung.« Darauf reagierte sie nicht, nicht mit Worten, nicht mit Lächeln. Als hätte sie es nicht gehört.

Sie war ihm rätselhaft. Fast alles an ihr. Fast immer. Wenn sie sich die Haare aus dem Gesicht wischte und ihn ansah, aus den Augenwinkeln, selten frontal, dann war ihm, als gäbe sie einen schmalen Blick frei dort hinein oder hinunter, wo er seit über zwanzig Jahren berufsmäßig herumwühlte; nur glaubte er, er sehe zum ersten Mal eine Seele vor sich, eine wirkliche und wahrhaftige Seele, und er musste ein aufspringendes Schluchzen unterdrücken.

So leidenschaftlich sie beim Sex war – sie sagte ihm die schönsten, zärtlichsten Dinge, nichts Abgedroschenes, nichts Weithergeholtes (noch in ihren Umarmungen repetierte er die Worte im Kopf, um sie nicht zu vergessen), so wortkarg und distanziert gab sie sich, wenn sich abzeichnete, dass ihre Zeit im Zimmer Nummer 8 um war. Ihr Ausstieg war abrupt. Er hätte sich gern noch an sie geschmiegt, hätte gern ihre Haut gestreichelt, auch liebe Worte gesagt und ein paar liebe Worte gehört. Mehr als dass sie *gemeinsam eine* Zigarette rauchten, hatte er jedoch nicht durchsetzen können, und er meinte, sie ziehe hastig, um die Frist kurz zu halten. Und draußen auf der Straße küsste sie ihn nicht, nicht einmal flüchtig, ging in die andere Richtung ab, wenn er die eine einschlug. – Nein, schlechtes Gewissen war es nicht. Oder doch?

Er konnte sich ihr Verhalten nicht erklären. Er wollte es sich aber erklären, und darum fragte er.

»Ist es mehr als Sex zwischen uns?«, fragte er.

»Wenn du willst, ist es mehr«, sagte sie.

»Das will ich«, sagte er.

»Du bist verheiratet«, sagte sie.

»Du auch«, sagte er.

Was ihn schmerzte – und ärgerte: Sie brachte es nicht über sich auszusprechen, dass sie ihn liebe. Ihm dagegen fiel es schwer, es ihr *nicht* immer wieder zu sagen.

»Liebst du mich denn nicht?«, fragte er.

»Doch.« Sah ihn dabei aber nicht an.

»Sag es einmal! Einmal nur!«

»Ich hab dich lieb.«

»Sag: Ich liebe dich.«

»Was würde daraus folgen?«, fragte sie. Und nun sah sie ihn an.

Manchmal trafen sie sich zum Mittagessen oder zum Frühstück in einem Kaffeehaus – ins Café Sperl, sein Stammcafé in der Gumpendorferstraße, wollte sie nicht, das war ihm recht, er spielte aber den leicht Eingeschnappten, damit sie nicht merken sollte, dass es ihm recht war. Dann war sie prächtig gelaunt, lachte und knuffte ihn, beriet ihn kichernd bei der Wahl der Speise, klatschte sich auf den Bauch (der nicht vorhanden war) und sagte, sie esse nur einen Salat, naschte aber kräftig bei seinen Penne mit. Mit gar nicht leiser Begeisterung zeigte sie ihm, was er mit seinem Handy anstellen könne, lud ihm Apps herunter – eine Wasserwaage, die Online-Ausgabe vom *Standard*, der *Presse* und ein Probeabo der *Frankfurter Allgemeinen Zeitung*; sie erklärte ihm (nachdem sie sich »gekugelt« hatte, weil er das nicht wusste), was ein Posting ist und auch, wie er sich an der Diskussion über einen Artikel beteiligen könne. – Wer sie beide beobachtet hätte, wäre wohl der Meinung gewesen, sie seien Kollegen oder Geschwister, niemals aber ein Liebespaar. Dieses Verhalten verunsicherte und verstimmte ihn. Und war ihm wieder ganz und gar rätselhaft – eben weil sie ihm in diesen Momenten ganz und gar *nicht* rätselhaft war. Sie erschien ihm in solchen Momenten kaum hübsch.

Sie war drei Personen, sagte er sich: die Bess, nackt in seinen Armen, die außer sich geriet und ihm manchmal Angst machte in ihrem Zärtlichkeitsbedürfnis und ihrer Hingabe; die Bess, nackt neben ihm am Ende ihrer Zeit im Hotel, die sich jedes Wort abringen ließ und nicht mehr an Gemeinsamkeit duldete als die gemeinsame Zigarette; und die Bess »tagsüber«, eine Freundin, die drauflos plapperte, ohne eigentlich etwas zu sagen, über Politik und Mode genauso wie über die neuesten Produkte der Firma Apple, die Frisuren von Fernsehmoderatoren oder attraktive Urlaubsdestinationen im Indischen Ozean – nur nicht über ihre Arbeit als Künstlerin und nicht über ihre Familie und, seltsam genug: nicht ein Wort über ihre »sogenannten« Panikattacken. Wenn er danach fragte, sah sie ihn an und schwieg, als wäre in ihr ein Schalter umgelegt worden, und ihre Augen blickten herausfordernd und, wie er nicht umhin konnte, sich einzugestehen, böse; böse Gedanken sah er darin, weil erpresserische, in Sprache übersetzt: Um all deine Fragen beantwortet zu bekommen, mein Lieber, musst du zuerst einige Bedingungen erfüllen. – Was für Bedingungen?

Er schaute sich selber zu und sah einen Mann, der eine Frau zwingen wollte zu sagen, dass sie ihn liebe. Er schaute sich selber zu und sah einen Mann, der alle Kraft aufbot, eine Frau nicht zu fragen, was sie denkt. Er war ein Mann, der sich zweimal am Tag rasieren musste, wollte er ab Mitte Nachmittag nicht wie ein Finsterling aussehen; er war ein Mann, der sich vor zwei Jahren den Schnauzbart abgeschabt hatte, der ihn freundlicher hatte aussehen lassen und auch ein bisschen komisch, manche in seinem Alter fühlten sich an Groucho Marx erinnert, wenn sie sein Gesicht perlustrierten. Bess sagte, er gefalle ihr am besten mit einem Dreitagebart. Er verheimlichte ihr, dass dieser »Dreitagebart« bei ihm höchstens ein Tag alt war, dass er nach drei Tagen aussehe wie ein Terrorist und nach einem Monat wie Karl Marx; er vermutete, dass sie weder ein Bild in sich hatte von den guten alten RAF-Terroristen aus den siebziger Jahren des letzten Jahrhunderts noch eines von dem Moses des Kommunismus. Aber von nun an rasierte er sich an den Nachmittagen nicht mehr, damit seine Geliebte an den Abenden das Gesicht vor sich hatte, das sie sich wünschte.

»Apropos rätselhaft«, kommentierte Sebastian Roberts Erzählung. »Erscheint einem Egozentriker nicht jede andere Person rätselhaft?«

3

Tagsüber schwankte er durch einen Zustand, den er als wirklich und zugleich unwirklich erfuhr, ohne dem einen oder anderen zu trauen – *es kann doch nicht sein, dass ich der Mittelpunkt der Welt bin!* Als bewegte er sich in allein für ihn Geschaffenem. Die Musiken, die ihn streiften, passten wie auf seine Gedanken und Fantasien komponiert, gaben ihnen Plastizität und Sehnsucht; Gesprächsfetzen von Passanten kommentierten seine Gedanken, Werbeflächen illustrierten sie und luden ihn ein in den Kreis der Menschen, die *heute* lebten, *jetzt*, als wäre er ein verlorener Sohn, im Begriff, endlich aus den alten Büchern heimzukehren. Wie er den Schirm hielt und mit der anderen Hand den Mantelkragen um seinen Hals schloss: eine Figur aus einem Roman von Dashiell Hammett oder John Updike oder aus einem alten Schwarzweißfilm; in einem spiegelnden Schaufenster ähnelte er Franz Kafka – im Badezimmerspiegel zu Hause in der Garnisongasse allerdings wieder dem armen Walter Benjamin, dessen ruinöses Verhältnis zu Asja Lacis wie ein Menetekel über der harmlosen Tätigkeit des Zähneputzens schwebte. (Er hatte empört Luft ausgestoßen, für sich aber zufrieden zugestimmt, als Sebastian irgendwann zu ihm sagte: »Du siehst aus wie Walter Benjamin, nur schlanker.« Von nun an hatte er seine Brillengestelle nach dem Philosophen ausgesucht.) Allmählich trat sein Bild aus dem alten, wohlbehüteten, zum Sterben langweiligen Schwarzweiß in die gegenwärtige Buntheit eines Supermarktschaufensters, und das war gut so, gut so, gut so …

In seiner Praxis in der Girardigasse hörte er sich das »Sprachwerk« seiner Patienten an und hüllte sich in die Maske des Fachmanns und Retters. Hatte Erbarmen mit den Mänteln, die in der Garderobe hingen und von der Einsamkeit ihrer Besitzer erzählten oder von der Sorge des Ehemannes oder der Ehefrau, die oder der zu Hause wartete und betete, dass es ihrem Liebsten oder ihrer Liebsten nach dem Besuch bei Dr. Lenobel bessergehe, dass er, dass sie ein Stück weitergekommen sei. In Tränen brach er aus – bildlich –, weil es bei ihm so lange gedauert hatte, bis in sein vierundfünfzigstes Lebensjahr hinauf, du meine Güte, bis er endlich die Liebe erfahren durfte. Absichtlich sagte er »dürfen« und erlaubte sich in der glücklichen Resignation des endlich heimgekehrten verlorenen Sohnes die Einsicht, dass dieses Wort ohne den Begriff »Gnade« nicht auskam, welche wiederum ohne einen Gott keinen Halt und keinen Sinn hatte. Plötzlich glaubte er an Gott! Er nahm ein neues Notizbuch aus der Lade und schrieb:

Plötzlich glaube ich an Gott.

Erst hatte er schreiben wollen: Plötzlich glaubte er an Gott. Oder: Plötzlich glaubt er an Gott. Entschied sich aber für das Präsens und die Ich-Form – und fühlte sich wie sein eigener Patient, zu dem er, wär er's, nun sagen würde: Wir haben viel geschafft, wir sind tatsächlich ein gutes Stück weitergekommen! Er erinnerte sich, dass er vor wenigen Tagen erst Hanna gepredigt hatte, die Verwendung des Wortes »plötzlich« verrate schlechten Stil und geringes Denkvermögen, denn in der Realität existiere kein Äquivalent dafür, selbst eine Explosion sei nichts Plötzliches. Und auch daran erinnerte er sich: »Wer von Gott redet, der hat keine Ahnung, wovon er spricht.« Das war einst eine von Dr. Robert Lenobels Lieblingssentenzen gewesen – *war gewesen, war gewesen*; das Plusquamperfekt ist der Besen, mit dem die Erinnerung ausgefürbt wird. Nun fühlte er sich weise und notierte unter den ersten Satz, während realiter eine Patientin ihm gegenübersaß und von ihrem realen Unglück sprach:

Nur sehr glückliche und sehr unglückliche Menschen glauben an Gott.

Und blickte auf das tränenüberflutete Gesicht der Frau, die in ihm ihren Retter sehen wollte, und war ohne Rührung – er konnte niemandem helfen; niemand konnte jemandem helfen; Hilfe, wenn der Mensch sie erfuhr, *erfahren durfte,* kam immer von oben – wie die Liebe: eine Gnade!

4

Wahrhaftig, er übte einen lügenhaften Beruf aus! Ums Haar hätte ihm dieser Beruf sein Glück vermasselt! Sein Beruf hatte gesagt: Du darfst nicht! Sein Gott hatte gesagt: nimm! Beruf contra Berufung, Wissenschaft contra Religion. Als könnte die Psychoanalyse mehr Wahrheit für sich beanspruchen als der Talmud oder der Koran oder die heiligen Schriften der Hindus oder die Briefe des Apostels Paulus. Mose hatte sich im Alter von 100 Jahren eine neue Frau genommen, eine zwanzigjährige Kuschitin; seine Frau Zippora war in Raserei verfallen, sein Bruder Aaron und seine Schwester Mirjam hatten ihn mit Vorwürfen eingedeckt, aber Gott hatte es gutgeheißen (konnte man jedenfalls in Thomas Manns Erzählung *Das Gesetz* nachlesen, wenn er sich recht erinnerte). Er war dagegen nur knapp zwanzig Jahre älter als Bess – wie sich Hanna verhielte, würde sie davon erfahren, wagte er sich nicht einmal auszumalen. Seine Schwester Jetti aber, da war er sich gewiss, und wurde von einer »plötzlichen« Rührung ergriffen, würde auf seiner Seite stehen, gegen Hanna, gegen die Kinder, gegen die zynisch nüchternen Ratschläge seiner eigenen Profession, die er so oft gegen Jetti ins Feld geführt hatte, gegen die ganze Welt. Wie ein von einem falschen Gott abgefallener Theolog fühlte er sich, der sich gerade rechtzeitig dem richtigen zugewandt hatte, dem Gott der Liebe, dem der Gläubige nicht näher steht als der Zweifelnde. Befreit von Freud und seinen Heerscharen fühlte er sich, befreit vor allem von deren Wortschöpfungen, die nichts anderes waren als hinter einem Als-ob aus wissenschaftlichem Jargon sich duckende archaische Beschwörungsformeln eines undurchschaubaren Kultes um Todessehnsucht und ein goldenes Kalb mit dem Namen Trieb. Dann schon lieber Gebete. Helle Gebete. Gott, der richtige, gibt die Liebe, die Psychoanalyse verbegrifflicht sie zu einer Art Geisteskrankheit, die erfahrungsgemäß zwei bis drei Monate dauert.

Das Resümee: Die Wissenschaft der Seele besteht genau und randvoll aus nichts anderem als aus all den Vorurteilen, die von Anfang an auf sie gerichtet waren wie die Gewehrmündungen eines Pelotons! Psychoanalyse ist Religion, die behauptet, sie sei keine, aber so tut, als wäre sie eine, dachte er und tat, als hätte er das nicht immer schon gewusst. Sie streitet es zwar vehement ab, tut aber so, als hätte sie eine Vorstellung, wie der Mensch innerlich geordnet sein könnte. Was ist meine Wissenschaft anderes als eine verschämte Sammlung von Zitaten, wörtlichen und bildlichen, Symbolen und Allegorien, die sich vor das nackte Empfinden drängen, als wäre dessen Anblick wie das abgeschlagene Haupt der Medusa nicht zu ertragen? Und hatte gleich ein weiteres geliehenes Bild vor sich: Christus, der über den Gräbern schwebt und den Toten eine Rede hält, dass kein Gott sei – ein Traumbild: Der Erlöser war er selbst, die Toten waren seine Patienten, die Rede war endlich die Wahrheit, nämlich, dass er ihnen nicht helfen konnte; dass er ihr Erlöser nicht ist. Dass er ihr Erlöser nicht sein will. Und auch nicht ihr Killer.

Und schrieb in sein neues Notizbuch unter die ersten Sätze (diesmal in dritter Person und im Präteritum):

> *Frei war er.*
> *Verwirrt war er.*
> *Keine Macht über sich selbst hatte er.*
> *Keine Macht über sich selbst wollte er.*
> *Nicht mehr wollte er sich selbst hintergehen.*
> *Nicht mehr wollte er das Glück prüfen.*
> *Frei war er!*

Fühlte trotzdem im Nacken den Klammergriff des Gewissens, das sich nicht beschwichtigen ließ, auch nicht, nachdem ihm sein alter Name wiedergegeben worden war: Du tötest, heiserte es ihm ins Ohr, das darfst du nicht, du killst deine Frau, deine Kinder, du tötest ihren Mann und ihre Kinder, das darfst du nicht! Wer einem Menschen die Liebe nimmt, nimmt ihm das Leben!

Manchmal überfiel ihn das Schluchzen am helllichten Tag mitten auf dem Naschmarkt oder in der U-Bahn, in der Tabaktrafik (wenn er für Bess eine Schachtel rote Gauloises kaufte, von der sie beide rauchten): Was vorher war, es war nicht wert gewesen, dafür zu leben. Er dachte an die Geburt seiner Kinder, an die besten Stunden mit Hanna, die er damals als glückselig empfunden hatte – Hanna: »Ich habe uns eine Flasche Champagner kalt gestellt.« Er: »Ich mag keinen Champagner.« Sie: »Ach so.« –, und er ihr um den Hals gefallen war, weil er glaubte, nichts in seinem Leben habe ihn je so tief berührt wie diese Enttäuschung in ihrer Stimme und ihrem Gesicht. Es war alles zusammen ohne Liebe gewesen, und alles zusammen war null, wie auch die Million rein nichts ist, wenn man die 1 vor den sechs Nullen wegnimmt.

Er war voll Sorge, voll Pflichtgefühl, voller Ambitionen, voll von Zukunft und Vernunft, voll mit Plänen, voll Verantwortung, hochgerüstet mit Argumenten, gepanzert mit dem Wonnegefühl, das ihm sein Zynismus gab, er war Teil eines Gespanns, Teil eines Teams, er war Vater, er war Ehemann, er war voll Anstand und Würde gewesen – aber ohne Liebe. Und sein Leben lang hatte er sich am Rand der Wahrheit gefühlt.

Vor Hanna verkündete er strahlend, er habe endlich begonnen »sein Buch« zu schreiben. Nun war sie es, die ihn umarmte und über die Stoppeln auf seinem Gesicht streichelte und ihm riet, den Schwung zu nützen und die Abende in der Girardigasse zu verbringen.

»Ich sehe doch«, sagte sie, »es macht dich glücklich. Schon sehr, sehr lange hast du nicht so glücklich ausgesehen. Wann liest du mir etwas vor?«

»Ah!«, rief er aus und zierte sich wie ein Sechzehnjähriger, der seine ersten Gedichte in der Brusttasche mit sich herumträgt, »das dauert noch.«

»Und welches Thema?«, fragte Hanna weiter – ohne jeden Verdacht und ohne Absicht, irgendetwas an ihm kleinzureden, sondern neugierig, bewundernd, stolz, bejahend.

Und er? Ohne Scham und ohne Zweifel an sich selbst, und ohne auch nur eine Sekunde nachzudenken, antwortete: »Ich habe dir von dem französischen Philosophen René Girard erzählt, erinnerst du dich, und von seiner Theorie des Sündenbocks. Du erinnerst dich doch? Darüber möchte ich schreiben.«

Er hatte das Buch irgendwann besorgt, er wusste nicht mehr, ob er es sich vom ZVAB oder von Amazon hatte zuschicken lassen, wahrscheinlich hatte er es im Antiquariat Hasbach in der Wollzeile gekauft oder in der Buchhandlung *Leporello* in der Singerstraße – bei *Leporello*, jetzt fiel es ihm ein, die kundige Frau Schöberl hatte es ihm empfohlen –, es lag in seinem Büro auf dem Schreibtisch; nicht ein einziges Mal hatte er hineingeschaut, und mit keinem Wort hatte er das Buch Hanna gegenüber erwähnt … – Die Gabe der Sekundenlüge, das brauchte ihm, dem alten Hasen, keiner zu erklären, war aggressiven, paranoiden Charakteren gegeben, denen nach Macht verlangt und die keine Lücke, keine Kerbe, keine weiche Stelle bei denen übersehen, die mit ihnen sind.

Abgesehen davon: Wer sagte denn, dass sein neues Notizbuch nicht ein Anfang hin zu einem Buch war? Musste ja nicht gleich etwas Noch-nie-Dagewesenes sein. *Könnte* aber etwas Noch-nie-Dagewesenes werden ...

5

So sei es gewesen.

Jeden Tag trafen sie sich, am Abend für zwei, drei Stunden im Hotel – außer Samstag und Sonntag. Am Wochenende passe es ihr nicht, sagte Bess. Einmal nur sagte sie es, dann nie wieder. Er hatte auch nur einmal nachgefragt. Es sei wegen der Familie, hatte sie geantwortet, korrekt zitiert: »Wegen der *family*.« Dass sie den englischen Ausdruck verwendete, sollte wohl, meinte er interpretieren zu dürfen, ein Befinden zwischen ihnen entschärfen, das durch das deutsche Wort ungemütlich hätte werden können – wie wenn einer sagte, er sei »happy«, um nicht das heilige Wort zu verwenden, das nur dem wahrhaftigen Empfinden vorbehalten war und an dem man nicht jeden teilhaben lassen möchte. Dieser Vergleich sei ihm eingefallen. Die Familie ist ihr heilig, habe sie ihm andeuten wollen. Geglaubt habe er ihr nicht.

In den ersten Wochen waren sie niemandem begegnet, der Bess kannte, und niemandem, der Robert kannte. In der Welt, in der sie beide lebten, lebten nur sie beide (und die Concierge des Orient Hotels). Sie betraten das Hotel nie gemeinsam, immer war Robert vor Bess da, er bezahlte das Zimmer und wartete in der Bar, den Mantel ließ er an, vor sich auf dem Tischchen Notizbuch und Bleistift; nachzudenken und die Gedanken niederzuschreiben, würde ihm das Warten erleichtern. An der Art, wie die Tür zum Hotel geöffnet wurde, erkannte er sie. Er hörte ihren Atem, sie hatte sich beeilt, hörte das

Klacken ihrer Schuhe, hörte, wenn sie das Wasser vom Schirm schlug. Sie gingen aufeinander zu und pressten sich aneinander. Einmal in der Woche stand eine Flasche Wein in ihrem Zimmer, ein Präsent der Direktion oder ein persönliches Geschenk der Concierge, die ihre Hand über sie hielt und gern so getan hätte, als wären sie Verfolgte.

Immer öfter aber verabredeten sie sich auch zum Mittagessen. Irgendwo im ersten Bezirk war das Atelier von Bess, das wusste er, manchmal kam sie in Arbeitskleidung, als Accessoire eine Baskenmütze auf dem Kopf, Hose, Pullover, Schuhe (derb) und Hände voll Farbflecken, so gefiel sie ihm besonders, und er sagte es ihr, weil er nicht glauben wollte, dass dieser Aufzug keine Botschaft enthalte, schließlich war auch ein Farbfleck auf der Nasenspitze, aber sie schnitt gleich ein anderes Thema an und sein Wort ab, und er wusste warum: Damit er nicht nach ihrer Kunst fragte oder gar, ob sie ihn in ihr Atelier einlade, allerdings, warum sie das nicht wollte, das konnte er sich nicht denken, und das nächste Mal kam sie wieder wie aus der *Vogue* gestiegen.

Auch von ihren Panikattacken sprach sie nicht mit ihm. »Das geht dich nichts mehr an«, hatte sie auf seine Frage geantwortet. »Du bist nicht mehr mein Therapeut und nicht mehr mein Analytiker.«

»Das stimmt nicht ganz«, hatte er sich spitzfindig geben wollen, »in einer Liebesbeziehung analysiert einer den anderen und das andauernd.«

Da war sie mitten auf der Straße stehen geblieben, ein BMW musste einen Bogen um sie herum machen. »Haben wir eine Liebesbeziehung?«, fragte sie mit einem Staunen im Gesicht, so aufrichtig, als wäre das Staunen in diesem Moment erfunden worden, und er, er wusste, nie hatte jemand die Fenster seines Herzens so weit aufgerissen.

»Das haben wir«, sagte er.

»Sind wir ein Liebespaar?«

»Das sind wir.«

Und sie waren weitergegangen, untergehakt, die Schultern hochgezogen, eng beieinander, Gesicht gesenkt und einander zugekehrt gegen das Schneetreiben. Bess hatte ihn gelenkt und in ein Schuhgeschäft geführt und ihn auf ein Paar gefütterte Winterstiefel eingeladen – wie sie es nannte.

Robert hatte Bess nicht von Hanna erzählt, überhaupt nichts von seiner Familie hatte er erzählt, da folgte er ihrem Beispiel, er vermutete aber, dass sie die Buchhandlung in der Dorotheergasse kannte und auch wusste, wer sie führte. Er bildete sich ein, sie habe irgendwann eine Andeutung gemacht – am Anfang (die »Bess vom Anfang« war in seiner, nicht einmal zwei Monate alten Erinnerung eine andere, aber auch er war sich rückblickend ein anderer, der »Robert von damals«, ein Weitentfernter). Sie las gern, hatte auch immer ein Buch bei sich, Romane von zeitgenössischen Autoren, die er aber allesamt nicht kannte. Wenn sie davon erzählte, fiel es ihm schwer zuzuhören. Sie mieden die nähere Umgebung von *Lenobel & Bonheim*, mieden die bekannten Kaffeehäuser und Restaurants. In einem unscheinbaren kleinen Bistro beim Donaukanal in der Nähe der Urania gefiel es ihnen. Von dort war es auch nicht allzu weit zum Hotel am Tiefen Graben, sie bewegten sich sozusagen im eigenen Revier.

Alles war immer gleich. Nichts deutete auf eine Veränderung hin. Nichts auf eine Vermehrung, nichts auf eine Verminderung, kein Verlangen reichte über die Gegenwart hinaus. Nicht, dass ihn das gestört hätte. Wenn er etwas Zeit hatte, ehe er zurück in die Praxis musste, spazierten sie unten am Kanal entlang, vorbei am Graffiti-Dschungel auf der Mauer zur U-Bahn. Sie waren eindeutig als Liebespaar zu identifizieren – sie ihren Arm um seine, er seinen um ihre Schulter. Nur an wenigen Tagen, seit sie sich kannten, hatte die Sonne geschienen. Der Regen und das Graue, der Schneematsch, der schiefe Wind, die Nässe und die Kälte seien nur, damit sie nichts voneinander ablenke, sagte Bess.

»Gemacht für uns.«

Er musste an sich halten, um nicht väterlich zu lächeln. Kindliche Poesie traute er ihr nicht zu – traute er keinem Erwachsenen zu – ausgenommen seiner Schwester Jetti. Bei nächster Gelegenheit aber wiederholte er vor ihr genau diese Worte – »Ich kann mich an eine so lange Schlechtwetterphase nicht erinnern. Du schon? Gemacht für uns, damit uns nichts von uns ablenken soll!« – und bekam nicht Zustimmung, sondern einen verwunderten Blick, als wäre es mit ihm durchgegangen.

6

Natürlich gab es Dinge, die ihn störten. Sicher gab es auch Dinge, die sie störten. Ihn störte, dass sie oft telefonierte – wenn sie mit ihm war. Er schaltete sein Handy auf lautlos, sobald er sie das Bistro betreten sah, und wenn er während des Essens das Vibrieren in der Jackentasche spürte, ignorierte er es. Sie hingegen – rechnete er sich vor, wenn er wieder allein war – hatte alle paar Minuten auf das Display geschaut, ob eine SMS eingetroffen war oder was auch immer, und wenn sie angerufen wurde, hielt sie sich nicht kurz, wie er es erwartete und wie er es doch auch erwarten durfte, nicht selten stand sie vom Tisch auf und ging hinaus und kam nach einer öden Viertelstunde zurück, während er wie ein Idiot ihrem Züricher Geschnetzelten beim Kaltwerden zugesehen hatte.

»Mit wem telefonierst du denn so lange?«, fragte er.

»Es ist nicht wichtig«, sagte sie und blickte ihn an, feindselig, bereit, irgendetwas, das ihr wert schien, verteidigt zu werden, zu verteidigen.

»Aber wenn es nicht wichtig ist, warum kannst du ihm das nicht sagen? Er soll dich in einer Stunde anrufen, wenn ich weg bin!«

»Es ist kein Er. Es war eine Freundin von mir.«

»Ich bin nicht eifersüchtig«, sagte er und wunderte sich, dass sie eine Freundin hatte, und wunderte sich zugleich über sich selbst, dass er sich darüber wunderte, »weder auf einen Er noch auf eine Sie bin ich eifersüchtig. Wenn, dann auf ein Es, konkret: auf dieses Ding in deiner Hand.«

»Aber wir beide telefonieren doch auch miteinander. Mit diesem Ding.«

Sehr oft sogar telefonierten sie miteinander oder schickten einander Nachrichten, die ersten Botschaften des Tages und die letzten.

»Ist es sehr überheblich von mir, wenn ich glaube, das ist etwas anderes?«

»Nein«, sagte sie und schaltete das Handy auf lautlos und ließ es in ihre Tasche gleiten, »das ist es natürlich nicht. Sei einfach ein bisschen nachsichtiger mit mir. Geht das?«

Aber er war nicht nachsichtig, nach einer Minute fing er wieder damit an.

»Es verletzt mich, wenn das Ding klingelt und du aufspringst, als hätte dir jemand das Codewort zu einem posthypnotischen Auftrag mitgeteilt, und zack, bist du schon draußen auf der Straße und redest eine halbe Stunde lang in das Ding hinein und merkst nicht einmal, dass es regnet. Würdest du mit mir draußen stehen, würdest du sagen, gehen wir hinein, es regnet.«

»Eine halbe Stunde lang habe ich nicht telefoniert. Nicht einmal zehn Minuten.«

»Schau auf dein Handy!«

»Tut mir leid«, sagte sie, »tut mir wirklich leid, du.«

Das war ihm zu wenig, das Rad in ihm hatte Schwung aufgenommen und war nicht mehr zu bremsen. Er stand auf und sagte, als wäre ihm dieser Gedanke eben erst gekommen:

»Was denkst du, wie lange wird unsere Beziehung dauern?«

Er sagte »Beziehung«, weil sie das wünschte. Für eine Affäre sei sie nicht zu haben, hatte sie ihm schon nach ihrem ersten Treffen erklärt. Er hätte gern »Affäre« gesagt, um sie zu kränken, wie sie ihn kränkte, aber dann hätte er die Kontrolle über ihr schlechtes Gewissen verloren und wäre selbst in die Defensive geraten.

»Warum fragst du, Robert?« Sie sah zu ihm auf mit offenem leerem Blick. Er triumphierte, weil sie weiß im Gesicht wurde. War dann aber doch beunruhigt, als er bemerkte, wie sehr ihre Hände zitterten.

»Was stört dich an mir?«, fragte er.

»Mich? An dir!«, rief sie – sie hatte eine schöne Stimme, wenn sie dunkel war, die schönste Stimme, die er kannte; nicht aber, wenn sie in höhere Tonlagen stieg. »Nichts. Nichts stört mich an dir! Warum

fragst du solche Sachen, Robert? Ich hab dich doch lieb. Mich stört
nichts an dir. Dich stört vieles an mir. Das ist nicht fair.«

»Ich wünsche mir, dass unsere Beziehung lange dauert«, sagte er,
obwohl er in diesem Augenblick nicht hätte darauf schwören wollen.
»Und weil ich mir das wünsche ...«

»Du bist intolerant«, unterbrach sie ihn, die Stimme nun am Rand
der Hysterie. »Was ist schon dabei, wenn ich manchmal telefoniere?«

»Du telefonierst nicht manchmal. Du telefonierst manchmal nicht.«
Eine sadistische Lust ergriff ihn, nun wollte er mehr sehen als ihr weißes Gesicht, mehr als ihre zitternden Hände, mehr hören als ihre angst-
erfüllte Stimme. »Ich schlage vor«, sagte er, »wir treffen uns in Zukunft nicht mehr zum Mittagessen. Du hältst es nicht aus, ohne zu
telefonieren. Und ich sitze vor dir wie ein Idiot. Du ärgerst dich über
mich, ich ärgere mich über dich. Das sollten wir vermeiden.« Er machte
ihr sogar zum Vorwurf, dass sie ihm sein verlogenes Theater glaubte.

»Ich will in mich gehen«, sagte sie und griff schnell nach seiner
Hand, und die Tränen rannen, und wieder nahmen sie die Schminke
restlos mit. Und ihm war, als hätte sie an sein Herz gegriffen und den
Gram darin gelöscht, und wieder war er sich gewiss, nie in seinem
Leben einen Menschen so sehr geliebt zu haben wie Bess, und er umarmte sie und sagte, es tue ihm leid, und sie sagte, nein, es tue ihr leid,
und er sagte, nein, es tue ihm leid, und sie sagte, nein, ich, und er sagte,
nein, ich.

Nachdem sie sich verabschiedet hatten, stand er eine Weile, den
Rücken am Geländer zum Donaukanal, Nieselregen fiel auf sein Gesicht, er hielt sich den Mantelkragen zu, die Spitze des Stephansdoms
verschwand im Nebel. In ihren Abschiedskuss hinein hatte sie gesagt:
»Kannst du dir vorstellen, dass wir irgendwann zusammenleben?« Er
war ihr dankbar, dass sie seine Antwort nicht abgewartet hatte, sondern davongestöckelt war; leicht und voll Zuversicht war ihr Gang
gewesen, als hätte ihr soeben jemand die Liebe erklärt und nicht einen
Zirkus gemacht wegen so einer Nichtigkeit wie einem Mobiltelefon.

Er war glücklich. Auch weil er mächtig war. Und er war unglücklich.
Eben weil er mächtig war. Er war glücklich, weil das Gefühl der Macht

seinen Geist aufputschte (wie es bei aggressiven, paranoiden Charakteren der Fall ist). Er war unglücklich, weil das so war. Ich werde in mich gehen, dachte er, ich werde in mich gehen. Er stieg beim Schwedenplatz in die U4 und fuhr bis zum Karlsplatz, von dort ging er zu Fuß durch den Schneematsch zu seiner Praxis in der Girardigasse und hatte eine halbe Stunde für sich, ehe der nächste Patient kam.

Irgendwo hatte er gelesen – ihm fiel nicht ein wo, und ihm fiel nicht ein, wer der Autor war oder ob es in einem Märchen war, aber der Wortlaut fiel ihm ein:

Noch sprach kein krankes Auge: »Mir tut das Auge weh!« Und der kranke Kopf sagte noch nicht: »Mir tut der Kopf weh!« Die alte Frau sagte noch nicht: »Ich bin eine alte Frau.« Und der alte Mann klagte noch nicht: »Ich bin ein alter Mann.« Es gab noch kein Alter, keine Krankheit und keinen Tod.

7

Er erinnerte sich an den bitteren Ton, mit dem Bess bei ihrem ersten Telefongespräch einige Halbsätze über ihr Zuhause hatte fallen lassen. »Schön ist es dort, nicht schön ist es dort, schön ist es dort, nicht schön ist es dort ...« Solches scheinbares Sich-selbst-Widersprechen erwies sich in den meisten Fällen als Formel, die auf eine Bedrängnis hinwies. Er hatte ähnliche, auch extreme Fälle erlebt; einer seiner Patienten, der ihn seit vielen Jahren konsultierte (»das fette Sorgenkind«, wie er ihn bei sich, nur bei sich, nannte), hatte, als er zum ersten Mal von seiner Kindheit zu erzählen begann – über ein Jahr lang hatte es gedauert, bis er das Wort »Vater« aussprechen konnte – laut, und wie er sich mithilfe der Protokolle erinnerte, in zwölfmaligem (!) Wechsel gesagt: »Eine wunderbare Kindheit, eine furchtbare Kindheit, eine wunderbare Kindheit, eine furchtbare Kindheit ...« In solchem Hell-Dunkel irisierte das Gewissen (das sich auch nach hundert Jahren Scheidung von der Religion und zweiter Ehe mit der psychoanalytischen Wissenschaft nicht an seinen neuen Namen, »Über-Ich«, hatte gewöhnen können), ein doppeltes schlechtes Gewissen sogar: einmal denen gegenüber, die Schuld hatten, dass die Kindheit furchtbar war und die durch die endlich ausgesprochene Wahrheit bloßgestellt wurden, weswegen sich der Patient als Verräter fühlte; zum anderen dem Therapeuten gegenüber, der sich die Zeit nahm, fremdem Elend zuzuhören, und der deshalb – ähnlich dachten die meisten Patienten – ein Recht hatte, die Wahrheit zu erfahren. Der wahre Weg geht über ein Seil. Aber noch etwas kam hinzu: ein kulturgeschichtlicher, ein anthropologischer Aspekt – Dr. Lenobel hielt die folgenden Überlegungen für tiefschürfend genug, um sie irgendwann in einem Aufsatz breit darzulegen (zum Beispiel für das *Journal für Psychoanalyse*, das in Zürich und Gießen von höchst kompetenten Leuten herausgegeben wurde, die sich erst vor kurzem mit der Bitte um einen Beitrag an ihn gewandt hatten): Die Tatsache, dass der Patient sein Über-Ich in zwei miteinander konkurrierende, antagonistische Instanzen aufspaltete, die ihm keine Möglichkeit ließen, sich ohne schlechtes Gewissen für das eine oder andere zu entscheiden, war offensichtlich und zog die Aufmerksamkeit zu offensichtlich auf sich, um nicht Verdacht zu schöpfen, dahinter verberge sich etwas tiefer Wurzelndes, etwas Archaisches; etwas, das die Tragödie des vordergründigen Dilemmas überstieg, so weit überstieg, dass zur Deckung und Ablenkung eine schwere Mauer hochgezogen werden musste, um die »wahre Absicht« dieses ewig Waltenden der *conditio humana* nicht hindurchschimmern zu lassen. Aufschluss gab die Wiederholung. Er erinnerte sich an keinen Fall solcher Hell-Dunkel-Beschreibung eines Sachverhalts, einer Person oder eines Lebensabschnittes, bei dem sich der Patient oder die Patientin mit einer Einmalnennung der einander widersprechenden Aussagen begnügt hätte. Immer wurde wiederholt. Zunächst laut, in den meisten Fällen darüber hinaus leise weiter, wie er an den Lippenbewegungen hatte ablesen können. Manchmal so lange, bis er unterbrach. Dem Dilemma wurde also die Figur der Schleife gegeben. Die Schleife übernahm die Macht über das Bewusstsein und löschte damit den Inhalt des Gesagten aus, das nun nur mehr einem zwanghaften, quasi

musikalischem Automatismus folgte. Die Wiederholung aber erzeugte einen Rhythmus; und der wiederum löste den Zwang, der von
der Schleife ausgeübt wurde, und erschuf eine neue Form. Diese nun
zeigte etwas Überraschendes, das er nicht erwartet hatte: Sie erinnerte
an das Gebet. Die Verwandlung vom Dilemma in die Schleife, von der
Schleife in einen Rhythmus und endlich vom Rhythmus in das Gebet
ging erstaunlich schnell vor sich, geschah bereits in den ersten paar
Wiederholungen. Er beobachtete, wie der Rhythmus auf den Körper
übergriff – würde man den Ton wegschalten, ein Zuseher hätte glauben können, er habe einen Juden vor sich, der sich gemäß dem Psalm
35, 10 benimmt – *Alle meine Gebeine sollen sagen: HERR, wer ist dir
gleich?* –, indem er mit dem Oberkörper vor- und zurückschaukelt,
fehlten nur Tefillin und Kippa ... – Ab hier lieferten seine Gedanken
nur Stichworte. – Was ist Tragödie? Sich nicht entscheiden können –
nicht, weil es an Kraft und Wille fehlt, sondern weil die Alternativen,
seien es zwei oder mehrere, gleichermaßen Unheil bringen. Das Unheil ist die zwingende Folge der Tragödie. Aus der Tragödie entsteht
das Gebet. Und aus dem Gebet entsteht Gott. – Und ab hier nur sehr
vage: Das Dilemma ist eine logische Schleife. Auch Gott ist der Logik
unterworfen. Oder aber nicht ... und so weiter und so weiter ... es soll
Wunder geben ... was ist ein Wunder anderes als ein Brechen der
Naturgesetze, eine Verneinung der Logik ... und so weiter und so
weiter ...

Mit Sebastian hatte er sich öfter und ausführlich darüber unterhalten. Der Schriftsteller verstand ein bisschen etwas von Mathematik.
Er hatte ihn darauf hingewiesen, dass Bertrand Russell und Alfred
North Whitehead vor hundert Jahren über Dilemmata in der Mathematik geschrieben haben, womöglich könnte einiges gefunden und
eingearbeitet werden. Er hatte gegoogelt und Hanna gebeten, ihm das
Buch *Principia Mathematica* dieser beiden Mathematiker und Philosophen zu besorgen, ein Suhrkamp Taschenbuch mit 200 Seiten – es
beinhaltete aber nur das Vorwort und die Einleitung zum eigentlichen
Werk, das mehrere Bände und mehrere tausend Seiten umfasste und
in deutscher Sprache nicht zu kriegen war. Da sank ihm der Mut. Hätte

er seiner Selbsteinschätzung und seiner Stimme freien Lauf gelassen, wäre wahrscheinlich herausgekommen: Klug bin ich, dumm bin ich, klug bin ich, dumm bin ich …

8

Einmal traf er Bess zufällig auf der Straße. Am Neuen Markt. Vor dem französischen Restaurant *Le Bol*. Sie war nicht allein. Es war früh am Tag, kurz vor acht, Robert war auf dem Weg zu seiner Steuerberaterin. Bess wartete zusammen mit einer Frau und einem Mann, bis das Bistro öffnete. Als sie ihn sah, klatschte sie in die Hände, lief auf ihn zu und umarmte ihn, als hätte sie ihn lange nicht gesehen – am Abend zuvor waren sie im Hotel gewesen. Sie trug Arbeitskleidung und hatte einen Farbfleck auf der Wange. Entweder hatte sie schon gearbeitet oder sie hatte sich auf Malerin geschminkt. Sie stellte ihm den Mann und die Frau vor. Sie seien Kunden, sagte sie. Der Mann war jung, gerade dreißig, schätzte er. Er war sehr elegant gekleidet, etwas geckenhaft, altmodisch.

Bess sagte über Robert: »Mein liebster Freund, er ist Psychoanalytiker, der beste in Wien, der klügste Mann, den ich kenne.« *Liebster, Bester, Klügster …*

Der Mann stellte sich mit einem französischen Namen vor. Bess sprach mit ihm Französisch. Die Frau wirkte genervt, als warte sie, bis endlich sie drankäme.

»Wir waren vorhin im Atelier«, sagte Bess. Sie hatte hohe Luft vor Aufregung.

»Oh«, sagte Robert, »da wäre ich gern dabei gewesen.«

Er solle mit ihnen frühstücken, bat Bess, seine Spitze überhörte sie. Sie meinte es ehrlich. Er hätte es nicht ehrlich gemeint, wäre er an ihrer Stelle gewesen. An ihrer Stelle hätte er sich loswerden wollen. Sie nahm seinen Arm an sich, und als das Restaurant öffnete und der Mann und die Frau vorausgingen, flüsterte sie ihm ins Ohr: »Brummbär! Hast du mich noch lieb?«

Und er sagte: »Ich liebe dich.«

»Das habe ich dich nicht gefragt«, antwortete sie und legte ihren schwarzen Kopf an seinen grauen Mantelkragen. Ihre heitere Laune verdross ihn. Weil sie nicht ihm galt.

»Hast du ein Geschäft abgeschlossen?«, fragte er.

»Yes, Sir!«

Inzwischen sei es ihm durchaus recht gewesen, dass die Wochenenden »frei« waren – wobei ihn das Wörtchen zunächst erschreckte, es war aus dem Triebkeller heraufgekrochen und in die Beletage seiner Gedanken geschlüpft, ohne eine Prüfschranke zu passieren; schließlich aber hatte er zugestimmt: Jawohl, er fühlte sich an den Samstagen und Sonntagen *frei* – er hatte Sehnsucht nach Bess, aber er fühlte sich auch befreit von ihr; es war, wie wenn an der Börse der Aktienhandel ausgesetzt wurde, weil der Markt außer Kontrolle geraten war: Er brauchte diese zwei Tage, um sein emotionales Gleichgewicht wieder herzustellen. Außerdem wäre es schwierig gewesen, Hanna gegenüber zu argumentieren, warum er auch an den Wochenenden nicht zu Hause sein könne, wo sie beide seit jeher gewohnt waren, den jüdischen Sabbat und den christlichen Sonntag gleichermaßen der heiligen familiären Ruhe zu widmen.

Und so hätten sie es bis in den Februar hinein gehalten, er und Bess – erzählte Robert seinem Freund. Zwei Monate. Die ominösen zwei Monate.

9

Der letzte Patient hatte um vier Uhr nachmittags die Praxis verlassen: Der Mann, er war Ende vierzig, leitete ein Werbebüro in der Innenstadt und war ein bekannter Jazzmusiker, Pianist (Sebastian jedenfalls kannte ihn, aber der kannte alle Jazzmusiker der Stadt), er litt unter Depressionen; wie sich im Laufe der Therapie herausgestellt hatte, schon seit seinem zwanzigsten Lebensjahr; er hatte den Gemütszustand, der Theorie seiner rabiaten Mutter folgend, damals schlicht Langeweile genannt. Robert interessierte sich für ihn, nicht nur, weil er ihm sympathisch war in seiner naiven, zugleich selbstironischen Art – er war darauf bedacht, gewisse Sätze wie eingeklammert oder wie in Anführungszeichen zu sprechen –, sondern weil er an seinem Fall einen alten Gedanken bestätigt fand, nämlich – er hatte, wie er meinte, eine gelungene Formulierung gefunden: dass die Langeweile »die kleine Schwester der Depression« sei, die mit der hässlichen Nemesis in einem Haus wohne, aus dem sich allerdings weder die eine noch die andere vertreiben lasse, weswegen eine Heilung von solcher Art Besessenheit nicht möglich sei, das Ziel der Therapie also nur darin bestehen könne, der kleinen, von ihrem Naturell her schwächeren, aber um einiges hübscheren Schwester, der Langeweile, Ezzes für Schläue, Macht und Stärke zu geben, so dass sie schließlich über die tumbe Depression obsiege. Die Märchen vom Aschenputtel und der Frau Holle schienen ihm Narrative dieses Krankheitsbildes zu sein: Die bösen Mädchen sind herrschsüchtig wie die Depression, die guten geduldig wie die Langeweile. Die Zuordnungen – *herrschsüchtig* zu *Depression* und *geduldig* zu *Langeweile* – hatten ihn selbst überrascht, und in einem Anflug von Eitelkeit (den er sich zugestand, weil er den psychischen Vorgang durchschaute und somit glaubte, im Maß halten zu können) hatte er den Gedanken für eine (hier relativierte er) *quasi*-göttliche Eingebung gehalten, der nachzuforschen er für einen Auftrag hielt; irgendwann aber war dieser Gedanke, wie schon so viele zuvor und etliche danach, vom Täglichen beiseitegeschoben und im Ordner *Irgendwann* deponiert worden. Nun fühlte er sich stark und inspiriert. Sebastian hatte gesagt, er denke beim Schreiben nicht an das Buch, nur an die erste Seite. Und wenn er die geschrieben habe, denke er an die zweite Seite, und wenn er die fünfhundertste geschrieben habe, denke er an die Seite fünfhunderteins, und erst wenn das Buch fertig sei, denke er an das Buch.

An diesem Abend fühlte sich Dr. Robert Lenobel stark und inspiriert genug, um jene erste Seite zu schreiben, die Potential genug enthielte, um zwei- bis dreihundert weitere folgen zu lassen. Er steckte

den *Sündenbock* von René Girard zu seinem Notizbuch in die Man-
teltasche, verließ die Praxis und spazierte durch den Nebel hinauf zur
Mariahilferstraße, noch war es windstill und die Kälte war ohne Oh-
renmütze und Schal vor dem Mund zu ertragen. Er ging durch das
menschenleere Museumsquartier und weiter zwischen dem Naturhistorischen und dem Kunsthistorischen Museum zur Ringstraße und
an der Hofburg vorbei zum Michaelerplatz. Dort setzte er sich im Café
Griensteidl an einen Rauchertisch, bestellte beim Kellner eine heiße
Schokolade, einen Sherry und zwei Zigaretten, putzte den Beschlag
von der Brille und begann zu lesen.

Bess und er hatten sich für 18:45 im *Orient* verabredet. Vom Kaffeehaus bis zum Hotel würde er keine zehn Minuten gehen. Eine Dreiviertelstunde hatte er also für sich. Im Glas der Kuchenvitrine sah er
sein Gesicht, die untere Hälfte grauschwarz von den Bartstoppeln:
abenteuerlich, kühn, männlich-mürrisch, kein Redner, ein Macher.
Auch wer ein Sachbuch schreiben will, ein sogenanntes, muss ein bisschen den Mut aufbringen, ein Dichter zu sein, und Hebbel sagte, man
könne sich auf das Dichten ebenso wenig vorbereiten wie auf das
Träumen. Aber bereit sein kann man – soll man – muss man …

Und an diesem Abend – dies erzählte er seinem Freund Sebastian
Lukasser – habe sich etwas in ihm gedreht. Von einem anderen Punkt
aus habe er die Welt gesehen. So und nicht anders müsse er es sagen.

Zunächst habe die Lektüre von Girards *Sündenbock* eine Lust zum
Nachdenken in ihm geweckt, wie er sie seit seiner Jugend nicht mehr
gefühlt habe, als er Dostojewski und Nietzsche gelesen hatte. Schon
damals war er zur Einsicht gelangt, dass wahre Literatur daran zu erkennen war, ob sie beim Leser eine Freude an sich selbst wecken konnte.
In all dem Glück, das ihn nun schon seit zwei Monaten festhielt, sei in
dieser Stunde im Café Griensteidl das größte Glück gewesen: mit sich
allein zu sein.

Und er wünschte sich, es länger als eine Stunde sein zu dürfen.

Er wollte Bess anrufen. Entschied sich anders und schrieb eine
SMS:

Geliebte Bess!

Schwerer Fall, Mutter mit fünfunddreißigjährigem Sohn, Suizidge-fahr, muss auf einiges gefasst sein, kann nicht kommen, rufe Dich später an.

Robert

Er bezahlte, die zwei Zigaretten schob er in seine Brusttasche und stapfte los durch den inzwischen scharfen Wind zurück in die Girardi-gasse. Der Nebel war weggeblasen. Wenn er um die Ecke bog, sprangen ihm Schneepartikel ins Gesicht wie Nadeln.

Er kam gerade rechtzeitig in seine Praxis, um sich von Frau Elmenreich zu verabschieden. Er bemerkte, dass sie rotgeriebene Augen hatte.

»Ist etwas mit Ihnen?«, fragte er.

»Natürlich nicht«, sagte sie.

»Natürlich«, sagte er und hielt ihr die Tür auf.

SMS zurück: *Ewig schade. Bis morgen. Bess*

10

Er dimmte das Licht im Badezimmer, wuchtete das sperrige »Badewannenpult« über die Wanne (amüsierte sich dabei über sich selbst, weil er irgendwann dieses Monstrum gekauft hatte – was hatte er sich nur dabei gedacht?), verteilte darauf Notizbuch und Bleistift, ein Glas Rotwein, Feuerzeug, Aschenbecher und die beiden Zigaretten, sein Handy (ganz abschneiden von Bess wollte er sich nicht) und den *Sündenbock* und stieg in das heiße Wasser. Er las über einen französischen Dichter aus dem 14. Jahrhundert, einen gewissen Guillaume de Machaut, und sein Langgedicht, in dem dieser von einer Katastrophe berichtet, die »gewiss zehnmal hunderttausend« Menschen hingerafft, und dass man herausgekriegt habe, wer die Schuld daran trug, die Juden, wer sonst, und dass sie vernichtet worden seien, »die einen gehängt, die anderen in siedendes Wasser getaucht, die einen ertränkt, den anderen abgetrennt der Kopf mit der Axt oder dem Degen«. Die Historiker seien sich einig, schrieb René Girard, mit der Katastrophe sei die Pest gemeint. In diesem Gedicht spiegle sich die Hysterie einer öffentlichen Meinung, die in der »Epidemie« (griechisch: etwas, das über das Volk hereinbricht) – der Begriff sei damals in Gebrauch gekommen, um das Wort »Pest« nicht aussprechen zu müssen – eine göttliche Strafe sah. Aus dieser Geschichte entwickelte Girard die Theorie, dass in Krisenzeiten zunächst eine Schwächung der gesellschaftlichen Institutionen zu beobachten sei, die bis zur Außerkraftsetzung derselben führen könne, wobei nicht nur staatliche Verfasstheiten wie die Justiz oder wirtschaftliche Gefüge wie der Handel darunterfielen, sondern ebenso ungeschriebene, gleichsam naturwüchsig gewordene Differenzierungen wie die zwischen Arm und Reich, Mächtig und Untergeben, sogar die Unterscheidung zwischen Klug und Dumm und Schön und Hässlich – was die Gesellschaft schließlich in einen Abgrund der Gleichheit reiße, auf dessen lichtlosem Boden sich gedanken-, empathie- und glücksfähige Individuen zum gedanken- und empathielosen Mob amalgamierten, dessen Glück einzig darin bestehe, den Anderen, den sie als Verursacher des Unheils identifizieren, zu vernichten. Die Menschen, die unter normalen Umständen sich als unterschiedlich empfinden – jeder glaubt, er sei anders als die anderen, viel mehr anders, als die anderen anders sind –, erfahren sich angesichts des Unheils als einheitlich – was auf die Dauer unerträglich wäre, würde sich der dem Individuum innewohnende Trieb zur Absonderung nicht überindividuell zusammenballen und auf ein einziges Anderes konzentrieren, das nun einer einzigen Masse der Gleichen gegenübersteht. Unter normalen Umständen, wo jeder sich von anderen unterschieden sieht, verteilen sich Wunsch nach Abgrenzung und Vorurteil gegenüber anderen auf viele; in der Krise addieren sich die bösen Gefühle, potenzieren sich, die Masse wird zum Verfolger, der Andere zum Sündenbock, an dem ohne nähere Erkundung seines Wesens die Stereotypen des Andersseins erkannt werden. Im Unglück glaubt der Mensch an Gott. Im Unglück *will* der Mensch einen Gott. Damit der Gott im Unzusammenhängenden den Zusammenhang aufzeige. Was hat die Pest ursächlich mit

den Juden zu tun? Sie selber sterben auch daran. Wenn allerdings Gott
den kausalen Zusammenhang herstellt ...

Er schrieb in sein Notizbuch: »Gleichheit ist der gesellschaftliche
Zustand in der Hölle.«

Was gab es dazu noch zu sagen? Hatte nicht Joseph Roth bereits etwas Ähnliches geschrieben? – Eine Seite konnte damit jedenfalls nicht
gefüllt werden. Bis zum Buch war noch ein langer Weg ...

Dennoch und trotzdem: Er sei, erzählte Robert Lenobel seinem Freund,
überwältigt gewesen. Nicht von den Gedanken René Girards – wenig
Neues habe er entdeckt; dessen Getue, als habe er eine Weltformel
gefunden, habe ihn eher abgestoßen –, nein, von seinen eigenen Gedanken sei er überwältigt gewesen. Falsch ausgedrückt: nicht von seinen Gedanken – die waren zu lose, waren ungeformt, waren mehr ein
konturloser Gedankenschwarm –, sondern allgemein von der *Möglichkeit zu denken*. Er wisse, das klinge – wohlwollend beurteilt – einfältig, er selbst hätte es früher unumwunden blöd genannt.

»Du bist ein Dichter, Sebastian, du wirst mich verstehen!«

Er sei in der Badewanne gesessen, das Buch vor sich auf Marats
Schreibpult, die zwei Zigaretten daneben, ein Glas Rotwein, unbe-
rührt; auf die Luft hätte er verzichtet, wenn seine Lungen mitgemacht
hätten.

»Du hast einmal davon gesprochen, dass wahre Poesie nicht etwas
Neues zeigt, sondern das Gewohnte zeigt, aber als würde es zum ersten Mal angesehen. Ich dachte, als würde ich das erste Mal denken.
Als wäre mir zum ersten Mal klar, *dass ich denke*. Und hätte Descartes
nicht schon längst seinen berühmten Satz gesagt, wäre er jetzt gesagt
worden. *Ich dachte, also war ich.* Ist das nicht ein Wunder, Sebastian?
Einer wie ich muss erst Medizin studieren und eine zehn Jahre
dauernde Ausbildung zum Psychoanalytiker hinter sich bringen und
zwanzig Jahre Praxis, um endlich zur Gewissheit zu gelangen, dass er
ist. Nicht, um herauszufinden, *was er ist*. Sondern einfach nur, *dass
er ist*.«

Vielleicht – dieser wenig charmante Verdacht habe sich in ihm aufgepflanzt –, vielleicht war das Wunder, das in den vergangenen Wochen geschehen war, nur geschehen, um ihn zu sich selbst zurückzuführen. Nicht zu *führen*, nein: *zurückzuführen*. Denn irgendwann, das ahnte er, das wusste er, war er dieser Ich-Selbst gewesen.

»Ich weiß schon, was du jetzt denkst«, kam er Sebastian zuvor. Über so viel Distanz zu sich selbst verfüge er sehr wohl, um zu erkennen, wenn sich eine Krise ankündigte. Aber wer wäre es, der seine Empfindungen als Beginn einer Krise deuten würde?

»Wer in mir selbst?«

Wer spräche aus ihm? Seine Erfahrung als Psychoanalytiker? Die Bücher, die er gelesen hatte? Sigmund Freud? Melanie Klein? C. G. Jung? Wilhelm Reich? Siegfried Bernfeld? Jacques Lacan? Die Romane von Dostojewski oder Joseph Conrad? Die Erzählungen von Edgar Allan Poe oder Robert Louis Stevenson?

»Meine Empfindungen sagten das Gegenteil: Die Krise beginnt hier nicht, sie endet hier!«

Die Krise hatte viele Jahre gedauert, vierzig Jahre oder länger … Er hatte sie erträglich gehalten – mit Erfahrung, Ausbildung, Supervision, »auch mithilfe der vielen Gespräche, die wir beide geführt haben«. Nein, er würde sich weder von seiner sogenannten Erfahrung, noch von den Büchern oder den Lehrern, auch nicht von dem verehrten Herrn Dr. Freud einreden lassen, was sich in ihm ankündigte, sei eine Krise, die durch Behandlung eingedämmt gehöre oder zumindest in ihre Bestandteile zerlegt.

»Denken ist keine Krankheit!«

Das Buch von René Girard war nur der Auslöser, es hätte auch *Rot und Schwarz* von Stendhal sein können. Er wusste, in nicht langer Zeit würde es ihm gelingen, »Ich« zu sagen und dabei zu wissen, was dieses Wort bedeutete, in seinem vollen unverzichtbaren Umfang. Die Frage war doch: Wird der Mensch jemals lernen, mit der Gewissheit zu leben, dass nichts einen Sinn hat – außer dieses Ich?

»Heute morgen, Sebastian, noch halb im Schlaf, dachte ich und war über den Gedanken entsetzt: Das Zeitalter der Seele neigt sich seinem Ende zu. Mit den noblen verlogenen Bekenntnissen des Augustinus hat es begonnen, mit der absoluten Veröffentlichung all dessen, was ein Ich ausmacht, geht es zu Ende. Zugleich aber, Sebastian, war ich sehr erleichtert und schlief gleich noch einmal ein.«

11

Sein Handy klingelte.

Nicht Bess.

Jetti. – Sie rief aus Irland an. Ehe er die Verbindung herstellte, fiel ihm ein, dass morgen ihr Geburtstag war und dass sie ihn deshalb anrief; wie sie es immer tat am Abend vorher. Jetti war stark und autonom, zäh und nicht wehleidig und nicht nachtragend, sie hatte wahrscheinlich in ihrem ganzen Leben nie geweint und Rituale bedeuteten ihr nichts, aber sie wünschte, dass ihr Geburtstag nicht vergessen werde.

Er wollte gleich sagen: Jetti, glaub ja nicht, ich vergesse deinen Geburtstag morgen ... Aber dann plauderten sie miteinander, und ihm war, als höre er ihr zum ersten Mal zu und denke nicht, während sie am Wort war, nur darüber nach, was er gleich sagen und wie er ihr wieder einmal schonungsvoll und ätzend zugleich klarmachen würde, wie versponnen ihre Gedanken, wie ineffektiv ihre Gefühle, wie wenig ambitioniert ihre Ziele waren; ihm war, als begreife er sie zum ersten Mal nicht als seine kleine Schwester. Er war stolz auf sie, dass sie so schön war, die mit Abstand Schönste von der ganzen Schule.

»Wo bist du, Jetti?«

»Zu Hause und du?«

»In der Praxis.«

»Ich hör dir an, dass du allein bist, Robert.«

»Und ich hör dir an, dass du nicht allein bist, Jetti.«

»Ich bin gerade in die Küche gegangen. Jetzt bin ich allein. Frag mich aber nicht, wer bei mir ist!«

»Das werde ich nicht. Obwohl es mich sehr interessiert. Kenn ich ihn? Hast du mir von ihm erzählt? Sag ihm, wenn er dich nicht anständig behandelt, dann komm ich, oder nein, sag, dann schick ich jemanden, das klingt besser. Woran hörst du, dass ich allein bin, Jetti? Ich habe nämlich nicht gehört, dass du nicht allein bist. Das war geschwindelt.«

»Ich bin raffinierter als du, Robert.«

»Aber sag, woran hörst du es?«

»Ach, das hört man eben. Wenn man nicht allein ist, redet man leiser als sonst, weil man etwas zu verbergen hat, oder man redet lauter als sonst, weil man zeigen will, dass man nichts zu verbergen hat. Wenn man sich die Menschen beim Reden anschaut, dann kann man sich leicht über sie täuschen. Leichter, als wenn man sie nur hört. Die meisten sind gewohnt, ihren Gesichtsausdruck zu kontrollieren, sie sind es so sehr gewohnt, dass sie das schon automatisch tun, wenn sie reden. Und wir vertrauen dennoch am meisten auf das, was wir sehen. Mehr als auf das, was wir hören. Und lassen uns ablenken. Ich habe immer schon, schon früher habe ich das getan, schon als Kind habe ich weggeschaut oder sogar die Augen zugemacht, wenn einer gesprochen hat, und ich habe mir gedacht, da weiß ich besser, was für einer er ist und was er denkt. Die meisten Leute sagen, ah, beim Telefonieren, da kriege ich nur die Hälfe mit, weil ich das Gesicht nicht sehe. Aber das ist nicht richtig. Jedenfalls so denke ich.«

»Und woran hörst du, dass ich allein bin?«

»Wenn alles das nicht ist, was ich vorhin gesagt habe, dann ist einer allein. Und wenn einer sehr allein ist, dann hat seine Stimme so einen Ton.«

»Was für einen Ton?«

»Wie wenn er in einen Topf hineinspricht. Nein, das ist falsch. Das würde ja hohl klingen. Das meine ich nicht. Als wenn er in einen Polster hineinspricht. Nicht direkt in den Polster hinein. So knapp vor dem Polster.«

»Hör ich mich so an?«

»Was tust du um diese Zeit in der Praxis, Robert?«

»Ich liege in der Badewanne.«

»Ah, das erklärt alles! Siehst du, das habe ich nicht gehört. Das hört

211

man nicht an der Stimme, wenn einer in der Badewanne liegt. Ich habe gar nicht gewusst, dass du in der Praxis eine Badewanne hast.«

»Du hast mich ja bisher auch noch nie in der Praxis besucht, Jetti.«

»Habe ich das nicht? Ich denke schon. Bist du dir sicher, dass ich nie in deiner Praxis war? Und du nimmst das Handy mit in die Badewanne?«

»Das ist ein Zufall. Ich habe gerade mit Hanna telefoniert. Darum.«

»Plätschere doch einmal, damit ich es hören kann!«

»Ich kann nicht plätschern, ich habe ein Pult über der Wanne liegen.«

»Was hast du?«

»Ich habe mir ein Badewannenpult gekauft. Irgendwann. Bei einem Antiquitätenhändler.«

»Ein Badewannenpult. Was ist das? Ich weiß nicht, was ein Badewannenpult ist.«

»Ja, so heißt das. Das heißt, ich weiß gar nicht, ob es tatsächlich so heißt. Es sind sogar Vertiefungen darin für ein kleines Tintenfass. Es ist ein altes Ding. Ein antikes Ding.«

»Ich kenne niemanden, der ein Badewannenpult besitzt.«

»Dein Bruder besitzt eines.«

»Und was tust du damit?«

»Ich schreibe darauf. Ich schreibe ein Buch.«

»Das erklärt alles. Du sitzt in der Badewanne und schreibst ein Buch.«

»Du solltest mir Mut zureden, Jetti. Ich beabsichtige, ein Buch zu schreiben, ja.«

»Ich habe immer gewusst, dass mein Bruder eines Tages ein Buch schreiben wird. Aber nicht, dass du es in der Badewanne schreibst. Und worüber schreibst du ein Buch?«

»Ich bin mir noch nicht sicher. Ich begeistere mich für ein Thema, und dann stelle ich fest, darüber haben schon so viele geschrieben.«

»Aber keiner so ein Buch wie du.«

»Du weißt ja gar nicht, wie und was ich schreiben werde, Jetti.«

»Doch, doch! Ich kenn dich doch! Sag mir ein Thema, und ich sag dir, wie du darüber schreiben wirst.«

»Sündenbock zum Beispiel. Das Phänomen des Sündenbocks. Ich werde vielleicht einen Aufsatz darüber schreiben oder einen Vortrag halten. Ich habe eine Einladung vom Journal für Psychoanalyse. Vielleicht fahre ich zu einem Kongress nach Zürich. Ich könnte den Aufsatz oder den Vortrag zu einem Buch ausbauen. Was meinst du?«

»Was ich meine? Ich meine, Robert Lenobel wird über den Sündenbock nicht schreiben wie alle anderen, nämlich dass der Sündenbock ein armes, bedauernswertes Opfer ist, er wird so schreiben, dass der Sündenbock als ein Held herauskommt, der wahre Held in der ganzen Angelegenheit. Habe ich recht?«

»Aber eben, Jetti, eben das gibt es schon, genau das.«

»Wo gibt es das, bitte? Das habe ich mir jetzt im Augenblick ausgedacht.«

»Das ist die Geschichte des christlichen Abendlandes. Jesus Christus ist der Sündenbock und zugleich der wahre Held der ganzen zweitausend Jahre alten Angelegenheit.«

»Oh! Gut. Dann nenn mir ein anderes Thema!«

»Ich denke viel über Märchen nach. Sag mir, wie ich über Märchen schreiben soll, Jetti! Sebastian schreibt Märchen und schickt sie mir zu, immer wieder eines, und sagt, ich soll mir darüber Gedanken machen. Er meint nicht, dass ich etwas darüber schreiben soll. Mit ihm reden soll ich darüber. Jeder Psychoanalytiker macht sich Gedanken über Märchen. Das ist Standard. Soll ich das jetzt auch noch tun?«

»Du willst unbedingt ein Buch schreiben, Robert, stimmt's?«

»Jetti, das würde ich wirklich gern! So gern! Es ist so etwas Sinnvolles, etwas Gutes! Große Dichtung lässt uns unseren eigenen Reichtum fühlen. Stendhal, Proust, Thomas Mann. Einen Roman kann ich nicht schreiben, ich glaube, das kann ich nicht. Aber einen Essay. Betrachtungen, wie sie Montaigne angestellt hat. Nach vierhundert Jahren kann man seine Essays immer noch lesen. Man muss einen Baum pflanzen, einen Sohn zeugen, ein Haus bauen und ein Buch schreiben.«

»Nur drei, eines kannst du mit ruhigem Gewissen streichen. Such dir eines aus!«

»Dann das Haus. Ich streiche das Haus. Ich wohne in der Stadt, da kann man sich kein Haus bauen. Und was soll ich mit einem Haus? Es macht nur Arbeit. Das sagt jeder, der eines hat. Es regnet, und du hast Wasser im Keller stehen. Und wir müssten umziehen. Stell dir vor, das ganze Glumpert, das sich bei uns angesammelt hat. Ein Drittel geht kaputt. Lichtenberg hat gesagt, dreimal umgezogen, ist einmal abgebrannt.«

12

Jetti war ihm bei diesem Telefonat so nahe wie schon lange nicht, wie seit ihrer Kindheit nicht mehr, als sie sich gefühlt hatten wie Brüderchen und Schwesterchen, nur dass es, wie er meinte, nicht ihre Rolle gewesen war, ihn davon abzuhalten aus der verzauberten Quelle zu trinken, sondern seine, sie zu beschützen – und da vergaß er, ihr im Voraus alles Gute zum Geburtstag zu wünschen, wie er es in den vergangenen Jahren getan hatte. Als er sich von ihr verabschiedete und auf den roten Balken seines Handys drückte, fiel es ihm ein.

Er wollte in sein Notizbuch schreiben: Jetti anrufen! Geburtstag! Aber es war ihm zu schade, dass eine Tagesnotiz den Anfang seines Buches kreuzte, ehe auch nur eine Seite geschrieben war. Stattdessen trug er nach: *Denken ist keine Krankheit!* Er konnte sich durchaus vorstellen, dass diesem Satz eines Tages Flügel wachsen.

Inzwischen war das Wasser lauwarm. Er stieg aus der Wanne, seine Fußzehen waren weiß und verschrumpelt, er hüllte sich in seinen Bademantel, zog die Kapuze über den Kopf, trug Rauchwerk und Wein in sein Arbeitszimmer hinüber und setzte sich an den Schreibtisch. Gierig trank er zwei Gläser, schenkte sich ein drittes ein und trank auch dieses in einem Zug. Ein viertes Glas trank er zur Hälfte, er spürte den Alkohol, und weil er zu heiß gebadet hatte, spürte er ihn plötzlich und heftig. Schuberts Streichquintett lag schon seit zwei Monaten im CD-Player und wartete auf, »wenn du es dir einmal allein in der Girardigasse gemütlich machen willst«. Nun drückte er auf die Taste, und schon nach den ersten beiden Akkorden, ehe die Violine die Melodie anspielte, war ihm süß und wohlig zumute, zugleich aber auch schwer, so dass er sich nichts mehr wünschte, als dass Jetti jetzt bei ihm wäre und sie ihr Gespräch weiterführen würden und einander von früher erzählten; wobei er – das zuckte durch ihn hindurch, als hätte er sich elektrisiert – mit »früher« nicht das weite Feld von Kindheit und Jugend, sondern nur eine gewisse kleine Stunde bezeichnete, während der sie zusammen in der Küche in der Taborstraße gesessen und ebenfalls Schubert gehört hatten. Jetti war nicht älter als zwölf gewesen, er nicht achtzehn. Wo war die Mutter? Eben! Sie war an diesem Tag in Begleitung von Dr. Bauer, dem Hausarzt der Familie, in einem Auto des Arbeiter-Samariter-Bundes ins Otto Wagner-Spital auf der Baumgartnerhöhe gebracht worden. In die Psychiatrie. Diagnose: depressive Erschöpfung. Es war ihre erste Einweisung. Zwei weitere folgten, bis sie schließlich für immer im Sanatorium verschwand. Ihm war schon als Kind klar gewesen, dass mit der Mutter etwas nicht stimmte, aber er hatte nicht gewusst – oder nicht wissen wollen –, dass es so schlimm war. Die Mutter war verrückt. Es tat ihm gut, die vernünftige, barmherzige, weil menschenleere, wissenschaftliche Terminologie beiseitezuräumen und endlich auszusprechen, was er damals zwar auch schon gedacht, sich aber nicht getraut hatte, beim Namen zu nennen, nicht einmal für sich in die hohlen Hände hinein: Die Mutter war verrückt. Sie selbst wusste es. Sie selbst und Dr. Bauer hatten ihn vorbereitet, sie hatten ihm alles erklärt. Sie traue ihm alles zu, hatte sie gesagt, sie traue ihm zu, den Haushalt zu führen und sich auf die Matura vorzubereiten und für Jetti nicht nur ein Bruder, sondern auch Vater und Mutter zu sein und durchaus auch irgendeine kleine Arbeit anzunehmen, um ein kleines Geld dazuzuverdienen. Dr. Bauer hatte ihn gefragt, ob er sich das wirklich zutraue oder ob man eine Haushaltshilfe bestellen solle, was jedoch nicht billig sei. Er hatte geantwortet, nein, er traue es sich zu. »Dann erklär es bitte deiner Schwester«, hatte die Mutter gesagt. »Was soll ich ihr erklären?«, hatte er gefragt. »Was soll er ihr erklären?«, hatte die Mutter die Frage an Dr. Bauer weitergegeben. »Soll ich es ihr erklären?«, hatte der Arzt gegengefragt. »Nein, das tut er«, hatte die Mutter entschieden. Und er hatte es der Mutter versprochen. »Tu's jetzt gleich«, hatte die Mutter gesagt. »Ich werde es morgen tun«, hatte er erwidert und dabei einen Befehlston angeschlagen, als wäre er bereits das Familienoberhaupt, dem auch sie sich zu beugen habe.

Da hatte sie ihn zu ihrem Liebling gemacht. Jetti war nicht in der Nähe, sie war irgendwo. Die Mutter gab Robert den Segen. Er war berufen auszusprechen, was sonst niemand aussprechen wollte, weil es aus dem Mund jedes anderen vielleicht hässlich geklungen hätte, infam. Er war nun ihr Liebling. Sohn und Liebling der Marie-Marlene Lenobel, geborene … Über ihr Leben vor ihm und vor Jetti und vor deren Vater und vor dem Krieg erfuhr er erst viel später; sie erzählte ihm vieles, und manches recherchierte er nach ihrem Tod und vieles recherchierte Hanna. Er wollte ihr Leben wenigstens in der Erinnerung zu etwas Außerordentlichem gestalten. Er hatte auch schon daran gedacht, eine Erzählung zu schreiben, aber alle Versuche fingen an mit »Als Marie-Marlene …«, und er glaubte, sich zu erinnern, dass er irgendwo gelesen hatte oder dass irgendein Deutschlehrer irgendwann gesagt hatte oder dass Sebastian gewarnt hatte, wenn eine Erzählung anfange mit »Als …« und dann ein Name folge, solle man nicht auf Außerordentliches gefasst sein, sondern auf Vorübergehendes, das sich verzweifelt an die Zeit klammert, in der es geschieht; Außerordentliches trete selbstbewusst auf; es melde sich in einem Hauptsatz an. – Was aber ist außerordentlich? – Außerordentlich ist bereits, nicht vergessen zu werden. Und um jemanden nicht zu vergessen, muss von ihm erzählt werden. Warum denn sonst kamen von Montag bis Freitag wildfremde Frauen und Männer zu ihm und erzählen? Doch, damit sie sich selbst nicht vergessen.

Also begann der Liebling zu schreiben.

Nach den ersten Zeilen schob er Papier und Bleistift beiseite und griff zum Diktiergerät. Was war die folgende Geschichte anderes als eine Krankengeschichte, und warum sollte er sie nicht Frau Elmenreich geben, damit sie sauber abgeschrieben würde?

13

Als Marie-Marlene Hirsch fünf Jahre alt gewesen war, wurde sie über
Refugee Children Movement nach England gebracht. Ihre Eltern hatten
versucht, ihr zu erklären, warum das geschehe. Sie hatte es nicht verstanden. Sie meinte, sie sei böse gewesen, man wolle sie nicht mehr haben. Sie
reiste zusammen mit dreihundert Kindern aus Wien im Zug durch Nazi-
deutschland, in Hoek van Holland wurden sie auf ein Schiff gebracht,
das nach England übersetzte. Marie-Marlene, die meinte, sie heiße Lene,
weil sie nie anders genannt wurde, war eine der Jüngsten. Einen Koffer
hatte sie bei sich, nicht größer als die Aktenmappe ihres Vaters, darin
war eine zweite Garnitur, kein Spielzeug. In ihren Mantel waren fünfzig
Pfund eingenäht, sie wusste wo: in ihrem linken Ärmel unter der Achsel.
Das Geld sollte sie, wenn sie dazu aufgefordert würde, abgeben. Sie hatte
während der Fahrt kein Wort gesprochen. Erst als sie von einem englischen Soldaten, der Deutsch konnte, gefragt wurde, wie sie heiße, sagte
sie: »Ich heiße Lene.« Sie sagte es ernsthaft und zugleich stolz, als wäre es
ein Adelstitel, betonte jedes Wort und sah dabei geradeaus ins Leere wie
bei einem Eid. Eine der Frauen, die gekommen waren, um sich ein Kind
auszusuchen und ihm eine Heimat zu geben, »bis der Teufel wieder in die
Hölle zurückgekehrt war«, verliebte sich in sie, in ihren »tapferen Ernst«,
und sie sagte zu dem Soldaten: »Die da will ich. Kannst du ein Auge auf
sie haben, damit sie mir keiner wegschnappt? Ich kann ihr alles bieten.«
Der Soldat sagte: »Nimm sie einfach mit!« Und die Frau nahm sie mit
sich nach London in ihre kleine Wohnung. Marie-Marlene war aber
bereits an eine Familie empfohlen worden, ihr Vater hatte über einen
Geschäftspartner in England Pateneltern angeschrieben und auch schon
eine größere Überweisung getätigt. Mutter und Vater hatten ihr einge-
schärft, sie solle auf Mr und Ms Cole warten und nur auf sie und nur mit
ihnen dürfe sie gehen. Aber Lene hatte es vergessen. Das Ehepaar, selbst
jüdisch, war pünktlich bei der Sammelstelle in Harwich eingetroffen,
fand aber die kleine Lene nicht, eben weil sie bereits vergeben worden
war. Chaos herrschte. Geschwisterkinder hielten einander an den Händen und ließen nicht los. So kam Lene zu der Frau, die falsche Angaben

gemacht und sich als verheiratet ausgegeben hatte, die lebte in London. Als Alleinstehende, das wusste sie, hätte sie keine Chance gehabt, ein Kind bei sich aufzunehmen, jedenfalls nicht am Beginn der Kindertransporte im November und Dezember 1938. Später fragte niemand mehr, es kamen nämlich zu viele Kinder an, so viele waren nicht vorgesehen, und wer eines wollte, der bekam auch eines. Geschwister blieben oft übrig und kamen in ein Heim. Mehr als eines wollte selten jemand. Lene hatte es gut bei der Frau, sie hatte sogar ein eigenes Zimmer. Sie lernte schnell Englisch, und nach einem Jahr hatte sie ihre Muttersprache vergessen, und auch ihre Eltern vergaß sie. Miss Alice Button, so hieß die Frau, sprach mit ihr nie über ihre Herkunft, sie erzählte ihr nicht, dass sie jüdisch war, und als der Krieg über England losbrach, flüchtete sie mit ihr in die Bunker, aber was Krieg ist, erklärte sie ihr nicht. Sie drückte sie an sich, wenn die Sirenen heulten, und legte ihr ein feuchtes Tuch aufs Gesichtchen. Alice Buttons Schwester, die ebenfalls allein lebte, besaß ein Haus in Hampshire in der Nähe der Stadt Basingstoke, sie betrieb eine kleine Landwirtschaft, Hühner, ein paar Schweine, zwei Kühe und ein Pferd. Dorthin zog Alice Button mit ihrer Pflegetochter, es war nicht anzunehmen, dass die Deutschen das flache Land bombardierten. Von nun an lebte Lene mit ihrer »Mam« und ihrer »Aunt« zusammen, und wenn sie sich später daran erinnerte, fand sie nichts, was die Harmonie getrübt hätte. Aber es fiel ihr später schwer, sich überhaupt an irgendetwas zu erinnern. An die St. Michael's Church erinnerte sie sich, wie ein Gebirge aus grauem Stein war sie ihr erschienen, sie hatte geweint und sich gesträubt, als sie an den Händen von Mam und Aunt die Kathedrale betreten sollte. Erst war Aunt hineingegangen und unversehrt wieder herausgekommen, dann Mam, und schließlich hatte sie sich überreden lassen. Bald freute sie sich auf die Sonntage, wenn sie zusammen mit dem Bus in die Stadt fuhren, um den Gottesdienst zu besuchen. Die Menschen grüßten sie und waren freundlich zu ihr. Und an den Hund erinnerte sie sich, einen blonden mit langen Haaren, der viel Geduld hatte. Gern war sie zu ihm in die Hundehütte gekrochen, und dann hatten Mam und Aunt so getan, als suchten sie nach ihr, und hatten so getan, als seien sie unendlich erleichtert und freuten sich über alle Maßen, als sie die beiden fan-

*den, die kleine Lene ganz in das Fell des Hundes verkrochen. Am Ende
des Krieges war Lene zwölf Jahre alt und war eine der besten Schülerinnen. Sie redete nicht viel, schrieb aber schöne Aufsätze, war immer gut
gelaunt und höflich und zuvorkommend und wusste immer noch nicht,
wer sie war, warum sie hier war, und wusste nicht mehr, wer ihre Eltern
waren. Anfang der fünfziger Jahre fasste Alice Button endlich Mut und
ging zur Behörde; sie erzählte die ganze Geschichte und beantragte, Lene
zu adoptieren. Sie wollte, dass nun, wo alles neu anfing, auch alles seine
Ordnung habe. Sie gestand auch, dass sie damals gelogen hatte, dass sie
angegeben hatte, verheiratet zu sein, dass sie gehofft habe, im allgemeinen Durcheinander frage niemand, und es hatte ja auch niemand gefragt. Aber nun fragte die Behörde. Sie setzte sich mit der Kinder- und
Jugend-Alijah in Verbindung, der jüdischen Organisation, die sich vor
und während des Krieges um jüdische Flüchtlingskinder gekümmert
hatte, und die forschte nach, und nach einem Jahr teilte sie mit, dass Le-
nes Eltern, Herr Dr. Leopold Hirsch und Frau Josefine Hirsch, geborene
Lion, in Auschwitz beziehungsweise Treblinka ermordet worden seien.
Und teilten zugleich mit, dass ein gewisser Herr Dipl. Ing. Herwig Gasteiner aus Wien sich gemeldet habe, der behaupte, in Wien existierten eine
Wohnung und andere Dinge, die der Familie Hirsch gehörten und auf die
er über den Krieg achtgegeben habe und die er gern an den rechtmäßigen
Besitzer oder dessen Erbin, so sie noch lebten, zurückerstatten würde.
Lene war nun zwanzig Jahre alt. Sie ließ sich von Mam und Aunt alles
erzählen und nahm ein Flugzeug nach Wien und kam nicht wieder zurück. Sie schrieb keinen Brief und antwortete auf keinen Brief. Sie zog in
die Wohnung in der Taborstraße 17, im 2. Wiener Gemeindebezirk und
lebte dort allein, bis sie Arthur Lenobel kennenlernte und heiratete. Bald
darauf kam ihr Sohn zur Welt und sechs Jahre später ihre Tochter ...*

Das war gesprochen, ohne ein einziges Innehalten. Aber er schickte
das File nicht auf Frau Elmenreichs Computer. Er wollte erst darüber
schlafen. Was ging Frau Elmenreich seine Mutter an! Andererseits ...
wenn nicht auch sie, wen dann?

14

Am Abend, bevor die Mutter zum ersten Mal ins Psychiatrische Krankenhaus Baumgartnerhöhe gebracht werden sollte, hatte Robert dann doch an Jettis Tür geklopft, er müsse ihr etwas mitteilen. Aber er hatte nur irgendetwas dahergeredet. Am nächsten Tag war er nicht zur Schule gegangen. Er hatte den Koffer hinuntergetragen, als der Rettungswagen auf der Straße wartete. Herrn Dr. Bauer hatte er die Hand gegeben, von der Mutter hatte er sich umarmen lassen. Er hatte gewartet, bis Jetti von der Schule nach Hause kam. Er hatte den Plattenspieler aus seinem Zimmer in die Küche getragen und den Schubert aufgelegt, und er hatte getan, als hörte er nichts um sich herum, als Jetti zur Tür hereinkam und hinter ihm stehen blieb.

Damals – so glaubte er, nun diagnostizieren zu dürfen – damals hatte seine Krise begonnen. Damals war jedes Gefühl für sein *Ich* verlorengegangen. Und er wusste zugleich auch, dass es aus diesem Gatter von Weh und Wehleidigkeit, das sich langsam um ihn schloss, keinen anderen Ausweg gab, als sich hinzulegen und zu schlafen und aufzuwachen und vergessen zu haben, dass man jemals geglaubt hatte, ein Gefühl für das eigene Ich haben zu sollen und haben zu wollen. Hier wurde der Unterschied schlagend zwischen Ich-Haben und ein Ich-Sein. Wer behauptet, er *habe* ein Ich, hat es in Wahrheit schon an die Masse verloren, der dümpelt im Mob, im *Es*. Das *Es* ist der wahre große Lümmel! *Es* bringt nichts hervor. *Es* denkt nicht. *Es* schluckt und speit aus. Und das Schönste riecht hinterher nach Kotze, und das Edelste fühlt sich klebrig an wie die Gier. *Es* zerrt uns herunter und zerrt uns vor den Spiegel, und wir sehen: Selbst das, was jemand ist, waren immer schon die anderen. *Wo Es war, soll Ich werden.* Ein Ich mit Gewissen. Aber das Gewissen ist eine Funktion des Kollektivs, ist nichts anderes als ein Normenberatungsdiskurs innerhalb des Strukturmodells der Psyche. Und wer setzt sich in diesem Beratungskomitee durch? Das Gute? Er dachte an das »fette Sorgenkind«, das morgen seinen Termin bei ihm hatte (ungewaschen, aus dem Mund riechend nach faulen, von dem vielen Zucker zerstörten Zähnen, das Hemd spannte über seinem Bauch, die Knöpfe waren auf dem Punkt, abgesprengt zu werden). Nach über einem Jahr Behandlung hatte ihm der Mann erzählt, was während seiner Kindheit und Jugend der Hauptgedanke in jeder Silvesternacht gewesen sei: Ob im kommenden Jahr der Vater ihn erschlagen werde oder nicht. Nicht ein einziges Mal während seiner gesamten Kindheit und Jugend habe er sich gedacht, der oder die liebt mich. Es hatte nie jemanden gegeben, der Ähnliches zu ihm gesagt hatte. Innerlich hatte er den Vater getadelt für die Gnade, ihn im vorangegangenen Jahr nicht erschlagen zu haben. Der Vater hatte ihn geschlagen bis zur Bewusstlosigkeit, die linke Hand war unbrauchbar für sein Leben, am linken Ohr hörte er nichts, am Rücken würden auf ewig die Narben zu sehen sein, die von der Gürtelschnalle des Vaters herrührten – aber *erschlagen* hatte er ihn nicht. Und er habe sich nicht nur einmal gedacht: Warum eigentlich hat er mich nicht erschlagen? Und das habe nichts anderes bedeutet als: Ich an seiner Stelle wäre nicht so gnädig, ich an seiner Stelle hätte mich längst erschlagen. Der Vater lebte noch, er war inzwischen ein uralter, zur Harmlosigkeit zusammengeschrumpfter Mann, und wie sich sein Sohn ausdrückte, im Frieden mit sich und der Welt. Keine Ahnung, ob es Sinn hätte, diesen Teufel anzuzeigen. Aber was für ein Gedanke – das fette Sorgenkind würde das niemals zulassen! Nach zehn Jahren Therapie fühlte der Sohn (inzwischen war er neunddreißig) noch immer nicht die Schuld des Vater, er *wusste* sie, aber *fühlte* sie nicht. Er wusste, dass er selbst unschuldig war, wie eben ein Kind, das geschlagen wird, nur unschuldig sein kann; aber noch immer fühlte er sich schuldig. Der Fortschritt nach zehn Jahren Therapie bestand darin, es wenigstens zu *wissen*. Dreißig bis vierzig weitere Jahre bei Dr. Lenobel, und er würde sich vielleicht – vielleicht! – auch unschuldig *fühlen*. Und dann? Konnte er dann endlich sein Leben beginnen, sein eigentliches, das Gebiss runderneuern und vierzig Kilo abnehmen? Der ewig schöne, von jedem begehrte Jüngling Dorian Gray betrachtet gegen Ende seines Lebens sein Portrait auf der Leinwand und sieht, was die anderen aus ihm gemacht haben, indem sie ihn machen ließen, was er glaubte, dass er es selber wolle, und weiter aus ihm machen werden bis zu seiner letzten Minute. Als er einst gemalt worden war, war das Bewusstsein seiner eigenen Schönheit über ihn hereingebrochen wie eine Offenbarung; nun spiegelte er sich selbst in einem Monster … Selige, heilige Literatur, Mittlerin zwischen Imaginärem, Symbolischem und Realem! – Und immer wieder Meister Freuds sibyllinische Fragen, die einen ein Leben lang verfolgen konnten mit ihrem Versprechen, unbeantwortet zu bleiben: »Wie kommt es nun, dass bei der Melancholie das Über-Ich zu einer Art Sammelstätte der Todestriebe werden kann?« – Ja, wie kann es dazu nur kommen, Menschenskind!

Und wie war es gekommen, dass sich ein so heiteres Gespräch mit Schwester Jetti in solch finstere Gedanken verkehrt hatte?

Um elf verließ er die Praxis. Durch den Schneesturm ging er den weiten Weg nach Hause. Er hatte keine Mütze und keine Kapuze, die Ohren taten ihm bald weh, eisige Körner sammelten sich in seinem Nacken, die Kälte drang durch seine Wangen bis an die Zähne und durch die Sohlen seiner Schuhe und ließen seine Füße fühllos werden, die Knöchel, die Waden. An seinen Brauen blieb der Schnee kleben und an seinen Bartstoppeln, der Kopf war von Schnee bedeckt. Er hatte keine Handschuhe, aber die Hände in den Manteltaschen waren warm. Die Taschen saßen tief; um Hände und Ärmelenden darin zu vergraben, musste er gebeugt gehen. Er stapfte die Zweierlinie entlang, der Schnee fiel so dicht, dass er keine zwanzig Meter weit sehen konnte. Taxis fuhren an ihm vorüber, drosselten den Motor auf Schritttempo, weil der Fahrer damit rechnete, dass er einsteigen wolle, weil jeder vernünftige Stadtbewohner bei so einem Wetter in ein Taxi steigen würde wollen. Er schüttelte den Kopf wie ein Irrer, ging weiter, behielt zwanzig Schritte lang die Augen geschlossen, heulte in sich hinein oder tat, als heulte er in sich hinein, und ihm war, als befinde er sich in einer anderen Stadt, einer fremden Stadt, einer menschenleeren Stadt, in der er nichts zu suchen hatte.

Als er in der Garnisongasse ankam, waren Alkohol und Schwarzseherei aus ihm heraus. Wärmen wollte er sich, sonst nichts.

15

»Meine Güte!«, rief Robert Lenobel. Schon wieder blieb er stehen, legte seine Hände an die Oberarme seines Freundes. »Was für ein Glück, dass ich dich habe, Sebastian! Und dass ich mich bei dir nicht entschuldigen muss, wenn ich dir die Ohren vollblase mit meinem Kummer!«

Seine Begeisterung galt aber nicht dem Freund, der mit ihm an der Donau entlangspazierte, sondern sich selbst:

»Dass ich immer im richtigen Augenblick zu den richtigen Büchern greife!«

Denn gerade in dem Augenblick – erst heute Morgen sei es gewesen –, als er sich gedacht habe, wozu das alles, also: Wozu das Leben?, habe er ins Regal gegriffen und einen Band Essays des Philosophen Hans Blumenberg herausgenommen und darin gelesen, dass es – wenn er sich korrekt erinnere – eigentlich erbärmlich sei, wenn man eine Sache mit Hingabe betreibe und dann nach dem Wozu frage. Blumenberg spreche in seinem Aufsatz zwar von Musikhören und Philosophieren – nach einem Wozu dieser Tätigkeiten zu fragen sei nachgerade albern –, er nun gehe einen Schritt weiter und behaupte:

»Nach dem Wozu des Lebens zu fragen ist albern.«

Eigentlich – das sei ihm klar geworden – bestehe die Mission der Psychoanalyse darin, dem Leben das Wozu, das zweitausend Jahre christliche und viertausend Jahre jüdische Theologie ihm eingebläut hätten, *auszutreiben*, damit in Zukunft nie mehr ein Mensch nach einer Antwort suche, die gefundenenfalls ihn nie und nimmer befriedigen könne, sondern nur noch unglücklicher zurücklasse.

Sebastian Lukasser schob ihn an. Es tat ihm nicht gut, immer wieder stehenzubleiben. Seit seiner Prostataoperation litt er an einer leichten Inkontinenz, in manchen Situationen ging ihm ein Tropfen in die Hose; zum Beispiel eben, wenn er beim Spazierengehen immer wieder stehen bleiben sollte. Auch wenn ihm Robert schon oft versichert hatte, ein Freund dürfe einem Freund alles zumuten, sprach er mit ihm darüber nicht.

»Erzähl weiter!«, sagte er.

»Wo war ich stehengeblieben?«

»Du bist im Schneesturm von deiner Praxis nach Hause gegangen … Spare dir dein Vorwort, komm zur Sache!«

»Ein paar Tage zuvor«, fuhr Robert fort, »habe ich Hanna in der Nähe vom Orient Hotel gesehen. Ich bin sehr erschrocken. Ich war auf dem Weg zu unserem Termin, Bess wartete wahrscheinlich schon, in letzter Zeit war es öfter vorgekommen, dass sie vor mir dort war. Ich erkannte Hanna sofort, obwohl sie Sachen trug, die ich an ihr noch nie gesehen hatte, einen Hut zum Beispiel, auch der Mantel war neu. Und obwohl – es ist schrecklich, wenn man das zugeben muss vor sich selbst – ich sage: Ich erkannte meine Frau *nicht* sofort. Die eigene Frau! Zu dir will ich ehrlich sein, Sebastian: Ich erkannte Hanna nicht sofort. Und ich glaube nicht, dass es nur an den neuen Kleidern lag. Ich hatte sie in den letzten Wochen nicht angesehen. Nicht einen Blick auf sie. Das funktioniert, glaub mir. Das funktioniert sogar im Frieden. Man kann im Frieden zusammenleben, ohne sich anzusehen. In Höflichkeit und Frieden. Und in Güte. Das funktioniert, glaub mir. Sie ging über die Stiege hinauf zur Kirche Maria am Gestade. Ich glaubte nicht, dass sie mich gesehen hatte. Einfach deshalb nicht, weil sie mich doch gewiss angesprochen hätte. Hanna kann doch nichts aufschieben, dachte ich. Vielleicht hat sie mich ja gesehen und mich ebenfalls nicht erkannt. Ich wunderte mich, was sie in dieser Gegend zu tun hatte. Sie kam vom Tiefen Graben her, dort gibt es nichts. Außer dem Hotel Orient gibt es dort nichts. Ich wartete, bis sie verschwunden war, dann habe ich mich in das Hotel geschlichen. Ich bin nach meinem Treffen mit Bess nicht nach Hause gegangen, sondern habe in der Praxis übernachtet. Auch in den folgenden drei Nächten war ich nicht zu Hause. Ich habe mit Hanna telefoniert, das schon. Ich habe sorgfältig auf den Tonfall ihrer Stimme achtgegeben. Es ist mir nichts aufgefallen. Ich war beruhigt. Und nun kam ich im Schneesturm heim. Ich sah das Licht von unten. Als ich die Wohnungstür aufsperrte, hörte ich sie. Ich hörte, wie drinnen jemand über den Flur lief. Und als ich eintrat, war sie nicht da. Alle Türen standen offen. Bis auf die Bade-

zimmertür. Ich rief ihren Namen. Antwort bekam ich nicht. Die Badezimmertür war abgesperrt. Da habe ich ein großes Mitleid mit ihr
bekommen, weißt du. Ich will dir sagen, was mir alles durch den Kopf
ging, ich will es dir sagen, Sebastian. Wenn einer wie ich so viele fremde Gedanken gehört hat in seinem Leben, dann kann er nicht mehr
gerade denken. Aber krumme Gedankenwege kann er gut nachvollziehen. Und Hanna ist eine Expertin auf dem Gebiet des Krumm-
denkens, das weißt du so gut wie ich, habe ich recht, Sebastian. Darum
ist sie mit dem richtigen Mann verheiratet. Und er ist mit der richtigen
Frau verheiratet. Auch wenn er sie nicht mehr liebt. Wahrscheinich
war für diese Verbindung Liebe gar nie vonnöten. Hanna zitierte. Jawohl. Das war es. Sie zitierte ein Geschehnis aus meiner Kindheit. Sie
wollte einen Schock bei mir auslösen. Sie wollte einen Schock auslösen, um mich auf ihr Leid aufmerksam zu machen. Weil sie keine andere Möglichkeit sah. Ich hatte ihr irgendwann erzählt, dass sich unsere Mutter über drei Stunden im Badezimmer eingesperrt hatte und
dass Jetti und ich sehr verzweifelt gewesen waren. Ich sicher mehr als
Jetti, Jetti war ja erst fünf, ich schon elf. Jetti hat das damals gar nicht
richtig mitgekriegt, zum Glück, so konnte sie sich ihr fröhliches
Gemüt behalten – ja, manchmal denke ich mir, das größte Geschenk
in meinem Leben ist die Tatsache, dass ich so eine Schwester habe!
Komm, komm, Sebastian, ich sehe schon die Runzeln auf deiner Stirn –
ein Mensch soll nicht mit dem Begriff *Tatsache* belegt werden –, schon
gut, schon gut … Ich wollte Jetti fortschicken damals, zu Nachbarn, ich
wusste nicht, was ich mit ihr anfangen sollte, was ich tun sollte, um sie
zu schützen. Ich rechnete nämlich fest damit, dass sich unsere Mutter
das Leben genommen hatte hinter der Badezimmertür. Dass sie sich
ins Bad eingeschlossen hatte, um sich das Leben zu nehmen. Unsere
Mutter litt an depressiven Schüben, an einer bipolaren Störung. Nehme
ich an. Genau weiß ich es nicht. Die manischen Phasen waren nicht so
intensiv ausgeprägt und traten auch nicht so plötzlich auf wie die depressiven. Ich habe das im Laufe meiner Praxis in solcher Heftigkeit
nie wieder erlebt. Ich muss dazusagen, in meiner Kindheit war die
Mutter weitgehend normal gewesen. Sie hat sich normal gehalten, das

wäre richtig ausgedrückt. Vielleicht hat sie auch nur so gut normal spielen können. Aber sie konnte Anfälle von plötzlicher Stille haben. Das klingt merkwürdig, aber sicher kannst du dir darunter etwas vorstellen. Mitten im Satz verstummt sie. Und redet eine Stunde lang nichts mehr. Einem Kind fällt das nicht unbedingt auf. Dann ist die Mutter halt still, und man tut irgendetwas, man spielt oder liest. Wenn sie sich allerdings einsperrt, dann ist das was anderes. Ich war elf Jahre alt, erst elf, aber ich habe sofort begriffen, die Situation war sehr ernst. Dass sie jetzt war, wie sie war, nämlich verrückt, dass sie die Kraft nicht mehr hatte, normal zu spielen. Es ist gar nicht so außergewöhnlich, dass Kinder Visionen haben. Die Erwachsenen glauben ihnen das nicht, auch die Psychiater glauben ihnen nicht. Sie glauben ihnen nicht, auch wenn sie selbst in ihrer eigenen Kindheit Visionen gehabt hatten. An diesem Tag hatte ich eine Vision. Ich sah durch die Tür hindurch. Ich konnte durch die Tür und durch die Wand hindurchsehen. Ich sah unsere Mutter auf dem Rand der Badewanne sitzen, sie hatte ein Rasiermesser in der Hand. Ich kannte das Messer. Es gehörte unserem Vater. Er pflegte sich auf altmodische Art zu rasieren, schärfte die Klinge an seinem Gürtel. Sie saß da, das Messer an ihrem Unterarm. Zweifellos saß sie schon die ganze Zeit so da. Sie rang mit sich. Sie wollte nicht mehr leben, aber sie traute sich nicht zu schneiden. Vielleicht dachte sie auch an uns, an Jetti und mich. Ich will sie nicht schlechtmachen, gar nicht, aber damals glaubte ich nicht, dass sie an uns dachte. Wahrscheinlich dachte sie an dieses gottverfluchte Wozu. Wozu leben? Irgendwann erlosch die Vision, und irgendwann war unsere Mutter aus dem Badezimmer gekommen ...«

16

»… ich schwöre dir, Sebastian, ich habe nie in meinem Leben von einer größeren Verzweiflung gehört, und die Praxis eines Psychiaters ist ein Beichtstuhl der Verzweiflung. Jetti und ich haben nie darüber gesprochen. Mit Hanna habe ich darüber gesprochen. Erst verfluchte sie unsere Mutter. Dass sie uns das hatte antun können. Dann aber hatte sie Mitleid mit ihr. Ich glaube, Hanna hat begriffen, wie verzweifelt unsere Mutter gewesen sein musste. Wir haben immer wieder darüber gesprochen. Und mit der Zeit drehte sich das Bild um, das sich Hanna von unserer Mutter gemacht hatte. Sie wurde für sie zu einer Ikone der Verzweiflung. Und dann komme ich nach Hause, und Hanna hat sich im Badezimmer eingesperrt. Ich wollte ihr von dem Telefonat mit Jetti erzählen. Sie hatte sich eingesperrt. Und keine Sekunde zweifelte ich daran, dass sie meine Mutter zitierte. Sie wollte sich nichts antun, nein, sie wollte mich auf ihre Verzweiflung aufmerksam machen, und sie hatte keine andere Möglichkeit gesehen. Ich dachte: Sie weiß es. Sie weiß, dass ich eine Geliebte habe. Sie weiß es, aber sie stellt mich nicht zur Rede. Du kennst Hanna. Sie hält nicht zurück, mit gar nichts hält sie zurück. Aber nun hat sie sich zurückgehalten. Wir denken doch – so denken wir beide doch, Sebastian –, dass Hanna mir einen Riesenzirkus machen würde, wenn sie erfährt, dass ich mich mit einer Frau in einem Stundenhotel treffe. Das wäre die zornige Hanna. Die verzweifelte Hanna aber, die bis ins Mark verzweifelte Hanna weiß sich keinen anderen Rat, als ein Geschehnis aus meiner Kindheit zu zitieren. Weil sie keine Worte hat für ihre Verzweiflung. Und ich sage dir, warum das so ist. Nie hat ihr jemand Verzweiflung zugetraut. Verzweifelt waren immer die anderen, die Hanna nicht, die doch nicht. Ich dachte genauso: Die doch nicht! Natürlich wirkte sie manchmal niedergeschlagen, düster, verdrossen, betrübt, bedrückt, verzagt, dann aber habe ich ihr nicht geglaubt. Ich dachte, sie spielt. Und in den meisten Fällen hat sie das auch sicher getan. Im Ländchen des Psychiaters, ich weiß schon, was du denkst, Sebastian, da gibt es nur krumme Wege, kein einziger führt schnurgerade von A nach B, einer

will das tun, tut aber genau das Gegenteil, einer sagt im Brustton der
Überzeugung nein, meint aber flehentlich ja, und der Psychoanalytiker denkt, er sagt ja, meint aber nein und sagt nur deshalb ja, damit
man nein von ihm denkt und so weiter und so weiter, immer vom Negativen ins Positive gespiegelt und umgekehrt und wieder zurück. Die
Seele ist ein Archiv der Missverständnisse. Missverständnisse können Wärme geben und Schutz bieten. Die Missverständnisse sind der
Geheimdienst unserer Seele, und du weißt ja, ohne die Geheimdienste
wäre der Kalte Krieg zu einem heißen geworden, und die Welt wäre
untergegangen. Wäre es nicht an der Zeit, all den braven anonymen
Agenten in Ost und West den Friedensnobelpreis zu geben? Hanna
kennt kein Wort für ihre Verzweiflung. Weil alle Worte abgespielt
sind. Von ihr selbst abgespielt. Aber warum spielt sie? Warum spielt
einer vor, ein anderer zu sein, obwohl er wissen müsste, dass man ihn
nicht weniger lieb hat, wenn er sich gibt, wie er ist? Das hat mich sehr
traurig gemacht, und ich hatte Mitleid mit Hanna. Meine Mutter, diese
Ikone der Verzweiflung, war ihr heilig, verstehst du. Ja, ich weiß schon,
das muss man relativieren. In der dreckigen, ideenlosen Wirklichkeit
konnte Hanna meine Mutter nicht leiden, und sie hat es vermieden,
ihr zu begegnen, und meine Mutter konnte Hanna nicht leiden. Aber
der Mensch hat den Kopf in der Luft oben, und dort streifen ihn manchmal die Ideen. Vielleicht weil sie ein schlechtes Gewissen hatte, ein
nachträgliches schlechtes Gewissen gegenüber meiner Mutter, hat
Hanna ihre Verzweiflung so verklärt. Ich habe ihr die Geschichte ja
erst nach dem Tod unserer Mutter erzählt. Niemals hätte sie das An-
gedenken an unsere Mutter verwendet, um auf sich aufmerksam zu
machen. Niemals. Außer ihre eigene Verzweiflung wäre so groß, dass
sie meinte, sich mit der Verzweiflung meiner Mutter messen zu können oder sie wenigstens mit ihr vergleichen zu dürfen. Da habe ich sie
wieder geliebt. Ich habe mich auf den Boden gesetzt, den Rücken gegen die Schlafzimmertür gelehnt und habe gewartet. Ich habe ihren
Namen nicht mehr gerufen, habe sie nicht gebeten, die Tür zu öffnen,
habe einfach gewartet, bis sie von selbst herauskam …«

Seit Beginn seiner Beziehung zu Bess hatte Robert nicht mehr im Ehebett geschlafen, sondern im ehemaligen Zimmer seines Sohnes Hanno. – In dieser Nacht habe er sich wieder zu seiner Frau gelegt.

17

Mitten in der Nacht sei er aufgewacht und habe gespürt, dass Hannas Hand unter der Decke auf seinem Geschlecht war. Hanna lag auf dem Bauch und hatte den Kopf von ihm abgekehrt. Sie schliefen bei gekipptem Fenster. Ein Schimmer fiel auf ihr Bett. Die Luft war eisig. Das freie Stück Leintuch zwischen den beiden Bettdecken fühlte sich klamm an. Hannas Schulter war verdeckt von ihrer, ihre Hand von seiner Tuchent, ihr nackter Arm dazwischen war kalt, wie tot. Er berührte ihn, zog schnell die Hand zurück. Er lauschte und urteilte, dass sie schlief und nicht nur tat als ob. In einem Schwall stieß sie die Luft aus, mit Mühe atmete sie ein. Er räusperte sich, bewegte sein Becken. Für zwei Züge kam ihr Atmen aus dem Rhythmus. Wenn sie mit wacher Absicht nach ihm gegriffen hätte, würde sie entweder die Hand abziehen oder zugreifen. Nichts geschah. Seit er Bess das erste Mal im Hotel Orient getroffen hatte, war keine solche Berührung mehr zwischen den Eheleuten gewesen. Sie hatten keinen Sex mehr gehabt. Er langte nach dem Handy auf dem Regal neben seinem Bett; es war halb drei. Er wollte sich vorstellen, an Hannas Stelle liege Bess. Stattdessen sah er Bess wach liegen, wie er wach lag, in ihrem Schoß die Hand ihres Mannes, und der Mann schlief, wie Hanna schlief. Er hob vorsichtig Hannas Hand und schob sie zurück unter ihre Decke und wickelte sie sorgsam ein. Er weckte den Mann in seiner Einbildung, und der Mann rollte sich herum und legte sich auf Bess, und er sah, Bess ließ ihn nicht nur gewähren, sondern hatte Freude daran. Er sah ihnen zu, wie sie sich liebten, und wartete auf ein Gefühl wie Eifersucht. Er erinnerte sich kaum mehr, wie Bess' Ehemann aussah. Außer bei der Gala hatte er ihn nicht gesehen, und Bess hatte nie von ihm erzählt, hatte ihn nie zitiert, hatte ihn nie beschrieben, hatte keine seiner Charaktereigenschaften geschildert, so dass er sich selbst ein Bild von ihm hätte machen können. Einmal hatte sie die Namen ihrer Söhne genannt, aber nur an einen erinnerte er sich, Gilbert. Und er hatte nie nach ihrer Familie gefragt. Es war nicht erwünscht.

Er stand auf, schloss das Fenster und ging aus dem Schlafzimmer.

In der Küche schaltete er nur das Licht über dem Herd und der Spüle an. Er stellte den Wassertopf für Tee auf, drehte die Backröhre auf 200 Grad, öffnete die Klappe und setzte sich davor, hielt abwechselnd Hände und Füße in den warmen Strom. Ihm fiel ein, dass Schokolade im Kühlschrank war, jedenfalls gewesen war, als er zuletzt hineingeschaut hatte. Er riss eine Tafel auf und kaute zwei Rippen hinunter. Er goss das heiße Wasser über den Teebeutel und wärmte sich die Hände an der Tasse. Er wusste, dass er ein erbarmungsloser Egoist war; wobei er das Wort *erbarmungslos* in den Dienst seines Selbstmitleids stellte: Robert Lenobel – wer immer das auch war – hatte kein Erbarmen mit dem zartesten von all den Ichs in seiner Brust, das ihn mit leiser Stimme ermahnte, ein guter Mensch zu sein oder es wenigstens sein zu wollen. Mit diesem Ich hatte ein drittes Ich in seiner Seele Erbarmen. Glücklich wäre er, wenn einer käme und sagte, dieses ist dein wahres Ich – glücklich ist übertrieben, rehabilitiert trifft eher zu … Er wusste, dass er ein erbarmungsloser, verlogener, mit Worten sich abputzender Egoist war; ein kaltes Stück Mensch, das sich eine doppelte Moral angeschirrt hatte, schlimmer als ein Mitleidloser; einer der ausgestattet war mit ebenso viel Talent zur Empathie wie zur Gleichgültigkeit, und das war wohl das abscheulichste Gemisch: Er konnte Leid sehen und begreifen, wie nur wenige es können (zehn Jahre Ausbildung, zwanzig Jahre Praxis!), und zugleich war es ihm wurscht. Einer, der nur so tat, als wollte und könnte er mittun beim Menschsein, es aber weder wollte noch konnte, so einer war er, ein Marsianer! – Jedes Wort wie ein Vaterunser nach einer katholischen Beichte: Selbstverfluchung als Absolution. Als er am Beginn seiner Ausbildung zum Psychoanalytiker gestanden und angesichts des Ozeans, der in den Büchern Seele genannt wurde, in tiefste Verzagtheit geraten war, hatte er sich einen Sommer lang ernsthaft mit dem

Gedanken getragen, vom Judentum zum Christentum überzutreten und – warum nicht? – in ein Kloster zu gehen, zu den Karthäusern – Schweigen, Einsamkeit, Gebet, Wunschlosigkeit und Erlöschen in Arbeit, um die Seele klein zu halten und immer kleiner zu würgen, bis sie eines Tages aus ihm verschwände. Die Seele war eine Erfindung des Judentums; die Juden hatten herausgekriegt, dass der Atem nicht einfach nur Luft, sondern Luft aus Gottes Mund war. (Der Psychoanalytiker ist der Jude, wie er im Buch steht.) Die Christen hatten die Seele als geistiges Erbe – richtig wäre zu sagen, als geistige Beute – mitgenommen aus der Zeitenwende und sie auf ihrem Siegeszug nach Norden vermischt mit der heiteren verantwortungsfreien Unwissenheit der Barbaren, die sie unterjochten. Herausgekommen war ein Hybrid, und wieder war es ein Jude gewesen, der dieses Gemisch analytisch in seine Bestandteile zerlegte und nach zweitausend Jahren endlich Ordnung in der Brust schaffte. Die Beichte der Katholiken war ihm als der einzige und denkbar umfangreichste Garant für die menschliche Freiheit erschienen; die Aufklärung war in Wahrheit Verknechtung durch eine übermenschliche Ambition: Sei gut! Der Mensch aber konnte nicht gut sein. Gott konnte es gut mit ihm meinen, das ja. Dazu brauchte die Seele allerdings einen Fürsprecher.

Aber den hatte sie ja!

Barfuß ging er hinüber ins Wohnzimmer, wo neben dem Sofa ein schmales Regal mit gedrechselten Säulen stand, darauf Sigmund Freuds *Gesammelte Werke*, die in blaues Leinen gebundene Ausgabe von 1972 (die billigere Paperback-Ausgabe war in der Praxis). Er nahm den Band 13, suchte den Aufsatz *Das Ich und das Es*, schlug eine beliebige Seite auf und las:

Man kommt endlich zur Einsicht, dass es sich um einen sozusagen »moralischen« Faktor handelt, um ein Schuldgefühl, welches im Kranksein seine Befriedigung findet und auf die Strafe des Leidens nicht verzichten will. An dieser wenig tröstlichen Aufklärung darf man endgültig festhalten. Aber dies Schuldgefühl ist für den Kranken stumm, es sagt ihm nicht, dass er schuldig ist, er fühlt sich nicht schuldig, sondern krank. Dies

Schuldgefühl äußert sich nur als schwer reduzierbarer Widerstand gegen die Herstellung. Es ist auch besonders schwierig, den Kranken von diesem Motiv seines Krankbleibens zu überzeugen, er wird sich an die näher liegende Erklärung halten, dass die analytische Kur nicht das richtige Mittel ist, ihm zu helfen …

Um fünf Uhr kehrte er ins Ehebett zurück und streichelte die Haut seiner Frau, und Hanna erwachte und drehte sich nahe zu ihm und flüsterte, dass sie so sehr darauf gewartet habe, und legte sich auf ihn.

Hinterher sagte sie: »Schade, morgen werde ich mich nicht mehr daran erinnern, ich bin nämlich nicht wach.«

18

Am Abend desselben Tages, im Stundenhotel, als sie nebeneinander auf dem Rücken lagen und sich einander die Zigarette hinüberreichten, antwortete Bess auf seine Frage:

»Ehrlich … ich weiß nicht mehr genau, was ich damals sagen wollte …«

Und er sagte, was er niemals zu sagen über sich gebracht hätte, als es wahr gewesen war: »Es hat mich verletzt, und es verletzt mich immer noch.«

»Oh!«, rief sie aus. »Ich glaube nicht, das ich das wollte! Bestimmt nicht!«

»Du willst mit mir schlafen, aber es hat nichts mit mir zu tun. Das hast du gesagt … Oder wörtlich: … *es hat weniger mit dir zu tun, als anständig wäre* … Das hast du gesagt … So hast du es gesagt. Ich habe es mir wörtlich gemerkt. So etwas merkt man sich.«

»Ich erinnere mich wirklich nicht mehr!« Sie richtete sich auf und sah ihn an und hielt seinem Blick stand. »Tut mir wirklich leid«, wiederholte sie, »ich kann mich nicht erinnern, dass ich etwas Ähnliches gesagt habe, Robert. Es ist mir ganz fremd, wirklich.«

»Nicht etwas *Ähnliches* hast du gesagt«, korrigierte er, und das klang nun nicht nach Schmerz, es klang nach primitivem Rechthabenwollen, und er fürchtete, dass sie genau das auch dachte, aber er bekam den Tonfall nicht heraus. »An so einen Satz erinnert man sich! So einem Satz hört man an, dass er vorbereitet worden ist. Solche Sätze ... nein, das glaube ich dir nicht ... dass solche Sätze spontan auf die Zunge hüpfen ... das glaube ich einfach nicht.«

»Und warum nicht?«

»Weil dieser Satz außergewöhnlich ist.«

»Ist er nicht ... Oder kann es nicht sein, dass einem gerade, wenn man nichts denkt, außergewöhnliche Sachen einfallen ... oder wenn man aufgeregt ist?«

»Nein, das kann nicht sein, Bess. Das ist ein Widerspruch in sich.«

»Bei mir ist es aber so.«

»Nein, auch bei dir ist es nicht so. Wenn du denkst, du denkst nichts, denkst du immerhin, dass du nichts denkst. Ich meine das allgemein ... Ich spreche nicht nur von dir ... Es ist theoretisch nicht möglich zu denken, dass man nichts denkt ... es widerspricht der Logik.«

»Dann weiß ich auch nicht. Lass es doch einfach gut sein, Robert!«

»Das Wörtchen *anständig*, das ist es ... Verstehst du? *Es hat weniger mit mir zu tun, als anständig wäre* ... dass du mit mir schlafen willst ... Es hat schon mit mir zu tun, aber nicht genug. Nicht genug. Nur so lässt sich das interpretieren. Eine andere Interpretation fällt mir nicht ein. Fällt dir eine andere Interpretation ein? Mir nicht. Weil es keine andere gibt. Es kann nur heißen, dass du noch aus einem anderen Grund mit mir schlafen wolltest, als dem, dass du mit mir schlafen wolltest. Und dass dieser andere Grund in deinem Entschluss überwogen hat ... darauf deutet das Wort *anständig* hin.«

»Aber das ist gewesen, Robert! *Es war!* Was immer es auch war, *es war*! Jetzt, jetzt schlafe ich mit dir, weil ich mit dir schlafen will. Und das ist der einzige Grund.«

»Das ist beruhigend. Danke.«

»Du brauchst dich nicht zu bedanken.«

»Ich tu es trotzdem.«

Er hätte es ohne weiteres dabei belassen können. Aber er wollte es nicht dabei belassen. Wie sie ihn ansah – er fühlte sich provoziert: Sie hatte den Kopf so weit in den Nacken gelegt, dass sie die Augenlider fast schließen musste, wollte sie ihn noch sehen. Er wusste inzwischen, dass dieser Blick keine Spur von Arroganz oder Hochmut enthielt, im Gegenteil: Verunsicherung, Ängstlichkeit und eine defensive Zerstreutheit, wie sie bei Kindern zu beobachten ist, die einer Prüfungssituation ausgesetzt werden. Aber wenn ich einer wäre, der es nicht wüsste, dachte er, dann würde ich diesen Blick für arrogant halten ...

»Du sagst, du *glaubst nicht*, dass du mich verletzen wolltest?

»Nein, ich glaube, das wollte ich nicht.«

»Du *glaubst* es. Aber es könnte sein, dass du mich verletzen wolltest? Es *könnte* sein. Konjunktiv!«

»Ja. *Könnte* sein, dass ich es wollte. Aber ich kann mich nicht erinnern.«

»Und warum? Warum wolltest du mich verletzen? Was habe ich dir getan?«

»Nichts.«

»Und warum trotzdem?«

»Es ist vorbei. Vorbei! Ich bitte dich noch einmal, Robert, lass es gut sein! Es ist vorbei. Wir beide kannten uns damals so gut wie gar nicht.«

»Wenn es vorbei ist, kannst du es mir doch sagen. Dann hat es keine Bedeutung mehr. Sag es mir!«

»Und wenn ich jemand anderen verletzen wollte?«

Damit ließ sich ein Lastwagen voll mit Munition beladen. »Und dieser andere, den du verletzen wolltest, mit dem warst du auch hier? Auch im Orient?«

»Wie kommst du auf diese Idee?«

»Also, bitte, Bess! Was war das für eine Geschichte?«

»Was meinst du?«

»Der Mann, mit dem du hier warst.«

»Ich denke nicht gern daran.«

»Und warum nicht?«

»Es war keine schöne ... Geschichte ... Episode ...«

»Episode. Keine Geschichte, sondern eine Episode. Was ist der Unterschied?«

»Das weiß ich nicht. Ich sage es einfach so … Ich will nicht alles definieren müssen.«

»Was war nicht schön … an dieser Episode? Weil er dir so viel bedeutet hat? Und dich dann verlassen hat?«

»Frag nicht.«

»Und trotzdem wolltest du mit mir unbedingt hierher?«

»Ich wusste nichts anderes.«

»Wir hätten uns bei mir treffen können … in der Praxis.«

»Das will ich nicht. Und das wollte ich nicht. Dort warst du wahrscheinlich schon mit deiner Frau gelegen. Das wäre nicht anständig.«

»Und hier warst du mit deinem Liebhaber gelegen.«

»Es ist das einzige Stundenhotel, das ich kenne.«

»Im selben Zimmer?«

»Lass es gut sein, bitte, Robert!«

»In diesem Zimmer, in dem wir gerade liegen?«

»Bitte, Robert.«

»Ich will nur wissen, ob auch in dem Zimmer, in dem wir gerade liegen.«

»Ja, auch hier. Was soll daran wichtig sein?«

Er musste sich zusammenreißen, um nicht zu hyperventilieren. »Du hast dich bei mir zur Therapie anmelden wollen … mit dem Vorsatz, eine Beziehung mit mir einzugehen … nein, nein, nur um mit mir zu schlafen. Hab ich recht? Nur aus dem einen Grund … jetzt sehe ich klar … nur aus dem einen Grund, damit du über ihn … mit dem du genau in diesem Bett gelegen bist … um über diesen Mann hinwegzukommen … nein, nein … um ihn zu verletzen … du hattest vor, ihm zu sagen, dass du mit einem anderen geschlafen hast … in der Hoffnung, er kommt dann zu dir zurück … Darum wolltest du mit mir schlafen. Darum war es nicht *anständig* … mir gegenüber … Das ist so … das ist so … es ist ungeheuerlich!«

»Weil ich deine Vorlesung gehört habe«, sagte sie und schluchzte – schluchzte sie? »Das hat mich interessiert. Du hast mir gefallen. Du warst sexy. Ich finde es sexy, wenn jemand gut denken kann. Du kannst gut denken, Robert. Bitte, Robert, lass es endlich gut sein!«

»Will man mit jemandem eine Beziehung eingehen, den man nicht kennt, den man nur vor sich sieht, dem man einfach zuhört, wie er vorne am Podium seine Sachen erzählt? Will man das? Will man das? Mit einem Wildfremden?«

»Das warst doch du! Du!«

Fast hätte er gesagt: Damals wusstest du ja nicht, dass ich es bin.

Eine lange Zeit lagen sie nebeneinander. Die Zigarette war längst gelöscht. Sie berührten einander nicht. Sie blickten auf die Decke.

»Robert«, sagte Bess. »Ich glaube, du liebst mich nicht mehr.«

Sie hatte recht, und er schämte sich.

SECHSTES KAPITEL

In einem Dorf, aber am Rand draußen, wo selten einer hinkommt, lebten ein Mann und eine Frau, die hatten kein Kind. »Kannst du verstehen, warum wir kein Kind haben?«, fragte die Frau an jedem Anfang und an jedem Ende eines Tages. »Ich kann's nämlich nicht verstehen.« – »Ich doch auch nicht«, jammerte der Mann, »ich doch um Himmels willen auch nicht!« Das war ihr Kummer, und es gab nicht eine Stunde am Tag, in der sie nicht an ihren Kummer gedacht hätten.

Dann war ein bitterer Winter. In der Nacht erwachte die Frau und weckte den Mann, der neben ihr lag, und sagte: »Ich habe geträumt, als ich ein Kind war, da hatte ich mich einmal verlaufen auf dem Feld hinter unserem Haus, und es war auch so ein bitterer Winter gewesen. Alles sah gleich aus, kein Hügel, kein Berg, nur das weite verschneite Feld. Der Himmel war voll Wolken, und ich konnte nicht sehen, wo Osten, wo Süden oder Norden war. Ich ging durch das Weiße, und da sah ich einen Baum vor mir. Ich legte mich neben ihn und schlief ein, und ich träumte, der Baum beuge sich über mich und wickle mich in seine Äste und Zweige und wärme mich und halte mich fest und wiege mich. Als ich aufwachte, schien der Mond, und er warf einen silbernen Streifen auf den Schnee bis zum Horizont. Ich folgte dem Streifen und fand zurück nach Hause.«

»Warum erzählst du mir das?«, fragte der Mann.

»Ich denke, wenn du den Baum suchst und ihn findest«, sagte die Frau, »dann schneide einen Ast von ihm ab und bring ihn nach Hause. Daraus kannst du ein Püppchen schnitzen, das könnte uns sein wie ein eigenes Kind.«

Der Mann glaubte nicht daran, aber er sah, dass der Kummer seiner Frau noch größer war als sein Kummer, und deshalb machte er sich mit seinem Schnitzmesser auf den Weg, um den Baum zu suchen, von dem seine Frau geträumt und der sie im Traum gewärmt und in seine Zweige eingewickelt und gewiegt hatte. Er fand den Baum mitten auf dem verschneiten Feld, und er schnitt einen großen Ast von ihm ab und schleifte ihn durch den Schnee hinter sich her. Zu Hause hockte er sich auf die Schwelle und schnitzte ein Püppchen, das war nicht größer, als ein Knie hoch ist. Es hatte ein feines Gesicht, das polierte der Mann mit einem Tuch, damit es noch feiner wurde, das Holz war frisch und weiß wie ein frischer Käse. Die Frau nähte aus einem Katzenfell einen Mantel und eine Haube und Stiefel, es sollte ja nicht allein zu Hause bleiben, wenn der Mann und die Frau in den Laden einkaufen gingen.

»Es ist ein Bub«, sagte die Frau, »habe ich recht? Wollen wir es denn nicht Kasgsichtl nennen, weil es ein Gesicht hat wie ein frischer weißer Käse?«

Von nun an gingen die beiden mit Kasgsichtl spazieren, sie zeigten sich im Dorf und betraten mit ihm den Laden, und die Leute gewöhnten sich an das kleine Kerlchen, und sagten: »Guten Morgen, Kasgsichtl, hübsch siehst du heute aus.«

In der Nacht wollten der Mann und die Frau erst, dass Kasgsichtl bei ihnen im Bett schlafe, nämlich zwischen ihnen, wie es Kinder gern tun, aber dann fühlten sie sich nicht wohl, sie wussten nicht zu sagen, warum sie sich nicht wohlfühlten, und der Mann nicht und die Frau nicht machten auch nur ein Auge zu in der Nacht, vielleicht eben, weil Kasgsichtl die Augen zu hatte, wo der Mann die Augen doch als offene geschnitzt hatte. Darum brachten sie es am Morgen wieder hinaus, wo sein Platz war gleich neben der Schwelle. Dort stand es und blickte geradeaus, und weil es aus Holz war, wurde sein Gesicht über die Wochen grau und bekam Risse wie ein Käse, der zu lange an der Luft gelegen hatte, und bald sah es aus wie ein alter Mann

»Schnitz doch noch einen Teller für Kasgsichtl«, sagte eines Tages die Frau, »und gleich auch noch einen Löffel dazu, damit es uns nicht verhungert und vertrocknet.«

Das tat der Mann. In der Nacht, bevor sie sich ins Bett legten, füllten sie in den Becher Brei und legten den Löffel daneben.

Der Mann aber dachte bei sich: In der Nacht, wenn sie glaubt, ich schlafe, wird die Frau aufstehen und den Löffel in den Brei tunken und den Teller ausleeren, und am Morgen wird sie sagen, schau, Kasgsichtl hat alles aufgegessen. Weil sie sich eben so sehr ein Kind wünscht! Darum hielt er sich wach und lauerte. Aber die Frau stand gar nicht auf, und sie tauchte den Löffel gar nicht ein und leerte auch den Brei nicht aus, damit es so aussähe, als hätte Kasgsichtl alles aufgegessen. Aber am nächsten Morgen war kein Brei mehr da, und der Löffel klebte, und das Gesicht von Kasgsichtl war wieder weiß und glatt wie ein frischer Käse. Da erschraken sie beide, und der Mann sah, dass auch die Frau nicht daran geglaubt hatte, und von nun an fürchteten sie sich vor Kasgsichtl und nahmen es auch nicht mehr mit nach draußen. Wenn sie am Abend zu wenig Brei in den Becher taten, rumpelte es in der Nacht und fauchte, und wenn der Mann oder die Frau aufstanden, um nachzugießen, sahen sie, wie sich die Augen von Kasgsichtl drehten.

Als der Frühling kam, wuchsen aus den Armen und Beinen von Kasgsichtl Knospen, die wurden im Mai zu grünen Zweigen, und bald trug es Blüten über und über, die verströmten einen Duft im Haus, der das Haus beinahe vom Boden aufhob. Da berieten sich der Mann und die Frau. Der Mann sagte: »Wir müssen Kasgsichtl aus dem Haus schaffen, denn wer weiß, was geschieht, wenn es Früchte trägt.« Und die Frau gab ihm recht. In der Nacht schlichen sie sich hin zur Schwelle und wollten Kasgsichtl packen und zur Tür hinauswerfen, dass es auf dem Misthaufen lande, wohin es ihrer Meinung nach auch gehöre. Aber Kasgsichtl hatte im Fußboden Wurzeln geschlagen. Als sich der Mann breitbeinig über das Bäumchen stellte und den Stamm fasste, um es auszureißen, da schlang sich ein Zweig um seinen einen Arm und ein zweiter Zweig um den anderen, und die Zweige zurrten den Mann so fest, dass er nicht mehr auskam. Von nun an musste die Frau beide füttern, den Mann und Kasgsichtl, den Mann fütterte sie mit Brot und gekochtem Kraut, Kasgsichtl mit Brei. Aber Kasgsichtl trieb immer mehr Zweige und Äste, und die umwickelten den Mann immer mehr, bis er zum Schluss darin unterging.

Da sah die Frau, dass ihr Mann verloren war, sie pflückte alle Blüten von dem Bäumchen und lief aus dem Haus und lief über das Feld, und sie blickte nicht zurück, und sie lief und lief, bis der Mond über ihr stand, da sank sie erschöpft nieder und schlief ein. Ein Wind kam auf, der trieb die Blüten von Kasgsichtls Bäumchen in die Welt hinaus.

1

»Da wusste ich, es ist vorbei«, erzählte Robert Lenobel seinem Freund, dem Schriftsteller Sebastian Lukasser, auf ihrem Spaziergang an der Donau entlang. »Dieser Aufwand an erbarmungsloser Logik, Pseudologik zu einem nichtigen Zweck! Ich will mich nicht davor drücken, ich meine vor dem Feigling in mir, ich will ihm meinen Willen entgegenhalten, das wollte ich, hätte ihm gern nachgegeben, das wollte ich aber nicht. Ich habe mir auf dem Weg nach Hause gedacht, ich bin nämlich vom Hotel direkt nach Hause gegangen, in die Garnisongasse und nicht in die Praxis, die Nächte in der Praxis sind mir auf einmal trostlos erschienen, nicht die Abende, aber die Nächte im Bett, auf dem Weg zu Hanna habe ich mir gedacht, ich schicke Bess eine SMS: Liebe Bess, ich glaube, Du hast recht, unsere Zeit ist vorbei. Ihr die Schuld zuschieben mit dem kleinen Du-hast-recht oder wenigstens ihr Einverständnis voraussetzen und schließlich Schlussmachen mit einer SMS, das wäre nicht typisch für mich, das darfst du nicht sagen, das weißt du, das wissen die Freunde, die mich kennen. Ich dachte, würde Bess unsere Beziehung beenden, sie würde mir eine SMS schreiben oder ein Mail, das dachte ich, sie würde dieses Problem elektronisch lösen, und sie würde sich dabei den Kopf nicht zerbrechen, sie würde denken, genau zu solchen Zwecken ist diese Art der Kommunikation erfunden worden, sie würde das weder abgeschmackt noch feige finden. Ich empfand einen Widerwillen, sie zu treffen. Wenn man eine Beziehung beendet, wenn man sich bewusst ist, dass die Beziehung am Ende ist, weiß man, dass sie eigentlich schon seit längerem zu Ende ist, man hat es vorher nur nicht wahrnehmen wollen. Ist es nicht so? Niemand will ein Ende zelebrieren. Ein bisschen Ende gibt es nicht. Und ein langsames Ende gibt es nicht. Ein Stück-für-Stück-Ende gibt es nicht. Ende heißt Ende. Sag mir ein anderes Wort, das sich aus sich heraus eindeutig definiert! Der Tod. Tod ist Tod. Ich kenne keine Überlegung zum Phänomen Tod, die nicht mit der Einsicht endet, dass es über den Tod nichts zu sagen gibt. Tod ist tautologisch. Mit dem Wort allein ist schon alles gesagt. Und nicht anders verhält es sich mit dem Ende. Die seelische Ökonomie befiehlt uns, ein Ende zu akzeptieren und gleich in etwas Neues zu starten. Auch die Trauer ist etwas Neues. Die Trauer um einen Menschen, ob er nun gestorben ist oder ob man sich von ihm getrennt hat, besagt ja gerade, dass dieser Mensch nicht anwesend ist. Trauer um einen Menschen, der neben dir geht, wäre pervers. Trauer setzt die Abwesenheit dessen, um den getrauert wird, voraus. Was also hindert uns daran, ein Ende als ein Ende zu *akzeptieren* und es nicht zu *zelebrieren* und das womöglich in stundenlangen Gesprächen, die nichts bringen und nur quälend sind für den einen wie den anderen? Der Anstand hindert uns daran. Mit einer SMS eine Beziehung zu beenden, die so leidenschaftlich, so existenziell war, das gehört sich einfach nicht. Aber es wäre besser gewesen. Das weiß ich jetzt. Man muss wissen, wann man hart, kalt, unanständig und brutal sein muss und wann nicht. Ich habe Bess auf dem Heimweg tatsächlich eine SMS geschickt. Liebe Bess, treffen wir uns morgen zum Mittagessen? Und sie zurück: Ok, gern. Und einen lieben Satz dazu. Unbeschwert! Fröhlich in die Nacht hinein! Damit hatte ich nicht gerechnet. Ich dachte, sie wird schreiben: Ja, Robert, wir müssen reden. Oder etwas Ähnliches. Man kann einer SMS nicht ansehen, was für ein Subtext mittransportiert werden soll. Aus ihrer Stimme konnte ich inzwischen sehr viel heraushören, bildete ich mir jedenfalls ein. Sie aus meiner wahrscheinlich auch. Hätte ich sie angerufen und gesagt, Bess, wir sollten uns morgen zum Mittagessen treffen, hätte sie gefragt: Wieso? Ist etwas? Und ich hätte nicht sagen können, nein, es ist nichts. Ich hätte sagen müssen, du hast recht, es ist etwas. Und wenn man sagt, es ist etwas, muss man auch sagen, was ist. Dann aber hätten wir eine Stunde lang telefoniert oder zwei. Und das wollte ich nicht. Ich dachte, für sie ist alles, wie es immer war. So interpretierte ich ihre SMS. Dass sie glaubt, ich liebe sie nicht mehr, was sie tatsächlich auch gesagt hatte, das war nur dahergeredet, wie man halt dahergeredet. Und ich fragte mich, warum hat dieser kleine Satz eine solche

Wirkung auf mich ausgeübt. Sie sagt: Robert, ich glaube, du liebst mich nicht mehr. Und prompt denke ich: Sie hat recht. Die Antwort habe ich dir gegeben: Weil ich, ohne dass es mir bewusst war, längst schon in mir abgeschlossen hatte. Aber wann? Und warum? Was war vorgefallen? Es war nichts vorgefallen. Überdruss. Überdruss. Überdruss ist das schauerlichste Gefühl, zu dem der Mensch fähig ist. An das Gefühl des Überdrusses schließt der Gedanke an Selbstmord an. Überdruss ist, wenn sich Langeweile und Hass zusammentun. Das Kind einer solchen Verbindung heißt Überdruss. Während unserer ganzen Beziehung war immer schlechtes Wetter. Kaum ein Sonnentag. Am Anfang haben wir uns manchmal die Frage gestellt, ob wir im Frühling noch zusammen sind. Es muss schön sein, durch die Sonne zu gehen. Freust du dich nicht auch, wenn wir endlich irgendwo im Freien auf trockenem Boden sitzen? Solche Fragen stellt man sich, wenn man verliebt ist und einem keine andere Antwort einfallen kann als, natürlich werden wir im Frühling noch zusammen sein und werden hinausfahren in die Donauauen oder in die Wachau oder werden im Lainzer Tiergarten spazieren gehen. Ab wann, um Gottes willen, ab wann war mir langweilig geworden in unserer Beziehung? Nichts an Bess ist langweilig, absolut nichts. Sie ist voller Rätsel. So viele Bereiche ihres Lebens wären für mich zu ergründen gewesen. Woher die Langeweile? Weil das, was wir hatten, immer gleich war? Hotel Orient, Mittagessen am Donaukanal, Telefonieren. Aber hätten ein paar weitere Treffpunkte oder gemeinsame Tätigkeiten daran so viel geändert? Langeweile hat nichts mit Mangel an Abwechslung zu tun. Im Gegenteil, je mehr einem nach Abwechslung verlangt, desto näher rückt die Langeweile an einen heran. Und woher der Hass? Um Gottes willen, Sebastian, sag mir, woher der Hass! Und Hass worauf? Ich hasse Bess doch nicht! Aber das Zusammensein mit ihr verdrießt mich. Ich habe mich bemüht, immer der zu sein, der ich bin. Und habe mir trotzdem nicht die Frage gestellt: Wer bin ich? Erst wenn man sich diese blödeste aller Fragen stellt, verliert man sich, oder hat man sich bereits verloren. Wenn einer fragt, wer bin ich, weiß ich auch schon, dass ihn eines sicher nicht interessiert, nämlich, wer er ist. Zu dieser Erkenntnis bin ich gelangt. Ich frage am Beginn einer Behandlung meinen Patienten oder meine Patientin: Was ist Ihr Ziel? Die meisten sagen, Erleichterung oder etwas, was darauf hinausläuft. Daran ist nichts auszusetzen, das ist gesund. Wer gesund werden will, der ist gesund. Wenige sagen: Ich will mich kennenlernen, ich will wissen, wer ich bin. Dann sage ich: Hier sind Sie falsch. Das sage ich natürlich nicht, das denke ich. Und wenn sie ein Jahr in Behandlung sind oder kürzer, sehen sie selbst, dass man ein Ich nicht finden kann und dass auch keine Notwendigkeit dazu besteht. Aber ich, ausgerechnet ich habe mir diese Frage gestellt. Als ich in der Badewanne gelegen bin, als ich endlich einen Abend allein für mich hatte, etwas was ich mir gewünscht habe wie kaum etwas anderes. Wer bin ich? Wenn sich ein Psychoanalytiker diese Frage stellt, müsste sein nächster Weg zu einem Waffenhändler sein ...«

2

»Wir haben uns also zum Mittagessen getroffen. Sie kam in Arbeitskleidung, in ihrer zu weiten Hose und dem zu weiten Pullover, und einen Augenblick zögerte ich, weil sie mir so gut gefiel, so hübsch war sie, die Sachen, die sie anhatte, die ließen sie so fröhlich, so glücklich erscheinen. Es wäre richtig gewesen, ich hätte gesagt, Bess, zieh deinen Mantel wieder an, ich zieh meinen Mantel an, und nun werden wir gemeinsam, ob du das willst oder nicht, in dein Atelier gehen, und du zeigst mir, was du machst. Und wenn sie die ganze Zeit darauf gewartet hatte? Vielleicht wollte sie einen brachialen Beweis dafür, dass ich mich für ihr Leben interessiere. Ich dachte aber, sie will das nicht, und habe es akzeptiert. Schau mich an, Sebastian! Was bin ich für ein Psycholog, der glaubt, Ja heißt Ja und Nein heißt Nein? Wo es doch zu allen Zeiten die Psychologen waren, die darauf hingewiesen haben, dass in den meisten Fällen Ja eben Nein und Nein eben Ja bedeutet. Ich wollte nicht, dass wir zuerst essen und uns dabei unterhalten, als wäre nichts, und wie hätten wir uns denn anders unterhalten sollen, und erst nach einer Stunde herausrücken, nein, das wollte ich nicht. Nein, ich habe zu Bess gesagt, gleich als sie sich gesetzt hatte, habe ich gesagt: Bess, ich glaube, unsere Zeit ist abgelaufen. Das ist kein glücklicher Ausdruck, das weiß ich auch. Sag mir einen glücklichen Ausdruck, Sebastian! Ich warte. Siehst du. Sie fiel aus der Fassung. Sie sah mich an, mein Gott, ohne jede Kraft, es war schrecklich. Ich hatte geglaubt, sie wird sagen: Robert, damit habe ich gerechnet, dass du das sagen wirst. Und dass sie es gesagt hätte, wenn ich es nicht gesagt hätte. Aber sie hat nicht damit gerechnet. Sie hat sofort verstanden. Eine Weile war sie nicht in der Lage, etwas zu antworten. Sie starrte mich nur an. Und ich war drauf und dran zu sagen, sollten wir unsere Beziehung nicht für eine gewisse Zeit aussetzen, das meine ich, Bess, nur das meine ich, oder etwas ähnlich Verlogenes und Saudummes, in solchen Situationen wird man zum Verehrer des Wörtchens *allmählich*. *Fade out.* Dass man sich *allmählich* trennt. Das wollte ich aber nicht. Ich wollte, dass Schluss ist. Ich wollte nach dieser Unterhaltung in die Praxis gehen und denken, das ist erledigt. Wie schaust du mich denn an, Sebastian! Ich brauche keine Moralpredigt, am wenigsten von dir. Erklär es mir, wenn du es weißt! Warum ist das so bei mir gelaufen? Kein *allmählich*. Plötzlich. Plötzlich verliebt, plötzlich nicht mehr verliebt. Sie hat gesagt: Was soll ich jetzt tun? Was soll ich tun. Was soll ich nur tun? Es war furchtbar, sie anzusehen. Sie war kaum wiederzuerkennen. Sie stand auf und ging. Kein stolzer Gang, kein zorniger Gang. Nur müde. Ohne Kraft. Nur viel Mühe, die Tür zu öffnen. Ich habe ein paar Minuten gewartet, dann bin ich auch gegangen. Schon auf dem Weg zur Praxis hat sie mich angerufen. Was soll ich jetzt tun? Immer wieder. Ich sagte, Bess, das war von vornherein klar, dass es irgendwann zu Ende geht mit uns. Mir war das nicht klar, sagte sie. Und ich habe angefangen, ihr Vorwürfe zu machen. Genau das, was ich mir vorgenommen habe, was ich nicht tun will. Bess, habe ich gesagt, du hast mich nicht zu dir gelassen, du hast mir nichts von dir erzählt, du hast mir bei unserem ersten Gespräch am Telefon, als du wolltest, dass ich dich als Patientin nehme, da hast du mir mehr von dir erzählt als in den Wochen danach. Was ich über dich weiß, was ich von der Welt weiß, in der du lebst, das hast du mir damals am Telefon erzählt. Du hast mich nicht ein einziges Mal in dein Atelier eingeladen, ich weiß, dass du Künstlerin bist, aber das ist auch schon alles. Sie hat nur geweint, wild geweint und immer wieder gesagt, was fang ich jetzt an, was fang ich jetzt an. Und irgendwann, ich bin schon die längste Zeit vor der Praxis auf der Straße gestanden in dem Regen, der mir inzwischen auf die Nerven ging, ich kann gar nicht sagen wie, irgendwann hat sie aufgelegt. Ich habe das Handy auf Flugmodus gestellt. Mein schwierigster Patient hat schon gewartet. Ich habe mir gedacht, dass es weitergeht. Das ist nicht das Ende, habe ich mir gedacht, dieses Ende wird sich hinziehen, Bess wird das Ende nicht akzeptieren, es wird eine Beziehung werden, die nur noch aus Ende besteht, ein Kunststück eigentlich, aber eines, das niemand haben will, das sich niemand ansehen möchte, das nur dazu da ist, zum Psychiater getragen zu werden. Am Abend, als ich das Handy wieder eingeschaltet habe, habe ich gesehen, dass sie achtmal angerufen hat. Ich habe sie zurückgerufen, und wir haben geredet, und ich habe ihr gesagt, Bess, habe ich gesagt, ich wundere mich schon sehr, weißt du, du bringst es nicht fertig, auch nur ein einziges Mal zu mir zu sagen, dass du mich liebst, nicht ein einziges Mal, und jetzt wunderst du dich, dass ich *allmählich*, nun habe ich das Wort angebracht, dass ich allmählich zu dir auf Distanz gehe. Das war nicht fair, das ist mir klar. Was wäre fair gewesen? Die Wahrheit? Die Wahrheit wäre gewesen: Bess, lass mich in Ruhe!«

3

Sie stand an Hausecken und wartete auf ihn. Oder er bildete sich ein, dass sie an Hausecken stehe und auf ihn warte. Es irritierte ihn, wie viele Frauen eine ähnliche Frisur hatten. Und ein ähnliches Profil. Und ungefähr ihre Größe hatten und die Handtaschen auf ähnliche Weise trugen.

Aber Bess wartete auch tatsächlich auf ihn. In der Girardigasse vor der Haustür sah er sie, unter dem Schild *Dr. Robert Lenobel, Psychia-*

ter und Psychoanalytiker, er kam gerade die Gasse herauf, tat keinen Schritt weiter. Sie hatte den Stolz aufgegeben. Sie eilte ihm entgegen und sagte:

»Ich habe den Stolz aufgegeben.«

Ihr Gesicht war blass und hatte rote Flecken an den Wangenknochen. Sie bat ihn, es noch einmal mit ihr zu versuchen. Diese Formulierung schmerzte ihn so sehr, dass er sich von ihr losriss und davonlief, zwischen den hupenden Autos hindurch über die Wienzeile rannte und sich unter das Getümmel beim Naschmarkt mischte, mit hochgezogenen Schultern, als durchschritte er das Jammertal. Als könnte er sich selbst loswerden. Was bin ich für ein Hund, der eine schöne, kluge, selbstbewusste Frau zu einer solchen Formulierung veranlasst! *Versuche es noch einmal mit mir!* Diese Fürbitte trampelte durch seinen Kopf bis in den Abend hinein, und er fand keine Erklärung, keinen Zusammenhang, keine Erlösung. Er fühlte kein Begehren, nur Rührung. Und er fürchtete, Letztere würde tiefere Spuren graben.

Hanna fragte, wie es seinem Buch gehe. Warum hatte auch sie rote Flecken an den Wangenknochen? Warum auch sie diesen flackernden Blick? Ob er ihr etwas vorlesen wolle, fragte sie. Das wäre zu früh, seufzte er. Er brauche eine Pause, Abstand. Er habe viel geschrieben in letzter Zeit. Was immer ihm eingefallen sei, einfach niedergeschrieben habe er es. Es müsse sich erst setzen. Er metaphertete: Durch Aufschreiben werde mehr inneres Erdreich gehoben als durch Sprechen, eigentlich sollte er seine Patienten zum Schreiben überreden, Freud lege zu viel Wert auf das Direkte, wenn er sage, in der analytischen Behandlung gehe es um nichts anderes als Austausch von Worten zwischen Analysiertem und Arzt, vielleicht würde dieser Austausch in brieflicher Form mehr fruchten und so weiter und so weiter … – Jedes Wort klang ihm wie Hohn und Spott auf die eineinhalb Seiten »inneres Erdreich«, das er bislang »gehoben« hatte, zumal es obendrein zur Hälfte aus Zitaten bestand. »Es muss sich erst setzen.« Und wie bitte sah das aus, wenn sich ein Niedergeschriebenes setzte?

Hanna meinte zu wissen, was ihm guttat. Ihr jedenfalls hatte es gutgetan. »Schlafen wir miteinander«, sagte sie. Und sie schliefen miteinander, und er dachte, es wendet sich nun doch alles zum Besseren.

Er ließ sich einen Vollbart wachsen, rasierte ihn sorgfältig aus und stutzte ihn, ein Konterfei, als habe er sich ein kurzes, dichtes Fell angelegt, auf der Oberlippe und zum Kinn hin schwarz, ansonsten grau. Er kaufte bei *Peek und Cloppenburg* in der Kärntnerstraße drei karierte Flanellhemden im Holzfällerstil, die nichts anderes darstellten als das Gegenteil seines seit seiner Studienzeit gepflegten Geschmacks, der sich konsequent auf Schwarz und Weiß reduziert hatte. Hanna lobte ihn, der Bart und die neuen Sachen zeigten ihn in einem neuen Licht, sagte sie, einem sehr interessanten Licht. Sie besorgte eine braune, weite Schnürlsamthose und einen geflochtenen cognacfarbenen Gürtel dazu, ein weiches Wolljackett in einem dezenten Olivton und braune, knöchelhohe, derbe Schuhe.

»Das ist sehr mutig von dir, dein Bildnis zu verändern«, sagte sie.

Tatsächlich »Bildnis« hatte sie gesagt, als habe er nicht einen Kopf, sondern ein Haupt, und keinen Atem, sondern einen Odem. Gegen seinen Willen fühlte sich sein Körper von Anfang an sehr wohl in den neuen Kleidern, jedenfalls solange er sie in der Wohnung trug. Aber als er am Sonntagmorgen (unter dem ersten Sonnenschein seit vielen Wochen) zur Bäckerei beim Schottentor spazierte, war ihm, als glotzten ihn die Bürger an und grinsten in sich hinein. Den Rest des Tages verbrachte er zu Hause im Bademantel. Nach vier Tagen war er sein Spiegelbild leid, und er rasierte sich glatt und weiß.

Die Eheleute aber gewöhnten sich etwas Neues an: Sie aßen auf dem Sofa zu Abend. Sie saßen einander gegenüber, die Rücken an den gegenüberliegenden Lehnen, über ihre Knie breiteten sie eine Decke, darauf stellten sie das Tablett mit den niederen Beinchen, das in den Kindertagen für Hanno besorgt worden war, als er eine schwere Grippe gehabt hatte und lange Zeit im Bett bleiben musste. So saßen sie und aßen. Dazu lief der Fernseher. Wenn die Nachrichten durch waren, waren sie auch mit dem Essen fertig, sie räumten ab und schalteten ab und legten sich zueinander und redeten über Gott und die Welt, nicht einmal den *Tatort* schauten sie sich am Sonntagabend an, und Robert meinte, er habe sich seiner Frau seit ihrer Hochzeitsreise (woran das riesige Blechgemälde über dem Sofa erinnerte) nicht mehr so verbunden gefühlt; er meinte auch, sie schaue ihn lieb an.

Aber dieser Friede, dieser sogenannte innere Friede, hielt nur wenige Tage. Er hatte sich vor seiner Geliebten zu seiner Frau geflüchtet.

»Ich nehme an der Welt nicht teil«, sagte er zu Hanna.

»An welcher Welt?«, war ihre Antwort, und es war zweifellos die richtige Antwort, aber sie änderte nichts und erhellte nichts. Die Welt zog weiter, wer nicht mitkam, der suchte um einen Termin an bei einem anderen, der ebenfalls nicht mitkam. Die Psychotherapie war gerade einmal der Fluchtpunkt bei dem großen Fangenspielen, mehr war sie nicht, mehr konnte sie nicht leisten – ätsch! Wer früher ein Kranker war, war heute ein Versager. Ein Zurückbleiber. Und bald ein Zurückgebliebener. Und wer hatte gesagt, nach zwei Jahren Psychoanalyse bestehe kein Unterschied mehr zwischen dem Analytiker und dem Analysanden?

4

Er befahl sich von nun an Muße in sein Leben; die Muße, am Morgen die Zeitung zu lesen. Er stand eine Stunde früher auf, setzte sich in die Küche und las. Und war mit den zwei österreichischen Blättern, die sie abonniert hatten, bald nicht mehr zufrieden. Ausgerechnet das Sorgenkind unter seinen Patienten, der Dicke mit den kaputten Zähnen, für den in der Welt so offensichtlich kein Platz war, dass sein Therapeut den Schluss gezogen hatte, er wolle an dieser Welt von sich aus, freiwillig und entschieden nicht teilnehmen und habe es auch nie gewollt, ausgerechnet dieser erklärte ihm – selbstverständlich, ohne dass er ihn darum gebeten hätte –, was ein iPad ist und dass man auf diesem eleganten Gerät eine Menge Zeitungen lesen könne, die *FAZ*, die *Neue Zürcher*, die *Süddeutsche*, *Die Zeit*, die meisten obendrein gratis, und dass man sich an Gesprächen beteiligen könne; dass man sich unter Menschen bewege wie auf einem Marktpatz, nur eben virtuell.

Das entsprach seinen Wünschen: Unter Menschen zu sein, ohne unter Menschen sein zu müssen. Am gleichen Tag besorgte er sich in dem Apple-Geschäft in der unteren Mariahilferstraße dieses Ding. Nun saßen er und Hanna an den Abenden auf dem Sofa und surften oder hörten sich auf YouTube alte Songs an oder schauten sich Lieblingsfilme an oder lasen sich gegenseitig vor. – Er hatte ganz vergessen, dass ihm Bess – vor langer, langer, langer Zeit! – schon auf dieses technische Portal zur Welt aufmerksam gemacht hatte.

Irgendwann sagte Hanna, sie habe es nun satt. Und er sagte, er habe es auch satt. Hatte er aber nicht. Von nun an war das Gerät aus der Sonne des Bewusstseins verbannt.

Er deponierte es in Hannos Zimmer auf dem Regal beim Bett zwischen den Büchern, die sein Sohn gelesen hatte oder nicht gelesen hatte, er hatte ihn nie mit gebundenem Papier in Händen gesehen. Hier verbrachte er inzwischen wieder seine Nächte – diesmal auf Bitten von Hanna, weil sie sich an das Alleinschlafen gewöhnt habe, wie sie ihm, ohne bitter oder rachsüchtig zu wirken oder wirken zu wollen, erklärte. Wenn es leise geworden war in der Wohnung und er unter dem Türschlitz kein Licht mehr sah, nahm er das Ding zu sich und beteiligte sich an Diskussionen in diversen Foren, wie er es vom Sorgenkind gelernt hatte. Oder er schrieb Postings zu verschiedenen Themen. Er unterzeichnete mit »Dr. Robert Lenobel«. Dass man auch einen anderen Namen, einen falschen, dass man jedes beliebiges Wort als Namen angeben dürfe, erfuhr er bei der nächsten Sitzung eine Woche später.

Das Sorgenkind freute sich, seinem Retter etwas voraus zu haben und ihm helfen zu dürfen.

»Die meisten, die Kommentare schreiben«, erklärte er ihm, »verwenden mehrere Nicknames, manche ändern ihren Namen von Eintrag zu Eintrag. Manche wechseln von Mal zu Mal den Account, dann kann man nie herauskriegen, wer schreibt, oder nur sehr schwer. Wenn man allerdings ganz sicher gehen möchte, muss man einen Proxyserver verwenden. Dann muss man sich überhaupt keine Sorgen machen.«

»Sorgen warum?« Die Begriffe verstand er nicht.

»Eben, dass man einem draufkommt.«

»Auf was?«

»Weil man Sachen sagt, die man sonst nicht sagen würde.«

»Was zum Beispiel?«

»Böse Sachen.«

»Was für böse Sachen?«

»Das weiß doch jeder selber, was böse ist.«

»Ja, das weiß man. Glauben Sie, dass man das weiß?«

»Ich glaube, dass man das weiß, ja.«

»Und warum tut man das?«, fragte er.

»Man hat ein gutes Gefühl dabei.«

»Was für ein Gefühl?«

»Man hat das Gefühl, dass man frei ist.«

»Wie meinen Sie das?«

»Man ist nicht verantwortlich, was der Nickname schreibt. Das ist herrlich. Man kann sich jeden Blödsinn erlauben.«

Dr. Robert Lenobel erlaubte sich nicht jeden Blödsinn. Keinen einzigen erlaubte er sich. Was er schrieb, war vernünftig und im Ton gelassen, und er hätte es jederzeit in jeder Öffentlichkeit verantworten können. Er fühlte sich als Vermittler und Beschwichtiger der oftmals hysterischen, herablassenden, zynischen Kommentare von »Avocado des Teufels« oder »Schürzenjäger 2.0« oder »Brennofen« oder »dead cat bounce« oder »Catch 22«. Einmal nahm ein Poster Bezug auf einen Eintrag von »Dr. Robert Lenobel«, es war nichts weiter als dummes Gewäsch, aber lobend; er freute sich weit in den nächsten Tag hinein und konnte es nicht erwarten, bis er nachts zu Bett ging. Tatsächlich gewann er allmählich das Gefühl, an der Welt teilzuhaben; nur – den Gedanken, ein Betrüger zu sein, einer, der sich einschleicht, der eigentlich nicht dazugehört, der mithört, diesen Gedanken bekam er nicht los, auch wenn nichts auszumachen war, was diesen Vorwurf im Entferntesten hätte rechtfertigen können. Er vermutete, das liege daran, dass er mit seinem wahren Namen unterschrieb; wo doch die Gesellschaft, in der er sich bewegte, aus lauter Lügnern bestand.

5

Irgendwann las er einen Artikel auf *derstandard.at*, darin wurde von einer Bande aus Moldau berichtet, die in der Nacht durch die Stadt ziehe und Menschen niederschlage, um ihnen das Smartphone zu rauben; besonders brutal gehen die Männer vor, hieß es, eines ihrer Opfer liege auf der Intensivstation.

Und nun schrieb er zum ersten Mal unter einem Pseudonym – *Rächer* –, und bevor er den Text in sein iPhone tippte, schrieb er ihn mit Bleistift auf ein Blatt Papier:

Ich sag nur, dass die Herrn aus Moldau aber saublöd schaun würdn, wenn in einem Smartfon in Zukunft etwas eingebaut wär das man mit einer bestimmten Nummer wen man anruft eine kleine Sprengstofladung auslöst, das das Handy zerstöhrt ist.

Es gefiel ihm, Rechtschreib- und Zeichenfehler zu machen, er kam sich aufgenommen vor – obwohl er dachte, dass jeder mit einem halbwegs funktionierenden Verstand merken musste, dass die Fehler absichtlich waren; ein Poster hatte ihm einmal Arroganz vorgeworfen, und er war zur Auffassung gekommen, der Vorwurf sei nur erhoben worden, weil seine Postings die einzigen fehlerfreien waren.

Schon nach wenigen Minuten bekam er Antwort: *Endlich ein gescheiter vorschlag! Wenn die Diebe wissen das sie nur ein kaputtes Handy kriegen stehlen sie nicht.*

Und gleich darauf der nächste Vorschlag: *Warum nur eine kleine Sprengladung? Ein zwei Fingerlein könnten auch draufgehen. Mit denen hat er auch gestolen. Wo er herkommt wird ihnen die Hand abgehackt.*

Nächster Eintrag: *Nicht gleich beim Anläuten sprengen, den Zünder einstellen, dass wenn abgehoben wird gesprengt wird, puff ist der Kopf dran.*

Nächster Eintrag: *Gleich sprengen, wenn er das Handy in der Hosentasche hat reißts ihm die Eier ab.*

Nächster Eintrag: *Präparierte Gratishandy an die Arschlöcher aus dem Osten bei der Grenze austeilen und gib ihm.*

Bis nach Mitternacht verfolgte er die Kommentare. Alle bezogen sich auf das Posting von *Rächer.* Alle fanden seinen Vorschlag gut. Dreimal mehr aufgestellte grüne Daumen wurden geklickt als gesenkte rote. Einer schrieb, er werde sein Handy nach der Anleitung von *Rächer* präparieren; wenn in den nächsten Tagen von einem Moldawier berichtet werde, der mit halbem Kopf herumlaufe und die andere Hälfte suche, dann dürfe man Bescheid wissen.

Er fühlte sich mächtig. Ungesund und mächtig. Und aufgenommen in eine Gesellschaft von Wahnsinnigen, denen er weder zuhören noch ins Gesicht schauen und deren Wahnsinn er auch nicht zu Protokoll bringen musste. Allerdings beunruhigte ihn, dass seine wahre Identität trotz Pseudonym eruiert werden könnte, immerhin hatte er quasi eine Anleitung zum Bombenbauen geliefert. Bei der nächsten Sitzung wollte er unbedingt das Sorgenkind bitten, ihm noch einmal zu erklären, wie man eventuellen Nachforschungen ausweichen kann. Und ihm vielleicht auch zu erklären, was ein Proxyserver ist.

Über zehn Tage hatte sich Bess nicht gemeldet – nachdem er von ihr davongelaufen war, die Girardigasse hinunter. Eines Morgens rief sie wieder an. Er war auf dem Weg in die Praxis, sie kannte seine Gepflogenheiten des Tages, wusste, dass diese halbe Stunde Fußweg eine kleine Zeit war, in der er nicht abgelenkt wurde. Nun war ihr Ton anders. Was an ihr so ekelhaft sei, dass er die Flucht ergreife? Ob er sich nicht vorstellen könne, wie sehr das einen Menschen kränke, wenn man von ihm davonläuft? Wenn man auf seine fliegenden Beine und seinen Hinterkopf schauen muss? Dass er sie abstreife wie ein schmutziges Hemd. Dass sie sehr von ihm enttäuscht sei. Dass sie meine, es wäre anständig gewesen, wenn er sich bei ihr gemeldet hätte. Ob er ahne, wie demütigend es für sie sei, sich nach seinem letzten Auftritt wieder bei ihm zu melden.

Er hörte sich ihre Vorwürfe an, sagte nichts dazu und legte auf.

Sofort rief sie wieder an. »Verdammt, ich muss mit dir sprechen!«

»Lassen wir es, Bess«, sagte er und bemühte sich um einen müden Ton: »Zerstören wir nicht auch noch die schönen Erinnerungen.« Und hatte nicht den Nerv, sich zu schämen oder sich zu ärgern, weil ihm nur eingefallen war, was jedem Trottel einfallen würde, der mehr als drei amerikanische B-Streifen in seinem Leben gesehen hatte.

»Ich will nichts anderes, als dir etwas zeigen«, sagte sie.

»Was willst du mir zeigen?«

»Ich kann es auch deiner Frau zeigen«, rief sie unter heftigem Atmen und legte auf.

Eine SMS folgte: *Morgen 12 Uhr.*

Auch Bess wartete nicht, bis sie bestellt hatten. Nicht einmal den Mantel legte sie ab.

»Ich bin schwanger«, sagte sie.

6

Inzwischen gingen die Freunde im Nebel. So satt war der Nebel, dass sie ihre Kapuzen über den Kopf zogen, und auf ihr Gesicht legte sich die Feuchtigkeit. An Sebastians Parka perlten Tropfen über den imprägnierten Stoff hinab. Robert trug einen langen dunklen Lodenmantel, in den ein gestepptes Futter eingeknöpft war, schwer hing er an seinen Schultern. Dieser Winter wollte nicht enden, es war März.

Sie gingen über den aufgeweichten Boden, Schuhe hatten sie sich gekauft, beide, unabhängig voneinander, Arbeitsschuhe für Forstarbeiter, nur für diese letzten Wochen. Sie waren mit dem Bus bis zum Alberner Hafen gefahren, Endstation, und weiter vorbei am Friedhof der Namenlosen, zum Donaudamm gegangen und darauf weiter stromabwärts, da waren einige blaue Flecken am Westhimmel gewesen, in ihrem Rücken, jetzt war die Sicht eng, man hätte glauben mögen, man gehe an einem Meer entlang. Strandhäuser säumten ein Stück weit ihren Weg, sie waren verlassen und unheimlich; die Boote, die an Land und auf dem Gesicht lagen – Nachäffungen nur mehr, wie die Treppenaufgänge, die Türklinken an den Toren, die verbarrikadierten Fenster, die Holz- und Betonpfähle, auf denen die Häuser standen, die Bänke auf den Veranden, nach Westen ausgerichtet.

Robert war schon einmal hier draußen gewesen, ebenfalls zusammen mit Sebastian, an einem glühenden Tag im August, das war bestimmt zehn Jahre her. Er meinte, sich zu erinnern, dass es Sebastian damals nicht besonders gegangen war; dass sich der Freund selbst als lebensmüde bezeichnet hatte ... Oder täuschte er sich, verwechselte er etwas? Anders: Sie waren spazieren gegangen und unverhofft zu dem kleinen Friedhof gelangt, wo die Namenlosen begraben sind, die von der Donau angeschwemmt werden, Selbstmörder die meisten. Lebensmüde. Sebastian hatte den Ort gekannt und hatte ihm darüber berichtet ... das war es ... nicht Sebastian hatte sich als lebensmüde bezeichnet, er hatte über die Lebensmüden gesprochen. Aus keines anderen Mund hatte er je dieses Wort gehört. Nur gelesen hatte er es bis dahin. Konnte das sein? Unzählige Selbstmordkandidaten hatte er behandelt. Und niemals sollte sich einer seiner Patienten als lebensmüde bezeichnet haben? Konnte das sein? Was für ein schönes Wort übrigens. Was für ein friedliches Wort! Müde zu sein und sich jederzeit zum Schlaf hinlegen zu dürfen – das war zweifellos eine Form der Glückseligkeit. Grausam hingegen war es, einen Lebensmüden am Schlaf zu hindern, auch wenn der Schlaf hier nur eine Metapher war. Lebensmüdigkeit war keine Metapher. Auch wenn am Abend ein Fest gegeben wird, wer müde ist, verlässt nur ungern das Haus. Auch eines glücklichen Lebens konnte einer müde sein.

Als er Bess kennenlernte, hatte er geglaubt, genügend Kraft zu haben, ein neues Leben zu beginnen, ein eigentliches Leben – dass jetzt *der große Ernst* anhebt. Ein Ideal lief vor ihm her, ein wunderliches, versucherisches, gefahrenreiches Ideal. Er hatte nicht gehadert, weil er bisher zu viel Zeit verloren habe, er hatte geglaubt, es bleibe ihm immer noch genug. Er erinnerte sich an ihren Geruch – war es bei ihrem zweiten oder ihrem dritten Besuch in seiner Praxis gewesen? –, als sie in ihrer Arbeitskleidung vor ihm gestanden war, Ölfarbe, Terpentin und ein feiner Duft nach ihrem Schweiß. Nun war er tatsächlich müde, und die Zeit, die ihm blieb, schien ihm zu lang, viel zu lang. Nichts war hier draußen.

Als Sebastian ihn am Telefon gefragt hatte, wo sie sich treffen sollen, in der Trattoria La Norma in der Singerstraße oder im Café Sperl, hatte er geantwortet, er halte es zur Zeit zwischen Wänden schwer aus, ob er mit einem Spaziergang einverstanden sei. Und auf die Frage wohin, hatte er, ohne zu überlegen, geantwortet, zum Alberner Hafen und an der Donau entlang. Eine halbe Stunde später hatten sie sich am Stephansplatz getroffen, um mit der U1 nach Simmering zu fahren und von dort weiter mit dem Bus. Und sie hatten gelacht, weil sie die gleichen Schuhe trugen, und mehr gelacht, weil sie die Schuhe im selben Geschäft gekauft hatten, in einem Fachgeschäft für extreme Arbeitskleidung in Floridsdorf.

Abermals also hatte er den Freund angerufen und diesmal nicht, um seine Euphorie mit ihm zu teilen oder sie ihm mitzuteilen, und gewiss nicht, um ein Referat über Geheimnis und Magie der menschlichen Stimme zu halten; sondern um ihm die lange kurze Liebesgeschichte von Bess und Robert zu erzählen.

Und um von ihm Hilfe zu bekommen.

Und die bekam er.

7

»Sie lügt«, sagte Sebastian, nachdem er ihn nicht ein einziges Mal unterbrochen hatte. »Sie ist nicht schwanger. Sie will dich fertigmachen. Ruf sie an, oder besser, schreib ihr ein Mail, nein, schreib nichts, sie könnte es gegen dich verwenden, und telefonier auch nicht mit ihr, sie könnte das Gespräch mitschneiden, nichts leichter als das. Triff dich mit ihr! Nicht in einem Lokal. Irgendwo auf der Straße, wo es laut ist. Und du rede nicht laut! Und dann sagst du zu ihr, du hast mit Hanna gesprochen. Hast ihr alles erzählt. Hast ihr gesagt, dass du Vater wirst. Wahrscheinlich Vater wirst. Sag, wahrscheinlich Vater wirst. Du must ihr einen Weg offen lassen. Und dass Hanna sehr gekränkt ist, dass sie sehr verzweifelt ist, am Boden zerstört, und dass sie sich etwas antun könnte, aber dass die Sache ausgesprochen ist zwischen euch. Dass sie sich etwas antun könnte, das lass besser weg. Das klingt nach Erpressung, nach Rache, nach Bluff. Das durchschaut sie. Sie kennt dich, sie weiß, dass du ein Experte bist im Erzeugen von schlechtem Gewissen. Dann wird sie denken, auch das andere, was du gesagt hast, ist ein Bluff. Oder sie durchschaut es nicht, und die Sache tut ihr leid, und sie nimmt von sich aus Kontakt zu Hanna auf, um sie zu trösten und sich mit ihr gegen dich zu verbünden. Darum sag einfach, Hanna weiß es. Geh in die Offensive! Sag ihr, sie kann sich ruhig mit Hanna in Verbindung setzen. Rate ihr, sie soll sich mit Hanna in Verbindung setzen. Wenn du das sagst, wird sie es nicht tun. Nein. Sag nur, was nötig ist. Sag nur, dass du mit Hanna gesprochen hast. Sag es, aber kommentier es nicht. Und wenn sie dich fragt, antworte, aber bleib sparsam.«

»Und wenn sie schwanger ist?«

»Wird die Sache wahrscheinlich schlimm für dich, schätze ich. Habe ich recht? Könntest du damit umgehen? Du wärst nicht der Erste. Solche Sachen können gut ausgehen. Hast du diesen Fall durchdacht? Oder wolltest du mit mir sprechen, damit ich diesen Fall durchdenke, für dich?«

»Stell mich nicht als Feigling hin! Ich bin kein Feigling.«

»Doch das bist du.«

»Bin ich ein Feigling. Und?«

»Nichts und.«

»Es wird nicht gut ausgehen. Bei mir nicht. Hanna wird mich verlassen.«

»Und wie wäre das für dich?«

Er überlegte. Er sollte aber nicht überlegen. Bei so einer Frage nachzudenken war bereits eine Antwort. »Ich könnte es überstehen«, sagte er.

»Natürlich könntest du das überstehen! Ich glaube, es nützt einem, zu wissen, dass man nicht der Erste ist.«

»Und Hanna?«, fragte Robert.

»Ob sie es überstehen wird?«, fragte Sebastian.

»Das meine ich nicht. Sie wird es überstehen. Sie wird Hanno und Clara auf ihre Seite bringen. Aber auch das ist es nicht, was mich lähmt.«

»Was dann?«

»Ich werde ein neues Leben beginnen müssen. Das will ich nicht.«

»Das haben schon andere vor dir gekonnt.«

»Ob ich es könnte, weiß ich nicht. Und wenn ich es könnte, ich will es nicht. Als wir uns das letzte Mal getroffen haben, du und ich, ich meine in dieser Causa, vor viereinhalb Jahren, meine ich, da wollte ich nichts lieber, als ein neues Leben beginnen. Jetzt ist dieser Gedanke nur mehr Ekel. Mich selber hinüberlupfen in ein neues Leben – diesen schweren, müden, unfähigen Brocken, der wahrscheinlich schon nicht mehr lebt, diesen Kadaver. Ich kann dir den Ekel gar nicht beschreiben. Einer, der blufft. Einer, der immer und immer wieder nur blufft.«

8

Was nun geschah, hat Sebastian Jetti nicht erzählt.

Robert wich zwei Schritte zurück, riss den Verschluss seines Mantels auf, griff tief in die Innentasche und holte eine Pistole hervor. Und hielt sie sich an die Schläfe. Und verharrte so. Auch Sebastian rührte sich nicht. So standen sie sich gegenüber, Robert den Wind im Rücken, Sebastian im Gesicht.

»Schieß«, sagte Sebastian.

Robert holte tief Luft und hustete. »Was soll ich?«, fragte er.

Sebastian ging langsam auf ihn zu, die Hände streckte er beschwörend aus. »Ich meine natürlich, schieß nicht. Schieß nicht, meine ich.«

»Ich habe gedacht, du sagst, ich soll schießen.«

»Was ist das, das du da in der Hand hast?«

»Was fragst du denn so? Was soll das sein? Das ist eine Pistole. Und es ist eine echte Pistole. Ich habe sie gekauft.«

»Wo kriegt einer wie du eine Pistole zu kaufen? Ich wüsste nicht …«

»Was redest du für einen Scheiß, Sebastian! Ich halte mir die Pistole an den Kopf!«

»Ja, das ist wirklich ein Scheiß.«

»Bitte, Sebastian, komm nicht näher. Bitte, Sebastian, dreh dich um und geh davon. Oder besser, geh an mir vorbei, zurück, woher wir gekommen waren. Geh und dreh dich nicht um.«

Nun aber stand Sebastian schon dicht vor ihm. Ohne Eile, in einer ruhigen Bewegung, nahm er Robert die Pistole aus der Hand.

»So«, sagte er, »jetzt geh du! Geh! Geh, woher wir gekommen sind! Dreh dich um! Geh! Los!«

»Mach keinen Blödsinn, Sebastian!«, sagte Robert.

Aber Sebastian machte einen Blödsinn. Er presste sich die Mündung gegen die Schläfe. Wie es Robert getan hatte.

»Ist das der Blödsinn, den du meinst?«, sagte er. »Ist das der Scheiß? Oder das?«

Nun richtete er die Pistole auf Robert. Er streckte den Arm aus, bis die Waffe Roberts Stirn berührte.

»Oder meinst du diesen Blödsinn? Meinst du diesen Scheiß?« Und hielt die Waffe wieder an seine Schläfe. »Oder doch eher diesen?«

»Bitte, hör auf«, sagte Robert. »Es tut mir leid. Ich weiß nicht, was in mich gefahren ist.«

»Das wäre jetzt also die letzte Verzweiflung«, sagte Sebastian. »Habe ich recht? Ich habe mich nämlich die ganze Zeit gefragt, was meint er mit der vorletzten Verzweiflung. Da muss doch noch eine letzte kommen.«

»Lass es gut sein. Drehen wir um. Das Theater tut mir leid.«

Aber Sebastian ließ es nicht gut sein. Er hielt sich die Waffe gegen die Schläfe und drückte ab. Es klickte. Mehr nicht. Er drückte noch einmal ab. Wieder nur Klick. Dann warf er die Waffe von sich, hinein in den Fluss, der grau und eisig neben ihnen war, in einem hohen Bogen flog sie.

»He!«, sagte Robert schwach. »He, die hat hundert Euro gekostet.«

Dann drehten sie um und gingen zurück, über ihre eigenen matschigen Fußspuren.

9

Und Robert sprach von den zwei Büchern, die er über ZVAB erworben hatte, dozierte, fröhlich, mit großem Appetit auf Denken, als befände er sich vorne am Pult im Hörsaal 1 der Universität für angewandte Kunst.

»Beide Schopenhauerianer, sowohl Ghysbrecht und Szittya sowieso. Und ich kann nicht sagen, welcher von beiden der Gefährlichere ist ...«

Szittya, sprach er in die ihm zugewandte Gesichtshälfte seines Freundes, sortiere den Freitod zwischen Anekdote und Statistik ein, als erstelle er ein Inventurprotokoll, in dem sich diese Apotheose des Tragischen, was der Selbstmord ja sei, nicht weiter von Rubriken wie Kleidung, Nachtisch, Sportart oder Hautausschlag unterscheidet, womit der Wert des Lebens erniedrigt werde und der Gedanke, es auszulöschen durch eigene Hand, nicht über die Überlegungen bei der Auswahl von T-Shirts gestellt werde oder der Zubereitung von Bananenmilch oder über die Trainingsmethoden für einen Volksmarathon oder die Kriterien der Unterscheidung zwischen Nivea-Creme und Sonnenöl. Ghysbrecht dagegen verehre den Selbstmord geradezu, stelle ihn als die einzige heroische Tat dar, die in einem nichtheroischen Zeitalter wie dem unseren möglich sei. Kleist und Henriette Vogel, die im Leben nichts verband, seien erst durch ihren gemeinsamen Freitod zu einem Liebespaar geworden, einem innigeren als Romeo und Julia, die ja gar nicht sterben wollten.

»George Sand hat übrigens gestanden, dass sie in den schönsten Gegenden bei schönstem Wetter stets eine rauschhafte Sehnsucht nach dem Tod erfasst habe. Weißt du, darum habe ich mir gedacht, es ist besser, wir spazieren bei diesem Sauwetter ...«

»Wenn du aber nicht bluffst«, unterbrach ihn Sebastian barsch, »also, wenn du sie zum Beispiel bittest, nicht mit Hanna zu sprechen, womöglich in deinem notorisch selbstmitleidigen Ton, machst du erstens ihre Macht größer, zweitens ihren Zorn größer, weil sie sich nämlich verraten fühlt, und sie wird sich verraten fühlen, alleingelassen mit dem Kind, auch wenn sie nicht schwanger ist. Sie wird denken, so also würde er sich verhalten, wenn ich tatsächlich schwanger wäre. Darum belüg sie, sag, du hast mit Hanna offen gesprochen, dann hat sie Respekt vor dir, dann ist ihr deine rücksichtslose ›Ehrlichkeit‹ unheimlich, aber das ist ein Vorteil für dich.«

»Du bist mir unheimlich, Sebastian, du!«

»Ich? Dir? So. Oh! Was denn! Du willst doch nur, dass ich dir bestätige, was du dir längst und fest zurechtgelegt hast! Damit du einen hast, über den du dich empören kannst. Der dir kalt und herzlos beweist, dass es keinen anderen Weg gibt. Du brauchst dich nur den Argumenten zu unterwerfen. Einen Rat holt man sich nicht, um beraten zu werden, sondern um sich selbst von den Konsequenzen loszusprechen.«

»Mein Gott, du hast recht!«, seufzte Robert.

Aber Sebastian ließ ihn nicht aus. »Einen Rest Anstand würdest du beweisen, indem du mir widersprichst.«

»Du eignest dich eben besser zum Schurken als ich.«

»Ich gebe dir einen schurkischen Rat, du führst ihn aus. Wer ist der bessere Schurke?«

»Und Bess?«

»Ist im günstigsten Fall eine Lügnerin, also auch eine Schurkin.«

»Und das Kind, wenn sie nun tatsächlich schwanger ist?«

»Hat eine gute Chance, in einem günstigen Umfeld aufzuwachsen. Vater ein angesehener Psychoanalytiker, Stiefvater ein angesehener Internist.«

»Wie nennt man, was du da gerade treibst?«, fragte Robert, den Scheinheiligen spielend, aber so, dass Zynismus und Scheinheiligkeit als ein Als-ob erkannt werden sollten, sowohl hienieden, als auch anderswo – so dürfte sich oben und unten jeder aussuchen, was ihm in seinen Kram passte.

Eine Rivalität war zwischen den beiden Freunden, die da an der Donau entlanggingen unter den Schreien der Möwen, die gegen den Wind ruderten. Robert zitierte, was Emil Szittya schrieb, nämlich, dass Künstler, und unter diesen besonders die Schriftsteller, eine Affi-

260

nität zum Freitod hätten. Wer also habe zu diesem Thema mehr beizutragen, der Psychoanalytiker, der alles weiß, oder der Dichter, der sich alles denken und ausdenken kann?

Sebastian vollführte mit seinen dicken Handschuhen eine Geste, die irgendeine Geste war. Sagte aber nichts dazu.

»Kennst du den?«, fragte Robert. »Ein Jude verkündet, wenn er wählen könnte, ob er lieber ein Millionär oder lungenkrank wäre, würde er sagen: lungenkrank. Millionäre sterben nämlich alle, eine Lungenkrankheit aber überleben inzwischen mehr als neunzig Prozent.«

»Staffier dich nicht mit einem Judentum aus, das dich vom Täter zum Opfer umfärben soll! So ein Judentum gibt es nicht«, bremste Sebastian den Witz ab.

»Ich bin der Jude, wie er im Buch steht«, gab ihm Robert zur Antwort. »Wusstest du das nicht?«

Zwei, drei Lungenfüllungen lachten sie gemeinsam und gingen weiter. Gegen den Wind. Stumm.

10

Jerusalem (dpa, 3. April 2015) – Israels Sicherheitskabinett lehnt wie erwartet die Atom-Einigung des Westens mit dem Iran kategorisch ab. »Dieses Abkommen würde eine große Gefahr für die Region und die Welt darstellen und das Überleben des Staates Israel gefährden.«

Das sagte Ministerpräsident Benjamin Netanjahu am Freitag nach einem Treffen von Kabinettsmitgliedern und hochrangigen Sicherheitsbeamten. Der Regierungschef bemängelte nach einer Mitteilung seines Büros unter anderem, dass internationale Sanktionen schnell abgeschafft würden. »Das Abkommen würde Irans Wirtschaft erheblich stärken. Es würde dem Iran so die Mittel geben, um seine Aggression und seinen Terror im Nahen Osten voranzutreiben«, sagte Netanjahu.

Durch die Gefahr eines nuklearen Wettrüstens im Nahen Osten würde außerdem die Gefahr von Kriegen steigen, sagte Netanjahu weiter. Aus seiner Sicht gibt es nur eine Alternative: »Standhaft sein, den Druck auf Iran erhöhen – so lange, bis ein gutes Abkommen erreicht ist.«

Die fünf UN-Vetomächte (USA, Russland, China, Frankreich, Großbritannien) sowie Deutschland hatten sich nach tagelangen Gesprächen am späten Donnerstagabend mit dem Iran auf die Eckpunkte für ein Rahmenabkommen geeinigt. Es sieht strenge Beschränkungen für das iranische Atomprogramm vor. Im Gegenzug sollen Wirtschaftssanktionen aufgehoben werden. Obama hatte in der Nacht zum Freitag in einem Telefongespräch mit Netanjahu betont, dass Washington sich weiterhin Israels Sicherheit verpflichtet fühle. Er sehe in den erzielten Vereinbarungen einen Fortschritt.

Postings, die Dr. Robert Lenobel unter verschiedenen Nicknames zu dieser Nachrichtenmeldung geschrieben hat:

ROLLENDER KATER:
Das auserwählte Volk darf also Atomwaffen haben, nur die anderen nicht? Was machen die Beschnittenen damit? Sind ihre Raketen denn auf gar niemanden gerichtet? Zeigen sie in den Himmel?

MARQUIS DE SADE:
Vielleicht wollen sie ihren Gott abknallen.

RUDOLFO VALENTINO:
Wär höchste Zeit.

SHORTY THE GREAT:
Gibt es eigentlich eine heilige Truhe, in der alle auserwählten Vorhäute gesammelt werden?

BREITE MASSE:
Und die Gefahr, dass Israel die Atombombe zuerst zündet?

FRISCHLUFT IM LAND:
Dann kann man nur hoffen, dass sie ein Rohrkrepierer wird.
Huch, was bin ich für ein Böser!

BREITE MASSE:
Du meinst also ...

RUDOLFO VALENTINO:
Ja, das meint Frischluft im Land. Genau das meint er. Oder sie.

MARQUIS DE SADE:
Oder es.

BREITE MASSE:
Was wär dann. Hab ich nicht verstanden.

RUDOLFO VALENTINO:
Das wär der größte Witz der Menschheit, vom brennenden Dornbusch
zum Atompilz und alles am selben Platz. Bumsti! Armageddon.

SHORTY THE GREAT:
Noch einmal, meine Frage war gar nicht böse gemeint, echt nicht: Gibt
es in der Bibel eine Truhe oder so was, in der der Judengott die Vorhäute
sammelt? Darf man das nicht fragen? Ich kann mir nicht vorstellen,
dass der die alle einfach wegschmeißt.

GEBIETSKRANKENKATZE:
Klar, die gibt es. Jede Vorhaut genau beschriftet, die werden dann
beim Jüngsten Gericht wieder ausgegeben. Da wird eine Nummer drauf
tätowiert.

WERNER KRABICHLER:
Seid ihr alle wahnsinnig? Ihr seid ja noch rassistischer als die Araber.
Wo bin ich hier gelandet?

ROSENKRANZ:
Die Araber sind die neuen Juden. Hab ich gelesen.

GEBIETSKRANKENKATZE:
Und wo bitte ist da der Rassismus? Wenn die Juden keine Rassisten
sind, dann bin ich auch keiner. Aber nur dann. Ich kenn mindestens
vier, alle eingebildet und reden nur über ihre großen Schwänze, und
dass sie die ungläubigen Frauen ficken wollen. Weil das eh wurscht ist
und sie dann in den Himmel kommen.

ROLLENDER KATER:
Das verwechselst du mit den Arabern.

ROSENKRANZ:
Wie Bierflaschen angeblich.

FRISCHLUFT AM LAND:
Du bist beim Volk gelandet, pass auf, dass es keine Bruchlandung wird,
Arschloch.

BISMARCKS ZECKE:
Wer sich mit einer anderen Rasse zusammentut wie der Jude Zimri mit
der midianischen Prinzessin Kosbi, der wird mit einem Speer auf seine
Geliebte genagelt. Beiden durchs Herz. Weil Rassenschande. Das hat
Pinhas gemacht, der Enkel vom Aaron. Da haben alle geklatscht.
Kannst du in der Bibel nachlesen. Und der Judengott hat das auch gut
gefunden und hat mitgeklatscht. Kannst du auch nachlesen. Aber das
ist natürlich kein Rassismus. Weil Rassisten sind nur die anderen. Und
grausam ist es auch nicht. Grausam ist nur der Koran.

ROLLENDER KATER:
Obergscheiter

RUDOLFO VALENTINO:
Oberrabbiner

WERNER KRABICHLER:
Österreich ist ein Scheißland! Ein Naziland. Wenn Israel einen Rat nötig hat: Schickt eure Atomraketen auf Österreich. Alle miteinander punktgenau auf Wien! Trifft keinen Falschen.

AFFENMUTTER HELGA:
Dann machen wir ein riesiges EU-Schwimmbad daraus. Super! Von St. Pölten bis Eisenstadt. Strahlendes Erholungsgebiet Donauauen.

ROLLENDER KATER:
Man sollte dieselben Sanktionen gegen Israel richten wie gegen den Iran. Der Iran hat jedenfalls bisher noch keine Nachbarn angegriffen.

HÖRE, MERKE!:
Wie kommt es, dass nach dem angeblichen Holocaust immer noch genug von der Sorte übrig sind? Da sind doch Zahlen gefälscht worden. Da sind wir doch wieder einmal belogen worden.

HUMP-DUMP:
Der Holocaust ist der Cowboyfilm des 20. Jahrhunderts, das ist fix.

HÖRE, MERKE!:
Eher Science-Fiction-Film.

AFFENNUTTE HELGA:
Lustig ist das Zigeunerleben. Juristen und Araber sind nachweislich dümmer als Juden und Maikäfer.

ECKPFEILER 123:
Lass der Herr das Geigen, ich begehre nicht zu tanzen.

DER SIEGER BEKOMMT ALLES:
Würden wir plötzlich den Zünder zur Zerstörung der Welt in den
Händen halten – hätten wir dann den Mut, ihn nicht auszulösen?

11

»Ich glaube, ich muss dir erzählen, was ich weiß«, hatte Sebastian zu
Jetti gesagt, als sie ihm die Mail zeigte, in der ihr Bruder schrieb, dass
er in Jerusalem sei und in dem berühmten Café Ta'amon in der King
George Street sitze und den Kellner um einen Bleistift und einen Bogen Papier gebeten habe, um an seinem Buch weiterzuschreiben ... Ihr
Bruder, unterbrach sie Sebastian, ihr Bruder sei ein berechenbar unberechenbarer Mensch.

Und eben dies aber dachte Jetti über Sebastian, hatte sie immer über
ihn gedacht, und wenn sie sich richtig erinnerte, hatte sie ihn Robert
gegenüber mit genau diesen Worten charakterisiert – »Sebastian ist
ein berechenbar unberechenbarer Mensch«.

Das war gewesen, nachdem sie Sebastian bei Hanna und Robert
»eingeführt« hatte – diesen Begriff wiederum hatte Hanna verwendet – als wäre die Vierzimmerwohnung in der Garnisongasse ein
Fürstenpalais oder zumindest eine Dependance der Besseren Gesellschaft. Es war ja so deutlich gewesen, wie angetan Robert von diesem
Mann war. Er hatte gleich am nächsten Morgen bei ihr, Jetti, angerufen und gefragt, was sie von Sebastian halte – keine näheren biografischen Details wollte er wissen, sondern: *Was sie von ihm halte.*

Und auch Hanna war an Sebastian interessiert gewesen. Sie, weil
sie hoffte, ihr Mann habe endlich jemanden gefunden, mit dem er sich
auf gleichem Niveau austauschen könnte. Hanna, so eine von Jettis
Hypothesen, schraubte Roberts sogenanntes Niveau gern nach oben,
damit sie selbst, die ja durch Ehevertrag an ihn gebunden war, mit
hinaufgelupft würde. Hanna kam aus einem soliden Eck, Robert aus
einem luziden. Vielleicht aber waren Hanna die endlosen Monologe

ihres glitzernden Gemahls inzwischen auf die Nerven gegangen, und sie hoffte auf Entlastung, wenn er sich intellektuell auch bei jemand anderem ausbreitete. Wahrscheinlicher war, dass sie sich tatsächlich um ihren Mann sorgte – um sein körperliches und seelisches Wohlergehen natürlich auch, da meinte sie allerdings, ganz auf Pharmazie und Supervision vertrauen zu dürfen –, vor allem um sein geistiges Wohl.

Hanna war der Meinung, ihr Mann sei der Intelligenteste der Intelligenten, sei also meistens gezwungen, unter seinem Niveau zu sprechen, und das schwäche den Geist, wie Unterernährung den Körper und Mangel an Liebe die Seele schwächen. Einmal hatte Hanna zu Jetti gesagt, Bücher allein könnten einen Geist wie den ihres Mannes nicht satt machen, jedenfalls nicht auf die Dauer. Wenn es nach Robert gegangen wäre, hätten sich Sebastian und er jeden Tag getroffen, zweimal am Tag sogar, zu Mittag in ihrer Trattoria in der Singerstraße und dann noch am Abend in der Garnisongasse. – Von einem Besuch ihres Bruders bei Sebastian zu Hause wusste Jetti nichts. – Eine Zeitlang war Sebastian ein allabendlicher Gast bei den Lenobels gewesen, besonders angefreundet hatte er sich mit Hanno, den er für die Musik begeisterte, kleine Konzerte habe er sogar organisiert, er auf der Gitarre, Hanno hatte gesungen, das Publikum waren Freunde der Familie gewesen. Dann hatte Sebastian eine Frau kennengelernt, von da an wurden seine Besuche seltener, der Mittwochmittagstermin in der Trattoria aber blieb aufrecht …

Dass Sebastian nun, nachdem er Roberts Mail gelesen hatte, die gleichen Worte verwendete, um ihren Bruder zu charakterisieren – »Er ist berechenbar unberechenbar« –, irritierte und amüsierte sie zugleich. Nicht, weil Robert seinem Freund vielleicht verraten hatte, wie sie, Jetti, ihn sah, und ihr Diktum Sebastian nicht gefallen haben könnte, sondern weil die Welt um ein Zwillingspaar reicher war, um ein Duo, wie es fast immer, ob das gewünscht war oder nicht, als komisch empfunden wurde, nicht lächerlich, sondern hochachtungsvoll komisch, weil Witze kreierend, weil kauzig, weil selbstgenügsam und asozial, weltfremd und zugleich die Welt in ihren Widersprüchen spiegelnd – Pierrot und Harlekin, Bouvard und Pécuchet, Cocl & Seff, Abbott and Costello, Pat und Patachon, Laurel und Hardy, Graf Bobby und Graf Rudi, Tünnes und Schäl, Schulze und Schultze, aber auch Goethe und Schiller, Marx und Engels, Mick Jagger und Keith Richards, Fidel Castro und Che Guevara. – Robert Lenobel und Sebastian Lukasser ... Alles Männer, meist solche ohne Frauen; und wenn der eine oder andere doch eine hatte, dann spielte sie in seinem Leben keine Rolle, jedenfalls keine so bedeutende, dass er ohne sie auch nur um einen Hauch anders geworden wäre.

Über diese Art männlicher Zweisamkeit wusste Jetti ein wenig Bescheid; vor vielen, vielen Jahren war sie – eine andere Jetti – mit einem jungen Musik- und Literaturwissenschaftler liiert gewesen, der an einer ewigen Dissertation über das Phänomen des Duos arbeitete; sie hatte ihm aufopferungsvoll geholfen, hatte recherchiert, korrigiert und formuliert und bald schon viel mehr darüber gewusst als er. Als ihn schließlich die letzte Kraft verließ, bot sie ihm an, die Dissertation von Grund auf zu schreiben; sie meinte, das schaffe sie in zwei oder drei Monaten; das Thema sei ausreichend originell, so dass jeder Doktorvater sich die Finger ablecken würde, wenn er sich damit brüsten könnte. Er schenke ihr die Idee, sagte der traurige Dissertant. Sie habe ohnehin die meiste Arbeit geleistet. Von ihm stamme lediglich die Idee. Was sei schon eine Idee! So gut wie alle Recherchen habe sie gemacht. Sie habe nicht die meiste Arbeit geleistet, sie habe alles geleistet, er habe nur die Idee beigesteuert. »Nimm sie!«, sagte er. »Es ist mein Liebesgeschenk, meine Morgengabe.« Das wollte sie nicht. Sie war bereit, sein Haupt mit fremden Federn zu schmücken, ihres sollte frei davon sein. Gemeinsam mit diesem Hübschen hatte sie übrigens Sebastian zum ersten Mal getroffen, in Wien, für ein Interview – allerdings zu einem anderen Thema; damals war sie vierundzwanzig gewesen ...

12

»Was verstehst du unter berechenbar unberechenbar?«, fragte Jetti.

Da war es schon spät in der Nacht, und Sebastian hatte viel erzählt, aber nicht von Robert, sondern von sich selbst. Sie saßen oben auf der Dachterrasse. Sie hatten sich Decken umgelegt, ein Wolkenbruch war nämlich am frühen Abend niedergegangen, ein Wolkenbruch, wie ihn die Stadt noch nicht erlebt hatte. Die Luft war im Hagel kalt geworden.

Sebastian überlegte lange, dann sagte er: »Er findet das Fragment von einem Märchen der Grimms. Es sind nur ein paar Zeilen, ein Anfang. Er schickt mir den Text per Mail. Ich soll es zu Ende schreiben. Ich schreibe das Ding zu einem Ende und gebe es ihm, was er davon hält. Er sagt, schaut mich dabei nicht an, er sagt: Sebastian, so fühle ich mich. Ich fühle mich wie die Schneeblume. Genauso wie Schneeblume fühle ich mich. Das meiste ist aus mir herausgeschnitten worden. Du hast es getroffen. Er meint: Ich habe *ihn* getroffen. Mein Gold, sagt er, hat man aus mir herausgeschnitten. Ich frage ihn: Was ist dein Gold? Was soll das sein? Da schaut er mich an, als ob ich einen Witz mache. Als ob ich nur so tue, als wüsste ich nicht, was sein Gold ist. Vielleicht würde er sich aber auch nur gern so fühlen, als hätte man ihm die Fußzehen abgehackt und eine ganze Seite aus dem Leib geschnitten und zuletzt den Kopf noch weggenommen, verstehst du, Jetti. Dann wollte ich irgendwann zu ihm sagen: Robert, versuch doch einmal, nicht Tod zu fühlen oder Schmerz oder Verlust, sondern Liebe. Versuch, Liebe zu fühlen! Natürlich komme ich mir dabei unsäglich dumm vor. Sag zu jemandem, er soll versuchen, Liebe zu fühlen. Kann man etwas Blöderes sagen? Aber dann sagt er es selber. Dass er Liebe versuchen wollte. Dass er es wirklich und wahrhaftig wollte.«

»So hat er es gesagt? Wörtlich?«

»Nein, so natürlich nicht, nicht wörtlich so.«

»Und was ist sein Gold?«, fragte Jetti. »Was ist das Gold meines Bruders?«

DRITTER TEIL

SIEBTES KAPITEL

Es waren einmal ein Bub und ein Mädchen, die hießen Astor und Pulja. Ihr Vater war ein wilder Mann, der den Tag und oft auch die Nacht hindurch im Wald war und die Tiere jagte, und manchmal kam er viele Tage und Nächte nicht nach Hause, und wenn er dann kam, hatte er Hunger wie ein Wolf im Winter, und die Kinder hörten ihn schon von weitem brüllen: »Frau, heiz den Herd ein und setz Zwiebeln auf, damit du mir anbraten kannst, was ich mitgebracht habe!« Da hatten die Kinder Angst, und die Mutter hatte auch Angst, aber die Mutter hatte noch mehr Angst als die Kinder, denn auf die Kinder achtete der Mann gar nicht; wenn eines vor seine Füße kam, gab er ihm einen Tritt, als wär's der Hund; die Frau aber, die prügelte er, wenn sie auch nur ein Wort sagte, das ihm nicht gefiel.

Und eines Tages kam der Mann wieder einmal nach Hause, und er rief schon von weitem: »Frau, heiz den Herd ein und setz Zwiebeln auf und schneide Äpfel, damit du mir braten kannst, was ich mitgebracht habe!« Mitgebracht aber hatte er einen Fasan, und nichts schmeckte dem Mann besser als Fasanenfleisch mit einer dunklen Soße und geschnittenen Äpfeln.

Die Frau hängte den Fasan kopfunter an den Fensterstock, und heizte den Herd an und stellte einen Topf Wasser auf, und das Wasser goss sie in einen Bottich, damit sich der Mann wasche, denn er stank von den Tagen und Nächten im Wald.

Aber während die Frau draußen den Bottich mit dem heißen Wasser auffüllte, kamen die Katzen in die Küche, und es waren zwei. Sie sahen den Fasan kopfunter am Fensterstock hängen, und nichts schmeckte ihnen so gut wie Fasanenfleisch. Darum sprangen sie in die Höhe und rissen den Fasan herunter und fraßen ihn auf, so dass nichts mehr von ihm übrig blieb, nur die Federn.

Als nun die Frau sah, was geschehen war, da kehrte sie rasch die

Federn vom Boden zusammen und schob sie in den Ofen, nur eine steckte sie sich ins Haar. Dann schnitt sie sich eine Brust ab und warf sie in die Pfanne zu den Zwiebeln und briet sie und setzte sie mit den Äpfeln und einer dunklen Soße dem hungrigen Mann vor.

»Umah-umah!«, rief der Mann bei jedem Bissen aus, »Umah!«, denn das Fleisch schmeckte ihm so gut, wie ihm noch nie ein Fleisch geschmeckt hatte. »Und das soll Fasan sein? Ich kann's nicht glauben! Umah-umah!«

Da deckte die Frau alles auf, weil sie dachte, nun wird er mich loben. »Das ist Menschenfleisch«, sagte sie. »Ich hab's mir selber herausgeschnitten.«

»Umah!«, rief der Mann. »Jetzt bist du doch ein altes, schiches Weib, und trotzdem schmeckt dein Fleisch so gut, wie ich noch keines gegessen habe. Wie gut wird erst das Fleisch von einem frischen Kindlein schmecken!«

Und er befahl ihr, hinauszugehen und eines der Kinder zu fangen, damit sie es schlachten und in der Pfanne braten könnte zu einer hellen Soße dazu.

Weil die Katzen aber, die eine und die andere, den Kindern gehörten, die schwarze Katze dem Astor, die weiße der Pulja, sprangen sie als Erste hinaus, um die Kinder zu warnen. Sie sangen:

> *Ihr müsst fliehen, fliehen,*
> *dürft nicht bleiben stehn,*
> *bis euch niemand, niemand*
> *niemand hat gesehn!*

Und sie gaben den Kindern einen Hut und einen Löffel und ein Stück Zwirn, das sollten sie gut verwahren und nicht verlieren.

> *Werft den Hut, wenn's donnert,*
> *werft ihn in die Höh!*
> *Mit dem Löffel schaufelt,*
> *schaufelt alle Flöh!*

Glut auf eine Hälft,
Eis auf andre Hälft!
Zwirn, der wird zum Fisch,
haut ihn auf den Tisch!

Da stand aber auch schon die Mutter in der Tür, und in der Hand hielt
sie das Schlachtmesser, und sie schrie:

Braten will der Mann,
wen er fressen kann,
Kind mit heller Soß.
Not ist groß, ist groß!

Die Kinder rannten, und die Mutter rannte hinter ihnen her. Über die
Felder ging's, über Hag und Bach, unter Büschen hindurch und über Fel-
sen hinauf, und Astor und Pulja hielten sich bei der Hand und ließen
einander nicht los. Aber die Mutter kam näher, und sie brüllte, dass es
klang, als donnerte der Himmel hoch oben, schon konnte sie Astor an der
Ferse packen, da rief Pulia:

»Wirf den Hut in die Höh, Bruder!«

Das tat Astor, da prasselte der Regen nieder und schwemmte die
Mutter samt dem Schlachtmesser den Abhang hinunter. Die Kinder
wollten sich hinsetzen und ausruhen, aber ihnen fiel ein, was die Katzen
gesungen hatten, dass sie nicht stehen bleiben dürfen, solang sie noch ein
Mensch auf der Welt sehen könne. Sie aber sahen die Mutter, wie sie
unten wieder auf die Beine kam und das Schlachtmesser aufhob und den
Abhang heraufkletterte. Und so müde die Kinder auch waren, sie rannten doch weiter und rannten um ihr Leben.

Die Mutter aber kratzte sich am Kopf, dass die Flöhe alle zu Boden
fielen, und sie befahl den Flöhen, ihr vorauszuspringen und die Kinder
anzufallen und aufzuhalten, denn ein Floh hat lange Beine.

Als Pulja die Flöhe sah, rief sie:

»Nimm den Löffel, Bruder, und schaufle die Flöh in den Schnee, damit
sie erfrieren. Die übrig bleiben, werfen wir in die Glut!«

Und das taten sie, aber am Ende konnten die Kinder nicht mehr weiter, zu müde waren sie, und die Mutter erwischte sie, und sie keuchte:

> Essen will der Mann,
> was er fassen kann,
> Kind mit heller Soß.
> Not ist groß, ist groß!

Da holte Pulja den Zwirn aus ihrer Schürzentasche und schlug ihn auf den Tisch, und der Zwirn verwandelte sich in einen großen Fisch.

»Den Fisch da schlachte«, sagte sie zur Mutter, »und mach eine helle Soß dazu aus Mehl und Milch und gib das Gericht dem Vater, uns aber lass laufen!«

Das tat die Mutter, und die Kinder liefen, bis niemand, niemand, niemand sie hat gesehn.

1

Wenn Lucien O'Shaughnessy ein Schuft gewesen wäre, hätte er in diesen letzten Mai- und ersten Junitagen Gelegenheit gehabt, es zu beweisen. Jetti hatte ihm, als sie nach Wien geflogen war, nicht nur Kitty, ihre Katze, anvertraut, sondern auch ihr Auto, ihren Hausschlüssel, ihre *American Express*-Kreditkarte, und: wo sie im Haus ihre Barschaft aufbewahrte (bei letzter Zählung rund 8000 Euro, Schwarzgeld, das meiste in 500er Scheinen). Stattdessen bediente er eines seiner Rätsel: Er gab keinen Penny fremden Geldes aus und wartete auf sie auf dem Parkplatz am Flughafen neben ihrem Aston Martin, mit einem Strauß roter Rosen.

Jetti sah ihn – nachdem sie aus dem Flughafengebäude getreten und unter dem Glasdach an der Baustelle der neuen Abflughalle vorbeigegangen war; und sie sah, dass auch alle anderen ihn sahen, die vor ihr und hinter ihr ihre Koffer zogen, und dass die Blicke der Frauen auf ihn gerichtet waren und blieben. In einer SMS hatte er ihr mitgeteilt, dass er nicht in der Ankunftshalle stehen werde; sie wusste warum: Er genierte sich, sie in der Öffentlichkeit zu küssen, wie er sie gerne küssen wollte; küssen aber wollte er sie und zwar sofort und nicht erst nach einem verlegenen Marsch durch die Halle und über den endlosen Umweg zum Parkplatz und nach einem womöglich umständlichen Aufsperren der Wagentür, er misstraute den elektronisch ferngesteuerten Schlüsseln. Sie war neugierig, ob er Slippers oder Schnürschuhe trug, sie tippte auf Slippers – damit ein peinliches Aufknöpfen der Schuhe vermieden werden könnte, falls sie ihn (wozu sie sich noch nicht entschlossen hatte) heftig an sich ziehen würde, sobald die Tür zu ihrem Haus hinter ihnen ins Schloss gefallen war.

Sie stellte sich neben eine der Säulen beim Taxistand und beobachtete ihn, noch hatte sein Blick sie nicht gefunden. Er sah sehr gut aus, trug einen weiten, kakaobraunen Anzug, Hosen mit Doppelbundfalte, wie sie zur Zeit nur von italienischen Firmen zu haben waren, den Hemdkragen geöffnet, eine schmale türkis-weiß-rot gestreifte Krawatte, nicht in einer Spitze, sondern gerade endend.

Es war ein schwüler Sonnentag, das Verdeck des Wagens war zurückgeklappt und über dem Heck gefaltet, die Pfützen auf dem Parkplatz verrieten, dass es vor kurzem geregnet hatte. Lucien lehnte neben der offenen Fahrertür und rauchte. Nie rauchte er eine Zigarette weiter herunter als bis zur Hälfte; ein Stummel zwischen den Fingern, hatte er sie belehrt, sehe bei einem Mann proletenhaft aus, bei einer Frau komme es darauf an – bei einer vornehmen sei es verzeihlich, bei einer liederlichen nur liederlich. Bei solchen Themen konnte er sich echauffieren und wirkte dabei wie ein Kind, das endlich etwas behalten hatte und es vorführen wollte.

Sie hatte ihm den Grund ihrer Reise nicht genannt. Sie hatte gefürchtet, er würde sich anbieten, sie nach Wien zu begleiten, Urlaub. Sie kannte niemanden, der so wenig arbeitete und so oft von Urlaub sprach wie er. Sie hatte diesem Liebhaber – im Unterschied zu Jamie, dem anderen – nie von ihrer Familie erzählt. Und er hatte nie danach gefragt. So oberflächlich schätzte sie Lucien ein, dass sie sich nicht nur nicht vorstellen konnte, wie er auf ihre Sorge um ihren Bruder reagierte, sondern dass er überhaupt reagierte. In der Welt von Mister O'Shaughnessy gab es keine Männer, die, aus welchen Gründen immer, verrückt werden könnten; in dieser Welt gab es auch keine Psychiater und Psychoanalytiker, weil es in dieser Welt nämlich keine Seele gab. Ihr fiel ein, was Hanna erzählt hatte: dass auch Robert sich in einer Welt wähnte, in der Seele nicht existiert. Was die beiden wohl miteinander hätten anfangen können? Wenn es weniger als nichts gäbe, dachte sie, dann das. – Auch eine Höllenfahrt würde Lucien als eine Art Urlaub angehen. Er würde in feinem Anzug, kindlicher Unbekümmertheit und feinem Schuhwerk von einem Kreis zum nächsten hinabsteigen und sich all die Abartigkeiten anschauen, die sich die Dichter seit der Erfindung dieses Ortes ausgedacht haben, und die einzige Frage, die ihn beschäftigte, wäre nicht, ob er alles richtig, sondern ob er nur ja nichts falsch mache. – *Come what may!*

2

Gab es überhaupt etwas, das Lucien O'Shaughnessy konnte, dann dastehen und schauen. So hatte sie ihn kennengelernt. Er war dagestanden und hatte sie angeschaut.

Sie war zusammen mit einem Ehepaar aus Aberdeen im Botanischen Garten gewesen, das war nun drei Jahre her. Die Geschichte wollte Lucien immer wieder hören – wie manche Söhne und Töchter immer wieder Geschichten aus ihrer Kindheit hören wollen, obwohl sie sich sehr gut selbst daran erinnern, besser als die erzählenden Eltern. Zum Beispiel wusste Lucien, was die beiden angehabt hatten: grell orangene Capes. Jetti hatte keine Ahnung mehr.

Der Mann und die Frau waren Kunden von Trevor und Gareth, sie wollten im schottischen Aberdeen ein internationales Lyrikfestival aufziehen. Es war damals die rechte Zeit für solche Veranstaltungen, Irlands Wirtschaft boomte, Europa staunte über die Insel, die sich schnell und gründlich aufgerappelt hatte, und um dem Ruf eines Vorbilds gerecht zu werden, wurde Kultur staatlich und privat kräftig gefördert, bisweilen ohne kritischen Blick, die Projekte sollten nur irgendetwas mit Irland zu tun haben; wenn »Irish«, »European« und »international« oder »transnational«, »ethnic« oder gar »celtic« in einem Antrag vorkamen und sonst nur Blabla, hatte er Chancen. Für *How, Where and Why* bedeutete das viel Arbeit und auch viel Geld, inzwischen hatte sich die Agentur der Anfragen kaum erwehren können. Gareth hatte ein Protokoll angelegt, dann aber keine Zeit gehabt, oder er war genervt, weil die beiden so oft anriefen und alles besser wussten und Mails schickten und bestürzend viele Rechtschreibfehler machten, und als sie schließlich in Fleisch und Blut und unangemeldet im Büro auftauchten, hatte er sich verleugnen lassen und Jetti gebeten, sich ihrer anzunehmen, am besten sie irgendwie abzuwimmeln, hatte ihr aber nicht erklärt, worum es ging, sie solle ihnen mit ihrem Charme ein paar freundliche Stunden bereiten, damit *How, Where and Why* keine allzu schlechte Nachrede davontrage. Jetti hatte das Paar einen halben Tag lang durch Dublin begleitet, sympathisch waren ihr die beiden nicht, alles andere, grimmig waren sie, verbittert, zänkisch untereinander, rechthaberisch Jetti gegenüber. Zuletzt waren sie im Botanischen Garten gelandet. Vor dem Palmenhaus war es zum Streit gekommen. Der Mann hatte Jetti beschimpft, sie führe sie an der Nase herum, stehle ihnen die Zeit, rede wie eine Touristenmanagerin und nicht über den Auftrag, immerhin sei ein satter Vorschuss bezahlt worden. Jetti wusste von nichts. Es regnete, und sie schlug vor, die Unterhaltung im Palmenhaus fortzuführen. Die beiden wollten nicht. – »Sie hatten ein Cape«, erinnerte sie Lucien, wenn sie die Geschichte erzählte, und keine Ironie war dabei. – Ein Werktag im Spätherbst, niemand war auf den Wegen gewesen.

Nur ein Mann. – Der lehnte an der Glaswand des Palmenhauses und schaute unverwandt zu ihnen herüber. – Auch an dieser Stelle lächelte Lucien nicht, er nickte nur, als sähe er sich selbst. – Keine zehn Schritte von ihnen entfernt war er gestanden. Hatte geraucht und geschaut. Jetti aber hatte gesehen, dass er nur auf sie schaute, dass er an dem schottischen Gekeife nicht interessiert war, sondern nur an ihr. – Lucien nickte wieder. – Da hatte sie ihre Stimme erhoben. Sie hatte darauf vertraut, sollten die beiden unverschämt werden, werde der junge Mann einschreiten. – Lucien nickte und schaute grimmig drein. – Offensichtlich liege ein Missverständnis vor, sagte sie scharf, sie habe mit der Angelegenheit nichts zu tun, sie wisse von nichts und verbitte sich diesen Ton. Einem Instinkt folgend, drehte sie sich um und schritt stracks auf den jungen Mann zu, hakte sich bei ihm ein, und sie gingen davon, als gehörten sie zueinander; als hätte er beim Palmenhaus auf sie gewartet; als hätten sie sich dort verabredet. Nachdem sie hinter einer Hecke verschwunden waren, ließ sie ihn los, entschuldigte sich, erklärte ihm in Stichworten, dass sie die beiden abschütteln wolle, weil sie ihr auf die Nerven gingen, bedankte sich, dass er mitgespielt habe, und eilte davon. Verwirrt. Eben weil er unverschämt gut aussah. Während sie eilte, wünschte sie sich, er folge ihr nach.

»Hast du dir das wirklich gewünscht?«, fragte Lucien, und das fragte er an dieser Stelle immer, wenn sie ihm die Geschichte erzählte. Und sie sagte: »Ja.«

Und er war ihr gefolgt.

Sie verließ den Garten, lief im Regen, der inzwischen heftig niederging, über die Botanic Avenue in Richtung St. Mobhi Road, sie hatte keinen Schirm, und er hatte keinen Schirm, ihre Haare waren nass, und seine Haare waren nass. Immer wieder drehte sie sich um. Er lief in geringem Abstand hinter ihr her, und es bereitete ihr nicht die geringste Sorge. Sein Gesicht war ernst, wirkte starr, es war zart wie das Gesicht eines Mädchens und sehr blass, die Augen blickten groß und staunend, nichts Hinterhältiges konnte sie in seinen Zügen entdecken, nichts Gefährliches, nur schüchterne Bewunderung und Ratlosigkeit. Immer wieder hatte sie sich umgedreht, war einige Schritte rückwärts gegangen, hatte ihm aufmunternd zugelächelt, was er als Aufforderung verstehen sollte, zu ihr aufzuschließen. Sie ging langsamer, er aber hielt den gleichen Abstand. Nie hatte sie bei einem Mann ein so ebenmäßiges Gesicht gesehen, mild und milchig und sanft, als wäre in das Gehirn dahinter keine Kunde von irgendwelchem Bösen gedrungen. – Warum sollte ihr das nicht gefallen?

Sie betrat ein Pub, schüttelte ihr Haar aus, bestellte ein Bier und setzte sich in die Nähe des Schachts, aus dem warme Luft in die Gaststube strömte. Gleich nach ihr trat auch er ein. Aber er ging nicht zu ihr, wie sie hoffte und wie es doch auch zu erwarten gewesen wäre, er wählte einen Tisch, so weit wie möglich von ihr entfernt in einer Ecke. Er bestellte ebenfalls ein Bier, nahm dem Kellner das Glas vom Tablett, bevor der noch Gelegenheit hatte, es vor ihn hinzustellen. Und saß da. Und schaute sie an. Eine halbe Stunde lang. Unentwegt. Als sie bezahlte, bezahlte er auch. Sie trat zu ihm und fragte, was er von ihr wolle, die beiden Schotten seien längst abgehängt, sie brauche ihn nicht mehr. Er legte die Hände vor sich auf die Tischplatte, wie um zu zeigen, dass sie von diesen Händen nichts zu befürchten habe, stammelte, entschuldigte und verschluckte sich und hustete und sagte schließlich, er würde sie gern kennenlernen. Sie fragte, warum. Er antwortete leise: Weil sie so schön sei.

Sie sah an seinem Hemd, wie heftig sein Herz schlug. Der Stoff lag eng über seiner Brust, und zwischen zwei Rippen pochte es hervor, sie hätte den Finger darauf legen können, und sie war versucht, es zu tun. Gerührt war sie von diesem Anblick, so dass sie seine Hände ergriff, ihn vom Sessel hochzog, sich wieder bei ihm unterhakte und mit ihm das Pub verließ. Sie wolle weiter ein Stück mit ihm gehen, sagte sie.

Inzwischen hatte es aufgehört zu regnen, dafür blies eine raue Brise vom Meer in die Stadt herein. Sie gingen, hielten sich dicht nebeneinander. Sie redete. Nichts Wichtiges. Er schaute sie nur an, von der Seite, beantwortete keine ihrer Fragen. Schaute sie nur an und schwieg. Und auf einmal waren Zweifel in ihr, ob dieser junge Mann tatsächlich so schüchtern war, wie er sich gab, wie er sich womöglich nicht geben wollte, sondern wie er eben wirkte. Sie erinnerte sich, was Ray, der Cineast im Büro, über Johnny Depp gesagt hatte, dass er nämlich glaube, dessen größtes Problem sei seine hübsche Larve; alle hielten ihn für ein zartes Sensibelchen, was er jedoch nicht sei, auf jeden Fall nicht sein wolle, weshalb er sich seit neuestem nur derbe und primitive Rollen wie die des Captain Jack Sparrow in *Pirates of the Caribbean* aussuche und sich am ganzen Körper tätowieren lasse und sich aufführe, als wäre er ein abgefuckter Rockgitarrist und der Intimus von Keith Richards – alles nur, um seinem Gesichtchen Paroli zu bieten. Und dieser junge Mann an ihrem Arm sah dem Schauspieler ähnlich, seine Wangen waren etwas schmaler, sein Gesichtsmodell eindeutig noch hübscher, seine Augen hypnotischer, sein Teint blasser, sein Mund aber war dem von Johnny Depp sehr ähnlich. Wieder legte sie sich eine kleine Rechenschaft darüber ab, dass sie, wann immer sie bei einem Mann die Wahl hatte zwischen einem schönen Körper und einem schönen Geist, sich für den Körper entschieden hatte.

Sie spürte ihr Herz, wie es klopfte, und sie war beruhigt, dass sie weite Sachen trug, nicht wie er ein enganliegendes Hemd. Und weil sie befürchtete, er werde seine – tatsächliche oder gespielte oder von ihr auf ihn projizierte – Schüchternheit auch in hundert Tagen nicht überwinden können, sie aber nicht so lange warten wollte, hatte sie beschlossen, die Initiative zu ergreifen. Sie hatte seinen Arm nicht losgelassen und war mit ihm zu der Haltestelle St. Mobhi Road Ecke Lindsay Road gegangen und hatte ihn in den nächsten Bus bugsiert, der nach Harold's Cross fuhr, von wo aus es nur mehr wenige Minuten Fußweg zu ihr nach Hause waren. Entweder, hatte sie gedacht, steigt er unterwegs irgendwo aus oder nicht. Wenn nicht, nicht. Sie legte ihre Hände an seine Wangen und küsste ihn auf den Mund und öffnete mit ihrer Zunge seine Lippen. In Irland hieß das: Ich bin bereit.

Er sah sie an, lächelte, reichte ihr die Hand und sagte: »Ich heiße Lucien O'Shaughnessy.«

»Und ich heiße Jetti«, sagte sie. Sie nahm seine Hand, und er schüttelte sie heftig, als wolle er Wasser aus dem Boden des Busses pumpen.

»He!«, rief sie. »Das reicht! Das reicht.«

Den Rest der Busfahrt hatte er sie nicht mehr angesehen, er hatte seinen Kopf an ihre Schulter gelegt und seine Finger um ihren Oberarm. Sie waren ein Liebespaar.

Er roch nach Zitronenseife. Schon damals war er famos gekleidet gewesen, teuer und auch ein wenig extravagant; die Hose in einem feinen Pepita-Muster, schwarzweiß, dazu eine weinrote Weste, ein graues Wolljackett, ein weißes Hemd und eine grüne Krawatte mit winzigen gelben Punkten. Die Schultern waren feucht vom Regen. Die Haare, schwarz, sahen aus wie lackiert. Die Aura des reinen, unberechenbaren, aber unpraktischen Abenteurers umgab ihn, eine unbedachte kindliche Verwegenheit. In der Nacht gestand er ihr, dass er sie schon seit langem »verfolge« – als er das Wort aussprach, kritzelte er mit den Zeige- und Mittelfingern Anführungszeichen in die Luft. Darüber erschrak sie nun doch und war bestürzt, und die Anführungszeichen glaubte sie ihm nicht.

3

Wie er vor drei Jahren bei der Glaswand des Palmenhauses gestanden hatte, stand er nun vor ihrem Wagen, lässig und zugleich gehemmt, berechenbar in seiner Unsicherheit und das Gegenbild zugleich. Mit dem Unterschied, dass er sie damals angeschaut hatte, während er nun ins weite kalte All starrte. Sie trat näher an die Säule, drückte ihre Wange gegen das Metall. Sie traute ihm zu, dass er sie gesehen hatte, aber so tat, als hätte er nicht. Er war einer, der es zu akzeptieren verstand, wenn ihn jemand betrachtete, heimlich oder offen. Es bedurfte eines außerordentlichen Charakters, sich auf diese Weise zu präsentieren, ohne Arroganz, ohne Selbstverliebtheit. Als wäre seine Schönheit allgemeiner Besitz, den er bloß verwaltete und instand hielt, eben wie es von ihm erwartet wurde, zum Beispiel, indem er sich wohlgefällig kleidete. Wie war über diesen Mann ein Urteil zu fällen? Das Außerordentliche seines Charakters könnte darin bestehen, dass er keinen besaß. Wenn er von Liebe sprach, schien er die Geschichte seines Nachbarn zu erzählen. Und endlich erreichte sie das Gefühl, auf das sie schon lange gefasst war: Sie ekelte sich vor ihm. Aber wie ein Springball federte der Gedanke von ihr ab, und im nächsten Moment war sie wieder hingerissen von seinem Anblick. Nahe lagen Ekel und Verzauberung beieinander.

Da dachte sie, es wäre ihr doch lieber, Jamie – ihr »zweiter« Liebhaber, präzise: ihr »zweiter irischer« Liebhaber – stünde hier, um sie abzuholen. Ihm hätte sie den ganzen Roman erzählen können, er hätte in der Halle auf sie gewartet, und ehe sie ihr Auto erreicht hätten, wäre ihr Herz erleichtert gewesen. Als sie in Wien im Airport Train zum Flughafen gefahren war, hatte sich ein Gefühl der Heimatlosigkeit in ihr ausgebreitet; besser sollte sie denken: der Unzugehörigkeit. Zum Gutteil war das Gefühl von Robert geborgt, das war ihr schon bewusst, von dem Robert, wie sie ihn sich einbildete, seit sie in seiner Mail gelesen hatte, dass er in Israel sei: verloren auf dem Flughafen Ben Gurion oder in einem preisgünstigen Hotel im arabischen Viertel von Jerusalem oder in einem auf Polartemperatur heruntergekühlten Taxi

durch die Negev-Wüste; er, der wenig im Leben mehr verabscheute
als zu reisen. Und wie es oft in ihrer Kindheit gewesen war: Sie borgte
von ihm, und er war erlöst und sie beladen mit dem Seinen. Mit Jamie
hätte sie dies auf pragmatische Weise bereden können – »Ich bin ein
schlichter Mann, ich habe keine großen Gedanken; wenn meine Hände
nicht funktionieren, kann ich nicht denken«. Er tanzte gern und tanzte
mit umwerfend charmanter Plumpheit. Warum hatte sie nicht ihn angerufen! Weil er arbeitete. Im Gegensatz zu dem Schönen dort arbeitete der Nicht-Schöne nämlich. Aber wenn sie ihm am Telefon gesagt
hätte oder ihm eine SMS geschickt hätte, Jamie, ich brauch dich, er
hätte seine Sachen stehen und liegen lassen und wäre gekommen,
zwar ohne Rosen, die farblich zu ihrem Auto passten, aber er wäre gekommen, und er würde nicht dastehen wie eine Skulptur. Jamie würde,
das traute sie ihm zu, vorschlagen, vom Flughafen weg direkt aufs
Land zu fahren, nach Howth oder nach Glendalough, wo sie schon gemeinsame Wochenenden verbracht hatten, um sich dort, wie er dröhnen würde, wieder einmal richtig gehenzulassen – dieses Dröhnen
vermisste sie. Und sie würde ihm ohne Scham und Gewissen berichten, auch dass sie mit ihrem alten Freund Sebastian Lukasser gevögelt
hatte, dem Schriftsteller, von dem ich dir schon oft erzählt habe, und
Jamie wäre nicht eifersüchtig. Lade ihn ein, würde er sagen, fahren wir
zu viert nach Cork, und du lernst bei dieser Gelegenheit endlich Leah
kennen – so hieß seine Frau, die irische Schönheitskönigin von 1990.
Und Jamie wäre zuzutrauen, dass er in dem hässlichen, aber anonymen
Montenotte Hotel (in dem sie sich zu Beginn ihrer Affäre für zwei
Tage und zwei Nächte verkrochen hatten, vor ihrem Fenster das Ge-
klimper von Windglockenspielen) nach einem gemeinsamen Abendessen in die Runde fragen würde, ob es nicht eine blendende Idee wäre,
wenn man es sich zu *viert* in *einer* Suite gemütlich machte – »snugness
and fuck« war sein Spruch, wenn er nach der Liebe zwei Flaschen Bier
mit dem Feuerzeug öffnete und sie sich im Bett zuprosteten. Ihr Jamie war ein Gentleman, der, zugegeben, in seinen Manieren verludert
war, ein barbarischer Charmeur, der den Gentleman aber nie loswerden würde. Was sich unter anderem darin zeigte, dass er sie mit Kom-

285

plimenten überhäufte, verluderten Komplimenten freilich, die un-
originell originell waren – »du bist magisch, du bist poetisch, du hast
Charisma, du bist luzide«.

Lucien O'Shaughnessy war kein Gentleman, ihm fehlte jede Bildung, nicht nur eine halbwegs ordentliche Schulbildung, keines von
Jamies Komplimentworten hätte er zu definieren gewusst. Wenn sie
sich vorstellte, wie eine Begegnung zwischen ihm und ihrem nase-
rümpfenden Bruder ablaufen würde, oder, affröser, zwischen Hanna
und Lucien, schoss ihr augenblicklich ein Seufzer aus der Brust und
durch die Kehle; diesen hier würden die beiden noch weniger schonen
als den bayerischen Elektriker, mentales Kleinholz würden sie aus
ihm machen. Wenige Tage nachdem sie Lucien kennengelernt hatte
und zum ersten Mal wieder allein gewesen war – er hatte nicht genug
von ihr kriegen können, wollte sie immer anfassen, sagte, er könne
nicht anders, weswegen auch sie nicht anders konnte –, fiel ihr wieder
ein, was er in ihrer ersten Nacht in ihr Ohr geflüstert hatte: dass er
sie schon seit langem »verfolge«, und sie erinnerte sich, dass er die
Anführungszeichen mit Zeige- und Mittelfinger in die leere schwarze
Luft gekratzt, nachdem sie ihn, deutlich erschrocken, gefragt hatte, wie
sie das verstehen dürfe. Sobald sie aus seinen Armen war und er außer Sicht- und Hörweite, meinte sie, rückblickend und einigermaßen
nüchtern, in seinen Zärtlichkeiten einen despotischen Zug zu erkennen, den sie reizvoll empfunden hätte, wenn sie hätte glauben können,
er meine damit sie, sie allein, Jetti, ihr Gesicht, ihre Achselhöhlen,
ihren Busen, ihren Hintern; aber sie fühlte sich nicht einmal als Frau
begehrt, als irgendeine Frau, als Frau schlechthin, sondern als etwas,
das er besitzen, beherrschen und, wenn sie dazu das Wort »verfolgen«
dachte, irgendwann zerstören wollte. War er wieder bei ihr und in ihren Armen, erlosch diese Ahnung augenblicklich, und sie konnte sich
ihm hingeben, wie sie es gern mochte, eben hingeben; nichts erregte
sie mehr, als wenn sie genommen wurde, aber *sie* wollte genommen
werden, *sie*, *Jetti* und niemand und nichts anderes. In ihrer Unruhe
hatte sie Robert angerufen und sich eine dalkerte Geschichte zurechtgelegt, eine Freundin habe einen Kerl kennengelernt und dann und

dann und dann, hatte geschildert, was gewesen, was der Kerl gesagt, was die Befürchtungen »der Freundin« seien, und hatte ihren Bruder endlich gefragt, was er »als der verlässlichste Psychologe, den sie kenne« dazu sage – sie wusste, eine vorsichtig dosierte Schmeichelei würde sein Misstrauen auflösen, und so war es auch. Roberts spontane Diagnose war: gefährlicher Narzissmus. Sein Rat: Finger weg, Beine in die Hand! Das vergaß sie nicht und vergaß es doch.

Robert und Hanna hätten ihre Freude daran, Lucien vor ihr zum Deppen zu erniedrigen. Aber aufgepasst: Zuletzt würden *sie* vor Mister O'Shaughnessy als mickrige, schäbige, engherzige Kläffer dastehen. Und warum? Ja, warum. Das war die Frage. Weil dieser Narziss dort drüben auf dem Parkplatz nicht von dieser Welt war – Narziss, *bevor* er sein eigenes Spiegelbild im Wasser gesehen hatte, ein Narziss in Latenz sozusagen. Seine Freundlichkeit, seine Anhänglichkeit, seine Fähigkeit zuzuhören, zu staunen und zu bewundern, waren nicht durch Erfahrung oder durch ein Ideal geformt, gewiss auch nicht gespielt; sie entsprangen seinem natürlichen Gemüt. Er war, wie er war: nicht erziehbar, nicht veränderbar – nicht therapierbar.

Sie trat hinter der Säule hervor und ging auf ihn zu. Sie sah, dass seine Augen nun auf sie gerichtet waren, starr, ohne überrascht zu sein, während sein Mund kein Lächeln zeigte; sie wusste, was er gleich zu ihr sagen würde, und formte es mit ihren Lippen vor, und sie wusste, was sie ihm antworten würde, und formte auch das mit ihren Lippen vor. Ein Rätsel war, wie er zu seinem Geld kam (zum Beispiel, um sich solche Anzüge zu kaufen), wo er doch arbeitslos war und nicht einmal ein eigenes Bankkonto besaß und seine Mutter, bei der er wohnte, eine arme Frau war und seine Brüder ihm ums Verrecken keinen Penny abgaben, Dockarbeiter der eine, der andere ein kleiner Beamter bei der Polizei. War er ein Dieb? Vielleicht ließ er sich von anderen Frauen aushalten. Oder dass er es für Geld mit Männern trieb – auch die Blicke mancher Männer waren auf ihn gerichtet und blieben bei ihm. Widerspruch: Er war nicht, wie er sich gab. Dafür, wie er tatsächlich war, interessierte sie sich weniger als für die Frage, *warum* er sich vor ihr gab, wie er sich gab; aus einer Antwort hätten sich Rückschlüsse auf sie selbst ziehen lassen. Oder aber er war tatsächlich, wie er sich gab; in diesem Fall mussten sich die Welt und Miss Jetti Lenobel in diesem Rätsel zurechtfinden.

Als hätten sie gemeinsam einen Weg vor sich, hängte sie sich bei ihm ein.

»Darling«, sagte er.

Und sie antwortete: »Sweetheart.«

Er war nun einer von *drei* Liebhabern. Wäre er eine Puppe, sie hätte nichts an ihm auszusetzen gehabt.

4

In der Nacht lag sie neben ihm, er an ihrer Schulter, nicht sie an seiner, da zog wie ein kühler Hauch von Nüchternheit in sie ein: Lucien O'Shaughnessy war nicht der Richtige. Die Vorstellung, er wäre ihr Mann, bereitete ihr Unbehagen und nicht nur das. Nummer zwei, Jamie, vernachlässigte sich, mit der Körperpflege nahm er es nicht genau, und es störte sie nicht, Jamie war ihr vertraut. Lucien dagegen war ohne Geruch. Der Zitronenduft wurde auf seiner Haut nicht zu seinem, es war, als habe er gerade ein Parfumgeschäft verlassen. Er roch nach Zigaretten, aber richtig wäre: Es roch um ihn herum nach Zigaretten. Als bestünde er aus einem Material, das jeden Geruch abstieß. Er schwitzte auch nicht. Jamie schon. Wenn sie und Jamie miteinander schliefen, war er außer Atem und nass, als hätte er geduscht. Und wenn er den ganzen Tag unterwegs war und sie sich abends trafen, roch er unter den Armen nach Pferd. Geekelt hatte sie sich vor Jamie nie. Vor Luciens Reinheit ekelte sie sich. Und diesmal wurde der Ekel nicht abgelöst von der Verzückung. Ich bin wie unsere Mutter. Dachte sie. Nur vorsichtiger. Im Gegensatz zu ihr habe ich es bisher vermieden zu heiraten. Bisher. Robert hatte ihr erzählt, als die Familie noch intakt war, sei die Mutter immer schlecht gelaunt gewesen, jung und schön und habe dennoch alles heruntergemacht, alles und jeden, auf nichts habe sie Lust gehabt, jede Schwäche der anderen habe sie gnadenlos bloßgestellt. Darin jedenfalls glich sie ihrer Mutter nicht, das war Roberts Teil. Irgendwann war ihr Mann davon, hatte ihr das Herz zertrümmert und das Fundament für den späteren Wahnsinn gelegt – oder auch nicht –, und siehe: Eine kleine Weile später ging es ihr ausgezeichnet, und schenkte man Roberts Erzählungen Glauben, besser als je zuvor. Sie, Jetti, erinnerte sich an die Mutter als eine liebevolle, sprunghafte – und wenn schon solche Worte, dann hier: magische, poetische, charismatische, luzide Person, die durch ihre frühe Kindheit ebenso getanzt wie geschlafwandelt war. (In den wahnsinnigen Steinkugelaugen ihrer letzten Jahre war jede Spur von dieser Frau gelöscht; sie war, nun alt und hässlich, zurückgekehrt in die Einzelzelle ihrer Unleidigkeit, aus der sie ihr Mann erlöst hatte, als er ausgerissen war.) Und: Jetti erinnerte sich, woran sich ihr Bruder nicht gern erinnerte, oder wie er behauptete, gar nicht erinnerte – an diverse Liebhaber der Mutter. Vielleicht war es auch immer der gleiche gewesen, und er hatte nur verschiedene Kleidungsstücke angelegt. An Farben erinnerte sie sich – gelb, sie überlegte, es könnte ein Pullover gewesen sein; schwarz, ein Anzug; weiß, ein Hemd oder ein Pyjama oder ein Bademantel? Eine Erinnerung saß fest: Ein Mann steht in der Küche und schlägt mit einem Schneebesen Obers in einer Metallschale, im Mundwinkel hängt eine Zigarette, er verzieht das Gesicht, weil ihm der Rauch in die Augen steigt. Die Mutter reicht ihm ein Glas, ein Viertel gefüllt mit Sirup, selber eingekocht, er soll ihn mit Wasser verdünnen und kosten. »Das würde ich niemals tun«, sagt der Mann und trinkt den Sirup pur. Die Mutter lacht. Es war ein Kompliment. Das hat die vierjährige Jetti verstanden. Sie sitzen um den Tisch, die Mutter, der Mann und Jetti und essen Schlagobers von einem großen Teller, Jetti stellt sich auf ihren Sessel, stützt sich mit einer Hand auf dem Tisch ab, damit sie die Schüssel mit ihrem Löffel erreicht. Der weiße Berg Schlagobers ragt über einen See aus blutrotem Weichselsirup empor. Alle sind prächtig gelaunt an dem Tisch, einer mag den anderen, und am meisten gemocht wird sie, Jetti, für sie ist der Obers geschlagen worden. Täuscht sie sich, oder raspelt der Mann Schokolade auf den weißen Schlag und streut bunte Zuckerkügelchen darüber?

Aber wo ist Robert? Wenn ihre Rechnung stimmte, war er damals am Gymnasium. Konnte es sein, dass ihn die Mutter irgendwohin brachte, bevor sie ihren Liebhaber empfing? Dass er sich darum an keinen Mann erinnerte? Aber wohin sollte sie ihn gebracht haben? Es gab keine Verwandtschaft. Dass die Mutter eine Freundin hatte? Oder einen Freund? Vielleicht hatte sie tatsächlich mehrere Liebhaber, die nicht voneinander wussten, selbstlose Männer, die sich bereit erklärten, ihren Sohn für einen Nachmittag in der Woche zu sich zu nehmen und mit ihm englische Vokabeln und Bruchrechnen zu lernen – während sie einen anderen empfing. – Nein, dachte sie, das sieht doch eher mir ähnlich als unserer Mutter.

Als Jetti in dieser Nacht neben einem ihrer drei Liebhaber lag, dem schönen Lucien O'Shaughnessy, seinen Kopf an ihrer Schulter, nicht ihren an seiner, fiel ihr eine weitere Begebenheit ein. Damals war sie älter gewesen, fünf oder schon sechs. *Sie hatte sich zum ersten Mal verliebt.* Und hatte sofort gewusst, was dieses Gefühl bedeutete, und auch, dass es nicht nur einmal sein wird im Leben, sondern immer wieder. Es war nicht in der Stadt gewesen, sie erinnerte sich an einen See, Schilf, wahrscheinlich der Neusiedlersee, viel weiter ins Land hinaus waren sie nicht gefahren. Am Nachmittag waren sie spazieren gegangen, ein Holzsteg zwischen Schilffeldern, sie hatten die Schuhe ausgezogen und sich auf die Bohlen gesetzt und mit den Füßen im Wasser geplantscht. Sie, Jetti, die Mutter und ein Mann. Sie glaubte aber nicht, dass es derselbe war, der den Rahm geschlagen hatte. Ein Bub war dabei gewesen. Wahrscheinlich der Sohn des Mannes. Aber das war ihre Überlegung heute. Damals hatte sie sich keine Gedanken darüber gemacht. Er war etwa in ihrem Alter, dünn, vielleicht ein Jahr älter als sie. Wenn er sich streckte, konnte man jede einzelne Rippe abzählen. Waren sie nackt? Sie glaubte, sie waren nackt. Bloß in ihrem Unterzeug. Und Mama und der Mann? Sie waren auf einmal verschwunden. Der Bub hatte einen dichten blonden Schopf und ein ziemlich dreieckiges Gesicht. An einem Schneidezahn war ein Eck abgebrochen. Er wusste einiges zu erzählen. Über Insekten, Vögel, Frösche, Fische. Der Abend kam, sie saßen nebeneinander auf dem Holzsteg und warteten auf Mama und den Mann. Ihre Empfindung war ihr gewärtig, als wären nicht fast fünfundvierzig Jahre seither vergangen. Es war dieselbe bittersüße Wonne, wie sie immer in ihr gewesen war, wenn sie Ähnliches erlebt hatte: das Wissen um die Vergänglichkeit von etwas Einmaligem, das paradoxerweise wiederkehren wird, aber eben anders, nie mehr mit derselben Person, nie mehr in der gleichen Art, aber immer wieder, immer wieder, und wer weiß, sogar von Mal zu Mal schöner … – An der Erinnerung haftete aber auch etwas sehr Unangenehmes, dem wollte sie sich jetzt nicht widmen, erst, wenn der Mann an ihrer Seite eingeschlafen war und nicht nur tat, als schliefe er.

Lucien drehte sich, und sie rückte von ihm ab, hinüber auf ihre Hälfte des Bettes, nun lagen sie so weit voneinander, wie es das Bett zuließ, die Rücken einander zugekehrt. Daraus war nichts zu schließen. So schliefen sie immer. Anders sie und Jamie, sie beide in enger Umarmung, er seine Hand zwischen ihren Beinen, oft sie die ihre an seinem mächtigen Geschlecht. Aber Jamie übernachtete nie bei ihr. Manchmal waren sie miteinander verreist, offen erzählte er ihr, welche Lügen er zu Hause aufgetischt hatte. Oder sie trafen sich am Nachmittag, und er blieb in den Abend hinein. Die Nächte verbrachte Jamie zu Hause bei seiner Schönheitskönigin, mit der er immer wieder Sex habe, »reifen Sex«. Auch darüber erzählte er freizügig, und Jetti hörte ihm großzügig zu.

Ihr Schlafzimmer lag im ersten Stock, darum durften die Vorhänge offen bleiben, sie mochte die blanken Fensterscheiben, bei Tag und bei Nacht. Nur wenig war nötig, um in ihr ein Gefühl von Unfreiheit aufkommen zu lassen, was sie in Panik versetzen konnte. Eines der Fenster zeigte zum Garten hinaus, das andere zur Straße, die fernen Laternen der Harold's Cross Road schickten ihren Schimmer zu ihr. Sachte drehte sie sich um und betrachtete Luciens Hinterkopf. Er wickelte sich bis zum Hals in die Decke. Sein Haar war dicht und schwarz wie das eines Chinesen. Nichts gab es an ihm auszusetzen; auch im Schlaf, das wusste sie, verlor sein Gesicht nicht die Form – und auch nicht beim Sex. Sie hatte mit schlecht verhohlenem Ekel seinen Körper liebkost und einen Orgasmus vorgetäuscht.

Am nächsten Morgen meinte sie, es fehle an allem. Wo die Liebe fehlt, fehlt es an allem. Und wenn man meint, es genüge, bloß den Anschein von Liebe aufrechthalten zu wollen, breitet sich der Ekel nur noch weiter aus.

Sie sagte – und konnte nicht verhindern, dass es in ihren Ohren wie ein Zitat klang (was es, wie sie sich gleich erinnerte, auch war): »Lucien, ich glaube, wir beide sind an unser Ende gelangt. Verstehst du, was ich meine?«

Er sah sie nur an. Sagte nichts. Streckte seine Hand nach ihr aus. Ergriff ihre Hand. Hielt sie. Senkte den Blick. Und schwieg. Und sie wusste warum: Weil er in solchen Situationen nicht gegen das Weinerliche in seiner Stimme ankam.

Da tat es ihr leid, und sie sagte: »Vergiss es, Sweetheart! Vergiss es! Vergiss, was ich gesagt habe.«

5

Die Zeit der »wohligen Verantwortungslosigkeit« war vorbei. Zu ihr hatte gehört, dass Jetti ihre Mails nicht checkte. Auch ihr Telefon war die meiste Zeit in den Flugmodus gestellt. Lucien konnte es nicht leiden, wenn sie in seiner Gegenwart telefonierte oder den Computer aufklappte, überhaupt, wenn sie in seiner Gegenwart arbeitete; darum hatte sie nach ihrer Ankunft den Laptop erst gar nicht ausgepackt. – Im Haus war übrigens keine Spur der Anwesenheit eines anderen; obwohl Lucien, wie er im Auto erzählt hatte, die meiste Zeit hier gewesen war, auch in den Nächten. – Nachdem er auf ihr Drängen hin bereits um halb neun und ohne Frühstück das Haus verlassen – »Kann ich wenigstens deinen Wagen haben?« – »Nein, den brauche ich.« – »Ich fahr dich ins Büro und hol dich am Abend ab, ich müsste einiges erledigen.« – »Nein.« – und sich mit steinernem Gesicht durch den Vorgarten davonmachte, sah sie, dass allein in den vergangenen drei Tagen an die zweihundert Mails und dreißig Anrufe eingelangt waren. Sie sortierte aus und rief im Büro an. Mike nahm ab. Sie sei wieder in

Dublin, sie werde vor Mittag im Büro sein, sagte sie. Er war auffällig wortkarg. Mike war der Jüngste, gerade dreißig, ein verlässlicher Organisator, wenn man ihm klare Anweisungen gab, verheiratet, vier Kinder, dennoch immer der Erste im Büro und oft genug am Abend der Letzte, diplomierter Betriebswirt, in seiner Freizeit Organist in einer Kirche. Den größten Teil ihrer Mails schickte sie ihm, während sie mit ihm sprach. Er solle ihr den Gefallen tun und Unwesentliches von Wesentlichem trennen. Erfahrungsgemäß waren achtzig Prozent der Eingänge unwesentlich – Einladungen, Präsentationen, irgendwelche Protokolle, geschickt den Filter umgehende Werbung –, und wenn auch manches Gewichtige darunter sein sollte, war es oftmals für sie und ihr Büro nicht interessant. Mike sagte nur »Ja«, verstand es aber, in diesen einen Vokal einen Vorwurf zu pressen.

Sie hörte die Mailbox durch, notierte sich Nummern und Namen. Viermal hatte Helen Wingfield vom *Irish Travellers' Movement* draufgesprochen, jedes Mal mit der Bitte zurückzurufen, die Nachrichten waren in Wort und Tonfall identisch, als wären es Kopien. Jetti kannte Helen, seit sie in Irland war; in gewisser Weise waren sie befreundet, wenn ein rein sachbezogener Umgang Freundschaft genannt werden durfte, zu Hause besucht hatten sie einander nie. Sie wählte die Nummer, kam aber auf die Mailbox. »Helen, hier ist Jetti, tut mir leid, in unserer Familie ist einiges drunter und drüber gegangen. Ich melde mich gegen Mittag. Du kannst mich jederzeit anrufen. Ich war in Österreich auf dem Land und hatte schlechten Empfang. Entschuldige.«

Vormittags vor zehn jemanden in geschäftlichen Angelegenheiten anzurufen, galt in Irland als unfein draufgängerisch.

Sie überflog die aussortierten Mails. – Martin Walther von *European Arcadia Deutschland*, eine Agentur ähnlich der ihren, fragte an, ob sie, Jetti, sich vorstellen könne, an einem Wochenende im Herbst in Berlin einen Workshop vor Managern zu leiten, ausnahmsweise sei auch genügend Geld in der Honorarkasse, die Zeiten der Selbstaufopferung seien zum Glück vorbei. Vor einem Jahr war sie Martin Walther bei einem gemeinsamen Anklopfen in Brüssel begegnet, er war ein sehr lustiger Mann, der sich im Restaurant die Etikette von der

Weinflasche ablösen ließ und sie zu Hause in ein Album einlegte, Bilder seiner Sammlung hatte er Jetti auf dem Smartphone gezeigt – wie konnte ein Mensch auf die Idee kommen, das interessiere sie! Ein bisschen wurmte sie der Brief; nämlich, dass er als selbstverständlich annahm, sie sei noch immer nicht über das Stadium hinaus, in dem einer Workshops abhält. Andererseits stand er in engem Kontakt zur Robert Bosch-Stiftung, und dort zieht man nicht so ohne weiteres den Fuß aus der Tür.

Dr. Rosie Meldrum erinnerte Jetti an ihr Versprechen, sie dürfe sich jederzeit an sie wenden – was sie hiermit tue. Am Ende des Briefes waren ein kurzer Lebenslauf und ein Bild angehängt; Miss Meldrum blickte mit breitem Lächeln in die Kamera, zwischen den Schneidezähnen war eine hübsche Lücke; sie war sechsundzwanzig Jahre alt, wohnte im Stadtteil Inchicore und arbeitete als freie Mitarbeiterin beim Radiosender FM104; dort hatte Jetti sie vor einem Monat kennengelernt. Sie wollte beim Sender kündigen und in Jettis Agentur anheuern. Sie könne sich vorstellen, schrieb sie, Recherchearbeiten zu leisten, Förderverzeichnisse und Fördermitteldatenbanken aller EU-Staaten zu durchforsten – also das, was Mike und Gareth taten –, sie spreche Französisch, Deutsch und Italienisch und ein bisschen Spanisch. Einer Laune folgend und die antizipierten langen Gesichter ihrer Mannschaft ausblendend, antwortete Jetti: »You are welcome! I call you, Rosie.«

Das nächste Schreiben war an Ray und Trevor gerichtet, unterzeichnet von einem gewissen Edwin Ree, er bedankte sich für das ausführliche Konzept zu der Dauerausstellung über die Kultur der Pavee im National Museum of Ireland, Jetti war lediglich ins CC gesetzt. Darüber geriet sie in Aufregung. Sie rief abermals im Büro an, wieder nahm Mike ab. Ray sei noch nicht im Büro, er komme, soweit ihm bekannt, am Nachmittag, er habe einen Frühstückstermin im Gibson Hotel, mit wem, entziehe sich seiner Kenntnis, sein Mobiltelefon habe er abgedreht. »Und Trevor?« – Wie sie wisse, nie vor zehn. – »Er soll mich umgehend zurückrufen!«

Während sie telefonierte, klopfte Lucien an. Sie zog das Gespräch mit Mike so lange hin, bis sein Name auf dem Display verschwand. Wenn sie jetzt etwas nicht brauchen konnte, dann die weinerliche Stimme von Mr O'Shaughnessy – und sollte es seine zornige Stimme sein, erst recht nicht.

Die Idee, im Nationalmuseum eine Dauerausstellung über die irischen Umherziehenden einzurichten, die Itinerants oder Tinkers, wie sie auch genannt wurden, diese Idee kam allein von ihr. Sie reichte bis in die neunziger Jahre zurück, als sie, damals Lektorin in einem Münchner Verlag, zum ersten Mal auf diese Volksgruppe gestoßen war. Sie hatte ein Buch über die Musik europäischer Fahrender lektoriert und bei der Organisierung eines Festivals, das dieser Musik gewidmet war, mitgearbeitet – eines hatte sich aus dem anderen ergeben. Damals war sie auch zum ersten Mal in Irland gewesen. Seit drei Jahren nun versuchte sie, die Idee in die Tat umzusetzen. Sie hatte sich ein halbes Dutzend Mal mit Helen Wingfield getroffen, nur um über dieses Thema zu sprechen, gemeinsam mit Helen würde sie die Ausstellung kuratieren; zweimal waren sie mit Raghnall Ó Floinn zusammengesessen, dem Direktor des Museums, dem dieser Edwin Ree vermutlich unterstellt war, seinen Namen hatte sie bisher noch nie gehört. Wahrscheinlich hatte sie Helen deshalb so oft angerufen, weil sich etwas tat, worüber sie informiert werden sollte. Was konnte das sein? Und was bitte hatten Ray und Trevor damit zu tun? Was für ein Konzept hatten sie an das Museum geschickt? Die beiden waren in die Sache nur insofern involviert, als sie, falls nötig, juristische Ratschläge geben sollten – bei einem Großteil der zur Disposition stehenden Ausstellungsstücke war nicht geklärt, wem sie eigentlich gehörten, daraus könnten juristische Probleme erwachsen. Etwas anderes war im Büro nie besprochen worden. Dieses Projekt war das ihre und ihr Herzensprojekt dazu, sie selbst war ihre Auftraggeberin. Neben den staatlichen und kommunalen Subventionsgebern und dem AMIF, dem Asyl-, Migrations- und Integrationsfonds der EU, und dem ESF, dem Europäischen Sozialfonds, war es ihr gelungen, das Verpackungsunternehmen Smurfit Kappa und das Finanzleistungsunternehmen Permanent TSB als Mäzene ins Boot zu holen, die allerdings erst zahlen wollten, wenn die öffentlichen Gelder nicht nur zugesagt, sondern eingelangt waren … – Erneuter Anruf von Lucien. Sie schaltete auf lautlos, bis sein Name verschwand. – Ray und Trevor hatten seit neuestem Ambitionen, die schmale Juristerei im Rahmen eines Office Sharing genügte ihnen nicht mehr, jedenfalls Trevor nicht mehr. Jetti hielt es für möglich, dass er aussteigen und eine eigene Agentur gründen oder bei einer Anwaltskanzlei einsteigen wollte. Die Angelegenheit musste geklärt werden, das waren Dinge, die ihren Lebensunterhalt bedrohten.

Eine andere Mail hatte den Bürgermeister der kleinen Gemeinde Sal in Westösterreich als Absender. Er bedauerte darin, dass Jetti sich nicht mehr bei ihm gemeldet habe. Er fragte, ob sie noch interessiert sei, für ihn und seine Gemeinde zu arbeiten. Wenn nicht, würde er es bedauern, schrieb er, denn er habe bei ihrem Treffen in München den Eindruck gehabt, sie verstünden sich vortrefflich. Er bat, ihm in den nächsten Tagen Bescheid zu geben. Er wolle nicht drängen, aber im Gemeinderat werde ein Angebot von anderer Seite diskutiert … Der Brief lag schon seit einer Woche im Eingangs-Folder. Jetti hatte keine Ahnung, wovon die Rede war.

Wieder Lucien. Diesmal drückte sie ihn weg. So gut kannte er sich bei elektronischen Dingen aus, dass er nun wissen musste, sie konnte im Augenblick nicht mit ihm sprechen. Oder sie wollte nicht.

Sie tippte »Sal« in das Suchfeld ihres Mailprogramms. Nur ein Dokument wurde angezeigt. Es datierte auf den April des vergangenen Jahres, war also über ein Jahr alt. Sie öffnete es und las:

Sehr geehrte Frau Lenobel, ein gemeinsamer Freund hat mich auf Sie aufmerksam gemacht, der Schriftsteller Sebastian Lukasser. Ich kenne ihn seit meiner Schulzeit. Er hat mir damals sozusagen das Leben gerettet. Ich war in der ersten Klasse Gymnasium in Feldkirch, er bereits in der Maturaklasse. Ich war ein schlechter Schüler, und er gab mir Nachhilfeunterricht. Wir beide, das haben wir mit Genugtuung festgestellt, sind geworden, was wir werden wollten, er Schriftsteller, ich Bürgermeister. Ja, das gibt es noch, dass einer mit Leib und Seele Politiker ist. Ich habe Sebastian eingeladen, bei unserer Jungbürgerfeier eine Rede zu halten, und er hat es getan. Er hat bei den jungen Menschen sicher einen bleibenden Eindruck hinterlassen. Bei dieser Gelegenheit hat er mir Sie empfohlen ...

Er würde gern bei einem persönlichen Gespräch sein Anliegen und seine Ideen vorbringen.

Eine Antwort ihrerseits fand sie nicht. Aber sie erinnerte sich nun doch. An das Treffen in München erinnerte sie sich, sah aber kein Gesicht vor sich, auch kein Ambiente. Wie das Treffen zustande gekommen war, wusste sie auch nicht, ebenso wenig, wo es stattgefunden hatte, wahrscheinlich hatte der Bürgermeister angerufen oder sie ihn, was kaum wahrscheinlich war. Sie öffnete ihren Kalender, fand den Tag, im vorangegangenen Jahr war sie nur einmal in München gewesen, vier Termine waren eingetragen, von einem Bürgermeister aus Sal stand hier nichts. Zu denken gab ihr, dass die Erwähnung von Sebastian durch den Bürgermeister aus Sal sie damals offensichtlich nicht beeindruckt hatte.

Sie schob den Laptop in ihre Tasche, suchte einen blumigen Sommerrock aus und die altrosa Lederjacke, die nur bis zur Taille reichte, und fuhr ins Büro. Da war es halb elf. Trevor hatte nicht angerufen, darüber war sie verstimmt.

6

Als sie an einer Ampel hielt, rief sie Sebastian an.

Er war sofort in der Leitung.

»Jetti hier. Können wir am Abend sprechen? Jetzt nur eine Frage. Bürgermeister Blenk aus dem Dorf Sal in Vorarlberg. Er behauptet, er kennt dich. Aus eurer Schulzeit. Sag mir etwas über ihn.«

»Er kann überreden und bezahlt gut.«

»Er sagt, du hast bei ihnen irgendwann eine Ansprache gehalten oder etwas Ähnliches.«

»Ich sag ja, er bezahlt gut. Was hast du mit ihm zu tun?«

»Er will, dass ich für ihn arbeite. Hör zu, ich bin im Auto. Sag mir nur: Ist er seriös?«

»Wie gesagt, er zahlt gut und prompt.«

»Und irgendwie verwirrt ist er nicht? Oder größenwahnsinnig?«

»Nein, um Himmels willen, ist er nicht.«

»Danke, Sebastian.«

»Und wir?«

»Heute Abend.«

Während des Telefonats hatte schon wieder Lucien angeklopft. Sie sah am Display, dass er eine Nachricht hinterlassen hatte. Das tat er sonst nie. Sie hatte nicht die Nerven, die Box abzuhören.

Sie drückte noch einmal Sebastians Nummer.

»Jetti wieder. Seid ihr in Kontakt? Du und der Bürgermeister?«

»Nicht sehr, nein. Einmal nach meinem Vortrag hat er angerufen. Ich weiß aber nicht mehr, was der Grund war. Er wollte sich bedanken, denke ich. Warum?«

»Mir fällt nicht ein, was genau er von mir wollte, und ich möchte ihn nicht fragen. Er hatte eine Idee, ich weiß nur, dass es eine großartige Idee war, glaube ich jedenfalls. Jedenfalls eine so großartige Idee, dass er sich nicht vorstellen kann, dass ich sie vergessen habe.«

»Soll ich bei ihm anrufen?«

»Kriegst du das hin? Dass er nichts merkt?«

»Dass du mich angerufen hast? Wieso sollte er das merken?«

»Wenn du das hinkriegst, Sebastian! Kann ich dich am Abend anrufen?«

»Natürlich. Hat sich Robert bei dir gemeldet?«

»Nein. Warum?«

»Er hat mir eine Mail geschrieben.«

»Und das sagst du mir erst jetzt!«

»Er schreibt dir auch eine Mail. Eine lange Mail. Hat er mir geschrieben. Er will dir einen langen Brief schicken, eine Mail. Ich wollte nicht vorgreifen. Darum.«

»Und was will er mir in dieser langen Mail sagen?«

»Er denkt viel über euren Vater nach, schreibt er. Ich weiß es nicht, Jetti.«

»Über unseren Vater denkt er nach? Was soll dabei herauskommen?«

»Mehr kann ich dir nicht sagen. Mehr weiß ich wirklich nicht.«

»Und wann schickt er mir diesen Brief, diese Mail?«

»Er sagt, er sitzt Tag und Nacht daran.«

»Was soll das werden!«

»Er sagt, er hat eine Aufgabe darin gefunden, dir diesen Brief zu schreiben.«

»Das klingt aber nicht sehr beruhigend. Schreibt er, wie es ihm geht? Wie geht es ihm?«

»Es wirbelt ihn durch die Luft.«

»Was tut es?«

»Schreibt er. Er schreibt so. Dass es ihn durch die Luft wirbelt, schreibt er.«

»Mein Gott! Telefonieren wir am Abend, Sebastian.«

Wieder hatte Lucien angeklopft, und wieder hatte er auf die Box gesprochen. Und schon klingelte ihr Handy. Diesmal nahm sie ab.

»Wie hast du das gemeint?«, fragte er atemlos und ohne Begrüßung.

»Was gemeint?«

»Das.«

»Was das?«

Er legte auf. Und rief gleich wieder an.

»Ich bin im Auto«, kam sie ihm zuvor. »Ich habe den Kopf voll. Lass es mich am Nachmittag bei dir probieren. Ich bin bis oben zu mit Arbeit. Wo bist du?«

Weg war er.

»Arschloch!«, rief sie ihm nach und rief es ihm auf Deutsch nach und meinte es auch so.

7

Bis in den frühen Nachmittag hinein war sie damit beschäftigt, die Mails zu beantworten, die Mike als wesentlich erachtet und an sie zurückgeschickt hatte. Die meisten betrafen laufende Projekte oder Anfragen um Förderhilfen, fast alle, die an sie persönlich gerichtet waren, kamen aus Deutschland oder Österreich. Die Stimmung im Büro war ruhig, aber, wie Jetti befürchtete, auch ein wenig lauernd. Das angekündigte Mail von Robert blieb aus.

Sie und Trevor hatten je einen eigenen Raum. Ray, Tom, Mike und Gareth teilten sich das große Büro mit den beiden Sekretärinnen, das war dafür schöner als die zwei Zimmerchen mit ihrem Ausblick nach Norden auf die Rückfassade eines Supermarktes. Ihr Büro war durch ein Fenster von dem Trevors Büro abgeteilt, aber sowohl sie als auch er hatten die Rollos heruntergezogen, sie ein rotes, er ein graues. Dahinter steckte nichts Böses, sie hielten es eben beide nicht aus, wenn man ihnen bei der Arbeit zusah.

Sie hatte sich gemütlich eingerichtet, eine Ottomane war hier, blau, ein Stündchen hinlegen konnte man sich darauf, übernachten eher nicht. Ein breites Gestell voll mit Pflanzen stand unter dem Fenster – zwei Anthurien, eine rot, eine weiß, drei verschiedene Orchideen, eine halbmannhohe Palme, eine Flamingoblume, eine Zimmerfeige. Ohne dass sie darum gebeten hätte, waren die Pflanzen während ihrer Abwesenheit gegossen worden, sehr sorgfältig; wer es getan hatte, wusste sie nicht, wollte sie auch nicht fragen, um die anderen nicht zu beschämen; aber sie freute sich darüber. Ihr Schreibtisch bestand aus einer breiten langen Platte, mattschwarz, auf Metallböcken, drei Sessel waren hinzugerückt, bequem gepolstertes Leder in Türkis.

Ihr Handy klingelte. Anonym. Sie wusste, es war Lucien. Er rief sie an mit unterdrückter Nummer. Sie nahm ab. Er meldete sich nicht.

»Ich weiß, dass es du bist, Lucien«, sagte sie und bemühte sich um einen neutralen Ton. »Ich habe wirklich irrsinnig viel zu tun. Sprechen wir später. Ich ruf dich an, wenn ich hier fertig bin.«

Er sagte nichts. Nicht eine Sekunde dachte sie, es könnte jemand anderer sein.

»Wenn du nicht sprechen willst, warum rufst du mich an?«

Stille.

»Ich mag so etwas nicht, Lucien.«

Stille.

»Das ist absolut kindisch! Was willst du? Willst du mich anbrüllen?«

Stille.

Sie legte auf.

Trevor klopfte an ihr gemeinsames Fenster. Sie hob das Rollo und deutete ihm, er solle zu ihr herüberkommen. Er brachte eine Tüte Toffees mit und entschuldigte sich, dass er, ohne rückzufragen, zusammengefasst hatte, was er über die Sache mit der Dauerausstellung im Museum wusste. Er wolle nicht, dass ein Missverständnis ihre Zusammenarbeit trübe. Dieser Edwin Ree, offensichtlich ein Neuer und, soviel er wisse, kein Angestellter des Museums, sondern jener Agentur, an die das Museum seit neuestem manche Projekte auslagere, dieser Mister Ree, der seine Mail ärgerlicherweise an ihn und Ray adressiert und sie, Jetti, nur ins CC gestellt hatte, habe Druck gemacht und Deadlines gesetzt, und sie, Jetti, sei nicht zu erreichen gewesen, außerdem habe er, Trevor, nicht drängen und nicht stören wollen, jeder im Büro, Tom, Ray, Gareth und Mike, hätte angenommen, dass sie ihre Gründe habe, sich nicht zu melden, und dass diese Gründe schwerwiegend seien.

Während Trevor in ihrem Büro war – nicht länger als zehn Minuten –, hatte »Anonym« sechzehnmal angerufen. Sechzehnmal! Beim ersten Mal hatte sie das Handy auf lautlos gestellt; das Vibrieren ignorierte sie. Trevor wunderte sich. Auf seine minimalistische Art. Indem er eine Braue hob.

»Du denkst falsch«, sagte sie. »Du denkst, auf diese Weise ist sie mit unseren Anrufen umgegangen. Das bin ich nicht. Das hier ist etwas anderes.«

Trevor verneigte sich mit den Augenlidern und verschwand.

Sie schrieb an Lucien eine SMS: »Bitte, hör auf damit! Bist du irrsinnig geworden?«

Sie erreichte Helen Wingfield, die gute Neuigkeiten hatte: Das *Pavee Point Travellers and Roma Centre* hatte nach langer »skeptischer Nachdenkpause« sich endlich bereit erklärt, gemeinsam mit dem *Irish Travellers' Movement* ihren Plan zu unterstützen. Die Einwände, vor allem der Leute vom *First National Roma Committee*, hatten sich gegen Jettis und Helens Ideen mit dem Argument gewandt, es handle sich bei ihrer Organisation schließlich um eine lebendige Bürgerrechtsbewegung und nicht um eine tote Vergangenheit, die in einem Museum aufbewahrt werden müsse, damit sich jemand an sie erinnere. Nun würden sie gegenüber den privaten Geldgebern, der Stadtverwaltung und der Republik selbstbewusster auftreten können. (Übrigens: Dass Jetti »German« war, wozu man in Irland die Österreicher gern zählte, war für sie stets von Vorteil gewesen, wenn sie mit Behörden, aber auch mit privaten Geldgebern verhandelte, außer die waren »British«; in den Gesprächen mit Roma- und Pavee-Vertretern ließ sie durchblicken, dass sie obendrein jüdisch sei.)

Bis sie schließlich um halb sieben das Büro verließ, hatte Lucien weitere fünfzehn Mal angerufen.

Wieder schrieb sie ihm ein SMS: »Treffen wir uns um 8 Uhr bei Buglers.«

Das war ein Pub in der Ballyboden Road, wo sie zu Beginn ihrer gemeinsamen Geschichte des Öfteren gegessen hatten, weil es dort angeblich die besten Steaks der Stadt gab, was Jetti ziemlich egal war, für Fleisch hatte sie nicht viel übrig.

Sie geriet in einen Stau und verspätete sich. Lucien saß an dem Tisch, an dem sie immer gesessen hatten. Er war nicht allein. Er war in Begleitung seiner Mutter, Mrs Ella O'Shaughnessy.

8

Zum ersten Mal war sie Mrs O'Shaughnessy begegnet vor knapp drei Jahren, Lucien und sie kannten sich gerade einen Winter lang.

Es war am 17. März gewesen, am St. Patrick's Day, sie war gegen Mittag zum Killiney Hill Park gefahren, allein, sie wollte dem Trubel in der Stadt entgehen und einigermaßen sicher sein, dass nicht ein irischer Heiliger ihren neuen Mantel mit grüner Farbe besprühte. Sie wollte am Strand entlangspazieren und Musik hören, da war sie Lucien begegnet. Unverhofft. Er saß auf einer Bank, zusammen mit einer älteren Dame. Und Lucien war nicht schüchtern und nicht verlegen gewesen.

»Das ist meine Mutter«, sagte er. Und zu seiner Mutter sagte er: »Das ist Miss Lenobel, meine Chefin.«

Zwei- bis dreimal in der Woche übernachtete Lucien bei ihr in ihrem Haus in der Westfield Road nahe dem Mount Argus Park. Wo er wohnte, wusste sie damals nicht. Auch nicht, ob er allein wohnte oder mit wem er wohnte; sie wusste nicht, wo und was er arbeitete oder ob er überhaupt arbeitete, vermutete aber, er sei beschäftigungslos, weil er nie erzählte und immer Zeit hatte. Sie wusste nicht, wer seine Eltern waren, ob arm oder reich, ob sie noch lebten, ob er Geschwister, ob er Freunde hatte. Sie wusste über ihn so gut wie nichts. Und es war ihr ganz recht gewesen, dass die Atmosphäre von Unverbindlichkeit und Anonymität nicht aus ihrer Beziehung gewichen war.

Die Mutter war wie ihr Sohn, klein, schlank, mädchengesichtig. Aber nicht verschlossen wie dieser. Sie jauchzte.

»Sie sind also seine Chefin!«, rief sie. »Ach, wenn Sie wüssten, wie oft wir über Sie sprechen! Er ist so begeistert von Ihnen! Er ist so dankbar, dass Sie ihm diese wundervolle Arbeit gegeben haben!«

Lucien sah ihr gerade ins Gesicht und lächelte – nicht schüchtern und nicht verlegen, mit keinem Augenaufschlag seine Lüge kommentierend.

Und sie stimmte ein: »Umgekehrt! Umgekehrt! *Wir* sind dankbar, dass er sich entschlossen hat, bei uns zu arbeiten! Wir hätten es nicht besser treffen können!«

»Das habe ich auch zu ihm gesagt«, schäkerte die Mutter. »Er tut immer so bescheiden. Aber ich verrate Ihnen etwas, Miss Lenobel: Er tut nur so, in Wahrheit ist er alles andere als bescheiden. Mein Sohn weiß genau, was er wert ist.«

»Ein Mann, der nicht weiß, was er wert ist«, sagte Jetti, »der ist gar nichts wert.«

»Miss Lenobel«, jubilierte die Mutter, »das hätte *ich* sagen können! Nur, dass ich es nicht so klar ausdrücken kann wie Sie. Aber denken kann ich es, und ich denke genau das.«

In diesem Tonfall und in ähnlichen Worten ging es eine Weile hin und her. Lucien schaute in das eine Gesicht und in das andere, je nachdem, aus welchem gerade gesprochen wurde. Wer ihnen zugesehen hätte, hätte meinen können, er wisse nicht, worüber sich die beiden Frauen unterhielten, hätte meinen können, er verstehe ihre Sprache nicht; niemand hätte erraten, dass er der Gegenstand ihres Gesprächs war. Und bestimmt wäre niemand auf den Gedanken gekommen, die eine könnte seine Geliebte sein.

Mrs O'Shaughnessy hatte ihren Arm um Jettis Taille gelegt. »Sie müssen uns besuchen!«, rief sie. »Ich habe heute morgen einen wunderbaren Guinness Cake gebacken mit Nelken und Koriander und Kardamom, mit Rosinen und Orangeat und Zitronat und Mandeln und einem ordentlichen Schuss Bier, doppelt so viel, wie die anderen sich trauen, das ist mein Geheimrezept, und Whiskey, davon aber – Vorsicht! – nicht zu viel, ich sag, schenk dir einen ein, trink die Hälfte weg, dann hast du genau so viel, wie du brauchst. Und als hätte etwas in mir geahnt, dass wir heute besucht werden, ist er mir zu groß geraten, gerade um eine Person zu groß, schätze ich.«

Mutter und Sohn O'Shaughnessy wohnten in Cabra am anderen Ende der Stadt, sie besaßen kein Auto, also fuhren sie in Jettis Aston Martin mit. Es war eines dieser winzigen Arbeiterhäuschen, in dessen erstem Stockwerk gerade ein Kinderzimmer und ein Dachbodenschlupf Platz hatten, unten waren Wohnküche, Elternschlafzimmer und Waschküche, die auch als Bad diente. Es war ein reizender Abend geworden, Mrs O'Shaughnessy hatte geplappert und sich gefreut und Brandy nachgeschenkt, und Jetti und Lucien hatten ihr zugehört und besser keine Blicke getauscht.

Seither hatte sie Mrs O'Shaughnessy drei- oder viermal getroffen. Die letzte Begegnung hatte sie immer wieder versucht, aus der Erinnerung zu löschen. Das war, als Lucien – so redete sie es sich schön – gegenüber seiner Mutter die Nerven verloren hatte.

Als Jetti das Pub betrat, sprang die Frau auf und lief ihr entgegen, umarmte sie und flüsterte ihr schluchzend ins Ohr: »Verlassen Sie ihn nicht! Tun Sie das nicht! Ich bitte Sie, tun Sie das nicht! Sie sind alles, was er hat.«

In Anwesenheit seiner Mutter hatte sie es nicht fertiggebracht, ihm zu sagen, was sie ihm sagen wollte. Das sagte sie ihm am nächsten Tag. Am Telefon. Gleich nach dem Aufwachen rief sie ihn an. Über Nacht hatte sie das Handy abgeschaltet. Zu ihrer Überraschung: kein Anruf in Abwesenheit. Er reagierte mit Schnaufen. Schnauben. Mit zornigem Schnauben. Sie bat ihn, die Schlüssel zu ihrem Haus zurückzugeben. Er solle sie, bitte, durch den Türschlitz schieben. Er sagte, das tue er nicht. Murmelte unverständlich. Sie sagte, wenn er Wert darauf lege, dass sie ihn verstehe, solle er deutlicher sprechen. Er murmelte, er lasse sich von ihr nicht vorschreiben, was er zu sagen und zu tun habe. Die letzten Silben brüllte er. Sie legte auf. War fassungslos. Eingeschüchtert. Starrte das Handy an. Weil sie damit rechnete, dass er gleich zurückrufen würde. Und sich entschuldigen würde. Befürchtete, dass er weinen würde. Dass er sie anflehen würde, wie seine Mutter sie angefleht hatte gestern Abend, bis hinaus auf den Parkplatz war sie hinter ihr hergelaufen. Aber er rief nicht an.

Sie fuhr ins Büro, bat Ronny, Tom, Ray, Gareth, Mike und Trevor zu sich und erklärte ihnen, sie sei in einer misslichen Lage, die sie ihnen jetzt nicht, aber in ein paar Tagen im Detail schildern werde, jetzt nur so viel: Sie werde gestalkt. Sie wollte nicht, dass Freya und Jasmine, die Sekretärinnen, zuhörten, bei diesem Thema genierte sie sich vor Frauen. Sie müsse in ihrem Haus die Schlösser austauschen, sagte sie. Die Kollegen waren Freunde, die sich keine wissenden und keine fragenden Blicke zuwarfen. Gareth kannte einen Mann von einem Schlüsseldienst, der ihm einen Gefallen schulde. Am Nachmittag waren die Schlösser zur Haustür und zur Kellertür ausgetauscht. Mike riet ihr, auch das elektronische Schloss zu ihrem Wagen zu ändern, und er wusste auch, was zu tun war, und eine Stunde später war auch das getan. Keiner stellte eine Frage. Und keiner eine Rechnung.

Am Abend dachte sie, die Angelegenheit sei erledigt, sie schenkte sich einen Whiskey ein, schmunzelte sogar, weil sie sich dermaßen hineingesteigert hatte. Ein bisschen Verrücktheit gestand sie Lucien zu. Jeder hatte das Recht, verrückt zu spielen, wenn mit ihm Schluss gemacht wurde. Einen Tag lang hatte jeder das Recht dazu. An diesem Tag, dem zweiten, jedenfalls hatte er sie nicht angerufen, weder unter seiner Nummer noch anonym. Die Beziehung hatte über drei Jahre gedauert. Jetzt war sie beendet. Dass keine Spur von Trauer in ihr war, war ihr selbstverständlich. Sie zog nichts herüber. So war sie eben. Keinen Fetzen des anderen, keinen Fetzen von sich selbst zog sie herüber in die Gegenwart. Sie fand diesen Umgang mit sich selbst in keiner Weise besorgniserregend; im Gegenteil: Die Fähigkeit, sich abzutrennen von dem, was hinter ihr lag, ersparte ihr Sorgen. Robert hatte einmal vor ihr doziert, ein gesundes Ich erkenne sich in der Vergangenheit immer als dasselbe Ich wieder, das es in der Gegenwart sei. Ihre Sicht auf das eigene Ich hatte er als eine Form von Irrsinn bezeichnet. Irrsinn? Wer war gerufen worden, weil wer drohte, verrückt zu werden?

Keinem ihrer Liebhaber hatte sie je nachgetrauert. Was zugegeben auch daran liegen konnte, dass immer sie es gewesen war, die eine Beziehung beendet hatte. *Es war gewesen.* Die Vergangenheit existiert nur in der gegenwärtigen Erinnerung, und über diese hat der Mensch Macht, Vergessen ist Macht über die Vergangenheit.

Länger darüber nachdenken wollte sie nicht. Und als sie zu Bett ging, sehr müde, dachte sie auch nicht mehr darüber nach. Einen letzten Blick warf sie in den Laptop – immer noch keine Nachricht vom Bruder.

9

Sie wachte auf, weil unten gegen die Haustür geschlagen wurde. Sie hörte Lucien fluchen. Er hackte mit seinem Schlüssel auf das Schloss ein. Das Schlafzimmerfenster war einen Spalt nach oben geschoben. Sie hörte, wie er mit seinem Schlüssel gegen das Schloss hämmerte. Er sprach mit sich selbst. Das tat er, wenn er meinte, er sei allein. Der Ton seiner Stimme wechselte von weinerlich zu cholerisch, ohne Übergang. Sie hörte, wie er mit dem Fuß gegen die Tür trat und dazu Laute ausstieß, die nur aus Konsonanten bestanden. Sie fürchtete sich nicht. Wenn er die Tür aufbricht, brülle ich ihn an. Ich schreie, bis mir die Luft wegbleibt. Nahe vor seinem Gesicht. Dann geht er ein. Trotz tatsächlicher oder eingebildeter oder von ihm gespielter oder von ihr auf ihn projizierter Rätselhaftigkeit kannte sie ihn inzwischen doch ein wenig oder glaubte, ihn zu kennen – er war ein Angsthase, er zitterte vor Autoritäten. Eine Autorität ist, wer schreien kann. Argwöhnte er, von ihm sei mehr gefordert als seine Schönheit, schrie er. Wenn ich ihn anbrülle mit möglichst vielen Worten, dann geht er ein. Vor nichts fürchtete er sich mehr als vor Worten. Worte und Autorität gehörten für ihn zusammen wie Lautstärke und Autorität. Sie zog sich ihren Morgenmantel über und wartete im Hausflur. Nun hoffte sie sogar, dass er die Tür einschlagen werde. Mit der Schulter rammte er dagegen. Der Zorn kochte in ihr hoch. Sie wollte ihn loshaben, aber vorher wollte sie ihn eingehen sehen.

Stille. Er hatte aufgegeben. Sie zählte. Sie tippte seine Nummer an. Sprach auf die Mailbox: »Das war keine gute Performance, Lucien, wirklich keine gute Performance.«

Sie schaute auf die Straße. Sie sah ihn nicht. War er noch hier? Vielleicht war er über den Garten davon. Oder er suchte etwas, mit dem er die Tür aufbrechen konnte. Im Garten war ein Schuppen mit Arbeitsgeräten, Schaufel, Rechen. Auch ein Pickel. Den hatte einer der Arbeiter auf der Straße vergessen, als vor zwei Jahren die Kanalisation ausgepumpt worden war. Und nun hatte sie Angst. Tom hatte gesagt, wenn sie Hilfe brauche, solle sie ihn anrufen, Tag und Nacht. Tom war Bodybuilder, der friedlichste Mensch, der sich denken ließ. So sah er aber nicht aus. Glatze und Muskeln, einsneunzig, tätowiert und ein zweifelsfreies Auftreten – »Ich kann mir nicht vorstellen, dass du Stress willst ...«, und dann konnte es sich, wer auch immer, ebenfalls nicht mehr vorstellen. Sie saß auf den Stufen im Flur und wartete. Eine Stunde. Schließlich legte sie sich im Morgenmantel aufs Bett, entgegen ihrer Gewohnheit auf den Rücken. Und schlief ein.

Um zwei wachte sie auf, schaute hinaus und sah ihn auf der Straße vor ihrem Haus stehen und rauchen. Sie öffnete das Fenster und rief hinaus, er solle das bitte lassen. Er solle verschwinden. Wenn er in fünf Minuten noch vor ihrem Haus stehe, rufe sie die Polizei. Wenn er in einer Minute noch dastehe, rufe sie die Polizei. Er warf die glühende Zigarette in ihre Richtung und marschierte davon.

Zwei Stunden später wachte sie wieder auf. Er war nicht da. Auf der Straße jedenfalls war er nicht. Im Garten hätte er sich hinter den Büschen verstecken können. Aber sie dachte, das würde er nicht wollen. Er will, dass ich ihn sehe. Er will sich zeigen. Und er will sich seine Sämischschuhe nicht schmutzig machen.

Um sechs wachte sie ein drittes Mal auf. Auf der Straße war niemand.

Früher als sonst, schon um acht, fuhr sie mit der Straßenbahn in die Stadt. Auf der Military Road stand er. Gegenüber dem Eingang zum Büro. Er trug denselben Mantel, den er in der Nacht getragen hatte, einen hellen Staubmantel. War er gar nicht zu Hause gewesen? Sie schritt stracks auf ihn zu. Er ließ sie herankommen, und als sie nur wenige Schritte vor ihm war, lief er davon, lief, ohne nach links und rechts zu schauen, über die Straße, die Autos hupten, einem konnte er gerade noch ausweichen.

Um eins ging sie zum Lunch zu O'Hara's, wie sie es gewohnt war. Er saß hinten an dem kleinen Tisch neben den Toiletten. Sie tat, als bemerke sie ihn nicht, bestellte eine Cola und ein Sandwich, das Sandwich ließ sie sich einpacken, die Cola trank sie auf einen Zug aus und war weg.

Um sechs bat sie Ronny, sie nach Hause zu fahren; Ronny, weil er seinen Wagen im Innenhof parkte, einen Jaguar Coupé, Baujahr 1973, jadegrün, er fürchtete, das schöne Ding könnte einen zufälligen Passanten dazu provozieren, mit einem Nagel einen Gruß in den Lack zu ritzen. Als sie die Military Road überquerten, sah sie Lucien gegenüber dem Eingang zum Bürogebäude stehen, an derselben Stelle, wo er am Morgen gestanden hatte. Er sah sie nicht. Nur Schwachsinnige rauchen so gierig, dachte sie.

Und in der Nacht war er wieder unten auf der Straße vor ihrem Haus, lehnte an der Friedhofsmauer.

Jetti hatte die Katze auf dem Arm und beobachtete ihn durch das Fenster. Er trug denselben Mantel. Hell, damit sie ihn besser sehen konnte. Sie war nicht mehr zornig. Er tat ihr leid. Mitleid und Lust schließen einander aus, eine andere Logik der Gefühle hätte sie als absurd bezeichnet – bevor sie Lucien kennengelernt hatte. Mitleid mit *diesem* Mann aber hatte sie erregt, von Anfang an. Mitleid und Rührung, die beiden waren der Grund, warum sie so lange schon mit ihm war – und sein Gesicht, dieses Gesicht, das wohl an sein Ende gekommen war. Es war ihr unmöglich, sich vorzustellen, wie Lucien alterte. Wie er sich je verändern könnte. War seine Unveränderlichkeit ein Emblem für ... Geistferne? Sie hatte ein schlechtes Gewissen, weil sie ihn im Stillen behandelte, wie ihn Robert und Hanna behandeln würden – die allerdings nicht im Stillen. Sie meinte, seinen augenblicklichen Gemütszustand erraten zu können: geduldige Nervosität. Diese Mischung war ihm eigen. Diese Mischung hatte das Mitleid und die Rührung in ihr geweckt. Geduld und Nervosität konnten auch tyrannisch sein. Dominierte das Tyrannische, war er ihr schon unheimlich geworden; reduzierte sich der Tyrann, reduzierte sich der ganze Mann, und seine Stimme bekam einen weinerlichen Ton, und die tyrannische Macht wechselte zu ihr über. Bei keinem Menschen hatte sie je Ähnliches erlebt, und so war er auch im Bett: geduldig und nervös. Er war einfühlsam, wie sie nie einen Mann erlebt hatte, und stumm. Das hatte auch etwas Komisches. Er wollte partout nichts falsch machen. Beflissenheit und Erregung im selben Augenblick aus demselben Augenpaar, das war komisch. Und unheimlich liebenswert. Wirklich *unheimlich* liebenswert. Nicht einmal sie selbst kannte ihren Körper so gut wie Lucien O'Shaughnessy. Immer wieder hatte sie versucht, es ihm zurückzugeben, aber nur wenn sie Gras geraucht hatten, war die Nervosität vollständig aus ihm gewichen, und er hatte sich vor ihr ausgestreckt und war geduldig gewesen auch mit sich selbst. Scham war sein natürlicher Zustand.

10

Sie ging mit Kitty auf dem Arm über die Stiege hinunter, die Katze sollte ihm zeigen, dass sie in friedlicher Absicht kam. Sie schloss mit dem neuen Schlüssel die Tür auf, ging durch den Vorgarten, koste dabei Kittys Fell, und setzte sich auf die Gartenmauer Lucien gegenüber, der auf der anderen Straßenseite stand und rauchte – seine leichten Pall Mall.

»Lass es, Lucien!«, sagte sie ruhig. »Es ist vorbei. Daran lässt sich nichts mehr ändern. Es wird nur schlimmer. Lass es! Du kannst nichts gewinnen. Du verdirbst nur die schönen Erinnerungen. Und ich habe viele sehr schöne Erinnerungen, Lucien. Und du doch auch.«

Wieder schnippte er die brennende Zigarette in ihre Richtung, sie rollte über den Asphalt bis vor ihre Füße. Dort glimmte sie eine Weile, ehe sie erlosch.

Lucien antwortete nicht, er zündete sich eine neue Zigarette an. Mit einem Streichholz. Feuerzeuge verabscheute er. Er ließ sie nicht aus den Augen.

»Wir hätten nie eine Zukunft gehabt, Lucien. Ich bin achtzehn Jahre älter als du, Lucien. Hast du deiner Mutter inzwischen gebeichtet, dass ich nicht deine Chefin, sondern deine … was hast du ihr gesagt, was ich von dir bin? Deine Freundin? Deine Lebensgefährtin? Deine zukünftige Frau? Oder hast du sie wieder belogen und gesagt, wir seien schon verheiratet? Oder verlobt? Bei euch verlobt man sich ja noch. Wenn man jung ist. Ich werde nächstes Jahr fünfzig, Lucien. Als Fünfzigjährige verlobt man sich nicht mehr. Deine Mutter ist mir vom Alter näher als du. Gib zu, darüber hast du auch schon nachgedacht. Ich war mit siebzehn schwanger, Lucien. Das habe ich dir nie erzählt.« – Und sagte nun tatsächlich: »Du könntest mein Sohn sein.« – War froh, dass nur Lucien ihr zuhörte. Sagte, was sie am Nachmittag für sich vorformuliert hatte: »Wenn du so alt bist, wie ich jetzt bin, Lucien, bin ich achtundsechzig, und wenn du achtundsechzig bist, bin ich sechsundachtzig, und wenn du eine Frau kennenlernst, die so alt ist wie ich jetzt – was ist dann? Was wirst du denken, was ich bin? Eine alte Hexe.«

Sie hielt immer noch Kitty im Arm, aber die Katze wollte los von ihr. Jetti hielt sie fest, zu fest. Der Zorn war wieder in ihr. Und er tat ihr gut. Er vertrieb das verführerische Mitleid. Um sich abzusichern, stellte sie sich die Szene vor, als Lucien in einem Anfall von Raserei auf seine Mutter eingeschrien und wie sie, Jetti, ihn aus der Küche gezerrt hatte, weil sie fürchtete, er könnte auf die am Boden Kauernde eintreten, was aber allein ihre Fantasie gewesen war, er war nur laut gewesen, sehr laut und ordinär, letztklassig. Er verdiente nicht Mitleid und nicht Rührung, und dass sie es bis jetzt mit ihm ausgehalten hatte, war ebenfalls letztklassig.

Aber sie beherrschte sich, suchte tapfer Phrasen zusammen: »Vergiss nicht, Lucien, wie schön wir beide miteinander reden konnten. Vergiss das nicht. Ich habe nie mit einem Menschen so schön reden können. Das schwöre ich dir, Lucien. Du hast einmal etwas Wunderbares gesagt, erinnerst du dich? Ich erinnere mich genau. Du hast gesagt, wenn einer viel reist, vergisst er viel, aber er vergibt auch leichter. Das kommt von dir, Lucien. Darüber habe ich oft nachgedacht …«

Kitty sprang von ihrem Arm und lief hinüber zu dem schweigenden Mann, der im Schatten stand. Ihr beider Spiel war: Er hielt ihr die

Faust hin, und sie boxte mit ihrem dreifärbigen Köpfchen dagegen. So auch jetzt. Lucien bückte sich, Kitty miaute und boxte. Und er nahm sie auf den Arm und drückte sie an seine Wange.

»Also, Lucien, geh nach Hause. Vergib mir. Deine Mutter mag mich, aber sie hat keine Freude an mir, das weiß ich. Wir haben alle keine Freude damit, wie es zwischen uns ist.« Sie stand auf und schritt langsam auf ihn zu, blieb immer wieder stehen, wieder zwei Schritte, blieb wieder stehen, dann wieder zwei Schritte. »Gib mir Kitty, Lucien! Gib mir die Katze. Wir schütteln uns die Hand, wie wir es getan haben, als wir uns kennengelernt haben, und sind Freunde und gehen als Freunde auseinander.«

Sie stand nun mitten auf der Straße. Sie fürchtete, wenn sie noch einen Schritt auf ihn zuginge, würde er davonlaufen, mit Kitty, und fürchtete zugleich, er würde auch davonlaufen, wenn sie nicht weiterredete. Worte übten Macht auf ihn aus, bannten ihn. Es war gewiss schon weit über Mitternacht, sie hatte vergessen, auf die Uhr zu sehen, als sie aufgewacht war, vielleicht war es schon eins oder später. Die Westfield Road durchzog eine Wohngegend, um diese Zeit fuhr selten ein Auto vorbei.

»Lucien«, begann sie von neuem, und dachte, warum sollte er nicht zugänglich sein für Mitleid und Rührung, und auch wenn sie sich sagte, das hätte sie in den vergangenen drei Jahren irgendwann merken müssen, wollte sie es doch damit probieren, »Lucien, ich bin nicht ausgerüstet für eine Liebe auf ewig. Es gibt Menschen, die sind dafür nicht ausgerüstet. So eine bin ich. Ich kann nichts dafür, Lucien. Oft, wenn ich in meinem Leben einen Mann kennengelernt habe, dachte ich, der ist der Richtige, und ich habe damit gemeint, der ist der Richtige für immer. Was soll einer der Richtige sein, wenn er nicht der Richtige ist fürs ganze Leben? Du hast mich gar nicht gefragt, was ich in Österreich zu tun hatte, und ich habe auch nichts erzählt. Wir haben uns gegenseitig wenig von unserem Leben erzählt. Ich weiß, dass du zwei Brüder hast, aber du hast nie von ihnen gesprochen, ich weiß es von deiner Mutter. Von deinem Vater weiß ich nichts. Vielleicht weißt du ja auch nichts von ihm, dann geht es dir wie mir, ich weiß auch nichts von meinem Vater. Ich bin mit meinem Bruder und meiner Mutter aufgewachsen. Und vor zwei Wochen ist mein Bruder verschwunden, meine Schwägerin hat mich gerufen, und deshalb bin ich nach Wien geflogen. Er ist einfach nicht mehr nach Hause gekommen. Er war nicht zu erreichen. Ich hatte große Angst um ihn, ich habe gedacht, er hat sich etwas angetan. Er lebt, das weiß ich inzwischen. Ob es ihm einigermaßen gutgeht, weiß ich nicht, aber er lebt. Er ist in Jerusalem und sitzt in einem berühmten Kaffeehaus und schreibt an seinem Buch. Es wirbelt ihn durch die Luft. Das ist treffend ausgedrückt. Ich denke, es hat ihn immer durch die Luft gewirbelt. Es gibt eine, was soll ich sagen, eine Theorie oder etwas in der Art, die besagt, jeder ist für einen Menschen bestimmt, nur für einen. Um auf ihn achtzugeben. Der Ewige hat jedem Menschen einen anderen Menschen anempfohlen, auf den er aufpassen soll, und wenn man gestorben ist, fragt der Ewige, ob man diese Aufgabe erfüllt hat, und nur danach wird man beurteilt. Ich denke mir, es ist günstig, wenn der Mensch, auf den man aufpassen soll, zugleich auch der Liebste ist. Und wenn ein Mann und eine Frau gegenseitig aufeinander aufpassen sollen, wird daraus eine glückliche Ehe. Aber es ist nicht immer der Liebste, auf den wir aufpassen sollen, Lucien. Ich habe schon als Kind gewusst, dass ich auf meinen Bruder aufpassen muss. Obwohl der viel gescheiter ist als ich, und älter ist er auch, sechs Jahre älter. Einmal, ich war, ich weiß nicht mehr, wie alt ich war, sechs, da habe ich zufällig mitgehört, wie sich meine Mutter mit ihrem Liebhaber unterhalten hat. Unsere Mutter hatte immer wieder Liebhaber gehabt, ich glaube, sie hatte mehrere nebeneinander, und vielleicht hatte sie ihr Leben lang den Menschen nicht erkannt, auf den sie hätte aufpassen sollen. Ihr damaliger Geliebter war verheiratet, und sie war sehr eifersüchtig auf seine Frau, sie wollte, dass er sich von seiner Frau scheiden lässt. Sie hat geweint und geschimpft und hat ihn gedrängt, und ich habe zugehört, zufällig, sie wusste nicht, dass ich zuhöre, sonst hätte sie anders gesprochen. Sie sagte, sie will mit ihm zusammenleben, mit ihm und mit mir, zu dritt. Verstehst du, Lucien? Ich habe zugehört und habe gedacht, was ist mit Robert. Was ist mit meinem Bruder? Nimmt sie ihn nicht mit? Will sie ihn nicht haben? Will sie nur mich mitnehmen? Und da habe ich mir große Sorgen um meinen Bruder gemacht, der viel gescheiter war als ich und schon auf dem Gymnasium, und der mich immer ein bisschen von oben herab behandelt hat, das tut er bis heute, seine Frau übrigens auch, sie noch mehr als er. Große Angst habe ich um ihn gehabt. Ich glaube, schon damals war mir bewusst, dass ich auf ihn aufpassen muss, ich habe dafür keine Worte parat gehabt, das hat ein Kind nicht, aber ich habe es gefühlt. Und dieses Gefühl hat mich bis heute nicht verlassen. Ich denke, das ist der Grund, warum ich nicht geheiratet habe. Es gibt eben keinen Richtigen für mich. Du warst schon der Richtige für mich, Lucien, aber nur für eine gewisse Zeit, nicht für immer, nur für drei Jahre. Ich rede wie ein Rabbi, wie ein Pfarrer, wie ein umgedrehter Pfarrer. Wie euer Father Maguire, der hat so mit mir geredet, nur umgekehrt eben. Er sagt, das Gute sei für die Ewigkeit. Dieser Meinung bin ich eben leider nicht, Lucien. Das meiste Gute ist nur für eine gewisse Zeit. Aber immerhin kenne ich keinen Mann, der so gut aussieht wie du. Und jetzt gib mir, bitte, Kitty, bitte, gib sie mir, Lucien.«

Er ließ sie wieder nahe an sich herankommen, dann steckte er die Katze unter seinen Mantel und lief davon.

Sie ging zurück ins Haus, spuckte auf den Boden. Sie sorgte sich nicht wegen der Katze, sie war zu müde, um sich wegen irgendjemandem oder irgendetwas zu sorgen. Müde vom Predigen war sie, müde vom Lügen. Die Wahrheit hätte gelautet: *Hau ab aus meinem Leben, ich will dich nicht mehr, ich will nicht mit dir reden, und ich will auch nicht über dich nachdenken!* Sie schlief gleich ein und schlief lange und tief und hatte vergessen, das Handy auf lautlos zu stellen. Und als sie aufwachte, dachte sie zuerst, sie habe das alles geträumt.

Kitty war nicht im Haus. Sie rief draußen nach ihr. Sie ging ums Haus herum und schüttelte die Schachtel mit dem Trockenfutter, um sie anzulocken. Sie drückte bei ihrem Handy auf Luciens Namen und sagte auf die Box: »Das ist kein Spaß, Lucien. Bring mir Kitty zurück! Ich weiß, dass du ihr nichts zuleide tust. Und ich weiß auch, dass sie dich mag. Aber Kitty ist *meine* Katze und nicht *deine*, auch wenn sie ein untreues Luder ist.«

Nachdem sie unter der Dusche gestanden hatte, probierte sie es noch einmal. Wieder die Box.

Sie rief bei Luciens Mutter an. Mrs O'Shaughnessy nahm sofort ab. Sie weinte auch sofort, sagte, sie wisse nicht, wo Lucien sei, seit ihrem gemeinsamen Abend in dem Pub in der Ballyboden Road habe sie ihn nicht mehr gesehen, sie sei mit dem Taxi nach Hause gefahren, allein. Er habe sich seither nicht bei ihr gemeldet, sie habe solche Angst, dass er sich etwas angetan habe, sie habe schon bei der Polizei angerufen, aber die hätten gesagt, Lucien sei alt genug, es sei sein Recht, zu gehen und seiner Mutter nicht mitzuteilen, wohin er geht, es sei zwar nicht schön, wenn ein Sohn das tue, aber sein Recht sei es.

»Sorgen Sie sich nicht, Mrs O'Shaughnessy«, unterbrach sie Jetti, »er lebt, jemand wie Lucien tut sich nichts an.«

Sie legte mitten im Wort der verzweifelten Frau auf.

Zehnmal oder öfter rief sie im Laufe des Tages bei Lucien an, kam aber nie weiter als bis zum Anrufbeantworter. Ein paarmal redete sie drauf. Dass sie Kitty zurückhaben wolle.

Tom und Trevor fragten, wie die »Sachlage« sei. Sie wussten kein anderes Wort für das, was gerade mit Jetti los war. Kein Wort, das sauber genug war, um sie nicht zu kränken. Sie sage Bescheid, antwortete sie, wenn etwas Gravierendes geschehe, sage sie Bescheid.

Und dann geschah etwas Gravierendes.

11

In der folgenden Nacht fuhr sie aus dem Bett hoch, weil draußen Lärm war. Es war zwei Uhr. Noch bevor sie aus dem Fenster sah, wusste sie, was geschah. Lucien schlug mit dem Pickel auf die Windschutzscheibe ihres Aston Martin ein, die zersprang zu einem körnigen, glitzernden Netz, das kurz aufglitzerte und ins Wageninnere sank. Luciens Mantel lag ausgebreitet auf der Straße und schimmerte unter der Laterne.

Sie traute sich nicht, das Licht anzuschalten, und sie traute sich nicht, das Fenster zu öffnen und ihm zuzurufen, und schon gar nicht traute sie sich, nach unten zu gehen. Sie stand im Dunkeln und sah zu, wie er mit dem Pickel weit ausholte, ihn seitwärts schwang und die Scheinwerfer zerschlug, erst den einen, dann den anderen und wieder in die blinden Augen hackte und wieder. Für ein paar Atemzüge stützte er sich auf den Kotflügel, nun kam die Fahrertür ihres wunderschönen Autos dran, das sie sich selbst geschenkt hatte zu ihrem fünfundvierzigsten Geburtstag, der trüb und traurig gewesen war. Mit einem Schlag durchbohrte er die Tür, hatte Mühe, den Pickel aus der Wunde zu ziehen, schlug noch einmal zu und ein drittes Mal. Er warf den Pickel auf die Straße, wo er sich überschlug, sprang auf die Motorhaube und trampelte darauf herum, sie hörte das Blech krachen und ächzen, er trat mit den Füßen die Reste der Windschutzscheibe nieder und stampfte gegen das Lenkrad. Schließlich machte er sich über das Verdeck her, schlitzte es auf, hackte darauf ein wie ein Wahnsinniger und schrie und grunzte in seiner unverständlichen konsonantischen Sprache.

»Ztrazt! Krstz!«

Aus einem der Nachbarhäuser hörte sie Rufen, verstand aber nichts. Ein Auto näherte sich, fuhr langsam, gab Gas und fuhr weiter. Im Licht der Scheinwerfer sah sie Luciens Gesicht. Es war starr. Und weiß. Er sprang vom Dach des Wagens, trat abermals gegen die Flanke, raffte seinen Mantel von der Straße auf und lief davon. Und alles war still.

Sie setzte sich aufs Bett. Ihr war schlecht.

Sie rief bei der Polizei an, nannte aber Luciens Namen nicht. Sie vermute Rowdytum. Zwei Beamte kamen, sie erwartete sie vor der Tür, die Klinke in der Hand, die Beamten vermuteten dasselbe. Sie bat darum, nicht mit ihnen auf die Straße treten zu müssen, sie wolle sich ihr Auto nicht aus der Nähe ansehen. Dafür hatten die beiden Verständnis. Es vergehe kaum eine Nacht, sagten sie, in der nicht etwas Ähnliches geschehe. Wenn sie Vollkasko versichert sei – das war sie –, werde ihr ein Ersatzwagen gestellt. Bis der ihre repariert sei.

Wenn sich das überhaupt rentiere. Sie solle dafür beten, dass es sich nicht rentiere. Dann kriege sie einen neuen. Den Pickel nahmen sie mit.

Im Büro bat sie um Aufmerksamkeit. Sie erzählte alles. Fast alles. Sie schämte sich, und sie sagte, dass sie sich schäme. Trevor versprach, sich um die Versicherung zu kümmern.

Sie rief Jamie an, sie müsse ihn treffen, sofort, und ihm erzählte sie alles, rückhaltlos. Dass sie in den letzten drei Jahren noch einen anderen gehabt hatte. Neben ihm. Das war die einzige Lüge, Jamie war nämlich neben Lucien gewesen und nicht umgekehrt. Jamie war nicht eifersüchtig. Er streichelte ihr über die Wange und über ihre Lippen. Schließlich war sie ja auch neben seiner Frau gewesen. Er werde sich darum kümmern, versprach er. Sie beschrieb ihm, wie Lucien aussah, fuhr mit ihm nach Cabra und zeigte ihm das Haus, in dem Lucien mit seiner Mutter wohnte. Wenn die Versicherung ihr keinen neuen Wagen bezahle, sagte er, würde er ihr gern einen schenken. Sie komme darauf zurück, antwortete sie. Das werde sie nicht, sagte er, er kenne sie.

»Und wir beide?«, fragte er, als sie sich auf der Straße verabschiedeten. »Jamie und Jetti?«

»Die beiden haben es schön gehabt miteinander«, antwortete sie. »Nur schön und immer schön.«

»Das ist wahr«, sagte er, und bevor er in seinen Wagen einstieg, sagte er: »Aber nicht, dass du denkst, ich habe das Angebot mit dem Auto gemacht, weil ich ohnehin wusste, dass du es ablehnst.«

»Das weiß ich doch«, sagte sie.

Wenn Jamie versprach, er werde sich darum kümmern, hieß das, er werde Männer beauftragen, die sich darum kümmern. Und nicht, dass Jetti das nicht gewusst hätte. Die Männer zerschlugen Lucien O'Shaughnessy das Gesicht und den Schädel, dass die Schwarte am Hinterkopf aufplatzte, brachen ihm ein Schienbein, zertrümmerten sein Knie und warfen ihn in das Deck. Er erstattete keine Anzeige; aber als er einigermaßen hergestellt war, stand er nachts wieder vor

Jettis Haus und wartete in der Früh vor Jettis Büro und wartete am Abend auf dem Parkplatz in der Nähe von Jettis gemietetem Wagen und saß mittags hinten bei O'Hara's.

ACHTES KAPITEL

Es war einmal gewesen ein Bub, ein kleiner, kleiner als die anderen, ein armer, ärmer als die anderen, ein guter, besser als die anderen. Der wohnte zusammen mit seiner Mutter in einem schiefen Häuschen, schiefer als die anderen, oben fast am Wald, eigentlich in einer Hütte, nur eben schäbiger als die anderen. Der Bub hieß Jossele, und er hätte so gern am Feiertag ein Weißbrot gehabt, einmal ein Weißbrot am Feiertag, einmal nur ein großes Stück Weißbrot, vom dem man satt werden kann für einen ganzen Tag. Aber die Mutter, die eine Bettlerin war, hoffnungsloser als die anderen, bekam nur Schwarzbrot rübergeschoben, hartes und trockenes. Das gab sie dem Jossele, und der weinte darüber, und die Tränen tropften auf das Brot und machten es ein bisschen salzig, da schmeckte es ein bisschen besser. Sie haben nichts gehabt, oder wie man sagt: weniger als nichts, und das ist schon am wenigsten.

Ganz am Rand vom Dorf, wo Jossele mit seiner Mama gewohnt hat, also noch dichter am Wald, da stand noch ein Häuschen, noch schiefer und schäbiger, und das war leer. Die Leute aber sagten: »Das ist gar nicht leer, dort haust ein Dibbuk.« Und die Mutter sagte zu Jossele: »Mein Jossele, geh nicht zu dem Haus und tritt ja nicht über die Schwelle! Ein Dibbuk wohnt dort, und wenn der dich anfasst, dann fährt er dir in die Brust hinein, und du wirst verkehrt und verdreht, weißt den eigenen Namen nicht mehr und buchstabierst die Welt von hinten nach vorne und erwürgst deinen Nächsten und meinst, du hast etwas Gutes getan, und gibst deiner Mama einen Kuss und meinst, du hast etwas Böses getan, und willst deiner Mama womöglich nie wieder einen Kuss geben.«

Und trotzdem ist Jossele zu dem Häuschen gegangen, zu dem noch schieferen, noch schäbigeren. Und als wenn es ein guter Weg wäre dorthin, traf er unterwegs den Bäcker, der seinen Korb auf dem Rücken trug.

»Jossele«, rief er, »komm her zu mir! Heute hatte ich einen guten Tag. Alles Brot habe ich verkauft, nur dieses eine, das große, das weiße, das ist übrig geblieben, das war den Leuten zu groß und zu weiß. Willst du es haben? Ich möchte es dir gern geben. Willst du?«

Das wollte Jossele! Und wie er das wollte! Das Brot nämlich war noch größer und noch weißer, als er es sich geträumt hatte. Darum dachte Jossele: So ein glücklicher Tag! Und er ging weiter zu dem noch schieferen, noch schäbigeren Häuschen, das noch dichter am Wald war. Dort will ich mich hinsetzen und das weiße Brot essen, dachte er.

Und das tat er. Aber gerade, als er den Mund aufgesperrt hatte und in das weiße Brot beißen wollte, hörte er eine Stimme aus dem Häuschen:

»Kleiner Jud, komm näher! Ich riech doch, dass du etwas Gutes bei dir hast. Gib mir die Hälfte von deinem Brot! Ich habe auch so einen großen Hunger wie du.«

Jossele antwortete: »Ich soll die Hälfte von meinem weißen Brot hergeben? Ich weiß nicht wem, und ich weiß nicht für was.«

»Dafür, dass du einen armen Geist nicht verhungern lässt«, hieß es aus dem Häuschen heraus.

Da dachte sich Jossele: so. Wenn ich ihm erst die Hälfte von meinem weißen Brot gebe, dann will er die andere Hälfte auch noch. Weil so ist es im Leben: Gibst du einem den kleinen Finger, reißt er dir gleich den ganzen Arm aus. Aber wer will sich schon einen ganzen Arm ausreißen lassen!

Also antwortete Jossele dem Dibbuk: »Nimm dir das ganze Brot, ich habe keinen Hunger mehr. Ich leg es dir auf die Schwelle.«

»Oh, das geht nicht!«, rief der Geist. »Ich kann nichts aufheben, man muss mir geben. Streck doch deine Hand mit dem Brot zur Tür herein!«

Das tat Jossele, und der Dibukk riss ihm das Brot aus der Hand und schmatzte es in einem hinunter. Dann sagte er: »Das hat die Welt noch nicht gesehen, dass einer um eine Hälfte von einem Brot gebeten worden ist und dann das ganze gegeben hat. Soll das unbedankt bleiben?«

»Ich hab's gern getan«, sagte Jossele.

»Ich will dir einen Lohn dafür geben«, sagte der Dibbuk.

»Du mir einen Lohn!«, rief Jossele aus und lachte. »Hast nichts zu essen, hast aber einen Lohn!«

»Ja, kehr mit deinen Händen den Staub zusammen vor meiner Tür«, sagte der Dibbuk, »und den steck in deine Tasche! Es wird dich nicht reuen.«

»Ich kann den Staub nicht in meine Tasche stecken«, sagte Jossele, »weil ich Löcher in der Tasche habe.«

»Dann such die kleinen Kiesel heraus, die werden in deiner Tasche halten«, sagte der Dibbuk.

Und das tat Jossele, und die Kieselsteinchen hielten in seiner Tasche.

»Jetzt lass mich noch Lebwohl sagen«, rief der Geist aus dem Häuschen. »Gib mir deine Hand!«

Und auch das tat Jossele. Aber er reichte die Linke hinein, weil er in der Rechten die Kiesel hielt. Da fiel ihm grad noch im letzten Augenblick ein, was die Mutter gesagt hatte, nämlich dass der Geist den ganzen Arm ausreißt, und schnell zog er die Hand zurück. Die Haut an seinem linken Finger hat der Dibbuk berührt, aber der Arm ist dran geblieben.

Zu Hause fragte die Mutter: »Warum sind deine Taschen so ausgebeult, Jossele? Du hast nur eine Hose, pass besser auf sie auf!«

Sie leerte die Hosentaschen aus, und da waren die Kieselsteine zu Gold geworden, und nun waren sie reich, Jossele und seine Mutter.

Als Erstes sagte die Mutter: »Jossele, du sollst in die Schule gehen und etwas lernen, jetzt wo wir reich sind.«

Und auch das tat Jossele. Aber als er, weil er so schön schreiben konnte wie keiner, irgendwann den 12. Psalm in Schönschrift übertragen sollte, wo es heißt: »Weil die Elenden Gewalt leiden und die Armen seufzen, will ich aufstehen, spricht der HERR, ich will Hilfe schaffen dem, der sich danach sehnt« –, da fuhr ihm auf einmal die linke Hand aus und schüttete das Tintenfass über das Geschriebene, und der linke Zeigefinger tunkte sich ein und schieb mit einer Sauklaue quer darüber: »Gott ist schuld!«

Da wusste Jossele, dass der Dibbuk in ihm hockte. Und so war es. Aber weil ihm Jossele die Linke gegeben hatte und die nur hatte berühren und nicht drücken lassen, konnte der Dibbuk nicht bis in sein Herz vordringen. So trieb er eben seinen Unsinn mit Josseles linker Hand. Die würgte den besten Freund, so dass ihn die Rechte nur mit Mühe befreien konnte; die schlug das Eheweib, und die Rechte musste es gesund pflegen; die griff dem reichen Händler in die Tasche und zog die Banknoten heraus, und die Rechte gab sie ihm wieder zurück.

Am Ende seines Lebens waren alle seine Glieder mit dem Tod einverstanden, nur die linke Hand nicht, und als Jossele starb und ins Grab gelegt wurde, wühlte sich die Linke durch das Erdreich nach oben und aus der Erde hinaus und wuchs und wuchs in den Himmel hinauf. Aber die Wolken erreichte sie nicht.

1

Sebastian war im Bad gewesen, Jetti oben auf dem Dach in der Sonne. Sie hatte in ihrem Laptop das Mailprogramm geöffnet und Roberts Brief vorgefunden, in dem er schrieb, dass er in Jerusalem sei und in dem berühmten Café Ta'amon in der King George Street sitze und an seinem Buch schreibe und gut vorankomme, dass er den Kellner um einen Bleistift und einen Bogen Papier gebeten habe, denn mehr sei nicht nötig, und dass sie sich keine Sorgen zu machen brauche.

Erst hatte sie über die Wendeltreppe nach unten eilen und Sebastian die Neuigkeit durch die Badezimmertür zurufen wollen. Stattdessen las sie die Mail ein zweites und ein drittes Mal. Sie war sehr erleichtert. Sie rückte den Korbsessel zurecht, so dass ihr die Sonne ins Gesicht schien, und las die beruhigende Nachricht ein drittes Mal. Richtig wäre es, Hanna anzurufen. Offensichtlich hatte Robert seine Frau nicht kontaktiert. *Ich bitte dich noch einmal, dass Du mit niemandem darüber sprichst, BITTE, MIT GAR NIEMANDEM!!!* – das konnte sich nur auf Hanna beziehen, dachte sie, »gar« ist ihr Vorname »niemand« ihr Nachname.

Sie legte die Beine auf Sebastians Sessel, schloss die Augen, lauschte auf die Vögel und auf die Musik aus einem fernen Radio. Zum Dach herauf drang nur wenig vom Verkehr unten auf der Wienzeile oder vom Gelächter auf der Heumühlgasse, wo zwei Restaurants waren, die seit ein paar Tagen ihre Schanigärten geöffnet hatten – heuer später als sonst, hatte Sebastian ihr erzählt, man könne sich überlegen, dort »irgendwann« zu Abend zu essen; er rechnete damit, dass sie länger blieb. Die Sonne zeigt uns unseren Schatten. Was war weiter zu wünschen? Dass wir niemandem größeres Leid zufügen in unserem Leben, und dass wir, wenn schon, aus den richtigen Gründen hassen. Führe uns in keine verdrießlichen Rätsel und mache uns frei von vergeblichen Hoffnungen. Die Tomatenstauden unter den Foliendächern

323

entlang dem Geländer verbreiteten ihren herben Duft. Schon waren kleine grüne Kugeln zu sehen. Sie rieb mit der Zeigefingerkuppe über ihren Daumennagel, eine Scharte war in der Mitte. Ihr fiel ein, dass Sebastian von einem Hund erzählt hatte, mit dem er in Amerika in einer Hütte zusammen gewesen war fast ein Jahr lang. In den Badlands von North Dakota. Und dass der Hund erschossen worden sei. Von einem Wildhüter oder Feldhüter, einer Aufsichtsperson des Nationalparks. Was, bitte, hatte Robert in Israel verloren? Sie stellte sich ihn in einem knöchellangen Kaftan vor, mit einem Schtreimel auf dem Kopf, und er war ihr nicht fremd in diesem Aufzug und nicht grotesk. Er wandte sich ihr zu, lächelte, wie er es tat, wenn er viel, viel älter sein wollte als sie, indem er die Mundwinkel nach oben zog, so dass sein Mund wie ein V aussah. »Ich bin nun endlich ein Jude geworden«, sagte er, »und stell dir vor, Jetti, gleich auf Anhieb bin ich der Jude geworden, wie er im Buch steht.« Wer immer mich auch hört, dachte sie, wer mich hört, ohne dass ich rufe, gib mir noch ein paar Jahre, ich lebe gern, unbeschreiblich gern. Für eine Minute nickte sie ein. Sebastian hatte Ananassaft im Kühlschrank gehabt. Ich ahnte, dass du kommst, hatte er gesagt, darum habe ich Ananassaft eingekauft. Er hatte nicht gesagt: dass du mich besuchst; er hatte gesagt: dass du kommst. Aber sie erinnerte sich nicht, dass Ananassaft irgendwann in ihrem Leben ihr Lieblingsgetränk gewesen war. Sie schenkte sich ein und trank. Sie räkelte sich und setzte sich auf.

Die überhasteten Liebesbezeugungen, und viel zu viele davon, bewirkten, dass sie sich schließlich doch Sorgen machte – *Jetti, liebe Jetti, liebe Schwester, meine Liebe, meine über alles geliebte Schwester.* – Robert lebte. Aber er war nicht bei Sinnen. Wenn die Liebe, in welcher Erscheinungsform auch immer, ihrem Bruder auf der Zunge lag, dann loderte Feuer am Schopf, so glaubte sie, aus seinem Leben schließen zu dürfen; dann musste sich der Arme winden, und dem hatte sie sehr wohl Bedeutung beizumessen. Robert war schuld, dass sie und Sebastian in der Vergangenheit nicht zueinandergefunden hatten. Sebastian hatte einen Flaum auf Schultern und Rücken, an manchen Stellen grau vom Staub der Zeit, er besaß die stämmige Figur eines Waldarbeiters, hatte breite Hände, trocken und stark, als hätte er mit Holz zu tun, sie rochen sogar nach Holz, bildete sie sich ein. Nackt in der Totalen hatten sie einander noch nicht gesehen. Sie hatten sich unter der Tuchent und auf der Tuchent umarmt und abgetastet, bei kleinem elektrischem Licht. Sie war sich nicht sicher, ob die Details nicht vielleicht doch ansehnlicher waren als das Ganze. Ihre Hüften hatten sich ein Stück nach oben verschoben, nur ein kleines Stück, und ihre Schenkel waren ein wenig weicher geworden. Sie scheute sich, ihm im frühsommerlichen Tageslicht nackt gegenüberzutreten. Die Scheu widersprach nicht der Vertrautheit, im Gegenteil, sie war eine Folge derselben. Ihre Vertrautheit hatte eine lange Geschichte; aber sie gründete auf Worten, nur auf Worten, auf Worten zudem, die am Telefon gesprochen worden waren. Sie hatten sich am Telefon ausgemalt, wie es sein würde, miteinander zu schlafen, einmal hatten sie am Telefon masturbiert oder getan als ob, sie hatte getan als ob, und sie glaubte, Sebastian ebenfalls. Zu spielen war ihnen vertraut. Müsste nicht erst die gespielte Vertrautheit überwunden werden, um eine tatsächliche zu gewinnen? Sie hatte Robert und Sebastian einander vorgestellt, und Robert hatte von Anfang an Sebastian okkupiert, zu *seinem* Freund erklärt, ihn neutralisiert und hatte sich zwischen sie und *ihren* Freund gestellt. – So sortierte sie sich ihre Erinnerungen zurecht; und erinnerte sich nun auch wieder an den wirren Verzweiflungsmarsch um das Allgemeine Krankenhaus herum, während der winzige Hanno am Herzen operiert wurde: Auch damals hatte Robert, je näher sie dem Krankenhaus kamen, um so heftiger von Liebe, seiner Bruderliebe, gesprochen, und dass er bis an sein Lebensende nicht vergessen werde, was sie, Jetti, ihnen Gutes getan habe, ihm und Hanna, sie, Jetti, die gütigste Frau auf Erden. Sonderbar erschien ihr heute – aber sie erinnerte sich sehr genau an den Wortlaut, kein Zweifel bestand –, dass er »gütigste *Frau*« gesagt hatte, wo zwischen Bruder und Schwester eher »gütigster *Mensch*« zu erwarten wäre. Und dass die Umarmungen ihres Bruders an diesem Abend, der für die Familie Lenobel glücklich geendet hatte, von Mal zu Mal weniger geschwisterlich gewesen waren – dass Robert, als sie sich schließlich verabschiedete, um quer durch den Wiener Winter zu ihrer niedlichen Wohnung in Hernals zu stapfen, ein letztes Mal gesagt hatte, sicher unter dem Einfluss des Rotweins, was für ein liebevolles, sanftes, mitfühlendes, hingebungsvolles Herz sie habe, und dabei mit seiner Hand ihre Brust umschloss – eben nicht die Hand auf ihre Brust, also *über* das liebevolle, sanfte, mitfühlende, hingebungsvolle Herz legte, sondern ihre Brust *umschloss*. Keine Anrufung des Höchsten mehr, wie noch eine Stunde zuvor, keinen Dank an den, dessen Name nicht ausgesprochen werden soll, in Umschreibung nur, *Adonai* – »Adonai!«, hatte er gerufen mitten auf der Straße, »Adonai!« – und nun: keine Rücksicht auf seine Gebote und Verbote; sie konnte sich nicht vorstellen, dass der jüdische Gott seinen Gefallen daran hatte, wenn der Bruder der Schwester an den Busen grapschte, auch wenn er es in Verwirrung tat als Folge von Begeisterung und Dankbarkeit.

Lucien O'Shaughnessy – der Beau, der Schönling, der Stenz, wie man im alten Wien gesagt hätte, ein Mann, der den Worten nicht traute und auf der Hut vor ihnen war, weil er sich nichts anderes denken konnte, als dass Worte Vorboten der Taten seien, Liebesworte also Vorboten von Liebestaten – er, der Katholik, würde sprachlos außer sich geraten, wenn sie ihm davon erzählte; was sie niemals tun würde, mit keinem Wort würde sie jemals erwähnen, dass sie einen Bruder hatte. Einmal hatte Lucien sie überredet, mit ihm gemeinsam die heilige Sonntagsmesse zu feiern, er hatte sie dem Priester seiner Gemeinde vorgestellt, einem rothaarigen Zweimetermann mit Namen Johnny Maguire, der daraufhin Jetti in ihrem Haus besucht und sich mit unverhohlener Absicht über das Thema Ehe ausgebreitet hatte, sich aber nicht mehr blicken ließ, nachdem sie lächelnd deutlich geworden war, dass sie a. Jüdin sei, b. Atheistin und c. nicht beabsichtige, Lucien zu heiraten. Und Kitty, das illoyale Luder, war um ihn herum und hinter ihm her scharwenzelt.

Mit wenig Hoffnung, er würde sich daran erinnern, was er vor dreißig Jahren in jener Winternacht, als er auf einem Mauervorsprung nicht weit vom Allgemeinen Krankenhaus saß und mit seinem Körper schockelte wie ein Chassidim, vor sich hin rezitiert hatte, und mit keinem klaren Gedanken, welche Assoziationen sie damit bei ihm auszulösen wünschte, beantwortete sie Roberts Mail (nachdem sie im Google die Schreibweise überprüft hatte):

Baruch HaShem, lieber Bruder!

Erst fügte sie hinzu *Melde Dich wieder!*, löschte es aber, um die archaische Lakonie des Hebräischen (von dem sie nicht ein Wort verstand) nicht zu verderben. Sie drückte auf das Zeichen für Senden, und als das huschende Geräusch über den Bildschirm sauste, dachte sie: Nun bin ich also auch dort gelandet, wo man tut als ob.

2

Sie stieg über die Treppe nach unten in die Bibliothek, strich mit dem verletzten Fingernagel über die Saiten einer Gitarre, legte eine Hand auf den Fauteuil mit der aufgeplatzten Armlehne, klopfte an die Badezimmertür. Sebastian umarmte sie, und sie umarmte ihn. Er war nackt, sein Körper war nass. Sie legte den Bademantel ab, den ihr Sebastian gegeben hatte – wem gehörte er? –, es war ihr zu mühsam, im Koffer nach ihrer Zahnbürste zu suchen und putzte sich die Zähne mit seiner. Im Spiegel sah sie ihre beiden Gesichter. Er gefiel ihr, seine Rüdheit, auch wie er sich im Bauchnabel kratzte, gefiel ihr, seine etwas hängenden Oberlider – seine Loyalität, auf die, da traute sie sich zu wetten, niemand anderer auf der Welt sich verlassen konnte außer ihr. Dass er damals ihren kleinen SMS-Verkehr für eine Geschichte ausgebeutet hatte, war das nicht verzeihlich? Hatte er damit nicht sie und sich selbst ermahnt – ob mit Absicht oder nicht, spielte keine Rolle –, ihre Gefühle ernst zu nehmen und sie eben nicht dem Als-ob auszusetzen, das nichts anderes war als das Biotop des Zynismus? Er hatte ihr Liebesspiel öffentlich gemacht. Was war eine Heirat anderes?

»Er hat mir eine Mail geschrieben«, sagte sie.

Er nickte.

»Warum nickst du nur?«, fragte sie.

»Ich glaube, ich muss dir erzählen, was ich weiß«, sagte er.

Da war sie erschrocken.

»Du brauchst nicht zu erschrecken«, sagte Sebastian. »Ich nehme an, er hat dich in seiner Mail gebeten, mit niemandem darüber zu reden.«

»Das hat er.«

»Das ist berufsbedingte Geheimniskrämerei. Mich jedenfalls hat er auch darum gebeten. Hinter jedem Wort vermutet er eine Krise. Wenn er mit jemandem spricht, gleich mit wem, sagt er, man soll mit niemandem darüber reden, immer sagt er das. Ich halte mich nicht daran. Wie du dich ja auch nicht daran hältst. Ja, ich glaube, ich muss dir erzählen, was ich über deinen Bruder weiß.«

Und Jetti hatte Sebastian gebeten, dass er ihr alles erzähle, wirklich alles, alles, was er wusste. Sie hatte ihn schwören lassen, dass er nichts zurückhalte. Und er hatte geschworen. Wie es Kinder tun. Freunde.

Also legten sie sich noch einmal zueinander und umarmten sich und schlangen sich ineinander, und dann hatte Sebastian erzählt, was er über Robert wusste – seine Beziehung zu Bess, seine unvorstellbare Verliebtheit in sie, seine Abhängigkeit von dem Sätzchen *Ich liebe dich*, das ihm vorenthalten wurde, und schließlich sein Überdruss – dies hatte Sebastian der Schwester seines Freundes erzählt, aber alles, was er wusste, hatte er nicht erzählt.

Am späten Nachmittag waren sie über den Naschmarkt gegangen, um Gutes einzukaufen für den Abend und die nächsten Tage. Als ob sie ein Paar wären.

Sind wir denn kein Paar?, hatte sich Jetti gedacht.

Sebastian wäre der Richtige. Sollte sie – zu ihrer beider Ungunsten – korrigieren: wäre der Richtige *gewesen*? Wann wären sie einander die Richtigen gewesen? Die Welt war wahrscheinlich nicht dazu gedacht, an irgendeinen bestimmten Punkt zu gelangen; sie hätte ja gleich dorthin gesetzt werden können. Es hätte kein großartiger Umbau im Kopf stattfinden müssen, um sich zu entschließen, ein *richtiges* Paar zu werden. Und damit meinte sie: zu heiraten.

3

Irgendwann in den neunziger Jahren war sie nachts vor dem Fernseher gesessen – damals hatte sie wieder für eine kurze Zeit in München
gelebt – und hatte sich durch die Programme gezappt und war mitten
in eine Diskussion über Neuerscheinungen auf dem Buchmarkt geraten, und sie wäre auch gleich weitergesprungen, hätte sie auf dem
Tisch, um den herum die Kritiker saßen, nicht ein Buch gesehen, auf
dessen Umschlag Sebastians Name stand. Also harrte sie aus. Mit
Lampenfieber. Sebastians Buch war das letzte, das besprochen werden
sollte. Sie musste tatsächlich nachrechnen, wie lange das her war, es
kam ihr vor, als wäre die Zeit, in der diese Fernsehsendung stattgefunden hatte, nicht benennbar, ihre Erinnerung benahm sich wie die
Erinnerung an einen Traum: Je genauer man hinsehen und hinhören
mochte, desto schneller entzog sie sich einem. Was sie gesehen und
gehört hatte, war eine Hinrichtung gewesen, ein Autodafé. Sebastians Roman – den Titel hatte sie vergessen oder verdrängt oder nie
gewusst oder nicht wissen wollen – wurde zerrissen, wie das hieß,
und nicht genug, das schlechte Buch wurde als Kennzeichen für den
schlechten Menschen gedeutet, einen dummen Menschen, einen lä-
cherlichen Menschen; ein Kritiker übertrumpfte den anderen im Spott,
bald wurde gar nicht mehr von dem Buch gesprochen, sondern nur
vom Autor. Sie war vor dem Fernseher gestanden, wach wie auf Koks,
die Fernbedienung in der Hand, den Finger auf dem Aus-Knopf, ihr
Herz raste, und sie spürte, gleich würde sie hyperventilieren. Ihr Freund
wurde der Schadenfreude der ganzen Nation preisgegeben. Aus dem
Mund eines Kritikers explodierte bei jedem Konsonanten ein Spei-
chelregen, dessen Tröpfchen vom Licht der Scheinwerfer in die Spek-
tralfarben zerlegt wurden; ein anderer Kritiker kicherte sich ins Falsett
hinauf, wo er glückselig nach Luft rang; ein dritter murkste so lange
am Namen des Autors herum, bis er ihn zu einem Witz zerschunden
hatte; und das Publikum, das ins Studio geladen war, lachte. Ihr war,
als hörte sie die Welt lachen.

Es musste mindestens zwanzig Jahre her sein. Sie hatte damals noch kein Handy besessen. Bis spät in die Nacht hinein war sie vor dem Telefon gestanden, in der Hand ein Fetzen Papier mit der Nummer ihres Freundes. Angerufen hatte sie ihn erst am nächsten Morgen.

»Ich werde es ihnen heimzahlen«, hatte er gesagt, seine Stimme war ohne Leben gewesen.

»Wie denn?«, hatte sie gefragt.

»Indem ich ihnen einen Scheißtod wünsche.«

»Und wie funktioniert so ein Wunsch?«

»Der Teufel soll ein Stück von meiner Seele abschneiden«, hatte er geantwortet, »das soll er behalten. Ich werde vielleicht nie wieder glücklich werden in meinem Leben, aber diese Schweine sollen dafür einen Scheißtod sterben.«

»Und du meinst, so ein Fluch funktioniert?«, hatte sie weitergefragt, bereit, es zu glauben, hoffend, er nenne ihr einen Beweis, den sie akzeptieren könnte. »Woher willst du das wissen, Sebastian?«

»Weißt du denn nicht, Jetti«, hatte er es ihr erklärt, »weißt du denn nicht, dass er immer erscheint, wenn man ihn ruft? Dass er alle Wünsche erfüllt, solange er wenigstens ein bisschen daran profitiert? Nur ein bisschen muss man ihm geben. Nicht alles. Alles muss man ihm nur im Märchen geben, in Wahrheit genügt ihm ein bisschen. Er will nur nicht leer ausgehen. Das kann man verstehen, was meinst du? Er erscheint, aber natürlich erkennen wir ihn nicht.«

»Aber du glaubst doch diesen Shit nicht, Sebastian?«

»Natürlich glaube ich diesen Shit«, hatte er gesagt.

Sie wusste nicht, wer die Kritiker waren; sie wusste nicht, ob sie noch lebten; und sie wusste nicht, falls sie nicht mehr lebten, was für einen Tod sie gestorben waren. Die Sache hatte sie sehr verwirrt, sie hatte mit niemandem darüber gesprochen, auch mit Sebastian selbst nicht mehr. Merkwürdig war schon, dass sie niemand auf diese Sendung angesprochen hatte, jeder wusste, dass sie mit Sebastian Lukasser befreundet war. Aber wahrscheinlich gerade deshalb nicht.

4

Es war schwül, der Himmel war aufgequollen und grau, an dessen Rändern letzte blaue Streifen leuchteten, im Westen türmte sich bereits ein Block schwarzer Wolken. Sie flanierten über den Naschmarkt, eng, Jetti legte eine Hand auf Sebastians Brust. Sie fühlte sich so wohl! Sie kauften gute Dinge ein, eine Wildschweinwurst, eine Handvoll Brocken von einem alten orangenen Gouda, Verschiedenes in Öl Eingelegtes, Oliven, grasgrüne, schwarze, rote, Avocados, Chilis, Frühlingszwiebeln für Guacamole, Olivenbrot, Obst für den nächsten Tag zum Frühstück. An manchen Ständen wurde Vorsorge wegen des bevorstehenden Gewitters getroffen, das Gemüse wurde abgedeckt oder abgeräumt. Tauben und Krähen tauchten tief hinunter in die Gassen zwischen den Marktständen, mehr als sonst, Sebastian bemerkte, er erinnere sich nicht, die Vögel je so aufgeregt gesehen zu haben. Aggressiv waren sie, die Tauben ließen sich nicht von den Ständen mit den Trockenfrüchten und den Nüssen vertreiben, sie sammelten sich, immer neue kamen hinzu, sie flatterten auf Kopfhöhe der Passanten, die Verkäufer versuchten, sie mit Besen zu vertreiben. Die Krähen hockten unter den Dachvorsprüngen der Markthäuser, hackten aufeinander ein, wie aufgefädelt hockten sie nebeneinander, die Schnäbel geöffnet, die Köpfe vorgereckt, die Flügel aufgeplustert, um den Nachbarn zu verdrängen, und sie beobachteten die Menschen unten, als stünde etwas bevor.

Da wurde Jetti eng in der Brust. Als stünde tatsächlich etwas bevor. Wenn sie sich einmal, einmal, mit allem einverstanden fühlte, warum durfte diese Empfindung nur wenige Minuten andauern!

Sie begegneten einem Mann in einem glänzend schwarzen Anzug und einem glänzend roten Hemd, das Hemd offen bis hinunter zum Nabel – er und Sebastian kannten einander. Der Mann fasste nach Sebastians Hinterkopf, zog ihn zu sich her und küsste ihn auf die Stirn. Sebastian nannte ihn »Sweni«, stellte ihn ihr als »Swen« vor, mit einem Nachnamen dazu, den Jetti sofort vergaß. Er leite eine Künstleragentur, die auf Kabarettisten spezialisiert sei, erklärte ihr Sebastian – während Sweni offenen Mundes zuhörte –, bis vor zehn Jahren habe er zudem ein Tonstudio besessen und sehr erfolgreiche CDs produziert, Peter Gabriel zum Beispiel habe bei ihm aufgenommen, was er anfasse, werde zu Gold, und wenn er eines Tages wegen eines Herzinfarkts sich von der Großkotzwelt abkehre und Gemüse anpflanze, würde er ein Jahr später ohne Zweifel der Besitzer einer Großgärtnerei sei. Der Mann lachte. Der Mann sprühte! Er streckte Jetti in einer schnellen Bewegung die Hand entgegen, zeigte ein Lächeln wie George Clooney und küsste sie auf die Wangen, rechts, links, noch einmal rechts – »Wie die Schweizer!« –, knapp neben die Ohrläppchen. Er war etwa in ihrem Alter und hatte Augen nur für sie, dunkle Augen unter breiten dunklen Brauen, sprach mit Sebastian, fragte ihn, antwortete ihm, lachte mit ihm, sah ihn aber nicht an, hatte Augen nur für Jetti. Die Haare waren mit Gel eingerieben und grob zurückgestrählt und wahrscheinlich nachgeschwärzt, vielleicht aber auch nicht. Er lud sie ein – sie beide – zur Vorstellung eines seiner Künstler, ins Metropol, ein Bluesmusiker, er nannte den Namen, Sebastian schien ihn zu kennen, ein Amerikaner, der seit drei Jahren in Wien lebe. »Er hat mit allen Großen gespielt, und er ist ein unglaublicher Fan von Sebastians Vater, er sagt, es habe nur drei Gitarristen weltweit gegeben, die deinem Vater das Wasser reichen konnten, Sebastian, ich habe die Namen der drei vergessen, du weißt sie sicher.« Er lachte, dass es über den Markt schallte, ein ansteckendes, gesundes, kraftvolles Lachen, von dem auf vieles geschlossen werden durfte, eingebettet in eine Atmosphäre schnell verdienten Geldes.

»Gehen wir auf einen Kaffee!«, rief er und berührte mit seiner Hand Jettis Rücken, leicht, aber lange genug, damit sie es nicht *nicht* bemerken konnte.

In der zweiten Gasse des Naschmarkts reihte sich ein Restaurant neben das andere, bei einem türkischen stellten sie sich im Freien an die Theke. Ein paar Tropfen fielen vom Himmel. Der Freund fragte Jetti, von woher sie angereist sei, wohin sie weiterfahre – als wäre sie ein weiblicher Ahasver. Er führte seine Stimme zu keinem Ende, alle seine Sätze ließ er suggestiv ins Leere laufen, ein akustisches Zuzwinkern. Sebastian antwortete für sie, das war ihr recht; er lobte sie über die Maßen – was ihr ebenfalls recht war, denn er konnte es mit Charme und Verve und ohne relativierende Ironie. Sie fing einen Blick des Mannes auf, einen Blick, den sie nicht *nicht* bemerken konnte. Mit der Linken umschloss sie Sebastians Gürtel in seinem Rücken. Angenommen, dachte sie, nur angenommen, ich würde tatsächlich wieder nach Wien ziehen, würde es sich denn verhindern lassen, dass zwischen dem da und mir etwas wird? Und was wäre mit dem – angenommen – Ehemann? Müsste sie ihm davon erzählen? Würde also alles weitergehen, wie bisher, nur eben in einer anderen Stadt ... Der Gedanke verflog gleich wieder, wurde von dem Wind, wie er in Wien immer wehte und nun schon recht kräftig geworden war, nach oben gehoben und von einer Taube oder einer Krähe aufgeschnappt und verschluckt.

Und nun regnete es, Blitze zuckten im Westen, es war, als wälzte ein Windstoß eine Wolke über den Markt, so schnell und heftig setzte der Regen ein. Die Menschen stoben auseinander. Weg war der im glänzenden Anzug, wahrscheinlich wegen desselben, weg waren die Tauben und die Krähen. Jetti und Sebastian liefen über den Markt und über die Wienzeile zur Heumühlgasse, damit sie nach Hause kämen, ehe das Unwetter in seiner vollen Wucht niederging, die Taschen mit den guten Sachen drückten sie gegen ihre Brust. Gerade als sie unters Tor traten, schlug ein Blitz in der Nähe ein, der Donner knallte in den geblendeten Augenblick, so laut, dass sich ihre Ohren verschlossen und sie im Getöse um sie her den eigenen Atem nahe bei sich hörten, und schon prasselte das Wasser nieder, und als sie endlich oben in der Wohnung waren, hörten sie, wie der Hagel auf das Blechdach über Sebastians Schreibhaus hämmerte und auf den Holzrost darum herum, immer mehr Eiskugeln stürzten nieder, als würden sie aus einer himmlischen Lore gekippt, und es klang wie ein Untergang.

5

»Du kannst hier wohnen bleiben, solange du möchtest«, sagte Sebastian, als sie keine zehn Minuten später oben auf dem Dach die Hagelkörner um den Tisch und die Stühle zu einem Haufen schoben, der Boden war weiß, als wäre der Winter hereingebrochen, der Hagel lag knöchelhoch, Körner waren darunter, größer als Tischtennisbälle. Der Essigbaum unten im Innenhof war entblättert. Die Außenverschattung an den Fenstern zu seinem Schreibhaus hatte Sebastian zum Glück schon am Abend vorher heruntergezogen, damit Jetti beim Aufwachen nicht von der Sonne geblendet würde. Nach Westen hin waren die Rollos zerfetzt, aber die Scheiben waren unversehrt geblieben. Sie wischten Tisch und Stühle ab, weil sie sich nach draußen setzen wollten, in die »Champagnerluft«, wie Jetti sagte, und den Himmel anschauen wollten, der so sauber sei, sagte sie, wie sie nie einen Himmel über einer Stadt gesehen habe, nicht eine Wolke, kein Kondensstreifen eines Flugzeugs, kein Flimmern, keine Unschärfe durch Staub und Ruß – nur Blau. Die meisten Abdeckungen über den Tomatenbeeten hatten dem Unwetter standgehalten. Bei zweien war das Kunststoffdach gerissen, von den Stauden darunter, die schon über einen Meter hoch gewesen waren, war nichts mehr zu sehen, die Aluminiumtöpfe waren zerbeult, die Erde aus den Töpfen und über den Holzrost gepeitscht. Die Metallgestelle der Abdeckungen aber standen unverrückt. Sebastian erzählte, dass Hanno vor Jahren die Gestelle für ihn gebaut hatte, zusammengeschweißt, ja, Hanno, der Sohn des unpraktischsten Mannes, der je in Wien gelebt hat, habe die Gestelle zusammengeschweißt, Hanno könne das. Er, Sebastian, habe das damals für übertrieben gefunden, ein paar Holzlatten, notdürftig aneinandergenagelt, habe er sich ausgerechnet, würden völlig genügen. Aber Hanno habe ihm zu Metall geraten und zu den kräftigsten Kunststoffabdeckungen, die zu finden waren, glasfaserverstärkt, man solle immer das Beste nehmen und immer um ein Grad fester, härter, elastischer als nötig, habe er gesagt, und siehe: »Hanno hat recht gehabt.«

Während des Unwetters waren sie in der Bibliothek am Fenster gestanden und hatten gebangt, ob die Scheiben hielten. Sebastian war angespannt gewesen, aber nicht nervös oder gar ängstlich. Sie hatte sein Gesicht nicht sehen können, aber wie er sie festhielt, daraus schloss sie auf seine Sorge, seine Wut, sein Vertrauen. Über die Fenster ragte einen halben Meter weit das Dach; solange der Hagel senkrecht vom Himmel fiel, konnte er den Scheiben wenig anhaben. Aber mit dem Unwetter war Sturm aufgekommen, und immer wieder wurden Eisladungen gegen die Fenster geworfen. Sie standen nebeneinander, hatten die Arme umeinandergelegt. Jetti bereitete sich darauf vor, dass die Scheiben bersten und eine Katastrophe über die Wohnung hereinbräche, dass Bücher von den Regalen fielen, dass vor allem anderen die Gitarren gerettet werden müssten. Dann würden sie Frau und Mann sein im Kampf gegen die Elemente. War nicht seit Anbeginn der gemeinsame Kampf gegen die Natur die Zeremonie einer Ehe? Die Not würde Sebastian beweisen, was für eine praktische Frau sie war, sie, die Schwester eines unpraktischen Mannes. Sie wusste, er dachte genau so über sie, er teilte nicht das Verdikt, das ihr Bruder und ihre Mutter über sie gesprochen hatten – Amsel, harmlos und ungeschickt. Und wie sie nebeneinanderstanden und in die tobende Finsternis blickten, kam sie sich vor wie Fanny Kelly, die Pioniersfrau, an der Seite ihres Mannes angesichts der Badlands – *werden wir es schaffen?* So dunkel war es in der Bibliothek gewesen, dass sie einander nicht hatten sehen können, und beide waren sie sich einig gewesen, nie hatten sie ein ähnliches Gewitter erlebt. – *Du kannst es, Jetti! Wenn du es willst, kannst du es!*

Ein wenig war sie enttäuscht gewesen, dass es hinterher nichts aufzuräumen gab. Dass sie die Hagelkörner auf einen Haufen kehrten, war symbolisch, mehr nicht. Eine Stunde später würden sie weggeschmolzen sein. Symbolisch: gemeinsame Arbeit – gemeinsames Leben.

6

»Einen Tag oder zwei Tage bleibe ich gern«, antwortete Jetti, »oder drei. Nur zum Ausruhen. Sollen wir spazieren gehen? Ein Abendspaziergang, die Luft ist so herrlich. Ich war eine Woche lang eingesperrt. Ich bin es von der Insel her gewöhnt, lange Spaziergänge zu unternehmen. Sollen wir, Sebastian?«

Das würde er gern, sagte er und fuhr im selben Tonfall fort: »Ich bin sehr allein.«

Ohne Sentimentalität und Melodram hatte er das gesagt, ohne Bitterkeit und Schmerz, nüchtern, als hätte er eingesehen, dass er Aspirin brauchte oder Paracetamol, weil ohne Medikamente eine harmlose, aber lästige Erkältung zu lange dauerte. Und er hatte ihr damit die Frage abgenommen, über deren unaufdringliche Formulierung sie nachdachte, seit sie am Morgen seine Hand an ihrer gespürt und die Augen geöffnet hatte. Tatsächlich wusste sie wenig über ihn. Warum hatte sie ihren Bruder nie nach seinem Freund ausgeforscht? Was sie über Sebastian wusste, waren Erinnerungen, die weit zurückreichten. Er hatte als sehr junger Mann geheiratet; er hatte einen Sohn, der hieß David, der musste um die dreißig sein, vielleicht war Sebastian ja schon Großvater. Die Ehe war bald geschieden worden, an den Namen der Frau erinnerte sie sich nicht, sie hatte ihn aber irgendwann gewusst. Nach der Scheidung war er nach Amerika gezogen, hatte einige Jahre dort gelebt, womit er seinen Unterhalt bestritten hatte, auch das wusste sie nicht, und war Ende der achtziger Jahre zurückgekehrt. Damals hatten sie sich kennengelernt. Hatte er jetzt eine Frau? Das war die Frage. Eine, mit der er zwar nicht zusammenlebte, nicht in dieser Wohnung – sie hatte keine Spuren entdeckt –, die er aber nicht aufgeben wollte? Bis gestern hatte sie sich beschämend wenig für ihn interessiert, und ab heute – Hand spüren, Augen auf – sollte das anders sein? War das möglich? Er war – was wenig schmeichelhaft klingen würde, und darum nie ausgesprochen werden sollte, auch im Stillen nur einmal – er war ihre *Reserve* gewesen. Über all die Jahre. Für den Fall, dass nichts Besseres kommt. Es war nichts Besseres gekommen.

Der vom Naschmarkt – was war der? Was war der im Halbstundenrückblick? Außer an seinen glänzenden Anzug erinnerte sie sich bereits an nichts mehr. Sie hatte sich Sebastian aufsparen wollen. Sie hatte ihn für sich konservieren wollen. Weil sich aber ein Leben vor Schrammen nicht hüten kann, hatte sie seinem Leben lieber nicht nachgeforscht, hatte getan, als wäre der Freund nicht in der Zeit und also verschont von ihr, von ihren Hieben genauso wie von ihren Versuchungen und ihrem Glück. Womöglich war ja auch sie seine Reserve. Schön war der Gedanke nicht.

Er sah ihr gerade in die Augen, kein bedeutsamer Blick, bereit, eine Frage zu beantworten – die nicht lautete *Warum bist du allein?*, sondern: »Seit wann?«

»Seit zwei Monaten.« Und wieder, ohne dazwischen Luft zu holen, fügte er hinzu, als wäre das ein Grund und Bedingung für das andere: »Es war schön, neben dir zu liegen, Jetti, und neben dir aufzuwachen.«

In der Küche gab sie die Sachen, die sie eingekauft hatten, in den Kühlschrank, stellte das Geschirr vom Frühstück in den Spüler, während er Pistazien aufknackte und kaute und ihr eine Handvoll hinhielt.

»Aber hältst du es auch aus, wenn wir einen ganzen Tag miteinander verbringen, Sebastian? Irgendwo, wo es still ist? Wo du keinen Freund triffst, der Bluesmusikern und Kabarettisten Auftritte verschafft?«

»Ich kann einen Wagen ausborgen«, antwortete er. »Ich kenne mindestens drei Leute, die mir gern ihr Auto borgen würden. Swen würde mir gern seinen BMW borgen. Fahren wir hinaus aus der Stadt, ins Weinviertel, und dort gehen wir, bis es Nacht ist. Und dann fahren wir zurück in die Stadt und hören uns den Bluesmusiker an, und morgen geben wir Swen das Auto zurück. Was meinst du?«

Sebastian besaß kein Auto. Eine Zeitlang war er mit einem Geländewagen herumgefahren, von einer Stadt zur anderen, was er selber lächerlich gefunden hatte. Er habe nicht in einer Stadt leben wollen, rechtfertigte er sich, sondern am Land, eigentlich oben auf einem Berg. Irgendwann sah er ein, dass er sich nie auf einem Berg ansiedeln würde, da verkaufte er das klobige Ding. Als er noch nicht dreißig gewesen war, war er in einem Unfallwagen gesessen. Die Fahrerin war gestorben, er war schwer verletzt worden. Jetti kannte die Geschichte. Es war eine sehr traurige Geschichte. Die Frau war seine Geliebte gewesen. Er hatte damals in Amerika gelebt, der Unfall war in Vermont geschehen, in der Nacht. Er hatte sich von ihr trennen wollen. Dann hatte sie der Tod getrennt. Und er hatte ein schlechtes Gewissen gehabt, weil mehr Erleichterung als Trauer in ihm gewesen war. Sein Steppergang erinnerte daran, bei jedem Schritt schlenkerte er ein Bein nach, das bekam er nicht mehr los. Es fiel nicht sehr auf, sah aus, als wollte er etwas abschütteln, was an seiner Sohle klebte, das kleine Hinken fügte sich in seinen Gang. Bei Wetterumschwüngen quälte ihn bisweilen ein ziehender Schmerz von der Hüfte bis zur Ferse. »Das ist«, wie er Jetti schon vor langer Zeit erklärt hatte, »damit mir nicht einfällt, meine kleine Behinderung symbolisch zu deuten.« Das hatte sie nicht verstanden.

Aber er rief nicht bei den Freunden an, die ihm gern ihren Wagen leihen würden. Sie blieben in der Küche, und Sebastian erzählte Jetti die Geschichte von Robert und Bess weiter. Und später, als die Sonne die letzten Reste des Unwetters aufgetrocknet hatte, nahmen sie Gläser und Weinflasche mit und setzten sich aufs Dach.

7

Das Schicksal kennt keine Ironie. Die Amerikaner verstanden, was damit gemeint war. Die Amerikaner wussten, der ärgste Feind der Wünsche ist die Ironie, die jede Bemühung unter Anführungszeichen setzt und den Ernst kompromittiert und als einfältig denunziert. Die Amerikaner nahmen ernst und wörtlich und verstanden sich aufs Üben. Alles Menschliche, das ernst genommen werden will, muss geübt werden. Wer nichts ernst nimmt, der braucht freilich nicht zu üben. Wer aber nicht übt, kann nichts, wahrhaft nichts. Die Amerikaner nannten solchen Zugriff auf die Wirklichkeit Pragmatismus. Ein einziges Mal in ihrem Leben hatte sich ihr eine Krise in den Weg gestellt – als sie Anfang der neunziger Jahre von München weggezogen war, erst nach Wien – wo sich Hanna so rührend um sie gekümmert hatte –, dann erst und unverhofft nach Bologna, schließlich nach Triest –, sie war siebenundzwanzig, und ihr Selbstvertrauen war klein gewesen wie die Anzahl der italienischen Vokabeln, die sie kannte. *La migliore maestra di vita è l'esperienza.* Da hatte sie kurzerhand ein Seminar besucht, eines in englischer Sprache, das eine amerikanische Pädagogin leitete, sie erinnerte sich an ihren sehnigen Hals und ihre bronzefarbene Indianerhaut. Das Seminar fand in einer Villa im Borgo Teresiano statt. Mehr als vier Sitzungen zu je einer Dreiviertelstunde waren nicht nötig gewesen. In der Ersten gab Jetti ihr Problem zu Protokoll, in der Zweiten stellte sie mit Hilfe von Mrs Hodges eine Liste selbstlobender und selbstaufmunternder Sätze zusammen. In der dritten Sitzung sprach sie die Sätze in einem kleinen Studio im Keller der Villa auf CD; in der Vierten ging sie unter den Arkaden des Innenhofes im Kreis, über den Ohren Kopfhörer, und hörte sich eine Dreiviertelstunde lang in Schleife ihre eigene Stimme an: *Jetti, du bist gut. Jetzt bist du gut. Du bist besser, als du warst, als du geglaubt hast, besser wirst du nie. Jetti, du kannst das. Du kannst das, und du bist gut. Jetti, jetzt einmal ehrlich: Was denkst du, kannst du nicht? Nichts kannst du nicht, Jetti. Jetti, wenn du meinst, du kannst etwas nicht, willst du es nur nicht. Das ist ein Unterschied, Jetti. Das ist der entscheidende Unterschied. Du kannst es, Jetti, aber du willst es nicht. Also folgt daraus: Du kannst es, wenn du es willst, Jetti …* Und so weiter. Etwa zehn Minuten. Dann wieder von vorn und so weiter, bis ans Ende der CD. Eine Stunde solle sie gehen oder joggen, jeden Tag, und sich ihre Stimme anhören. Nach zwei, spätestens drei Wochen würde das Selbstbewusstsein nicht nur wiederhergestellt, sondern spürbar gewachsen sein. Bei Rückfällen und Einbrüchen das Prozedere wiederholen, eventuell den Text aktualisieren. Die Sätze hatte sie sich selber ausgedacht, Mrs Hodges hatte sie dabei ermutigt und immer wieder ihren Namen eingesetzt, in jedem Satz sollte mindestens einmal »Jetti« vorkommen. Die Kur hatte 600 Dollar gekostet, inklusive der Produktion der CD. Das Geld war vernünftig angelegt. Seither hatte sie nie wieder eine Krise gehabt. Keine innere jedenfalls. Einmal war sie in einem Hotel vor einem gesprungenen Spiegel gestanden und hatte sich die Haare gekämmt und hatte sich gewundert, was die Sprünge mit ihrem Gesicht anstellten. Ein Auge schob sich weit in ihre Stirn hinauf, eine Wange sprang über das Ohr, das Ohr aber war nach oben verlegt, als schwebte es über dem Kopf, Lippenstift hatte sie auf den Zähnen. Da hatte sie Panik in ihrer Brust gespürt. Und schnell hatte sie ihren Spruch aufgesagt: *Jetti, du bist gut ...*

Sie war im Bett liegen geblieben, als Sebastian oben auf dem Dach unter dem Sonnensegel das Frühstück hergerichtet hatte. Sie war auf dem Rücken gelegen. Ein gelbes Licht war durch die Schrägfenster gefallen. Es sah aus, als scheine die Sonne. Sie stieg aus dem Bett und schob ein Rollo nach oben. Der Himmel hatte sich bedeckt. Feine Regentropfen lagen auf der Scheibe. Es waren die gelben Rollos, die dem trüben Licht ein wenig Sommer vorstreckten. Ein phosphoreszierender Stoff – hatte sie nicht erst vor kurzem darüber gelesen? In einem Artikel, der sich damit beschäftigte, wie dem depressionsanfälligen Nordeuropäer der Winter erleichtert werden könnte. Der Nutzen der Illusion blieb, auch nachdem sie aufgeflogen war – ganz im Sinn von Mrs Hodges mit dem sehnigen Hals und der bronzenen Indianerhaut. Bei geschlossenen Rollos war es, als scheine draußen die Sonne. Europa hatte vom amerikanischen Pragmatismus gelernt. Gut möglich, Sebastian hatte den gleichen Artikel gelesen und sich diesen Bluff zugelegt, der jedem besserwisserischen Zynismus widerstand, schlicht, indem er wirkte. Einmal hatte er – nicht zu ihr, sondern zu Robert, aber in ihrer Gegenwart – gesagt, er habe sich in der Zeit, als er in New York und North Dakota lebte, eine Hornhaut gegen den amerikanischen Pragmatismus wachsen lassen. Inzwischen hatte er sich wohl rückamerikanisiert – oder das alte Stehaufmännlein, das in jedem Europäer steckte, war von selber draufgekommen, dass es besser war zu tun, als ob man nicht jammere, als zu jammern. T-Shirt, Slip und Bademantel waren über den Fußboden verstreut. Das Schlafzimmer lag in einer Ecke des Hauses, wo die Dachschrägen aufeinander trafen. Kein anderes Möbelstück war hier, nur das Bett. In der Wohnung war lässig Platz für zwei Menschen, auch für zwei Sonderlinge. Sebastian hatte ihr spät in der Nacht die Zimmer gezeigt. Da war die Bibliothek mit dem langen Tisch in der Mitte und den Gitarren, die auf Ständern ruhten, vier oder fünf Stück, ein beeindruckender Raum. Auf dem Tisch stapelten sich Bücher und anderes Papier (das wäre alles schnell weggeräumt, wenn sie Gäste zum Dinner einladen würden, vier bis sechs Personen). Über eine Wendeltreppe konnte man hinauf aufs Dach steigen, wo Sebastians Arbeitszimmer war – ein nach drei Seiten hin freistehendes, oberhalb der Hüfte verglastes Häuschen. An die Küche schloss ein Esszimmer an, dem anzusehen war, dass es nur selten benutzt wurde. (Hier würden sie mit Freunden essen, hier war es weniger repräsentativ. Die engsten Freunde würden ohnehin von sich aus gleich in die gemütliche Küche gehen und sich ein Bier aus dem Kühlschrank nehmen.) Dann gab es noch ein Zimmer, in dem Sebastian seine Wäsche und seine Anzüge aufbewahrte, wo er bügelte und Dinge abstellte, für die auch ein anderer Platz gefunden werden konnte. Dieser Raum, fünf mal fünf Meter, schätzte sie, würde ihr durchaus genügen – vorübergehend, früher oder später würden sie in eine andere Wohnung ziehen oder in ein Haus am Rand der Stadt. Sie hatte keine Ahnung, was ein Schriftsteller wie Sebastian verdiente. Sie würde ihre Arbeit hier in Wien ohne allzu große Umstellungen fortführen können, wahrscheinlich effizienter, auf jeden Fall nicht weniger lukrativ, ein Großteil ihrer Kunden lebte auf dem Kontinent, in Deutschland oder Österreich ... – Sie hörte Sebastian in der Küche hantieren. Sie roch den Kaffee. Er hatte eine CD eingelegt, eine der letzten Platten von Johnny Cash, die allesamt deprimierend hätten sein sollen, es aber aus unerklärlichen Gründen nicht waren. Eine Zeitlang waren diese Songs in irischen Sendern rauf und runter gespielt worden, auch in den Pubs, als wäre der amerikanische Countrysänger einer von ihnen. Auch im Büro liefen – sie erinnerte sich, es musste über einen Monat lang gewesen sein – nur diese Songs, und keiner hatte sie je deprimierend gefunden. Im Gegenteil. Ronny hatte während einer Teestunde sogar einen kleinen Vortrag gehalten darüber, was ihre Branche aus der Tatsache lernen könne, dass etwas, das mit Traurigkeit aufgeladen war, eine heitere Stimmung erzeugte. An das Ergebnis erinnerte sie sich nicht. Nur, dass Jasmine gesagt hatte, ihr gefalle dieser alte Mann nicht. – Sie war abgedeckt, lag auf dem Bauch. Sie hätte sich nicht bewegt, wenn Sebastian jetzt hereingekommen wäre. Nur den Kopf hätte sie gehoben, um ihm ihr Lächeln zu zeigen. Bei dem schönen Lucien O'Shaughnessy hätte sie sich zur Seite gedreht, weil sie unsicher war, ob ihr Hintern, wie sie dalag, entspannt, vielleicht nicht doch ein wenig nachteilig aussehen könnte. Auch bei Jamie hätte sie sich zur Seite gedreht oder die Decke über ihren Körper gezogen, obwohl es bei ihm bestimmt nicht nötig gewesen wäre. Beider Augen waren fremde Augen, und sie wollte nicht, dass fremde Augen sie so sahen. Sebastian und Jetti aber, sie würden sich aneinander gewöhnen, was bedeutete, dass sie nehmen konnten, was der andere war, und dass sie einander vermissen würden, auch wenn sie sich nur wenige Tage trennten, und dass sie einander mehr vermissen würden, als es ein klassisches Liebespaar zustande brächte ... – Sie hörte, wie er ihren Namen rief. Und sie rief seinen.

Über den Tag hatten sie einander kennengelernt, als wäre der Tag ihr halbes Leben. Aber am Abend war er ihr fremd geworden.

8

Wien war blau und golden, wie es glücklicher nicht hätte zurechtgedacht werden können, und Jetti entschied, etwas Besseres als Sebastians Dachterrasse finde sich nirgends; außerdem war auch für die nächsten Tage schönes Wetter vorhergesagt – um ins Weinviertel zu fahren oder im Prater spazieren zu gehen oder in einem Elektroboot über die alte Donau zu tuckern und sich alle zehn Minuten über das Heck zu legen, um die Algen aus der Schraube zu ziehen ... daran erinnerte sie sich jetzt ... das hatte sie vergessen ... Sie traute sich nicht, Sebastian danach zu fragen, weil sie fürchtete, er habe es ebenfalls vergessen ... das hatten sie getan, ja, das hatten sie vor vielen Jahren getan! – Also blieben sie zu Hause, saßen oben am Dach, tranken Rotwein und Bier, aßen Olivenbrot und das in Öl Eingelegte und erzählten einander aus ihrem Leben – was der andere nicht schon kannte und so weit sie es sich gegenseitig zumuteten. Dass sie in Dublin zwei Männer hatte, verschwieg Jetti.

Es war aber kein guter Abend geworden. Die letzte Stunde war nicht gut gewesen. Wenn sie sich später in Irland daran erinnerte, tröstete sie sich: Wir waren betrunken und sentimental. Und sie ließ es gelten.

Dabei hatte der Abend lustig begonnen. Wie Kabarett – was Sebastian für Stückchen unternommen hatte und über sich ergehen lassen musste, bis ihm endlich die Genehmigung ausgestellt wurde, sein »Schreibhaus« auf dem Dach zu errichten. Warum hatte sie sich nicht erinnert, wie komisch er sein konnte? Springt auf und spielt vier Personen gleichzeitig, den Vertreter der Baupolizei, den Gutachter, sich selbst und den Anwalt der anderen Bewohner des Hauses – die hatten sich tatsächlich einen Anwalt genommen, um aus Sebastian so viel »präventives Schmerzensgeld« wie möglich herauszupressen – weil, wenn er oben in den Lüften seine Luftschlösser baute, könnten denen unten hin und wieder ein paar Brocken von der Stuckatur auf die Birne fallen. Der Teil des Daches plus das Häuschen habe ihn nicht viel weniger gekostet als die Wohnung selbst. Sie waren die Terrasse abgegangen, Sebastian hatte sich eine Mütze übergezogen, weil ihn gern an den Ohren friere, der Boden war mit einem engen Holzrost ausgelegt, noch andere Pflanzen wuchsen hier in Töpfen, hochschießende (die würde sie behutsam gegen andere austauschen), über den breiten Backsteinkamin rankte sich wilder Wein. Die Sicht ging weit in die Stadt hinein, nach Osten hin der Turm des Stephansdoms, nach Nordwesten der Flakturm oben bei der Gumpendorferstraße mit der Aufschrift eines Künstlers oder einer Künstlerin, die sie auf die Entfernung nicht lesen konnte, es sollte eine Mahnung sein gegen den Krieg, wenn sie nicht etwas verwechselte. In einem Winkel war noch ein Tisch, ein grober, kleiner, verwitterter, davor ein Sessel aus schmutzigem weißem Plastik. Hier schreibe er lieber als am großen Tisch, das grindige Tischchen habe etwas Inoffizielles, das mache es ihm leichter, auch im Winter sitze er hier, im Mantel mit Kapuze und Fingerhandschuhen mit abgeschnittenen Kuppen und lese in Büchern aus der Nationalbibliothek, gegen deren Staub sei er allergisch, wenn er die in der Wohnung lese, müsse er dauernd niesen.

Und dann – um die Frage zu beantworten, bevor sie gestellt wurde – hatte sie gesagt, auch sie sei allein. Hatte für sich vorher schnell eine Definition skizziert: Alleinsein in dem Sinn, dass sonst niemand um sie ist, den sie heiraten würde. Sebastian hatte nicht weitergefragt. Stattdessen hatte er von Evelyn Markard erzählt und ihrer gemeinsamen Geschichte, die durch sechzehn Jahre dahingegangen sei, und seine Fröhlichkeit und seine Clownerien erloschen, und er sprach von nun an schnell und ohne Modulation, wie es Fußballer tun, wenn sie interviewt werden.

»Ein Jahr lang war es eine Liebesgeschichte«, sagte er, »nach dem Jahr ... ich weiß nicht, was es in den Jahren danach war ...«

»Lass es«, sagte sie und rückte ihren Korbsessel näher an ihn heran, fasste seinen Oberarm und schmiegte sich an ihn. »Wenn es nicht schön für dich ist, daran zu denken, lass es.«

»An die Liebesgeschichte kann ich mich kaum erinnern«, sagte er.

Sie sagte: »Wenn man sich an das Gute nicht erinnert, sollte man über das Schlechte nicht reden.«

Aber er redete davon.

9

In den restlichen fünfzehn Jahren habe er kennengelernt, was Langeweile bedeute, und dass er über diese Erfahrung, er gebe sich darüber ohne Sarkasmus Rechenschaft, religiös geworden sei. Welches andere Wort sollte er verwenden? Zu den Gräueln, die er zu bieten habe, sei Satan nämlich auch noch der Herr der Langeweile – nicht der Herr *über* die Langeweile, sondern der, der sie spende. Denn das Böse sei, wenn einer nicht aufhören könne. Und wenn einer nicht aufhören könne, womit auch immer, lösche er in seinem Kopf aus, was nicht dieses eine ist, das Leben werde langweilig, und dagegen, das rede einem der Teufel ein, helfe nur, immer weiterzumachen, womit man nicht aufhören kann. Daraus entstünde das größte Unglück. Das Teuflische an der Langeweile sei ihr Name, der rede den Menschen ein, sie sei harmlos, zwar lästig, aber erstens vorübergehend, zweitens nicht gefährlich, drittens eben nichts weiter als – langweilig. Nach ihrem ersten Jahr hätten sie die Beziehung beenden sollen. Aber sie konnten nicht aufhören. Und es habe keinen Grund gegeben, warum sie nicht aufhören konnten. Das sei die Strategie des Teufels: Er gebe sich harmlos. Die meisten Menschen sehen Langeweile und Harmlosigkeit in einem Topf.

Und dann kam er ins Reden. Jetti dachte bei sich, er braucht das jetzt, es ist wie erwachsenes Weinen, und ich will es mir anhören, und ich will es ernst nehmen. Und sie hörte ihm zu, hörte ihm genau zu, bat ihn manchmal, einen Gedanken zu wiederholen.

»Nichts Langweiligeres gibt es als die Zeit. Sie vergeht einfach. Viel mehr kann über sie nicht gesagt werden. Alles Gerede über die Zeit, angefangen bei Augustinus über Pascal bis zu Heidegger, umschrieb eben nicht die Zeit, sondern die Dinge, die herbeigeschleppt, und die Anstrengungen, die aufgebracht werden, um sie auszufüllen. Und wenn sie ausgefüllt wird, mehr oder weniger dicht, glaubt einer gleich, sie hat eine Struktur, und man merkt auch, wie die Zeit vergeht. Man bildet sich ein, man merkt, wie die Zeit vergeht, aber das ist eine Illusion. Die Zeit versteckt sich hinter den Dingen, mit denen sie angefüllt wird, und wenn wir sagen, die Zeit vergeht mehr oder weniger schnell, sprechen wir in Wahrheit nicht von der Zeit, sondern von den Dingen, mit denen wir sie ausfüllen, die uns mehr oder weniger interessieren. Die Zeit für sich ist Langeweile. Sie ist ein unendlicher Schwindel, im doppelten Sinn des Wortes. Das ist die Strategie des Teufels: Er lässt uns glauben, wir könnten die Zeit ausfüllen, wir könnten sie nützen, womit und zu welchem Ziel und welchem Zweck auch immer. Und dann führt er uns in eine Stunde, einen Tag, einen Monat, ein Jahr, in viele Jahre, in denen die Dinge, mit denen wir unsere Zeit sorgsam ausgefüllt haben, wie wir glaubten, dünner und durchsichtiger werden, bis sie verschwinden und wir in der reinen Zeit sind, in der puren Langeweile.«

»Glaubst du diesen Shit?«, fragte sie und erinnerte sich, eben das ihn schon einmal und wortwörtlich gleich gefragt zu haben, und es war auch um den Teufel gegangen.

»Ja, das tu ich«, antwortete er ihr wieder.

»Ich meine, ob du an den Teufel glaubst.«

»Ja, das tu ich. Hat er nie an deine Tür geklopft?«

»Nein. Wenn ich dachte, er ist's, war's dann doch der Kaminkehrer.«

Sie spürte eine Beklemmung, als hätten ihre Worte einen Mechanismus ausgelöst, der nicht mehr gestoppt werden konnte und der sie presste und ihn presste; und als trüge sie die Schuld daran, wenn am Ende dieses Abends das Glück, das in ihr gewesen war, gestern Nacht und durch die Nacht hindurch und durch den heutigen Tag hindurch, zerstört würde, und mit ihm die Pläne, die nicht einmal richtige Pläne waren. Was habe ich denn getan? Nur weil ich gefragt habe, seit wann er allein ist? Wer immer mich auch hört, dachte sie wieder, wer mich hört, ohne dass ich rufe, bitte, mach, dass er nicht ist wie mein Bruder: verrückt.

»Sie war der langweiligste Mensch, dem ich je begegnet bin«, sprach er weiter, »und ich war der langweiligste Mensch, dem sie je begegnet ist. Komm jetzt nicht, Jetti, und sag, das sei eine Art Depression gewesen, Partnerschaftsdepression – der Begriff ist eine Erfindung deines Bruders. Es ist nicht alles, was dunkler ist als eine Schreibtischlampe, eine Depression. Und unterhaltsam ist meine Geschichte auch nicht. Sie ist ein Ungetüm. Sechzehn Jahre! Nichts ist nichts, und das ist auch schon, was es dazu zu sagen gibt, und das ist auch schon seine ganze Ungeheuerlichkeit. Langeweile ist Langeweile. Nichts im Leben ist logisch, nur die Langeweile, sie ist tautologisch, wie jede Logik. Langeweile ist Langeweile ist Langeweile ist Langeweile – diese Aufzählung ließe sich wirklich und wahrhaftig ewig fortsetzen. Evelyn ist eine gutaussehende Frau, sie hat Geschmack, sie ist klug und gebildet, aber sie ist langweilig. Hinter diesem Allerweltswort lauert ein Weltuntergang. Das muss dem Teufel erst einer nachmachen, ein harmloses Wort erfinden, um dahinter die Essenz des Grauens zu verstecken.«

»Bitte, Sebastian«, sagte sie, »erzähl mir nicht solche Verrücktheiten!«

»Obwohl ich ja Bescheid wusste«, redete er weiter, als hätte er sie nicht gehört, und vielleicht hatte er sie tatsächlich nicht gehört, sie hatte leise gesprochen, ihr war nicht entgangen, dass er manchmal, wenn sie sprach, einen Finger hinter sein Ohr legte und die Muschel ein wenig nach vorne wölbte, er hört nicht mehr gut, dachte sie, und durch die Mütze hindurch noch schlechter, »oder Bescheid wissen hätte müssen, ich habe Pascals Gedanken über die Langeweile gelesen und auch, was Kierkegaard dazu gesagt hat und was Nietzsche dazu sagt und Flaubert. Ich habe mich dem Teufel entgegengestellt, wie es dein Bruder tun würde: nachlesen, was alles darüber schon geschrieben worden ist. Was ist falsch daran? Die anderen denken auch, und die meisten denken besser als ich. Die Langeweile war ein Thema für mich, immer schon, sie hat mich beschäftigt, aber ich habe lange etwas anderes darunter verstanden, genauso wie Pascal und Schopenhauer und Nietzsche etwas anderes darunter verstanden haben, etwas, über das sich lohnt nachzudenken – Ennui, wie interessant das klingt. Wahrscheinlich sind Schopenhauer, Nietzsche, Pascal, Kierkegaard selbst nie der Langeweile begegnet. Sie haben davon gehört und haben darüber nachgedacht. Es lohnt sich aber nicht, über die Langeweile nachzudenken. Sie ist die absolute Verheerung. Ich habe irgendwann einmal für irgendeine Zeitschrift einen Aufsatz über Oblomow geschrieben, aber glaube mir, Jetti, so tarnt sich Satan. Langeweile ist ein großes Thema, flüstert er dir ein, man kann einen alles andere als langweiligen Roman über die Langeweile schreiben. Aber das ist eine Lüge. Oblomow ist müde und antriebslos und meinetwegen ist er depressiv, er ist verwöhnt und verhätschelt, aber ein langweiliger Mensch ist er nicht, und er langweilt sich auch nicht.«

»Ich glaube nicht an Gott«, sagte Jetti, genügend laut diesmal, »und ich glaube schon überhaupt nicht an deinen verrückten Satan. Bitte, Sebastian, hör auf, vor mir solchen Blödsinn zu reden!«

Er sah lange an ihr vorbei, so knapp an ihrem Gesicht vorbei, dass sein Blick sie gerade noch an der Schläfe streifte, und seufzte, einmal, zweimal. Wer immer mich auch hört, dachte sie nun zum dritten Mal.

»Siehst du«, sagte er schließlich und biss sich auf die Lippen, was sein Gesicht verzerrte, und ihr war, als hätte sie diesen Mann nie vorher gesehen, »die Langeweile taucht die Welt in Langeweile, und die ist wie Feuchtigkeit, sie wird aufgesogen von den Kapillaren … die Gesellschaft wäre etwas Entzückendes und Aufregendes, wenn man sich für einander interessierte … steh da wie der Ritter in voller Rüstung und wehr dich gegen die schlechte Meinung … nein, ich will etwas anderes sagen … wenn ich nur könnte … wenn ich nur könnte …«

»Aber ich versteh's nicht!«, rief sie jetzt. »Ich kann nicht denken, eine Frau ist schön und klug und man kann mit ihr reden – wie soll das sein, wenn sie langweilig ist? Wie ist eine Frau langweilig, wenn sie schön ist? Wie ist sie klug, wenn sie zugleich langweilig ist?«

10

Sie sah, wie die Tränen über die Wangen ihres Freundes sickerten, der in der Nacht ihr Mann gewesen war und der es immer noch war, nur ein bisschen weniger als in der Nacht. Sie hatte Sorge, als wären seine Worte kleine Schritte, dass er von ihr davonliefe und sie ihn, aus der Ferne betrachtet, eventuell nicht mehr wollen könnte. Er trauert um sie, dachte sie, er weint ihr nach, es ist kein Platz für mich. Er ist der Richtige für mich, aber ich bin nicht die Richtige für ihn. Aber er ist mein Freund, und ich muss mich seinem Kummer stellen.

»Einmal in der Nacht stand sie auf, um Wasser zu trinken«, fuhr er fort, »und kam zurück und hat sich aber nicht zu mir ins Bett gelegt, sondern blieb stehen vor dem Bett, unten beim Fußende, und hat mich betrachtet, wie ich daliege und schlafe. Ich habe aber nicht geschlafen. Ich habe die Decke über den Kopf gezogen, sie konnte meine Augen nicht sehen, weil sie im Schatten waren, aber ich habe sie gesehen. Sie stand am Bettende, hatte die Wasserflasche in der Hand, und sie hat mich angesehen. Und ich sie. Durchs Fenster kam Licht, wahrscheinlich war es tatsächlich der Mond, er schien auf sie. Wir hatten damals keine Rollos vor den Fenstern, die habe ich anbringen lassen, nachdem wir uns getrennt haben. Allein der Gedanke, mein Gesicht könnte in der Nacht betrachtet werden – könnte! –, war mir unerträglich. Ich weiß schon, solches Licht zeigt nicht, was ist, wie der Tag es zeigt, es macht die Schatten härter, und die Schatten werden zu Gesichtszügen, was sie nicht sind, aber niemand kann sich gegen ein Bild, das der Mond zeichnet, wehren. Ich muss dir vorher erzählen, dass sie einmal zu mir sagte, sie gehe am Tag mit schönen Gedanken im Kopf herum, und wenn sie mich am Abend besucht, sie wohnt nicht weit von hier, das heißt, sie hat nicht weit von hier gewohnt, inzwischen ist sie ausgezogen, ich weiß nicht, wo sie ist, also wenn sie mich am Abend besucht und wenn sie sich in der Küche an den Tisch setzt, an dem ich bereits sitze, sei ihr, als wische jemand über die schönen Gedanken drüber, und sie sind weg wie die Kreidebuchstaben auf einer Volksschultafel. Ich habe das ernst genommen, weißt du, wir haben nicht gestritten, wir haben selten gestritten, in den letzten Jahren nie, nicht ein Mal. Es gab nichts zu streiten. Es ist, wie es ist. Wir sind, die wir sind. Ich habe sie gefragt: Wie ist das? Wer wischt dir die Gedanken weg? Und da hat sie gesagt: Es ist, als ob der Teufel sie wegwischt. Und ich, ich habe dasselbe gesagt wie du: Glaubst du diesen Shit, Evelyn? Sie hat gesagt, sie glaubt das natürlich nicht. Aber sie habe deutlich das Gefühl, dass es so ist. Und in dieser Nacht, als sie am Bettende stand und mich betrachtete mit der Wasserflasche in der Hand, sah ihr Gesicht aus wie das Gesicht eines Teufels. Ich dachte, das ist er also, der ihr die schönen Gedanken aus dem Kopf wischt, wenn sie sich in der Küche an den Tisch setzt, an dem ich sitze. Und jetzt glotzt er mich an. Wie ich daliege. Zuerst dachte ich, in ihrem Gesicht sind Hass und Verachtung, Abscheu. Aber das stimmte nicht. Sie hasste mich nicht und verachtete mich nicht. Ich habe mir gedacht, es ist nichts an ihr, nichts, was ich als Erinnerung mitnehmen möchte, und an mir ist nichts, was sie als Erinnerung mit sich nehmen möchte. Ich dachte, wie schön und frei muss es sein, aufzuwachen und allein zu sein. Der alte Satan, der alte Satan, der hat es eingefädelt, dass ich ihre Gedanken hatte und sie meine. Das kannst du nicht verstehen, Jetti. Ich glaube an nichts. Aber dem Teufel ist das egal. Der ist dir deswegen nicht böse. Wenn es einen Gott gibt, der wär dir wahrscheinlich böse, wenn du nicht an ihn glaubst. Dem Teufel ist das egal.«

»Hör auf, Sebastian!«, flüsterte Jetti. »Mach nicht alles kaputt!«

Er aber sprach weiter in seinem eifernden Fatalismus: »Es gibt keinen Beweis für Gott, das ist heller Blödsinn, du hast recht, Jetti, natürlich. Alle sogenannten Gottesbeweise sind widerlegt. Erinnerst du dich an das Märchen, das wir beide erfunden haben? Warum habe ich dich damals nicht nach Triest begleitet! Ich war verliebt in dich, hast du das nicht bemerkt, Jetti? Der Gott in unserem Märchen, erinnere dich, der lebte weit, weit fort hinter hundert Vorzimmern, er war nicht zu erreichen. Der Himmel ist langweilig geworden. Wenn einer hinaufschaut in der Nacht und die Sterne anschaut und sich denkt: Na und? Ist das alles? – Was ist dann? Ist das nicht ein Beweis für den Teufel? Dass es wenigstens den gibt? Dass er sich in dein Auge geschlichen hat? Und wenn einer die Liebe anschaut und sagt etwas Ähnliches? – Na und! Ist das alles! – Was ist dann, Jetti? Das müssen wir bedenken, das müssen wir in unsere Rechnung miteinbeziehen. Das Rätsel eines Menschen, der keine Hoffnung kennt, keine Hemmung, keinen Glauben und keine Furcht. Da sagt einer: Wir haben nur die Wahl zwischen zwei Albträumen, aber immerhin haben wir eine Wahl. Darf man so denken? Angesichts der Schönheit der Welt? Alles zerbricht, wenn es richtig angeschaut wird. Das monotone Gedröhne der großen Trommel. Die erschreckende Vieldeutigkeit von Worten. Da sagt einer, die Welt sei im Zorn durch Hass und Hunger entstanden, nicht durch Liebe. Wir müssen raus aus diesem Denken, Jetti! Raus! Sofort! Entsetzen und Entzücken müssen sich abwechseln! Müssen sich wenigstens abwechseln. Was auch immer geschieht, es geschieht, weil ich es will, oder es geschieht nicht, weil mein Wille versagt. Beginnen wir neu! Ein bisschen Zeit bleibt uns noch! Man kann durch das künftige Leben das vergangene retten! Glaub mir, das kann man. Als ich jung war, Jetti, war so vieles neu, jeder Tag, aber rätselhaft, nein, rätselhaft war wenig, und Rätsel haben mich nicht sonderlich interessiert. Mit zehn lief ich zum ersten Mal von zu Hause weg. Wir wohnten damals im 14. Bezirk, in Penzing. Mein Vater war zusammengebrochen, nach einem seiner Alkoholexzesse. Ich hatte geglaubt, ich bin für ihn verantwortlich, und ich hatte geglaubt, ich habe versagt. Ich wollte mit meiner Familie nichts mehr zu tun haben. Ich lief hinunter zum Wienfluss und versteckte mich unter dem Stapel Schwemmholz und blieb dort eine Nacht. Ich träumte, auf der anderen Seite des Flusses steht ein Mann und winkt mich zu sich herüber. Ich dachte, es ist mein Vater. Und ich träumte, viele kleine Tiere seien um mich und redeten mit mir. Dann wachte ich auf und meinte immer noch, die Tiere zu hören. Alles war neu. Kein Tag war vorauszuberechnen. Aber gewundert habe ich mich nicht. Heute scheinen mir die bekanntesten Dinge unerklärlich, und Neues begegnet mir wenig. Ich habe mich innerlich lustig gemacht über die Geschichte von Robert, diese *amour fou*. Er hat mir ausführlich erzählt, wir sind an der Donau entlanggegangen, und er hat mir von Bess erzählt und von ihren gemeinsamen Stunden im Hotel Orient, und ich habe gedacht: Erzähl du nur, aus dir und deiner Bess wird nie etwas, da kannst du dich aufspielen, wie du willst, aus euch hätte niemals etwas werden können, sei froh, dass nichts daraus geworden ist. Und ich bin mir lässig vorgekommen mit meiner Geschichte. Aber er hat sich einen Gott zurechtgebastelt, nicht einen Teufel. Robert hat einen Gott. Und den besucht er gerade. Irgendwann hat er sich zu mir gedreht auf unserem Spaziergang und hat mich gefragt: Und du? Was ist mit dir? Und ich habe nichts sagen wollen, nicht ein Wort, aber der alte Satan, der alte Satan, der hat mich gekitzelt: Sag's ihm, sag's ihm! Die ganze Zeit hat er geredet, jetzt soll er dir zuhören. Und so habe ich ihm erzählt, was ich dir erzählt habe. Dass Evelyn in der Nacht aufgestanden ist und Wasser getrunken hat und vor dem Bett gestanden ist und mich angeschaut hat … Wenige Tage später habe ich zu ihr gesagt: Evelyn, ich glaube, wir beide sind an unser Ende gelangt. Und dann bin ich zum Karlsplatz gegangen. Ich habe dir ja von meinem Unfall in Amerika erzählt, bei dem es mir die Hüfte zertrümmert hat und ich Schmerzen gehabt habe und auch nicht richtig behandelt worden bin und jede Menge Morphium gekriegt habe, bis mein Problem nicht mehr die Schmerzen und die Hüfte waren, sondern das Morphium, und dass ich schließlich vom Morphium aus der Apotheke auf Heroin von der Straße umgestiegen bin, aber ich bin es wieder losgeworden, ja. Aber dann bin ich mitten in der Nacht zum Karlsplatz hinüber und habe mir einen Schuss geholt, nach so vielen Jahren, und es war unheimlich gut, und ich habe mir gedacht, von wem, um Himmelswillen, habe ich mir einreden lassen, damit aufzuhören. Aber das war nur einmal, nur einmal … – Ach, was rede ich, Jetti, ich mach dir Angst, das merke ich. Warum mache ich dir Angst?«

11

»Warum zerbricht alles, wenn man es anschaut, Sebastian?«

»Lassen wir es gut sein, Jetti.«

»Und wann werden wir uns langweilig, Sebastian … wir beide?«

»Du wirst mir nie langweilig, Jetti.«

Inzwischen war es dunkel geworden, außerdem stützte sie das Gesicht auf eine Hand und zwar so, dass die Finger ihre Augen verdeckten. Deshalb konnte sie sich leicht vorstellen, sie telefoniere mit ihm; wie sie es getan hatten vor vielen, vielen Jahren, stundenlang oftmals; und es fiel ihr leicht, sich in die Stimmung zurückzuversetzen, die somnambul gewesen war und viel Verliebtheit aufgerufen hatte, die nicht unbedingt ihn meinte oder sie, die ihnen aber zur Verfügung gestanden hatte. Ein Hausgott, einen fröhlichen – wer hätte so einen nicht gern. Anstatt Tatsachen nachzulaufen wie ein Anfänger in Schlittschuhen, der überdies irgendwo übt, wo es verboten ist …

»Ein Jahr?«

»Dass du mir in einem Jahr langweilig wirst? Jetti, in einem Jahr …«

»Zwei Jahre?«

»Niemals, Jetti, niemals.«

Und sie erinnerte sich, wie er ihr Märchen und andere Geschichten am Telefon vorgelesen hatte, nachts um eins.

»Wenn es zehn Jahre dauert, Sebastian, bis wir einander langweilig werden, haben wir immerhin zehn Jahre gehabt. Zehn Jahre, Sebastian!«

Sie dachte: Das wäre doch fantastisch! Mehr will ich doch gar nicht! So viel habe ich nie gehabt! Hätten wir uns vor zehn Jahren zusammengetan, wär's jetzt vielleicht vorbei, und ich hätte, angenommen, ich werde siebzig im Leben, noch zwanzig Jahre vor mir ohne Liebe, jetzt hätte ich nach dieser Rechnung nur zehn Jahre Einsamkeit vor mir, und die kriege ich spielend hinter mich, und zwingend werden es ja gar nicht so viele sein. *One hand on my suicide, one hand on the rose* – hatte Leonard Cohen gesungen, und als eine gewisse Jetti Lenobel, damals gerade einundzwanzig, den – sie hatte nachgerechnet – damals Dreiundfünfzigjährigen in der Lobby des Hotels *Vier Jahreszeiten* in München zum Interview traf, begrüßte er sie mit den Worten: *»Shouldn't we go to bed first? Talking becomes easier«*, und gestern hatte sie, nun selber bald fünfzig, einsam, besorgt und verzweifelt, den Schriftsteller Sebastian Lukasser gefragt, »darf ich bei dir liegen?«, nein, einsam war sie nicht, *vereinzelt* wäre das bessere Wort, über Einsamkeit ließen sich die schönsten Lieder und Romane schreiben, über Vereinzelung konnte man nicht einmal richtig weinen, Vereinzelung ist etwas Soziologisches, und Sebastian hatte geantwortet: »Es ist alles viel leichter, wenn wir endlich miteinander schlafen, Jetti.« Natürlich hatte sie ihm von der Begegnung mit Leonard Cohen erzählt, aber das war lange her. Er hat es also nicht vergessen, dachte sie, und er spielt jetzt darauf an, und als sie endlich beieinanderlagen, grinste sie in die Kuhle zwischen seinem Schlüsselbein und seinem Hals hinein, weil sie sich erinnerte, wie er damals bei jedem Telefonat immer und immer wieder gefragt hatte, ob sie nun mit dem berühmten Sänger und Dichter oder ob sie nicht ... – Ich mit meinen kleinlichen Krämerbegriffen, dachte sie.

»Ich wünsche mir«, sagte Sebastian, nachdem sie lange geschwiegen hatten, »ich wünsche mir die holzschnittartigen Gefühlsentscheidungen meines Vaters. Mitten in einer seiner Saufereien, als er versucht hatte, zwischen Fernsehsessel und Kanapee aufrecht zu stehen, hatte er mit klarer Stimme, die wenigstens über die Länge dieses Satzes nicht schwankte, zu meiner Mutter gesagt: Du kannst mich nicht verlassen, Agnes, weil du für mich gemacht bist, du siehst, rein technisch geht das schon nicht. Meine Mutter hatte gelacht. In ihrer unvergleichlich bittersüßen Art. Und war beruhigt. So viel jedenfalls wie nötig war, um zum tausendsten Mal den Prozess der Vergebung einzuleiten. Auch etwas Technisches. Und mir wurde vorgeführt der Trost, der darin liegt, dass eine Lebensentscheidung getroffen oder ausgeschlossen werden kann allein aus technischen Gründen. Ein zweifellos terroristischer Trost. Der hat die Figur und das Gesicht eines Jokers. Ich habe nie gern Karten gespielt. Du schon?«

»Nein.« Sie sah ihn an, die Mütze reichte ihm bis zu den Augenbrauen hinunter. »Ich habe selten Karten gespielt. Ich erinnere mich gar nicht.«

»Ich hätte nämlich keine Karten in der Wohnung.«

»Gewürfelt habe ich. Aber auch nicht oft. In München habe ich gern Monopoly gespielt.«

»Habe ich leider auch keins.«

»Soll ich Hanna anrufen und ihr von Roberts Mail erzählen?«

»Nein.«

»Hast du zu tun morgen?«, fragte Jetti – wieder nach einer langen Pause. »Manchmal muss man auf ein Amt gehen. Ich könnte dich begleiten. Das würde ich gern tun.«

»Morgen habe ich einen Arzttermin«, antwortete Sebastian. »Ich muss mir bestätigen lassen, dass mein PSA-Wert 0,0 anzeigt. Oder wie es heißt: kleiner als 0,1.«

»Wenn es dir recht ist, gehe ich mit.«

»Du denkst, ich bin ein Nihilist. Habe ich recht, Jetti? Ich habe uns den Abend verdorben. Das tut mir leid. Ich habe mich unbescheiden und töricht ausgedrückt. Das tut mir leid.«

»Ich bin zu müde, um zu denken, Sebastian. Legen wir uns hin.«

»Ich bin ein Nihilist, aber kein redlicher Nihilist. Immerhin kein redlicher Nihilist.«

»Gehen wir schlafen, Lieber. Ich bin gern mit dir. Und ich mag es, wenn du dich ein bisschen niedermachst. Dann weiß ich, es war alles nicht so schlimm. Aber nur ein bisschen mach dich nieder. Du weißt ja eh, wenn es reicht.«

Drei Tage und drei Nächte war sie bei Sebastian geblieben, und sie war bei ihm geblieben, vom Aufwachen in der Früh bis zum Einschlafen in der Nacht, war nicht ins Hotel Imperial gezogen, wie sie es sich an diesem Abend vorgenommen hatte, und dann war sie abgereist und hatte ihm, der nun ihr dritter Liebhaber war, versprochen, sie werde bald wiederkommen.

Erst im City Airport Train von Wien Mitte nach Schwechat hatte sie Lucien angerufen und ihn gefragt, ob er sie am Flughafen in Dublin abhole, und er hatte gesagt, er werde es tun. Und während sie über den Parkplatz auf ihn zugegangen war und ihm zugelächelt und er schließlich ihr Lächeln erwidert hatte, war sie zur Einsicht gelangt: Dieser ist nicht der Richtige. Als er sie vor zehn Tagen zum Flughafen gebracht hatte, hatte sie auf seine Frage, ob sie ihn heiraten wolle, ja gesagt. Aber nur innerlich. Äußerlich hatte sie gelächelt – und ein wenig genickt, zu wenig, als dass er es hätte bemerken können.

NEUNTES KAPITEL

In einer Familie, in der viele Kinder waren, war auch ein dummer Bub. Den wollten die anderen loswerden. Darum sagten sie zu ihm: »Geh hinaus in die Welt und schau, ob du schon dort bist!«

Das war ihm eine Freude, das wollte er selber gern wissen, und er dachte sich aus, wie es sein wird, wenn er sich draußen in der Welt träfe.

So ging er einen Tag und eine Nacht und war aufmerksam und blickte um sich, schaute hinter Sträucher und hinter Baumstämme, ob er sich dort vielleicht versteckte. »Wart du nur«, rief er vergnügt, »ich find dich schon!« Er lauschte auf das Echo seiner Stimme und war glücklich, denn nun wusste er, er konnte nicht weit sein.

Am dritten Tag hörte er einen wunderbaren Gesang, und er dachte: Das kann nur ich sein. Ich wusste gar nicht, dass ich so schön singen kann. Jetzt weiß ich es. – Und er ging dem Gesang nach.

Da sah er ein Gerippe, das lehnte an einem Baumstamm. In den Händen hielt es eine Flöte, und der Wind, der durch den hohlen Schädel blies, ließ die Flöte singen. Es war nämlich ein Krieg gewesen, und das Gerippe war ein Soldat gewesen, der wollte sich ausruhen von dem Morden und hat sich auf die Erde gesetzt und sich an den Baumstamm gelehnt und hat gedacht, er möchte sich ein wenig Frieden geben, indem er ein Lied auf der Flöte spielt. Und gerade hatte er noch nicht einmal die erste Strophe zu Ende gespielt, da traf ihn eine Kugel in den Kopf, und er war tot. So saß er, die Flöte im Mund, und die Würmer kamen und die Käfer und die Ameisen kamen, und die fraßen alles an ihm zusammen bis auf sein Gerippe, das ließen sie so sitzen, wie es saß, an den Baumstamm gelehnt. Durch den Schädel blies der Wind und fuhr in die Flöte hinein, und das klang wie der allerschönste Gesang.

Da dachte der Dumme: Ach, jetzt habe ich mich gefunden. Aber ich bin gestorben und habe nichts mehr von mir, außer die Flöte, die will ich mitnehmen.

Ein bisschen war er auch froh, der Dumme, weil er sich endlich gefun-
den hatte, und so unrecht war es ihm gar nicht, dass er tot war, denn nun
war er frei und konnte leben, wie es ihm passte, und er hätte auch gar
nicht gewusst, was er mit sich anfangen hätte sollen, wenn sie da beide
nebeneinander hergegangen wären, er und er.

So zog er weiter in die Welt hinaus und spielte auf der Flöte, und er
spielte so schön, dass er überall beklatscht wurde und zu Festen eingela-
den wurde und zu essen und zu trinken bekam und ein Plätzchen, wohin
er sich legen konnte für die Nacht. Und eines Tages kam ein Bauer, der
fasste ihn am Ärmel und fragte: »Du, willst du nicht meine Schafe hüten,
es ist eine gute Arbeit, die dich keine Mühe kostet, du brauchst nur auf
deiner Flöte zu spielen, da werden sich die Schafe um dich scharen, und
keines geht verloren, denn der Wolf, der Wolf, der mag nicht, wenn einer
auf der Flöte spielt, das mag der Wolf nicht.«

So war der Dumme glücklich, auch wenn er gestorben war, wie er
glaubte, und er spielte den Schafen vor und erzählte ihnen, dass er einst
ein Flötenspieler gewesen war, dann aber gestorben war, und dass er
heute viel besser auf der Flöte spielen könne, als er es damals konnte, als
er noch gelebt hatte. Und die Schafe glaubten es ihm.

Eines Tages stolperte er und fiel in einen Graben, und in dem Graben
war ein Schatz versteckt, lauter Goldenes und Silbernes, Schmuck und
Münzen eine ganze Truhe voll. Er aber nahm nur fünfzig goldene Kett-
chen heraus, für jedes seiner Schafe eines, die legte er ihnen um den Hals,
dass es in der Sonne nur so blinkte. Nun war er noch glücklicher als
zuvor. Dann kam aber ein Kaufmann vorbei, und der fragte ihn, woher
denn die Schafe solche Kettchen hätten. Und der Dumme zeigte dem
Kaufmann die Grube und die Truhe. Da stieß der Kaufmann den Dum-
men grob in die Seite und befahl ihm, die Truhe auf seinen Wagen zu
wuchten, und dass ja kein goldenes Krümelchen herunterfalle, und dann
zog er lachend davon.

Eines der Schafe aber, der Bock nämlich, der war so klug, wie der
Dumme dumm war, und der hatte die Sprache der Menschen erlernt,
und er sagte: »Noch niemals habe ich einen so dummen Menschen ge-
troffen, wie du einer bist. Aber der Wolf wird sich vor dir fürchten, denn

der Wolf, der Wolf, der Wolf, der mag nicht, wenn einer auf der Flöte spielt, das mag der Wolf nicht. Darum darfst du bei uns bleiben, so lange du nur auf der Flöte spielst.«

Aber die Flöte hatte der Dumme auf der Schatztruhe liegen lassen, als er sie auf den Wagen des Kaufmanns gewuchtet hatte, und hatte sie dort vergessen. Darum jagte ihn der Schafsbock weg, weil er zu nichts zu gebrauchen war. »Ein Dummer wie du«, sagte er, »ist zu nichts zu gebrauchen!«

Wäre ich doch nur der, der ich gewesen war, bevor ich gestorben bin, dachte sich der Dumme und ging und nahm den Weg zurück nach Hause.

Als ihn seine Geschwister sahen, lachten sie schon von weitem und riefen ihm zu: »Na, Dummer, hast du dich in der Welt draußen gefunden?«

Er sagte: »Ja, aber ich bin gestorben gewesen, und es hat mir nichts genützt.«

»Und hast du dir etwas hinterlassen als Erbe?«, fragte ein Bruder, und alle lachten, und der Dumme lachte mit.

»Ja«, sagte er, »eine Flöte habe ich mir hinterlassen als Erbe.«

»Und wo ist die Flöte?«, fragte eine der Schwestern.

»Die habe ich auf der Schatztruhe liegen lassen, die ich gefunden habe.«

Da liefen die Geschwister auseinander, denn sie wussten ja, dass ihr dummer Bruder zu dumm war, um zu lügen, und jeder wollte als Erster den Schatz finden. Sie liefen in den Wald, dort waren die Wölfe, und weil die Geschwister keine Flöte bei sich hatten, fielen die Wölfe über sie her und töteten sie und fraßen sie auf, wie sie zuvor die Schafe alle getötet und aufgefressen hatten, und dem Kaufmann war es nicht anders gegangen. Nicht einmal die Gebeine waren übrig geblieben

Der Dumme aber lebte glücklich und aß Rebhuhn und lebte allein in dem großen Haus, und manchmal ging er von dem einen Zimmer in das nächste, um nachzusehen, ob er dort ist.

1

»Liebe Jetti,

erinnerst Du Dich an den Nachmittag, es war in den Osterfeien, als
wir mit der Mama im Lainzer Tiergarten waren und Mama verschwunden war auf einmal? Du warst in der ersten Klasse und hast nicht gut lesen können. Darum haben wir Dein Lesebuch mitgenommen auf unsere
Wanderung. Wir sind die große Runde gegangen, dreieinhalb Stunden
oder länger. Ich wollte mit Dir lesen üben, und Du wolltest das auch. Das
hast Du gern getan, mit mir lernen, weißt Du noch? Du wolltest, dass ich
Lehrer spiele, dass ich nicht Dein Bruder bin, sondern der Lehrer, und vor
Dir auf- und abgehe und den Zeigefinger ausstrecke und Dir drohe und
Dich ausfrage und dass ich Dein Heft korrigiere. Ich habe das auch gern
getan. Später bei Hanno und Klara habe ich es nicht gern getan, bei Dir
schon. Ich weiß nicht, warum mir das gerade jetzt einfällt, aber ich will
auch gar nicht nachfragen. Ich denke viel über unsere Eltern nach. Wir
haben nie über sie nachgedacht. Wir leben in die Zukunft hinein. Du
noch viel mehr als ich. Wenn sich unsereins umdreht und nach hinten
schaut, bekommen zehn Leute ein schlechtes Gewissen. Das wäre Spielverderberei. Du bist ganz ruhig geblieben, als wir aufgewacht sind und
Mama nicht mehr da war. Ich war nicht ruhig. Ich bin in Panik geraten.
Ich glaube, ich habe geweint. Habe ich geweint? Das wüsstest Du bestimmt. Du hast mich getröstet. Nicht, indem Du mit mir gesprochen
hast. Sondern, indem Du ruhig geblieben bist. Die Mama ist nur etwas
schauen gegangen, hast Du gesagt. Es gibt eine Art von Glück, die des
Trostes bedarf. Ich schreibe es leicht, sagen könnte ich es nicht. Wir
waren glücklich, wir drei, Du, Mama und ich. Aber ich will Dir erzählen,
warum ich mich gefürchtet habe. Es war April, aber schon warm wie im
Sommer. Du erinnerst Dich an die Wiese, natürlich, wir sind einmal mit
den Kindern den langen Weg durch den Lainzer Tiergarten gegangen,
auch Hanna war dabei, die meiste Zeit hast Du Klara auf dem Rücken

getragen, sie war erst ein Jahr alt, da sind wir auch an der Wiese vorbeigekommen. Nein, Du hast Klara in dem Sack an Deiner Brust getragen, nicht auf dem Rücken, jetzt erinnere ich mich. Du hast ihr Köpfchen gehalten. Du hast gesagt, es könnte sein, dass ein kleiner Ast von einem Baum fällt und dem Kind auf den Kopf. Als wir durch den Wald gingen, hast Du Deine Hand über Klaras Köpfchen gehalten. Da sind wir an der Wiese vorbeigekommen. Findest Du es nicht auch merkwürdig, dass wir bei unserem Ausflug mit den Kindern nicht über damals gesprochen haben? Ich glaube, weil Hanna dabei war. Wenn Hanna nicht dabei gewesen wäre, hätten wir bestimmt darüber gesprochen. Oben an der Wiese entlang führt der Weg, und man hat einen sehr weiten Ausblick, die Wiese ist leicht abschüssig, mitten drin stehen einzelne Bäume und Sträucher, und unter einen dieser Bäume haben wir damals unsere Decke gelegt. Ich sehe es deutlich vor mir. In Jerusalem ist jetzt Nacht, und um diese Zeit ist die Stadt leise, aber ich sage Dir, es ist die lauteste Stadt, die ich in meinem Leben kennengelernt habe. In dem Hotel, in dem ich wohne, gibt es eine kleine Bibliothek, es ist ein christliches Hotel, eigentlich ein Jugendhotel. Dort sitze ich jetzt und schreibe Dir auf dem hoteleigenen Computer einen Brief. Ich habe ein Buch über die apokryphen Evangelien gefunden, unter anderem das sogenannte Nikodemusevangelium. Darin wird Pontius Pilatus verteidigt, das heißt, er wird von der Schuld freigesprochen, der Sanhedrin, der Hohe Rat der Juden, sei schuld an der Kreuzigung Christi. Darüber können wir einmal bei Gelegenheit reden. Soviel ich weiß, gehörte Nikodemus selbst dem Sanhedrin an. Sehr seltsam das alles. Am Anfang heißt es, der Text sei die Übersetzung eines römischen Offiziers namens Ananias, der auf dem wahrheitsgetreuen Bericht des Nikodemus aufbaut, und Nikodemus sei Zeuge der Kreuzigung gewesen. Sogar die beiden Schächer rechts und links von Jesus werden bei ihren Namen genannt, Gestas und Dysmas. Sebastian kennt sich da aus. Ich glaube, ich werde in dem Buch nicht mehr weiterlesen. Lesen strengt mich an und geht mir eigentlich auf die Nerven. Verzeih mir, Jetti, wenn ich so durcheinanderrede, ich schreibe nieder, was mir so durch den Kopf geht, es ist schon weit über Mitternacht, und ein bisschen getrunken habe ich auch. Mama jedenfalls hat einen Rucksack *dabeigehabt, in dem waren Äpfel drin und Butterbrote und Limonade. Wir beide, Du und ich, waren müde und erschöpft, wir sind drei Stunden gegangen oder länger, und ich glaube, wir sind sofort eingeschlafen auf der Decke im Schatten. Als wir aufwachten, waren wir allein. Ich hatte Angst, dass Mama nicht wiederkommt. Wie der Papa, der nicht wiedergekommen ist. Der Papa, den Du, das sagst Du immer, nicht gekannt hast. Du hast ihn aber gekannt. Du erinnerst Dich nur nicht an ihn. Du warst zu klein. Ich erinnere mich sehr genau an ihn. Er war ein großer Mann. Und schlank. Sicher sehe ich ihm heute ähnlich. Er war immer unrasiert. Er hatte schwarze Haare und einen kräftigen Bartwuchs, Kinn und Wangen waren immer sehr dunkel. Heute ist das normal, dass ein Mann unrasiert ist. Damals war das nicht so. Unrasiert zu sein konnte man sich damals nur an den Feiertagen leisten, wenn man zu Hause war und nicht unter die Leute ging. Ich schließe daraus, dass er nur bei uns war, wenn er mehrere Tage frei hatte. Ich muss mich zweimal am Tag rasieren, jedenfalls wenn ich am Abend ausgehe. So einer war er auch. Den Bartwuchs habe ich von ihm geerbt. Über seine Tätigkeit weiß ich nicht genau Bescheid. Mama hat nicht ein Wort über ihn geredet. Nie. Er hatte mit Autos zu tun. Mit Leihautos, glaube ich, ja, bestimmt, mit Leihautos. Er war in einem Geschäft angestellt, das Autos verliehen hat. Aber auch Autos verkauft hat. Hauptsächlich verliehen. Aber nicht irgendwelche Mittelklassewagen, sondern nur feine, teure Marken. Wenn sich jemand zum Angeben einen Rolls Royce ausleihen wollte oder einen Chevrolet, hat es in Wien nur eine Adresse gegeben, eine feine, meine ich. Dort hat er gearbeitet. Jedenfalls eine Zeitlang. Das habe ich herausgefunden. Als ich an der Universität war, und eine Weile danach noch hat mich das interessiert. Ich sehe vor mir, dass er Dich auf den Arm genommen hat. Er hat Dich hochgehoben und in die Luft geworfen und aufgefangen, und Du hast gequietscht vor Freude. Du warst sein Schatz. Er hat Dich abgeküsst, und hinterher war Dein Gesichtchen rot von seinen Stoppeln. Mich hat er auch gern gemocht. Er hat mir immer etwas mitgebracht. Aber ich glaube, er hat mehr versucht, mich gernzuhaben. Dich hat er wirklich gerngehabt. Aber er hat sich sehr bemüht, mich auch gernzuhaben. Er hat mich zu Spritzfahrten mitgenommen, immer in einem anderen Auto. Vornehme Wagen und sportliche. Ich durfte vorne sitzen. Ich kann mich nicht erinnern, dass Mama und Du auch dabei waren. Ich war zehn Jahre alt, nein, neun oder nicht einmal neun, als er von uns fort ist. Er hat nie ein böses Wort zu mir gesagt. Aber er wusste nicht, was er mit mir reden sollte, wenn wir allein waren. Er hat immer fein gerochen. Manchmal stehe ich in der Straßenbahn und rieche dieses Rasierwasser. Am liebsten würde ich an jedem Mann schnüffeln und nachfragen, was für ein Parfum er verwendet. Was würde ich tun, wenn ich es herausfinden würde? Mir eine Flasche kaufen und mich daran sattriechen? Ich habe ihn sehr gerngehabt. In seiner Jackentasche hatte er Eukalyptusbonbons, die in dem grünen Papier. Alles Lachen in unserer Familie war bei ihm. Mama hat nie gelacht. Ich war auch nicht neidisch, weil er Dich lieber gehabt hat als mich. Ich möchte fast sagen, im Gegenteil. Darum hat er mir ja etwas mitgebracht und hat mich in seinen Autos mitgenommen. Weil er ein schlechtes Gewissen gehabt hat mir gegenüber. Wenn ich sage, er war nur bei uns, wenn er einige Tage frei gehabt hat, sehe ich Dich, wie Du fragst: Wo war er in der übrigen Zeit? Diese Frage kann ich Dir beantworten, Jetti: Er hatte eine zweite Familie. Wie Johann Strauß Vater, der hatte auch eine zweite Familie. Unser Vater hatte eine zweite Familie, nicht nur eine zweite Frau, also dass er Mama betrogen hat, nein, eine zweite Familie mit zwei Kindern, einem Buben und einem Mädchen. In der gleichen Stadt. In Wien. Im 3. Bezirk. Ich kenne seine Kinder. Flüchtig, aber ich kenne sie. Es sind unsere Halbgeschwister, sie heißen Bruno und Mirjam. Sie leben beide in Wien. Um genau zu sein, ich habe sie einmal getroffen, nur einmal, und das war nicht erfreulich, in mehrerer Hinsicht nicht. Erstens waren sie beide an diesem Treffen nicht interessiert und haben sich von mir nur dazu überreden lassen, zweitens können es die beiden nicht besonders miteinander und haben kaum Kontakt, Bruno wusste nicht, dass Mirjam mich auch trifft , und sie nicht, dass er mich trifft, schon von Anfang an war keine freundliche Stimmung. Gerade, dass sie sich begrüßt haben. Übrigens sehen uns die beiden nicht ähnlich. Dir sowieso nicht. Aber wer sieht Dir schon ähnlich! Ich weiß nichts über sie, und ich habe sie auch nicht nach ihren Umständen gefragt, was sie tun, Beruf, ob Familie und das Übliche. Ich weiß nicht, wie es Dir ergangen wäre. Du hättest Bruno und Mirjam wahrscheinlich umarmt. Ich saß ihnen gegenüber, und ich habe nichts für sie empfunden. Sie waren mir fremd. Fremder, als wenn sie tatsächlich fremd wären. Und ihnen ging es mit mir ähnlich, glaube ich. Wir saßen im Café Prückel, und sie fragten mich, was ich wissen will. Ob Papa noch lebt. Das war meine erste Frage. Er lebt nicht mehr. Er ist 2004 gestorben, im Alter von dreiundsiebzig Jahren. Woran, wussten sie nicht. Er habe sich von ihrer Mutter schon etliche Jahre zuvor getrennt. Aha! Sie hatten nur wenig Kontakt zu ihm. Aha! Eine neue Frau? Eine dritte Familie? Noch mehr Halbgeschwister? Sie glaubten, nein. Aber wissen tun sie es nicht, Jetti. Wenn er gelebt hätte, hätte ich mir einfach nur seine Adresse geben lassen und hätte ihn besucht und hätte ihn selbst gefragt, was ich wissen wollte. Aber was wollte ich eigentlich wissen? Alles. Was ist alles? Ich gebe zu, allzu interessiert bin ich nicht. Ich denke aber, es gehört zu meiner Pflicht als Sohn, mich wenigstens nach ihm zu erkundigen. Meine Patienten versuche ich, so zu lenken, dass sie auf ihre Kindheit und ihre Eltern zu sprechen kommen. Und ich sollte dieses Thema bei mir auslassen? Ich habe ihn immerhin gekannt, ich habe Erinnerungen an ihn, ich habe ihn gern gemocht, ich habe mich jedes Mal gefreut, wenn er da war. Wenn ich nach der Schule nach Hause kam und sein Rasierwasser gerochen habe, habe ich mich gefreut. Also fragte ich die beiden aus. Besonders interessiert hat mich natürlich, wie er den Krieg und die Nazizeit hinter sich gebracht hat. Er war Ende des Krieges fünfzehn Jahre alt. Wie hat er überlebt? Was hat er erlebt? Bruno und Mirjam wussten es nicht. Davon habe er nie gesprochen. Sie wussten nicht einmal, dass Opa und Oma in Auschwitz und Treblinka waren. Er hat ihnen nichts erzählt und seiner neuen Frau auch nichts! Und sie haben auch nie danach gefragt. Es interessiert sie nicht, stell Dir vor, Jetti, es interessiert sie nicht! Mirjam sagte, und zwar ohne dass ich davon angefangen hätte, sie sagte, Jude ist man, wenn die Mutter eine Jüdin ist, und ihre Mutter sei keine Jüdin, also seien sie beide keine Juden. Bruno sagte darauf, ohne seine Schwester anzusehen, die beiden haben sich nicht ein einziges Mal angesehen, er sagte, das sei egal, ihm jedenfalls sei es egal, ob er ein Jude sei oder nicht, völlig egal sei ihm das. Und sie sagte, ja, das sei egal, sie*

meine nur. Bruno sagte: Papa habe sich versteckt während der Nazizeit.
Oder sei versteckt worden. Mehr wisse er nicht. Oder habe sich als Arier
ausgegeben. Wien habe er nicht verlassen, sicher wisse er es allerdings
nicht. Papa habe, wie gesagt, nie darüber gesprochen. Und auch über uns
habe er nie gesprochen. Irgendwann hätten sie schon von uns erfahren,
sie wussten beide nicht, wann das gewesen sei, die Mutter habe ihnen
von uns erzählt. Ich fragte, ob ihre Mutter lebt. Ja, die lebt. Aber in diesem
Punkt waren sie sich einig, dass ich sie nicht besuchen soll. Ich soll ihre
Mutter in Ruhe lassen, sagten sie. Ich wollte ihr die Ruhe nicht nehmen,
ich wollte sie nur nach unserem Vater fragen. Ich habe nicht weiterge-
forscht. So wie die beiden Papa beschrieben haben, erscheint er als ein
düsterer, rücksichtslos seinen fünf Sinnen folgender Mann gewesen zu
sein. Aber so war er doch nicht! Er war lustig. Das weiß ich doch. Ich
weiß, dass er ein fröhlicher, lustiger Mann war. Das ist jetzt auch schon
fünf Jahre her, seit ich die beiden getroffen habe. Ich weiß nicht, warum
mir das gerade einfällt. Ich hatte es schon fast vergessen. Kann sein, wir
sprechen einmal darüber, Jetti. Ich kann mir vorstellen, dass Du mit un-
seren Halbgeschwistern besser verhandeln könntest als ich. Aber meine
Güte, es ist nicht wichtig! Wer wir sind, wissen wir. Müssen wir unbe-
dingt wissen, wer unser Vater war?

Dein Bruder Robert Ohne-Ruh

2

Jetti war *nicht* auf der Decke eingeschlafen. Robert hatte geschlafen,
sie nicht. Ihr hatte die Mutter zugeflüstert, Jetti, bleib einfach schön
hier sitzen, und pass auf deinen Bruder auf, ich bin gleich wieder bei
euch, und sie hatte ihr ein Auge gedrückt, und Jetti hatte verstanden.
Es war ein Geheimnis zwischen ihr und der Mama. Robert sollte nichts
davon erfahren. Sie war eben nicht nur der Liebling des Vaters gewesen, wie Robert behauptete, woran sie sich aber nicht erinnerte,
sie war auch der Liebling der Mutter. Damals jedenfalls. Später nicht
mehr. Als sich das Gemüt der Mutter wieder verdunkelte, zog sie die

Zuneigung von ihr ab und richtete sie auf den Sohn. Robert war nun ihr Liebling – solange sie in der Lage war, einen Liebling zu haben.

Roberts Mail war morgens um halb sechs Uhr abgeschickt worden. Den Anfang las sie aufmerksam, den Rest überflog sie, sie hatte verschlafen und musste sich beeilen, am Abend würde sie sich Zeit nehmen und den Brief ihres Bruders genau studieren und ihn eventuell beantworten.

Sie war nun seit sie wusste nicht wie vielen Tagen wieder in Dublin, seit über einer Woche hatte sie von Lucien nichts mehr gesehen und nichts mehr gehört, schon war er ihr aus dem Kopf gerutscht, und auch die Sorge um ihren Bruder war dünner geworden. Sie durfte sich wieder mit sich selbst beschäftigen, ihr Gewissen erlaubte es ihr, und sie nahm die Absolution erleichtert entgegen und kaufte sich ein Blouson aus lachsfarbenem Nappaleder, das, wie sich die Verkäuferin ausdrückte, ihr stehe, als wäre es für sie allein entworfen. Dazu trug sie, als sie sich im Büro präsentierte, eine schwarze weite Hose mit Doppelbundfalte, die insofern eine Reminiszenz an Mister O'Shaughnessy war, als er es gewesen war, der diese Fasson in ihren Modehorizont eingeführt hatte – aber nur insofern. Mit Hanna hatte sie weder gemailt noch telefoniert. Nicht aus Trotz. Obwohl sie der Meinung war, es läge an ihrer Schwägerin, sich zu melden. Sie befürchtete ein Nie-mehr; der Gedanke bedrückte sie – aber nur, wenn er geweckt wurde; also ließ sie ihn ruhen. Die Versicherung hatte ihr bestätigt, dass sie für den Schaden aufkam, also den Preis für einen entsprechenden gebrauchten Wagen zahlen werde, den Aston Martin zu reparieren rentierte sich nicht, es müsste praktisch die Karosserie ausgetauscht werden, auch am Motorblock sei Schaden entstanden, als der Pickel die Kühlerhaube durchschlagen habe, der Rowdy müsse ein bärenstarker Kerl gewesen sein. Jamie hatte sie irgendwann angerufen und ihr mitgeteilt, die Sache sei erledigt, der Idiot werde sie in Zukunft in Ruhe lassen. Dass Jamies Männer Lucien verprügelt hatten, so dass sein Knie operiert und seine Wade geschient werden musste, wusste sie noch nicht, auch nicht, dass sein Gesicht arg verunstaltet war. Sie bedankte sich bei Jamie und brach das Gespräch ab – mit einem sanften Tippen auf das Display: auch ein Nie-mehr. Jamie hatte kühl zu ihr gesprochen, ohne seine üblichen Anzüglichkeiten, und sie hatte ihm kühl geantwortet. Mit Sebastian dagegen telefonierte sie regelmäßig am Abend über Skype – ohne Bild, er wollte es so, und ihr war es recht. Den Plan, nach Wien zu übersiedeln, hatte sie nicht aufgegeben, aber so weit zurückgeschoben, dass seine Konturen kaum mehr zu erkennen waren. Sie fragte Gareth und Mike, ob sie in ihr Arbeitszimmer übersiedeln wollten. Die beiden bildeten ein Team im Team, sie saßen an einem gemeinsamen Schreibtisch, sie waren die Einzigen, die ihre Projekte gemeinsam betrieben, und waren auch über die Arbeit hinaus miteinander befreundet. Manchmal hatten sie sich beklagt, dass die Atmosphäre um sie herum zu laut sei. Der große Büroraum ging auf die Military Road hinaus und den Park, dessen Bäume gerade bei dieser Meile besonders dicht und hoch wuchsen, so dass der Eindruck entstand, man blicke auf einen Wald, was einen fröhlich stimmen konnte; der Nachteil war, dass zum lauten Reden der Kollegen der Straßenlärm dazukam. Jetti dagegen hatte genug von der kleinen engen schattigen Kammer, außerdem meinte sie inzwischen, es tue ihr wohl, unter Leuten zu sein, auch unter lauten. Gareth und Mike waren einverstanden, die Umstellung dauerte gerade eine Stunde. Sie fühlte sich sehr wohl bei ihrer Arbeit. Die unaufgeregte Anteilnahme ihrer Partner an der Causa hatte sie glücklich gemacht. Kitty vermisste sie nicht. Im Gegenteil: Im Rückblick konnte sie nicht begreifen, dass sie sich je ein Haustier zugelegt hatte, außer ein bisschen Streicheln am Abend hatte die Katze nicht viel von ihr gehabt. Bei Lucien würde sie sich eindeutig wohler fühlen, er hatte nicht genug kriegen können, sie zu kraulen.

Außerdem lag auf ihrem Schreibtisch eine Anfrage – tatsächlich ein Papierbrief –, die sie sehr interessierte und sie wieder eine Lust auf ihren Job spüren ließ wie am Anfang: Zwölf junge Männer und Frauen aus vier verschiedenen europäischen Ländern (Irland, Deutschland, Großbritannien, Portugal), Filmemacher, Schauspieler, Schriftsteller, Fotografen, Produzenten – der Brief kam gleich zum Punkt, was ihr gefiel – beabsichtigten, einen Episodenfilm mit dokumentarischen

Einschüben über einen Schrankkoffer zu drehen – Bilder lagen bei –, der im Jahr 1957 auf einem Flug von London nach Athen verlorengeht, 1965 aus der Aufbewahrung freigegeben und von einem griechischen Studenten ersteigert wird, diesen über sein Studium in Athen und Berlin begleitet, 1992 von einem polnischen Kleinkriminellen in Kreuzberg aus dem Sperrmüll gezogen wird, auf immer neuen Umwegen nach Portugal gelangt, wo er im Jahr 2007 in Lissabon an eine Antiquitätenhändlerin gelangt, die ihn restauriert und an einen Londoner Dandy und Broker verkauft, der sich als Enkel jenes Mannes entpuppt, der vor fünfzig Jahren den Koffer in Heathrow verloren hatte. – Einer Intuition folgend gab Jetti »Europäische Union« in den Google ein: Die im Treatment angegebenen Daten passten zur Geschichte der EU – Römische Verträge, Vertrag von Maastricht, Vertrag von Lissabon. Das Ansuchen hatte also beste Chancen – vorausgesetzt, es war tatsächlich ernst gemeint und nicht nur Honig. Zweifel kamen ihr, weil alles ein bisschen zu sehr stimmte. 200 000 Euro Zuschuss von der EU waren möglich bei maximal 60 % der förderbaren Kosten, wenn garantiert werden konnte, dass das Projekt in vier Jahren realisiert werde. Offensichtlich hatten die jungen Leute außer diesem Exposee keinen Plan. Angenommen, sie könnten zwei weitere Personen aus zwei anderen EU-Ländern dazugewinnen, dann wäre es möglich, die Sache als »großes Kooperationsprojekt« einzureichen und zwei Millionen Euro würden zur Verfügung stehen. Die Sache interessierte sie. Kontakte zu möglichen Partnern aus Österreich, Italien oder Tschechien könnte sie vermitteln. Agentenarbeit wurde in solchen Fällen auf fünfzehn bis zwanzig Prozent der Fördersummen veranschlagt. Als Erstes wollte sie den jungen Leuten einen Exklusivvertrag vorschlagen. Sie werde sich um alles kümmern, man müsste sie aber gewähren lassen; eventuelle Gelder werden auf einem Konto abgebucht, das sie verwaltete, jede Korrespondenz, jede Idee, alles läuft über ihren Schreibtisch. Sie beabsichtigte, ihre Antwort sachlichkalt und bedrohlich-konkret zu formulieren. Wenn sie dann der Mut nicht verließ, könnte es sein, dass sie unter Umständen nicht ungeeignet waren.

Roberts Mail las sie am Abend – langsam, manche Stellen laut, weil
sie dachte, so lasse sich besser auf seine Gemütsverfassung schließen.

3

Was mit ihrem Vater war, kümmerte sie nicht. Er war ein Begriff. Mehr
war er nicht. Immer wieder wurde von vaterlosen Kindern erzählt, die
irgendwann, wenn sie erwachsen waren, herausfinden wollten, wer
der war, der sie gezeugt hatte. So ein Kind war sie nicht. Die Iren liebten solche Beschäftigung. Ein schlechtes Gewissen, das dem biederen
Bewohner des Kontinents schwer begreiflich war, befahl ihnen, einen
Rebellen in der Familie zu finden, und wenn sie bis ins 17. Jahrhundert
hinuntergraben mussten. Robert, mit dem sie bei einem Telefonat vor
nicht langer Zeit darüber gesprochen hatte, hielt diese Art von Ah-
nenforschung für eine »Vereinnahmung der Verstorbenen zum Zweck
der territorialen Erweiterung des eigenen Ichs, das sich selbst nicht
genügt«. Jetzt betrieb er selbst Herkunftsforschung. Sie genügte sich
selbst, und zum Erobern gab es nichts. Vatersvater und Vatersmutter
hatten sich gemeinsam 1967 in Haifa vergiftet, waren gefunden worden, Hand in Hand im Ehebett unter einem Moskitonetz, wahrscheinlich, um zu verhindern, dass ihnen die Fliegen die Augen aussaugten,
war ja nicht abzusehen, wie lange es dauerte, bis sie jemand in dieser
fremden Welt vermissen und suchen würde. Muttersvater und Mut-
tersmutter waren im KZ ermordet worden, es war nicht einmal geklärt, in welchem, ob in Auschwitz oder Majdanek oder Treblinka.

Und was war mit Marie-Marlene Hirsch gewesen? Der späteren
Frau Lenobel? Nie wollte sie ihren Kindern Jetti und Robert erzählen,
wie sie den Krieg hinter sich gebracht hatte. Robert hatte schließlich
ein Bild zusammengesetzt, hatte Stück für Stück aus der Mutter her-
ausgefragt, nicht, weil er selbst plötzlich Interesse aufgebracht hätte,
nein: Weil ihm seine Frau keine Ruhe ließ. Hanna wollte es wissen.
Und sie wusste ganz genau, dass Mann und Schwägerin es eigentlich

auch wissen wollten und nur leider noch »historisch zu verklemmt« waren, um das zuzugeben und von sich aus Recherche zu treiben. Und als es mit der Biografie über Abba Kovner dann doch nicht geklappt hatte, versuchte sie es eben bei Marie-Marlene Hirsch. Und brachte auch einiges heraus.

Hatte Robert nun endlich von sich aus Interesse an der Mama gefunden, nachdem er sie in ihren letzten Monaten ganz aus seinem Leben verdrängt hatte? Nicht, wo war die jüdische Mama gewesen während der Nazizeit, war seine Frage; sondern: Wo war sie an jenem Nachmittag im Lainzer Tiergarten gewesen? Immerhin ein Anfang …

Die Mama hatte ihren Liebhaber getroffen, an diesem Nachmittag im Lainzer Tiergarten. Sie werden sich irgendwo ins Gebüsch geschlagen und es miteinander getrieben haben. Oder in seinem Auto, wahrscheinlich im Auto. Jetti war in keiner Weise beunruhigt gewesen, die beiden waren in der Nähe. Wenn sie gerufen hätte, wäre sie gehört worden. Die Mama wollte Sex, für eine halbe Stunde. Nicht einmal heute, nach über vierzig Jahren, zwanzig Jahre nach Mamas Tod, würde Robert diesen Gedanken ertragen. War es ihr denn nicht zu gönnen, dass sie sich einen Mann suchte oder zwei Männer, nachdem sie der ihre verlassen hatte? Welchen ihrer Liebhaber die Mutter damals getroffen hatte, das wusste Jetti nicht. Sie glaubte nicht, dass es derselbe war, der den Obers geschlagen hatte, der war längst passé. Wahrscheinlich auch nicht der, der sie zusammen mit seinem Sohn zum Neusiedlersee mitgenommen hatte. Was aus dem Buben geworden war, interessierte sie mehr als Halbschwester und Halbbruder zusammen. In den Buben war sie verliebt. Er war ihre erste Liebe gewesen. Die sich nicht anders angefühlt hatte, als sich heute eine Liebe anfühlte. Sie waren auf dem Steg gesessen, die Beine nahe über dem Wasser, und es war dämmrig geworden, und sie hatten gewartet und waren aufgeregt, einer wegen der Nähe des anderen. Sie hatten beide keine Sorge, dass die Mutter und dass der Vater nicht mehr kommen könnten. Sie hatten ein erwachsenes Einverständnis: Lassen wir den beiden ein wenig Zeit, sie mögen es halt so gern … Und dann hatten sie ihre Stimmen gehört. Sie konnten sie nicht sehen, und sie konnten von ihnen nicht gesehen werden. Der Steg war schmal, und rechts und links wuchs das Schilf in die Höhe, und es war schon Abend. Die Mutter und der Vater wussten nicht, dass sie ganz vorne saßen, wahrscheinlich dachten sie, sie seien zum Auto gegangen und hätten sich hineingesetzt, der Vater hatte seinem Sohn den Autoschlüssel gegeben, falls sie Lust hätten, das Autoradio einzuschalten und Musik zu hören. Sie stritten sich. Die Frau warf dem Mann vor, dass er sich von ihr abwende. Sie spüre es. Ob er eine andere habe, eine dritte, zu seiner Ehefrau und ihr dazu. Sie spüre, dass da noch eine Dritte war. Warum er ihr das antue. Das sei Unsinn, sagte der Mann. Er liebe nur sie. Aber er ertrage ihre Eifersucht nicht mehr. Er ersticke daran. Die Frau wurde laut, hysterisch wurde sie. Er solle sie nicht anlügen. Sie lasse sich nicht für dumm verkaufen. Er solle ihr schwören, dass er keine andere habe. Beim Leben seines Sohnes solle er es ihr schwören. Er schwöre nicht, sagte der Mann. Er lasse sich nichts befehlen. Und beim Leben seines Sohnes würde er schon überhaupt nicht schwören. Wie komme sein Sohn dazu, in ihren Streit hineingezogen zu werden. Das sei lächerlich. Sie mache mit ihrer Eifersucht alles kaputt. Er mache alles kaputt, konterte die Frau. Mit seinen Lügen. Sie an seiner Stelle, sie würde ohne zu zögern beim Leben ihrer Tochter schwören, dass sie ihn nicht betrüge. Jetti aber wusste, die Mutter hatte noch andere Männer. Nicht nur einen anderen. Sie saß neben dem Sohn des Mannes, sie berührten einander an den Oberarmen und starrten geradeaus in das dunkle Wasser, und sie dachte, was, wenn es wahr ist, dass auch sein Vater noch eine andere Geliebte hat, zu ihrer Mutter dazu. Einen Augenblick war Ruhe, sie hörten die Mutter schnurren und den Vater flüstern. Aber die Mutter fing wieder an. Ob er wirklich nur sie liebe. Ja, er liebe wirklich nur sie. Er solle sich scheiden lassen, das wäre die logische Konsequenz aus seiner Liebe. Ob er sich denn nicht vorstellen könne, wie sehr sie darunter leide, dass er gleich nach Hause fahre und unter die Federn zu seiner Frau krieche. Er habe ihr die Flügel gebrochen. Er könne sich zur Zeit nicht scheiden lassen, wand sich der Mann, das könne er seinem Sohn nicht antun, zur Zeit nicht. Aber ihr könne er es antun, ihr schon, rief sie. Und jetzt weinte sie. Sie wolle doch nichts Außergewöhnliches, schluchzte sie, sie wolle doch nur mit ihm zusammenleben, eine kleine Familie sein, er, sie und Jetti, sie drei. Und da war Jetti das Blut kalt geworden, dass sie es bis in den Nacken spürte, und sie hatte gedacht: Was ist mit Robert? Was ist mit meinem Bruder?

4

Sie setzte sich an den Computer und tippte: »Lieber Robert.« Weiter kam sie nicht. Sie löschte und schrieb dasselbe und löschte wieder und schrieb wieder dasselbe und löschte wieder und wusste, sie würde wieder nur dasselbe schreiben, und schrieb wieder nur »Lieber Robert«. Sie musste sich anstrengen, das Gesicht ihres Bruders vor sich zu sehen, wahrhaftig, als hätte sie es vergessen. In Kaftan und Schtreimel trat er auf, hartnäckig den Kopf von ihr abgewandt, schritt breitbeinig dahin, als bewegte er sich über die schwankenden Planken eines Schiffes, schon war er weg, ohne Adieu.

Sie rief Sebastian an und las ihm vor, was ihr Bruder geschrieben hatte. Sie saß in ihrem Schlafzimmer am Schminktisch, das Licht hatte sie gelöscht, sie telefonierten über Skype, wieder ohne Bild. Im Spiegel sah sie ihr Gesicht, blassbläulich angestrahlt vom leeren Screen. Er habe ebenfalls eine Nachricht von Robert bekommen, sagte Sebastian, eine kürzere, dafür aber sei sie aufschlussreicher, was Roberts gegenwärtige Lage und seine Pläne betreffe. Er fühle sich frei, schreibe er, habe Entschlüsse gefasst, das Glück sei eine Kategorie, die Beachtung verdiene, in wenigen Tagen werde er nach Wien zurückkehren und Wesentliches ändern.

»Was er damit meint, weiß nur er selber.« Den langen Brief an Jetti kommentierte Sebastian mit keinem Wort.

»Soll ich Hanna anrufen?«, fragte sie. »Ich glaube, ich muss mir einen Ruck geben und sie anrufen. Was meinst du?«

»Du denkst, er schreibt nur an dich und an mich? Und nicht an seine Frau? Dass er Hanna im Unklaren lässt?«

»Dann tut sie mir leid.«

»Ja, ich denke genauso, er schreibt ihr nicht. Ich fürchte, er denkt nicht einmal an sie.«

»Oder soll ich mich mit Klara in Verbindung setzen? Das hätte ich schon lange tun sollen. Wo Hanno ist, weiß ich nicht, ich habe keine Nummer und keine Mail-Adresse. Weißt du etwas über Hanno? Hast du Kontakt zu ihm? Andererseits, was ihre Eltern tun und lassen, das geht sie eigentlich nichts an. Und mich geht es auch nichts an. Solange keiner von beiden Schaden erleidet. Außerdem würde sich Klara Sorgen machen, und sie würde ihre Mutter anrufen, und die würde fragen, woher sie das weiß, und schon wär ich dran …«

»Er will, dass wir beide uns austauschen, du und ich«, unterbrach sie Sebastian. »Das ist meine Vermutung. Er schreibt mir und schreibt dir, bittet uns ausdrücklich, wir sollen mit niemandem über ihn sprechen. Aber er will, dass wir beide miteinander sprechen. Ich kenne ihn.«

»Und warum will er das? Damit *wir* über *ihn* sprechen, wir zwei?«, fragte Jetti und spürte plötzlich eine Wut in sich, von der sie nicht wusste, gegen wen sie sich gleich wenden würde, gegen Robert oder gegen Sebastian oder gegen sie, Jetti; dieselbe Wut, kam es ihr, die so typisch war für ihren Bruder, wenn er nicht aufhören konnte, jedes Wort zu zerpflücken, bis er den hämischen Beweis herausgeschält hatte, dass der andere Unsinn rede und überhaupt ein Trottel sei – »mit einen IQ im zweistelligen Bereich«. Und als handelte es sich um eine ansteckende Krankheit, deren Inkubationszeit nur wenige Sekunden dauerte – hörte sie sich nun selbst reden wie Robert und erschrak über den aggressiven Ton ihrer Stimme und konnte ihn doch nicht zügeln: »Was meinst du mit *austauschen*, Sebastian? Dass wir beide uns *austauschen* – was soll das heißen? Warum verwendest du dieses Wort? Was willst du mit mir *austauschen*? Oder meinst du *eintauschen*? Oder *umtauschen*? Oder *vertauschen*? Gegen was willst du was *eintauschen*? Das kommt mir vor wie im Kindergarten. Dass du mir etwas gibst, und ich dir etwas gebe. Dass du mir *was* gibst, Sebastian, und ich dir *was* gebe …«

»Ich habe!«, schnitt er ihr das Wort ab. »Langsam! Ich habe mit dem Bürgermeister telefoniert. Ich habe es vergessen, es ist mir erst heute wieder eingefallen, und ich habe ihn erst heute angerufen. Er hat etwas von Kafka gesagt. Ein Projekt über Kafka.«

Sie war mit dem Laptop auf dem Unterarm durch ihr Schlafzimmer gegangen, in Achterschleifen; war, während sie halb auf ihre Wut, halb auf Sebastians Stimme hörte, zum Fenster getreten und blickte nun hinaus auf die Westfield Road. – Und sah Lucien unter der Laterne stehen.

»Ich kann jetzt nicht mehr reden«, sagte sie, die Wut war weg. »Der Kopf schwirrt mir, entschuldige, bitte, entschuldige, Sebastian, dass ich grob war, es tut mir leid« und brach die Verbindung ab.

In ihrer Brust pochte Alarm.

5

Sie sah, was Jamies Männer angerichtet hatten. Luciens Kopf war bandagiert, sein rechtes Bein steckte in einem Stützapparat, das Metall der Schienen glänzte im Licht der Laterne. Er stand, auf Krücken gestützt, die ihm bis unter die Achseln reichten. Er hatte sie bemerkt, hob einen Stock zum Gruß, legte den Kopf zurück und lachte. Sein Mund war ein schwarzes Loch. Ein Maul.

Sie riss die Vorhänge zur Mitte des Fensters. So heftig zitterte sie, dass es ihr nur mit Mühe gelang, den Stoff zurechtzustreichen, damit nichts mehr von draußen hereindrang. Der erste Gedanke, den sie fassen konnte, war: Ich rufe noch einmal Jamie an, sage ihm, seine Männer haben ihren Job nicht richtig erledigt. Sie traute Jamie zu, dass er kapierte, wie sie das meinte, und andere aussuchte, die das konnten. Der zweite Gedanke zeigte ihr klar, was das bedeutete. Sie zwang sich, ruhig durchzuatmen. Dann wählte sie Toms Nummer. Er hatte ihr versichert, sie dürfe ihn Tag und Nacht anrufen. Es dauerte eine Weile, bis er abnahm. Es war schon über Mitternacht.

»Er steht vor meiner Tür«, flüsterte sie.

Nach einer nur kleinen Pause sagte Tom: »Pack ein paar Sachen zusammen, für eine Nacht oder zwei. Ich besorg dir ein Hotel. In einer halben Stunde bin ich bei dir. Vergiss den Computer nicht und nimm alles Geld mit, das du hast, Kreditkarten und sämtliche USB-Sticks und sämtliche Schlüssel.«

In einer halben Stunde kann viel passieren, wollte sie sagen, aber Tom hatte schon aufgelegt. Er wohnte in Drumcondra. Wie er es schaffen würde, in dieser kurzen Zeit durch die Stadt zu fahren, und wie, in derselben Zeit ein Hotel zu organisieren … Er hatte sie nicht gefragt, ob sie damit einverstanden war. Das konnte nur bedeuten, dass er ihre Situation als äußerst gefährlich einschätzte, zu gefährlich, um zu diskutieren. Dabei war Tom einer, der über die schlimmste Heimsuchung sagen würde, sie sei nur halb so schlimm. Der Mann dort draußen hasste sie. Und er hatte nur wenig Verstand. Und nur wenig Fantasie. Er überlegte nicht, was die Folgen seiner Handlungen sein könnten. Er hatte keinen Lebensplan, der durch eine Katastrophe zerstört werden würde. Er war in der Lage, sich mit allem abzufinden. Er benötigte für seinen Tag Seife, Zahnpasta und Zigaretten und sonst nichts. Diese drei Dinge wurden auch Lebenslänglichen zugestanden. Er fürchtete sich nicht vor dem Gefängnis, er würde dort genauso dasitzen und schweigen und schauen und warten, worauf auch immer, wie er es im Leben getan hatte. Was war nur in sie gefahren, als sie sich mit diesem Mann eingelassen hatte! Dumm vor Hoffnung! Hoffnung worauf, bitte! Hatte es auch nur eine einzige schöne Minute mit ihm gegeben in den letzten drei Jahren, an die sie in den nächsten dreißig Jahren gerne denken würde? Einer der Polizisten hatte gesagt, der Rowdy, der ihr Auto demoliert hatte, müsse ein bärenstarker Kerl sein – Lucien aber war zart, schwach, klein, fein. Unbändig musste der Hass sein, der ihm solche Kraft gegeben hatte! Und dann war er zusammengeschlagen worden, wer weiß, vielleicht zum Krüppel geschlagen. Warum die hohen Krücken? War sein Rückgrat verletzt? Würde er nie wieder sein wie vorher? War sein Mund schwarz, weil ihm die Männer die Zähne ausgebrochen hatten? Auf seine Zähne war er besonders stolz. Obwohl er ein starker Raucher war, hatte er Zähne wie ein

Mannequin, dreimal am Tag putzte er sie, viermal im Jahr ließ er sie reinigen. Kein Mensch auf der weiten Welt, dachte sie, ist mir so fremd wie Lucien O'Shaughnessy. Und wären wir die Einzigen auf der Welt, wir beide, ich würde ihm aus dem Weg gehen. Selbst der Name klang ihr, als würde er einem anderen gehören. Als hätte ihn das Wesen dort draußen gestohlen. Der da draußen war ein Namenloser. Sie lauschte. Wer solche Kräfte entwickeln konnte, dem würde es leichtfallen, die Kellertür einzutreten. Trotz verletztem Bein, trotz verletztem Rücken. Sie schlich sich zum Fenster, schob vorsichtig den Vorhang beiseite, kniete sich nieder, so dass ihre Augen auf der Höhe des unteren Fenstereckes waren. Er stand noch draußen. An derselben Stelle. Er rauchte nicht. Der Kopfverband war um die Stirn und über eine Gesichtshälfte gelegt. Er trug einen Hut, hatte ihn aber so weit in den Nacken geschoben, dass ihn Jetti zuerst nicht bemerkte. Einen Hut hatte Lucien noch nie getragen. Das geschiente Bein hatte er nach hinten gestreckt, er stützte sich auf die Krücken, schaukelte dabei mit dem Oberkörper hin und her. Sie traute ihm zu, dass er laut mit sich selbst redete. In seiner unverständlichen konsonantischen, cholerischen Sprache. Sie blickte auf ihr Handy, seit sie mit Tom gesprochen hatte, waren gerade drei Minuten vergangen. Ihr kleiner Koffer war unter dem Bett. Sie legte sich auf den Fußboden und zog ihn hervor. Sie setzte einen Fuß vor den anderen, ging zum Kleiderschrank – wer solche Kräfte hatte, ohne dass man es ihm ansah, der konnte auch hören wie kein normaler Mensch, der konnte bis hinaus auf die Straße die Fußbodendielen knarren hören. Sie nahm Unterwäsche, zwei dünne Blusen, zwei T-Shirts, Nylons, eine Hose, ein Kleid, Socken und verteilte die Sachen im Koffer, den Laptop wickelte sie in ein T-Shirt. Aus dem Bad holte sie zwei Handtücher und Waschzeug. Noch einmal spähte sie aus dem Fenster. Er stand unten, bewegte seinen Oberkörper. Einmal warf er den Kopf in den Nacken, da erschrak sie und duckte sich. Knapp zehn Minuten waren vergangen, seit Tom aufgelegt hatte. Sie schaltete ihr Handy auf lautlos, behielt es in der Hand, damit sie die Vibration spürte, falls Tom anrief, um ihr zu sagen, was sie weiter tun solle. Barfuß ging sie über die Holzstiege nach unten, bei jedem Tritt knarrten die Stufen. Nachdem Lucien mit seinem Irrsinn angefangen hatte, hatte sie ihre Barschaft an einem anderen Ort versteckt. In der Küche. In dem Behälter, in dem die Gewürze aufbewahrt waren. In einem leeren Briefchen für gerebelten Majoran und in einem weiteren für Thymian und einem dritten für Basilikum.

6

Das Handy in ihrer Hand vibrierte. Es war Tom. Er war im Auto.

»Steht er noch unten?«

»Ja«, flüsterte sie.

»Immer noch auf der Straße vor deinem Haus?«

»Ja.«

»Ich habe ein Hotel für dich. Nichts Besonderes. Aber für eine Nacht geht es. Kannst morgen in ein anderes ziehen. Wie machen wir es? Es ist nicht gut, wenn ich vor dein Haus fahre und er uns sieht.«

»Ich weiß nicht.«

»Was ist hinter deinem Haus?«

»Garten. Gärten.«

»Und eine Straße?«

»Ich könnte durch die Gärten und zum Mount Argus Park.«

»Sind Hunde dort?«

»Das weiß ich nicht.«

»Zäune?«

»Ich glaube nicht.«

»Probieren wir es. Ich warte beim Park. Ruf mich an, wenn du dort bist.«

Sie zog sich an, dunkle Hose, derbe Schuhe, einen dunklen Parka, dessen Innentaschen mit Reißverschluss versehen waren, dorthin steckte sie die Gewürzheftchen mit dem Geld. Sie verließ durch die Kellertür ihr Haus, sperrte zweimal ab, schlich über die Nachbarsgärten, wenige Minuten später saß sie in Toms Wagen, ihren Koffer auf den Knien.

»Du musst ihn anzeigen«, sagte Tom und fuhr los. »Wenn du willst, gehen wir gleich zur Polizei. Wenn sie ihn in flagranti erwischen, um so besser.«

Sie schüttelte den Kopf. »Er hat einen Bruder, der bei der Polizei arbeitet. Außerdem will ich ihn nicht anzeigen. Ich will es nicht.«

Sie fuhren durch die Stadt und sprachen kein Wort mehr. Tom hatte nur ein schwarzes T-Shirt übergezogen, sein Bizeps war beeindruckend, ebenfalls seine Brustmuskulatur, die sich unter dem Stoff abzeichnete. Im Büro trug er immer nur weite Hemden. Dass sich auch Lucien von seinen Muskeln hätte beeindrucken lassen, bezweifelte Jetti. Toms bloße Oberarme sollten der Abschreckung dienen, wahrscheinlich war er vor seinem Kleiderschrank gestanden, hatte zwischen Hemd und Shirt geschwankt und sich für Letzteres entschieden. Jetti fand das rührend und lächerlich. Sie fand ihr Leben lächerlich. Sie hoffte, sie würde die Tränen und das wilde Schluchzen, das in ihr drängte, zurückhalten können, bis sie die Tür zum Hotelzimmer hinter sich abgeschlossen hatte.

Das Hotel lag nicht weit vom Büro in der Lower Bridge Street. Jetti hätte die Wege zu Fuß gehen können. Tom und auch Trevor rieten ihr davon ab. So stand an jedem Morgen ein anderer mit seinem Wagen vor dem Hotel und fuhr sie am Abend wieder zurück, auch Gareth, Mike und Ray. An der Rezeption sagte sie, sie wolle mit niemandem sprechen, prinzipiell nicht, keine Ausnahme, sie wolle nicht, dass jemandem Auskunft über sie gegeben werde, weder telefonisch noch persönlich, wenn jemand nach ihr frage, solle man sagen, hier gebe es keine Jetti Lenobel. Den Leihwagen, den ihr die Versicherung vorübergehend zur Verfügung stellte, parkte sie im Innenhof zum Büro. Ich werde Sebastian einen Heiratsantrag machen, dachte sie, und nach Wien ziehen. Er wird ja sagen. Ich werde Jetti Lukasser heißen. Und wenn mich jemand fragt, ob ich mit dem Schriftsteller Sebastian Lukasser verwandt sei, werde ich antworten: Er ist mein Mann. Für einen Moment erschien ihr alles leicht und hell und durchführbar. Rosie Meldrum fiel ihr ein. Sie wartete auf ihren Anruf. Sie hatte ihr in ihrer Mail versprochen, sie könne bei *How, Where*

377

and Why anfangen. Wieder ohne lang zu überlegen, schrieb sie eine
Mail an sie:

*Rosie, können Sie sich vorstellen, nach Österreich zu ziehen und dort mit
mir gemeinsam eine Agentur zu eröffnen?*

Bekam sofort Antwort:

*Wunderbar! Auf der Stelle! Und wenn es in Wien ist, doppelt wunder-
bar! Vor einem Jahr war ich in Wien. Es hat mir außerordentlich gut
gefallen! Viel besser als London! Wo kann ich Sie treffen? Ich habe keine
Telefonnummer von Ihnen.*

Das Leichte, Helle, Durchführbare war schon wieder aus Herz und
Sinn ausgezogen und davongeflogen, und sie sagte sich, ich werde
Rosie in einer Stunde antworten oder am Abend oder morgen. Und sie
sagte sich: Heute Abend werde ich auch wieder mit Sebastian skypen
oder morgen Abend.

Schließlich war sie drei Tage im Hotel, dann vier, dann fünf, eine
Woche. Mit Sebastian hatte sie nicht mehr geskypt, ihrem Bruder hatte
sie nicht geantwortet, und Rosie Meldrum wartete auf ihre Nummer
und einen Termin. Sie hatte sich an die – wie Robert es ausdrücken
würde – »Nichtssagenheit« ihres Zimmers gewöhnt, hatte sogar Gefallen daran gefunden. Ihre Arbeit würde sich unter diesen Umständen leichter organisieren lassen, schätzte sie ab, weil diese Umstände
nicht zu ihr gehörten und deshalb nicht zählten, und andere Umstände gab es nicht. Ihr war, als würde sie in diesem Exil freigesprochen. Mittags fuhr sie in die Westfield Road, um frische Wäsche zu
holen und Wäsche zu waschen, die sie am folgenden Tag von der
Waschmaschine in den Trockner legte und am übernächsten Tag bügelte. Wenn sie am Abend ihr Hotelzimmer betrat, schenkte sie sich
als Erstes ein Glas Whiskey ein. Sie ging nicht zum Essen aus, besuchte keine Veranstaltungen, lehnte Einladungen ab.

7

Und dann hatte sie sich doch mit Helen Wingfield zum Lunch in einem Steakhouse an der Liffey verabredet. Helen berichtete von Rückschlägen in der Sache Dauerausstellung im National Museum. Vor ein paar Tagen hatte eine Bande von jungen Tinkers in Saint Stephen's Green ein Ehepaar umringt und dem Mann Geld und Kreditkarten abgenommen und die Frau an den Haaren gerissen und am Kragen gepackt und sie im Kreis herumgewirbelt, und sie seien ihr auch noch auf die Füße getreten. Der Vorfall wurde von der *Irish Sun* mit wonnigem Entsetzen präsentiert; wären es »normale« irische Flegel gewesen, hätte Kyle MacCabe in seiner Kolumne kein Wort über sie verloren, für Fußballrowdys hatte er stets Sympathie gezeigt; nun aber ließ er seinen Hass geigen:

Eine schreckliche Gruppe von Menschen! Sie leben in Wohnwagen, stehlen absolut ALLES, sie sind Abschaum. Sie hassen alle normalen Menschen, sie sind eifersüchtig auf unser Leben, weil wir in der Lage sind, unseren Lebensunterhalt zu verdienen. Sie greifen jeden Menschen an, der ihnen in die Augen schaut. Sie haben keinen Respekt vor dem Alter, noch kann sie ein Kinderlächeln rühren. Sie leiden unter einem Zwang, alles zerstören zu müssen. Sie fahren riesige weiße Caravans, und ich glaube nicht, dass auch nur einer von diesen Wagen auf ehrliche Art erworben worden ist. Die Gegend, in der ich wohne, könnte ein kleines Paradies sein, aber das ganze Gebiet wird durch ihre Anwesenheit ruiniert. Sie glauben mir nicht? Besuchen Sie mich! Wenn jemand jemals versucht, diese Zigeuner zu verteidigen, dann soll er nur für ein paar Tage in ihre Nähe ziehen. Dann wird ihm die Romantik vergehen, und er wird reumütig nach Hause zurückkehren, ohne Brieftasche freilich, nur in Hemd und Hose. Sie klauen den Leuten die Schuhe unter den Füßen weg. Sie reißen dir die Zigarette aus dem Mund. Ein Nachbar, ein durch und durch guter Mensch, glauben Sie mir, sagte neulich zu mir: He, Kyle, ich beneide dich nicht. Du musst über diesen Dreck schreiben. Würdest du nicht viel lieber auf sie schießen?

Als Reaktion darauf hatten gleich vier Geldgeber ihre Zusage zurückgezogen oder jedenfalls ruhend gestellt. Helen regte an, eine Massenanzeige gegen Kyle MacCabe zu organisieren, wegen Rassismus. Jetti wollte fragen: Welcher Rasse gehören die Tinkers denn an? Aber sie sagte nichts dazu. Sie versprach, sich mit Gareth und Mike zu beraten, ob doch über das Department of Arts, Heritage and the Gaeltacht an Subventionen heranzukommen wäre oder über den Heritage Lottery Fund, der nach seinen eigenen Aussagen in Geld schwimme – bei beiden hatte sie es schon probiert und war abgeblitzt –, oder an Geld von anderen privaten Sponsoren wie der Dräger Safety AG, die fördere seit neuestem nicht nur Sport und Feuerwehr, sondern auch Kultur und lasse sich ihre Laune sicher nicht von einem Mr Kyle MacCabe diktieren ... – Alles war so anstrengend, so mühevoll! Jetti brachte kaum die Kraft auf, Helen zuzuhören, geschweige denn selbst Satz an Satz zu hängen zu einem sinnvollen Redebeitrag. Sie hatte sich entschuldigt, war über eine Treppe nach unten gegangen, hatte aber nicht mitgekriegt, dass zwei einander gegenüberliegende Treppen nach unten führten, die vor den Toiletten aufeinanderstießen. Sie hatte geglaubt, ein Wandspiegel hänge hier, der die Stufen, auf denen sie ging, abbildete, und war bis ins Mark erschrocken, als sie sich darin nicht sah. Ich bin tot und weiß es nicht, war ihr durch den Kopf geschossen.

In der Nacht wurde ein Lager der Tinkers im Norden des Wicklow-Mountains-Nationalparks in Brand gesteckt, eine halbe Autostunde von Dublin entfernt. Die Frühnachrichten meldeten, eine Gruppe, die sich »Degree of Purity« nenne, habe sich zu der Tat bekannt. Die Polizei gehe aber davon aus, dass es sich nicht um irgendeine ominöse Organisation handle, sondern um ein paar empörte Bürger, die ihrer Tat ein politisches oder gar moralisches Gewicht geben wollten. Getötet worden sei wahrscheinlich niemand. Auch von Verletzten wisse man nichts. Die Menschen, die in dem Lager gewohnt hätten, seien allerdings alle geflohen. Niemand sei angetroffen worden, den man hätte befragen können.

Helen rief an. Das *Pavee Point Travellers and Roma Centre* habe sie gebeten, mit zwei ihrer Vertreter hinauszufahren und sich die Sache vor Ort anzusehen. Man wünsche sich einen objektiven Zeugen. Sie, Helen, sei eine Vertrauensperson. Ob Jetti mitkomme, fragte sie. Sie wolle allein nicht. Sie halte Schmerz bei anderen nicht aus.

»Bitte, Jetti!«

8

Helen holte sie zu Hause ab, und sie fuhren zum Büro vom Centre, dort stiegen sie in einen Kleinbus um. Die zwei Männer, die auf sie gewartet hatten, kannten sie nicht. Sie stellten sich auch nicht vor. Auf der Fahrt sprachen sie kein Wort. Jetti empfand das als feindselig.

»Weiß jemand, dass wir hinausfahren?«, flüsterte sie Helen zu. »Hast du jemandem Bescheid gegeben?«

Helen schüttelte den Kopf. »Und du?«

»Nein.«

Als sie die Stadt hinter sich hatten, bog der Fahrer von der Straße ab auf einen Schotterweg in den schütteren Wald hinauf. Nach einer Meile hielten sie an. Die Männer stiegen aus und öffneten ihnen die Tür und wendeten sich ab.

Mehrere Autos standen da und etwa zwanzig Leute.

Die Leute hatten sich um den Ort der Verwüstung herum versammelt. Es waren fast nur Männer, eine Frau sah Jetti, sie meinte, sie trage Uniform oder etwas Uniformähnliches. Da waren sechs große Caravans, alle ausgebrannt, kaum noch als Autos erkennbar, von den Sitzen waren nur die Drahtgerippe zu sehen. Die Reifen waren verbrannt, die bloßen Felgen waren da. Die Autos standen im Halbkreis um die Hütten und die Wohnwagen, wie um sie zu schützen. Die meisten Wohnwagen waren in sich zusammengestürzt und nicht mehr als solche zu erkennen, hätten verbrannte Müllhaufen sein können. Von den Hütten, die wahrscheinlich aus Holz und Dachpappe zusammengenagelt worden waren, war nur Asche übrig, ein paar Balken lagen übereinander. Sehr viel Asche war da, wunderte sich Jetti. Ein Mann mit hohen Schaftstiefeln ging mittendrin auf und ab, er versank bis über die Knöchel in dem grauen und weißen Flaum, schob die Asche vor sich her, als ob er nach etwas suchte. Einer bückte sich und stocherte mit einem Stöckchen in der Asche. Ein Herd steckte schief im Boden, die Öffnung ein Maul, schwarz. Darin konnte Jetti ein grobes Holzscheit sehen, das war noch hell, wie eben in den Ofen geschoben. Nur dort, wo es brennen soll, hat es nicht gebrannt, dachte sie. Drei Bettgestelle übereinander ragten aus der Asche, eingeknickt, von Matratzen und Decken war nichts mehr zu sehen, nur die Metallteile hatten standgehalten. Ein implodierter Fernseher lag auf dem Rücken, in ihm kringelten sich verschmorte Kabel, daneben eine Zimmerantenne und die Reste einer ehemals großen Vase, die Bemalung konnte man ahnen. Ein schwarzgeschmortes quadratmetergroßes Plastikteil war über die Motorhaube eines der verbrannten Wagen gebreitet, als ob es aus großer Höhe gefallen wäre, die erstarrten Blasen und Risse erinnerten an Bilder der Mondoberfläche. Scharfer, beizender Geruch wehte sie an, verbrannter Kunststoff, verbrannter Gummi. Jetti zog den Kragen ihrer Jacke über Nase und Mund. Sie sah einen Käfig aus Drahtgitter, verkrustet, darin die verkohlten Überreste von Hühnern, wie viele es waren, ließ sich nicht sagen. Mitten in der schwarzweißen Verwüstung bemerkte sie einen roten Gummihandschuh, unversehrt.

»Warum sind wir hier?«, fragte Jetti.

»Ich weiß es nicht«, gab ihr Helen Antwort.

Ein Mann trat auf sie zu, er trug einen schwarzen Anzug und eine dunkle Krawatte, er hatte einen dicken Schnauzer und war an Kinn und Wangen unrasiert. Er legte erst Helen, dann Jetti eine Hand auf die Schulter. Er nickte lange, dann stellte er sich vor, aber er sprach sehr leise, und Jetti hatte ihn nicht verstanden, und fragen wollte sie nicht. Ob er ihnen etwas zeigen dürfe, ob er ihnen jemanden vorstellen dürfe. Er ging voraus, Helen und Jetti folgten ihm. Er führte sie ein Stück in den Wald hinein.

Auf einem türkisblauen Plastiksessel saß eine alte Frau. Sie war bunt gekleidet, die Haare waren schwarz gefärbt, sie rauchte eine Zigarette, steckte sie aber nicht zwischen die Lippen, sondern in ein Nasenloch, das andere hielt sie mit dem Daumen zu, wenn sie daran zog.

Es war eine Tinker-Frau. Der Mann zeigte auf sie. Man habe sie in der Nähe im Wald gefunden, sie habe sich zwischen zwei bemoosten Steinen verkrochen. Sie rede nur mit Helen Wingfield, habe sie gesagt, sonst rede sie mit niemandem. Deshalb seien sie hier, Helen und Jetti.

»Zu wem hat sie das gesagt?«, fragte Helen.

»Zu den Polizisten.«

»Und die wussten, wer ich bin?«

Der Mann zuckte mit der Achsel und sah weg.

Helen kannte die Frau. Sie ging auf sie zu und umarmte sie. Die Frau legte ihre Arme um Helens Schultern und zog sie zu sich hinunter, so stand Helen über sie gebeugt, und sie stand eine ganze Weile. Die Frau bedeckte ihr Gesicht mit Küssen und fuhr mit ihren Fingern in ihre Haare, Zigarettenglut rieselte über Helens Oberarm herab.

Der Mann trat zurück, stellte sich neben einen Baum, behielt die Szene aber in den Augenwinkeln.

»Das ist meine Freundin Jetti«, sagte Helen zu der Frau.

Jetti streckte ihre Hand aus, Helen nahm die Rechte der Frau und legte sie in Jettis Hand.

»Jetti«, sagte Helen, »darf ich dir Aideen vorstellen. Du kennst ihre Stimme vom Tonband. Sie hat mir schon vor ein paar Jahren ihr Leben erzählt. Nicht wahr, Aideen?«

Die Frau nickte. Helen und Jetti kauerten sich vor ihr nieder, die eine Hand hielt Helen, die andere Jetti.

»Sie haben meinen Schlüssel gestohlen«, flüsterte die Frau.

»Deinen Schlüssel?«, fragte Helen. »Den Schlüssel zu deinem Wohnwagen?«

»Nein, nicht zum Wohnwagen. Ich habe keinen Schlüssel zu meinem Wohnwagen. Ich habe keinen Wohnwagen. Den tätowierten Schlüssel. Den haben sie mir gestohlen.«

»Du hast einen Schlüssel, der tätowiert ist?«

»Ja, der gehört mir.«

»Und was ist das für ein Schlüssel?«

»In den Schlüssel ist ein Vertrag hineintätowiert.«

»Das versteh ich nicht, Aideen.«

»Es ist ein sehr alter Schlüssel.«

»Ein tätowierter Schlüssel? Ich habe noch nie von einem tätowierten Schlüssel gehört.«

»Ich habe ihn von meiner Mutter, und die hatte ihn von ihrer Mutter und die von ihrer.«

»Wie kann ein Vertrag auf einen Schlüssel tätowiert werden? Sag mir das, Aideen!«

»Es ist so. Und jetzt haben sie ihn gestohlen.«

»Ein Schlüssel ist doch viel zu klein, um darauf einen Vertrag zu tätowieren. Denk nach, Aideen!«

»Es ist so.«

»Wer hat ihn dir gestohlen?«

»Sie haben ihn gestohlen, und ich habe ihn nicht mehr, und ich krieg ihn auch nicht mehr.«

»Waren es die, die das Lager angezündet haben?«

»Und der Vertrag nützt mir nichts mehr. Gar nichts mehr. Überhaupt nichts mehr.«

»Was waren das für Leute, die das Lager angezündet haben?«

»Mir nützt das nichts mehr. Der Schlüssel ist weg, und ich krieg ihn nie wieder, und ich kann ihn meiner Tochter nicht geben und die nicht ihrer Tochter, es nützt alles nichts.«

»Was stand in dem Vertrag? Weißt du das, Aideen?«

Die Frau nickte lang. »Dass wir kommen dürfen«, sagte sie schließlich.

»Wer, Aideen? Wer darf kommen? Und wohin?«

»Die Ernte abholen. Nach Cork sollen wir fahren, steht in dem Vertrag. Dort sollen wir nach Feirme Móra von Donnacha O'Raghailligh fragen. Wenn wir den Schlüssel dabei haben, dann kommen die Mädchen mit den Hauben auf dem Kopf und bringen das Brot, viele Mädchen, und jede hat einen Korb im Arm, und jeder Korb ist voll Brot, und die Mädchen lachen, weil wir endlich da sind. Und die Männer kommen mit dem Fleisch, tote Schafe haben sie auf dem Buckel, die Köpfe hängen ihnen hinunter bis zum Arsch. Und Süßigkeiten gibt es auch. Das sind sie uns schuldig.«

»Das steht alles in dem Vertrag auf dem Schlüssel?«

Die Frau nickte.

»Und was machst du jetzt, Aideen? Wohin gehst du? Wo wohnst du? Wo schläfst du heute Nacht?«

Die Frau hob und senkte die Schultern, hob und senkte sie, immerfort, bis der Mann vortrat und sie von ihrem Sessel hochzog und mit ihr zu den anderen ging.

Helen wollte das verkohlte Lager mit ihrem Handy fotografieren, aber man sagte ihr, das sei nicht notwendig und auch nicht erwünscht. Man werde sie jetzt wieder zurück in die Stadt fahren, sagte der Mann mit dem dicken Schnauzer. Er gab beiden die Hand, Helen und Jetti, und verabschiedete sich und sagte, man sei dankbar.

Als Helen Jetti vor dem Hotel absetzte, versprach sie ihr, sie werde sich um Aideen kümmern und ihr Bescheid sagen. Aber sie sagte ihr nicht Bescheid. Gemeinsam besuchten sie irgendwann das *Pavee Point Travellers and Roma Centre*, aber sie wurden nicht wie sonst freundlich empfangen. Die Männer und Frauen dort waren ihnen gegenüber immer zurückhaltend gewesen, das schon, aber freundlich, höflich; nun verhielten sie sich, als wären sie Feinde, Helen und Jetti. Helen versuchte, von der Polizei Näheres über den Vorfall zu erfahren. Wenn man mehr wisse, hieß es, werde man der Presse Rede und Antwort stehen, an Privatpersonen werden keine Informationen weitergegeben.

Jetti hatte das Gefühl, Helen behandle sie anders. Kühl. Sie beschloss, nie mehr Kontakt zu ihr aufzunehmen und auch nicht abzunehmen, wenn sie anrief. Und alles zu vergessen. Das konnte sie gut. – Neues! Auf ein Neues! Auf ein neues Leben! Mit jedem Augenaufschlag am Morgen werden die Karten neu gemischt!

Von Lucien in all den Tagen: nichts. Einmal sah sie ihn durch das Fenster bei O'Hara's sitzen. Er wartete auf sie, da war sie sich gewiss. Sie betrat das Pub, wollte zu ihm hin, blieb dann aber stehen und betrachtete ihn. Er hatte die Arme über der Tischplatte gekreuzt und den Kopf mit der Wange darauf gelegt. Er sah aus, als schlafe er. Eine handtellergroße Stelle an seinem Hinterkopf war kahl, in der Mitte klebte ein Pflaster. Sein halbes Gesicht erschien ihr bedrohlich hölzern. Der Hut lag mit der Krempe nach oben unter dem Tisch.

Sie drehte um und ging. »Das soll es gewesen sein!«, sagte sie in den Himmel hinauf. »Wer immer mich auch hört: Das soll es gewesen sein!«

9

Einer lag schwerkrank im Bett. Der Arzt saß beim Tischchen, das an das Bett geschoben war, und beobachtete den Kranken, der wiederum ihn ansah. »Keine Hilfe«, sagte der Kranke, nicht als frage, sondern als antworte er. Der Arzt öffnete ein wenig ein großes medizinisches Werk, das am Rande des Tischchens lag, sah flüchtig aus der Entfernung hinein und sagte, das Buch zuklappend: »Hilfe kommt aus Bregenz.« Und als der Kranke angestrengt die Augen zusammenzog, fügte der Arzt hinzu: »Bregenz in Vorarlberg.« – »Das ist weit«, sagte der Kranke.
Franz Kafka, Tagebucheintrag vom 6. Juli 1916.

In ihrer Jugend in München hatte Jetti Sebastian zweimal zu literarischen Veranstaltungen mitgenommen – einmal war aus *Die Satanischen Verse* von Salman Rushdie vorgelesen worden, das andere Mal trug ein ihr unbekannter Dichter irgendetwas vor, das sie eine halbe Stunde später restlos vergessen hatte. Eine Zeitlang war sie Mitglied in einem literarischen Zirkel in Schwabing gewesen, weil sie glaubte, der Beruf Lektor könnte etwas für sie sein – sie arbeitete damals als Volontärin –, und sie sich auch die schöne Literatur als Option öffnen wollte. Ein Kollege von der Belletristik hatte ihr auseinandergesetzt, für einen Lektor sei es von Nachteil, wenn er die Literatur liebe, das mache ihn bestechlich, er müsse die Genauigkeit lieben und auf keinen Fall den Autor oder die Autorin. In Triest, wohin sie Mitte der neunziger Jahre zog, hatte sie fast nur mit Künstlern verkehrt und mit Freunden und Freundinnen von Künstlern, Musikern, Malern, auch

Schriftstellern. Sie hatte bemerkt, dass sich in der Erschöpfung nach manch einem Gespräch über Literatur oder Kunst oder Musik bei den Diskutanten viel Ungeduld aufstaute und ein Zorn gegen sich selbst; ein Zorn, wie sie damals interpretierte, weil eine, und sei es eine winzige Zeit des Lebens mit so einem unnützen Schmarren vertan worden war. Sie hatte das Verhalten der Anwesenden beobachtet, was ihr umso leichter fiel, als sie die Sprache nicht genügend beherrschte, um den Argumenten bis ins Wurzelwerk zu folgen, und sie sich um so mehr auf Tonfall, Geste und Mimik oder auf die Blicke der Zuhörer konzentrieren konnte. Die Debatten waren zwar hitzig, auch schon aggressiv bis zum Ballen einer Faust, aber ziel- und nutzlos gewesen. Ihr war der hinterwäldlerische Gedanke gekommen, die ganze Kunst sei tatsächlich nichts anderes als ein verschwärmter Schmarren. Zugleich aber hielt sie ihren Freund Sebastian Lukasser für einen durch und durch nüchternen Mann, nachgerade das Gegenteil eines Schwärmers; wenn er sich einem Beruf verschrieben hatte, dessen Ziel es war, schöne Kunst in Form von Büchern zu erzeugen, musste etwas dran sein. Sie hatten selten über Literatur gesprochen. An einen Spaziergang durch den Englischen Garten erinnerte sie sich, Sebastian hatte ihr von dem Roman erzählt, an dem er gerade schrieb, das war am Beginn ihrer Freundschaft gewesen. Platon, so hatte er sie und die Spatzen belehrt, habe vorgeschlagen, die Dichter aus dem Staat zu vertreiben; die Macht der Literatur sei dem Philosophen offensichtlich ausreichend erschienen, um die Grundlage menschlicher Vereinigung zu zerstören. Das zum Beispiel hatte nun wieder sie für einen Schmarren gehalten und es auch genau so gesagt, und Sebastian hatte ihr recht gegeben und laut gelacht, ein bisschen unangenehm laut. In ihren Telefonaten später war Literatur kein Thema gewesen, über das sie sich hätten »austauschen« wollen.

Bürgermeister Blenk hatte *nicht* die Idee, in seinem Dorf – das zum Bezirk *Bregenz* gehörte!! –, Kafka-*Festspiele* zu veranstalten, wie Jetti geglaubt hatte, sich zu erinnern, nein: Er wollte Sal zu einer *Kafka-Kultstätte* gestalten – und das, obwohl der Dichter Franz Kafka nachweislich nie in dieser Gegend gewesen war. Kleines und Mittleres, so drückte er sich aus, gebe es in Massen auf der Welt, und auch wenn man diese Massen zusammenrechne, komme nichts Großes dabei heraus. Jetti hatte ihm in einer Mail geantwortet, sie sei weiterhin von der Sache begeistert, und er hatte ihr mit dem Kafka-Zitat geantwortet. Aus schlechtem Gewissen der Welt und Sebastian gegenüber, mit dem sie nun schon seit zehn Tagen keinen Kontakt mehr hatte, hatte sie dem Bürgermeister ihre Telefonnummer geschickt, mit der Bitte, er möge sie nur am Abend anrufen, am Tag sei sie zu abgelenkt. Sie hatte sich auf eine dumpfe Weise daran gewöhnt, die Abende im Hotelzimmer zu verbringen, mit Fernsehen, im Internet surfen, Masturbieren und Whiskeytrinken. Wenn ich so weitermache, dachte sie, werde ich sehr eigenartig, aber sie machte so weiter. Bis ihr einfiel, was Sebastian über den Teufel gesagt hatte und sein Werk: das Böse sei, wenn einer nicht aufhören könne. Da wollte sie aufhören, und nur deshalb schickte sie dem Bürgermeister ihre Handynummer.

Am Abend rief er sie an.

Bürgermeister Blenk hatte jede Zeile von Franz Kafka gelesen. Er war Mitglied verschiedener Kafka-Gesellschaften in Österreich und Deutschland, hielt aber nicht viel davon. In seiner Jugend habe er etliche Erzählungen auswendig gelernt, er sei bei diversen Gelegenheiten aufgetreten und habe sich mit diesen Abenden einen Teil seines Studiums finanziert – *Die Verwandlung, Ein Bericht für eine Akademie, Blumfeld, ein älterer Junggeselle*, besonders erfolgreich *Ein Hungerkünstler*. »Gibt es eine lustigere Geschichte als diese? Schon nach den ersten Sätzen musste ich jedes Mal unterbrechen, weil das Publikum vor Lachen gebrüllt hat: *In den letzten Jahrzehnten ist das Interesse an Hungerkünstlern sehr zurückgegangen. Während es sich früher gut lohnte, große derartige Vorführungen in eigener Regie zu veranstalten, ist dies heute völlig unmöglich ...*« Nach seiner Wahl zum Bürgermeister habe er sich die Texte wieder in Erinnerung gerufen und in seinem Dorf Vortragsabende organisiert, zunächst nur aus einem Grund, nämlich um einen Gemeinschaftsgeist wiederherzustellen, denn die Menschen auf dem Land, das sei sein Eindruck, verloren ihre Seele geschwinder als die in der Stadt. Die Abende seien sensationell gewesen, so dass sich andere ebenfalls vorgenommen hätten, Texte auswendig zu lernen. »Ich habe ihnen gesagt, sucht euch etwas anderes aus, der Kafka gehört mir, sucht euch den Goethe aus oder den Wilhelm Busch! Aber sie wollten nur den Kafka.« Einer habe sich sage und schreibe an *Forschungen eines Hundes* herangewagt – allein von der Seitenzahl her gesehen, ein Wahnsinn –, aber bravourös gelöst! Inzwischen finden diese Abende viermal im Jahr statt, jedes Mal vor knallvollem Haus. Er dürfe behaupten, sein Dorf sei vom Kafka-Virus befallen, und das kriege man bekanntlich sein Lebtag nicht mehr los, im Gegenteil: »Das Virus wächst sich aus zum Größenwahn.«

Der Bürgermeister und seine Bürger wollten aus ihrer nicht einmal 2000 Einwohner zählenden Gemeinde, die, außer einem vorzüglichen Käse und schöner Landschaft, wenig zu bieten habe, einen in Europa und darüber hinaus bekannten Kulturort formen. Sie wollten ein Netz aus vielen Veranstaltungen knüpfen, Literaturlesungen, Musikabende, Theater, Ausstellungen, über das Jahr verteilt, teuer, ausgefallen, unvergleichlich, weltprominent besetzt von Brandauer bis Christoph Waltz, von Harvey Keitel bis Cate Blanchett, elitär, eben irrsinnig teuer, und dieser Irrsinn sollte sich um Kafka drehen, ein Großstadtprogramm, konzentriert in einem österreichischen Dorf, das von der Schweiz, von Deutschland, aber auch von Frankreich, Italien und Tschechien in zumutbarer Zeit zu erreichen war. Bayreuth sei nicht weniger provinziell und doch weltberühmt. Und was sei Wagner gegen Kafka! Der Bürgermeister erzählte von der kleinen Stadt Hohenems, nicht weit von Sal gelegen, wo jedes Jahr eine *Schubertiade* stattfinde, ein Festival zu Ehren des Komponisten, der ebenfalls nachweislich nie in Hohenems gewesen war, aber im Weltkulturkalender der *New York Times* werde regelmäßig das Programm abgedruckt, die weltbesten Künstler treten dort auf. Der Bürgermeister erzählte von dem Plan eines Skulpturenparks, den die Gemeinde errichten wolle – einstimmiger Beschluss! –, eines Parks wie der *Sacro Bosco* bei Bomarzo – das ungefähr gleichviel Einwohner habe wie Sal –, an die bedeutendsten Künstler der Welt sollten Aufträge ergehen, Figuren aus Kafkas Werk zu gestalten, ein Teil des Parks sollte den Tieren aus den Erzählungen gewidmet sein. Und zum Schluss wolle er Jetti das Beste verraten: Eine sehr prominente Mitkämpferin habe er an seiner Seite – Laurie Anderson, die amerikanische Performancekünstlerin, Witwe von Lou Reed. Auch Lou Reed habe mittun wollen, dann aber sei er leider gestorben. Er habe die beiden in Innsbruck kennengelernt, schon vor etlichen Jahren, bei einem Konzert von Laurie Anderson. Sie seien sehr müde gewesen von der Herumreiserei und hätten sich spontan zu ein paar Tagen Ferien entschlossen und er habe sich ihnen als Fremdenführer empfohlen und sie durch die Tiroler Berge geführt, was die beiden ehrlich beeindruckt habe, so dass sie ihn zu sich nach New York einluden, was er natürlich gern angenommen habe. Eine geheime Freundschaft sei entstanden, Laurie und Lou hätten ihn gebeten, niemandem davon zu erzählen, und er habe sich daran gehalten, bis sie ihn aus seinem Versprechen entlassen hätten, eben in Zusammenhang mit seiner Idee, aus Sal eine Kafka-Pilgerstätte zu machen, da hätten sie ihm erlaubt, mit ihren Namen zu werben.

»Lieben Sie Kafka auch, Fräulein Lenobel?«, fragte der Bürgermeister, nachdem ihm Jetti fast eine Stunde lang zugehört hatte, ohne ihn auch nur einmal zu unterbrechen.

»Schon, natürlich«, sagte sie. »Wer liebt Kafka nicht? Leider kenne ich ihn zu wenig. In der Literatur habe ich viel aufzuholen, wenn ich ehrlich bin.«

»Das ist sogar besser. Ich habe auch keine Ahnung von Literatur. Und meine Leute sowieso nicht. Kafka ist nicht Literatur, er ist viel mehr.«

»Das denke ich jetzt auch«, sagte Jetti.

In derselben Nacht rief sie Sebastian an:

»Bist du mir böse?«, fragte sie.

»Ja«, antwortete er.

»Ich glaube, mir geht es wie Robert, ich werde verrückt.«

»Du nicht, Jetti, du nicht.«

»Jetzt bist du mir wirklich böse.«

»Du hast nicht abgenommen, wenn ich angerufen habe, und du hast nicht zurückgerufen, hast mir keine SMS geschickt und keine Mail.«

»Das ist wahr. Verzeih mir, Sebastian, es tut mir leid.«

»Ich höre, dass du betrunken bist, nichts tut dir leid.«

»Sei nicht so streng zu mir, Sebastian.«

»Ich bin nicht streng. Ich bin nur gekränkt. Du hast mich aufgeweckt, ich kann noch nicht richtig denken, Jetti. Wenn wir später sprechen, bin ich dir nicht mehr böse.«

»Darauf kann ich mich aber nicht verlassen.«

»Nein. Wahrscheinlich nicht.«

»Siehst du. Ich war jede Nacht betrunken, du hast recht, Sebastian.«

»Was ist mit dir, Jetti? Warum trinkst du? Du trinkst doch sonst nicht.«

»Ich habe so viel Scheiße gebaut in meinem Leben, Sebastian.«

»Ach, das stimmt gar nicht, Jetti. Und so denkst du nicht.«

»Es gibt nichts Lustiges in meinem Leben. Ich hasse mich. Wahrscheinlich hasse ich mich und habe es bisher nur nicht gemerkt.«

»Das tust du ganz bestimmt nicht. Du nicht. Ruf mich in fünf Minuten an, Jetti. Dann habe ich mir die Augen ausgewaschen und mir einen Kaffee gemacht.«

»Wenn ich jetzt auflege, nimmst du nicht mehr ab, das weiß ich.«

»Wenn ich es dir verspreche, Jetti.«

»Ich möchte lieber warten, bis du dir die Augen ausgewaschen hast und dir einen Kaffee gemacht hast. Du kannst dein Handy ja danebenlegen, ich möchte dich hören.«

»Das ist nur teuer, Jetti. Und unnötiger Blödsinn. Ich lege jetzt auf, und in drei Minuten ruf ich dich über Skype an.«

Sie redeten bis um vier am Morgen, und Jetti erzählte Sebastian alles. Alles. Auf alle Gefahr hin.

10

Als Mike am Morgen zum Büro kam, stand vor der Tür ein Korb mit einer Katze darin. Er hatte wenig übrig für Haustiere, wollte sie aber nicht eingesperrt sehen. Er öffnete das Türchen und ließ sie frei. Mit dem Fuß schob er sie auf den Gehsteig, weg von der Tür, den Korb stellte er ein paar Meter weiter an der Hausmauer ab. Er schloss auf und sah, wie die Katze in den Korb zurückkroch. Er wollte nicht weiter über das Tier nachdenken. Er wusste ja nicht, dass es Jettis Katze war. Um elf standen sie um die Kaffeemaschine herum, wie immer, Jasmine sprach davon, dass sie und ihr Freund sich einen Hund anschaffen wollten, nicht einen kleinen Kläffer, sondern einen richtigen Hund, einen Irish Wolfhound zum Beispiel, da erzählte Mike von der Katze, die er vor der Tür gefunden habe, eine dreifärbige, hübsche. Jetti lief auf die Straße hinaus, aber weder der Korb noch Kitty war da. Sie setzte sich auf die niedere Mauer, die zwischen Military Road und Park verlief. Sie faltete die Hände und legte sie vor Nase und Mund und flüsterte in sich hinein:

»Jetti. Du musst dein Leben ändern, Jetti. Du kannst es, Jetti. Es gibt kein Haben, es gibt nur ein Sein. Du hast schon oft dein Leben geändert, und jedes Mal hast du es gekonnt. Und du kannst es immer noch. Du kannst es, Jetti. Nichts kannst du besser, als immer wieder dein Leben ändern. Jetti, jetzt einmal ehrlich: Was denkst du, kannst du nicht? Nichts kannst du nicht. Wenn du meinst, Jetti, es gibt etwas, das du nicht kannst, liegt das daran, dass du es nicht willst. Das ist der Unterschied, das ist der entscheidende Unterschied. Daraus folgt aber logisch: Wenn du etwas willst, kannst du es auch, Jetti. Und du willst dein Leben ändern. Du musst es nicht nur ändern, du willst es auch ändern, Jetti. Also kannst du dein Leben auch ändern ...«

Sie ging zurück ins Büro und bat Trevor um ein Gespräch unter vier Augen. Sie bitte ihn nicht um einen Gefallen, sie frage, ob er einen Auftrag für sie übernehmen wolle. Sie werde Irland verlassen. Aber nicht erst in einem Monat oder zwei oder einem halben Jahr, sondern sofort. Am besten in den nächsten Tagen. Am allerbesten schon morgen. Ob er, erstens, ihren Ausstieg aus *How, Where and Why* für sie in Ordnung bringen, zweitens, ihr Haus verkaufen und die Sache mit der Versicherung des Aston Martin weiter abwickeln, drittens in ihrer Abwesenheit ihren Umzug nach Österreich organisieren könne. Sie habe nicht die Zeit dazu und nicht die Kraft. Sie werde nach Wien zurückkehren.

Im Büro fragte sie in die Runde, wer ihr beim Ausräumen des Hauses und beim Packen behilflich sein wolle. Alle. Übers Wochenende, wurde vereinbart. Niemand fragte. Tom bot sich an, falls sie in ihr Haus zurückkehren wolle, bei ihr zu übernachten. Sie nickte.

Sie beglich ihre Rechnung im Hotel, füllte ihren Koffer mit den Dingen, die herumlagen, und kehrte in die Westfield Road zurück. Sie verriegelte hinter sich die Tür und rief Sebastian an. Sie fragte ihn, ob er sie heiraten wolle. Ohne einen Atemzug lang zu überlegen, sagte er, das wolle er.

Zuletzt schrieb sie eine Mail an ihren Bruder:

Lieber Robert,
Du hast recht, das Glück ist eine Kategorie, die Beachtung verdient. Sebastian hat mir von Deinen Gedanken erzählt. Ich mache mir keine Sorgen mehr um Dich. Mach Du Dir keine um mich. Nimm Dich so ernst, wie ich mich ernst nehme.   Deine Jetti.

11

Lieber Sebastian, Freund,
erinnerst Du Dich an den Nachmittag, als ich nach dem Mittagessen alle meine Termine abgesagt hatte, ganz unverantwortlich, und wir uns im Stadtpark auf eine Bank gesetzt haben, weil eine Föhnluft war? Du hast mir einen Traum erzählt, und ich habe ihn brav in der Manier meines Berufes interpretiert und analysiert. Typischerweise erinnere ich mich nicht mehr an den Traum, nur noch an meine Analyse. Die war hanebü-

chen. *Das soll anders werden! Bei unserem Spaziergang an der Donau entlang habe ich vergessen, Dich zu fragen, woran Du gerade arbeitest. Habe ich Dich das je gefragt? Das soll anders werden. Selbsterkenntnis, das weiß ich jetzt, wächst nur auf einem Feld, dem der Reue. Wir können nicht klug werden ohne Reue. Dieser Zusatz fehlt in Delphi. Ich habe Sehnsucht nach Reue. Noch einmal bitte ich Dich um etwas. Dann sollst Du mich um vieles bitten. Ruf Bess an und frage sie, ob sie mich noch will. Ihr könntet Euch in einem Kaffeehaus treffen, nicht im Sperl, dorthin geht sie nicht gern. Trefft Euch im Landtmann oder im Eiles. Das Landtmann wäre besser, das mag sie. Sag ihr, dass ich gern mit ihr zusammen sein würde. Ich weiß, Du findest die richtigen Worte, direkt und brutal. Aber wie soll so eine Frage anders gehen?*

Ich träume viel und lese nichts mehr.

Dein Robert aus Jerusalem, um 4 Uhr am Morgen

VIERTER TEIL

ZEHNTES KAPITEL

Hoppel-di-hipp machte mein Pferdchen und warf mich ab, und ich war tot und gleich auch schon ein Gerippe, aber weh getan hat es nicht. Ich versank in die Erde, tiefer und tiefer, bis ich vor der Moorfrau zu stehen kam. Sie war

> *grau wie das Moor und weich wie das Moor*
> *und warm wie die Hand in der Erde.*
> *Sie küsst mir die Hand und küsst mir den Mund,*
> *auf dass ich der Ihre werde.*

Und so heiratete ich die Moorfrau und versprach ihr als Morgengabe ein Ännchen Blut, damit sie ihr Haar damit färbe und es wieder leuchte wie ehedem, und wenn ich bis zum Abend keines sammeln könnte, versprach ich ihr weiter, dürfe sie mein letztes Mark auslöffeln, das noch in meinen Knochen stecke, denn ganz ausgetrocknet war ich noch nicht, und innen in den Knochen war ich noch warm, und sie könnte davon eine schöne Haut kriegen.

»Aber«, sagte ich, »du musst mir für den Tag einen satten Leib leihen und musst auch die Erde über mir zu einem Spalt öffnen, so dass ich heraussteigen kann aus meinem Grab und unter den Lebenden mir einen aussuchen kann, dem ich ein Ännchen abzapfen möchte.«

»Das will ich«, sagte die Moorfrau, die meine Frau war, seit wir die Ringe getauscht hatten. »Aber wenn die Sonne untergeht und der Schatten auf dein Grab fällt und du noch nicht zurück bist bei mir, dann ist dein Grab verschlossen, und du wirst dazwischen sein zwischen Leben und Tod, und das sollst du nicht wollen, denn du hast mir die Ehe versprochen in mein Herz hinein,

das um dich trauert, wenn du gehst
dann ist es ganz allein
und wenn du in der Sonne stehst,
dann möchte es bei dir sein.

Groß ist die Sonne, die Erde ist klein,
wie Gott sie erschaffen hatte,
und Trauer wird unter der Erde sein,
verlässt mich mein lieber Gatte.

Der Tod hat mich ins Moor gezerrt
Vor vielen hundert Jahr,
ich wünsche mir ein Kännchen Blut
über mein graues Haar.

Es könnt dann jung und golden werden,
so wie es einmal war.
Drum wünsch ich mir ein Kännchen davon
über mein altes Haar.«

So stieg ich beim ersten Sonnenstrahl aus der Grube und nahm mir ein Schiffchen hinüber, aber es war ein erstbestes, und es hatte Löcher, durch die das Wasser eindrang. Ich schöpfte mit beiden Händen, nur war noch zu wenig Haut und zu wenig Fleisch zwischen den Fingern, und das Wasser strömte frei hindurch, so dass Gefahr bestand, dass ich unter-gehe. Da kam eine Schlange geschwommen, rot und gelb und schwarz war sie, und bot an, mir zu helfen, wenn ich auch für sie ein Kännchen Blut zapfe, weil sie es doch so gern mag. Was blieb mir anderes übrig, als es ihr zu versprechen. Sie schob sich durch die Löcher im Boot, einmal hinaus und einmal hinein und wieder hinaus und wieder hinein, als wäre sie ein Tau, und blähte sich auf, so dass alle Löcher verstopft waren und ich trocken ans Ufer steigen konnte.

»Mach ein Feuer«, sagte die Schlange, »dann lockst du die Menschen herbei, denn einem Feuer kann niemand widerstehen, man will sehen,

was da brennt, und man möchte hineinschauen, auch wenn man nichts weiter bekommt als das Lodern. Und wenn die Menschen dann ins Feuer schauen, dann kannst du sie bequem anzapfen.«

Ich sammelte trockenes Schwemmholz und legte es übereinander, aber ich hatte keine Zündhölzer. Da kroch mir ein Feuersalamander über den Fuß, und der sagte:

»Wenn mich die Schlange sieht, wird sie sich auf mich stürzen und mich fressen. Dieses Getier ist gar nichts wert, man darf es getrost betrügen, du brauchst ihr dein Wort nicht zu halten. Wenn du mich vor der Schlange beschützt, leihe ich dir mein Feuer.«

Also nahm ich den Feuersalamander zwischen meine beiden Hände, so dass nur sein Köpfchen über die Finger herausragte, schon waren gut Haut und Fleisch über meine Hände gewachsen, und aus dem Köpfchen schlug ich Funken und brachte so meinen Scheiterhaufen zum Brennen.

»Das hast du nicht allein getan!«, zischte die Schlange. »Alle sagen, man darf mich belügen und betrügen, ich sei nichts wert, und man braucht mir sein Wort nicht zu halten. Lass mich zwischen deine Hände sehen!«

Aber anstatt dass ich sie zwischen meine Hände sehen ließ, packte ich sie am Schwanz und warf sie in die Flammen, denn sie ist nichts wert, und wen man belügen und betrügen darf, den darf man auch töten, und gleich verbrannte sie auch schon, und ihr Rauch und ihre Asche stiegen in den Himmel. Aber wie sie so aufstiegen in den Himmel, verwandelten sich Rauch und Asche in der Morgensonne in schillernde Stechmücken, und die kehrten um und fuhren auf mich nieder und stachen in meinen geliehenen Leib und saugten an meinem beliehenen Blut, bis sie satt waren und irgendwo niederfielen und sich zu einem Haufen sammelten.

»Wie soll ich nun eine Kanne vollkriegen!«, rief ich und kroch über die Erde, denn ich hatte keine Kraft mehr, um aufrecht zu gehen, außerdem war schon Mittag, und wie jeder weiß, vergeht die Zeit von Mittag bis zum Abend schneller als vom Morgen bis zum Mittag. Gäbe es Steine, die bluten, ich hätte sie ausgepresst! So blieb mir nichts anderes übrig, als mich auf den Weg zu machen zu dem Stall, in dem mein Pferdchen stand, das mich abgeworfen hatte mitten in das Moor hinein.

»Du bist mir etwas schuldig«, sagte ich.

»Ich kann mir denken, was du willst«, sagte das Pferdchen. »Du kannst gern eine Kanne Blut von mir haben, aber es ist kein Menschenblut, und wenn die Moorfrau es merkt, dann wird sie es dir nicht gelten lassen.«

»Ich muss es trotzdem wagen«, sagte ich und zapfte dem Pferdchen eine Kanne ab. Es war aber eine Kanne aus weißem Porzellan, und die hätte ich gern besessen, weil sie so schön war und in der Nachmittagssonne leuchtete, als wäre sie angefüllt bis oben mit dem Heiligen Geist.

»Hast du keine andere Kanne?«, fragte ich das Pferdchen. »Diese ist so rein und schön, dass es mich reut, sie mit Blut zu besudeln.«

»Ich habe nur noch einen Kübel aus Blech«, sagte das Pferdchen, »aber wenn es die Moorfrau merkt, wird sie es dir nicht gelten lassen.«

»Ich muss es trotzdem wagen«, sagte ich und steckte die weiße Kanne ein und ließ das Blut in den Kübel aus Blech rinnen.

Nun berührte die Sonne bereits die Wipfel der Tannen, und es war noch ein weiter Weg.

»Willst du mich tragen?«, fragte ich mein Pferdchen. »Ich bin zu schwach, und auch wenn ich liefe, würde ich zu spät kommen, und du bist mir etwas schuldig.«

Aber auch das Pferdchen war zu schwach, es musste sich niederlegen, so schwach war es, weil ich ihm einen Kübel abgezapft hatte, und ich kam zu spät, es war, als hätte sich die Sonne mit meiner Zeit gegen mich verbündet. Als ich zum Fluss kam, war es dunkel, und das Boot war gesunken, und die Schlange lebte nicht mehr, um die Löcher zu stopfen. Wer will sein Leben tauschen gegen einen Blechkübel voll mit Pferdeblut?

Da kam ein Mann daher,

> der trägt das Hemd über die Hose
> und hat nur einen Schuh
> und hat im Knopfloch eine Rose
> und pfeift ein Liedchen dazu

und blinzelt mit seinen Augen,
hat Tautropfen im Haar,
mir tät es fast so scheinen,
als ob ich selber es war.

Bist du denn ein Reiter?,
hätt ich ihn bald gefragt.
Und was hätt ich getan,
hätt er ja drauf gesagt?

Wenn er mit mir redet,
redet mein Mund,
wenn er mich gleich segnet,
dann wär ich gesund.

Der fragte, ob ich außer einem Blechkübel voll mit Pferdeblut noch etwas anderes anzubieten hätte, etwas Einmaliges, wie es die Welt noch nicht gesehen hat zum Beispiel. Ich sagte, eine Porzellankanne habe ich, die ist weiß und leuchtet, als wäre sie bis oben angefüllt mit dem Heiligen Geist. Die, genau die soll ich ihm lassen, sagte er, und ich gab sie ihm, und nun besaß ich

nichts mehr bis auf mein Leben,
und das gehört mir allein
das will ich der Moorfrau nicht geben,
das soll das meine sein.

Moorfrau mit blassen Augen
schließ die Augen zu!
Zum Sehen tun sie nichts taugen,
sie taugen zur ewigen Ruh.

Die Ruh aber taugt zum Schlafen.
Wozu sonst ist sie gut?
Bette den Kopf auf das Kissen
oder bette ihn auf deinen Hut!

1

Hanno Lenobel wollte ganz bestimmt nicht gern tun, was seine Mutter wünschte, nämlich: Sebastian Lukasser zur Rede stellen – »weil er«, so erklärte Hanna ihrem Sohn, »mich bis unter den Boden gedemütigt hat und das obendrein in Anwesenheit einer sehr, sehr lieben Freundin.«

Hanno saß auf dem Sessel in der Küche, auf dem er immer gesessen hatte, seit seiner Schulzeit; umgekehrt saß er darauf, den Tisch mit den Resten des Frühstücks im Rücken, die braunen, feisten Unterarme auf der Lehne übereinandergelegt – es war Sebastians Art, genauso hatte er erst gestern auf demselben Sessel gesessen. Der Zorn schoss wieder in Hanna hoch. Dies und wie vieles noch hatte ihr Sohn von seinem »Onkel« übernommen? Hanno sah seine Mutter an, die Augenlider tief, träge, um ein Viertel die Iris bedeckend – das wiederum hatte sich Sebastian von ihm abgeschaut, und er setzte es ein, wenn er jemanden aus den Argumenten werfen wollte. Bei Hanno durfte man weder auf Strategie noch auf Laune schließen; sein Blick war eine Naturgegebenheit, die ihm in der Schule Schwierigkeiten eingebrockt hatte, weil die Lehrer meinten, er höre nicht zu, interessiere sich für nichts, starre nur vor sich hin, sei gleichgültig gegenüber jedem Wissen, ein indolentes Phlegma. Oft genug, meistens erfolglos, hatte Hanna versucht, den Lehrern klarzumachen, dass ihr Sohn im Gegenteil an der ganzen Welt Anteil nehme, am Rechnen genauso interessiert sei wie an den Hauptstädten Südamerikas, an Schmetterlingen, englischen Vokabeln, der Steinzeit und besonders an allem Elektrischen; dass er die Schule liebe und seinem Vater jeden Abend haarklein berichte, was sie durchgenommen hatten. Hanno war ein ausgezeichneter Schüler gewesen, im Gymnasium bis zur Matura immer einer der besten. Animiert durch das Vorbild seines Wahlonkels Sebastian, der von Haus aus Lateiner war und dessen Geschichten von der griechischen Mythologie ihn faszinierten, war ihm das Kunststück gelungen, fünf weitere Schüler zu überreden, sich für den Griechischunterricht anzumelden, so dass dieser wenigstens für zwei Jahre stattfand; das hatte er nebenbei und mit Leichtigkeit organisiert, aus Handgelenk und Mundwinkel, ohne jedes Tamtam, niemand wunderte sich; aber man hätte sich gewundert, wäre ausgerechnet Hanno Lenobel als Initiator dieser nun tatsächlich wunderlichen Kampagne identifiziert worden. Prahlen war nicht seine Sache. Er galt weiterhin als wenig engagiert, eher faul, müde. Nicht in den Augen und im Sinn seiner Mutter. Sie sah hinter der irreführenden Physiognomie ihres Sohnes seinen wahren Charakter – wie sollte sie auch an ihrer Intuition zweifeln! Vielleicht waren die um einen Millimeter zu engen Augenlider schließlich daran schuld, dass sich Hanno von dem aufgeweckten Buben zu einem tatsächlich phlegmatischen Mann entwickelt hatte. Entfernt erinnerten seine Augen an die seiner Mutter. Ihre Augen waren eine Vorstufe zu seinen. Wenn ihr danach war, schminkte sie sich Mandelaugen. Viel Besseres hatte sie nicht zu bieten, neben ihrem eleganten Gang. Einmal hatte sie ein Entsprechender angesprochen, ob sie sich ein bisschen etwas als Model dazuverdienen wolle, sie habe eine so wunderbar kantige Figur. Abgelehnt. Was ist die Vorstufe zum Phlegma? Resignation? Die Wegkreuzung, wo eine Richtung in die Verzweiflung führt, die andere zur Gleichgültigkeit? Wann hatte Hanno resigniert? Und wovor? Als er im Kinderwagen gelegen hatte, war einmal eine Nachbarin dahergekommen und hatte auf ihn gezeigt und gesagt, he, der sieht ja aus wie ein Chinese. Und da hatte sie gesehen, es stimmte – schwarzes Haar und Schlitzaugen. Und wenn man gleich damals seine Augen einer winzigen Schönheitsoperation unterzogen hätte? Um ein Winziges nur die Lider in den Winkeln eingeritzt, so dass sie sich weiter hätten öffnen lassen und mehr Augapfel zu sehen gewesen wäre? Ein anderer Mensch wäre womöglich aus ihm geworden. Auch seine Schwester hatte leicht geschlitzte Augen, aber eben nur leicht geschlitzte. Und Hanno und Klara waren verschieden, wie Geschwister nur verschieden sein konnten.

Hanna stand vor ihrem Sohn und betrachtete ihn. Was ihr nicht leicht-fiel. Sie wusste, er würde das aushalten bis ans Ende der Zeit; nicht, weil er charakterfest oder stur war, sondern, weil es ihm schlicht nichts ausmachte, angestarrt zu werden, und auch nichts zurückzustarren. So war es schon gewesen, als er ein Kind war; aber damals hatte sie darin ein Zeichen seiner Arglosigkeit und seiner bezaubernden Tor-heit gelesen – nun nur Wurstigkeit. Sein Kopf war ein Riesending aus unkämmbaren, in alle Richtungen fliehenden, langen krausen Haaren und einem Karl-Marx-Bart, nur halt schwarz, der gerade die Ahnung eines Mundes zuließ und bis knapp unter die Augen hinaufwuchs, so dass an Haut nur ein Dreieck Stirn und die Nase übrig blieben. Seit eineinhalb Jahren hatten sie einander nicht mehr gesehen. Damals war er gerade noch mollig gewesen, pummelig; nun war er dick. Da-mals war er glattrasiert gewesen und kurzhaarig. Nun war er ein fet-tes haariges achtundzwanzigjähriges Mannsbild. Ein Koloss Mensch in einem XXX-Large T-Shirt, das ihm über die Hose hing und auf des-sen Brust eine handballgroße Tomate gedruckt war. Ein Fremder, aus dem man den Liebling erst wieder herausjäten müsste.

»Willst du wissen, worum es sich im Detail handelt?«, fragte sie, nachdem sie seinem Blick nicht mehr hatte standhalten können. Sie beugte sich vor und legte ihre Hände auf seine bärtigen Wangen: »Ich möchte, dass du mir einen Gefallen tust, mein Liebling. Tust du mir einen Gefallen?«

Er antwortete: »Wenn du mir sagst, was für ein Gefallen ich dir tun soll.«

»Deine Mutter«, säuselte sie weiter, »würde sich freuen, wenn du es ihr versprichst, ehe du weißt, worum es sich handelt.«

»Also«, sagte er. »Mach ich.«

Aber damit hatte sie nicht genug: »Deine Mutter würde sich noch mehr freuen, wenn du es auch gern tust.«

Er nickte.

»Also«, sagte sie und wanderte durch die Küche. Und redete. Hän-deringend. Wiederholte immer wieder: »…bis unter den Boden ge-demütigt … bis unter den Boden … zur Sau gemacht nach allen Regeln der Kunst …« Was sie sagte, war abstrakt, gespickt mit Begriffen, die weit übergreifend waren, so dass keine Geschichte daraus destilliert werden konnte, nichts, nur Philosophie von der Sorte, die kein Mensch verstehen kann. Und dachte, während sie redete, ich benehme mich wie eine Wahnsinnige, was redet in mir, diesen Satz sage ich zu Ende, dann höre ich auf.

Und hörte auf, ohne ihren Satz zu Ende gesprochen zu haben, und sah ihren Sohn an und erinnerte sich beklommen, wann sie dieser bedeutungsleere, desillusionierte, tatsächlich gleichgültige, durch und durch erwachsene Blick zum ersten Mal getroffen hatte, und es war kein Zufall, dass ihr diese Szene gerade jetzt einfiel; sie wischte sie schnell weg.

Hanno stand auf – kurz hoffte sie und fürchtete zugleich, er würde sie umarmen, und stellte sich auf ausgiebiges Weinen ein; er streckte die Arme in die Luft, dehnte und räkelte sich, sein behaarter braungebrannter Bauch trat unter dem T-Shirt hervor, er drehte sich um und setzte sich wieder hin, nun mit dem Gesicht zum Tisch, zog den Teller mit den Früchten zu sich herüber, biss das Ende der größten Banane ab, spuckte es auf seinen Teller, schälte sie und aß sie mit drei Bissen. Er schenkte sich Kaffee in seine Tasse und trank, noch war viel Banane in den Backen. Sie hatte mit Bedacht *seine* Tasse aufgedeckt, ein großes, am Rand angeschlagenes Häferl mit aufgemalten Zwergen, aus dem er durch seine Schulzeit hindurch Kakao, später Kaffee getrunken hatte, sie hatte es im Kasten gesucht und ganz hinten gefunden, den Boden bedeckt mit toten Motten.

Sie sagte: »Sieh mich bitte an, Hanno! Bitte, schau deine Mutter an!«

Er drehte sich zu ihr um, immer noch die Backen voll, hielt inne im Kauen. Sie setzte eine tragische Miene auf.

»Ich wünsche mir«, sagte sie, »dass du ihn zur Rede stellst. Willst du das für mich tun, Hanno? Nur das will ich von dir wissen.«

Dass sich Jetti in Wien aufhielt, dass sie schon vor über einer Woche aus Dublin gekommen und bis gestern Nachmittag hier in der Wohnung gewesen war, in seinem Bett geschlafen, ihre Füße in seine

Hauspatschen gesteckt und auf seinem Stuhl gesessen hatte, dass es sich bei der »sehr, sehr lieben Freundin« also um seine Tante handelte, die gestern Nachmittag aus der Wohnung gegangen war, in Unversöhnlichkeit – das erzählte sie ihrem Sohn nicht. Und dass sein Vater verschwunden war und sie ihn – in einem Kurzschluss aus Verzweiflung und Euphorie, wie sie sich inzwischen vorwarf – für vermisst erklärt hatte, erzählte sie ihm selbstverständlich auch nicht …

2

Nachdem erst Sebastian, dann Jetti die Wohnung verlassen hatten, war Hanna starr in der Küche gestanden, als wäre eine Verwünschung gegen sie ausgesprochen worden, ein Fluch. Sie hatte rekapituliert, was soeben geschehen war – nämlich nichts anderes als die Vernichtung ihres Lebens. Ihr war eingefallen, was Robert irgendwann über eine seiner Patientinnen gesagt hatte, eine Frau, die nun schon die vierte Stunde ihm gegenübersitze und schweige: dass sie ihn an die Protagonistin aus Ferdinand von Saars Novelle *Sappho* erinnere und dass der Dichter mit dieser Figur einen wahrhaft modernen Typus geschaffen habe, den Menschen, der nichts, aber auch gar nichts Liebenswertes an sich habe. Unser Abendland, hatte er ausgeführt – und in all ihrem Schmerz ließ sie es nicht nur zu, dass sich ihre Gedanken in der Erinnerung an die Gedanken ihres Mannes schmiegten, sondern gewann daraus sogar ein wenig Trost –, unser Abendland sei geprägt von Judentum und Christentum und in beiden Religionen walte die Überzeugung, jeder Mensch trage einen göttlichen Funken in sich, weswegen jeder Mensch a priori liebenswert sei. »Zeig mir«, hatte Robert ausgerufen, »eine einzige Figur in der Weltliteratur vor Ferdinand von Saar, die absolut nicht liebenswert ist!« An der Frau in der Novelle ist nichts, was einer lieben könnte, absolut nichts, und sie weiß es. – Dieser Mensch bin ich, hatte Hanna gedacht. Und weiter dachte sie: Robert hat mir von seiner Patientin erzählt, um mir einen Spiegel vorzuhalten. Und ich kann ihm nicht einmal böse sein. Hätte er sagen sollen, Hanna, du bist nicht liebenswert? Das hätte er sagen können, wenn wenigstens tief drinnen in ihr der ominöse göttliche Funken geglost hätte. Der gloste aber nicht.

Sie war in der Küche gestanden und hatte rekapituliert, was eben geschehen war. Rechts neben ihr der Herd mit der Pfanne, in der ein Löffel Butterschmalz schwamm, links die offene Tür, durch die soeben der Freund und bald nach ihm die Schwägerin gegangen waren – für immer, daran zweifelte sie nicht. Wie hatte das geschehen können? Sebastian hatte sie gefragt, ob sie damit rechne, dass Robert wiederkomme. Sie hatte gesagt, sie rechne nicht damit – und war erschrocken über diese Antwort, sie war ehrlich gewesen, das Schiff war verbrannt. Und dann hatte sie gefragt – nein, gefragt hatte sie nicht, sie hatte festgestellt, es war eine in die Form einer Frage gekleidete Feststellung: »Ihr könnt mich nicht leiden.« Sie hatte geglaubt, den beiden bleibe nun nichts anderes übrig, als ihr zu widersprechen, und um es ihnen leichter zu machen, hatte sie draufgesetzt: »Das ist furchtbar! Ihr wisst nicht, wie furchtbar das ist.« Jetti hatte Mitleid mit ihr gehabt, sie war aufgesprungen, gleich wollte sie ihre schönen, immer noch jugendlich straffen, karamellfarbenen Arme um sie legen. »Nein, Hanna, das stimmt nicht«, hatte sie ausgerufen. Gleichzeitig hatte Sebastian gesagt: »Ja, Hanna, das stimmt.« Da hatte sie ihm verboten, je wieder ihren Namen auszusprechen, und hatte ihn aufgefordert, aus ihrem Leben zu verschwinden, für immer. – Aber das hatte sie doch nicht so gemeint!

Nur Menschen, die nicht geliebt werden, nicht geliebt werden können, weil sie nichts Liebenswertes an sich haben, sind in der Lage, in einer solchen Situation rational zu bleiben und analytisch und strategisch zu denken – nämlich *darüber nachzudenken*: Es gibt nicht Menschen, die lieben, und Menschen, die nicht lieben; es gibt nur Menschen, die geliebt werden können, und solche, die es nicht können. Geliebt werden zu können ist eine Begabung – wie komponieren zu können oder malen zu können. In diesem Fall führt die Grammatik nicht in die Irre, wovor Wittgenstein gewarnt hatte, sondern wies darauf hin. Wer geliebt werden kann, erzeugt Liebe – wie der Komponist

Musik erzeugt und der Maler ein Gemälde. Und obwohl sie sich in diesem Augenblick vernichtet fühlte *bis unter den Boden*, fand sie den Gedanken interessant genug, um ihn sich zu merken, damit sie mit ihrem Mann, dem angesehenen Psychiater und hochgelobten Psychoanalytiker, dem klügsten Menschen, dem sie in ihrem Leben begegnet war, darüber diskutieren könnte – wenn er eines Tages wiederkäme; nicht um zu bleiben, sondern um zwei, drei seiner Anzüge abzuholen, die einer wie der andere aussahen, und einige seiner Bücher und um die Schubladen in seinem Sekretär im Wohnzimmer zu leeren. Sie würde sagen, trink doch einen Kaffee mit mir, und er würde sagen, gern, und sie würde sagen, mir ist letzthin ein interessanter Gedanke gekommen, möchtest du ihn hören, und er würde sagen, gern, und sie würden über die Liebe reden wie zwei Marsianer, die dieses Gefühl lediglich aus den Statistiken ihrer Astronomen kennen und bestimmt nicht aus der Zeit, als sie ein gemeinsames Leben hatten. *Sie würden über die Liebe nachdenken.* Und wetten, Sebastian und Jetti treffen sich heute Abend, dachte sie. Sie werden auf seiner Dachterrasse sitzen und Wein trinken und frei sein und fröhlich und lachen und über dies und das sprechen, auch über ernste Dinge, über gesundheitliche Probleme oder Geldprobleme, sie über einen eingewachsenen Zehennagel, er über einen verlorenen Band aus einer Gesamtausgabe, sie werden über Literatur reden und über Philosophie, über die EU und einen neuen Schwingkopfrasierer, mit dem sich Frau ohne Spiegel den Arsch rasieren kann, über das Erstarken der rechten Parteien in Europa werden sie Verachtung, Spott und Sorge austauschen und sich mit Sarkasmus dareinfügen, dass die Demokratie in Wahrheit nur funktioniert, wenn das reale Volk gegen ein ideales ausgetauscht wird, und zwar »weil die Demokratie von einer Elite, die sich selbst für das ideale Volk hält, ausgedacht wurde«; über all das werden sie sprechen, die Liebenswerten, die für die Liebe Begabten – nur nicht über mich. *Über mich werden sie nicht sprechen.*

Sie war allein – auf die jämmerlichste Art.

Sie hatte überlegt, ob sie Klara in Paris anrufen sollte, aber den Gedanken gleich wieder verworfen. Sie schätzte ihre Tochter als einen

Menschen ein, in dessen Lebensrangordnung die Liebe frühestens an vierter, wahrscheinlich an fünfter oder sechster Stelle rangierte. Wenn sich ihre Mutter nicht geliebt fühlte, würde das nur wenig Mitleid bei ihr aufrufen. Dieses Leid setzte sie als relativ gering an.

Und so hatte sie an Hanno eine Mail geschrieben.

Hanno, mein Liebling,

ich bitte Dich, nimm die zwei Stunden Busfahrt auf Dich, die Deine Welt von meiner trennen, und komm zu mir. Es ist wichtig. Sag Deinem Chef, es handle sich um eine Familienangelegenheit. Er wird Dir frei geben. Lass mich nicht warten, bitte. Komm gleich morgen! Ich mach Dir ein Frühstück.

Deine Mama

Und hatte postwendend Antwort erhalten:

Klar, Mama. Ich nehme den Bus um halb sieben. Um neun bin ich bei Dir. Soll ich etwas mitbringen? Soll ich Semmeln einkaufen? Du magst lieber Schwarzbrot. Ich bringe ein paar von unseren Paradeisern mit. Hast Du Lust darauf?

»Was hat Onkel Sebastian denn genau getan?«, fragte nun Hanno und schaute dabei auf seinen Teller nieder. Hanna setzte sich neben ihn, damit sie sein Gesicht von der Seite sehen könnte. Aber sie sah nichts, seine Haare waren wie ein Vorhang. »Wenn ich schon den Vermittler spielen soll, Mama, muss ich das doch irgendwie wissen ...«

»Spielen, Hanno, sollst du gar nichts«, sagte sie. Sie spannte ihre Lippen zu einem Lächeln.

»Ich meine ... wenn ich der Vermittler *sein* soll ... zwischen dir und Onkel Sebastian.«

»Gedemütigt hat er mich. Das habe ich bereits gesagt. Bis unter den Boden.« Das Lächeln hielt sich unverändert über ihre Worte hinweg.

»Schon, Mama. Aber ich weiß nicht, was das heißt. Bis unter den

Boden … wie soll das gehen? Nein, warte … ich meine … der eine
fühlt sich durch das gedemütigt, der andere durch das. Der Mensch ist
verschieden. Was hat er genau getan? Was hat er genau gesagt? Dass
ich ihn zitieren kann, das wäre hilfreich, denke ich, was meinst du?
Dass ich zum Beispiel sagen kann: Warum redest du in dieser Art
und Weise mit meiner Mutter? Oder: Es gefällt mir nicht, wenn du in
dieser Art und Weise mit meiner Mutter redest!«

»Genau. Das könntest du zu ihm sagen. Das sollst du zu ihm sagen.«

»Ja, aber dann wäre es nicht ungünstig, wenn ich wüsste, was er
gesagt hat. Eben dass ich ihn zitiere, verstehst du. Dass er mir nicht
auskommt. Sicher, bitte, handelt es sich um ein Missverständnis, also
bitte. Ich kann mir nicht denken, dass Onkel Sebastian dich demüti-
gen will …«

»Du kennst deinen sogenannten Onkel Sebastian nicht«, sagte sie.
»Er *tut* in einer gewissen *Art und Weise*, aber er *ist* anders.«

3

Es war über fünfundzwanzig Jahre her, dass Jetti ihn mitgebracht hatte.
Jetti hatte Sebastian Lukasser mitgebracht. – Sie war nicht die erste
der Lenobels, die diesem Mann begegnet war, nein, Jetti war nicht die
erste … aber mit nach Hause gebracht hatte sie ihn.

Jetti war aus München angereist, wo ihr gerade ein Volontariat in
Sebastians Verlag angeboten worden war. Ein Jahr zuvor hatte sie ihr
Studium der Musik und der Kunstgeschichte in Wien abgebrochen.
Mir nichts dir nichts. Ohne ihren Bruder zu informieren. Und war
stattdessen unter dem Vorwand, irgendwelche praktischen Feldstu-
dien zu treiben, in Europa herumgefahren, natürlich nicht allein. Theorie hatte Jetti nie interessiert. Wenn Hanna ehrlich zu sich selbst sein
wollte – das heißt, wenn sie nicht erst ihren Dünkel (den sie sich als
linke Intellektuelle nicht ein- und nicht zugestehen wollte) so lange
parfümierte, bis er nicht mehr nach Dünkel roch –, dann musste sie

zugeben, dass sie im Desinteresse an Theorie immer ein Zeichen von geistiger Beschränktheit gesehen hatte – »der Mensch will wissen, warum er tut, was er tut, und nicht nur, wie er es am effektivsten tut«. Die Theoretiker hielten vom Chimborazo aus Umschau, die Praktiker wühlten in der Ebene und starrten in den Boden, und im besten Fall lauschten sie auf die Zurufe von oben. Sie war Buchhändlerin aus Disziplin und gesellschaftlicher Verantwortung, und was der dümmste Architekt der klügsten Biene voraushatte – wie Marx bemerkte –, war die Tatsache, dass seine Wabe, bevor er sie baute, in seinem Kopf als Vorstellung und Wille bereits vorhanden war ... Wenn sie weiter an dem Gedanken herumwerkte, geriet sie in Zorn und war gekränkt und hätte gern Klage geführt, wäre ihr nur eine Idee gekommen, gegen wen. Sie forderte, dass der Blitz der Bedeutungslosigkeit auf Leute wie Jetti niederführe und ihr Glück wenigstens auf einer Seite schwarz werden ließe. Wenn sie jedoch bis ans Ende dieses Gedankens ehrlich zu sich gewesen wäre, hätte sie sich beichten müssen, dass sie nicht irgendwelche Leute, also nicht einen allgemeinen menschlichen Charakterzug, sondern allein ihre Schwägerin meinte, und dass sie, umgekehrt angenommen, Jetti wäre ein »theoretischer Geist«, mit derselben Bitterkeit über sie und gegen sie und gegen Theorie im Allgemeinen urteilen würde. Jetti hatte seit ihrem sechzehnten Lebensjahr die Familie am Leben erhalten, indem sie mit Geschick die geerbte, vom Fiskus unbemerkte Grafiksammlung ihres Großvaters verscherbelte; das wusste Hanna und wusste auch, dass Jetti damit das zweiundzwanzigsemestrige Studium ihres Bruders finanziert hatte; dennoch weigerte sie sich, in ihr etwas anderes zu sehen als ein zwar außerordentlich hübsches, aber törichtes ewiges Girl, das mehr Glück als Verstand hatte – und war darin mit ihrem Mann, dem vorrangigen Nutznießer, einer Meinung. Dass diese Punzierung berechtigt war, war für sie wieder einmal bewiesen worden, als Jetti mir nichts dir nichts ihr Studium abbrach, nachdem ihr von irgendeinem attraktiven Schwärmer eingeredet worden war, es sei viel aufregender, in der Gegend herumzukutschieren, um *in der Praxis* die Musik der Zigeuner zu studieren (die man damals noch so nennen durfte), als sich über

Bücher zu beugen. Nie hätte Jetti von sich aus einen Sinn für diese Musik aufgebracht, dafür brauchte es eine Liebschaft, eine Liebschaft mit einem jungen, schwärmerischen, hübsch aussehenden Möchtegernwissenschaftler eben. Und dabei blieb Hanna; und sie hielt sich die Ohren zu – und das nicht im übertragenen Sinn, sondern wirklich –, als ihr Sebastian irgendwann haarklein auseinandersetzte, dass der wahre Grund, warum Jetti ihr Studium abgebrochen hatte, nicht Desinteresse an Theorie gewesen sei und auch nicht eine neue Liebschaft, sondern schlicht die Tatsache, dass kein Geld mehr übrig war. (Dass sie, Hanna, ebenfalls ihr Studium abgebrochen hatte, versuchte sie erst gar nicht, vor sich zu rechtfertigen; sie erinnerte sich schlicht nicht daran, verbat es sich, ignorierte diesen Abschnitt ihres Lebens.)

Jetti hatte nie geklagt, weder vor ihrem Bruder noch vor seiner Frau. Sie nahm, was kam. Zusammen mit dem vor Verliebtheit zitternden, charmanten Musik-, Literatur- oder Kulturwissenschaftler war sie (nachdem er seine Dissertation über das *Phänomen des Duos* aufgegeben hatte) im Auftrag eines universitären Instituts und für ein schlankes Honorar hinüber in den inzwischen freien Osten gefahren, in die Slowakei und nach Rumänien, sogar nach Moldawien und hinunter nach Bulgarien und Mazedonien, sie hatten Musikanten der Roma interviewt und ihre Musik aufgenommen, unsystematisch und spontan – ohne Theorie. Und eines Tages waren sie in München auf jemanden getroffen, der hatte ihnen einen Tipp gegeben: In Wien lebe ein Schriftsteller, ein gewisser Sebastian Lukasser, Sohn eines ehedem weltberühmten Jazzmusikers, der habe ein Buch über Musikanten geschrieben, *Musicians*, so der englische Originaltitel; er habe lange in Amerika gelebt und dort genau das Gleiche getan, was sie taten, er sei herumgezogen und habe Musiker interviewt, Bluesmusiker, Jazzmusiker, Countrymusiker, Folkmusiker, und das ebenfalls im Auftrag eines Instituts, eines namhaften Instituts, das von einem gewissen Alan Lomax geleitet wurde, der in den USA eine hochangesehene Kapazität sei und das Volksmusikarchiv der Library of Congress in Washington leite, der Mann, der Muddy Waters für die Nachwelt gerettet habe – et cetera ... Also hatten Jetti und ihr Partner und damaliger Lover diesen Sebastian Lukasser in Wien besucht, und der hatte ihnen viele Bänder voll von seinen Erfahrungen erzählt und ihnen bereitwillig sein Archiv zur Verfügung gestellt – unter anderem eine sensationelle Sammlung alter Schellacks mit Schrammelmusik! –, auf dass sie nach Herzenslust kopieren sollten, was sie kopieren wollten. (Einen merkwürdigen Fall von Synchronizität sah Jetti darin, dass in Sebastians Buch, das damals gerade auf Deutsch erschienen war, ausschließlich von Musikerpaaren erzählt wurde. Er nannte die Geschichten *double tales*. Die Musiker, die er einander zuordnete, hatten zwar keine biografischen Gemeinsamkeiten aufzuweisen, also dass sie irgendwann tatsächlich miteinander gespielt hätten, aber – so Sebastians These – über die Zeiten und Räume hinweg ließ sich eine Verwandtschaft ihrer Musik konstruieren: Django Reinhardt und Jimi Hendrix, Duke Ellington und Johann Strauß, Hank Williams und Josef Schrammel, Niccoló Paganini und Robert Johnson und so weiter. Damals war Jetti noch ganz in der Betrachtung des Phänomens vergraben, dass – vor allem Männer – im Duo in der Lage sind, Erstaunlicheres hervorzubringen, als wenn einer allein sich einer Sache widmete. Sie geriet in Versuchung, das Angebot ihres Geliebten – der inzwischen nur mehr ihr Freund war – anzunehmen und seine Unterlagen zu einer Dissertation, *ihrer* Dissertation, zusammenzuschreiben und sie Prof. Hilger in Wien anzubieten, bei dem sie bis kurz vor ihrem Abschluss Kunstgeschichte studiert hatte. Prof. Hilger hatte sehr bedauert, dass sie von der Universität abgegangen war, er hatte sich – wie bei Jetti üblich – in sie verliebt. Sie ließ es dann; die Unterlagen ihres Freundes aber nahm sie zu sich; das heißt, sie zog die vier Aktenordner aus dem Müll, wohin er sie nach ihrer Trennung befördert hatte. Auf all ihren Umzügen hatte sie die Papiere mitgenommen. Sie besaß sie immer noch – als eine kleine Mahnung …)

Sebastian und Jetti hatten sich befreundet, und er hatte sich um sie gekümmert und ihr zu dem Volontariat in seinem Verlag und später zu einer Stelle als Lektorin verholfen.

4

Und dann war Sebastian wieder einmal in München gewesen und hatte Jetti im Verlag getroffen und hatte gesagt, er fahre morgen mit dem Auto (damals besaß er noch eines, einen Land Rover) nach Wien zurück, und Jetti hatte gefragt, ob er sie mitnehme, sie wolle gern wieder einmal ihren Bruder und seine Frau besuchen und ihren kleinen Neffen und ihre Nichte, die mit ihrem zweiten Namen heiße wie sie. Als sie in Wien ankamen, hatte sie gesagt, ach, komm doch mit herauf, meine Schwägerin und mein Bruder werden sich freuen, und Herr Lukasser hatte nichts dagegen gehabt.

Als Hanna an diesem Abend nach Hause kam, saßen Jetti und ein Mann in der Küche, sie saßen mit dem Rücken zur Tür und hörten laut Musik und bemerkten nicht, dass sie hinter ihnen eingetreten war. Jetti hatte einen Schlüssel zur Wohnung, Robert hatte ihn nicht zurücknehmen wollen, als sie nach München gezogen war; damals neigte er dazu, alles, was sich symbolisch deuten ließ, symbolisch zu deuten, und einen kleinen Schlüssel erklärte er zum Symbol für die Verbundenheit mit seiner kleinen Schwester. (»Symbole dienen dazu, die Einheit der Welt zum Ausdruck zu bringen.«) Söhnchen Hanno war in Salzburg bei seiner Tante Eleonore, Hannas Schwester, Robert war nicht zu Hause, und Hanna hatte mit der zweijährigen Klara Henriette im Kinderwagen eine Freundin besucht. Klara schlief, und Hanna stand auf der Schwelle und betrachtete die Rücken der unangemeldeten Gäste. Jetti war ärmellos, die dunklen Haare hatte sie kurz geschnitten (um weniger schön zu sein, wie Robert in der Nacht ernsthaft behauptete). Ihre Oberarme waren braungebrannt von den Sommernachmittagen an der Isar und geformt wie das unerreichbare Vorbild aller Frauenoberarme.

Hanna hatte ihre Schwägerin zuerst nicht erkannt. Den Mann dagegen hatte sie erkannt; den kannte sie; zu gut kannte sie ihn, um ihn auch nur im Traum in diese Wohnung zu versetzen. Für einen Moment war sie konfus und wie von Sinnen. Sie hatte ihn erst vor wenigen Tagen bei einem Rockkonzert kennengelernt. Bob Dylan hatte mit seiner Band in der Sporthalle in Linz gespielt, und sie hatte den Sänger immer bewundert, das heißt, in seiner frühen Zeit. Nicht dass sie sich allzu sehr für Rockmusik interessierte, aber auf einmal war ihr in diesem Sommer der traurige Gedanke gekommen, ihre Jugend sei zu Ende, sie war gerade dreißig geworden, und als sie las, dass Bob Dylan in Österreich auftrete, meinte sie – angesteckt durch Roberts Neigung –, dieser zerzauste Amerikaner mit der zerzausten Stimme sei ein Symbol auch ihrer Jugend – seinen Song *Forever Young* hatte sie in den Ohren –, und sie war zum Kartenbüro in der Innenstadt gefahren und hatte sich ein Ticket für das Konzert gekauft. Naturgemäß war sie allein nach Linz gefahren, ohne Robert. Mit dem Zug war sie gefahren. Sie hatte vorgehabt, über Nacht zu bleiben, hatte von einer Freundin einen Schlafsack ausgeliehen. Im Freien wollte sie schlafen, wie man es in der Jugend tut, und wie sie es nie getan hatte. Dann hatte es zu regnen begonnen, und die Musik hatte ihr auch nicht gefallen, zu laut, zu absonderlich, überhaupt nicht melodiös wie der Bob Dylan, den sie vor Jahren manchmal auf Platte gehört hatte, nicht ein einziges Lied kam ihr bekannt vor, einen Anzug aus schwarzem Satin trug er, am Rücken unterhalb der Taille gefältet wie der Rock einer Internatsschülerin. Nichts war, wie sie es sich vorgestellt hatte. Da fragte sie den Mann, der in der Menge vor ihr nach draußen drängte, frei von jeder Inspiration fragte sie ihn, ob er mit dem Auto hier sei, und falls ja, ob er aus Wien sei, und falls ja, ob er heute Nacht nach Wien zurückfahre, und falls ja, ob er sie mitnehme. Die Art zu fragen, machte sie glücklich, dazu ihre Stimme, beides klang ihr tatsächlich jugendlich, mutig, voll Hingabe an die Zufälle des Lebens … Der Mann war um einen halben Kopf kleiner als sie, sehr sexy sah er aus, wie sie fand, jedenfalls an diesem Abend, dieser herausfordernd ernste Blick, brutal, als wolle er zwar nicht sagen, denke es sich aber: Red nicht herum! Sie fuhren in seinem Land Rover durch den Regen auf der Autobahn, sprachen über das Konzert, er belehrte sie, Bob Dylan sei nicht mehr fünfundzwanzig wie auf den Schallplatten vor fünfundzwanzig Jahren … Sie war es, die angefangen hatte: Mitten hinein in seine Rede hatte sie ihn gefragt, ob er mit ihr schlafen wolle. Falls ja, dann gleich, denn sie könne nicht versprechen, dass ihr Angebot in einer halben Stunde noch gelte. Es gefiel ihr, bei diesem Fremden den Eindruck zu erwecken, sie sei so eine; wobei sie darunter eine verstand, wie sie garantiert nie eine sein wollte. Sie rechnete damit, dass er entweder ablehnte, oder falls nicht, sie die Frist für abgelaufen erklärte und zuletzt nur ihr Angebot und ein verruchtes Image für eine Stunde nächtlicher Autofahrt übrig blieben. Aber der Mann, dessen Namen sie nicht einmal kannte, dem auch sie ihren Namen nicht genannt hatte, lenkte den Land Rover bei der nächsten Gelegenheit von der Autobahn herunter auf eine Landstraße und von der herunter auf einen Weg, der schnurgerade in ein Feld hineinführte. Nach einer Weile blieb er stehen und schaltete die Scheinwerfer aus, aber nicht den Motor. Sie saßen nebeneinander und berührten einander nicht. Angst hatte sie keine. Und sie sagten auch nichts. Der Regen ging nieder, und als er aufhörte, schaltete der Mann das Licht wieder ein, drehte im Feld um und fuhr zurück auf die Autobahn und nach Wien. Es musste schon zwei Uhr gewesen sein. In Wien bat sie ihn, sie bei der Votivkirche aussteigen zu lassen. Er gab ihr die Hand. Im Licht der Straßenlaterne sah sie sein Gesicht.

»Lachen Sie nicht über mich«, sagte sie.

»Es ist gut«, sagte er.

Und sie: »Das war sehr anständig von Ihnen« und schnell dazu: »Ich habe so etwas noch nie zu einem Mann gesagt. Glauben Sie mir das?«

»Das glaube ich Ihnen«, antwortete er. – *Warum glaubt er mir das? Weil ich mich dermaßen verdammt ungeschickt angestellt habe?*

»Es war einfach nur eine Laune.«

»Es ist gut«, sagte er wieder.

»Aber glauben Sie mir auch«, sprach sie weiter, »dass ich noch nie meinen Mann betrogen habe?«

»Auch das glaube ich Ihnen«, sagte er. »Aber das müssen Sie mir nicht erzählen.«

Er hatte aus dem Autofenster gegrüßt und war davongefahren.

Als sie nun die Küche betrat, sah sie nur seinen Hinterkopf und wusste dennoch sofort, wer er war. Ihr erster Gedanke war nicht: Was für ein Zufall ist denn das? Auch nicht: Es ist wahrscheinlich kein Zufall, er hat mir nachspioniert und wird mich verraten, ich fliege auf. Auch nicht: Was soll denn auffliegen? Es ist ja nichts geschehen. Ihr erster Gedanke war: Diese Schlange mit ihren neuen kurzen Haaren, mit denen sie noch attraktiver aussieht als mit den langen, sie hat ihn mir ausgespannt. Tatsächlich hatte sie oft an diesen Mann gedacht, der es nicht einmal für nötig gehalten hatte, ihr seinen Namen zu nennen; aber eigentlich hatte sie nicht an ihn gedacht, sondern an die Frau, die mit ihm zusammen in dem Land Rover gesessen hatte und die ihr in nichts ähnlich war und mit der es Jetti nicht hätte aufnehmen können, nicht an Verwegenheit. Und sie hat es dennoch mit ihr aufgenommen, dachte Hanna, und sie hat gewonnen. Sie kam sich klein vor, unbedeutend; was für sie ein Abenteuer war, aus dem ihre Fantasie viele dramatische Varianten und Fortsetzungen gesponnen hatte, das hätte in Jettis Leben nicht einmal eine Unebenheit hinterlassen – die guten Erbsen in Jettis Töpfchen, die schlechten in Hannas Kröpfchen. Und den da hatte sie ihr auch weggenommen, der taugte nun nicht mehr egal für welche Fantasie; im Vorbeigehen war ihr auch das weggenommen worden.

Aber so war es ja gar nicht gewesen! Jetti hatte nichts mit Sebastian. Hatte nichts mit ihm gehabt über die Jahre, bis sie von Hanna nach Wien gerufen worden war, weil Robert verrückt geworden sei, und hatte nichts mit ihm gehabt, bis sie die Wohnung ihres Bruders und ihrer Schwägerin verlassen hatte, voll Bangigkeit, sie werde die beiden nie wiedersehen, Robert werde sich zwischen seiner Frau und seiner Schwester für seine Frau entscheiden. Da war Jetti zu Sebastian gegangen, und er hatte ihr angeboten, bei ihm zu bleiben, und sie hatte angenommen. Vorher hatte sie nichts mit ihm gehabt; nichts, was sie als etwas bezeichnet hätten.

Hanna hingegen hatte gehabt. Aber erst ein Jahr, nachdem sie einander kennengelernt hatten, sie und Sebastian …

5

Aus dem ersten Familientreffen damals war ein schöner Abend geworden. Trotz banger Gedanken und Befürchtungen und anfänglichen Eifersüchteleien. Herr Lukasser – Jetti stellte ihn vor und sagte gleich, es wäre ihr lieb, wenn sie sich alle duzten; sie führte Regie an diesem Abend – Sebastian hatte mit keiner Miene zu erkennen gegeben, dass Hanna und er sich bereits kannten. Sogar als sie allein mit ihm im Wohnzimmer saß, weil Robert und Jetti in der Küche waren, um die Bratwüste, die sie aus München mitgebracht hatte, ins kochende Wasser zu legen, eingeschweißte Coburger Bratwürste, vorgegrillt auf Kiefernzapfen, hatte er keine Sekunde seine Rede unterbrochen oder war in seiner Rede lauter geworden oder leiser, keine Andeutung, zum Beispiel, dass er eine Hand nach ihr ausstrecken hätte wollen – was der Mann in ihrer Fantasie wahrscheinlich getan hätte. Sie hatte ihn angegrinst, er hatte nicht reagiert, und sie war sich dämlich vorgekommen. Auf der Zunge war ihr gelegen, etwas zu sagen, eine Anspielung, ein Codewort – »Bob Dylan«. Sie fürchtete, er würde wieder nicht reagieren oder ungerührt den Vortrag fortsetzen, den sie im Land Rover unterbrochen hatte, als sie ihn fragte, ob er mit ihr schlafen wolle. Im Übrigen war an ihm nichts, was sie mit dieser Art von Musik in Zusammenhang brachte, mit dem Lebensgefühl dieser Musik, der ewigen Jugendlichkeit; noch weniger als an Robert, der sich nur für Klassik und dort fast nur für Schubert interessierte und dessen Fixierung auf schwarze Anzüge, schwarze Krawatten und weiße Hemden immerhin etwas Antibürgerliches hatte. Sebastian Lukasser trug weite Schnürlsamthosen mit einem geflochtenen Gürtel, was seine Figur hydrantenhaft stauchte, und ein kariertes Holzfällerhemd aus Flanell und knöchelhohe derbe braune Schuhe, ein Schriftstelleroutfit wie aus dem Katalog der gesellschaftlichen Klischees der fünfziger und sechziger Jahre, nur die Tabakspfeife fehlte. In seinem Blick aber – so hätte sie sich ausgedrückt, wenn sie gefragt worden wäre – in seinem Blick war ein Messer, war etwas Unberechenbares, Perverses. Niemand wird sich jemals sicher sein können, ob dieser Mann die Wahr-

heit sagt, dachte sie, er wird niemandem treu sein und jeden betrügen, nicht aus Berechnung, sondern aus Gier und der Lust am Nicht-
genug-Kriegen und aus einer sammelleidenschaftlichen Neugier. Sie
musste sich aber eingestehen, dass sie in diesem Urteil nur sich selbst
als die Belogene und die Betrogene sah und dass sie ihm nur eine
Frage stellen wollte: Hast du auch etwas mit meiner Schwägerin? Das
»auch« borgte sie sich aus ihrer Fantasie.

Im Laufe des Abends verlor diese Frage an Dringlichkeit, bis sie sich
auflöste: Nein, die beiden hatten nichts miteinander. Hanna beobachtete sie sehr genau. Ihr Mann war Psychiater und Psychoanalytiker, er
hatte die menschliche Seele durchaus studiert mit heißem Bemüh'n
und musste einräumen, dass er nicht annähernd über die Menschenkenntnis verfügte wie sie – allerdings immer in Fällen, wenn er sich zu
Gunsten eines Menschen geirrt hatte. Einmal hatte er ihr das Märchen von dem Buben erzählt, dem eine Hexe, die sich als sein Schutz-
engel ausgab, ein Stück Holz schenkte mit einem Astloch darin, das er
sich vor ein Auge halten solle, wenn er einem Menschen begegnete,
dann sähe er, was dieser Mensch wirklich denke, und er sah nur Böses.
Hanna beobachtete sehr aufmerksam Jetti, die sie für keine gewiefte
Schauspielerin hielt. Schon nach wenigen Minuten hätte sie irgendeine verräterische Geste gezeigt oder ein verräterisches Wort gesagt
oder, was viel aufschlussreicher wäre, bestimmte Gesten und bestimmte Worte unterdrückt. Jetti war aufgekratzt, wirbelte durch die
Wohnung, trug die meiste Zeit die kleine Klara auf dem Arm, tippte
mit ihrem kleinen Finger gegen das kleine Zünglein, legte ungeniert
ihren Arm um Sebastians Schultern, und es war nicht der geringste
Unterschied auszumachen, wenn sie den Arm um die Schultern ihres
Bruders legte. Sie dachte sich nichts dabei und hätte sich doch gewiss
etwas gedacht, wenn diese Geste einmal dem Liebhaber, einmal dem
Bruder gegolten hätte. Und wenn sich Hanna und Sebastian unterhielten, hörte und schaute sie zu, und Hanna konnte keine Spur eines
Hintergedankens in ihren Augen oder an ihren Mundwinkeln oder
auf ihrer Stirn erkennen – allerdings auch keinen Hintergedanken
in Sebastians Augen, an seinen Mundwinkeln, auf seiner Stirn. Das

kränkte sie. Dieser Schatten blieb – *unsere Fahrt durch Nacht und Regen hat keine Spur bei ihm hinterlassen, und Jetti kann sich nicht einmal vorstellen, dass er etwas von mir wollen könnte.* Sie war überzeugt, weder Jetti noch Robert erkannten im Blick dieses eloquenten Mannes den perversen Funken – so nannte sie, wofür ihr sonst kein Wort einfiel, und es sollte ein Wort sein, das ihm schadete. Robert und Jetti mochten neben ihrer Begeisterung für ihn, die offensichtlich war und der sie, Hanna, sich gern anschloss, alle möglichen Einwände gegen seinen Charakter haben – dass seine Gedanken abzuschweifen schienen, wenn er zuhörte, oder dass er zu schnell und zu hastig aß oder dass er zu viel redete –, diesen perversen Funken weit, weit hinten in seinem Kopf, den sahen sie nicht; an dem werden sie sich, dachte Hanna – und sie wusste, das war mehr ein Wunsch als eine Prognose –, eines Tages verbrennen. Sie war verliebt in Sebastian Lukasser. Und dass ihr Mann und ihre Schwägerin ihr seine Gegenliebe nicht zutrauten, kränkte sie wirklich sehr. Sie war zu groß für ihn, aus seinem erotischen Rahmen gewachsen, ihr anmutiger Gang, der gelobt und bewundert wurde, hatte wenig Chancen gegen ihre knochige Figur; wäre sie ein Mann, sie würde sich für Jetti und nicht für Hanna entscheiden.

Aber der Abend war schön gewesen. Einmal hatte Jetti gesagt: »Du siehst heute blendend aus, Hanna!«

Und sie hatte geantwortet: »Du siehst immer blendend aus, Jetti.« Und hatte triumphiert; denn »heute« war stärker als »immer«.

Hinterher im Bett sagte Robert – sogar Robert hatte gesagt: »So einen interessanten Abend haben wir schon sehr lange nicht mehr gehabt. Wenn überhaupt jemals. Und er wohnt nur eine Viertelstunde von uns, unten in der Nähe vom Naschmarkt wohnt er. Ich würde mich sehr freuen, wenn wir in Kontakt blieben.«

Sie hatte dasselbe gedacht. Aber wie um das Urteil ihres Mannes durch kokette Spielverderberei gegen Zweifel abzuhärten, hatte sie gemäkelt: »Ich glaube, er ist ein Bluffer.«

Und Robert hatte gesagt: »Bluffer kenne ich, glaub mir, Hanna, er ist keiner!«

Und sie hatte gesagt: »Ich hoffe, dass er keiner ist. Das hoffe ich sehr … für dich.«

Und er: »Warum hoffst du das für mich?«

Und sie: »Weil ihr beide Freunde werden wollt, das habe ich euch angesehen. Jeder hätte es euch angesehen. Ihr seid ja richtiggehend vernarrt ineinander. Er denkt, endlich habe ich einen gefunden, mit dem ich auf meinem Niveau reden kann, und du denkst dasselbe. Habe ich recht?«

»Worin könnte sein Bluff bestehen? Was soll das heißen? Hilf mir, Hanna!«

»Er tut *so* und ist *anders.*«

»Ich tu auch so und bin anders.«

»Aber bei dir weiß man es.«

»Was weiß man bei mir?«

»Du willst nicht verstecken, dass du so bist und anders tust, Robert.«

»Woher willst du das wissen, Hanna?«

»Du hast es soeben gesagt.«

»Du hast recht«, hatte er eingeräumt, obwohl ihre Argumentation alles andere als logisch war, und er hatte sich zu ihr hingedreht. Es war noch die Zeit, in der ihr Mann aus einer rhetorischen Niederlage einen erotischen Reiz zu ziehen verstand – wenn er das wollte.

Über Jetti übrigens sprachen sie nicht. Erst als sie sich in ihre Ecken gedreht hatten, fragte Hanna: »Und Jetti? Wie gefällt dir ihre neue Frisur?« Und Robert hatte die quere Vermutung geäußert, sie wolle weniger schön sein. Bevor er anhängen könnte, dies würde ihr aber nicht gelingen, sagte Hanna: »Genug geredet, ab jetzt wird geträumt!« Ihr üblicher Gutenachtabschied – den Robert einmal als Betthupferl für Intellektuelle bezeichnet hatte.

6

Robert und Sebastian waren Freunde geworden. Sebastian war alleinstehend, das heißt, er war in keiner festen Beziehung. Ob er Frauen hatte, nur fürs Bett, *one-night stands*, das wusste Hanna nicht. Irgendwann fragte sie ihn danach, und er grinste nur, antwortete aber nicht, und sein Grinser war so geformt, dass er sowohl »Ja« als auch »Auf diese Frage von dir habe ich schon lange gewartet« bedeuten hätte können.

Eine Zeitlang war er jeden Abend zu ihnen gekommen; nicht zum Essen, zum Essen sehr selten, und nur, wenn er ausdrücklich eingeladen wurde. Fast immer brachte er kleine Geschenke mit, Blumen oder ein Buch oder eine Süßigkeit oder eine Flasche Whiskey, von dem er selbst nicht trank, damals trank er keinen Alkohol. Einmal war er mit einer großen Schachtel, darin ein Dutzend Ausschneidebögen, unter dem Arm aufgetaucht, und zwanzig vorweihnachtliche Abende hindurch saßen Robert und er am Küchentisch und schnitten, ritzten und klebten an Schloss Neuschwanstein im Maßstab 1:200, bestehend aus fast 1000 Einzelteilen. Hanno tat eifrig Hilfsdienste, und Klara saß auf Sebastians oder ihres Vaters Knie und schaute still und fromm zu. Damals hatte sich Robert noch keinen Kopf darüber gemacht, ob in einem halbjüdischen Haushalt Weihnachten gefeiert werden dürfe, sie feierten einfach, und Sebastian feierte mit. Er besorgte den Baum – er! –, knapp mannshoch, eine Nordtanne, wie er verkündete, auch Sternspritzer hatte er mitgebracht und drei Paletten Zucker- und Schokoringe, und die Kinder und Hanna hatten den Baum geschmückt. Und dann am Heiligen Abend saßen sie im Wohnzimmer beisammen im Flackerlicht des Christbaums, saßen um den Tisch herum unter dem großen Blechbild mit *Joseph Schlitz Brewing Company* in Wisconsin, und Hanno sagte: »Onkel Sebastian, erzähl uns eine Geschichte!«

Und Sebastian erzählte das Märchen von Gott, der sich aus allem zurückgezogen und die Verwaltung für die Schöpfung dem Tod übertragen hatte, und erzählte von der Braut, der am Tag ihrer Hochzeit

der Mann gestorben war und die den Tod anflehte, ihn ihr wieder-
zugeben; und erzählte vom Teufel und seinem grausamen Geschäft,
nämlich, dass er nicht die ewige Seligkeit der Frau, sondern die des
Mannes im Tausch gegen sein Leben forderte, und dass die Frau sich
einverstanden erklärte, wenn sie sich ihr Leben lang nicht an den Deal
erinnerte.

»In der Todesstunde aber wird es ihr einfallen, darauf bestand der
Teufel.«

»Und dann?«, fragte Klara, nachdem Sebastian nicht weitergespro-
chen hatte.

»Ja, wie geht es aus?«, hatte auch sie, Hanna, gefragt.

»Ich weiß es nicht.«

Da hatten sie alle protestiert, sogar Robert.

»Ich weiß es wirklich nicht«, entschuldigte sich Sebastian. »Es tut
mir leid. Ich habe vergessen, dass ich das Ende nicht weiß. Ich habe
es nie gewusst.« Und er schlug vor, dass sie, wie sie dasaßen um den
Weihnachtstisch mit den duftenden Zimtsternen und den Vanillekip-
ferln und den Lebkuchen, dass sie sich ein Ende des Märchens ausdenken sollten.

Alle hatten sie durcheinandergeredet, es war sehr lustig gewesen,
jeder hatte wenigstens einen Vorschlag gemacht; aber sie, Hanna, sie
hatte als Einzige ein Ende gefunden, das allen gefiel.

*In ihrer Todesstunde fällt der armen Frau alles wieder ein. Und nun sieht
sie in dem erbarmungslosen Licht der Erinnerung, das der Teufel auf ihr
Leben wirft, was sie getan hat: Sie hat die ewige Seligkeit ihres Geliebten
geopfert, um zu bekommen, was sie wollte. Es war ihr nur um ihr Glück
gegangen, nur um ihr eigenes Glück. Und sie hatte das damals gewusst.
Und hatte dennoch so entschieden. Mein Glück ist auch sein Glück,
damit hat sie sich gerechtfertigt. Ihr würde nichts geschehen. Sie würde
ein glückliches Leben führen, und nach dem Tod würde sie eingehen in
die ewige Seligkeit. Aber in der letzten Stunde quälte sie ihr Gewissen so
sehr, als wäre die Schuld von siebzig Jahren in eine Stunde gepresst. Wieder fiel sie auf die Knie und flehte zu Gott, er möge sich ihrer und ihres*

Mannes erbarmen. Und diesmal waren ihre Gebete stark genug, um durch alle hundert Vorzimmer zu dringen bis an Gottes Ohr. Und Gott hörte sich die Gebete an, und sie rührten ihn. Er wollte sich der Frau erbarmen, aber er wollte auch, dass kein Fingerzeig das Gleichmaß seiner Schöpfung störte. Wenn du einen Menschen findest, entschied er, einen Menschen, den du sowohl dem Tod als auch dem Teufel an der Stelle deines Mannes anbieten willst, dann sollen du und dein Mann aus dem bösen Geschäft entlassen sein. Aber sie hatte nur eine Stunde Zeit, und eine Stunde ist wenig. Sie irrte durch die Stadt, und da sah sie ein brennendes Haus, und sie hörte ein Baby schreien in den Flammen und hörte eine Mutter schreien, mein Kind, mein Kind, mein Kind ist noch im Haus. Und da dachte sie nicht nach, sie bahnte sich einen Weg durch die brennenden Trümmer, sie presste ihren Ärmel vor Mund und Nase, sie konnte kaum noch atmen, die Glut verbrannte ihr die Haut. Sie fand das Kind, hob es auf, drückte es an sich, schützte es mit ihren Kleidern und ihren Armen vor den Flammen. Und da dachte sie nun doch nach. So ein Kind, dachte sie, es ist ohne jede Schuld. Wenn es eine reine Seele gibt, dann die Seele dieses Kindes. Der Teufel kann ihm nichts anhaben. Er wird leer ausgehen. Und der Tod? Der Tod wird das Kind freilich holen. Er wird sein Leben auslöschen. Aber was ist das Leben? Ist es nicht eigentlich die Erinnerung an das Leben? Ist es nicht so, dass, wenn einer sagt, er lebt, er meint, er hat gelebt? Aber dieses Kind, so dachte sie, hat nichts, woran es sich erinnern könnte. Es kann also nichts verlieren. Und schon wollte sie das Bündel niederlegen, da hörte sie die Mutter des Kindes draußen weinen. Sie wankte aus dem Haus, übergab der Mutter das Kind und brach zusammen.

»Und weiter?«, fragte Hanno.

»Alle sind gerettet worden«, sagte Robert, und alle stimmten ihm zu, und alle waren zufrieden. Und als die Kinder im Bett waren, gratulierte Robert, und gratulierte Sebastian. Beide hatten nicht mitbekommen, dass Hanna den Plot geklaut und ein wenig adaptiert hatte, geklaut von dem Stummfilm *Der müde Tod* von Fritz Lang, der wiederum die Geschichte zusammen mit seiner Frau Thea von Harbou aus verschiedenen Märchen zu einem Drehbuch zusammengebastelt hatte. Zufällig hatte Hanna erst wenige Tage zuvor in einem neuen Bildband über den Regisseur geblättert, sie und Cora hatten überlegt, ob sie ein oder zwei Exemplare auf Weihnachten hin in der Buchhandlung bereithalten sollten.

»Darf ich den Schluss haben?«, hatte Sebastian gefragt, als Robert in der Küche war.

»Das darfst du«, hatte Hanna geantwortet, und sie waren dicht beieinander gestanden.

Hanna vergaß nicht die Nacht im Land Rover im Regen auf dem Feld zwischen Linz und Wien, aber es fiel ihr schwer, diesen Mann mit dieser Erinnerung in Verbindung zu bringen, und sie wollte es auch nicht. Dieser Mann war ein anderer, aber auch der andere gefiel ihr.

Robert und Sebastian – in vielen Dingen waren sie einander ähnlich. Sie liebten Strukturen. Etwas nur einmal zu tun war gegen ihre Natur. So gab es immer wieder Moden. Kartenspielen – einen Monat lang jeden Abend, dann nie wieder; alte Schwarzweißfilme auf Video schauen – vierzehn Tage lang, dann vorbei; Tischtennis auf dem Küchentisch, statt des Netzes eine Reihe gleichgroßer Taschenbücher (Suhrkamp Wissenschaft), statt der Schläger Schneidbretter – Sebastian erzählte, als er ein Jugendlicher war am Land, in Vorarlberg, habe er mit seinem Vater und seiner Mutter und einem Freund einen Sommer lang jeden Abend auf diese Art Tischtennis gespielt, nur anstatt der Bücher hätten sie ein Brett als Netz verwendet, am Land sei immer irgendwo ein Brett, in den Wohnungen in der Stadt finde man keine übrigen Bretter, seine Mutter habe ihr Schneidbrett beidseitig mit Uhu bestrichen, so habe sie den Ball besser anschneiden können und letztendlich jedes Spiel gewonnen. Robert besorgte Tafel und Kreide, Bewerbe bis zur Verbitterung wurden ausgetragen. Auch Hanno durfte mitspielen.

Jeden Mittwoch trafen sich Robert und Sebastian in einem italienischen Restaurant in der Innenstadt zum Mittagessen, dort redeten sie über Politik, hauptsächlich über Politik. Die Kinder mochten Sebastian. Und Hanna mochte ihn auch. Warum nur hätte es nicht so weitergehen können!

7

Es geschah etwas Schreckliches. Und es war das Schrecklichste, was in Hannas Leben geschehen war – was ihr auch deutlich machte, wie wenig Schreckliches ihr Leben zu bieten hatte –, worüber, wie sie im Kopf nicht loswurde, nur glücklich sein könnte, wem wahrhaftig zu viel an Schrecken geboten wird.

Es war im Winter, und sie war später als sonst aus der Buchhandlung weggekommen, weil sie und Cora mit einer kleinen Inventur beschäftigt waren. Sie war in Mütze, Schal und Handschuhen auf dem kürzesten Weg durch den Volksgarten gestapft, den Kopf gegen das Schneetreiben gesenkt, da waren, sie hatte nicht mitgekriegt, woher die kamen, Männer plötzlich um sie herum gewesen, vor ihr, hinter ihr, zwei an jeder Seite, sieben oder acht insgesamt oder mehr, sie hatten sie umringt und vom Weg abgedrängt und hinter das Gebüsch beim Grillparzerdenkmal gezerrt. Einer hatte ihr die Mütze übers Gesicht gezogen und den Arm auf den Rücken gedreht und nahe an ihrem Ohr geflüstert, er hatte einen fremdländischen Akzent, Serbe, Kroate, Bosnier, Albaner, wenn sie jetzt schreit, sticht er sie ab, sie soll sagen, dass sie nicht schreit und dass sie nicht davonläuft, und sie sagte, ich schreie nicht und laufe nicht davon. Sie soll es versprechen. Sie riss sich die Mütze vom Kopf und sagte, sie verspreche es, und dachte zugleich, was hat in diesem Großen, das mir hier zustößt, ein kleines Versprechen verloren, die werden doch nicht ernsthaft glauben, ich halte mich daran, oder wiegt für sie die Ehre, ein Versprechen nicht zu brechen, schwerer als die Ehre, seine Unversehrtheit zu verteidigen; wenn es so ist allerdings, sind sie sehr anders als wir, und es muss mit Ungeheuerlichem gerechnet werden. Sie stand ruhig auf dem eisigen Boden, kalt und brillant in ihren Gedanken, in Armen

und Beinen schwach, als ein junger Mann, ein Bub eigentlich, nicht älter als fünfzehn, nahe an sie herantrat, eigentlich zu ihr hingeschubst
wurde, an ihren Körper geworfen wurde, er tat aber nichts, sondern
schaute erst zu den anderen, und in seinem Gesicht war Verzagtheit,
dann sah er sie an, als wäre es an ihr, ihm zu helfen. Die anderen redeten mit ihm. Sie machten ihm Mut, feuerten ihn an. Einer lachte. Einer
schimpfte mit ihm und beschimpfte ihn und gab ihm Knüffe. Der Bursche legte seine Hände auf ihre Brüste und quetschte sie ein wenig,
ließ sie aber gleich wieder los. Der ihn beschimpft hatte, gab ihm
einen Klaps auf den Hinterkopf, da öffnete er ihren Mantel und griff
ihr zwischen die Beine und auf den Bauch und wühlte sich unter ihren
Pullover und ihren Hosenbund und wühlte sich durch bis auf die Haut,
dabei bohrte er seine Stirn in ihren Hals. Er versuchte, sie zu küssen,
sie aber presste die Lippen zusammen und bewegte ihren Kopf hin
und her, so dass sein Mund den ihren nicht traf. Einer der Männer
fuhr sie in seinem Fremdländisch an, sie solle ruhig halten, sonst haue
er sie, aber sie hielt nicht ruhig, und er haute sie nicht. Der Mann
stellte sich hinter den Jungen, umfing ihn, öffnete ihm die Hose und
nahm seinen Penis heraus. Der schimmerte weiß und war schlaff.
Nichts geschah. Schließlich ließen sie ab von ihr und gingen mit dem
Jungen in ihrer Mitte lachend davon, klopften ihm auf die Schultern,
traten ihm in den Hintern, gaben ihm brüderlich-freundschaftliche
Ohrfeigen. Sie liefen nicht, sie gingen. Keine Eile. Keiner von denen
hatte auch nur irgendeine Sorge. Sie blieb noch eine Weile hinter dem
Gebüsch stehen, schließlich ging sie auch.

Ihrem Mann erzählte sie nicht davon, und in der Nacht schlief sie wie
immer, lang, tief, traumlos. In der zweiten Nacht wachte sie nach einer
Stunde auf und setzte sich auf die Toilette, weil sie fürchtete, laut
weinen zu müssen, weinte aber nicht. Irgendwann ging sie zurück ins
Schlafzimmer, und als sie sich neben ihren schlafenden Mann gelegt
hatte, stieg ihr das Weinen wieder in die Kehle, so schnell und heftig, dass sie es nicht bis zur Toilette schaffte und schon im Gang zu
schluchzen begann, wie sie sich erinnerte, dass sie als Kind geschluchzt

hatte, wenn sie sich ungerecht behandelt glaubte. Wieder saß sie auf der Toilette, blätterte in alten Heften von *Psychologie Heute*, die Robert aus dem Warteraum vom Wilhelminenspital mitgebracht hatte, wo er damals als Turnusarzt für Neurologie und Psychiatrie arbeitete.

Und so ging es weiter, und jede Nacht meinte sie, es werde schlimmer, und jeden Morgen meinte sie, die Welt sei um ein Grad düsterer geworden. Von der Wahrheit geblendet, sieht einer auch nicht mehr. Es war nichts passiert, sagte sie sich, die Finger des jungen Mannes waren vor dem Rand ihres Slips zurückgeschreckt, es war ihr kein körperliches Leid angetan worden, sie hatte nicht sonderlich viel Angst gehabt, wenn sie recht überlegte, und in ihrer Ehre fühlte sie sich nur theoretisch gekränkt, keine blauen Flecken waren an ihr, kein Kratzer, selbst die Drohung des Mannes, er werde sie mit dem Messer abstechen, wenn sie schreie oder davonlaufen wolle, schauderte sie nicht, wenn sie daran dachte. Es war hässlich gewesen, das Ganze, und das war's. Aber sie konnte nicht mehr schlafen, und ihrem eigenen Körper gegenüber war sie schüchtern.

8

Sebastian erzählte sie alles. Und weinte dabei. Weinte so hemmungslos, dass sie, als ihr die Tränen übers Gesicht liefen, selber schon denken musste, jetzt reicht's aber, jetzt kannst du damit aufhören, das ist ja wie Schokoladeessen – ein Rippchen und gleich noch eines …

Sebastian sah sie an, hörte zu und wartete und entließ sie nicht aus seiner Aufmerksamkeit. Als sie fertig war, riet er ihr, Anzeige zu erstatten. Sie sagte, das wolle sie nicht. Außerdem sei es schon ein halbes Jahr her. Es war nicht ein halbes Jahr her. Es war erst ein paar Tage her.

»Wenn ich eine Waffe bei mir gehabt hätte«, sagte sie – und das rutschte ihr nicht einfach heraus, dieser Gedanke hatte sich in ihrem Kopf festgesetzt, hundertmal am Tag ging sie ihn durch, »dann hätte ich ihn erschossen, egal, wie alt er ist.«

Sebastian sagte, sie solle es sich ausdenken, genau das solle sie sich ausdenken. Sie solle sich ausdenken, wie es wäre, wenn sie eine Waffe bei sich gehabt hätte, wie es wäre, wenn sie dem Burschen die Waffe an die Stirn gedrückt und ihm und seinen Brüdern und Cousins eine Heidenangst eingejagt hätte. Und was sie dabei gesagt hätte. Und was die anderen gesagt hätten. Das solle sie sich ausdenken. Wie die anderen um das Leben ihres Bruders und Cousins gewinselt hätten. Die Gedanken sind frei. Das werde ihr Erleichterung verschaffen. Daran sei nichts Schlechtes. Er sei überzeugt, sagte er, aus solchen Einbildungen sei die Literatur entstanden, aus Rachegedanken. Wer etwas Gutes denke, der tue das Gute meistens auch, das Gute müsse sich keiner zurechtfantasieren. Die meisten aber, die etwas Böses denken, denken es nur und tun es nicht. Neunundneunzig Prozent vom Bösen in der Welt, sagte er, existiere nur in Gedanken. Hamlet spreche es aus. Leidlich tugendhaft sei er, sagt er zu Ophelia, dennoch könne er sich solcher Dinge anklagen, dass es besser wäre, seine Mutter hätte ihn nicht geboren. Mehr Verbrechen stünden ihm in seiner Einbildung zu Dienste, als er je Zeit hätte, sie auszuführen. Die *Ilias* des Homer sei, wer weiß, aus den Rachegedanken eines kleinen, ohnmächtigen Soldaten entstanden, der sich im Krieg in die Hosen geschissen habe, und die *Odyssee* sei wahrscheinlich die Revanche eines gemobbten Muttersöhnchens und der *Don Quichote* eine satirische Abrechnung eines Fortschrittsverlierers. Oder Märchen, Märchen sind samt und sonders Rachegebilde. Schriftsteller schreiben, um sich zu rächen, und Leser lesen aus dem gleichen Grund. Dieser Vorgang werde Katharsis genannt, Aristoteles habe den Begriff erfunden, und er sei dafür gewesen. Wenn sie ihm nicht glaube, solle sie Robert fragen.

»Denk es dir aus, Hanna! Immer wieder und immer wieder, bis es genug ist, dann hast du es los! Nur so kriegst du es los. In deinem Kopf musst du auf niemanden Rücksicht nehmen und dich vor niemandem verantworten.«

Sie sagte, das könne sie nicht, sie könne sich nichts ausdenken, sie verfüge über keine Einbildungskraft. Sie habe es probiert, die Ergebnisse seien jämmerlich, sogar in ihrer Fantasie sei sie die Unterlegene.

Ob *er* sich etwas *für sie* ausdenken könne. Hanna bat Sebastian, in der Mittagszeit in die Wohnung zu kommen – Klara besuchte die Grundschule, Hanno das Gymnasium –, sie seien allein, sie werde für ihn etwas kochen, und er könnte ihr die Einbildungen erzählen, die er sich stellvertretend für sie ausgedacht habe, er sei der Dichter. Sie bot ihm an, ihn dafür zu bezahlen.

»Wir können das professionell durchziehen«, sagte sie. »Du bist Schriftsteller, das ist dein Beruf, Einbildungskraft ist das Kapital deines Berufs, also musst du dafür bezahlt werden, wenn du dein Kapital einsetzt. Wenn du dir bei uns im Laden ein Buch nimmst, musst du auch dafür zahlen.«

Sebastian war einverstanden, sie einigten sich auf sechshundert Schilling pro Doppelstunde, das entsprach dem Honorar eines billigen Therapeuten.

»Also, Hanna«, sagte er, als sie sich am nächsten Tag zu Mittag in der Lenobel'schen Wohnung in der Garnisongasse trafen und nachdem sie etwas Leichtes gegessen und die Vorhänge zugezogen hatten. »Also, spielen wir!«

Er sah sie an, mitten ins Auge hinein schaute er ihr, und ihr wurde unheimlich, seine achtunggebietende Gelassenheit war ihr unheimlich. In seinen abgetragenen Sachen stand er vor ihr, die Jacke an den Ellbogen glänzend, als wär's die entsprechende Kleidung für das, was gleich folgen würde.

»Werde ich bereuen, was wir jetzt gleich machen?«, fragte sie.

Darauf antwortete er ihr nicht.

Er schlug vor, dass sie sich Rücken an Rücken setzen, so dass sie einander dabei nicht ansehen, aber die Sessel nahe zueinanderrücken, um sich wenigstens an den Ellbogen berühren zu können, falls einem von ihnen danach sei.

»Mach die Augen zu!«, befahl er. »Hast du?«

»Ja.«

»Du musst einen Hohlraum um dich schaffen. Das musst du, darauf kommt es an.«

»Was heißt das?«

»Dass du keine Angst hast. Vor nichts.« Er sprach in einem heiser gedämpften Ton. »Weil dich nichts berühren kann. Stell dir vor, der Mann steht vor dir, der junge. Ich denke doch, wir wollen es den jungen Mann spüren lassen, was meinst du? Oder einen seiner Brüder?«

»Nein, ihn«, sagte sie, rau war auch ihre Stimme, und sie wusste nicht warum – Hass oder unterdrücktes Weinen?

»Ja, ihn. Das ist gut, Hanna.«

»Er ist der Schwächste.«

»Wenn du den Schwächsten fertigmachst, triffst du die Stärksten. Das ist gut. Lass dir Zeit, Hanna! Stell ihn dir genau vor, sein Gesicht, seine Haare, was er anhat, seine Stimme.«

»Er hat kein Wort gesagt.«

»Denk dir eine Stimme aus. Wir machen hier keine Dokumentation, wir machen Einbildung. Hast du?«

»Ja.«

»Und er greift dich an, wie er dich angegriffen hat. Stell dir das vor! Lass ihm Zeit!«

»Dafür will ich ihm keine Zeit lassen.«

»Doch, lass ihm Zeit … lass ihm Zeit … lass ihm Zeit!«

»Ja.«

»Hast du?«

»Ja.«

»Und jetzt stell dir vor, du bist bewaffnet.«

»Womit bin ich bewaffnet, Sebastian?«

»Mit einer Beretta. Mit einer kleinen Beretta. Das ist eine kleine Pistole, eine für Frauen, die passt wie maßgenommen in deine Hand. Und die ziehst du aus deiner Tasche, Hanna. Langsam. Jetzt. Er merkt es nicht, er fummelt an dir herum.«

»Und die anderen?«

»Vergiss die anderen. Nur er ist da. Nur der eine, der Kleine. Und er ist so, wie er in Wirklichkeit war, ein Fünfzehnjähriger, der an dir herumgreift. Genau, wie du mir erzählt hast. Er steht knapp vor dir und ist aufgeregt, und du ziehst deine Beretta aus der Tasche und be-

432

rührst mit der Beretta seinen Schwanz. Er aber denkt, es sei deine Hand. Verstehst du?«

»Das verstehe ich, ja.«

»Mmmm«, machte er – sie solle es ihm nachmachen. »Du sagst: ›Mmmm, eine Beretta!‹ Mmmm, als ob es etwas sehr Lustvolles wäre. Sag das, Hanna!«

»Mmmm, eine Beretta«, sagte sie.

»Lustvoller!«

»Mmmmmmm … eine Beretta!«

»Eine was? Er sagt: ›Eine was?‹ Er weiß nämlich nicht, was eine Beretta ist. Und du sagst: ›Weißt du nicht, was eine Beretta ist?‹ Sag das, Hanna! Lustvoll.«

»Weißt du nicht, was eine Beretta ist?«

»Nein, nicht so. Du bist keine Verkäuferin in einem Waffengeschäft. Du musst reden wie eine Hure zu ihrem Freier. Rede wie eine Hure zu ihrem Freier! Du weißt also nicht, was eine Beretta ist …«

»Ich weiß nicht, wie eine Hure zu ihrem Freier redet.«

»Denk es dir aus, Himmel! Das ist doch nicht schwer.«

»Du weißt also nicht, was eine Beretta ist? Ist es so gut? Du weißt also nicht, was eine Beretta ist?«

»Sehr gut. Und er sagt: ›Eine Beretta? Du meinst meine Beretta? Meine Beretta? Ich habe nicht gewusst, dass man bei euch dazu Beretta sagt.‹ Jetzt musst du sagen: ›Ich meine nicht *deine* Beretta. Ich meine *meine* Beretta.‹ Sag das, Hanna!«

»Ich meine nicht deine Beretta, ich meine meine Beretta.«

»Deine Beretta? Du hast keine Beretta. Mädchen haben keine Beretta. Und jetzt, Hanna, sag: ›Eine Beretta ist eine Pistole, du Trottel!‹ Und sag es mit böser Stimme!«

»Eine Beretta ist eine Pistole, du Trottel, du saublödes Arschloch, du!«

Sie weinte wieder

»Du hast eine Waffe, Hanna«, sagte Sebastian. »Du musst nicht weinen. Wenn du willst, kannst du jederzeit schießen. Und du musst kein schlechtes Gewissen haben, du würdest in Notwehr handeln. Je-

433

des Gericht bis hinauf zum Jüngsten Gericht würde dir das glauben, Hanna. Du kannst dir das Ungeheuerlichste erlauben, du brauchst vor nichts Angst zu haben. Eine dumme Bewegung von ihm, und du drückst ab. Was sagt er? Er sagt: ›Red nicht so mit mir, sonst schlag ich dir die Zähne ein, du Schlampe, ich bin kein Trottel!‹ Und du, was sagst du? Du sagst: ›Das wär nicht gut für dich, mir die Zähne einzuschlagen, gar nicht gut für dich, nicht gut. Meine Beretta ist nämlich auf deinen Schwanz gerichtet, und sie ist entsichert, und sie ist sehr sensibel eingestellt, sehr sensibel. Du weißt doch, was sensibel heißt. Oder weißt du das nicht? Wie viele Wörter kennst du überhaupt? Wie viele Wörter passen in deinen Schrumpfkopf hinein, du letztklassiges bosnisches Moslemschwein, du serbischer Untermensch, du kroatischer Faschist, du albanischer Drogendealer? Du meinst, du kannst an einer österreichischen Frau herumfummeln wie an euren siebzig Jungfrauen, nachdem ich dich abgeknallt habe, oder kriegst dafür einen Orden von eurem debilen Slobodan Milošević oder eine Gratisjahreskarte für das KZ Jasenovac, damit du dir anschauen kannst, was dein faschistischer Großvater für eine Scheiße angerichtet hat in seinem beschissenen Leben? Und jetzt nimm deine Hände von mir und setze langsam einen Schritt zurück! Aber vorsichtig, sonst geht meine Beretta los. Und noch etwas muss ich dir sagen, hör mir genau zu, du Halbhirn! Mein Freund, der ist ein Schriftsteller, du weißt natürlich nicht, was ein Schriftsteller ist, aber das macht nichts, du sollst nur eines wissen, der hat eine Irrsinnsfreude daran, Patronen anzufeilen, und der hat die Patronen in meiner Beretta angefeilt, das tut er einfach gern, weißt du, das ist ein Spleen von ihm, der ist nämlich ein gottverdammter Sadist, und wenn ich schieße, ist dort, wo jetzt dein Schwanz ist und dein Sack ist, nur ein Loch, so groß wie deine Faust, ich könnte hindurchschauen, wenn ich hindurchschauen wollte, was ich aber nicht will. Schau her, du Ratte! Kannst du meine Beretta jetzt sehen? Das ist meine Beretta. Du hast keine Beretta. Ich habe eine. Und jetzt dreh dich langsam um und hau ab, lauf hinunter in euren nach Knoblauch stinkenden Balkan, sonst kommst du zu spät, um dir von deinen Landsleuten den Schädel einschlagen zu lassen, und

434

das wär doch schade. Und kein Wort will ich hören, bis du die österreichische Grenze überschritten hast, sonst schieß ich dir in den
Rücken, und dann ist dort, wo jetzt noch dein Herz pocht, ein Loch,
so groß, dass man deinen ganzen dummen Kopf hindurchschieben
kann.‹«

Daraufhin sahen sie einander ein Jahr lang nicht mehr.

9

Aber dann wieder.

Eines Tages war sie in der Nähe des Naschmarkts gewesen, da war
ihr eingefallen, dass Sebastian hier wohnte, in der Heumühlgasse.
Sie war nie in seiner Wohnung gewesen, und soviel ihr bekannt
war, auch Robert nicht. Sebastian lud nicht ein. Er ließ sich einladen,
brachte Geschenke mit, aber selbst lud er nicht ein. Hanno war die
Ausnahme, er war eine Zeitlang jeden Nachmittag bei Sebastian gewesen, war direkt von der Schule aus zu ihm gegangen, sie hatten
miteinander die Hausaufgaben erledigt und gemeinsam musiziert
oder gelesen oder Schach gespielt. Manchmal hatte Hanno auch in der
Heumühlgasse übernachtet.

An diesem Nachmittag spürte Hanna wieder eine jugendliche Lust
in sich, eine wie in Linz, als sie nach dem Bob-Dylan-Konzert in der
Menge aus der Halle drängte und den Mann vor ihr ansprach, ob er,
falls er … Sie überlegte, etwas Süßes einzukaufen, Sebastian mochte
Süßes, sie ließ es aber, mit einem Geschenk in der Hand wäre ihrem
Besuch das Spontane genommen, und ihre letzte Begegnung, urteilte
sie, lasse einen Vorsatz nicht zu. Als sie beim Tor stand und nach dem
Klingelschild Ausschau hielt, trat ein Mann auf die Straße, und sie
schlüpfte hinter ihm ins Haus. Sie fuhr mit dem Lift ins Dachgeschoß;
dass Sebastian ganz oben wohnte, davon hatte er öfter erzählt, hatte
mit ihr und Robert besprochen, dass er sich mit dem Gedanken trage,
einen Teil des Daches zu kaufen und darauf ein kleines Schreibhaus zu
errichten. Nur zwei Wohnungen waren im Dachgeschoß, an der einen

Tür war ein Namensschild, an der anderen nicht. Bei dieser Tür klingelte sie.

Es war Frühling, ein Sonnentag, föhnig, sie wusste, Sebastian liebte den Föhn, er treibe ihn in die Natur, die Wahrscheinlichkeit, dass sie ihn nicht zu Hause antraf, war groß. Sie war sehr aufgeregt. Während sie seine Schritte hörte, verliebte sie sich noch einmal. Ihr war, als hätte sie etwas Phänomenales in sich selbst wiederentdeckt, das sie schon vergessen hatte. Sie verliebte sich, dachte aber nicht weiter, in wen.

Kein bisschen überrascht war er. Er freute sich. Gab ihr die Hand. Umarmte sie aber nicht. Das hatte nichts zu bedeuten, das hatte er nie gemocht, das Abküssen und Umarmen.

Er war gerade beim Kochen, Hühnerstreifen mit Grünem und Ananas in Kokosmilch, dazu Reis. Er trug eine Schürze. Er lud sie zum Essen ein. Er war gesprächig und lustig, auf enttäuschende Weise unaufgeregt, fragte, wie es ihr gehe, ob die Krise überwunden sei, ob sie endlich Robert von der Sache erzählt habe. Kein Wort über ihr Spiel – ob es ihr in irgendeiner Weise genützt habe, ob sie es weitergespielt habe, allein. Wie sie darüber im Abstand eines Jahres denke. Kein Wort darüber, warum er sich so lange nicht mehr hatte blicken lassen. Er fragte auch nicht, was er für sie tun könne, warum sie zu ihm gekommen sei. Er freute sich. Er deckte sorgfältig auf, Teller und Geschirr auf weiße Sets, Schüsselchen für den Salat, Wassergläser, ein Weinglas für sie. Nach dem Essen nahm er sie bei der Hand, führte sie in sein Schlafzimmer, zog sie aus und sich selbst, und sie schliefen miteinander. Sebastian Lukasser war der erste Mann, mit dem sie Robert betrog.

Schnell. Ohne Blicke und Worte. Das war ihr recht. In jeder Hinsicht. Dadurch glaubte sie, weniger schlechtes Gewissen haben zu müssen. Einerseits. Andererseits war diese anonyme Kälte auch aufreizend. Sie fühlte sich eine Rolle in einem Melodram spielen: Zwei Menschen, die einander hassen, aber nicht voneinander lassen können. Oder etwas Ähnliches. Stoff für viele Fantasien, wenn erst die Augenlider heruntergelassen waren. – In Wahrheit war Hanna verwirrt wie ein Mädchen.

Eine Stunde später ging sie in den Abend hinein, nach Hause, umrundete den 1. Bezirk, es dauerte, bis sie sich einigermaßen beruhigt hatte und sicher war, dass Robert ihr nichts anmerken würde. Je ruhiger sie wurde, desto mehr empörte sie sich über Sebastian. Aus dem kleinen Finger heraus hatte er seinen Freund verraten. Das Melodram nahm sie ihm nicht ab. Sich selbst gestand sie es zu. Diese Einseitigkeit empfand sie sogar als noch reizvoller.

Als sie nach Hause kam, tollte ihre Schwester mit den Kindern durch die Wohnung. Eleonore war für ein paar Tage aus Salzburg gekommen. Ihr Mann war wieder in Amerika, er hatte in Texas einen Lehrauftrag an einer technischen Universität. Das Kindermädchen saß im Wohnzimmer vor dem Fernseher, sie hatte ausdrücklichen Befehl von Hanna, auf sie zu warten, man dürfe ihrer Schwester die Kinder nicht ohne Aufsicht überlassen. Das Kindermädchen steckte die Scheine ein, ohne sie anzusehen, küsste Hanno und Klara und ging.

Eleonore fragte: »Was ist mit dir? Du siehst ja aus, als wäre dir ...«

»Als wäre mir was?«

Robert hatte in diesen Monaten besonders viel im Krankenhaus zu tun, meistens kam er gegen acht Uhr abends nach Hause oder später. Hanna besaß damals kein Handy. Sie nahm das Telefon an der langen Schnur ins Schlafzimmer, sagte zu ihrer Schwester, sie habe ein paar wichtige Anrufe zu tätigen und wolle nicht gestört werden. Sie setzte sich aufs Bett und rief nicht Sebastian an, wie sie es sich vorgenommen hatte, um ihn zu bitten, keine Wiederholung mehr stattfinden zu lassen, sondern Jetti, die damals in München wohnte, aber wieder einmal drauf und dran war, ihr Leben zu verändern, ihren Job beim Verlag zu kündigen und nach Triest zu ziehen – das hatte Robert erst vor ein paar Tagen berichtet.

Jetti nahm beim ersten Klingelton ab, als hätte sie auf den Anruf gewartet. »Was ist passiert?«, fragte sie.

»Ich habe mit einem anderen Mann geschlafen«, sagte Hanna.

Ohne Nachdenkpause sagte Jetti: »Das gönn ich dir, Hanna. Brauchst du meinen Rat?«

»Nein«, sagte Hanna. »Eigentlich nicht.«

»Das heißt, schon.«

»Ja.«

»Du willst mich fragen, ob du es Robert sagen sollst. Eindeutig nein. Und auch wir beide sollten nie mehr darüber reden.«

»Danke, Jetti«, sagte Hanna.

»Du kannst ruhig auflegen«, sagte Jetti, und Hanna legte auf. Sehr vorsichtig, als dürfe nicht irgendein Ding geweckt werden.

Ein paar weitere Jahre später kam Sebastian eines Abends, weiß im Gesicht, zog Hanna beiseite, während Robert im Bad war, und teilte ihr mit, dass er Krebs habe, Prostatakrebs. Soeben habe er es erfahren. Es bestehe kein Zweifel. Die Biopsie sei an zwei Stellen positiv. Der Arzt habe ihm geraten, sich operieren zu lassen. In Innsbruck, dort seien die besten Handwerker. Dass er keine Angst um sein Leben habe, aber um seine Potenz, dass er Angst habe, nie wieder in seinem Leben Sex haben zu können, nie wieder, und dass er sich so ein Leben nicht denken wolle, nicht einmal denken. Er schlug die Hände vors Gesicht. Da hatte ihn Hanna umarmt und hatte ihm die Hand auf sein Geschlecht gelegt, und es war nichts Lüsternes dabei gewesen, nicht einmal in Gedanken, das hätte sie vor dem Jüngsten Gericht geschworen, und der allwissende Gott hätte ihr geglaubt. Es war ein Zeichen ihrer Anteilnahme gewesen, und sie war sicher, wenn Robert Bescheid gewusst und sie dabei beobachtet hätte, er hätte sie verstanden, könnte fast sein, er hätte seine Hand auf dieselbe Stelle gelegt – aber Robert war nicht Zeuge gewesen, er war im Bad; Hanno war Zeuge, er war damals vierzehn Jahre alt. Seinen Blick vergaß Hanna nie – bedeutungsleer, erwachsen, gleichgültig ...

10

»Du meinst, dass *ich* etwas missverstanden habe«, sagte Hanna.
»Das soll vorkommen«, sagte Hanno. »Oder er. Dass er gar nicht
weiß, dass er dich gekränkt hat. Auch das kommt vor. Onkel Sebastian
ist nicht der Typ, der jemanden demütigt. Das kann ich mir nicht vorstellen.«

»Vieles auf der Welt geschieht, was wir uns nicht vorstellen können, Hanno. Nein, missverstanden haben *wir beide nicht etwas*. Sebastian und ich haben beide *alles ganz richtig verstanden*.«

Hanno drehte sich zu ihr hin und blickte sie wieder unverwandt an,
und sie musste sich eingestehen, dass Mienenleserei ein Rätselraten
war bei diesem Gesicht, das jede Miene unter einem Fell begrub. Blieb
ihr nur der Tonfall seiner Stimme, und der war ruhig und ohne beson-
dere Merkmale. »Also, was soll ich zu Onkel Sebastian sagen, Mama?
Ich kann ihn ja nicht zum Duell fordern. Und wenn ich es tue, müsste
ich ihm schon ein paar Details nennen. Ich helfe gern. Nur mache ich
nicht gern etwas falsch.«

»Du bist wie ein Kind«, sagte sie und nahm ihre Wanderung wieder auf, »und tust wie ein Kind! Du spielst ein Kind. Das solltest du
nicht, Hanno. Vor allem sag nicht Onkel Sebastian, er ist nicht dein
Onkel.«

»Aber das ist doch völlig egal. Das habe ich halt immer zu ihm gesagt. Ihr habt ihn mir wahrscheinlich als Onkel Sebastian vorgestellt,
als eure Sache noch in Ordnung war, ich kann mich jedenfalls an
nichts anderes erinnern. Klara sagt ja auch Onkel Sebastian zu ihm.
Darf sie das jetzt auch nicht mehr? Warum soll ich das auf einmal
nicht mehr sagen?«

»Vielleicht, weil deine Mutter es nicht will?«

»Mich geht das irgendwie nichts an, verstehst du. Sei mir nicht
böse. Wahrscheinlich kann ich es eh nicht richtig. Ich kann so etwas
nicht, Mama. Du solltest warten, bis Klara wieder hier ist, die kann
das. Was sagt Papa dazu? Kann nicht Papa vermitteln? Oder ist er auch
beleidigt? Oder deine Freundin. Wie ist es mit der?«

»Wovon redest du?«

»Die Zeugin.«

»Ich weiß nicht, wovon du redest, Hanno.«

»Die sehr, sehr liebe Freundin.«

Sie hörte Misstrauen und Spott. »Dein Vater«, sagte sie, »ist auf einem Weiterbildungsseminar … eigentlich kein Seminar, vielmehr ein … wie soll ich sagen … du weißt schon.«

»Ach, komm, Mama!«, sagte er, stand auf, zog sich die Hose hoch und ging stracks auf sie zu und nahm sie in die Arme. »Ich will nicht wissen, was er zu dir gesagt hat. Ich sehe ja, dass es dir weh tut, und wenn es nicht so wäre, hättest du mich nicht gerufen, das habe ich gemerkt. He, du Knochengestell, wir beide zusammengemixt und dividiert durch zwei, und wir hätten auf ewig die Idealfigur. Hast du nicht irgendetwas zum Reparieren? Wir machen es uns gemütlich. Du kochst etwas für uns, und ich reparier dein Glumpert. Wie früher. Das war schön! Das war das Schönste für mich.«

Die ganze Zeit über war ihr zum Weinen gewesen; jetzt, wo es nötig gewesen wäre, ging's nicht. »Was bist denn du für einer«, sagte sie nur und schob ihn sanft von sich.

»Was ist mit dem Bügeleisen zum Beispiel«, fragte er. »Die meisten Unfälle mit Elektrischem im Haushalt passieren mit dem Bügeleisen. Ich weiß nicht, warum, ich selber bügle nie, aber es ist so. Zeig mir das Bügeleisen! Und den Mixer auch gleich. Und was hast du noch für Elektrisches? Hast du einen Föhn? Föhn hast du nicht, kein Mensch braucht einen Föhn. Wenn ich mir etwas wünschen darf, würde ich mir ein Letscho wünschen, mit Reis, du hast eine Wurst hineingeschnitten. Drum habe ich uns die Paradeiser mitgebracht und die Paprika.«

Er hatte es wieder geschafft, dass sie gutgelaunt war. Und tatsächlich lag beim Handmixer ein Kabel blank. Hanno schlenderte in sein Zimmer hinüber, seine Beine knickten ins X, das fiel ihr auf und bereitete ihr Kummer, er holte aus der unteren Schublade seines Bubenschreibtischs einen Lötkolben und eine Rolle Lötzinn und setzte sich an den Küchentisch, und sie stellte eine Pfanne auf den Herd,

schnitt von einer Knoblauchwurst hinein und Zwiebeln und die Tomaten und die Paprika, irgendwo war eine Flasche Tomatensaft, die
goss sie dazu.

»Das ist ein alter Bosch«, sagte Hanno. »Den darfst du auf keinen
Fall wegschmeißen. Wie lange haben wir den schon? Den haben wir
schon seit ewig. So ein schönes Design hat es nie mehr gegeben.«

Er schraubte das Gerät auf, schnitt das Kabel ab und kratzte das alte
Lötzinn von den Kontakten.

»Benutzt du den Mixer manchmal? Nicht, dass ich ihn haben will.
Ich will ihn nicht haben, wir haben, was wir brauchen. Ich erinnere
mich daran, erinnerst du dich auch daran, den hast du immer heraus-
gezogen, wenn du einen Kuchen gebacken hast. Eine Zeitlang, kommt
mir vor, hast du jeden Tag einen Kuchen gebacken, im Winter war das
besonders schön. Papa hat am liebsten deinen Streuselkuchen gehabt.
Ich sowieso. Das ist ja drum so schade, das war, als Onkel Sebastian
fast jeden Abend bei uns war, allein bei sich zu Hause war ihm zu
langweilig. Man muss das Ding einmal richtig durchputzen, da ist
alles voll Staub und verklebt. Hast du Terpentin? Ich mach ihn dir
wie neu.«

Sie sah ihm zu, während sie den Reis aufsetzte. Hanno konnte ihr
Lieblingskind nicht sein, weil ihm sein Vater diesen Titel bereits mit
seinem Eisen in die Stirn gebrannt hatte, als er noch in den Windeln
lag. Roberts Sorge wegen der Herzsache hatte ihre Sorge dagegen wie
einen Witz aussehen lassen. Robert hatte der Welt vorgeführt, was
eine richtige Sorge ist. Sie hatte ihm den Vortritt gegeben. Auf diesem
Gelände einen Wettlauf zu veranstalten wäre ihr absurd erschienen.
Wenn alles wieder gut ist, hatte sie gedacht, wird er seinen Auftritt als
das sehen, was er war: Hysterie. Genaugenommen war ein lausiger
Vater aus ihm geworden. Nicht in seinem Verhalten Klara gegenüber.
Aber Hanno gegenüber. Sein Heranwachsen hatte er ignoriert. Die
Hysterie hielt er für Liebe, für eine heilige Liebe, und die musste
ausreichen über die Jahre, ihr brauchte nichts hinzugefügt, sie durfte
nicht modifiziert werden. Gegen diese Liebe musste ihre Liebe abstin-
ken, die hatte nichts weiter als eine Kollektion aus Alltäglichkeiten

zu bieten, von Angst-nehmen-bei-Gewitter über Nägelschneiden und Schnullerablecken bis Vokabelabfragen und Zecken-aus-der-Haut-Drehen.

ELFTES KAPITEL

Es war einmal ein Vater, der war ein Trinker und ein Unhold, er war Jacks Vater, und er war ein böser Mann. Alle Männer in Jacks Familie waren böse, so weit zurück man sich auch erinnern mochte. Die Frauen aber waren still und hatten Angst und verwandelten sich eine nach der anderen in Vögel, in Käfer, in Libellen und Mückenschwärme.

Als Jack vier Jahre alt war, hat der Vater die Mutter mit einem Messer getötet, und sie verwandelte sich nicht. Jack hat zugesehen.

Dann ging der Vater in die Stadt, weil er noch dies und das zu erledigen hatte, und kam nach einer Stunde wieder, und als er den kleinen Jack sah, der immer noch neben seiner toten Mutter hockte und weinte und auf ihre Augen spuckte, damit sie sich wieder öffnen sollten, sagte er:

»Was spuckst du auf die toten Augen deiner Mami, Jacky? Davon wird sie nicht lebendig. Lächle! Warum denn so ernst? Lächle mich an, ich bin dein Vater, ich lebe, lächle, lächle doch!«

Das konnte Jack aber nicht.

Der Vater sagte wieder: »Du sollst nicht spucken, Jacky! Dein Lächeln zeigen sollst du mir! Das würde ich so gern sehen.«

Aber genau das konnte Jack nicht.

Und noch einmal sagte der Vater: »Dein Lächeln will ich seh'n, Jacky! Will ich seh'n, will ich seh'n, will ich seh'n, seh'n, seh'n!«

Aber Jacky konnte nicht lächeln, zu traurig war er. Da zog der Vater abermals das Messer aus dem Gürtel und sagte: »Zaubern wir ein Lächeln auf dieses Gesicht!«, und schnitt seinem Söhnchen ein Lächeln ins Gesicht, weil er sich ein Lächeln in diesem Gesicht doch so sehr wünschte. Er schnitt tief in beide Backen hinein bis unter die Ohren hinauf.

Jetzt lächelte Jack, auch wenn er weinte, und er würde ewig lächeln bis zu seinem Tod.

Als Jack groß war, wurde er ein böser Mann. Wie alle Männer in seiner Familie wurde auch er ein böser Mann. Er machte Purzelbäume und übte Flanken über parkende Autos, er färbte sich die Haare grün und schminkte sich das Gesicht weiß und malte sich den Mund rot. Der Mund reichte von einem Ohr zum anderen.

Die Haut und die Haare und das Fleisch seiner toten Mutter verdorrten und zerfielen zu kleinen Krümeln, die der Wind über die Stadt verteilte. Die Tauben pickten die Krümel auf und flatterten über Jacks Kopf, und sie riefen:

Gru-gru, gru-gru,
der Himmel macht zu,
der Joker lacht
in Kälte und Nacht,
sein Mund ist rot
bis hin zum Tod,
die Hölle bist du,
gru-gru, gru-gru.

Jack sang gern ein Lied, wenn er Böses tat. Sein liebstes Lied war Cold Cold Heart von dem amerikanischen Countrysänger Hank Williams, das sang er auch, als er einmal einen Revolver vom Boden auflas und auf den Mann zuging, der sein Feind war und der unbewaffnet war und gefesselt. Er presste seine Stirn gegen die Stirn seines Feindes, und die Zuseher meinten, gleich wird er ihn erschießen. Er drückte die Mündung an die Schläfe des Feindes, aber dann drückte er sie an seine eigene Schläfe, und es machte nur Klick. Dabei sang er Cold Cold Heart und lachte zwischen den Strophen, einmal auf »Hi-hi«, einmal auf »Ho-ho«, einmal auf »Ha-ha«, aber er lachte auch, während er sang, weil er ja immer lachte bis hinauf zu den Ohren.

Einmal sagte er: »Ich bin ein Hund, der Autos nachjagt. Ich wüsste gar nicht, was ich machen sollte, wenn ich eines erwische.«

Einmal hat ihn der Feind hochgehoben, weil er ihn gegen eine Wand werfen wollte, es war in einer Kirche, da hat Jack alle viere von sich gestreckt wie eine Marionette, wenn an den Fäden gezogen wird, und er hat *sich vorgebeugt und dem Feind die Nase abgebissen und sie ihm in den Mund gespuckt, als er den Mund vor Schmerz aufriss.*

Einmal saß Jack Gangstern gegenüber, und einer wollte ihm den Kopf abschlagen, und ein anderer sagte: »Nenn mir einen Grund, warum ich ihm verbieten sollte, dir den Kopf abzuschlagen!« Da sagte Jack: »Wie wäre es mit einen Zaubertrick?« Und er stellte einen Bleistift auf den Tisch, so dass er wie ein kleiner Obelisk war, und sagte: »Ich lasse diesen Bleistift verschwinden.« Da sprang einer der Gangster auf und wollte ihm etwas tun. Aber Jack war schneller, er packte den Mann am Genick und schlug seinen Kopf auf den Tisch, so dass der Bleistift in seinem Gesicht verschwand. »Der Bleistift ist verschwunden«, sagte er.

Einmal sagte er: »Alles, was einen nicht umbringt, macht einen komischer.«

Einmal sagte einer: »Du bist verrückt«, da antwortete Jack: »Nein, bin ich nicht. Bin ich nicht.«

Einmal sagte er: »Das Chaos ist fair.«

Einmal sagte er: »Also!«

Die Tauben schissen die Krümel aus und flatterten über Jacks Kopf, und sie riefen:

> *Gru-gru, gru-gru,*
> *die Hölle bist du,*
> *der Joker lacht*
> *hat Elend gebracht,*
> *die Schuld ist bezahlt,*
> *sein Herz ist kalt*
> *der Himmel macht zu,*
> *gru-gru, gru-gru.*

1

Hanno lebte seit drei Jahren im Burgenland in einem kleinen Haus, in einer Wohngemeinschaft, erst nur zusammen mit Leonie und Tamara; vor einem Jahr war Gregor zu ihnen gezogen, die drei waren in seinem Alter, zwischen fünfundzwanzig und dreißig. Mit Leonie war er liiert – »offiziell«, wie er im Stillen dazu sagte und was sich, seit er dieses Etikett gefunden hatte, für ihn anhörte wie: Ich will eigentlich nicht mehr. Mit Gregor hatte er gelegentlich Sex.

Dreihundert Euro Miete zahlten sie für das Häuschen, plus Nebenkosten und Holz für den Kachelofen. Das Holz bekam Hanno günstig über seinen Chef, alte Kisten und Paletten, die sie im Sommer und im Herbst zersägten und hackten, die Scheite stapelten sie an der südlichen Hauswand, dort war ein weiter Blick nach Osten, im Sommer rollte der Wind von Ungarn her durch das hohe Gras. Die Küche war zugleich das Wohnzimmer, darin standen ein Tisch, an dem bequem acht Personen Platz hatten, und ein Gestell mit Matratzen, zweieinhalb Meter breit und ebenso lang, auf dem sich die gemeinsame Freizeit abspielte, das heißt, hier lagen sie und beschäftigten sich mit ihren Laptops oder sahen fern oder balgten sich oder spielten Mau-Mau oder schauten sich auf Gregors Laptop Serien an. Keiner der vorangegangenen Mieter hatte in dem Haus Spuren von Liebe hinterlassen. Hanno mochte den Geruch, ein wenig nach Pfeffer, ein wenig nach Heu und nach Kerzenwachs und nun auch nicht mehr so stark nach Keller wie am Anfang.

Über ihre Leidenschaft sprachen Hanno und Gregor nicht, auch nicht, wenn sie allein miteinander waren. Schon gar nicht, wenn sie in Gregors Zimmer beieinanderlagen. Was nur tagsüber geschah, wenn Leonie und Tamara ihrer Arbeit nachgingen, die sollten nichts davon wissen. Dann zog Gregor die Jalousien herunter; und er verschloss die Lippen. Ob »Leidenschaft« tatsächlich das zutreffende Wort für seine

Empfindungen sei, hätte Hanno wohl nicht zu beantworten gewusst; ihm stellte niemand die Frage, er sich selbst auch nicht. Gregor hatte, so urteilte er bei sich, ein Faible für das Verbotene und Verfluchte, er spekulierte auf Mord und Selbstmord, er war voll Wut und hatte einen angeborenen pöbelhaften Widerwillen gegen so gut wie alles. Nachvollziehen ließ sich das für Hanno nicht, interessant fand er es aber. Wie konnte einer alles hassen? Gar alles niedermachen? Und selber dabei schön bleiben? Jede Illustrierte hätte ihn mit bloßem Oberkörper genommen – das Gesicht war nicht schön, nicht einmal bitterschön oder schön-bitter. Mehr als fünf Jahre gab ihm Hanno nicht.

Gregor stammte aus einer Bauernfamilie von irgendwo in der bergigen Steiermark, über nichts sprach er lieber als über diese Familie, das ging ihnen gehörig auf die Nerven, er hasste die Brüder, die Schwestern, den Vater, die Mutter und am meisten hasste er den Großvater, der ein Bauerntyrann sei, brutal, stinkend, borniert, rachsüchtig, er unterhielt keinen Kontakt und wolle bis an sein Lebensende keinen mehr zu diesen Leuten unterhalten, die intolerant seien wie Ajatollahs … wenn er Hanno mit einem leisen zweisilbigen Pfiff in sein Zimmer gelockt hatte, was bisher dreimal geschehen war – die Initiative war immer von Gregor ausgegangen –, war er hinterher von seinem nicht weniger brutalen, bornierten, intoleranten Gewissen ins Joch gezwungen worden, hatte zwei Tage den Blick nicht vom Boden abgezogen und Hanno mit wütendem Schweigen dafür bestraft, dass er existierte, und wehe, jemand hätte ihm homosexuelle Neigungen unterstellt, er hätte sich mit Brüllen und Fausthieben und Weinkrämpfen dagegen gewehrt. »Offiziell« machte er sich an Tamara heran; »offiziell« wehrte sie ihn ab; aber Hanno vermutete, sie hatten etwas miteinander, große Menschenkenntnis brauchte es dazu nicht.

Hanno und Gregor arbeiteten in einer Gärtnerei. Dort hatten sie einander auch kennengelernt. Es war eine große Anlage, auf der hauptsächlich Paradeiser angebaut und gezüchtet wurden. Die Firma hatte einen seriösen Namen, weit über Österreich hinaus, das Geschäft war im Begriff zu brummen. Das deutsche Nachrichtenmagazin *Focus* hatte vor anderthalb Jahren eine ausführliche Reportage über den »Tomatenbauer aus dem Burgenland« gebracht. Die Journalistin war außer sich gewesen vor Begeisterung, als sie von Hanno über die Felder geführt wurde und erfuhr, dass hier mehr als 3000 verschiedene Sorten – »Sorten, bitte!« – gezogen wurden; dass es welche gab, die nach Banane, andere, die nach Kiwi, wieder andere, die nach Kirsche schmeckten; dass hier Früchte gediehen, die groß waren wie Zuckermelonen, und solche, die sich im Aussehen kaum von Johannisbeeren – »die man hier Ribisel nennt« – unterschieden; dass es rote, gelbe, durchsichtige, grüne mit dunklen Streifen, violette, sogar schwarze Tomaten gab; und neben den kugelrunden noch tropfenförmige, erdnussförmige und solche, die länglich waren wie kleine Bohnen – »die hier Fisolen heißen«. (Der Artikel hing, in Folie eingeschweißt, neben dem Eingang zum betriebseigenem Laden.) So begeistert war die Journalistin gewesen, dass sie sich um eine Einladung zu der internationalen Gartenausstellung in Göteborg bemühte und das auch schaffte. Hanno und sein Chef waren nach Schweden hinaufgefahren, mit einem Kühlwagen voll mit den ausgefallensten Sorten, und hatten sich und ihre Produkte bestaunen lassen.

Sein Chef konnte gut mit ihm, und Hanno konnte gut mit seinem Chef, oft sangen sie zweistimmig miteinander, einer auf dieser Seite des Glashauses, der andere auf der anderen, der Chef beherrschte die »Schweineterz«, und sie sangen in alter Manier burgenländische Volkslieder, die Intervalle hingen zwischen den Tönen wie bei Mattersburg die Starkstromleitungen zwischen den Masten (Copyright: Hanno Lenobel). Laut und inbrünstig sangen sie, bis ihnen schwindlig wurde und sie sich auf die Kisten setzen mussten, wo sie verschnauften und glücklich lachten, dass man es bis auf die Straße hinaus hörte.

Nie war ein böses Wort zwischen ihnen gefallen. Beim Einstellungsgespräch hatte ihn der Chef gefragt, was seine Eltern von Beruf seien – »Nichts für ungut, bei uns will man halt wissen, wo einer herkommt« –, und Hanno hatte geantwortet, der Vater sei ein kleiner Beamter im Gesundheitsministerium in Wien, die Mutter Hausfrau. Er hatte befürchtet, bei Psychiater und Buchhändlerin in einem jüdischen Buchladen würde er den Job nicht kriegen. Als Gregor sich bewarb, hatte der Chef Hanno gefragt, was er von dem jungen Mann halte. Hanno hatte gesagt, ja, er glaube, aus dem könnte ein geschickter Gärtner werden – er hätte das Gleiche gesagt, wenn Gregor ein Ziegenbock gewesen wäre. »Dann nimm ihn unter deine Fittiche«, hatte der Chef entschieden. Hanno und Gregor hatten sich befreundet, und nach einer Woche war Gregor in ihrem Häuschen eingezogen.

Tamara und Leonie waren in der Flüchtlingsbetreuung in Eisenstadt tätig, für geringe Entlohnung, sie fuhren am Morgen mit dem Bus zur Arbeit und kamen am Abend zurück. Tamara hatte einen Freund, der in Wien arbeitete und sie an den Wochenenden besuchte, er fuhr einen alten Toyota, an dem Hanno, wenn nötig, herumbastelte, was Joachim, »Jojo«, mit Naturalien bezahlte.

Leonie bekam monatliche Überweisungen von ihren Eltern. Die sorgten sich, weil trotz eines abgeschlossenen Studiums der Geschichte und der Germanistik nichts aus ihr geworden war, »nicht einmal eine Lehrerin«. Ihr Vater war Wirtschaftsanwalt in einer großen Kanzlei am Universitätsring in Wien, ihre Mutter besaß ein Fitnessstudio im Nobelbezirk Döbling. Einmal waren die beiden zu Besuch gewesen. Die Mutter hatte die Sonnenbrille ins Haar geschoben und auf die Unterlippe gebissen, der Vater wollte sich nicht einmal setzen, solchen Abscheu hatte er vor dem Loch, »in dem meine Tochter haust«, wie er sich, als er und seine Frau allein mit Leonie waren, ausdrückte und was Leonie sofort ihren Freunden weitererzählte, da war der Staub, den der Audi RS6 bei der Abfahrt aufwirbelte, noch in der Luft.

Sie hatte geweint. Hanno hatte nicht verstanden warum. Hatte aber mitgeweint. Hanno war nicht einer, der bei jeder Gelegenheit weinte, aber in dem Haus wurde ausgiebig geweint, und bald fiel es ihm nicht schwer mitzuhalten. Bevor ihre Eltern kamen, hatte ihn Leonie gebeten, sich nicht zu benehmen, als wären sie zusammen.

2

Hannos Chef hieß Magnus, im Schwergewicht waren sie einander ähnlich, im Gesicht stand ihm ein Ausdruck von Humor und bereitwilliger Toleranz. Er mochte »philosophische Gespräche«, und er mochte sie mit niemandem lieber führen als mit Hanno. Er sprach, und Hanno hörte zu. Zum Beispiel grübelte er über seine Frau nach. Sie lese den lieben Tag lang, und nur Krimis lese sie, und am Abend ziehe sie sich Serien rein, eine Folge und Staffel nach der anderen.

»Und alles ist grausam«, seufzte er. »Eine Folge habe ich mit ihr angeschaut, da ist ein toter Mann in eine Badewanne gelegt worden und dann Säure auf ihn drauf, aber sie haben es nicht richtig gemacht, und die Säure hat die Badewanne zerfressen und ist ausgelaufen und hat den Fußboden zerfressen, und die Decke ist eingestürzt, und die halbaufgelöste Leiche ist in den Hausflur gekracht ... oder so ähnlich ... ich musste abhauen, sonst hätte ich gekotzt.«

Er habe die ganze Nacht nicht mehr schlafen können. Und in den Krimis, die seine Frau lese, gehe es ähnlich zu. Ein Mädchen wird vergewaltigt, und dann rächt sie sich, überfällt den Peiniger und fesselt ihn und tätowiert ihm wortwörtlich in den Rücken, was er getan hat. »Der kann nie mehr in ein Schwimmbad gehen oder einen Arzt aufsuchen oder eine Frau kennenlernen oder mit bloßem Oberkörper den Rasen mähen!«

Ob Hanno eine Ahnung habe, warum so brutale Sachen seiner Frau gefallen. Hanno hatte keine Ahnung, er meinte aber, solange diese Sachen nur im Kopf seien und eine Serie sei ähnlich wie im Kopf, brauche er sich wahrscheinlich keine allzu großen Sorgen zu machen.

Den Gregor behielt der Chef nur Hanno zulieb. Er konnte den Schlanken mit dem polierten Kopf, den unsteten blauen Augen und dem bitteren Mund von allem Anfang an nicht leiden. Er lauerte, dass er etwas klaute oder einen Kunden vergraulte oder einen der Traktoren ruinierte oder einen Angestellten beleidigte oder – viel besser – verprügelte. Dann hätte auch Hanno nichts dagegen sagen können, wenn er ihn entließ. Aber Gregor war ein guter Arbeiter, schnell, pünktlich, effektiv, meistens zwar schlechtgelaunt und misstrauisch, aber nicht angriffig. Schade war halt, dass Magnus und Hanno, seit Gregor im Betrieb war, nicht mehr miteinander »philosophierten« und auch nicht mehr miteinander sangen.

Magnus und Hanno spintisierten obendrein an einer Erfindung herum – einem Fahrradsattel, radikal anders, radikal neu, vielleicht ein Flop, vielleicht ein Megahit. Als Hanno einmal in Gegenwart von Gregor davon anfing, fuhr ihm Magnus über den Mund und zog ihn barsch beiseite.

»Ich möchte bitte gern, dass das rein unsere Sache ist«, zischte er.

»Warum?«, fragte Hanno. »Es ist doch eine tolle Idee! Darf man nicht angeben?«

»Wozu brauchen wir ihn?«, fragte Magnus zurück. »Was kann er beitragen? Er wird sagen, es geht nicht. Haben wir das nötig? Lass das unsere Sache sein, bitte!«

Die Erfindung war »watscheneinfach«. Die Idee stammte von Hanno. Er war draufgekommen, nachdem er und Magnus eine Fahrradtour unternommen hatten, hinunter zum Neusiedlersee und weiter am Schilf entlang, vier Stunden im Sattel. Hinterher hatte ihnen der Hintern weh getan, dass sie kaum gehen und kaum ihr Wasser lassen konnten.

»Das darf nicht sein!«, hatte sich Hanno empört. »Nur weil ein Sattel seit hundert Jahren gleich aussieht, heißt das noch lange nicht, dass er auch die richtige Form hat! Man kann sich hundert Jahre irren!«

Er hatte Magnus vom Carving-Ski erzählt, dem taillierten Modell, das inzwischen die alten geraden Bretter komplett von den Pisten verdrängt habe. »Eine watscheneinfache Idee.« Und trotzdem habe in all den Jahren vorher, seit es den alpinen Schisport gebe, niemand einen vergleichbaren Lichtblick vorzuweisen gehabt, sozusagen. Er klapperte sich durch das Netz und bewies Magnus, dass der Erfinder, ein gewisser Reinhard Fischer, nur deshalb nicht steinreich geworden sei, weil ihn die großen Schifirmen über den Tisch gezogen hätten.

»Wir müssen eben scharf aufpassen«, sagte er. »Nichts unterschreiben, erst eine Nacht drüber schlafen. Keinem vertrauen, der es gut mit uns meint.«

»Deshalb dürfen wir auch nur jemanden einweihen, der uns wirklich etwas bringt«, ergänzte Magnus.

Ihre Erfindung könnte einen ähnlichen Siegeszug erleben wie der Carving-Ski, daran glaubten sie.

Und so sollte die Erfindung aussehen: Statt des konventionellen Sattels mit der üblichen Spitze, die bei Männern den Harnleiter quetsche, so dass man schon nach einer halben Stunde Fahrt unten kein Gespür mehr habe – was auf die Dauer nachweislich zu Impotenz und Inkontinenz führe –, sollte ihr Sattel aus nichts anderem bestehen als einer rauen Lederrolle (rau, damit ein fester Halt garantiert sei), gefüllt mit hartem Schaumstoff oder einem ähnlichen Material, fünfzehn Zentimeter im Durchmesser, dreißig Zentimeter lang, der wie der Querbalken vom T auf die Sattelstange montiert würde; nicht unbedingt geeignet für den Rennsport – auch der Carving-Ski war kein Rennmodell –, unvergleichlich bequemer aber für den alltäglichen Gebrauch und für gemütliche Radtouren, und neunzig Prozent der Fahrräder diente diesem Zweck. – So sollte er sein, der neue Sattel, so war er in der Theorie.

»Es ist deine Erfindung«, hatte Magnus gesagt.

Aber Hanno hatte auf »unsere Erfindung« beharrt, schließlich habe Magnus ihm an jenem Tag das Fahrrad geliehen und ihn zu der Tour überredet, zwar nicht, um etwas zu erfinden, sondern »damit wir beide abnehmen«; ohne ihn jedenfalls wäre er nie auf die Idee gekommen. Hanno schlug vor, das Produkt *Magno* zu nennen; Magnus aber bestand auf *Hannus*.

»Und denkt dir aus«, sagte Hanno, »unser Sattel wird sich durchsetzen wie der taillierte Schi! Wir werden reich! Weil wir schlauer sind als das Genie Reini Fischer. Ich sage nur eines: China, China, China!«

»Die stellen gerade auf Autos um«, gab Magnus zu bedenken. »Außerdem stehlen sie die Patente. Die sind noch gewissenloser als die Schifirmen, die das Genie Reini Fischer betrogen haben.«

»Dann Indien.«

»Bei denen ist es nicht anders.«

»Dann bei uns. Das würde schon genügen. Wenn die Grünen länger im Stadtrat sitzen, wird in Wien bald keiner mehr Auto fahren wollen.«

»In London wahrscheinlich das Gleiche.«

»In London ist es jetzt schon so«, sagte Hanno. »Oder denk an Holland! Holland! Meine Güte, Holland!«

»Bauen wir einen Prototyp!«, entschied Magnus.

Sobald die Paradeiser ihnen Zeit ließen, wollten sie damit beginnen.

»Aber ich möchte, dass diese Sache rein unsere ist. Das geht niemand anderen auch nur irgendetwas an, nur uns beide!«, ermahnte ihn Magnus noch einmal – und meinte damit Gregor und niemand anderen.

Hanno wusste selbst nicht, was ihn an Gregor beeindruckte. Er mochte ihn gern, betrachtete ihn gern, mochte seine schnellen, gezielten Bewegungen, war auf Spannendes gefasst, wenn sich seine Kiefernmuskeln spannten; fand seine überroten Lippen anziehend. Und wenn er loslegte, um seine Meinungen zu was auch immer auszuteilen, die selbstredend stets vernichtend ausfielen, dann war er derselben Meinung und spürte dieselbe empörte Begeisterung – solange Gregor am Wort war; meistens vergaß er rasch, worum es eigentlich gegangen war. Und er mochte, wie Gregor nach seinen Hüften und seinen Schenkeln und seinem Hintern griff, und wunderte sich zugleich darüber, kräftig und eilig, als würde seine Haut glühen oder wäre sonst irgendwie gefährlich. Er mochte ihn. Was für einen Sinn konnte es haben, diesem Gefühl auf den Grund zu gehen? Musste es überhaupt einen Sinn haben? Spielten sie zu viert Karten, gewann Gregor; weil man ihn gewinnen ließ. Mit Leonie zu schlafen war nicht weniger schön – aber auch nicht unbedingt schöner.

Beim letzten Mal aber war Gregor zu grob zu ihm gewesen, wild geschluchzt hatte er. Er hatte ihn getreten, und Hanno war aus dem Bett gefallen und hatte sich geschämt, weil er mehr geplumpst als gefallen war, komisch, unattraktiv, einfach nur dick.

Draußen im Licht im leeren Haus hatte Gregor geschrien: »In die Scheißhölle hinunter mit uns beiden!«, hatte sich vorgebeugt und den Mund mit den Händen verdeckt, als hätte er die Worte erbrochen.

3

Hanno machte sich keine Gedanken über seine Zukunft; hätte ihm einer prophezeit, dass er sein Leben lang bei Magnus in der Gärtnerei arbeiten werde, gekümmert hätte es ihn wenig. Was brauchte der Mensch ein Erlebnis? Er lebte. Genügte das nicht? Ein Erlebnis braucht nur, wer nicht lebt. Würde er sich einem Tröster anvertrauen, einem, wie sein Vater von Berufs wegen einer war, er müsste, wenn er ehrlich wäre, sagen: Bei mir gibt es nichts zu erzählen. Er empfand diese Diagnose als die leichteste aller Lasten.

Was er anstellen würde, angenommen, ihre Erfindung hätte tatsächlich Erfolg wie der Carving-Ski und der Rubel würde rollen, auch darüber hatte er noch nicht wirklich nachgedacht, nicht einmal zum Träumen hatte es gereicht, obwohl er die Chancen auf achtzig zu zwanzig schätzte – pro! –, vorausgesetzt, Magnus' merkantiles Geschick entfaltete sich bei Fahrradsätteln zu ähnlicher Blüte wie bei Tomaten. Eine Weltreise hätte ihn gereizt, wen reizte eine Weltreise nicht, das war wie Tanzen im Regen. Wenn einer gefragt wurde, wie er sich das Glück vorstelle: Tanzen im Regen ... Aber erstens müsste er vorher abnehmen, weil sonst zu beschwerlich, zweitens: mit wem? Allein wär fad. Am ehesten mit Magnus, das würde sich auch anbieten: Zwei Erfinder reisen um die Welt ... Aber Magnus hatte Familie, Frau und zwei Töchter im Vorschulalter, die würden mitfahren wollen. Hanno konnte die drei von Herzen leiden, und sie mochten ihn auch, aber es wäre etwas anderes, kein Start hinein in Ruhm und Millionen, sondern einfach ein gemeinsamer Urlaub, bei dem er mehr oder weniger im Weg sein würde.

Zweimal war er von Magnus und seiner Frau zum Essen eingeladen worden; er war unter den Angestellten der einzige, der es je bis ins Innere ihres Hauses geschafft hatte. Das erste Mal an seinem Geburtstag, der zufällig auf denselben Tag fiel wie der von Magnus' jüngerer Tochter Anni, und dann zu Weihnachten – Magnus hatte mitbekommen, dass Hanno über die Feiertage nicht nach Hause fuhr, und da hatte ihn »ein pannonisches Mitleid« erfasst und das hatte im Nu auf die gesamte Familie übergegriffen, und Hanno war am Heiligen Abend der Star im Haus gewesen, als wäre er einer der Hirten aus der Weihnachtskrippe zu voller Größe in die Wirklichkeit gestiegen – tatsächlich sah er einer der Plastikfiguren ähnlich.

Magnus hatte einen Kilometer weit weg vom Betrieb sein Haus gebaut, mitten hinein in die Puszta, damals war er nicht verheiratet gewesen, einen Palast von so gigantischem Kitsch, dass er einen nachdenklich stimmte, weil man einfach nicht glauben wollte, dass dahinter nichts anderes steckte, als was vorne zu sehen war, und man auf eine einleuchtende Erklärung hoffte, zum Beispiel auf eine esoterische, immerhin roch es im Entrée nach Patschuli und Eukalyptus. Haustür und Fensterumrahmungen waren mit Stuckaturen aus zementbesprühtem Styropor umschmückt, die knolligen Qualm und Babys mit Flügeln und winzigen Penissen darstellten; auf dem Dach saßen ohne Zweck Türmchen, als wären sie von elysischen Konditoren aus der Tube gedrückt worden; die Haustür war überdacht und von einem Halbrund korinthischer Säulen umstellt, deren Kapitelle ebenfalls aus Styropor gefräst waren und nichts trugen außer dem blanken Himmel darüber. Weiter gehörten zum Haus ein Swimmingpool, in dem Wettbewerbe hätten stattfinden können, und eine mit Efeu umrankte Pergola, deren Zutritt auf der einen Seite von der Botticelli'schen Venus, auf der anderen vom David des Michelangelo bewacht wurde – beide ebenfalls aus zementbesprühtem Polystyrolpartikelschaum ...

Inzwischen lachte Magnus selber über den Übermut, der ihn vor fünfzehn Jahren zu so drastischen Mitteln hatte greifen lassen; seine Frau habe ihm versichert, sie hätte ihn auch ohne diese Hütte genommen.

Hanno konnte schweißen. Er hatte nie einen Kurs belegt, hatte aber, als er am Gymnasium war, während der Ferien in einer Werkstatt gearbeitet, wo im Schatten des Finanzamtes alle möglichen Dinge aus Metall, die jeder lizensierte Betrieb zum Alteisen geschmissen hätte, in Ordnung gebracht wurden, angefangen bei zerbrochenen Messern von Rasenmähern über löchrige Auspuffe bis zu den Innereien von Heißwasserboilern, aber auch Verschlüsse von alten Kühlschränken oder Haken an Garderoben. Einmal hatte Hanno den winzigen Aufsatz einer Brosche mit dem Schweißbrenner repariert, das war sein Meisterstück gewesen.

Und die Gerüste für die Abdeckungen über den Paradeiserbeeten oben auf Sebastian Lukassers Dach hatte er geschweißt; es war die erste Arbeit außerhalb der Werkstatt gewesen, der Chef hatte ihm die Ausrüstung geborgt und seinen Kombi, obwohl er keinen Führerschein hatte. Damals hatte Hanno auch den Betrieb kennengelernt, in dem er nun arbeitete. Sebastian war mit ihm zusammen ins Burgenland gefahren, um sich Setzlinge zu kaufen – er wollte um das neu errichtete Schreibhaus auf dem Dach einen Garten in Töpfen anlegen, verschiedene Gemüsesorten, Kräuter; es war bei Paradeisern geblieben.

Die große Gärtnerei im Burgenland hatte ihm gefallen, und Magnus hatte ihm auch gefallen, und Magnus hatte ihn gefragt, ob er in den Ferien bei ihnen arbeiten wolle. Aber er war seinem Meister treu geblieben, und er hatte entschieden, Schweißen passe besser zu ihm, als in der Erde zu wühlen. Und so war er wieder nach Wien in die düstere Werkstatt zurückgekehrt. Er stand gern zwischen rostigem Eisen, Feilspänen, Muttern, Bolzen, Schraubenschlüsseln, Drillbohrern und inspirierendem Blechüberschuss. Sein Chef war ein Schweißgenie, er hatte in Hanno seinen Nachfolger in der Welt gesehen, und über die Treue seines Zöglings hatte er sich gefreut, erstaunt darüber war er nicht gewesen.

Der Chef war Wagnerianer, behauptete, *Der Ring des Nibelungen* habe ihn zum Schweißen gebracht. Er war Mime, der Schmied, Hanno war sein Siegfried. Durch die Werkstatt dröhnte über Lautsprecher

Siegfrieds Schmiedelied – *Notung! Notung! Neidliches Schwert* – oder die Ouvertüre zu Tannhäuser oder, des Meisters Favorit, die Ouvertüre zu *Rienzi*. Diese wühlte in Hanno Gefühle auf, die er bis dahin nicht gekannt hatte. Die Geigen, Posaunen und Pauken rissen ihn mit, und er schlug auf das glühende Eisen ein, als gelte es, eine neue Welt zu formen. Es waren Gefühle der Hingabe – an irgendetwas, das nicht begriffen, sondern dem nachgefolgt werden sollte, das ihn vereinnahmen wollte für eine Idee, für die es keine Worte gab.

Zum ersten Mal war ihm der Gedanke gekommen, die Musik könne seine schwache Stelle sein – was mehr dazu zu sagen wäre, würde, um es in eine Lebensberatung zu fassen, eines Klügeren bedürfen. Und zum ersten Mal auch glaubte er, Lebensberatung nötig zu haben. Er hatte immer den Verdacht gehabt, gewisse Menschen wollten etwas von ihm, wollten ihn zu einem Gefolgsmann zurechtkneten, der für eine Sache kämpfte, die vielleicht ja eine lobenswerte Sache war, aber eben nicht seine. Man wollte den Hanno gern im Boot haben. Jeder wollte das. Warum eigentlich? Nicht dass er gewusst hätte, ein besonders guter Ruderer zu sein.

Und schon war ein dritter Gedanke da gewesen: Was ist meine Sache? Und gleich auch ein vierter Gedanke: Wozu bin ich eigentlich nütze? Wozu? Er sprach darüber mit seinem Chef, dem Schmied. Der beruhigte ihn: Nie habe er von jemandem gehört oder gelesen, der durch Musik ein schlechter Mensch geworden sei. Das hatte er ihn gar nicht gefragt; aber genau das hatte er befürchtet, nur nicht ausgesprochen, und dass es Mime von sich aus so benannte, ließ ihn vermuten, dass es eben doch so sei: Musik konnte einen Menschen besser oder schlechter machen – jedenfalls einen Menschen wie ihn –, im Extremfall zu einem Heiligen oder zu einem Mörder.

Ein schlechter Mensch wollte er natürlich nicht sein; ein guter auch nicht unbedingt; mittendrin genügte ihm völlig. Er bat darum, dass der *Rienzi* nicht mehr aufgelegt werde; er sei zu empfindlich, was die Musik betreffe, und diese Art von Musik sei ihm unheimlich – und bekam dafür ein überdeutlich als ein wissendes angelegtes, zufriedenes Lächeln.

Als er dem Meister nach der Matura eröffnete, er werde an der Universität Physik studieren und nicht Schmied werden, weinte der, und seine Tränen fraßen sich eine helle Bahn durch die ölig schwarze Schicht auf seinen Wangen.

4

Einen Tag, bevor er die Mail von seiner Mutter erhalten hatte, war es so weit gewesen: Hanno hatte die Sattelsäule aus einem alten Fahrrad gezogen, hatte sie oben abgeflext, hatte ein Leitungsrohr, das von einer Bewässerungsanlage übrig geblieben war, auf vierzig Zentimeter zurechtgesägt und auf die Sattelsäule geschweißt – vorher hatte er die Breite des Sitzabdrucks seines eigenen Hinterns abgemessen. Das Schweißgerät samt Gasflaschen war ihm von einem Installateur in Neutal für einen Korb voll Paradeisern und Paprika und einer Flasche Grüner Veltliner geborgt worden. Er und Magnus arbeiteten nicht auf dem Betriebsgelände an ihrer Erfindung, sondern neben der barocken Garage des Herrenhauses. Magnus wollte nicht, dass ihnen jemand zusah. Seine Frau war über ihre Pläne unterrichtet, kommentarlos hatte sie zu den Ausführungen ihres Mannes genickt, sie traute ihm alles zu, er hatte mit einer einzigen Tomate in der Hand angefangen, und nach ein paar Jahren war er auf einer ganzen Seite in einem deutschen Magazin abgebildet, wieder mit einer Tomate in der Hand, und auf drei Seiten war über ihn und seinen Betrieb berichtet worden.

Sie stellte Bier und Speckbrote auf das Ziermäuerchen neben der Garage und sagte, sie fahre ins Dorf, fragte, ob sie für Hanno etwas mitbringen solle.

Verwirrt und behäbig überlegte er, endlich sagte er: »Wenn sie gedörrte Pflaumen haben ...« Er wusste nicht warum, aber der Geruch des verbrannten Metalls hatte in ihm eine Lust nach Dörrpflaumen geweckt.

»Ich weiß nicht, ob sie das haben«, sagte sie. »Was wenn nicht?«

Wieder überlegte er. »Rosinen«, sagte er.

Der Gedanke, ein nützlicher Mensch zu sein, durchzuckte ihn; wenn er sich später daran erinnerte, meinte er, damals zum ersten Mal in seinem Leben diesen Gedanken gedacht zu haben – mit dreißig, bitte! –, und dass Dörrpflaumen dazu passten und der Geruch nach verbranntem Metall und der Schweißflamme. Lieber hätte er sich einen brauchbaren als einen nützlichen Menschen genannt. Er war auf dem Weg dorthin.

Magnus sah ihm bei der Arbeit zu. »Ich habe mir den Kopf zerbrochen, mit was man unseren Sattel füllen könnte … dass er fest und gleichzeitig weich ist«, sagte er.

»Und?«, fragte Hanno.

»Mir ist nichts eingefallen.«

»Mir auch nicht«, gab Hanno zu. »Aber wie wir es vorläufig hinkriegen, weiß ich.«

Ob seine Frau irgendwo ein altes Leintuch habe. Magnus lief ins Haus und kam mit einem frisch gebügelten und zusammengelegten Linnen zurück. Es seien überflüssig viele im Kasten, sagte er, seine Frau werde nicht merken, wenn eines fehlte. Hanno zerschnitt es in schmale Streifen. Er zurrte eine Lage um das Stück Rohr, das er aufgeschweißt hatte und das den Sattelkern bilden sollte, und umwickelte es anschließend mit einem robusten Klebeband. Darüber legte er eine dünne Schicht Schaumgummi, den er zusammen mit dem Klebeband aus dem Bauhaus in Eisenstadt besorgt hatte. Magnus hatte ihm den Unimog geliehen.

»Meistens muss man zweimal oder dreimal ins Bauhaus fahren«, sagte er, »weil man immer etwas vergisst.«

»Außer du«, sagte Magnus.

Und so ging es weiter, Schicht für Schicht: Leintuch mit Klebstreifen, dann Schaumgummi. Als die Rolle auf einen Durchmesser von gemessenen achtzehn Zentimetern angewachsen war, nähte Hanno das letzte Stück Leintuch straff über die letzte Schicht Schaumgummi und verknüpfte es an den Seiten.

Sie drückten und quetschten das Resultat. Es war hart und zugleich weich: hart-weich.

»Beim Prototyp, den wir zum Patentamt mitnehmen, muss das aus Leder sein … am besten Wildleder«, sagte Hanno. »Rutschsicherheit muss gewährleistet sein. Wir schauen uns um und treiben einen Schuhmacher auf, der uns das zurechtnäht. Das kann ich selber nicht.«

»Ich auch nicht«, sagte Magnus.

Hanno montierte die durchaus nicht unansehnliche, weiße Walze auf das Fahrrad. »Wenn wir zum Patentamt gehen, schlage ich vor, besorgen wir uns vorher ein schönes, neues Rad, nicht zu angeberisch, aber auch kein Schaß.«

»Das bezahl ich«, sagte Magnus.

Wieder drückten und quetschten sie den neuen Sattel – den »Hannus« – aber weder Hanno noch Magnus setzte sich darauf. Bis in den Abend hinein standen sie vor der Garage und betrachteten das Werk und aßen von den gedörrten Pflaumen – Magnus' Frau war extra bis Eisenstadt gefahren, um welche zu besorgen.

»Und jetzt?«, fragte Magnus schließlich, bevor die Sonne unterging.

»Du zuerst«, sagte Hanno.

»Nein du«, sagte Magnus.

»Du hast investiert«, sagte Hanno.

»Aber es ist deine Idee«, sagte Magnus.

Sie fragten Magnus' Frau, ob sie als Erste fahren wolle. Sie sagte, das würde sie gern wollen, aber das könne sie unmöglich, denn das stehe ihnen zu, den Erfindern, und nicht ihr, außerdem sei sie voreingenommen, weil mit einem der Erfinder verheiratet.

Sie standen mit verschränkten Armen nebeneinander, und keiner von beiden traute sich, auf das Fahrrad zu steigen und eine Runde zu fahren; weil sie fürchteten, ihr Traum könnte sich auflösen in dem Augenblick, wenn ihr Hintern mit ihm in Kontakt käme.

»Machen wir wieder eine Radtour«, entschied Hanno. »Dieselbe Tour wie das letzte Mal. Zwei Stunden sitzt du auf dem neuen Sattel, zwei Stunden ich. Ob das Ding wirklich praktisch und pragmatisch ist, oder wie soll man sagen, das kann man eh nur feststellen, wenn man länger damit gefahren ist. Kein Mensch kann das sagen, wenn er nur einmal die Straße hinauf und hinunter fährt. Wir haben es für längere Fahrten erfunden und nicht unbedingt für kurze.«

»Das ist korrekt«, sagte Magnus.

»Und anschließend fragen wir eine unabhängige Person, ob sie eine Probefahrt macht. Erst eine kurze, dann eine längere.«

»Und wen fragen wir?«

Den Gregor natürlich nicht, dachte Hanno. »Deine Mädchen zum Beispiel«, sagte er.

»Die sind zu klein.«

»Noch einmal deine Frau.«

»Die ist voreingenommen. Hat sie selber gesagt.«

Und da war Hanno eingefallen, dass er den Namen der Frau seines Freundes und Chefs nicht kannte und auch den Namen seiner älteren Tochter nicht.

»Und wann fahren wir?«, fragte Magnus. »Wann machen wir unsere Radtour?«

»Wann?«, fragte Hanno zurück, denn Magnus war der Chef, und er bestimmte, wann ein Tag Urlaub war und wann nicht.

»Morgen«, sagte Magnus.

Aber am Abend hatte Hanno die Mail seiner Mutter gelesen; dass er dringend nach Wien kommen solle. Er hatte seinen Chef angerufen und ihn gebeten, ihm frei zu geben und den Termin für die Radtour zu verschieben.

Magnus hatte gesagt: »Die Welt hat bis jetzt ohne unseren Sattel gelebt, sie wird es auch zwei Tage länger tun.«

»Aber setz dich vorher nicht heimlich drauf«, hatte Hanno gesagt.

»Das tu ich bestimmt nicht«, hatte ihm sein Chef versprochen.

Dass Hanno an Weihnachten nicht nach Hause gefahren war: darum, weil seine Eltern, als Folge der allmählichen Zuwendung des Vaters zum Judentum – welche die Mutter nicht nur respektierte, sondern begrüßte – die Tage um den 24. Dezember zu den alltäglichsten der alltäglichen Tage ausgerufen und den Sohn und die Tochter gebeten hatten, sie stattdessen irgendwann im Jänner zu besuchen. Klara war an Neujahr aus Paris angereist, Hanno hatte unter »irgendwann« irgendwann verstanden und irgendwann vergessen, weiter daran zu denken; auch, weil im Jänner immer viel Arbeit anstand, die Beete mussten für die Frühjahrsaussaat vorbereitet, die Gerätschaften gewartet und repariert werden. Wunderbar – mitten im Winter, wenn draußen der unbarmherzige Wind aus der ungarischen Tiefebene herüberfegte, in den geheizten Glashäusern im T-Shirt zu arbeiten und dabei zu singen, zweistimmig!

An den Abenden stand er an der Straße und wartete auf den Bus, weil es zu kalt war und er zu müde war, um zu Fuß zu gehen, stand da und grämte sich nicht wegen der ungerechten Verteilung der irdischen Güter, und ob es ein Leben nach dem Tode gibt, kümmerte ihn noch weniger. Nach solchen von Arbeit ausgefüllten Tagen bestand er ganz und gar aus Phlegma, einem Phlegma, das an Würde grenzte.

5

Hanno ging barfuß durch Wien, die Schuhe hatte er an den Schnürsenkeln zusammengebunden und sich über die Schulter gehängt – im Burgenland ging er den Tag über barfuß, von Mai bis in den Oktober hinein. Er wusste, seiner Mutter missfiel, dass er wenig Wert auf Kleidung legte, dass er in der Stadt in T-Shirt und Bluejeans herumlief, die beide, sogar berechnet für seinen dicken Körper, zu weit waren und ihn von Weitem aussehen ließen wie einen Rentner in einer Kleingartensiedlung in Kaisermühlen; ihr zuliebe hatte er Schuhe mitgenommen. Er war barfuß im Bus nach Wien gefahren, hatte erst vor dem Haus in der Garnisongasse die Schuhe angezogen und hatte sie wieder ausgezogen, als er das Haus verließ. Seine Fußsohlen waren schwarz und zäh wie Leder; jetzt war Anfang Juni, im September würden sie sein wie Siegfrieds Haut, nachdem er in Drachenblut gebadet hatte, unverwundbar.

Er überquerte die Wiese auf dem Heldenplatz, klaubte mit den Zehen einen rosaroten Lolly auf, den ein Kind, das vor ihm rannte, verloren hatte, warf ihn sich geschickt in die Hand und versteckte ihn schnell im Mund, als das Kind im Laufen innehielt und hinter sich zu Boden blickte. Er trottete inmitten einer Schar Touristen durch das Burgtor, wartete an der Fußgängerampel beim Ring, bis es grün wurde, hielt sich zwischen dem Kunsthistorischen und dem Naturhistorischen Museum wieder auf dem Rasen, was seinen Füßen wohltat, und ging auf dem warmen Asphalt durch das Museumsquartier und weiter über die Mariahilferstraße und hinunter zum Naschmarkt. Den Weg war er als Kind oft gegangen. Er wollte Onkel Sebastian fragen, ob er sich bei ihm ein Stündchen hinlegen dürfe, am liebsten auf den Teppich in der Bibliothek. Hinterher würde er Mamas Beschwerde vorbringen, und am Abend würde er ihr eine Mail schreiben und sie beruhigen. Onkel Sebastian war nicht einer, der jemanden aus der Familie Lenobel demütigte und dann gleich noch »bis unter den Boden«. Die Mama schon überhaupt nicht – Hanno glaubte, dass die beiden etwas miteinander hatten oder gehabt hatten, was wiederum Grund genug hergeben würde, dass einer den anderen demütigte – sie ihn, möglich; er sie, unmöglich: Hanno hielt seinen Wahlonkel für einen Gentleman, der im gesetzten Fall die Brauen hochziehen würde, viel mehr aber nicht, dann Kehrtwendung und ab. Wenn das bereits eine Demütigung bis unter den Boden war, ja meine Güte …

Wolken zogen auf, gelbliches Licht breitete sich über die Dächer, und wie von einem Atemzug zum nächsten war es atemraubend schwül geworden. Onkel Sebastian hatte immer einen Witz auf Lager, wie den von den beiden Lehrern, die sich über Bill Gates unterhalten, und der eine sagt, wenn er Bill Gates wäre, er wäre noch reicher, er könnte nämlich nebenher Nachhilfeunterricht geben. Außerdem hatte er ebenso eine Vorliebe für Süßes. Er erinnerte sich, dass er einmal mindestens zehn Tetra Paks mit Fruchtmolke im Kühlschrank gehabt hatte, Mango, Maracuja, Ananas, die hatten sie an einem Abend in sich hineingeschüttet.

Er hatte, als er am Morgen von zu Hause aufgebrochen war, einen Zwanzigeuroschein eingesteckt, zwölf Euro hatte die ermäßigte Fahrkarte Wien retour gekostet, für die restlichen acht Euro kaufte er beim

Naschmarkt drei Mohnzelten, von denen einer sage und schreibe zwei
Euro fünfzig kostete. Wenn Onkel Sebastian und er die handteller-
runden Zelten viertelten, durfte jeder sechs Ecken essen. Mit Sicherheit war in der Wohnung irgendetwas Cremiges oder Schokoladiges,
einmal hatte Sebastian einen Karton voll mit Schwedenbomben aus
dem Hause Niemetz vor sie auf den Tisch gestellt, die Hälfte Schoko,
die andere Hälfte obendrein in Kokosraspeln getunkt, nicht eine Einzige war übrig geblieben. Er wollte ihn um zwanzig Euro bitten oder
gleich um fünfzig.

6

Ja, er mochte Sebastian gern. Da hatte seine Mutter recht. Und sie
hatte recht, wenn sie vermutete, dass daran nicht zu rütteln war.
Soweit er sich auch zurückerinnerte, war er von ihm stets wie ein
Erwachsener behandelt worden, mit Respekt und ohne irgendeine
Erwartung, schon als er ein Kind gewesen war, und er war ein sehr
ernsthaftes Kind gewesen, so ernsthaft, dass ihn sonst niemand ernst
genommen hatte, sie waren gerührt gewesen von seiner Ernsthaftig-
keit und hatten gelächelt und ihn niedlich gefunden, als er sich, gerade
zehn Jahre alt, Gedanken über Stromspeicherung machte, kompli-
zierte Gedanken, er konnte nicht schlafen, und er hatte gehört, wie
sein Vater und seine Mutter im Wohnzimmer den Gästen davon erzählten und wie sie lachten und gerührt waren, ihn aber nicht ernst
nahmen, außer eben Onkel Sebastian, der war in sein Zimmer gekommen, hatte vorher angeklopft und hatte sich Zeit genommen und
ihm zugehört und sich seine Skizzen angeschaut und ihm mit Geduld,
aber ohne geduldige Häme, erklärt, was an seinen Überlegungen richtig und was falsch war, begeistert war er gewesen von manchen seiner
Überlegungen.

Hoch rechnete ihm Hanno an, dass er ihn später mit Musik ver-
sorgt hatte und eben nicht mit der klassischen Musik, wie sie zu Hause
gehört wurde, bei der Papa und Mama manchmal vor einer gewissen

Stelle innehielten, mitten in was auch immer, sich ansahen, den Mund
wie zum Pfeifen spitzten und synchron mit dem Zeigefinger in die
leere Luft deuteten, um auf irgendein kleines musikalisches Wunder
hinzuweisen. Auch nicht eine Musik, die einen in eine zombiehaft
hingebungsvolle Entgeisterung versetzte, aus der man mit einem Kater erwachte und sich schwor, nie wieder die Ohren dafür herzugeben.
Onkel Sebastian mochte Jazz, sein Vater war Jazzgitarrist gewesen,
bekannt im In- und Ausland. Und er liebte alten Rock'n' Roll, Country
Music, Bluegrass und Blues und schräge Volksmusik, Gitarristen wie
Django Reinhardt, Paco de Lucia, Manitas de Plata, Doc Watson und
Singer-Songwriter aus allen Himmelsrichtungen, *The Great American
Songbook* – wenn er am Morgen das Badezimmer betrat, schaltete er
seinen Player ein und hörte diese Musik, und diese Musik begleitete
ihn durch den Tag bis in die Nacht hinauf; so war es gewesen, wenn
Hanno ihn besucht hatte, immer.

Hanno könne fantastisch singen, hatte Onkel Sebastian vor seinen
Eltern betont. – »Und wenn ich fantastisch sage, meine ich nicht ir-
gendwie gut!« – Das stimmte. Er hatte ein gewisses Talent, Sänger
nachzuahmen. Er nahm an, das meinte Onkel Sebastian. Er hatte ihm
Songs von Dean Martin und Frank Sinatra vorgespielt und Karaoke-
Instrumentalversionen aus dem Netz heruntergeladen, und er hatte
ein bisschen geübt und ihm vorgesungen, *For the Good Times* oder
Strangers in the Night oder Louis Armstrong mit *What A Wonderful
World*, da musste er aber jedes Mal husten. Onkel Sebastian war in
die Knie gegangen vor Entzücken – tatsächlich, nicht im übertragenen
Sinn! Er hatte versucht, ihm einige Akkorde auf der Gitarre beizu-
bringen, aber das war nicht sein Ding, keine Geduld und Wurstfinger.
Lieber war ihm, Onkel Sebastian spielte auf der Gitarre, und er impro-
visierte dazu, irgendetwas, vom Wienerliedverschnitt bis zu *When the
saints go marching in* oder *La Paloma* oder *Hava Nagila* bis zu *Stille
Nacht, Heilige Nacht*, als würde Tom Waits singen. Er war wirklich
fantastisch! Er erinnerte sich an das Erstaunen seiner Eltern und ihrer
Gäste – ein Erstaunen, das, so hatten es Onkel Sebastian und er hinterher interpretiert, mit Neid ausgelegt war; diesmal hatte ihn keiner

niedlich gefunden, als er *It's All Over Now, Baby Blue* in der Art von Van Morrison gesungen hatte und *I Shall Be Released*, wie von Joe Cocker in Woodstock vorgetragen, oder als sie zweistimmig eine Nummer der Stanley Brothers sangen, nur auf La-la-la, weil sie den Text nicht auswendig konnten.

Das war lange her, er war achtzehn gewesen, hatte sich auf die Matura vorbereitet, die er schließlich als einer der Besten seiner Klasse absolvierte. Später, als er an seinen Studien herummurkste, hatte ihm Onkel Sebastian YouTube-Adressen mit schönen Stücken geschickt, fast jede Nacht ein Stück, oder hatte ihm CDs gebrannt, die er mithilfe der Repeat-Taste den ganzen Tag hörte. Er war vernarrt gewesen in diese Musik; wenn ihn Mama zum Einkaufen schickte, war er nach Hause gelaufen, so sehr hatte er die Stimme von Hank Williams vermisst und hatte, noch ehe er die Schuhe auszog, den CD-Player eingeschaltet – *I'm so lonesome I could cry … Cold Cold Heart … You Win Again* – eine Stimme wie Nivea-Creme, kommentierte Sebastian. Seine Eltern kommentierten, Sebastian verderbe den Musikgeschmack ihres Sohnes, seufzten pädagogisch, zwangen sich zu toleranter Ironie, waren unglücklich.

Irgendwann war der Kontakt zu seinem Wahlonkel – der wirklich ein *Wahl*-Onkel war – eingeschlafen, und die Musik hörte er auch nicht mehr, außer, es kam zufällig eine Nummer im Radio, dann bat er seine Mitbewohner, für drei Minuten zuzuhören. Sie hatten keinen Player in der Wohngemeinschaft, die CDs lagen in seinem Koffer, schlecht wurden sie ja nicht. Leonie, Tamara und Gregor sagte diese Musik nichts, und zum Missionar hatte er keine Begabung. Und die Begabung, aus einer Begabung etwas zu machen, hatte er offensichtlich auch nicht.

Er verließ die Gasse zwischen den Marktständen, setzte sich auf das Mäuerchen bei der Rechten Wienzeile und zog sich die Schuhe an. Wenn ich nur mit zwei Mohnzelten antanze, sieht das besser aus, dachte er und aß einen und merkte nun, dass er wirklich sehr hungrig war. Letscho mit Reis, das war im Grunde Wasser mit einem Schäufelchen Kohlenhydrate. Vielleicht lädt mich Onkel Sebastian ein, ein

paar Tage bei ihm zu bleiben, dachte er. Dass ich ihm bei irgendetwas
helfen kann. Irgendetwas ist immer kaputt.

Übrigens angenommen: Wenn seine Mama und Sebastian tatsächlich etwas miteinander hatten oder gehabt hatten, das irritierte ihn
nicht im Geringsten. Weder hielt er es für wahrscheinlich, dass sein
Vater eifersüchtig wäre, noch fand er daran etwas anstößig, nach mo-
ralischer Vorgabe. Ich bin gern ein Affe – dieser Gedanke war ihm ein
Patent für ein Leben ohne allzu heftige Sorgen.

7

Oben im Dachgeschoß auf der Schwelle zu Sebastian Lukassers Wohnung saß ein junger Mann. Er rauchte eine Zigarette. Er stand nicht
auf, als Hanno auf den Klingelknopf drückte.

»Er ist nicht zu Hause«, sagte er und rutschte zur Seite.

Hanno setzte sich neben ihn. Der Fremde war kleiner als er, ein wenig älter, hatte dichtes struppiges Haar und einen Dreitagebart und
ein hübsches Gesicht. Und hatte eine raue Stimme, die Hanno zum
Hüsteln animierte wie die Stimme von Louis Armstrong. An der
Wand neben der Tür lehnte ein Rucksack, ein vollbepacktes, einen Meter hohes Trumm mit Laschen und Taschen und gepolsterten Schulterriemen.

»Er ist mein Onkel«, sagte Hanno.

»Tatsächlich? Kann ich mir nicht vorstellen.« – Der war kein Wiener, der war ein Deutscher.

»Nicht wirklich«, korrigierte sich Hanno schnell, weil er etwas
ahnte. »Er hat einen Sohn, stimmt's?«

»Der bin ich«, sagte der Fremde. »Ich heiße David.«

Hanno sagte seinen Namen, und sie drückten einander die Hand.

Jeder lehnte mit dem Rücken in seiner Ecke, und in fünf Minuten hatte Hanno erzählt, was es zu erzählen gab. Dass seine Eltern
mit Sebastian befreundet waren und dass auch er mit ihm befreundet sei, und noch ein paar Sachen, ließ auch nicht aus, die Musik zu

erwähnen. Der andere, schätzte er, hätte für das Seine länger gebraucht.

»Du kennst ihn besser als ich«, sagte David. Sonst kein Wort über seinen Vater. Er habe Hunger, fragte, ob Hanno ihn hinunter zum Naschmarkt begleiten wolle, bestimmt gebe es dort einen billigen Chinesen.

Er habe leider kein Geld, sagte Hanno, und ihm beim Essen zuschauen, das wolle er lieber nicht.

»Wenn wir schon was Ähnliches wie Cousins sind«, sagte der Fremde und stand auf, »lad ich dich ein.«

Hanno sagte, das habe er ihn eh fragen wollen, er komme nämlich um vor Hunger, er habe heute nur gefrühstückt. »Ob du mir, das wollte ich fragen, einen Zehner leihen könntest? Den gibt dir Onkel Sebastian wieder zurück. Ein Zwanziger wäre sogar besser.«

»Onkel Sebastian!«, wiederholte der Fremde und lachte laut, dass es im Stiegenhaus widerhallte. Aber er griff nicht in die Tasche. Er schulterte den Rucksack.

Sie standen nebeneinander und warteten auf den Lift. David war kleiner, als er im Sitzen gewirkt hatte. Drahtig war er, braungebrannt. Traurige Augen hatte er, fand Hanno. Bei traurigen Augen kannte er sich aus. Er hätte ihn gern in die Arme genommen, nicht wie einen Cousin, sondern wie einen Bruder, an dessen Seite man sich durchhauen könnte durch Reihen von Monstern, Zombies und Assassinen. So war er eben: Entweder er konnte jemanden leiden, dann sofort und über die Maßen und für immer; oder nicht, dann nicht und wahrscheinlich nie. Er hatte sich nie als Bruder gefühlt – für einen kleinen Moment hielt er diesen Gedanken fest …

… und in eben diesem Moment verließ seine Schwester ihre Wohnung in der Nähe der Gare du Nord in Paris – über tausendzweihundert Kilometer von ihm entfernt, um sich mit einem Kommilitonen zu treffen, mit dem sie gemeinsam an der letzten Seminararbeit ihres Studiums schrieb, nämlich über die Kulturpolitik von Jack Lang zwischen 1981 und 1984. Klara hatte vor, die Arbeit zu einer Dissertation

auszubauen und Parallelen aufzuzeigen zur österreichischen Kulturpolitik unter dem Unterrichts- und Kunstminister Fred Sinowatz in
den Jahren 1971 bis 1983 zur Zeit von Bruno Kreiskys letzter Kanzler-
schaft. Ein Professor am Institut d'Études Politiques hatte sich bereit
erklärt, sie als Dissertantin zu nehmen (er habe unter anderem auch
österreichische Wurzeln, hatte er angedeutet – das hielt sie für sehr
unwahrscheinlich und sagte es auch, und er gab zu, dass es nicht
stimmte, und sie fragte, warum er es denn erfunden habe, und er antwortete:»Warum wohl?«, und ohne auf ihre Antwort zu warten, sagte
er, sie habe eine sehr direkte Art, und sie fragte, ob das gut sei oder
nicht gut sei, und er sagte, das sei gut, er bewundere so etwas sogar,
und sie sagte, sie wisse nun aber immer noch nicht, warum er das mit
den österreichischen Wurzeln erfunden habe).

8

Der Kommilitone hieß Raphaël, er wohnte vier Métro-Stationen von
Klara entfernt im 10. Arrondissement, in einer Parallelstraße zum
Quai de Valmy, die Wohnungen dort waren ein bisschen herunter-
gekommen, Taubendreck auf den Trottoirs, aber man konnte schön
am Wasser entlang spazieren gehen, und Raphaël war einer, der gern
draußen war, und Klara war auch so eine, auf den Balkonen standen
Reihen von Blumentöpfen aus rotem Ton, das war hübsch. Raphaël
war im Elsass geboren und sprach Deutsch, weil seine Mutter von der
anderen Seite des Rheins stammte und er ihr Liebling gewesen war,
mit dem sie in einer Sprache reden wollte, die ihr Mann nicht verstand, weswegen sich ihr Mann von ihr hatte scheiden lassen, woraufhin sie mit ihrem Sohn nach Paris gezogen war, wo sie weiter mit ihm
Deutsch sprach. Auch Klara und Raphaël sprachen nur Deutsch miteinander. Wenn sie mit Freunden zusammen waren, sprachen sie
Französisch, aber wenn sich beim Reden ihre Blicke trafen, wechselten
sie, oft mitten im Satz, in»ihre« Sprache. So wie es Geschwister tun.
    Sie kannten einander schon seit Beginn ihres Studiums, sie hatten

dieselben Themen bearbeitet, oftmals gemeinsam. Klara zog es vor, allein zu wohnen; sie war genügsam, ihre Wohnung hatte nicht mehr als dreißig Quadratmeter, inklusive Dusche, Kochecke und Schlafkabinett, exklusive ein winziger Balkon, auf den ein Tischchen passte und ein Sessel, wenn die hinteren Beine innen aufsetzten. Sie arbeitete neben ihrem Studium bei der österreichischen UNESCO-Kommission und verdiente nicht schlecht, sie hätte sich etwas außerhalb eine größere Wohnung leisten können, aber das wollte sie nicht. Sie liebte ihr Nest mit der riesigen Reispapierlaterne von der Decke. Sie nahm in Kauf, dass morgens das Wasser manchmal rostig war und dass sie im Winter mit einem Elektroofen zuheizen musste. Raphaël wohnte mit seiner Freundin zusammen. Er besuchte Klara gern und oft; sie ihn selten; Camille hatte wenig Freude an ihr. Klara hegte für Raphaël mehr geschwisterliche Gefühle als für ihren Bruder. Hanno hatte sie schon seit fast drei Jahren nicht mehr gesehen. Sie telefonierten auch nicht miteinander und schrieben einander keine Mails. Sie dachte nie an ihn. Es gab keinen bösen Grund dafür, es war eben so.

An diesem Tag besuchte ausnahmsweise sie Raphaël. Camille war für einige Tage zu ihren Eltern nach Belgien gefahren. Auf Raphaëls Küchentisch war genug Platz, um Bücher, Skripten, Notizhefte und ihre Laptops auszubreiten, gemütlicher als im Institut war es allemal. Raphaël hatte immer wieder Liebschaften neben Camille, er erzählte Klara offen davon. Er beschwerte sich über die Eifersucht seiner Freundin, und wenn Klara den Kopf schüttelte und sagte, Camille habe ja auch Anlass genug dazu, entgegnete er, und er meinte es nicht lustig und zynisch schon gar nicht: Nachdem sie von seinen Seitensprüngen ja nichts wisse, sei, subjektiv betrachtet, auch nichts geschehen, ihre Eifersucht also reine Hysterie, reines Misstrauen. Camille merke es eben, konterte Klara; das aber hielt Raphaël für sehr unwahrscheinlich. Was solle sie merken? – Sein schlechtes Gewissen. – Er habe kein schlechtes Gewissen. – Klara musste ihm recht geben, so etwas wie schlechtes Gewissen hatte sie an Raphaël noch nie bemerkt, und sie bildete sich ein, ihn besser zu kennen, als ihn Camille kannte.

Wann immer sie allein waren, machte sich Raphaël auch an sie heran. Nie aufdringlich. Auch nie auf jene verquer höfliche Art, die nicht mit Erhörung rechnete, sondern lediglich kundtun wollte: Auch du bist begehrenswert. Sie wusste, würde sie ja sagen, eine Minute später lägen sie miteinander im Bett. Sie war schon in Versuchung gewesen. Irgendwann würde es ohnehin geschehen. Sex bedeutete ihr viel, wenn sie Sex hatte, aber wenn sie keinen hatte, dachte sie nicht daran. Sie hatte schon sehr lange keinen Sex mehr gehabt. An diesem Nachmittag dachte sie, es würde ihr guttun, wieder einmal Sex zu haben, und als Raphaël fragte, sagte sie ja, und eine Minute später lagen sie beieinander im Bett und waren nackt, und sie dachte, es wird mir nur guttun und nicht schlecht und wird nicht die geringsten komplizierten Folgen haben, es ist ja Raphaël.

»Ich weiß, dass ich nicht besonders gut aussehe«, sagte sie in seiner Umarmung, »aber ich glaube, das spielt zwischen uns keine so große Rolle, oder?«

»Nein«, sagte er.

»Du siehst auch nicht besonders gut aus«, sagte sie.

»Nein, auch nicht«, sagte er, »ein bisschen zu dick.«

»Das stört mich gar nicht.«

Während sie miteinander schliefen, hörte sie aus der Küche das Signal, das anzeigte, dass jemand über Skype auf ihrem Laptop anrief. Vier- oder fünfmal ertönte das gurrende Geräusch, dann war Ruhe. Aber wenige Minuten später war es wieder da. Und so ging es weiter. Nach dem vierten Anruf glitten sie im selben Augenblick auseinander, und das beruhigte sie beide, denn keiner wollte vor dem anderen zeigen, dass dieses Geräusch mehr störte, als der Sex freute.

Klara lief in die Küche, fuhr mit dem Cursor auf das Skype-Symbol, klickte und sah vor sich bildfüllend das Gesicht ihres Vaters.

Als Erstes sagte er: »Tu dir etwas über!«

Sie drehte sich vom Laptop weg, griff ihren Pullover, den sie schon in der Küche ausgezogen hatte.

»Was ist passiert?«, fragte sie.

Noch nie hatte sie ihr Vater über Skype angerufen, niemand aus der

Familie hatte sie je über Skype angerufen, außer Tante Jetti, die rief sie öfter an, aber meistens auf dem Handy.

»Nichts ist passiert«, sagte ihr Vater. »Was soll denn passiert sein? Wo bist du? Stör ich dich? Ich möchte mich nur mit dir unterhalten.«

»Können wir morgen miteinander reden, Papa?«

»Mir wäre lieber jetzt.«

»In ... sagen wir ... drei Stunden? Papa?«

»Warum erst in drei Stunden?«

»In zwei Stunden?«

»Warum kann ich mit meiner Tochter nicht gleich reden?«

»Also gut, Papa, ruf mich in einer halben Stunde noch einmal an.«

Sie klickte ihn weg, schaltete den Rechner aus, steckte ihn in ihren Rucksack.

»Ich muss gehen«, sagte sie zu Raphaël, »ich muss zu Hause etwas erledigen, das kann ich hier nicht. Ich komme in zwei Stunden wieder. Ich lasse meine Sachen hier. Bitte, warte auf mich.«

»Warum erst in zwei Stunden?«, rief Raphaël aus dem Schlafzimmer, aber darauf wollte sie nicht antworten.

9

Als sie unten auf der Straße stand, wusste sie nicht, was sie nun tun sollte. Mit der Métro nach Hause fahren, nur um mit ihrem Vater über Skype zu telefonieren, kam ihr absurd vor, zumal sie möglichst bald wieder zu Raphaël unter die Decke kriechen wollte. Sie wollte sich nichts anderes vorstellen, als dass er unter der Decke auf sie wartete. Sie ging durch eine Seitengasse zum Quai und setzte sich vor dem Café Le Chaland auf einen der Sessel mit dem Rücken zur Fensterfront. Hier hatte sie manchmal mit Raphaël gefrühstückt.

Sie packte den Laptop aus und bestellte ein Mineralwasser und einen Café noir. Außer ihr saß nur ein Paar hier draußen, beide sehr blond und etwa in ihrem Alter, die Wolken hingen tief, und die Luft war sehr feucht, es könnte zu regnen beginnen. Auf dem Gehweg zwi-

schen dem Grasstreifen und dem Wasser des Kanals waren eiserne
Ringe in das Pflaster eingelassen, an ihnen waren früher Boote fest-
gemacht worden. Hier wuchsen Linden, durch ihre Kronen bewegten
sich die Wolken über den französischen Himmel, bald würden die
Linden ihre Propeller abwerfen, in der feuchten Luft würde sich ihr
Duft über die ganze Gegend ausbreiten. Raphaël hatte erzählt, im
Hochsommer lege jedes Jahr eine Familie mit ihrem bunten Schiff an,
»Wasserzigeuner« hatte er sie genannt; sie verkauften Dinge, die sie
das Jahr über sammelten; einmal habe er sich mit dem Sohn länger
unterhalten, der habe ihm auf einer Karte gezeigt, wo sie mit ihrem
Kahn schon überall gewesen seien, bis zum Mittelmeer; unten an der
Seine habe man sie daran gehindert anzulegen, am Quai de Valmy sei
es zwar auch verboten, aber hier kümmere sich niemand darum. Raphaël hatte ihm ein Tritonshorn abgekauft, das stamme aus Tunesien,
es stand auf seinem Schreibtisch. Klara nahm fünfzig Cent aus ihrer
Jeanstasche und fragte das Paar, ob sie eine Zigarette für sie hätten, sie
sei dabei, sich das Rauchen abzugewöhnen und wolle keine ganze
Schachtel kaufen. Die Frau schenkte ihr eine Marlboro.

Da kam ihr der Gedanke, der sie irritierte, aber doch nicht der
Gedanke irritierte sie, sondern die Gleichgültigkeit, mit der sie ihn
diesmal entgegennahm. Sie werden sich scheiden lassen – dachte sie.
Mama und Papa werden sich endlich scheiden lassen. Als sie klein
war, hatte sie dieser Gedanke oft gequält, in unaussprechliche Verzweiflung getrieben hatte sie dieser Gedanke, nicht nur einmal hatte
er sie zum Hyperventilieren gebracht, so dass ihr der Vater einen Plas-
tiksack über Mund und Nase ziehen musste, um ihre Atmung zu beruhigen, und damals hatte es nicht den geringsten Anlass gegeben,
sich einzubilden, Mama und Papa könnten auseinanderfallen. Manchmal war sie in der Nacht aufgewacht und hinüber ins Schlafzimmer
ihrer Eltern gelaufen und hatte sich zwischen sie gelegt, damit sie die
Verbindung wäre von einem zu anderen, wie ein Klebestreifen, weil
sie sonst auseinanderstreben könnten, die Mama hielt sie an der linken Hand, den Papa an der rechten. Ihrer Mutter und erst recht ihrem
Vater waren diese Anfälle von Verlustangst unerklärlich. Hanna und

Robert stritten sich manchmal, wie auch anders, aber doch niemals so heftig, dass die Kinder Grund gehabt hätten, sich zu sorgen, schon gar nicht solche Angst zu haben.

Klara wusste, was der Grund für ihre Paniken gewesen war, schon damals hatte sie es gewusst. Ein kleiner Film. Eine Videokassette. Ein alter Schwarzweißfilm. *Das doppelte Lottchen* aus dem Jahr 1950, in dem Erich Kästner den Erzähler spielte und Isa und Jutta Günther die Luise und die Lotte. Als sie sieben Jahre alt gewesen war, hatte Onkel Sebastian diesen Film mitgebracht, um ihr eine Freude zu machen am Ende des Sommers, bevor die Schule wieder anfing, und hatte ihn dann im Videorecorder vergessen. Sicher zwanzigmal hatte sie sich den Film angesehen. Sie hatte bis dahin nicht gewusst, dass sich Eltern scheiden lassen können, dass so etwas überhaupt möglich war. Aber wenn es möglich war, so hatte sie gedacht, warum dann nicht auch ihre Mama und ihr Papa?

Als sie sechzehn war, hatte sie zum ersten Mal tatsächlich damit gerechnet, dass sich ihre Eltern trennten. Sie war Zeuge geworden vom heftigsten Streit, den Hanna und Robert je ausgefochten hatten, so heftig, dass sie gar nicht merkten, dass ihre Tochter mit ihnen im Wohnzimmer war oder dass es ihnen scheißegal war. Klara hatte gespürt, es ging dabei nicht um verschiedene Meinungen, die halt besonders kriegerisch aufeinanderprallen, sondern um das Innerste der Mama und das Innerste von Papa, ohne dass die beiden hätten bezeichnen können, was dies sei, vielleicht ohne dass die beiden ahnten, so tief unten angekommen zu sein. Klara aber sah es ihren Gesichtern an. Nie noch hatte sie solchen Hass gesehen. Papas Mund war breit gewesen und messerscharf, so dass sich Falten in die Wangen hinein bildeten wie bei den Bälgern von Ziehharmonikas, rechts und links. So etwas war in seinem Gesicht noch nie gewesen. Und Mama war hässlich mit ihrer hochgezogenen Oberlippe und dem blauroten Zahnfleisch, wie eine Karikatur von Manfred Deix, so hässlich.

Der Streit hatte stattgefunden, bald nachdem Hanna aus Los Angeles zurückgekommen war, wo sie sich an der University of Southern California tagelang im Shoah Foundation Institute for Visual History and Education aufgehalten hatte. An diesem Abend hatte sie Robert eröffnet, dass sie ihr Studium wieder aufnehmen und eine Diplomarbeit über Abba Kovner schreiben wolle. Und Robert hatte ihr gesagt, was er davon halte. Nämlich nichts. Weil er nämlich von diesem Abba Kovner nichts halte, und wenn es weniger als nichts gäbe, dann das, dieser Wahnsinnige sei ein biologischer Irrtum wie Hitler und Stalin. Und Hanna hatte sich die Hände vor den Mund gehalten – damit sie nicht *hyperventiliere*, hatte sich Klara gedacht (das Wort war merkwürdigerweise ein Familienwort) –, und nach ein paar kräftigen Zügen der eigenen Atemluft schrie sie ihren Mann an, ob er denn schon wisse, dass Abba Kovner im Baltikum den Widerstand gegen Stalin *und* gegen Hitler organisiert habe, gegen beide GLEICHERmaßen. Ob er also der Meinung sei, man hätte die Judenvernichtung einfach so hinnehmen sollen? – Robert: »Wer ist man? Wer ist man? Nein, Hanna, erst Antwort, erst Antwort, erst Antwort: Hanna, wer ist man? Wer hätte das einfach so hinnehmen sollen? Wer?« – Hanna: »Die Welt. Die ganze Welt!« – Robert: »Die Welt meinst du doch nicht, Hanna. Du meinst die Juden. Du meinst, sie hätten das nicht so ohne weiteres hinnehmen sollen. Das meinst du doch, Hanna. Du meinst, es wäre gerecht, wenn die Juden – wer immer das auch sein mag – nach Auschwitz, Treblinka, Bergen Belsen und Majdanek das Trinkwasser von Hamburg, München, Frankfurt und Nürnberg vergiftet hätten. Sechs Millionen gegen sechs Millionen. Das meinst du. Aber glaub mir, die Juden wollen das nicht! Du brauchst nur mich zu fragen. Ich bin einer. Frag mich! Los, frag mich! Herrgott, Hanna, schau mich an und frag mich! Nur dieser Spinner wollte es, dieser wahnsinnige Poet, dein Charismatiker, in den du dich da verknallt hast. Und willst du wissen, wer ihn daran gehindert hat? Der israelische Geheimdienst. Glaubst du, der Staat Israel wollte sich gleich an seinem Beginn mit so einem Irren belasten?« – Hanna: »Er ist kein Irrer! Du beleidigst mich, wenn du so etwas sagst!« Abba habe beim Eichmann-Prozess in Jerusalem, das könne er bei Hannah Arendt nachlesen, eben nicht mit *seinen* Taten, *seinem* Mut, *seiner* Entschlossenheit geprahlt, sondern zum Beispiel die Welt über den Fall Anton Schmid in Kenntnis gesetzt, der ein Unteroffizier der Wehrmacht gewesen war, ein Österreicher übrigens. »Einen aus dem feindlichen Lager hat Abba gelobt«, rief sie aus, »nicht sich selbst!« Anton Schmid hatte Kontakte zum Untergrund, stattete Kovners Männer und Frauen mit Zertifikaten und Militärfahrzeugen aus und hat vielen Juden das Leben gerettet, und er hat es nicht für Geld getan. Er wurde von den Nazis als Verräter erschossen ... Das alles sollte in ihrem Buch stehen.

Robert: »Ein Buch also! Nicht bloß eine mickrige Seminararbeit! Hallo! Ein Buch!«

Hanna: »Jawohl, lach mich nur aus, wie du immer alle Menschen auslachst, vor allem die Guten, lach nur! Ich werde nach Israel fahren und Vitka Kempner besuchen, Abba Kovners Witwe!«

Und noch andere Nakam-Kämpfer werde sie interviewen, zum Beispiel Jitzchak Avidov alias Pascha Reichman, Abbas engster Vertrauter, der heute eine führende Rolle im Mossad spiele, und Dov Shenkal, der in Wien aufgewachsen war und damals Bernhard Schenkel hieß und in der Zollergasse Nummer 5 gewohnt hatte, und sie werde sich einsetzen, dass an dem Haus ein Schild angebracht werde ...

Und dann war die Mama zusammengebrochen, auf den Boden war sie gefallen mitten im Wohnzimmer und hatte sich verkrampft, und Schaum war zwischen ihren Lippen hervorgedrungen, so etwas hatte Klara noch nie gesehen, davon hatte sie nur gehört.

»Ach, geh doch zum Teufel!«, hatte Papa ausgerufen und hatte das Wohnzimmer verlassen, war aber gleich zurückgekehrt mit einem feuchten Handtuch und hatte Mamas Gesicht abgewischt und hatte Mamas Kopf in den Arm genommen und zu Klara gesagt, sie solle Dr. Bauer anrufen, er stehe im Telefonbuch, Dr. Eduard Bauer, Taborstraße 14 oder 16, er sei zwar schon in Pension, aber wenn sie ihm sage, wer sie sei und wer ihre Mama und ihr Papa seien, komme er bestimmt.

10

Sie klickte die Nummer ihres Vaters auf dem Bildschirm an. Er nahm nicht ab. Ihr Handy hatte sie nicht bei sich, das lag zu Hause auf der Ablage neben der Dusche. Sie wählte noch einmal die Nummer. Wieder nichts. Eine Weile blieb sie sitzen, wartete, bis die halbe Stunde vorüber war, versuchte es ein drittes Mal, wieder erfolglos. Sie legte Geld auf das Tischchen, nickte dem Paar zu und ging zurück zu Raphaël.

Eine Ahnung war in ihr: dass zu Hause etwas umging, ein Spuk, der sich mit kleinen Schlauheiten und geschummelten Notwendigkeiten tarnte, sich aber unverhofft in einen Sturm steigern und sie ruck, zuck einsaugen konnte, wenn sie nicht achtgab; dass tausendzweihundert Kilometer von ihr entfernt etwas Bedrohliches umging – während sie in diesem Straßencafé gesessen und auf den Canal Saint-Martin geschaut hatte und es nun tatsächlich zu tröpfeln begann und sie den wohlbeleibten Raphaël noch zwischen ihren Beinen spürte und ihn gleich wieder spüren wollte. Dass ihr aber nicht schaden würde, was auch immer zu Hause sich ankündigte, solange sie nicht allzu viele dieser Gedanken zuließ. Nur auf vier Fotos, die in Wien in der Küche unter kleinen Magneten am Kühlschrank hingen – und es waren insgesamt mindestens drei Dutzend –, nur auf vieren war sie zu sehen, auf keinem allein. Es waren alte Fotos, drei davon zur gleichen Zeit aufgenommen, irgendwann, als sie zehn oder elf war, auf der Donauinsel, sie und Papa, sie und Mama, sie und Hanno. Und die Fahrräder. Auf dem vierten Foto war sie ein Kleinkind, Tante Jetti trug sie auf dem Arm und drückte sie an sich, leider gegen die Sonne aufgenommen, beide waren sie kaum zu erkennen.

Die Familie würde sich verändern, so hieß die Ahnung, erst aufleuchten und dann verblassen würde die Familie, wie früher Fotos verblasst waren, als Soundtrack dazu Schubertlieder. Wir werden nie wieder alle zusammen um einen Tisch sitzen. Tante Jetti zählte sie dazu. Auch Onkel Sebastian zählte sie dazu. Das würde nie wieder sein. Aber wenn sie sich nicht in den Sturm ziehen ließe, würde sie keinen Schaden davontragen, vielleicht als Einzige. Paris gefiel ihr. Paris roch gut und schmeckte gut. Sie wollte hier leben bleiben …

Die Luft ist blau, das Tal ist grün,
die kleinen Maienglocken blühn
und Schlüsselblumen drunter;
der Wiesengrund ist schon so bunt
und malt sich täglich bunter.

Drum komme, wem der Mai gefällt,
und schaue froh die schöne Welt
und Gottes Vatergüte,
die solche Pracht hervorgebracht,
den Baum und seine Blüte …

… es war nun schon späterer Nachmittag, der Westen schwarz, Hannos T-Shirt nass, über sein Gesicht rann der Schweiß. Bei einem Asiaten setzten sie sich unter die Plane. Seinen Rucksack behielt David in Griffnähe. Auf dem Wiener Naschmarkt, hatte er gehört, müsse man aufpassen. Hanno bestellte süßsaures Rindfleischgeschnetzeltes mit Bambus- und Sojasprossen, David das Gleiche, dazu trank er grünen Tee, Hanno ein Bier und ein Mineralwasser. Er hatte Durst, in einem Zug trank er das Wasser aus. Ob es vernünftig ist, ihm jetzt schon zu zeigen, dass ich ohne Schlucken trinken kann? Das konnte er nämlich – und den Knorpel des Augenlids nach außen drehen konnte er auch. Bei Gelegenheiten war das angekommen. Nach dem Essen sahen sie einander an und sahen einander gern an. David rauchte eine Zigarette und hielt Hanno die Schachtel hin. Hanno rauchte nicht. David schien ihm nicht einer zu sein, der viel redete. Sich selbst schätzte er als einen solchen ein.

11

So saßen sie also und sahen einander an, und dann glitt Davids Blick über den Markt.

»Da ist er ja«, sagte er – leiser und rauer. »Wenn das seine neue Frau ist, hat er es gut getroffen. Gratuliere.«

Sebastian und Jetti standen beim Türken am Tresen. Eng beieinander standen sie. Sie umschloss mit ihrer Hand den Gürtel in seinem Rücken. Sie sprachen mit einem Mann, dessen Lachen war durch den Marktlärm hindurch zu hören. Er schien lebhafte Ideen zu haben und hatte, wie Hanno urteilte, gefärbte Haare und erinnerte ihn in seinem glänzenden schwarzen Anzug und dem glänzenden roten Hemd an einen Zauberkünstler aus dem ehemaligen Ostblock, obwohl er sich an den ehemaligen Ostblock gar nicht erinnern konnte. Und er sah aus, als versuche er, Jetti aufzureißen.

»Sie ist meine Tante!«, rief Hanno in seine eigenen Gedanken hinein und wollte aufstehen, denn er mochte seine Tante Jetti besonders gern. Warum hatte ihm seine Mutter nicht gesagt, dass sie in Wien war? Oder wusste sie es selbst nicht? Wenn Tante Jetti in Wien war, hatte sie jedes Mal bei ihnen in der Garnisongasse gewohnt. Diesmal nicht? Warum nicht? Dass sie diesmal bei Onkel Sebastian wohnte? Dass sie tatsächlich seine neue Frau war, wie David vermutete? Er wollte sich hinter sie schleichen und ihr die Augen zuhalten und sie liebevoll an sich drücken und ihren Kopf von dem Zauberkünstler wegdrehen, der, ohne dass er es wusste oder wollte, das Potential in sich trug, eine Katastrophe in Gang zu setzen. Ein Science-Fiction-Roman fiel ihm ein, den er während seines Physikstudiums gelesen hatte, in dem sich der Autor auf Hugh Everetts *Viele-Welten-Interpretation* bezog, die besagte, dass aus der Quantenmechanik mit ihrem Welle-Teilchen-Dualismus zwingend geschlossen werden müsse, dass entweder die Welt seit Anbeginn determiniert sei, oder aber, dass sie sich bei jedem Quantensprung aufspalte in ein Entweder und ein Oder, und – das war die Grundidee des Romans – manche Menschen das spürten, und die würden Propheten genannt oder Schamanen oder Heilige. An diesem Punkt, dachte Hanno, spaltete sich die Welt auf in eine, in der Tante Jetti und Onkel Sebastian ein Paar werden, was die glücklichste Fügung wäre, und in eine andere Welt, in der dieser Schönling mit den geölten Haaren und der Vaudevilletracht Tante Jetti bekommt. Und an ihm, ihrem Neffen, dem Propheten, dem Schamanen, dem Heiligen, lag es, dafür zu sorgen, dass die erwünschte Welt die seine, also die für Hanno Lenobel wirkliche Welt sein würde. – Schon stand er, schon holte er zum ersten Schritt aus, schon sah er, wie die Hand dieses Halbaußerirdischen, ohne dass es Sebastian bemerkte, nach Jettis Hüfte griff ...

»Das tun wir nicht!«, sagte David und hielt ihn am Ellbogen, und Hanno setzte sich wieder.

»Warum nicht?«

»Wir tun es lieber nicht. Ich möchte gehen.«

David schob einen Schein unter den Rand seines Tellers, hob den Rucksack hoch, hängte ihn über seine Schulter und drehte sich um, so dass er den beiden drüben beim Türken den Rücken zukehrte. »Wenn du mitkommen willst, komm! Wenn nicht, bleib! Aber misch dich nicht ein in das Liebesleben meines Vaters und deiner Tante! Ich tu's auch nicht. Wir sind nicht erwünscht.«

»Und wohin gehen wir?«

»Das weiß ich nicht. Zu meinem Auto. Ich muss den Rucksack loswerden. Dann werden wir sehen.«

Er habe sein Auto in der Tiefgarage bei der Oper untergestellt, das war keine zehn Minuten zu Fuß vom Naschmarkt. Sie beeilten sich. David ging vornübergebeugt. Inzwischen regnete es heftig, im Westen zuckten Blitze.

Sie waren gerade auf der Wienzeile Richtung Innenstadt, da brach das Unwetter nieder, die Tropfen sprangen kniehoch vom Asphalt zurück, und das Geprassel machte einen Lärm, dass nicht einmal Brüllen dagegen etwas nützte. Sie flüchteten in ein Herrenbekleidungsgeschäft, der Verkäufer aber kam ihnen entgegengelaufen, rief, sie sollen die Tür schließen, und wenn sie nicht beabsichtigten, etwas zu kaufen, sollen sie überhaupt draußen bleiben. Er schob sie zur Tür hinaus, und

480

sie liefen weiter durch das Wasser, das so dicht vom Himmel fiel, dass sie nicht einmal die Autos erkannten, die zwei Meter neben ihnen auf der Fahrbahn hielten, weil ein Weiterkommen nicht mehr möglich war. In wenigen Minuten waren sie nass bis auf die Unterwäsche. Und nun war ihnen alles egal. Hanno lachte und tanzte mit erhobenen Armen durch den Regen, streckte die Zunge heraus. Die Haare hingen ihm bis auf die Brust herab und hinten weit in den Rücken, der Bart glänzte und legte sich wie das Fell einer Otter um seinen Hals. Er drehte mit dem Kopf Kreise, schleuderte das nasse Haar um sich und sang im Falsett wie Michael Jackson – *Beat It*. David stand daneben und schaute ihm zu, den Kopf nicht mehr gegen den Regen gesenkt, welchen Sinn sollte das auch haben. Hanno schlüpfte aus den Schuhen und plantschte in dem Wasser, das knöchelhoch die Straße und den Gehsteig bedeckte. Am Ende legte er sich auf den Boden und wälzte sich im Wasser und bewegte Arme und Beine, als würde er schwimmen. Da endlich lachte David.

»He, spring hinein!«, rief ihm Hanno zu. »Das Wasser ist ganz warm! Schwimmen wir zu deinem Auto!«

David griff in seine Hosentasche, wenigstens den Tabak wollte er retten. Aber die Zigarettenschachtel war durchnässt wie alles andere auch. Der Rucksack war zum Glück mit einer wasserdichten Plane überzogen.

Ein Blitz zuckte auf und blendete sie, und der Donner krachte, als krachte er in einem Kopfhörer, so tief in den Kopf hinein fuhr er ihnen.

»Ich habe ihn gesehen!«, rief David. »Bei dem Haus, wo die Uhr drauf ist, hat er eingeschlagen!« Er wies mit dem Finger dorthin, wo der Naschmarkt war.

»Sie sind sicher nicht mehr dort«, brüllte Hanno gegen den Lärm an.

»Woher weißt du das?«, brüllte David zurück.

»Ich habe gesehen, wie sie weggelaufen sind.«

»Wen hast du gesehen?«

»Nur deinen Vater und meine Tante. Nur die beiden.«

Da prasselte Hagel nieder, und es gab nichts mehr zum Lachen und zum Singen. Die Eiskugeln schlugen auf ihre Köpfe, sie liefen zurück zu dem Herrenbekleidungsgeschäft, die Hände über dem Scheitel, aber das Geschäft war abgesperrt. Sie kauerten sich in einen Winkel und zogen Davids Rucksack über sich, damit wenigstens ihre Köpfe geschützt waren. Und trotz des Lärms um sie her, trotz der Autohupen und der Schreie, war unter dem Rucksack Ruhe und Sicherheit, allerdings nur für Köpfe und Hände, Rücken und Beine wurden vom Himmel malträtiert.

»Menschenskind!«, sagte Hanno.

»Das seh ich genauso«, sagte David.

Darüber musste Hanno lachen.

12

Sie klammerten sich aneinander.

»Was hast du denn in dem Rucksack, dass er so schwer ist?«, fragte Hanno.

»Meine Bleiplattensammlung«, sagte David.

Ihre Atemluft machte das Zimmerchen, das gerade groß genug war für zwei Gesichter, warm und gemütlich, die Reste ihrer Körper mussten draußen in Kälte und Hagel bleiben wie Tiere, die man nicht ins Wohnzimmer lässt, weil die Zivilisation für Menschen reserviert ist. Sie zogen sich die gepolsterten Schulterriemen des Rucksacks hinter die Ohren, damit sie den Lärm abmilderten.

»So etwas habe ich noch nie erlebt«, sagte Hanno.

»Ich einmal in den Anden«, sagte David.

Ihre Gesichter berührten einander Wange an Wange, das gab Wärme, und Mund und Ohr waren näher beieinander, und so konnten sie sich in normaler Lautstärke unterhalten.

»Du warst in den Anden?«

»Ich wollte dort arbeiten.«

»Was kann man in den Anden arbeiten?«

»Irgendetwas mit Entwicklungshilfe. Ich habe es mir vorher nicht richtig überlegt. Die wollen das nicht. Und mich haben sie auch nicht gewollt.« – Und dann sagte David: »Ich kenne deinen Vater. Meiner hat ihn mir vorgestellt, als ich das letzte Mal hier war.«

Ein weiterer Vorteil war, dass sie sich nicht ansahen, und so war jedem, als spräche er zu sich selbst und die Stimme des anderen komme aus dem eigenen Inneren.

»Du warst schon einmal in Wien?«

»Das ist lange her. Damals war ich neunzehn. Nach dem Abitur.«

»Das weiß ich ja gar nicht. Davon hat mir mein Vater nicht erzählt.«

»Hat er wahrscheinlich nicht gedurft.«

»Wieso soll er das nicht gedurft haben?«

»Ich war eine Art Patient von ihm. Ich habe meinen Vater besucht, und mein Vater hat gedacht, ich will mir das Leben nehmen, und darum hat er deinen Vater angerufen, und wir haben uns in einem Café getroffen und haben geredet. Mein Vater hat mich mit deinem Vater allein gelassen. Das klingt umständlich, aber es war nicht umständlich ...«

»Hast du dich wirklich umbringen wollen?«

»Nein.«

»Noch nie?«

»Nein.«

»Ich mich auch noch nie.«

Wäre ein Passant an ihnen vorübergegangen, er hätte wohl gedacht, ein Rucksack sei hoch vom Himmel heruntergefallen und hat die beiden Menschen am Kopf getroffen und erschlagen. Auf dem Bauch lagen sie, die Beine waren ausgestreckt und gespreizt und ragten weit in den Gehsteig hinein, der inzwischen weiß war von Hagelkörnern, als wäre, seit sie sich in ihre winzige Klause zurückgezogen hatten, der Winter hereingebrochen. Von dem Räumlein zwischen den Gesichtern dieser niedergehauenen jungen Menschen hätte der Passant nichts ahnen können. Aber es war kein Passant unterwegs; wenn doch, er wäre nicht von dieser Welt gewesen.

»Und worüber hast du dich mit meinem Vater unterhalten?«, fragte Hanno.

»Über euch Juden«, sagte David.

»Das verstehe ich nicht.«

»Er hat geglaubt, er könnte aus mir etwas gegen euch Juden herauslocken.«

»Das tut er immer. Konnte er aber nicht, oder?«

»Ich habe gesagt, es wäre gescheiter, man würde heute die Italiener für den Mord an Jesus zur Verantwortung ziehen als die Juden.«

»Und?«

»Er hat mir recht gegeben.«

»Wenn ich ehrlich bin, habe ich deinen Vater lieber als meinen«, sagte Hanno. »Ich kenne ihn auch besser. Ich sage Onkel Sebastian zu ihm ...«

Und dann war das Wetter vorbei, von einem Wort zum nächsten, die beiden stießen den Rucksack von ihren Köpfen, im Westen zeigte sich blauer Himmel, in den blinzelten sie hinauf, und ein bisschen tat es ihnen leid, dass ihr Exil beendet war.

»Gehen wir zu ihm«, sagte Hanno, Rücken und Beine taten ihm weh von den Kugeln, die vom Himmel gefallen waren, er neigte zu Blutergüssen, am Abend würde sein Körper gescheckt sein von blauen Flecken. »Er wird nichts haben, was mir passt, aber sicher etwas, das mir nicht passt, und für dich hat er sicher etwas.«

»Ich möchte lieber nicht«, sagte David.

Aber er schulterte den Rucksack und ging mit gebeugtem Oberkörper neben Hanno her, der sein T-Shirt auszog und das Wasser herauspresste. Der Bauch hing ihm über den Gürtel, die Haare auf Brust und Rücken klumpten sich zusammen, es sah aus, als wäre er über und über mit schwarzem Schlamm bedeckt.

»Ich habe schon gewusst, dass Tante Jetti und dein Vater einander kennen. Aber nicht, dass sie es miteinander treiben.«

Nun standen sie wieder vor Sebastian Lukassers Tür oben im Dachgeschoss des Hauses in der Heumühlgasse. David presste sein Ohr dagegen. Er glaubte Stimmen zu hören, zweifelte aber. Noch hatten sie nicht auf den Klingelknopf gedrückt. Er legte einen Finger auf den Mund. Er lauschte wieder. Dann schüttelte er den Kopf.

»Mir gefällt nicht, wenn du so redest«, flüsterte er.

»Entschuldigung«, flüsterte Hanno zurück und sagte mit normaler Stimme und merkte, dass er Davids Stimme nachahmte: »Warum
nicht? Ich gönn es ihnen, niemandem gönn ich es mehr als ihnen.« Er
musste husten.

David zog ihn beiseite, weg von der Tür, und immer noch flüsterte
er: »Ich will nur sagen, ich kenne meinen Vater eigentlich nicht. Verstehst du? Genauso wenig, wie ich deine Tante kenne. Ich kenne sie
beide *nicht*. Ich glaube sogar, er würde nicht wissen, wer ich bin, wenn
ich vor seiner Tür stehe. Du kennst meinen Vater viel besser.«

»Möchtest du mich ausfragen über ihn?«, flüsterte Hanno nun auch
wieder. »Du fragst, und ich sage ja oder nein.«

»Nein.«

»Wieso nicht?«

»Ich will nicht unbedingt etwas wissen über ihn.«

»Ich hätte nur Positives zu berichten.«

»Ich will es nicht.«

»Irgendwann einmal?«

»Ein paarmal haben wir miteinander telefoniert. *Ein paarmal im Leben!* Das ist aber auch schon lange her. Seit fast zehn Jahren ist nichts
mehr. Hat an mir gelegen. Geb ich zu. Komm, gehen wir!«

»Wohin sollen wir gehen? Ich denke, wir sollten etwas Trockenes
anziehen.«

»Ich habe Sachen im Rucksack«, sagte David. »Wir können uns im
Auto umziehen. Oder gleich hier, ein Stock tiefer. Komm, gehen wir!
Wir haben hier nichts verloren! Ich jedenfalls nicht. Ich nicht.«

»Aber du bist da, um ihn zu besuchen, das schon, oder?«, fragte
Hanno.

»Nein, das bin ich nicht.«

»Du bist vor seiner Tür gesessen!«

»Ja, das bin ich.«

»Also wolltest du ihn ja doch besuchen. Was redest du!«

»Ich erzähle es dir ein anderes Mal.«

»Ein anderes Mal?«

»Ja, ein anderes Mal.«

Sie gingen über die Stiege hinunter. David öffnete den Rucksack. Aber die Sachen im Rucksack waren auch nass. Da schlug Hanno vor, nicht lang herumzutun, sondern frisch hinunter ins Burgenland zu fahren, dort könnten sie sich duschen und die Sachen trocknen. Er wohne mit Freunden zusammen in einem Haus, die seien nett. Man könne im Garten sitzen und einen Wein trinken. David könne bei ihnen schlafen. Er könne so lange bleiben, wie er wolle. Wenn er wolle, könne er bei ihnen einziehen. Und wenn er einen Job suche, wüsste er einen. Dort könne man ihn brauchen.

»Ich suche keinen Job«, sagte David.

»Was bist du von Beruf?«, fragte Hanno.

»Nichts.«

13

Gregor konnte David von Anfang an nicht leiden. Leonie und Tamara dagegen benahmen sich sehr freundlich. Und das nicht nur, weil sie Hanno einen Gefallen tun wollten. Der stellte ihn als »eine Art Bruder« vor. David widersprach nicht, grinste auch nicht oder zeigte sonst etwas Ironisches oder Abwehrendes wie heftiges Ausblasen der Luft durch die Nase oder entsprechende Kopf- oder Handbewegungen; er warf Hanno einen Blick zu, der als *dankbar* interpretiert werden durfte – woraufhin Hannos Augen augenblicklich sich mit Wasser füllten, was er aber dem Haus anrechnete, das, wie vielfach bewiesen, auf seine Bewohner tränenfördernd wirkte.

David war – schüchtern. So durfte sein Verhalten wohl bezeichnet werden. Redete nicht viel. Sagte danke und bitte und hielt sich nahe bei Hanno. Schüchternheit war vergessen worden in der Welt. Nicht Leonie, nicht Tamara, Gregor sowieso nicht, auch nicht Hanno konnten sich an diese Wesenseigenart erinnern; als wäre sie eine Zeitgenossin von Napoleon, von dem man ja auch nicht wusste, wessen Zeitgenosse er sonst noch war.

Alle scharten sich um David. Die Frauen hatten Zärtlichkeitsgelüste, sie ließen keine Gelegenheit aus, an ihm anzustreifen, Tamara borgte ihm ihren Bademantel, Leonie fragte, ob er eine heiße Ovomaltine wolle und fasste mit ihren kurzen, rosigen Fingern an seinen Handrücken, wie um zu prüfen, ob ihm kalt wäre. Hanno war nicht weniger mitgenommen von dem Unwetter als sein Bruder, aber um ihn kümmerte sich an diesem Abend niemand.

Tamara zog David hinter sich her, ließ seinen Ärmel nicht los, blies sich mit vorgeschobener Unterlippe eine Strähne von der Stirn, was sie tat, wenn sie sich durchsetzen wollte. David gefiel ihr, das war offensichtlich. Und sie passten ja auch zusammen, wie aus einem Dorf waren sie, klein, geschmeidig, von der Natur mit dem traurigen Blick ausgestattet, ohne wahrscheinlich wirklich traurig zu sein. Sie richtete ihm das Bett in der Kammer, in die sich ihr Freund zurückzog, wenn er an den Wochenenden aus Wien kam und sie sich stritten, was in letzter Zeit oft der Fall gewesen war. Sie wollte nicht, dass er ihr half, aber schon, dass er ihr dabei zusah.

David drückte sich in der engen Kammer neben die Tür, verschränkte die Arme vor dem breitkarierten Flanellmantel, der ihm viel zu groß war, es war der Mantel von Tamaras Freund, dem Einsneunzigmann. Gregor wollte auch zusehen, er stellte sich an den Türpfosten. Und Hanno wollte zusehen, wie Gregor zusah, damit er parat wäre, falls Gregor beabsichtigte, einige seiner Pfeile auf David abzuschießen. Nicht, dass er glaubte, David sei *zu* schüchtern, um sich zu wehren; er fürchtete, er würde auf dem Absatz umdrehen und gehen. Ohne ein Wort. Auch an ihn kein Wort.

Mit Davids Schüchternheit verhielt es sich wie mit seiner Traurigkeit – vielleicht war sie nicht, sondern schien nur. Wie Tamaras Traurigkeit; die war nämlich kein bisschen; ein so untrauriger Mensch wie Tamara war Hanno nie begegnet; zugleich aber meinte er, sei ihm kein traurigeres Gesicht je untergekommen. Aus einer gewissen Distanz ließen sich Schüchternheit und Höflichkeit nur schwer unterscheiden und Traurigkeit und Desinteresse an der Welt ebenfalls nicht, und Höflichkeit könnte sich als freundlich vorgetragenes Desinteresse an der Welt herausstellen. Daran liegt es, dachte er. Irgendwo hatte er gehört oder gelesen, die Muskulatur des menschlichen Gesichts sei befähigt, nur eine begrenzte Anzahl von Ausdrücken hervorzubringen – waren es fünfhundert oder fünfzehnhundert? –, wobei jede Miene erst das Produkt einer Kombination sei. Stirn, Auge, Wange, Mund, isoliert betrachtet, sagen uns alles oder nichts, von Runzeln zwischen den Brauen könne auf Traurigkeit ebenso wie auf Lust, auf Nachdenklichkeit wie auf Verträumtheit und ein paar hundert weitere Gefühlslagen geschlossen werden. Nimmt man zu den Runzeln aber die Brauen hinzu, die beim Runzeln verschiedene Lagen einnehmen oder sich bewegen, dann engt sich die Auswahl an lesbaren Erregungen ein und wird entsprechend immerfort kleiner, wenn noch andere Gesichtsmarker berücksichtigt werden – Mundwinkelzucken, Lippenschürzung, Backenkerbungen, Nasenflügelaufblähen, Kinnverschiebungen – bis man schließlich zu einem Urteil gelangt, zum Beispiel: Dieser hier ist traurig oder jene dort heckt irgendetwas aus oder der mir gegenüber spielt nur Aufmerksamkeit, ist aber bei einer anderen Sache und so weiter. Von »Gesicht« spreche man, nicht weil man *aus ihm heraus-*, vielmehr weil man *in es hineinsehen* könne.

Für all diese Überlegungen interessierte sich Hanno außerordentlich, als wäre er aus einer anderen Galaxie hierhergeschickt und nur mit wenigen Daten über uns ausgestattet worden; meist ließen ihn seine Beobachtungen und Schlüsse jedoch verzagt zurück.

14

Tamara hielt jeden auf Distanz, auch wenn sie einem an den Hals rückte mit Zähnen und Zunge, Haut war für sie keine Grenze, die Distanz schaffte.

Das fand Hanno seltsam.

Bei Leonie war er darauf gefasst, das Gelernte ins Gegenteil verkehren zu müssen, wollte er herausfinden, was tatsächlich in ihr vorging. Wirkte sie auf ihn eindeutig deprimiert, wollte sie ihn in Wahrheit erpressen; erschien sie ihm ruhig bis schläfrig, stellte sich heraus, dass sie glücklich war; kam sie ihm dagegen fröhlich vor, war sie tatsächlich deprimiert, und ihre Überschwänglichkeit war nichts anderes als absichtlich schlecht gespielte Tapferkeit, die darauf aufmerksam machen sollte, dass sie deprimiert war – was als Botschaft doch viel sicherer ankäme, wenn sie von vornherein zeigen würde, dass sie deprimiert sei. Wäre Hannos Rat gewesen, aber Ratschläge zu erteilen, war eine anstrengende Sache, wer sich darauf einlassen wollte, sollte gewärtig sein, dass er auch für das Gedeihen des Rates wenigstens mitverantwortlich war, also dass er nicht nur säen, sondern auch gießen und jäten müsste.

Inzwischen hatte er es aufgegeben, Leonie zu deuten. Am liebsten hätte er sie bei Bedarf geradeheraus nach ihrem Befinden gefragt, aber dann würde er ihre Antwort wieder interpretieren müssen, denn gewiss wäre sie nicht ehrlich zu ihm. Außerdem war nicht garantiert, dass sie über ihre Gefühle und deren Niederschlag auf ihrem Gesicht selbst Bescheid wusste.

Was, wenn die Muskeln ihr eigenes Spiel spielten? Die meisten Menschen denken nicht, ich bin ich, und wie ich bin, weiß ich und weiß es in jedem Moment. Wenigstens auf diesem Gebiet fühlte er sich als ein Auserwählter, der jederzeit überblickte und auch zweifelsfrei zu kategorisieren vermochte, was in ihm selbst vorging. Wobei ihm schon dieser Begriff suspekt war. Was sollte das heißen – in mir geht vor? Das konnte doch nur bildlich gemeint sein. Bildlich und gegensätzlich. Dass *innen* etwas anders war, als sich nach *außen* zeigte? Aber was für einen Sinn hätten dann Mimik und Gestik? Hier wurde eine Verwirrung gestiftet. Und warum? Wer zog daraus einen Vorteil?

Bis jetzt hatte er niemanden getroffen, mit dem er über diese Themen hätte sprechen wollen. Seine Mutter hätte gesagt, Hanno, du bist ein Kind. Und auch das hätte sie bildlich und gegensätzlich gemeint. Wirklich gemeint hätte sie: Hanno, du bist ein Idiot.

Bei David, da war er sich auf eine wohltuende Weise sicher, könne er sich diese anstrengende und fruchtlose Arbeit sparen. Und wenn die Zuneigung, die er für ihn empfand, einfach daher rührte, dass er ihn *erkannte*? Ohne jede Analyse und Interpretation? Oder auch, wenn er ihn nicht erkannte, dass dies nichts zwischen ihnen änderte, eben weil diese Zuneigung nicht auf gegenseitiger Ausforschung und gegenseitigem Verständnis beruhte, sondern auf *Verwandtschaft* – was dann?

David besaß ein Auto. Hanno nicht. Für David war die Welt jederzeit geöffnet. Für ihn nur von 7 Uhr morgens bis 7 Uhr am Abend, wenn die Busse fuhren. Er besaß nicht einmal ein eigenes Fahrrad. Angenommen, der neue Sattel brachte Geld, nun wusste er es, er würde sich als Erstes ein Auto anschaffen. Und zugleich wusste er, dies war nichts anderes als ein Tarngedanke für: Ich will hier nicht mehr länger bleiben. Aber solange diese Tarnung gegen ihn selbst aufgerichtet war und er sie durchschaute, solange wollte er den Gedanken tolerieren – ein Gedanke in seiner Pubertät sozusagen, den man durch Fragen nicht am Heranreifen hindern sollte. Die Pubertät sei, so hatte sich einmal sein Vater ausgedrückt, eine einzige Tarnung; und er, sein Sohn, war aus der Pubertät noch nicht heraus, auch nicht mit achtundzwanzig, jedenfalls nach dem Urteil seiner Mutter, die, wenn sie ihn *Kind* nannte, mit ziemlicher Sicherheit *Pubertierender* meinte, und wenn sie zu einem Achtundzwanzigjährigen *Pubertierender* sagte, *ewiges Kind* meinte; was aber, und dieser Gedanke bewirkte, dass er lächelte, ins Allgemeinmenschliche übersetzt hieß: Er wird ewig liebenswert bleiben. Woraus man traurigerweise schließen durfte, seine Mutter hielt Erwachsene prinzipiell nicht für liebenswert, ewige Kinder aber für liebenswerte Idioten ...

Tamara spannte das Leintuch mit den Gummizügen um die Matratze, warf geschickt die Bettdecke zurecht und stülpte den Überzug darüber – während David, neben ihm Gregor, hinter Gregor Hanno und hinter Hanno bald auch Leonie sich vor, in und hinter der Tür zu der Kammer drängten und ihr zusahen, wie sie dem Gast das Lager bereitete.

David hatte auf der Fahrt ins Burgenland erzählt, er hänge zur Zeit herum, suche einen Platz, wo er bleiben könne, suche aber nicht intensiv, und unter Bleiben verstehe er ein paar Tage, maximal zwei Wochen; er habe keine Verpflichtungen, lebe allein, bekomme regelmäßig Geld – woher, hatte er nicht verraten –, nicht viel, es reiche aus. Und als Hanno ihm noch einmal angeboten hatte, bei ihnen einzuziehen, vorausgesetzt, es gefalle ihm, hatte er nicht gleich wieder abgelehnt, und als Hanno noch einmal von dem Job in der Gärtnerei angefangen und erzählt hatte, wie angenehm die Arbeit sei, es werde gesungen und der Chef sei mehr als nur umgänglich, da hatte David genickt und gesagt, anschauen könne er sich den Betrieb ja.

Darüber hatte Hanno sich so sehr gefreut, dass er das Versprechen vergaß, das er Magnus gegeben hatte, und er erzählte David von ihrer Erfindung. Und er hatte keine Sekunde ein schlechtes Gewissen gehabt. Im Gegenteil. Bis dahin war David ruhig und zurückhaltend gewesen, ein wenig in sich versunken, traurig eben und auch geistesabwesend, aber nicht auf eine egoistische Art, sondern als bedrücke ihn tatsächlich etwas, dem man besser nicht hinterherfragte, weil man damit eventuell ein Weh auslösen könnte. Ich muss warten, bis er selber davon anfängt, hatte sich Hanno gedacht; und wenn er erzählt, höre ich einfach nur zu und halte mich auch mit Kommentaren wie Nicken, Kopfschütteln und ähnlichem zurück – irgendwann werden diese Dinge sowieso abgeschafft oder schaffen sich selbst ab, das kann sehr schnell gehen, siehe Kommunismus. Als er aber von ihrer Erfindung erzählte, taute David auf; er ließ sich den Sattel genau beschreiben, fragte klug und sagte, er sei überzeugt, dass diese Art von Sitzvorrichtung eine Verbesserung gegenüber den herkömmlichen Sätteln darstelle, und fragte, ob er ihn sich ansehen dürfe, und Hanno sagte, selbstverständlich dürfe er, er und Magnus würden sich freuen. Er wusste, welchen Typ Mensch Magnus leiden konnte und welchen nicht. Gregor konnte niemanden leiden und manche sogar weniger; Magnus mochte jeden, nur manche weniger. Wenn er zu Magnus sagte, dieser hier ist eine Art Bruder von mir, würde er die Arme ausbreiten; und wenn er ihm erzählte, mit welchem Interesse David zugehört hatte, als er von ihrer Erfindung berichtete, würde er ihm, Hanno, ein Auge drücken und den Daumen hochstellen.

David erzählte, er habe auch einmal etwas erfunden, besser: Er habe eine Erfindung weiterentwickelt. Ob Hanno schon einmal etwas von Bliss gehört habe. Hatte er nicht. Das sei eine Bildersprache, mit deren Hilfe sich sehr leicht die Sprachen der Welt untereinander verständigen könnten. Er habe es ausprobiert – bei Kroaten und Italienern, aber auch in Südamerika bei Straßenkindern in Bogota und bei den Aymara in Bolivien, einem indigenen Volk in der Nähe des Titicacasees, bei einem alten Mann, der nicht einmal Spanisch konnte, habe er es ausprobiert, und es habe funktioniert. Er werde ihm das Prinzip erklären ... morgen ... oder übermorgen ...

Die Fahrt ins Burgenland hinunter in Davids Auto, einem Peugeot 406 Kombi, Baujahr 2000, war für Hanno wie ein Katzensprung gewesen, er hatte sich wohlgefühlt; als kennten sie einander tatsächlich schon lange; als wären sie tatsächlich miteinander verwandt und nicht nur »auf eine Art«. Irgendwie waren sie es ja auch; ein Wahlonkel konnte noch mehr ein Onkel sein als ein wahrer Onkel.

Das T-Shirt trocknete an Bauch und Rücken, und die feuchte Hose hatte sich am Körper erwärmt; wenn er sich sagte, das ist angenehm, war es angenehm. David hatte sich frische Sachen angezogen, er hatte ihm ein Hemd angeboten, aber nur der Form halber, niemals würde er in ein Hemd dieses schlanken Mannes passen. Hanno wusste, wenn er David und Magnus miteinander bekannt machte und wenn Magnus ein paar Sätze mit ihm gesprochen hatte, würde er ihm von sich aus von ihrer Erfindung erzählen wollen – David war der ideale Tester ihres Sattels, und womöglich hatte er weitere Ideen, der Fahrradsattel »Hannus« könnte erst der Anfang sein ...

Der Peugeot war verdächtig prächtig ausgestattet, das heißt, die Rückbank war umgeklappt, darauf lagen eine Matratze und ein Schlafsack und ein Kissen und daneben ein Buch und ein iPad, eine Wasserflasche und zwei schon dunkle Bananen; an den seitlichen Fenstern und an der Heckscheibe waren Vorhänge an Alustangen angebracht, ebenso hinter den Vordersitzen. Verdächtig, weil: Er wohnt hier also, dachte Hanno. Aber er fragte nicht nach.

15

Am nächsten Morgen begleitete sie David zur Arbeit. Sie gingen über die Landstraße, vorneweg Gregor, in einigem Abstand hinter ihm Hanno und David. Es war kühl, Hanno trug über dem T-Shirt eine Vliesjacke, aber Schuhe hatte er keine an. Sie hatten nicht gefrühstückt. Leonie und Tamara ebenfalls nicht, neben der Bushaltestelle war eine Bäckerei, dort kauften sie sich eine Topfengolatsche oder ein Nusskipferl. So war das jeden Morgen. Magnus mochte es, wenn am Beginn der Arbeit die Kollegen zusammen im Besprechungsraum saßen, wenn Kaffee ausgeschenkt wurde und Karin, die Sekretärin, das Tablett mit den belegten Broten brachte. Zur Zeit waren vierzehn Männer und sechs Frauen angestellt. Sie verdienten besser als in vergleichbaren Betrieben und sollten ein wenig behandelt werden wie Familienmitglieder, es gab Frühstück und ein warmes Mittagessen.

Magnus kam mit ausgestreckter Hand auf David zu – Hanno hatte in der Nacht eine Mail an ihn geschickt und darin David angekündigt, »eine Art Bruder« –, er lächelte breit und fragte, ob er es einen Tag mit ihm und seinen Paradeisern versuchen wolle.

»Es ist eine Arbeit für Leute, die gern schwitzen und gern lachen.«

David schlug ein. Mehr war nicht nötig. Das Geld könne er sich am Abend bei Karin abholen. Was er zu tun habe, das würde ihm Hanno sagen. Hinter Davids Rücken zwinkerte er Hanno zu und zeigte ihm den aufgestellten Daumen.

Erst kürzlich hatte Hanno in einem populärwissenschaftlichen Artikel im Netz gelesen, dass im Thalamus binnen 230 Nanosekunden ein Urteil über einen Menschen gefällt werde, unabhängig von Verstand und gutem Willen, und dass Verstand und guter Wille anschließend in einem, manchmal Jahre dauernden Prozess eine Begründung dafür lieferten, die krude oder hochintellektuell ausfalle, die aber immer nachgereicht werde wie Ideologie, Religion, Psychologie, Philosophie. Immer marschierten Biologie und Physik voraus.

Gregor konnte David nicht leiden. Er würde ihn nie leiden können. Aber David ist mein Bruder, Gregor nicht. Nicht sollten alle Menschen Brüder sein, Freunde, wenn irgend möglich, aber schon. Das würde den Umgang untereinander erleichtern. Man müsste sich nicht mit Gedanken herumschlagen, die sich bei jedem Hieb vervielfachten, bis man heillos jeden Überblick verlor.

In der folgenden Nacht schlich sich Tamara zu David in die Kammer. Der Himmel habe ihn geschickt, flüsterte sie in sein Ohr, seit einem halben Jahr habe sie keinen Sex mehr gehabt; und als sie miteinander geschlafen hatten, sagte sie, er sei der zärtlichste Mann, der ihr in ihrem Leben begegnet sei. Er sagte, leider könne nichts daraus werden, und sie sagte, das mache ihr nichts aus, damit habe sie eh nicht gerechnet, und sie hob noch einmal ihr Nachthemd, bevor sie auf geschwinden, nackten Beinen davoneilte.

Aber sie hatte damit gerechnet. So fest rechnete sie damit, dass sie Jojo eine Mail schrieb, in der sie ihm mitteilte, es sei Schluss, aus, fertig, er müsse nicht mehr aus Wien anreisen. Sie gab keine Begründung an, schrieb, er wisse selbst warum. Sie verliebte sich in David und sagte ihm das und sagte es ihm zehnmal in vierundzwanzig Stunden, in der Nacht, wenn sie sich in seine Kammer schlich, am Morgen, bevor sie sich aus seiner Kammer schlich, und dazwischen, wann immer ihr Mund in die Nähe seines Ohres kam. David meinte, das bedeute nicht, dass sie eine Gegenliebe erwarte. Aber sie erwartete eine Gegenliebe. Sie rechnete damit. Sie baute darauf. Und als alles nicht den Weg ging, den sie bereitet hatte, hasste sie David und schwärzte ihn bei den anderen an. Das gelang ihr bei Leonie und gelang ihr bei Gregor. Bei Hanno gelang es natürlich nicht.

Gerichtstag wurde gehalten. Tamara, Leonie und Gregor waren Ankläger, Richter und Geschworene. David war der Angeklagte. Hanno war die weite Welt, in die das Urteil hinausposaunt wurde: Schuldig! Die Strafe hieß Verbannung. David solle das Haus verlassen, eine Stunde habe er Zeit, seinen Platz zu räumen.

Hanno sagte: »Ich geh mit ihm. Ihr könnt mich am Arsch lecken!

Alle miteinander! Gregor, Leonie, Tamara! Und eure Eltern und Großeltern und Geschwister und zukünftigen Ehemänner und Ehefrauen und eure zukünftigen Kinder und Enkel auch!«

ZWÖLFTES KAPITEL

*Als ich jung war, war vieles neu, aber rätselhaft war wenig. Ich verließ
mein Zuhause, da war ich zehn. Ich lief hinunter zum Fluss und versteckte mich unter dem Schwemmholz. Dort roch es nicht gut, aber ich
gewöhnte mich daran, und dann roch es nach Erde und nach den Wurzeln in der Erde. In der Nacht regnete es, da verkroch ich mich weiter
unter das Holz. Dort hockten zwei kleine Tiere, die legten sich an meine
Hände und gaben mir ein bisschen Wärme. Aber es war nicht genug
Wärme, ich sagte zu den Tieren: »Ruft eure Kameraden, dass sie kommen, mich friert nämlich an den Beinen und am Rücken und am Bauch
und im Nacken friert mich auch und auch an den Ohren und auch an
den Füßen.« Das taten sie, sie riefen, und ihre Kameraden kamen, und so
lagen wir unter dem Schwemmholz, und wir wärmten uns aneinander
und schützten uns vor dem Regen, und ich zerkrümelte das Brot, das ich
mitgebracht hatte, und sie aßen, und ich aß auch. Ich schüttete Milch aus
meiner Flasche auf den Boden, und sie tranken, und ich trank auch, und
ich dachte bei mir, hier kann ich bleiben, warum sollte ich jemals wieder
irgendwo anders hingehen, ich will nicht, ich will meine Tiere nicht verlassen, und meine Tiere wollen mich nicht verlassen.*

*In der Nacht aber wachte ich auf, weil ich hörte, wie mein Name ge-
rufen wurde. Es regnete nicht mehr, am Himmel stand der volle Mond.
Die Tiere waren verschwunden, nur etwas von ihrer Wolle war noch da,
die sammelte ich auf und steckte sie mir in die Taschen. Am anderen Ufer
sah ich einen Mann stehen, der rief meinen Namen und winkte mir zu,
ich solle durch den Fluss schwimmen, rief er.*

»Wer bist du?«, rief ich zurück.

Er sagte: »Ich bin der, der dir sehr weh tun wird.«

*Ich sagte: »Ich bin erst zehn Jahre alt. Ich muss nach Hause, mein
Vater und meine Mutter sorgen sich um mich.«*

»Wenn du erst ein Mann bist«, rief er, »wirst du dich an diese Nacht

erinnern. Du wirst traurig sein, dass die Zeit vergangen ist und du nicht ewig der sein konntest, der du jetzt bist. Du wirst dich fragen: Was habe ich damals gedacht? Was habe ich mir damals gewünscht? Was dachte ich damals, das einmal aus mir werden wird? Ich kann dir alle diese Fragen beantworten. Es kommt doch nur darauf an, dass man erreicht, was man sich gewünscht hat. Komm! Steig ins Wasser! Es ist nicht kalt. Schwimm zu mir herüber! Es ist nicht weit. Es sind nur wenige Züge.«

Ich sagte: »Ich kann nicht schwimmen.«

»Du lügst«, sagte er. »Ruf deine kleinen Tiere, die dich gewärmt haben. Abgrund ruft nach Abgrund! Die Tiere können schwimmen. Sie tragen dich über den Fluss zu mir. Du wirst nicht nass werden.«

Da rief ich nach den Tieren, und sie kamen und stellten sich im Kreis um mich herum auf. Es waren viele, hunderte oder gar tausend. Ihre Pelzchen schimmerten im Mondlicht, und ihre Zähnchen glitzerten, als wären sie aus Glas, und die Krallen an ihren Pfötchen blinkten wie Messerchen und ihre Äuglein funkelten, als wäre Feuerstein auf Feuerstein geschlagen worden. Sie drängten sich an mein Ohr und ruckten dahin und dorthin und schrien und quietschten und raschelten und kratzten und fragten mich, wer der Mann sei, der drüben am anderen Ufer steht und zu mir herüberwinkt.

Ich sagte: »Er ist der, der mir sehr weh tun wird.« Ich sagte: »So hat er sich mir vorgestellt.«

»Geh nicht zu ihm«, sagten die Tiere. »Es ist der Tod. Wir kennen seine Art. Er sagt immer die Wahrheit. Daran erkennen wir ihn. Geh nicht zu ihm! Sei tapfer! Bleib hier. Sei tapfer! Geh nicht!«

»Könnt ihr mich zu ihm über das Wasser tragen?«, fragte ich meine kleinen Tiere. »Dass ich nicht nass werde?«

Sie sagten: »Ja, das können wir. Aber wir tun es nicht gern. Wir müssen dich nämlich drüben abladen, und dann schwimmen wir zurück und müssen dich drüben mit ihm allein lassen.«

Der Mond schien auf die Erde, und alles war schwarz und weiß und grau, denn der Mond wünscht sich keine Farben, das hat ihm die Sonne versprechen müssen, als er ihr erlaubte, ihr Licht auf ihn zu laden, während sie schläft.

»Heute will ich noch nicht«, rief ich zu dem Mann hinüber auf die andere Seite des Flusses. »Komm morgen wieder! Kann sein, dass ich morgen will.«

Da nickte er, der ganz schwarz war gegen den mondhell erleuchteten Himmel, und ging und winkte mir im Gehen zu, und ich sah ihm nach.

»Ich brauche euch nun nicht mehr«, sagte ich zu den kleinen Tieren in den schimmernden Pelzen mit den glitzernden Zähnen und den blinkenden Krallen und den funkelnden Augen. »Ich muss nachdenken«, sagte ich. »Dabei werdet ihr mich stören. Ihr ruckt einmal dahin und ruckt einmal dorthin, ihr schreit und quietscht und raschelt und kratzt und könnt keine Ruhe geben.«

Sie huschten davon, und bald war es still, und das Wasser des Flusses glitt ruhig dahin, in ihm spiegelte sich der Mond.

»Was wird aus mir werden?«, fragte ich in mich hinein, so dass draußen kein Laut zu hören war. Ich wischte den Schmutz von meinen Kleidern und machte mich auf den Weg nach Hause. Aber in der folgenden Nacht war ich wieder unten am Fluss, und ich rief nach meinen Tieren, und ich rief nach dem Mann auf der anderen Seite. Aber niemand antwortete mir. Da habe ich mich unter das Schwemmholz gelegt und bin eingeschlafen, und als der Mann mich im Traum rief, habe ich getan, als hörte ich ihn nicht. Aber ich hörte ihn doch.

Ich hörte ihn fluchen. »Du lügst schon wieder!«, rief er. »Ich weiß, dass du wach bist. Komm heraus! Zeig dich! Ich bin der, der dir sehr weh tun wird.«

Ich habe ihm nicht geantwortet, ich bin tapfer geblieben, wie es mir meine Tiere empfohlen hatten, und habe gewartet, bis die Sonne aufging. Meine Geschichte war vorbei, ist zurückgekehrt und nach Hause gekommen.

1

»Ich war achtzehn«, erzählte David, da habe er Neda kennengelernt. Er bereitete sich damals aufs Abitur vor, sie war zwei Klassen unter ihm. Eine sehr Hübsche, klein wie er, eine Ernste.

»Ernst wie du?«, fragte Hanno.

»Bin ich ernst?«, fragte David zurück.

Sie fuhren nach Süden. David hatte Hanno das Steuer überlassen; der schob den Sitz nach hinten und richtete sich den Rückspiegel, und seine Haltung und Miene reduzierten sich auf eine vernünftige Kargheit, keine Bewegung zu viel, keine zu wenig. Das war Seines, Autofahren tat Hanno gut, hatte ihm immer gutgetan. Sie fuhren auf der Landstraße hinüber in die Steiermark. Ein schöner Himmel war über ihnen, ein neues Leben könnte beginnen, neue Farben, neue Gerüche, neue Einbildungen, an die man sich mit Sehnsucht erinnern würde eines fernen Tages.

Hanno hatte Bekannte in Graz, sie hätten sie bei sich übernachten lassen, gern sogar, Typen, die mit Cannabisanbau und -handel ihr Geld verdienten und die Todesstrafe für Heroindealer forderten und sich übergern zwei, drei Stunden Zeit nahmen, um zu erklären, wie dies zusammenpasste; was sich Hanno aber nicht ein weiteres Mal anhören wollte. Also fuhr er an Graz vorbei, und sie fuhren weiter nach Süden.

Und David erzählte: Nedas Eltern stammten aus Kroatien. Sie war in Frankfurt geboren, hatte ihr Leben lang in der Stadt gewohnt. David gab ihr Nachhilfeunterricht im Aufsatzschreiben. Weil sie sich schwertat, habe er ihr ein paar Tricks gezeigt. Sie war gut in Mathematik und Englisch und Französisch, aber sie schreibe Aufsätze wie ein Kind, habe ihr Lehrer zu ihr gesagt. David gefielen ihre Aufsätze, sie waren einfach, schnörkellos, ehrlich – aber was nütze das, der Lehrer wollte es anders, wendiger, intellektueller, nicht nur Hauptsätze, nicht nur Feststellungen. David diktierte ihr eine Kollektion von Floskeln in ein eigens dafür bestimmtes Notizbuch – »... andererseits sollte man nicht aus den Augen verlieren ...« oder »... nichtsdestoweniger sind Bedenken anzumelden ...« oder »... das wird sich weisen ...« oder »... am Ende des Tages ...« oder »... ich gehe davon aus ...« Er verachtete solche Sätze, wusste aber, dass sie beeindrucken konnten, jedenfalls Nedas Lehrer. Er ermahnte sie, diese Sätze nur im äußersten Notfall und nur im Schulaufsatz anzuwenden, nie in der Wirklichkeit, sie verdürben nicht nur den Stil, sondern auch den Charakter.

Sie lernten bei David zu Hause. In seinem Bett haben sie miteinander geschlafen; am Nachmittag, während seine Mutter bei der Arbeit war. Für beide war es das erste Mal. Seine Mutter sagte, es sei höchste Zeit mit achtzehn; sie mochte Neda und hatte nichts dagegen, wenn sie über Nacht blieb. Auch Nedas Eltern hatten nichts dagegen.

Es war eine feste Beziehung, es war Nedas erste Beziehung und auch seine erste Beziehung. Und es sei eine feste, eine endgültige Beziehung gewesen. Habe er sich jedenfalls gewünscht. Er habe keine anderen Erfahrungen machen wollen. Wozu braucht man Erfahrungen, wenn man weiß, dass man glücklich ist? Genau so habe er gedacht. Nedas Eltern begrüßten seine Einstellung. Es sei die Einstellung eines Mannes, eines reifen Mannes. Sie wünschten sich, dass er und Neda zusammenblieben. Seine Mutter aber hatte Bedenken. Neda war gewissenhaft, sie wirkte sehr reif und streng.

Neda selbst fand ihre Aufsätze nicht kindlich, aber sie sah ohne Lamentieren ein, dass es keinen Sinn hatte, darüber zu diskutieren, sie fütterte ihren Lehrer mit Phrasen und bekam bessere Noten, das genügte ihr, und ihre Eltern lobten David. Sie war mager. Wollte aber nicht mager sein.

Einmal saß sie allein mit Davids Mutter in der Küche, da seien die Tränen aus ihr herausgebrochen: Sie wünsche sich, ein anderer Mensch zu werden, habe sie gesagt, weniger ordentlich, weniger konsequent, weniger besorgt; sie fürchte, David werde sich irgendwann von ihr abwenden. Seine Mutter berichtete ihm. Sie sagte, es falle ihr nicht leicht, sich allein mit Neda zu unterhalten, und zwar, weil sie sich wie ihre jüngere Schwester vorkomme, eben unordentlich, inkonsequent und nicht besorgt wegen jeder Kleinigkeit; Neda sei eine besonders erwachsene Erwachsene. Er sagte, ja, ihm gehe es ein wenig ähnlich.

Im Sommer fuhr er zusammen mit Neda und ihren Eltern nach Zagreb, anschließend nach Dubrovnik. Von den Verwandten wurde er aufgenommen wie ein Schwager. Zweimal am Tag habe es Fleisch zu essen gegeben und zum Frühstück Wurst. Nedas Eltern besaßen ein Haus in Zagreb und eine Wohnung in Dubrovnik, mitten in der Altstadt. Jederzeit – »wirklich jederzeit!« –, versicherte ihm Nedas Vater, dürfe er sich die Schlüssel für das Haus und die Wohnung ausborgen; auch seine Mutter sei herzlich eingeladen; Wohnung und Haus seien ideal für ein verliebtes Paar, alles vorhanden, Bettwäsche, Waschmaschine, Fernseher mit Satellitenschüssel, Videorekorder, Terrasse, Badewanne mit Whirlpool, und wenn er es ein paar Tage vorher wisse, werde er bei der Verwandtschaft anrufen, dann sei auch der Kühlschrank bis oben voll. Das mit dem verliebten Paar war nicht nur auf ihn und Neda gemünzt, sondern auch auf seine Mutter. Eine attraktive Frau wie die Frau Dagmar sollte nicht allein leben – sie nannten Davids Mutter beim Vornamen, während sie nur und immer von Herrn und Frau Pavić sprach.

Als David aus Kroatien zurückkehrte, teilte er seiner Mutter mit, dass er und Neda heiraten wollten.

Seine Mutter warnte. Schließlich sei er gerade einmal achtzehn, Neda noch nicht einmal siebzehn, und sie kannten sich gerade einmal ein halbes Jahr oder nicht einmal.

Herr und Frau Pavić luden sie und David zum Abendessen ein – in ihre weitläufige Wohnung am Zoo, allein der Flur hatte nicht viel weniger Quadratmeter als ihre Wohnung, von einem Ende des Wohnzimmers zum anderen musste man sich zurufen. Nedas Eltern waren mit den Plänen des jungen Paares selig einverstanden; sie waren glücklich, und sie hatten nicht nur nichts dagegen, dass Neda fast jede Nacht bei David schlief, sie begrüßten es; aus Andeutungen durfte geschlossen werden, dass sie gegen eine schwangere Braut nichts einzuwenden hätten. Sie liebten ihren zukünftigen Schwiegersohn, und nicht nur einmal während des Abends legte Frau Pavić ihre Fingerrücken zärtlich an Davids Schläfe. Sie sagte, sie habe sich für ihre Tochter immer das Allerbeste gewünscht, und nun habe sie mehr als das Allerbeste gekriegt.

Herr Pavić verdiente einen Haufen, er war, dies seine Selbstbeschreibung, Inhaber der größten Autoreifenhandlung in Hessen, obendrein waren er und seine Frau von Haus aus wohlhabend. Während des Abendessens – das von einer Cateringfirma geliefert wurde – ließen sie weitere Andeutungen fallen, diesmal die Mitgift betreffend, der zukünftige Schwiegersohn dürfe sich freuen – und auch dessen Mama.

Noch in der Nacht kam es zum Streit zwischen David und seiner Mutter. Ob er denn nichts dabei finde, dass bereits beim ersten Familientreffen über Geld gesprochen werde, hielt sie ihm vor. Frankfurt sei doch kein Bazar für den Nachwuchs, man lebe in Europa, bitte, am Beginn des 21. Jahrhunderts! Neda sei zweifellos hübsch und auch nicht unintelligent, also frage sie sich, was der Grund dafür sei, dass ihre Eltern so viel Gas geben, das erwecke den Eindruck, sie hätten Sorge, ihre Tochter unter die Haube zu bringen, und das bei einer knapp Siebzehnjährigen, irgendetwas sei hier faul.

David brach das Gespräch ab und verbot seiner Mutter, in dieser Art über Neda und ihre Eltern zu sprechen.

Wenige Tage später wurde ein breites Bett geliefert, Kautschukmatratze mit Strohkern, von Nedas Vater spendiert: Damit die beiden Liebenden mehr Platz hätten. Davids Mutter war empört. Sie rief bei Herrn Pavić an. Auch als alleinerziehendes Elternteil sei sie durchaus imstande, ihrem Sohn eine Unterlage für die Nacht zu bieten. Man werde das Ding abholen, hieß es. Man holte es aber nicht ab. Eine weitere Einladung in die Superwohnung mit Blick auf den Zoo erfolgte nicht mehr, und Neda schlief von nun an nur noch selten bei David. »Man« kam überein, die Heirat ein Jahr zu verschieben.

2

Nach dem Abitur und einigen Versuchen, sich in ein Studium einzufinden, trat David seinen Zivildienst als Behindertenbetreuer an. Damals habe er Alexandra kennengelernt.

Sie war gleich alt wie er, auf den Monat genau, studierte Theaterwissenschaft ohne zweites Fach und jobbte nebenher als Teilzeitsekretärin beim Diakonischen Werk, welches die Behindertenbetreuung organisierte. David traf sie einmal in der Woche, wenn die Sozialarbeiter, der Psychologe, der Beamte vom Sozialamt und die verschiedenen Betreuer ihre Erfahrungen austauschten. Er verliebte sich in sie, und sie verliebte sich in ihn. Sie ahnten es, aber sie trauten es einander nicht zu sagen. Sie waren die Einzigen in der Runde, die rauchten, und immer, wenn er aufstand, um vor die Tür zu gehen, um sich eine anzuzünden, ging sie mit und umgekehrt. Er rauchte rote Gauloises, sie Camel, nach einer Woche rauchte er auch Camel. Bei den Diskussionen waren sie die Wortführer, sie hatten die besten Ideen, lieferten die klügsten Analysen; Alexandras Gegenwart regte David an und umgekehrt. Er wollte ihr imponieren.

Er wandte allen Ehrgeiz auf, um die Symbolsprache Bliss zu studieren, ein System aus einfachsten Zeichen, das Charles Bliss, ein aus Czernowitz stammender Chemiker, Mitte des letzten Jahrhunderts erfunden hatte, inspiriert durch die chinesischen Schriftzeichen, die er während seines Exils in Shanghai kennenlernte. Diese Zeichen nutzte David, um mit einer jungen Frau, die unter einer zerebralparetischen Störung litt und nicht sprechen konnte, zu kommunizieren. Und er hatte Erfolg! Das brachte ihm die Bewunderung des Teams ein. Und die Bewunderung von Alexandra. Gemeinsam wollten sie das System weiterentwickeln, und sie hatten wirklich originelle Ideen.

Er konnte nicht eine Sekunde den Blick von ihr wenden. Sie hatte ein rundes Gesicht und glatte blonde Haare und zu viele Pfunde, wie sie freimütig einräumte, und ein so ehrliches Lächeln, dass er in einem Aufwasch von seinen Bedrückungen befreit war, wenn es aufleuchtete; in ihrer Gegenwart konnte nichts Unrechtes geschehen. Aber sie redeten nur Fachliches miteinander, es kam vor, dass die Worte »ich« und »du« kein einziges Mal zwischen ihnen ausgesprochen wurden.

David erzählte weiter: In den Sommerferien fuhr Neda mit ihren Eltern wieder nach Kroatien, diesmal ohne ihn. Gegen seine heiligen Überzeugungen und gegen sein rebellierendes Gewissen fühlte er sich doch erleichtert. Aber als ihn seine Mutter fragte, ob er sich denn nicht auch ein wenig erleichtert fühle, einen ganzen Monat ohne sie, bekam er einen Wutanfall.

Nach einer der Sitzungen im Diakonischen Werk begleitete er Alexandra nach Hause. Vor der Einfahrt zu dem Block, in dem ihre Familie wohnte, legte sie ihre Arme um seinen Hals und küsste ihn.

Sie verabredeten sich für den nächsten Tag.

Sie wartete im Auto ihres Vaters beim Palmengarten. Sie fuhren aus der Stadt hinaus und auf der Autobahn in Richtung Norden und von der Autobahn ab und über einen Feldweg in ein Waldstück hinein. Dort legten sie die Lehnen ihrer Sitze um, zogen sich aus und schmiegten sich unter einer Decke aneinander. Die Decke habe sie zu diesem Zweck mitgenommen, gestand ihm Alexandra hinterher.

Alexandra hatte einen Freund, der war einige Jahre älter als sie, er arbeitete als Assessor bei der Staatsanwaltschaft. Wenn er, David, sich von Neda trenne, sagte sie, werde sie sich von ihrem Freund trennen. Sie war Katholikin und spürte ab und zu Gottes Wirken in sich, und dass sie David getroffen hatte, zählte sie dazu. Wenn etwas nicht recht sei, merke es der Mensch, belehrte sie ihn, dieses Messgerät sei von Gott in die Seele eingepflanzt worden, es nenne sich Gewissen. Ihr Glück war so deutlich sichtbar, dass es ihm weh tat. Ob er denn das Gefühl habe, es sei nicht recht, was sie tun, fragte sie. In Alexandras Gegenwart hatte er dieses Gefühl nicht; zu Hause, allein in seinem Zimmer, kam die Reue gekrochen. Er erbat sich Bedenkzeit.

3

Er habe, versicherte er Hanno, nicht damit gerechnet, dass er sich in seinem Leben noch einmal verlieben würde, und bereits wenige Wochen nach seinem Heiratsversprechen sei es geschehen.

Dass sie beide, Alexandra und er, Wortbrüchige waren – auch sie hatte ihrem Freund Treue versprochen –, drängte sie sogar enger aneinander, umschnürte sie, als wären sie Immigranten in einem Land, dessen Sprache und Sitten sie nicht verstanden. Die Gefühle, die er für Neda empfunden hatte, erschienen ihm nun kindlich, und dass sie miteinander geschlafen hatten, kam ihm vor wie nicht gewesen, ein infantiler Zufall, eigentlich ein Irrtum, Erwachsenspielen. Wie hatte er sich nur einbilden können, erwachsen zu sein! Nur weil er über ein Repertoire von abgedroschenen Redewendungen verfügte, mit denen man bei einem Lehrer Eindruck schinden konnte? Ein Kind war er gewesen! Ihm war, als sähe er Neda endlich, wie sie immer gewesen war: ihre Instabilität, Wankelmütigkeit und Unzufriedenheit mit sich selbst, was sie mit Strenge und Ernst zu kompensieren versuchte. Sie mochte wie eine besonders erwachsene Erwachsene wirken, in ihrem Herzen war sie ein Kind, ein Kind, wie er eines gewesen war, bevor er Alexandra kennengelernt hatte – rückblickend musste er ihrem Deutschlehrer recht geben.

Er fürchtete, Neda würde sich etwas antun. Die Drohung, sich das Leben zu nehmen, war die einzige Reaktion, die er sich bei ihr vorstellen konnte, wenn er ihr, gleich, ob schonend oder brutal, mitteilte, dass es zu Ende sei, dass er sie nicht heiraten wolle. Mit Alexandra traute er sich nicht darüber zu sprechen. Entweder sie würde sich zurückziehen, weil sie diese Verantwortung nicht tragen wollte – in diesem Fall hätte er sie verloren; oder sie würde sagen, ihre Liebe sei mehr wert als alles andere auf der Welt, er solle mit Neda Schluss machen, ohne Rücksicht darauf, was er damit anrichte, Gott werde die Hand über sie halten, die Liebe sei ein Geschenk Gottes, dieses zurückzuweisen, sei die größte Sünde. Und alle sehen es. Die Sünde kommt nämlich immer auf einem Weg gelaufen, der gut zu übersehen ist. Sie geht nicht auf Füßen, sondern auf ihren Wurzeln. Und dann setzt sie sich auf den Thron. Das Böse ist nicht mysteriös. Mehr als da ist, gibt es nicht. – Worte ihres Noch-Freundes, Assessor und katholischer Mystiker …

Schon der Gedanke an diese Worte ließ seine Haut frostig werden, und er musste sich bei der Konstablerwache auf einen Fahrradständer aus Zement setzen, weil ihm schlecht wurde. Er wusste nicht, was er tun sollte. Also tat er nichts.

Über den Herbst und über den Winter übte er sich im Lügen. Neda war unglücklich. Irgendetwas sei anders, sagte sie, sie spüre es, in der Nacht träume sie davon, seit sie aus Kroatien zurück sei, begegne er ihr anders. Sie weinte oft. Wenn sie weinte, wurde er so ungeduldig, dass ihm die Augäpfel unter die Oberlider sprangen. Sie rief ihn in Stundenabständen auf seinem Handy an. Es kam vor, dass er sie anbrüllte. Sie verderbe ihm die Tage. In Stundenabständen fragte sie ihn, ob er sie liebe. Sie sagte tatsächlich, sie könne ohne ihn nicht leben. Er erschrak nicht einmal.

Alexandra beendete die Beziehung zu dem Assessor; auch er habe gedroht, sich umzubringen, umgebracht aber habe er sich nicht, seine Reaktion sei eines katholischen Mystikers nicht würdig gewesen. Sie glaubte jedenfalls, damit eine Vorleistung erbracht zu haben, die es David leichter mache, seinerseits die Beziehung zu Neda zu beenden. Das sei so gut wie keine Beziehung mehr, sagte er. Und zu Neda sagte er, dass er sie natürlich noch liebe. Beides war gelogen.

Und dann sprach er in der Mensa der Universität, wo er manchmal zu Mittag aß, wenn seine Mutter nicht zu Hause war, eine Studentin an, die in der Schlange bei der Markenausgabe vor ihm stand. Wie ein warmer Windstoß habe ihn an diesem Tag ein wunderbares Selbstbewusstsein angeweht.

4

Sie hieß Marion, war bei den Betriebswirtschaftlern eingeschrieben, studierte aber nicht. Sie tat nichts, hatte ein großes Zimmer in einer Wohngemeinschaft, lebte vom Geld ihrer Eltern, wusste nicht, was sie werden wollte, und hoffte, dass sie es nie würde wissen müssen. Von Liebe, sagte sie, wolle sie ebenfalls nichts wissen, aber mit ihm schlafen wolle sie, sie habe ihn schon länger im Visier, er sei umwerfend sexy, von großen Männern halte sie nichts, die seien wie verdünnter Sirup, und er solle sich nur nicht einbilden, es sei ein Zufall gewesen, dass er in der Schlange hinter ihr gestanden habe; wenn nicht er sie, hätte sie ihn angesprochen.

Als er eine halbe Stunde später ihren großen Busen nackt vor sich sah, war er so glücklich, dass er durch ihr buntgeschmücktes und ausbebildertes Zimmer taumelte und ihr vorschlug, zusammen mit ihm auszuwandern, auf der Stelle, heute, nach Afrika – Kenia, Elfenbeinküste, Sahara – oder nach Südamerika, an den Amazonas, an den Rio de la Plata oder nach Patagonien, wo Eisenbahnschienen bolzgerade von einem Horizont zum anderen das flache Land durchschnitten; sie unter diesem Himmel zu küssen, das wünsche er sich. Sie sei ein Stadtmensch, antwortete sie lakonisch, Amazonas und Sahara kämen für sie nicht in Frage, Rio de Janeiro schon eher oder Montevideo oder Buenos Aires, auch Kairo, wenn es unbedingt sein müsse. Sie konnte sehr komisch sein.

Und er wollte sein wie sie. Keine Verpflichtungen wollte er mehr eingehen. Keine Zukunftspläne wollte er mehr entwerfen. Sich nicht den Kopf zerbrechen über die Gedanken Gottes. Nicht müssen wollte er. Er würde lernen, nein zu sagen. Nicht: Ich kann nicht. Sondern: *Ich will nicht.* Und er wollte nicht mehr lügen.

Um diesen neuen Zustand zu erreichen, musste aber erst einiges geklärt werden. Was geklärt werden musste, war kompliziert und benötigte Zeit. Und diese Zeit konnte nur mit Hilfe von Weiterlügen gewonnen werden. Er belog Neda: Die Arbeit in der Behindertenbetreuung nehme ihn sehr in Anspruch, am Abend sei er völlig konfus und müsse mindestens zwei Stunden allein in der Stadt herumlaufen, um wieder herunterzukommen, und hinterher sei er meistens zu müde, um sich bei ihr zu melden.

Er selbst staunte, wie er sich Tag um Tag von dem entfernte, der er einmal gewesen war.

Alexandra wiederum erzählte er, das Verhältnis zwischen Neda und ihrem Vater habe sich verschlechtert, es sei immer schon gespannt gewesen, inzwischen aber sei das Zusammenleben mit ihren Eltern unerträglich für sie, so dass ihre einzige Hoffnung darin bestehe, bald von zu Hause auszuziehen und mit ihm eine Wohnung zu nehmen; im Augenblick könne er es ihr nicht sagen, er bringe es einfach nicht übers Herz, er könne es nicht verantworten, vor seinem Gewissen und vor Gott. – Es war das erste Mal in seinem Leben, dass er Gott als Argument eingesetzt habe, erzählte er Hanno.

Aber er war kein cleverer Lügner. Neda glaubte ihm nicht, und Alexandra glaubte ihm auch nicht. Wenn sie erfahre, dass er sie belüge, sagte Neda mit erwachsener Strenge, werde sie sich umbringen. Und Alexandra sagte das Gleiche mit fast den gleichen Worten. Er kroch zu Marion unter die Decke, und sie schliefen miteinander, und er wollte es immer wieder und immer wieder, bis sie ihn fragte, ob er etwas aus seinem Kopf herausvögeln wolle, so verzweifelt käme er ihr dabei vor. Und weil er sie so verstanden hatte, dass die Liebe und alles, was dazu gehörte, auch die Eifersucht, sie tatsächlich nicht interessiere, fand er nichts dabei, vor ihr seinen Kummer zu öffnen und auszubreiten.

Er hatte sie missverstanden. Sie brach zusammen.

Nun drei Frauen, die drohten, sich umzubringen. – Da sei er auf und davon.

»Nach Wien«, ergänzte Hanno.

»Ja.«

»Zu deinem Vater. Damals.«

»Ja.«

»Aber du hast dir das Leben nicht nehmen wollen? Du nicht.«

»Nein, das will ich nicht, weder heute, noch wollte ich es vor dreizehn Jahren.«

»Aber Onkel Sebastian hatte gedacht, du willst dir das Leben nehmen?«

»Ja. Er hatte mit meiner Mutter telefoniert. Und die dachte, ich sei derjenige, der sich das Leben nehmen will, nicht Neda, nicht Alexandra oder Marion. Ich habe ihr irgendwann alles erzählt, das war natürlich dumm, aber ich habe die Lügereien nicht mehr ausgehalten, irgendjemandem musste ich die Wahrheit sagen. Da ist sie fast umgekommen vor Sorge. Wahrscheinlich hätte sich meine Mutter das Leben nehmen wollen, wenn sie in einer ähnlichen Situation gewesen wäre wie ich.«

»Das liegt am Geschlecht«, sagte Hanno. »Die wollen sich bei jeder Gelegenheit das Leben nehmen – sorry, ist meine Erfahrung. Und dann?«

»Dann? Was dann?«

»Wie ging es weiter?«

»Ich war ein paar Tage bei meinem Vater. Er hat mich deinem Vater vorgestellt. Damit er mich anschaut. Ob man sich wegen mir Sorgen machen soll. Dein Vater sagte, muss man nicht. Dann haben wir einen alten Freund der Familie begraben. In Innsbruck. Und dann bin ich wieder nach Frankfurt zurück ... und habe geheiratet.«

»Wen?«

»Neda.«

»Grad die? Um Himmelswillen! Ausgerechnet die!«

»Ja, die.«

»Und hast dich gleich wieder scheiden lassen.«

»Nein, habe ich nicht.«

»Du bist immer noch mit ihr verheiratet?«

»Ja.«

»Und bist jetzt wieder abgehauen? Und wieder nach Wien. Wieder zu deinem Vater. Du bist ein schräger Typ ...«

Darauf antwortete David nicht

Sie fuhren durch eine freudlose, menschenleere Gegend in Richtung Slowenien. Sie hatten sich nicht abgesprochen. Hanno blieb auf der Autobahn, und David widersprach nicht. Sie hörten Musik und

509

sangen gemeinsam, nachdem Hanno angestimmt hatte, und David erzählte, und bald wurde es Abend. Hinter Maribor aßen sie in einer Raststätte einen Teller Reisfleisch und einen Schokoriegel, dann ging es weiter.

5

David besaß die Schlüssel sowohl zu dem Haus in Zagreb als auch zu der Wohnung in Dubrovnik, sie waren ein Teil der Aussteuer gewesen, seit seiner Heirat hingen sie an seinem Schlüsselbund.

Das Verhältnis zu seinen Schwiegereltern war inzwischen schlecht, aber die Schlüssel hatten sie nicht zurückgefordert. Wahrscheinlich dachten sie gar nicht mehr daran. Er war nun nicht mehr das Allerbeste, was ihrer Tochter passieren hatte können. Als Hochzeitsgabe hatten die Pavićs ihrer Tochter und ihrem Schwiegersohn eine Wohnung in der Nähe vom Luisenplatz geschenkt, einem der besten Viertel von Frankfurt, eine Vierzimmerwohnung mit zwei Bädern und drei Toiletten im vierten Stock eines sanierten Altbaus.

David hatte eigentlich Medizin studieren wollen, war aber wegen seiner weniger als mittelmäßigen Abiturnoten von der Zentralstelle für die Vergabe von Studienplätzen zu weit nach hinten gereiht worden, außerdem hätte er sich nicht aussuchen dürfen, in welcher Stadt er mit dem Studium beginnen würde. In Lüneburg war ein Platz frei, aber für Wirtschaftspsychologie; er hatte keine Ahnung, was das sein könnte, hörte in eine Vorlesung hinein und gab auf. Er schrieb sich im Fach Sonderpädagogik an der Universität Oldenburg in Norddeutschland ein. Neda wollte aber nicht aus Frankfurt fortziehen, sie hatte am Gymnasium eine Klasse wiederholen müssen, sie behauptete, schuld sei ihr Kummer, weil er sie nicht mehr liebe, sie wollte nicht mit ihm nach Oldenburg ziehen, schon der Name der Stadt klinge nach Verwelken und Verfaulen.

Ihm kam vor, sie weinte immer. Er hatte sich Oldenburg nicht ausgesucht, er war von der ZVS dorthin verwiesen worden; Neda aber jammerte, er wolle von ihr weg, sie wurde dünner und spitzer. Sie lernte nicht, und es bestand Gefahr, dass sie das Schuljahr ein zweites Mal wiederholen musste. Die Wohnung war viel zu groß für sie beide, zwei Zimmer standen leer, dennoch war ihm, als müsse er um Luft ringen. Er provozierte Streit, nur damit er einen Grund hatte, in der Nacht zu seiner Mutter zu laufen. Er verachtete sich deswegen, umso mehr, als ihn Dagmar im Pyjama mit offenen Armen empfing und ihn verhätschelte, wie sie es bis dahin nie getan hatte. Bald war er ein Experte geworden auf dem Gebiet, ein Streitgespräch so zu lenken, dass Neda glauben musste, sie sei schuld – was ihm, wenigstens für eine Nacht, das Gefühl gab, es sei ihm in ihrer beider Interesse nichts anderes übriggeblieben als zu gehen. Seine Mutter bestärkte ihn darin.

In manchen Wochen sahen sich die jungen Eheleute nicht öfter als ein- oder zweimal. Sex hatten sie keinen mehr.

Neda weinte und weinte sich bei ihrer Mutter aus, und die trug die Beschwerde ihrem Mann vor, und Herr Pavić befahl seinen Schwiegersohn zu sich in die Firma. Er versuchte, ihm klarzumachen, dass er in seinem Leben auf keine Alternative mehr hoffen dürfe. Es deshalb unsinnig sei, weiter zu tun, als käme er davon. Er fuhr ihn an mit dem Pesthauch seiner ungepflegten Zahnbrücken, er solle ihm zuhören und ihn ansehen und sich unterstehen, auch nur ein Wort abzulassen, bevor er es ihm erlaube. Er schloss die Tür zu seinem Büro ab und drückte ihn auf den Chefsessel und nahm ihm in seiner balkanesischen Breite das Sonnenlicht von den Fenstern.

Der Aufwand wäre nicht nötig gewesen. Das schlechte Gewissen war Diktator genug über David, eines zweiten hätte es nicht bedurft. Er saß da mit klopfendem Herzen, den Kopf gesenkt, hörte sich an, dass sein hübsches Gesichtchen der einzige Grund sei, warum er nicht mit nassen Fetzen zum Teufel gejagt werde; Neda sei nun einmal in sein Gesicht und seinen Bau vernarrt, und das, obwohl sie inzwischen eingesehen habe, dass er charakterlich unter aller Sau sei, als Mensch keinen Dreier wert, ein Zeck. Eine halbe Stunde dauerte die Strafpredigt, schließlich schwenkte Herr Pavić um. Er bot David an, ihn zum Juniorchef zu befördern mit einem Gehalt um die fünftausend brutto, wenn er ihm in die Faust hinein verspreche, das Studium in Oldenburg sausen zu lassen, von heute an in der Wohnung bei Neda zu bleiben und wenigstens einmal in der Woche mit ihr zu schlafen.

»Und was hast du gemacht?«, fragte Hanno.

»Ja, ich hab's ihm in seine Faust hinein versprochen«, sagte David.

»Und hast du's gehalten?«

»Hab ich.«

»Und die anderen beiden Frauen?«

»Denen habe ich es auch versprochen.«

Was er Alexandra und Marion versprochen hatte, erzählte David nicht. Und Hanno fragte nicht.

6

Und dann hatten sie die slowenisch-kroatische Grenze passiert.

Er schlage vor, sagte David, die Nacht in dem Haus seiner Schwiegereltern in Zagreb zu verbringen und morgen weiterzufahren. Er kurbelte die Lehne nach hinten und legte die Füße auf die Ablage und beobachtete den wuchtigen Mann neben sich, dessen Profil hinter dem dichten Bartgestrüpp wenig von einem Gesicht hatte und der so geschickt mit seinem Auto umging, als würde er den lieben Tag nichts anders tun, als diesem Ding zu dienen und sich von ihm bedienen zu lassen; der ein paar Jahre jünger war als er und dem der Bart über den Hals hinunterwuchs und sich zwischen den Schlüsselbeinen mit dem Brusthaar vereinigte und zu dem er eine Beziehung zu haben glaubte wie zu einem älteren Bruder. Dieser Mann sah kompetent aus, ohne zur Welt der Kompetenten zu gehören. Man durfte sich einbilden, er rieche nach Maschinenöl. Als die Sage erfunden wurde »von dem Mann, den nichts aus der Ruhe bringen kann«, hatte es wahrscheinlich ähnliche Vorbilder gegeben wie diesen hier. Das war beruhigend, denn wieder war bewiesen worden, dass nichts aus der Luft gegriffen war.

In Wien auf dem Naschmarkt während des Wolkenbruchs und im

Burgenland in der WG hatte David sich stärker und reifer gefühlt als sein »Bruder«, und ihm war in jedem Moment gewesen, als wende sich Hanno an ihn und jeder seiner Sätze habe hinten ein Fragezeichen; aber als er von dem Tribunal aus der Wohngemeinschaft verwiesen worden war und Hanno, ohne auch nur einen Moment lang zu zögern, sich auf seine Seite gestellt hatte, da hatte sich das Verhältnis zwischen ihnen umgedreht, und er war sehr erleichtert gewesen. Nur weil er leise war und eine raue Stimme hatte und nicht gern redete, wenn mehrere Menschen um ihn waren, hielten ihn viele, besonders die Frauen, für autark, rätselhaft, stark, eine zarte Ausgabe des jungen Clint Eastwood, das wusste er sehr genau, und er wusste, es bestand immer die Gefahr, dass sich Frauen in ihn verliebten. Er hätte ihnen raten wollen: Tut es nicht! Er ist nicht, wie ihr glaubt. Wenn er dasitzt und vor sich hinstarrt, geht nichts in ihm vor. Er ist weder rätselhaft noch mutig. Und wenn tatsächlich etwas in ihm vorgeht, braucht er lange, um darüber sprechen zu können; und wenn er schließlich darüber spricht, kommt wirres Zeug heraus.

Seit nun fast einem Monat fuhr er herum, ziellos, erst war er in Luxemburg gewesen, dort hatte er einen Freund besucht, einen so flüchtigen, dass dieser ihn nicht erkannt hatte; nach einem Tag war er weitergefahren, nach Amsterdam, dort kannte er niemanden, er hatte den Peugeot nur verlassen, um sich Nussschnecken und heißen Kakao zu besorgen und sich in der Toilette eines Cafés die Zähne zu putzen. Er war im Regen auf einem Parkplatz im Fond des Peugeot in seinem Schlafsack gelegen und hatte *Mister Aufziehvogel* von Haruki Murakami gelesen, die Kapuze über dem Kopf. Dann war er nach Deutschland zurückgekehrt, nach Hamburg, war nach wenigen Tagen weitergefahren, hinüber nach Berlin, hinunter nach Leipzig, hatte sich *Kafka am Strand* besorgt und wieder im Auto geschlafen und gelesen und sich von Kuchen ernährt.

Den Peugeot hatte er irgendwann einem Freund abgekauft, in Frankfurt hatte er ihn in einer Straße hinter seinem ungeliebten Zuhause abgestellt, denn Neda und ihre Eltern sollten nicht wissen, dass er sich für eine Reise rüstete. Nach Leipzig war er für einen halben Tag und eine Nacht nach Frankfurt zurückgekehrt, hatte Geld abgehoben und in einem Hotel übernachtet, wo er sich nach zehn Tagen endlich wieder unter eine Dusche stellte und heißes Wasser über sich rinnen ließ, bis seine Finger schwammig waren.

Er hatte Neda eine SMS geschrieben: Er komme wahrscheinlich nicht mehr zu ihr zurück. Er war zu feige gewesen, das »wahrscheinlich« zu löschen. Und zu feige, eine Antwort abzuwarten. Er hatte die SIM-Card aus dem Handy genommen und in die Feuerzeugflamme gehalten, das Handy hatte er zum Hotelfenster hinausgeworfen.

Am nächsten Tag war er nach Prag gefahren, wo er nie gewesen war, hatte sich einer Stadtführung angeschlossen und war in der Nacht in einem Hotel, das tatsächlich mit seinen zwei Sternen prahlte, so unglücklich gewesen, wie er sich nicht erinnerte, je unglücklich gewesen zu sein, und als er sich ein Bad einlassen wollte und aus dem Hahn braunes Wasser floss, rostig, nach Metall riechend, in einem dünnen Faden, lauwarm, da setzte er sich auf den gekachelten Boden und wimmerte und hatte nicht ein noch aus gewusst.

7

In dem Haus in Zagreb hätten sie jeder in einem eigenen Zimmer schlafen können, aber das wollte Hanno nicht und David auch nicht.

Das Haus war unscheinbar, ein Bungalow, es lag am Stadtrand, nicht weit von der Autobahn entfernt, nicht auszudenken, wer hier freiwillig würde leben wollen, am Tag könne man immerhin von der Küche aus auf einen kleinen See schauen. Im Elternschlafzimmer war ein Doppelbett, in das legten sie sich. An die Schranktüren waren mit Klebestreifen Fotografien geheftet, darauf waren Herr und Frau Pavić mit Tochter und Schwiegersohn zu sehen, die Eltern lachend, die Kinder ernst.

Es war spät in der Nacht, Hanno suchte die Küche nach Alkohol ab, fand aber nichts. Auch zu essen gab es nichts, keine vergessene Tafel Schokolade oder Kekse oder wenigstens Zwieback, keine Gläser mit

Gurken oder Oliven, keine Dose mit Ravioli. Kühlschrank und Tiefkühler waren leer, die Stecker gezogen, die Türen standen offen. Sie lagen auf dem Rücken, starrten auf die Decke und spielten das Suchspiel, das sie schon während der Fahrt gespielt hatten.

»Was ist es, woran ich denke?«

»Etwas Lebendiges?«

»Nein.«

»Etwas zum Anfassen?«

»Nein.«

»Kann man es überhaupt mit den Sinnen erfassen – riechen, hören, schmecken?«

»Nein.«

»Ein bloßer Gedanke also?«

»Ja.«

»Kann ihn auch ein Kind denken, auch ein Kind im Vorschulalter?«

»Ja.«

»Ist es etwas Angenehmes?«

»Nein.«

»Denken wir beide jetzt daran?«

»Ja.«

»Hunger?«

»Ja.«

»Der ist aber kein bloßer Gedanke.«

»Ist egal.«

»Ja, ist egal.«

David hätte gern weiter von sich erzählt, von den unglücklichsten Tagen seines Lebens, denn darauf liefen seine Geschichten hinaus; und er hätte seinem Freund gern den wahren Grund genannt, warum er nach Wien gefahren war, warum er zum zweiten Mal seinen Vater besuchen hatte wollen – aber als er aus dem Bad kam, lag Hanno quer bäuchlings über seiner Hälfte und schlief. David ging ins Bad zurück und setzte sich auf den Boden, lehnte den Rücken gegen die Badewanne, wie er es in dem Hotel in Prag getan hatte und seither in anderen Hotels, weil er es nicht ausgehalten hatte, sich in dem für den

515

Aufenthalt zugerichteten Raum aufzuhalten. Er rauchte eine Zigarette und noch eine und noch eine.

Irgendwann kippte er zur Seite und schlief auf dem Kachelboden ein, den Kopf auf seinem Ellbogen, in sich gekrümmt. Er fror nicht, er träumte nicht, ihm war nicht hart; er war so furchtbar allein, wie er sich nie im Leben hatte sehen wollen.

In der Nacht kam Hanno. Er wollte sein Wasser abschlagen, das musste er zweimal in der Nacht, obwohl er jung war, er schüttete aber auch viel Flüssiges in sich hinein den langen Tag über. Er sah seinen Freund liegen und nahm ihn in den Arm. Und David wachte auf und erzählte, dass seine Mutter gestorben war. Vor einem Monat. Dass sie Krebs gehabt und es für sich behalten hatte. Er hatte es nicht gewusst. Lange habe er es nicht gewusst. Und als er es wusste, habe er lange geglaubt und gehofft, sie werde wieder gesund. Weil er sich nichts anderes hatte vorstellen können. Und er habe sich auch nicht vorstellen können, wie sehr er sie vermissen würde, wenn sie nicht mehr am Leben sein wird. Er habe sich nicht vorstellen können, dass sie irgendwann nicht mehr am Leben sein könnte. Und jetzt war sie nicht mehr am Leben. Deshalb sei er nach Wien gefahren. Er habe seinem Vater mitteilen wollen, dass seine Exfrau nicht mehr lebte. Aber er habe es nicht fertiggebracht, einfach nicht fertiggebracht. Wie er es einen Monat lang nicht fertiggebracht habe, nach Wien zu fahren, und herumgekurvt sei von Luxemburg nach Amsterdam, von Hamburg nach Berlin und nach Prag ...

Hanno hielt ihn in seinen Armen und sang ihm etwas vor, erst etwas Beliebiges, spontan auf *Lalala* Komponiertes, dann *Wild Horses* von den Rolling Stones, das habe ihm Sebastian – »dein Vater« – beigebracht.

8

Die Wohnung in Dubrovnik lag in der Altstadt. David war dreimal hier gewesen, immer für zwei Wochen, immer zusammen mit Neda, und immer hatten sie Mühe gehabt, das Haus zu finden; die Gassen, Straßen, Plätze, die Fassaden, die Touristen, die Brunnen, die Läden, die Gemüse- und Obststände, die Wäsche, die aus den Fenstern hing, alles sah gleich aus, gleich schön. Er erinnerte sich nicht gern an seine Aufenthalte; er fragte sich, warum er und Hanno ausgerechnet hierher gefahren waren. Hatte sich das ergeben? Wie hatte sich das ergeben können? Als hätte keine Alternative bestanden. Die Stadt, die jeden bezauberte – ihm wurde hier übel. Er war einer, der sich sehr schnell in einer neuen Umgebung zurechtfand; er war in Bogota gewesen, einem Moloch mit fast zehn Millionen Einwohnern, nach ein paar Tagen hatte er die Struktur der Stadt im Kopf gehabt. Aber da war er allein gewesen – mit sich selbst. Jeder Tag ein Geschenk des Glücks. Dubrovnik war ein enges Gewusel von Gassen, manche so schmal, dass man nicht die Arme ausbreiten konnte, ohne in eines der Fenster zu greifen, in denen gelangweilte Gesichter hingen; nach einer Abzweigung nach rechts und einer nach links, wusste er weder wo Norden war, noch wo das Meer, der Horizont verlief an den Dachrändern über seinem Kopf, nicht einmal an der Sonne konnte er sich orientieren; er fühlte sich eingesperrt in ein Labyrinth, das ihn umso mehr anekelte, als es schön war. Er sah sich, einen Schritt vor Neda durch die Gassen gehen, schweigend, den Kopf gesenkt, bedrückt sie beide, beide eine Wasserflasche in der Hand, als wären sie Figuren in dem Computerspiel, das Neda und er manchmal spielten und das *Dark Castle* hieß und in dem die Protagonisten durch eine Welt aus Backsteinen um ihr Leben zappelten, auch sie mit einer Flasche in der Hand, angefüllt mit einem Elixier, das die Auferstehung nach dem Tod garantierte. Er war mit Neda in Brüssel gewesen und in Gent und in Straßburg, von keiner dieser Städte hatte er einen Eindruck behalten. Ihm war, als hätten sie bei all ihren Urlauben nicht ein einziges Mal gelacht, das Wort Urlaub empfand er als so irrsinnig in seinem Leben wie einen Eindringling, einen Alien; wenn er jemand nie hatte sein wollen, dann einer, der urlaubt.

Er und Hanno hatten nicht darüber diskutiert, wohin ihre Reise gehen könnte, nicht einmal, ob es überhaupt eine Reise werden sollte. Ein Davonrennen war es. Als sie vom Burgenland aufgebrochen waren, waren sie sich nur über eines einig gewesen: nach Süden, und sie waren auf der Autobahn geblieben, durch jede denkbare Ödnis rechts und links, in ihrer bequemen Raumkapsel. In Zagreb waren sie bei Dunkelheit angekommen und sehr früh wieder aufgebrochen, weil sie Hunger hatten. Nicht einmal die Betten hatten sie aufgeklopft. Aber als sie durch Dalmatien fuhren, durch diese baum- und trostlose Landschaft, vor der die Zivilisation der Autobahn nur durch einen Maschendrahtzaun geschützt war, war plötzlich eine so heitere Stimmung zwischen ihnen gewesen, dass er es nicht nur für möglich gefunden, sondern dass er es bis in die Adern gespürt hatte: Ein neues Leben war möglich!

»Wir könnten eine Firma gründen«, hatte er zu Hanno gesagt, ebenso plötzlich, wie ihm dieser Gedanke aufgesprungen war, hatte er ihn auch schon ausgesprochen, und Hanno hatte geantwortet:

»Das habe ich mir auch schon überlegt.«

Und weil sie beide vorerst keine Ahnung hatten, was für eine Firma das sein könnte, beließen sie es dabei und genossen das Gefühl, sie könnten welche sein, die eine Firma gründen könnten.

Weil es eine weite Strecke bis Dubrovnik war, hatten sie beschlossen, keine Zeit zu verlieren und im Auto zu frühstücken. Bei einer Raststätte hatten sie sich Kaffee in Pappbechern und eine Schachtel mit bunten amerikanischen Donuts besorgt. Hanno saß wieder am Steuer, David rauchte zum Fenster hinaus. Aber als sie am späten Nachmittag den Peugeot auf einem der Parkplätze am Rand der Altstadt von Dubrovnik abgestellt hatten, war Davids heitere Laune davongeflogen, wie von den Dünsten der Stadt verjagt.

Das Haus war ockerfarben und aus groben Steinen gemauert, über den Fenstern waren blauweiß gestreifte Jalousien wie Vordächer. Die Wohnung erstreckte sich über die beiden oberen Stockwerke, in jedem

Stockwerk waren je zwei Zimmer, im unteren dazu die Küche, im oberen ein Bad, auf dem Dach eine Terrasse. Die Parterrewohnung und der erste Stock gehörten irgendwelchen Verwandten der Pavićs, erzählte David, er habe die Leute nie gesehen, er wisse nichts über sie. Sie seien diejenigen, die den Kühlschrank auffüllten, wenn sein Schwiegervater einen Anruf tätigte. Die Einrichtung war schlicht, die Innenwände weiß gekalkt, nicht ein Bild hing hier, kein Schmuck. Die Küche gefiel Hanno besonders gut. Er koche gern, lieber helfe er jemandem, der wirklich kochen könne. David war so einer. Sie beschlossen wieder, im selben Zimmer zu schlafen, weil sie in der Nacht lange reden wollten. Sie öffneten die Fenster und ließen Luft und Licht herein.

Sie spazierten zur Altstadt. Die Sonne ging über der Adria unter, in den Gassenschluchten brannten die Laternen. Durch manche Gassen bewegten sich so viele Menschen, dass man nicht mehr die Richtung bestimmen konnte, die man gehen wollte.

David war, als grinsten ihn die Häuser an: Hier bist du ja wieder! Ja, antwortete er ihnen, hier bin ich wieder, aber in anderer Besetzung diesmal. Diesmal ging keiner dem anderen auf die Nerven. Keiner schlich mit gesenktem Kopf hinter dem anderen her. Keiner litt unter dem Schweigen des anderen, und keiner schwieg, um den anderen leiden zu lassen.

David wusste Wege, auf denen sie den Touristen ausweichen konnten. Er führte Hanno zu einem kleinen Markt, der nur aus wenigen überdachten Holztischen bestand. Hier könne man einigermaßen sicher sein, dass nicht jeder Zucchini von hundert Touristenfingern geknetet worden sei. Hanno hatte in Österreich so viel Bargeld abgehoben, wie der Bankomat hergab, und auch David hatte eine dicke Brieftasche. Sie kauften Wein, der war für Hanno, David trank keinen Alkohol, kauften Brot, Obst und Gemüse. Einer der Fischhändler kannte David, er bot ihm einen großen hellrosa Fisch an, David nannte Hanno den Namen, der vergaß ihn aber gleich wieder.

9

Sie kochten gemeinsam, Hanno zerkleinerte das Gemüse nach Anleitung, David kümmerte sich um das Wesentliche, und Hanno sagte: »Bitte, lach einmal!«

»Du brauchst dir nichts zu denken«, sagte David. »Ich lache schon, ich lache nicht oft, aber einer, der überhaupt nicht lacht, bin ich nicht.«

»Ich lach gern.«

»Ich weiß.«

»Ein bisschen laut, hab ich recht? Soll ich einen Witz erzählen?«

»Über Witze lache ich eigentlich nicht. Witze mag ich nicht besonders.«

»Ich schon. Soll ich einen erzählen, über den ich besonders lachen muss?«

»Aber du darfst mir nicht böse sein, wenn ich nicht lache.«

»Einer fragt einen anderen: Entschuldigen Sie, haben Sie gerade einen Furz gelassen? Empört sich der andere: Selbstverständlich! Glauben Sie etwa, ich rieche immer so?«

Und lachte los, wie Blitz und Donner war das, und es hätte sein können, dass unten auf der Gasse eine Ehepaar ging, das sich gerade mitten in ihrem Urlaubsschweigestreit befand, die beiden hätten das Gelächter im dritten Stock über ihnen nicht ignorieren können, sie hätten mitlachen müssen, aber angenommen, sie hätten nicht, wären sie sich selbst so eigenartig komisch vorgekommen, dass sie schließlich doch gelacht hätten, aber nun über sich selbst, und schon wäre alles gut gewesen zwischen ihnen, und sie hätten sich eingehakt und gesagt, vergessen wir, was war. Das ging David durch den Kopf, und nun lachte er und war – wie das Ehepaar auf der Straße – nicht sicher, weswegen er lachte, wegen des Witzes oder weil Hannos Lachen so terroristisch ansteckend war, oder ob er gar über das fantasierte Ehepaar lachte, das er und Neda hätten sein können, was aber ihre Ehe nicht gerettet hätte, denn gerettet werden kann nur, was einmal gut war, und diese Ehe war nie gut gewesen.

Beim Essen kamen sie wieder auf Erfindungen zu sprechen, dafür interessierte sich David sehr, und wieder versicherten sie sich gegenseitig, was für eine prima Idee es sei, gemeinsam eine Firma zu gründen. Von der Straße herauf klangen die Stimmen der nächtlichen Spaziergänger, Meergeruch wehte herein und der Geruch von mit Knoblauch und Kräutern gewürztem gebratenem Fleisch. Noch zwei andere Erfindungen habe er in petto, sagte Hanno; es seien aber keine Erfindungen im eigentlichen Sinn, er bezweifle, ob man mit ihnen zum Patentamt gehen könne. Es seien eigentlich eher Ideen als Erfindungen, weshalb er auch nicht jedem davon erzähle. Die erste Idee sei wahrscheinlich tatsächlich revolutionär.

»Auf jeder Fläche, die wenigstens so groß ist wie eine Zündholzschachtel wird Werbung aufgedruckt, habe ich recht, David?«

»Da hast du hundertprozentig recht.«

»Und wo ausgerechnet nicht?«

»Sag's mir, Hanno!«

»Nein, noch sag ich's nicht. Die Fläche, die ich meine ist etwa so groß wie eine Hand.«

»Die Hand selbst.«

»Wie soll das gehen?«

»Tätowieren.«

»Tätowieren? Dann kann es sein, dass du in fünfzig Jahren für ein Produkt wirbst, das es seit vierzig Jahren nicht mehr gibt. Nein, im Ernst.«

»Sag's mir!«

»Wenn ich es dir sage, wirst du es nicht fassen. So naheliegend ist es. Ich muss grundsätzlich werden, ich seh schon. Werbung gibt es, weil man kaufen soll, habe ich recht?«

»Bitte, Hanno!«

»Nur eine Frage noch. Welcher Gegenstand ist der Ware, die du kaufst, im Akt des Kaufens am nächsten? Still! Ich sag's dir: das Geld. Die Idee ist, dass der Staat die Rückseite der Banknoten als Werbefläche vermietet. Der Staat würde Millionen einnehmen, außerdem würde die Wirtschaft angekurbelt, weil der Konsum steigt.«

»... und neue Banknoten müssten auch immer wieder gedruckt werden ...«

»Bitte, keine Diskussion im Einzelnen, das Einzelne habe ich noch nicht durchdacht.«

Die zweite Erfindung wollte Hanno weiter unausgesprochen in seinem Herzen tragen – so drückte er sich aus, da hatte er die Flasche Wein bereits ausgetrunken. Es handle sich sozusagen um eine mathematische Herzensangelegenheit, wahrscheinlich um eine Eingebung, und leider um eine Eingebung an einen Unwürdigen; auch darüber habe er schon oft nachgedacht, wie es denn geschehen könne, dass Eingebungen an Unwürdige gelangen, und wie viele wertvolle Eingebungen schon für die Katz waren, weil ein Unwürdiger nichts damit anfangen konnte. – Was aber nicht geschehen wäre, führte David den Gedanken fort, wenn der Unwürdige einem Würdigen davon erzählt hätte. – Als sie in der Dunkelheit nebeneinander in ihren Betten lagen, rückte Hanno damit heraus: Jeder positive Zahlenwert, wenn er mit dem gleichen aber negativen Zahlenwert zusammengebracht werde, verschwinde in Null, das wisse jedes Kind nach der ersten Klasse. Könne daraus aber nicht geschlossen werden, dass Null jede Zahl und ihr entsprechendes Negativum enthalte? Dass überhaupt alles in Null enthalten sei! Man müsse es nur herauslösen und sorgsam Negativum und Positivum voneinander trennen. Damit sei eigentlich das Rätsel von der Entstehung der Welt gelöst. Und Gott sei derjenige, dem es gelungen sei, in die Null hineinzugreifen und zuzupacken und herauszunehmen und Positives und Negatives voneinander zu trennen, und dass dieser Vorgang »Schöpfung« genannt werde.

»Auch das«, seufzte er, »habe ich im Einzelnen noch nicht durchdacht. Wenn ich es ausspreche, klingt es merkwürdig komisch, aber in meinem Kopf ist es auf seine Art irgendwie ziemlich klar ...«

»Das mit dem Geld und der Werbung, das ist wirklich ... das ist wirklich ...«, sagte David.

Und so schliefen sie ein.

10

Als Hanno am nächsten Morgen erwachte, war der Frühstückstisch bereits gedeckt. David war sehr früh aufgestanden, hatte ausgiebig gebadet und sich rasiert und war durch die leere Stadt gewandert, und es war ihm tatsächlich gelungen, sie nicht durch die grauen Jalousien seiner Erinnerungen zu sehen. Er meinte, Düfte zu riechen, die er nicht kannte, und er ging durch Gassen, die ihm neu waren und ohne traurige Assoziationen. Ein Auto aus Deutschland, Hannover, parkte neben einer Pension, an die rückwärtigen Seitenfenster waren mit Saugnäpfen Sonnenabdeckungen befestigt, auf die Comicfiguren gedruckt waren – er fand das lustig und nicht »entsetzlich« und auch nicht »typisch« und nicht »deprimierend«, nicht einmal »traurig«. Nie mehr, nie mehr wollte er in allem erst das Schlechte sehen, ehe er über das Gute spottete, weil es so klein sei. Irgendwann hatte jemand zu ihm gesagt, vor langer Zeit war das, er habe einen »munteren Gang« – den wollte er wieder haben. Er kaufte süßes Gebäck, weil er wusste, dass Hanno Süßes mochte, kaufte Kaffee und Fruchtsäfte.

In der Küche stand ein Radio, er suchte einen Sender, der klassische Musik spielte. Er mochte Johann Sebastian Bach, am liebsten die erste Nummer der *Goldberg-Variationen*. Er vermutete, dass dies nicht die Musik seines Freundes war, und als ihm der Gedanke kam, Hanno würde sich besser als Sohn von Sebastian Lukasser machen als er, bedrückte ihn das nicht.

Er dachte an seine Mutter, die bemerkenswert aufbrausend hatte sein können. Was hätte sie zu Hanno gesagt? Er wäre ihr recht gewesen, weil er ein Bär war und sie sich gesagt hätte, der werde auf ihn aufpassen. Er wollte ein neues Leben beginnen. Er hielt es für ausgeschlossen, dass er und Hanno sich jemals streiten würden. Und er hielt es für möglich, dass sie erfolgreich und wohlhabend würden – allein mit ihren Ideen. Ich werde, dachte er, Hanno Folgendes vorschlagen: Wenn wir über unsere Ideen nachdenken, lassen wir keine einzige negative Kritik zu, die Wörter »nicht« und »aber« sind zu streichen.

Die Möwen schrien über der Stadt, der Stradun lag leer und kühl vor ihm, ein Mann schob eine Schubkarre voll mit kreisrundem Sesamgebäck und überholte ihn und forderte ihn auf, einen Kringel zu nehmen, das süße Brot war noch warm.

Es hatte Momente gegeben, da er das Leben so schön gefunden hatte, dass er hätte weinen wollen, wenn er nicht gewusst hätte, dass Tränen dieser Art von der Natur in Gang gesetzt wurden, um das Glück durch Verdünnung zu verringern, damit nicht einer vor lauter Glück einen Blödsinn anstelle. In keinem dieser Momente war er mit jemandem zusammen gewesen. Glück kannte er nur als Glück mit sich selbst und allein. Das gab ihm zu denken; aber allzu viel zu denken gab es ihm nicht.

In Bogota hatte er in einem Park mit Kindern Fußball gespielt, sie hatten ihn dazu eingeladen. Er war auf einer Bank gesessen, den Karton mit den Bliss-Bildern auf den Knien, das hatte sie neugierig gemacht. Er hatte ihnen die Bilder gezeigt, und sie hatten sofort begriffen, dass sie über diese Symbole mit ihm kommunizieren konnten, er war jedenfalls zufrieden gewesen. Beim Fußballspielen war ihm ein 100 Dollar-Schein aus der Hosentasche gefallen, er hatte es nicht gemerkt, wahrscheinlich war er ihm aus der Tasche gefallen, ganz überzeugt davon war er nicht. Er hatte sich von den Kindern verabschiedet, er hatte Hunger gehabt und wollte etwas essen; da hatte er es gemerkt. Er lief zum Park zurück, dort wartete einer der Buben, der konnte ein wenig Englisch. Der Bub sagte, er hätte noch zehn Minuten gewartet, dann wäre er gegangen. Er wollte ihm die Hälfte des Geldes geben, als Finderlohn und wegen des Anstands, der Junge nahm nichts. Zehn Dollar? Nein. Er war so glücklich gewesen an diesem Tag, aber als er im Restaurant saß und zahlen wollte, waren die 100 Dollar wieder weg. Viele Erklärungen hatte er sich seither zurechtgelegt, und sie waren in Wahrheit mehr wert und hundertmal schöner als hundert Dollar – obwohl 100 Dollar damals viel Geld für ihn war. Geflucht hatte er und geheult, aber wenn er später zurückdachte, beneidete er den, der er damals gewesen war. Seinem Vater würde er diese Geschichte nie erzählen.

Er hatte in den letzten Jahren kaum Zeit gefunden, sich um sich selbst zu kümmern. Wenn er unverhofft sein Spiegelbild sah, in einem Schaufenster oder an der glatten Stahlwand eines Lifts, kam es vor, dass er ohne Neugierde war, als wäre es zu früh für Neugierde und Sorge oder Wohlgefallen; als wäre er noch nicht fertig und nicht beurteilbar. Als er einmal früh am Morgen durch den Hauptfriedhof in Frankfurt gegangen war und die Vögel gehört hatte, hatte er sich gedacht: Wenn ich das-und-das und das-und-das erledigt habe, werde ich den gleichen Weg um die gleiche Zeit noch einmal gehen und mich dann über die Vögel freuen. Mit Unbehagen, Ungeduld, aber auch beruhigtem Gewissen hatte er sich eingestanden, dass dieses »Wenn ich ...« als Motto über seinem Leben stand. Manchmal, wenn sie sich stritten, hatte seine Mutter gesagt: »Höchste Zeit, dass ich sterbe.« Das hatte er ihr vorgehalten, als sie tatsächlich im Sterben lag; und sie hatte gesagt: »Das habe ich anders gemeint, ich möchte nicht sterben, David.«

Nach dem Frühstück beschlossen sie, nach Wien zurückzufahren und dort ihr neues Leben zu beginnen. Hanno hatte Geld gespart, kein Wunder, im Burgenland gab es keine Gelegenheit, Geld auszugeben, und Magnus hatte ihn großzügig bezahlt. Sie würden sich nach einer Wohnung umsehen und einer Werkstatt, und David würde sich scheiden lassen. Hanno schlug vor, ihn nach Frankfurt zu begleiten, um ihm Stärke in der Sache zu geben. Sie wuschen ihr Geschirr und räumten die Wohnung auf, damit keine Spur ihres Besuchs zu finden sein würde. In Zagreb wollten sie kurz anhalten, um die Betten zu machen und durchzukehren, nichts sollte ihre Anwesenheit verraten.

Auf der Fahrt entwickelten sie Pläne, Hanno saß wieder am Steuer, David notierte die Ideen in ein Heft. Als sie in Zagreb ankamen, war es dunkel.

11

Hanno war nur kurz auf der Toilette gewesen. Er hatte gedacht, David richte derweil die Wohnung her, kehre und wische. Als er ins Schlafzimmer trat, war David nicht da. Er ging in die Küche. Dort war er auch nicht. Dann sah er ihn durchs Fenster.

David stand draußen vor der Einfahrt zur Garage. Männer waren bei ihm, er schätzte, es waren an die zehn oder mehr, vier Autos standen in der Einfahrt, die Scheinwerfer waren auf David gerichtet. Plötzlich sprang einer der Männer vor und schlug David die Faust in den Magen. Im nächsten Augenblick fielen sie über ihn her. Hanno konnte David nicht mehr sehen, er sah nur, wie die Männer auf etwas eintraten und einschlugen, was zwischen ihnen auf dem Boden lag. Er riss das Fenster auf und brüllte, so laut er konnte, brüllte und rannte nach draußen. Er wurde festgehalten, er versuchte, sich loszureißen, es gelang ihm auch, einen stieß er so heftig gegen die Brust, dass der umfiel, aber gleich stürzten sich andere auf ihn und zerrten ihn nieder. Er lag auf dem Bauch, einer kniete auf seinem Nacken, ein anderer auf seinem Rücken, auf jedem seiner Oberarme kniete einer und auf seinen Kniekehlen auch. Einer beugte sich nieder zu ihm und sagte auf Englisch, er solle sich nicht einmischen, niemand wolle ihm etwas tun, ihn gehe es nichts an, für ihn interessiere sich niemand, er soll einfach ruhig sein, dann geschehe ihm nichts. Er aber brüllte weiter, schrie Davids Namen, schrie nach der Polizei, sah, wie einer mit einem Baseballschläger auf David einschlug, solange, bis ihn die Kraft verließ. Der Mann lief zu einem der Autos. Die anderen folgten ihm, zuletzt die, die Hanno niedergehalten hatten, sie stiegen ein und fuhren ab.

David war bewusstlos. Er blutete aus einem Ohr. Sein Gesicht war voll Blut, Augen, Nase, Mund ein roter Brei. Er atmete schwer. Hanno kniete sich neben ihn nieder, drehte ihn zur Seite, er nannte seinen Namen, sagte Beschwichtigendes. Davids Arme und Beine zitterten. Als er zu sich kam, übergab er sich. Hanno hob ihn hoch und trug ihn zum Auto. Er fahre ihn ins Krankenhaus, sagte er. Das wolle er nicht, flüsterte David, er wolle heim. Er wolle dieses Land nie mehr betreten.

Hanno bettete ihn in den Fond des Peugeot und deckte ihn mit dem Schlafsack zu. Und fuhr los. Manchmal hielt er an und sah nach seinem Freund. Der nickte ihm zu und versuchte zu lächeln.

Es war drei Uhr in der Nacht, als sie im Burgenland ankamen. Aber man ließ sie nicht hinein. Was mit David sei, interessiere hier niemanden. Gregor sprach. Tamara und Leonie schauten kurz hinter ihm hervor, und waren schon wieder weg.

Hanno fuhr weiter nach Wien. Er klingelte seine Mutter aus dem Schlaf. Sie half ihm, David nach oben zu bringen. Er konnte stehen, aber ohne Hilfe über die Stufen nach oben gehen konnte er nicht, die Knie sackten ihm ein, der Lift war immer noch defekt. Hanna rief Dr. Ritschel an, mit ihm waren sie und Robert befreundet, sie hatte seine private Handynummer. Zwanzig Minuten später untersuchte er David. Er rief die Rettung an. Man müsse ihn genau ansehen, röntgen, Ultraschall, vielleicht eine Tomografie. Sie fuhren ins AKH. Davids rechter Unterarm war gebrochen, er hatte sich vor den Schlägen schützen wollen. Eine Niere war gequetscht, das Trommelfell geplatzt, und sein Körper mit Blutergüssen übersät. Nasenbein und Jochbein waren gebrochen. Und eine Gehirnerschütterung hatte er. Man behielt ihn vier Tage zur Beobachtung auf der Station. Dr. Ritschel erstattete Anzeige gegen Unbekannt. Hanno sagte aus, sie seien in Kroatien überfallen worden, David habe sich gewehrt und deshalb das meiste abgekriegt.

Hanna richtete für David in Klaras Zimmer das Bett. Hanno zog in sein Zimmer. Nachdem ihr Hanno und David alles berichtet hatten, auch die Vorgeschichte, setzte Hanna einen Brief an Herrn Pavić auf. Sie schrieb, er, David, fordere die sofortige Scheidung von Neda. Falls die von Neda unterfertigte Zustimmung nicht binnen einer Woche eintreffe, werde Anzeige wegen schwerer Körperverletzung erstattet, es gebe einen Zeugen, der habe sich wenigstens zwei Autonummern gemerkt. Das war natürlich ein Bluff. Sie und Hanno kümmerten sich um David, bis er wiederhergestellt war, Hanna kochte seine Lieblingsspeisen, Hanno besorgte ihm einen Stapel Comics, Fernsehen erzeuge Kopfschmerzen, ein Buch sei zu lang. Er fuhr noch einmal ins Burgenland, räumte ohne ein Wort, ohne einen Blick seine Sachen aus. Dann kündigte er bei Magnus. Er werde ihm eine Mail schreiben und ihm die letzten vergangenen Tage seines Lebens erklären.

Hanna saß an Davids Bett, und er erzählte ihr vom Tod seiner Mutter – sie war die Erste, mit der er darüber sprach.

Nach wenigen Tagen kam mit der Post Nedas Einverständnis zur Scheidung, ihr Anwalt werde sich mit David in Verbindung setzen, sonst kein Kommentar.

Da holte Hanna tief Atem und rief Sebastian an. Erst sagte sie, sie bitte ihn, wieder gut mit ihr zu sein, und als er antwortete: »Ich bin wieder gut, Hanna, sei auch du gut mit mir«, erzählte sie ihm, was geschehen war.

FÜNFTER TEIL

DREIZEHNTES KAPITEL

Es war, oh, was damals war oder nicht war in den ältesten Tagen und Jahren und Zeiten, es gibt kein Wenn und kein Vielleicht, und der Dreifuß hat unbestreitbar drei Füße, da beugte ein Mann sich über den Brunnen und rief: »Komm heraus!«

Und da kam er heraus, der, den man nur einmal rufen muss, der mit den roten Augen.

»Ich habe einen Sohn«, sagte der Mann, »und ich denke, der kann in der Welt nur etwas werden, wenn er zu dir in die Lehre geht. Kannst du ihn brauchen? Welchen Lohn gibst du ihm?«

Denn es hat immer und überall geheißen, der Teufel nimmt nicht nur, er gibt auch. Auch wenn einer ihm den kleinsten Dreck hinter die Tür kehrt, gibt er etwas dafür.

»Ich gebe ihm hundert«, sagte der Teufel. »Bring ihn her.«

Der Mann brachte den Buben und schlug ihm noch einmal hinter die Ohren, damit er nicht vergisst, wann und wo es gewesen war.

»Brenn mir ein Zeichen ein«, sagte der Bub, »damit du mich erkennst, wenn ich zurückkomme.«

»Was!«, rief der Teufel. »Ein Vater soll seinen Sohn nicht wiedererkennen?«

»Dann komm ich in einem Jahr und hol ihn mir wieder ab«, sagte der Vater.

Und als das Jahr um war, stand der Mann wieder beim Brunnen, und der mit den roten Augen stieg aus dem Brunnen, und hinter ihm stieg der Sohn des Mannes aus dem Brunnen, der war inzwischen groß und stark geworden und hatte einen Blick, wie nur einer einen hat, der schon einiges weiß von der Welt. Da dachte der Mann bei sich: Ganz etwas Falsches habe ich wohl nicht getan, ganz verdorben habe ich meinen Sohn wohl nicht, als ich ihn an den mit den roten Augen verkaufte.

Und der Teufel, der manchmal manche Gedanken lesen kann, sagte:

531

»Nein, ganz etwas Falsches hast du nicht getan. Er ist ein guter Knecht gewesen, dein Sohn, ich würde ihn gern noch ein Jahr behalten, damit er noch mehr lernt, und wenn's so weit ist, die Welt um den Finger wickeln kann. Für das zweite Jahr gebe ich ihm sogar zweihundert.«

Da war der Mann einverstanden und kassierte.

Und nach wieder einem Jahr kam der Teufel wieder, und wieder stieg er mit dem Sohn des Mannes aus dem Brunnen, und der Sohn sah noch besser aus als beim letzten Mal, wohlgenährt bis fast zum Feisten, entschlossen um das Kinn herum, und wieder sagte der Teufel, er solle ihm noch ein Jahr geben, dann könne er ihn abliefern, gebildet wie ein Professor, machtvoll wie ein Fürst, für den Reichtum gerüstet wie ein Erbe, und im dritten Jahr zahle er ihm dreihundert. Da war der Mann wieder einverstanden und kassierte.

Und dann, nach drei Jahren, kam der Teufel allein aus dem Brunnen gekrochen, und der Mann fragte: »Wo ist mein Sohn?«

»Ja, der«, sagte der Teufel. »Was denkst du denn, wer ich bin? Dass ich einer bin, der etwas verschenkt? Der Zeit hat wie die Lilien auf dem Felde? Ich habe drei aus ihm gemacht, daran kannst du erkennen, was für einer ich bin. Aber ich sage dir: Nur einer ist der Echte, die anderen beiden vergehen, noch ehe der Tag vergeht, als wären sie aus Wolken zusammengeknetet. Gleich rufe ich sie, gleich steigen sie aus dem Brunnen. Schau sie dir an! Schau sie dir mit deinen beiden Augen an! Du sollst mir sagen, wer von den dreien der Richtige ist. Triffst du's, dann hast du ihn zurück mitsamt den Talenten, die ich ihm beigebracht habe.«

»Und treff ich's nicht?«

»Das weißt du, was dann ist«, sagte der Teufel. »Denn wüsstest du es nicht, hättest du mich nicht gerufen.«

Eine Stunde gab der Teufel dem Mann, damit er sich an seinen Sohn erinnere. Ob da ein Fältchen im Gesicht war, ob dort eine Lücke in den Zähnen war, ob die Augen blau, grau oder grün waren, ob die Oberlippe vielleicht ein wenig über der Unterlippe lag. In dieser Stunde ließ der Teufel den Mann allein und tauchte hinunter in den Brunnen, und es war still um den Brunnen.

Der Mann aber dachte nicht über seinen Sohn nach. Er fing eine Fliege und sprach zu der Fliege.

»Er ist doch dein Herr«, sagte er. »Wird er nicht der Fliegengott genannt? Sag mir, wie erkenne ich meinen Sohn unter den dreien!«

»Was tust du mir, wenn ich es dir nicht sage?«, fragte die Fliege.

»Das weißt du«, sagte der Mann.

»Wozu brauchst du einen Sohn?«, fragte die Fliege. »Macht er dir nicht nur Mühe? Warst du nicht glücklicher, als er nicht bei dir war?«

»Er ist mein Sohn!«, rief der Mann aus.

»Ja, ja, das weiß ich doch«, sagte die Fliege. »Aber bedenke: Was heißt es, einen Sohn zu haben? Heißt es nicht, Sorgen zu haben? Heißt es nicht zu bangen, er könnte eines Tages mächtiger werden als sein Vater und dem Vater nicht vergelten, was er für ihn getan hat?«

»Er ist mein Sohn!«, rief der Mann wieder.

»Ja, ja, das weiß ich doch«, sagte die Fliege. »Aber bedenke: Hatte er es nicht viel besser da unten als bei dir oben? Du hast ihn verkauft, da war er klein und dürr und mundfaul und nicht hell auf der Platte. Jetzt ist er groß und ausgestattet mit makellosen Muskeln, und reden kann er wie ein Philister, und wäre er ein Staatsanwalt, selbst den Erzengel Michael würde er in die Enge treiben. Er wird sich nach der Zeit unten sehnen und bei dir oben unglücklich sein, er wird ein Nörgler werden, der mit nichts zufrieden ist, mit nichts. Willst du das?«

»Er ist mein Sohn«, rief der Mann zum dritten Mal und zerdrückte die Fliege zwischen den Fingern und streifte den Dreck an der Hose ab.

Und dann war die Stunde vorbei, und der Teufel kroch aus dem Brunnen und zog hinter sich her an den Haaren die drei und sagte: »Wer?«

»Ich weiß es nicht.«

»Wer!«

»Ich weiß es nicht! Ich hätt ihm ein Zeichen machen sollen, wie er es sich gewünscht hat.«

»Zeig auf ihn!«

»Das tu ich nicht.«

Der Mann sah sie nicht an, die drei, mit keinem Auge sah er sie an. »Ich tu's nicht«, sagte er nur, immer wieder: »Ich tu's nicht.«

»Was soll jetzt geschehen?«, fragte der Teufel.

»Du schreckst mich nicht«, sagte der Mann. »Ich fürchte mich nicht vor dir. Ich habe viel Zeit. Weißt du nicht, wie mein Name ist?

Ich heiße Horchinsland.
Ich setz mich auf den Rand
des Brunnens und horch ins Land.

Hast du auch so viel Zeit wie ich? Ist dein Name auch Horchinsland? Ja? Dann setz dich zu mir und sing mit mir! Nein? Dann geh!«

»Wenn ich gehe«, sagte der Teufel, »dann nehme ich ihn mit. Und ich komme nicht mehr wieder.«

Der Mann setzte sich auf den Rand des Brunnens und horchte ins Land, und er hatte viel Zeit, und bald vergaß er, dass neben ihm einer war, der auf eine Antwort wartete und wartete und wartete, aber da war er, und da blieb er. Der Mann aber horchte ins Land.

1

Der Jude, wie er im Buch steht, drückte sich in Jerusalem vor der Klagemauer herum und beobachtete aus den Augenwinkeln, wie sich die anderen Juden benahmen, und machte es ihnen nach. Weil er keinen Wunsch- oder Dankeszettel bei sich hatte, stopfte er ein benutztes Tempotaschentuch in eine Ritze der Mauer. Er hatte sich am Airport Ben Gurion in Tel Aviv eine Kippa gekauft und sie mit Doppelklebeband auf seinen Schädel gedrückt (es gab auch Peyes zum Ankleben). Er war müde, trug sein Hemd schon seit vier Tagen, sein Anzug hätte aufgebügelt und ausgelüftet, die Schuhe hätten geputzt werden sollen. Er nahm sich einen der weißen Plastikstühle, die kreuz und quer herumstanden, zog ihn nahe an die Mauer heran, setzte sich, lehnte die Stirn gegen die Wand, wie er sah, dass es einige taten, und schlief ein. Und schlief, als läge er in Abrahams Schoß.

Er träumte von seinem Vater. Er sah diesen Menschen über einen Gletscher steigen, jung war er, jünger als in der weitesten Erinnerung, und er sah, dass der Vater nicht allein war. Drei Männer waren mit ihm – und dann noch ein fünfter, der ging in ihrer Mitte; nein, der ging nicht, er strauchelte, wurde gezerrt, wurde geschoben und gestoßen, er war an den Händen gefesselt, und er war leicht bekleidet, nur mit Hemd und Hose. Die drei Männer und der Vater trieben ihn an, knufften ihn, schlugen mit ihren Stecken auf seinen Rücken und gaben ihm Ohrfeigen und Kopfnüsse und traten ihn, wenn er niederfiel und nicht mehr wollte, und spuckten auf ihn. Der Jude beugte sich im Traum über die Männer und sah ihre Gesichter. Die Gesichter der drei und des Vaters waren verzerrt vom Hass, das Gesicht des Gefesselten war verzerrt von Angst und Entsetzen. In seinem Traum rückte der Jude nun noch näher heran, er wollte auch hören. Die vier schrien Befehlsworte und Flüche und Beleidigungen; ihr Gefangener flehte um Vergebung und Gnade. Dann sah der Jude die Männer vor einer Gletscherspalte stehen, türkis leuchtete es aus dem Abgrund herauf, der Gefangene aber krümmte sich davor und wimmerte. Vier Streichhölzer hielt einer der Männer zwischen Daumen und Zeigefinger, so dass nur die roten Köpfe hervorsahen, und die waren alle gleich. Jeder zog ein Hölzchen. Der Vater zog das kurze. Es schien, als ob er sich darüber freute. Er gab dem Knienden, dem Gefesselten, dem Reuigen, dem Flehenden Tritte mit den genagelten Schuhen, in den Bauch, gegen die Brust, in den Nacken, er zog den sich Windenden und riss ihn und stieß ihn, bis er in die Spalte fiel, kopfüber. Da wich der Jude zurück, damit er nichts mehr höre und nichts mehr sähe.

2

Dr. Lenobel erwachte und rieb sich die Krümel der Klagemauer von der Stirn. Gesäusel und Gebrummel waren um ihn her, Rufe weiter hinten, Gelächter in vielen Sprachen. Er meinte nämlich, deutsches Gelächter von anderem unterscheiden zu können. Deutsches Gelächter ereignete sich in der Mundhöhle und war heller, während südeuropäisches Gelächter bereits in der Kehle ausbrach oder noch weiter unten in den Bronchien. Schwarze Amerikaner lachten im Falsett, weiße Amerikaner rechts und links der Backenzähne, Russen schon fast unten im Magen, so tief. Ein wenig Englisch konnte er, aber wirklich sehr wenig nur, sonst verstand er keine Sprache und sprach in keiner außer der seinen. Hier bin ich, am heiligsten Ort der Welt, sagte er sich, hier offenbart sich Adonai – oder auch nicht.

Er stahl sich an den Menschen vorbei, suchte zu vermeiden, dass er sie berührte, sie rochen, wie er roch, nach Schweiß und zu dicken Stoffen. Am Jaffator endete der Platz, darauf ging er zu, draußen waren Busse angekommen, er beschleunigte seinen Schritt, damit er auf der anderen Seite wäre, bevor die Touristen den Durchgang erreichten. Er war seit vier Tagen in Jerusalem, und wenn er am Anfang noch gemeint hatte, die Geografie der Stadt, wenigstens der Innenstadt, einigermaßen überblicken zu können, so war er sich nun nicht einmal

536

mehr sicher, ob er, ohne jemanden zu fragen, seine Unterkunft wiederfände. Er hatte schon einige Male gefragt (nur Passanten, die er für Einheimische und Juden hielt) – nach dem Tempelberg, nach dem King David Hotel, nach der Geburtskirche, nach dem Weg, den Jesus mit dem Kreuz auf dem Rücken gegangen war, nach einem Apple Store, weil er sich ein Netzgerät für sein iPhone kaufen wollte, seines hatte er in Wien vergessen. Seine englischen Brocken mit dem deutschösterreichischem Akzent waren gut aufgenommen worden; ihm selbst klang diese Mischung nach einer alten Zeit, die zwar nicht gut gewesen war, aber doch irgendwie würdig, elegant, ehrwürdig, sinnerfüllt, erlaucht, wie eine Legende eben, die erzählt wird, um etwas herüberzuretten, wenigstens irgendetwas – er war herübergerettet worden, als einen solchen sah er sich, und nun war er hier und war hilflos wie der ehrwürdige Rebbe in Isaac Bashevis Singers Roman *Die Familie Moschkat*, der aus dem Schtetl, wo er als ein Erlauchter galt, in die große Stadt Warschau gekommen war, um seinen Enkel Euser Heschel zu besuchen, und sich während des Pessachfestes nicht aus dem Wasserhahn zu trinken traute, weil ihm niemand versichern konnte, dass dieses Wasser koscher war, hätte ja sein können, ein christlicher Angestellter der Wasserwerke hatte über dem Bassin sein Jausenbrot verzehrt und dabei, absichtlich oder unabsichtlich, ein paar gesäuerte Brotkrümel fallen lassen – ja, nun meinte er zu wissen, wozu Bücher dienten: um Material zu liefern, wollte man so tun, als wäre man ein anderer. Er tat, als wäre er jener würdig ehrwürdige Mann, nur eben jünger, aber nicht weniger hilflos. Einen Tag lang war er durch die Gassen geeilt, durch den mit Zeltbahnen verschatteten Obst- und Gemüsemarkt oder über den Bazar mit seinen von Millionen Füßen polierten roten Marmorplatten, die Arme hatte er von sich gestreckt, als flattere ein offener Kaftan von seinen Schultern, neugierig und zugleich nach innen gekehrt hatte er um sich geblickt, den Anschein erweckend, er lasse die Eindrücke erst mit einem inneren, also göttlichen Maßstab messen, ehe er sie den Sinnen übergab, zum Ekel oder zum Genuss. Tatsächlich war er einmal auf Jiddisch zurückgefragt worden; da hatte er gekichert, wie die Spötter und Hetzer glauben moch-

ten, dass ein Schtetljidd kichere; aber er hatte sich keinen anderen Rat
gewusst, als zu kichern, alles andere wäre ihm unhöflich erschienen,
schließlich meinte da einer, etwas gefahrlos Freundliches zu tun, indem er die paar Bissen Jiddisch zusammenklaubte, die ein lieber Ur-
großvater vielleicht übrig gelassen hatte – den darf man doch nicht
enttäuschen, und dazu hatte er den Hals eingezogen und den Rücken
krumm gemacht und gestikuliert, als wäre er Veit Harlans *Jud Süß*
entstiegen; aber auch das war gut aufgenommen worden. Und gleich
noch eine Beobachtung hatte er gemacht, an sich selbst diesmal: dass
ihm die Hilflosigkeit wohltat; sie sprach ihn los. Aber wovon?

Einen Tag lang hatte es ihm gefallen, sich als einen zu betrachten
und zu geben, der schusselig war und harmlos vom Scheitel (jiddi-
sches Wort!) bis zur Seele, einer ohne Arg, ein Opfer für jeden Zyniker und jeden Schläger. Und noch in der Nacht, in seinem Bett, allein,
hatte er diese Rolle weitergespielt, hatte geschmatzt und gelächelt und
die Mundwinkel v-förmig nach oben gezogen wie der Jude im böses-
ten Klischee. Das darf ich, das muss ich sogar – als wäre das Klischee
seine wahre Heimat, als wäre er heimgekehrt, innerlich. Äußerlich –
damit war gemeint: bereits die Luft auf seiner Haut –, um ihn herum
war das muslimische Viertel der Altstadt, hier hatte er Quartier bezogen, das lärmte herauf in sein Zimmerchen über dem Limonaden-,
Öl- und Teeladen. Hier standen ein schmales Bett, ein Tisch, ein Sessel und ein offener Kleiderkasten, vor den ein Vorhang aus bunten
Perlenschnüren gehängt war.

Bei seiner Ankunft am Airport Ben Gurion in Tel Aviv hatte er sich
bei einem Taxifahrer erkundigt, wo er in der Altstadt von Jerusalem
eine billige Unterkunft mieten könne, für eine Woche oder zwei Wochen oder länger. Der Mann hatte ihn, ohne zu antworten, ins muslimische Viertel gebracht, eine Fahrt von einer Dreiviertelstunde. Dort
hatte er vor einem offenen Laden gehalten, hatte 300 Schekel verlangt
und auf ein Blatt aus seinem Notizbuch einen Namen geschrieben.
Dr. Lenobel vermutete, dass es ein Name war, es waren arabische
Schriftzeichen, der Fahrer deutete auf das Haus und formte mit den
Händen die Figur einer Frau, lächelte dabei aber nicht. Der Laden war

zur Gasse hin offen, es gab Tee und Öl und Limonade und Süßes und man konnte hier einen Kaffee trinken und ein Stück Kuchen essen. Plastikstühle standen herum, dazwischen blaue Tische. Er war eingetreten, hatte »Hallo!« gerufen und den Zettel vor sich hin in die Luft gehalten. Eine Frau war auf ihn zugetreten, hatte ihn angelacht, hatte einen Blick auf das Papier geworfen und genickt.

Durch die Fenstertür zur Straße zog die Nachtluft herein, die ihm noch fremder war als die Geräusche: saure Gewürze, Coca-Cola-Automat, Mopedabgase, Tabak. Wenn einer dieser braunhäutigen jungen Männer in den ärmellosen weißen enganliegenden Unterhemden und den weißen Nike-Turnschuhen mit den offenen Schnüren in die Luft spränge, würde er den Sims seines Balkönchens fassen und sich nach oben ziehen können. Er rechnete damit, dass über ihn gesprochen, über ihn verhandelt, ja, dass sein vermeintliches Hab und Gut bereits aufgeteilt wurde, dort unten, zwischen den mit giftgrüner und blauer Ölfarbe gestrichenen Wänden, unter den vom Fliegendreck getönten Neonröhren, in dem Laden, der auch in der Nacht und natürlich auch am Sabbat geöffnet hatte, weil er gar nicht zu schließen war, es fehlte eine Wand, und in dem alles in Silber- und Goldfolie eingewickelt schien.

Das war er: ein weitgereister Jude, der keine Sprache verstand außer der seinen und keine andere sprach, nicht einmal die Allerweltssprache. Und warum nicht? Weil er nicht aus unser aller Welt kam? Eine Prüfung, Hebräisch von Arabisch zu unterscheiden, hätte er nicht bestanden. Aus welcher Welt kam er? Von dort her, wo ein Jude ins Dornengebüsch gelockt wurde und nach der Pfeife seines Peinigers tanzen mussten? Aus welcher Zeit war er hierhergeraten? Würde er sich trauen, einen Juden auf der Via Dolorosa nach dem Haus des Ahasver zu fragen, der dem Kreuzträger verweigert hatte, sich an seinen Türpfosten zu lehnen, um ein wenig auszuruhen, und wegen dieser Sünde wider einen Leidenden von diesem verflucht worden war, ewig zu wandern? Und der nun endlich angekommen war …

3

Bereits am zweiten Tag konnte er an der Rolle des Schtetl- und Ghettobürgers, zusammengesetzt aus Tewje, dem Milchmann, und Heinrich Heines Rabbi von Bacherach, nichts Ergründenswertes mehr entdecken. Er versuchte es kurz mit dem Film, Groucho Marx und Woody Allen, kehrte mit Shakespeares Shylock und dem jüdischen Geldschneider aus Puschkins *Der geizige Ritter* zur Literatur zurück; wechselte während zwei, drei flüchtiger Straßengespräche zu Lessings weisem Nathan und Sartres Portrait des Juden aus der Sicht des Antisemiten; war in Gedanken aber schon niederträchtig wie Veitel Itzig und gerecht wie Hirsch Ehrenthal (Gustav Freytags Roman *Soll und Haben* hatte er als Dreizehnjähriger von seinem Deutschlehrer geschenkt bekommen; der war im Krieg SS-Offizier gewesen und hatte sich noch im Jahr 1968 getraut, offen vor der Klasse zu verkünden, nur eines könne die Juden, die Zigeuner und die Neger vor dem Urteil der Weltgeschichte retten, nämlich, wenn sie Genie besäßen, denn Genie würde alles andere verzeihen – zum Exempel: Albert Einstein, Louis Armstrong, Django Reinhardt; in dem hochgeschossenen Judenbengel Lenobel hatte er auch solches vermutet, was derselbe mit Verehrung quittierte und ihn vor seinen Mitschülern noch arroganter auftreten ließ als bis dahin, was wiederum den Lehrer in seiner Meinung und seiner Sympathie bestärkte).

Bei ihrem Spaziergang an der Donau entlang hatte ihn sein Freund gefragt: »Was soll das sein – der Jude, wie er im Buch steht?«

Und er hatte geantwortet: »Wenn ich sagte, ich bin Jude, weil ich jüdisches Blut habe, dann wäre ich ein Rassist. Wenn ich sagte, ich bin Jude, weil ich der jüdischen Religion angehöre, wäre ich ein Lügner. Wenn ich sagte, ich bin Jude, weil ich der Menschengruppe angehöre, die von den Nazis und den Stalinisten und von so vielen anderen verfolgt wurde, dann wäre ich ein Hochstapler. Also bleibt mir nichts anderes, als mich ex negativo zu definieren: Ich bin der Jude, wie er im Buch steht, nämlich all das, was er nicht ist und nicht sein will.«

Am dritten Tag unter der Sonne Zions schüttelte er sich, bis alle

Buchstaben aus seinem Fell gefallen waren. »Ich steige aus den Büchern« – dieser Gedanke (laut ausgesprochen nirgendwo anders als vor dem Zionstor, umgeben von Männern in langen schwarzen Mänteln, die Hüte trugen und Bärte und Beikeles und weiße Hemden und Hochwasserhosen und staubige schwarze Halbschuhe mit dicken Gummisohlen) setzte in ihm eine Lebensfreude in Brand, wie er sie nie gefühlt hatte; so dass er – tanzte! Mitten auf der Straße! (… tanzte, wie er glaubte, dass jüdische Männer tanzen – bei welcher Gelegenheit eigentlich? –, wie aber sein, trotz berufsbedingter Kontrolle, autarkes und eigenwilliges Unbewusstes sich von Anthony Quinn aus *Alexis Sorbas* abkupferte.) Nun endlich drohten ihm wirkliche Gefahren, nun endlich drohte ihm wirkliches Leben! Aus den Büchern bin ich gestiegen, den Büchern bin ich entkommen!

Der Messias ist der Tod. In ihm werden Wirklichkeit und Fiktion eins – was wir glauben, was wir wissen. Punkt.

Dies schrieb er in sein Notizbuch. In Klammern fügte er hinzu: »Eingefallen gegen Mittag des 2. Juni in Jerusalem auf dem Weg zur Klagemauer.«

Und war damit am Anfang und wieder bei den Büchern angelangt. – Und bei seinen nachsinnenden Träumen …

DANK

Helmut Blank, Martina Eisendle, Oliver Friedrich, Sabine Grohs, Lorenz Helfer, Georg Hoanzl, Leonie Hodkevitch, Christian Köberl, Konrad Paul Liessmann, Undine Loeprecht, Hanno Loewy, Astrid Loewy, Wolfgang Matz, Eva Meyer, Günther Rösel, Raoul Schrott, Gudrun Tielsch

besonderen Dank Monika Helfer